Hariel D. Noone

NOITE ETERNA
SANGUE SOBRE CEDRO,
Ascensão

Alta Life
Books

NOITE ETERNA: Sangue Sobre Cedro – Ascensão
Copyright © 2005 da Editora Alta Books Ltda.

Todos os direitos reservados e protegidos pela Lei 5988 de 14/12/73. Nenhuma parte deste livro, sem autorização prévia por escrito da editora, poderá ser reproduzida ou transmitida sejam quais forem os meios empregados: eletrônico, mecânico, fotográfico, gravação ou quaisquer outros.

Produção Editorial Editora Alta Books
Preparação e Revisão: Jaqueline Rodrigues de Oliveira
Editoração: Inaldo Mendes
Design e Capa: Patrícia M. Moreno
Imagem da Capa e Mapa: Patrícia M. Moreno
Imagens dos Símbolos: L.B. Corr

Impresso no Brasil
O código de propriedade intelectual de 1º de Julho de 1992 proíbe expressamente o uso coletivo sem autorização dos detentores do direito autoral da obra, bem como a cópia ilegal do original. Esta prática generalizada nos estabelecimentos de ensino, provoca uma brutal baixa nas vendas dos livros a ponto de impossibilitar os autores de criarem novas obras.

Av. Nilo Peçanha, 155, cjs. 1101 a 1106 - Castelo Rio de Janeiro – RJ.
CEP: 20020-100
Tel: 21 22825133/ Fax: 2215-0225
www.altabooks.com.br
e-mail: altabooks@altabooks.com.br

Agradecimentos e Dedicatória

É preciso lembrar de algumas pessoas
especiais, que não apenas trilharam comigo o árduo caminho de construir, escolher e
reinventar todas as coisas, como partilharam suas essências e criações,
tornando possível essa história, exatamente como ela é.

Para o querido e distante Dark Side, meu mestre
apenas uma única vez, aquele que me reconheceu por detrás do personagem e
me levou a refletir sobre o que significa estar vivo;

Para Rê, por ter me emprestado seus sonhos,
sentimentos e visão, por olhos e dramas alheios, enquanto eu criava.
Foi assim que escrevi cada linha, cada sorriso e cada lágrima aqui contidos.

Para os amigos que ouviram, pacientes,
cada vez que eu me queixava por não conseguir terminar, ou perdia a
esperança de que tudo fosse encontrar o seu devido lugar; amigos queridos que ouviram
cada capítulo que li em busca de convencer a mim mesma.

Eu não saberia como agradecer por tudo o que fizeram por mim.

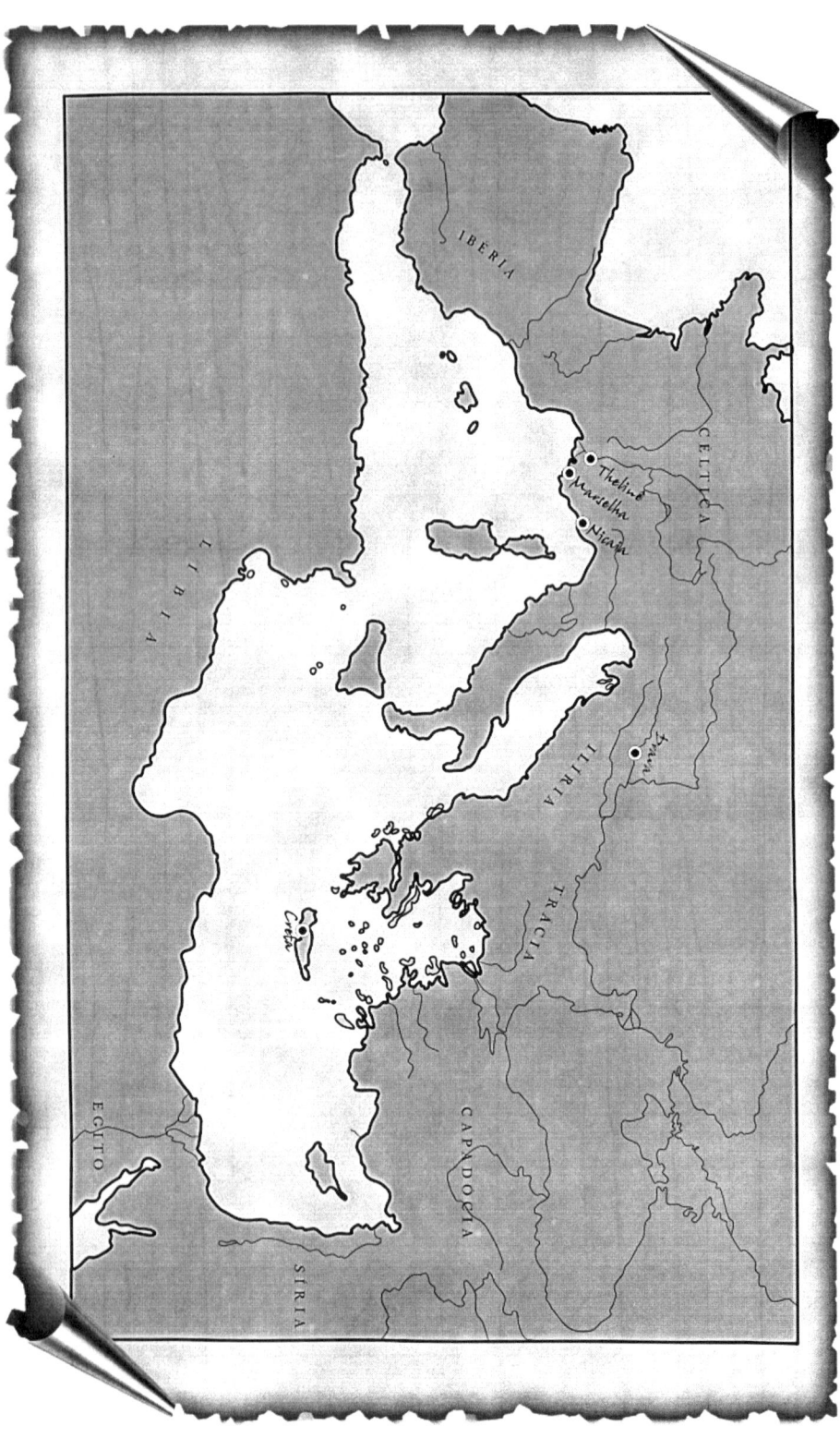

Prólogo

Cantem os deuses a glória e a desgraça daqueles que, por maldição, vagam indigentes nesse mundo perdido e sombrio. Salvem os homens suas almas inocentes... tão diferentes da minha ou da tua, que agora lês este manuscrito. Saiba que tomo a pena em minha mão pelo mais vil dos motivos e, portanto, sinta-te livre para, a qualquer instante, deixar de lado as páginas manchadas em que teus olhos, talvez puros e crédulos, deitam. Sim... A história que se inicia aqui foi escrita às custas de vidas alheias, gravada com o sangue inocente de muitos e com minhas amargas lágrimas, que, por alguma cruel armadilha do destino, mostram-se igualmente rubras.

No entanto, se quiseres conhecer o lado mórbido e verdadeiro de tudo o que se passou sobre o mundo desde o início remoto dos tempos, se desejares conhecer a verdadeira faceta do homem e das criaturas que com ele dividem a existência... se tiveres força para não fraquejar, então, desafio-te a prosseguir. Encontrarás a história além da História, os fatos que nunca foram revelados antes e a verdade que jamais será conhecida: estivemos, desde sempre, à frente da frágil existência mortal, exatamente como os reais senhores do espetáculo da vida, assistindo à degladiação dos homens por detrás das cortinas, cientes de que padeciam pelos nossos interesses, por mais que acreditassem defender os seus próprios.

Cruel... Talvez seja o que estás pensando neste instante. Ofereço-te, então, outra visão dos fatos: apesar de sermos as criaturas que estiveram no controle, apesar de o poder fazer parte de nossa existência a ponto de não conhecermos nada mais, apenas uma criatura como eu sabe o quão triste e desesperador é observar o desenrolar do mundo sem sair das sombras. Não imaginas o quão terrível é... Existir e ocultar a existência pela simples possibilidade de destruir tudo aquilo pelo que se lutou até agora. Pode ser uma responsabilidade pesada demais para ser suportada.

E, ainda assim, não penses tu que não a suporto. Aprecio o que sou, o que me tornei ao longo de tantos e infinitos séculos. Não cometas o erro de julgar-me fraco... Ou lamentoso... Ou, ainda, revoltado com minha condição inumana. O fardo que carrego é, simplesmente, a capacidade de enxergar além e de me importar, com tudo e com todos. O que me enfraquece e amargura, a ponto de eu chorar por sobre estas folhas, é a inviabilidade do amor. Meu erro maior é amar quando já não resta espaço algum ao sentimento. O amor não existe, talvez nunca tenha existido, mas, quando temos a eternidade para pensar e observar, é que nos apercebemos dessas pequenas coisas tristes. Roubaram-me a inocência e a sanidade... E estou só. Em verdade, sempre estive, apesar de agora ser diferente, pois nunca antes desejei alguém ao meu lado.

Mas não vou estender estas palavras. Há uma história a ser contada e que, com absoluta certeza, não terás oportunidade de ler por outras mãos ou de conhecer por qualquer outro meio. Imagino o quão curioso deves estar para entrar nos bastidores do poder e saber das tramas sórdidas que envolvem os seres humanos sem que estes percebam.

E o motivo que me levou a contar tudo? De fato ia-me esquecendo da insinuação que deixei no ar. Deveria saber que tu não a esquecerias... Escrevo tão-somente pela necessidade, quase insana, de dividir dor e tristeza com outro alguém ainda que não chegue a vê-lo novamente. Peço-te, entretanto, que guarde minhas palavras, mesmo que te sintas impelido a gritar tua verdade. Peço-te que cuide do meu sofrimento pois, até hoje, ninguém o fez por mim.

⊱ I ⊰

> *Inicio a narrativa, não por mim mas pelo princípio, por aquele que, antes de eu sequer imaginar o que me aconteceria, mergulhara no Dom da Noite como o bravo guerreiro que era, é e sempre será. O vento gelado uivava por entre as folhas escassas dos cedros naquela noite. Quase posso sentir o perfume da floresta dentro de mim, suave e puro, mesmo que eu nunca tenha estado lá antes. E, como a única luz numa cela escura, a lua vinha brilhar por sobre os homens, reluzindo o frio metal de suas armas. O Samhain se daria ao entardecer do dia seguinte, marcando o início do ano, tão esperado e comemorado por aquele povo. Mal sabiam eles que o início poderia, muito bem, ser o fim. E, caso venhas a caminhar por entre essas árvores algum dia, poderás sentir a força da tradição, bem como...*

O sussurro de muitas vozes pairava no ar, apesar de não alcançarem o descampado. A marcha continuaria pelo sul da Céltica, ao longo do rio Ródhano, em direção ao Mediterrâneo. No entanto, durante pelo menos três dias, se manteriam fixos para a comemoração do ano novo, um momento especial que marcava o recomeço, a oportunidade criada pelos deuses para nos redimirmos daquilo que trazíamos de ruim ao longo do caminho, a possibilidade de adquirir a energia mágica da natureza para continuar a luta e pedir a bênção dos deuses.

Emelis caminhava por entre as fogueiras recém-acesas, inebriada com o perfume da bebida fermentada e com o crepitar aconchegante do fogo contra a madeira seca. Todo o acampamento mergulhara, mansamente, na noite. Como que para confirmar suas suspeitas do avançado da hora, a criança em seus braços berrou, inconsolável. Precisava amamentá-la antes que os homens retornassem da caçada, quando, com certeza, deixaria a filha aos cuidados de alguma das anciãs para dedicar-se ao assado de veado e ao preparativo do banquete que se seguiria até a passagem do *Samhain*.

A moça sentou-se diante de sua tenda, próxima ao fogo, e tratou de cuidar da filhinha recém-nascida. Era muito parecida com o pai. A saudade que sentia de seu marido, um homem maravilhoso, repleto de vigor e força, turvou-lhe os olhos castanhos numa tristeza infinita.

"Não se desespere, menina.", foi a voz que lhe invadiu os pensamentos. "Não permita que sua angústia se entranhe e tome sua filha."

Emelis sorriu e acariciou a cabeça redonda da menina, que lhe tomava os seios, faminta. Ele estava certo. Não deixaria que suas tristezas e desgraças atingissem uma criatura inocente. Não. Precisava ser forte, reunir toda a coragem para continuar em frente, viajando e lutando ao lado dos homens, como devia ser.

Em silêncio procurou esvair qualquer pensamento quando cada uma de suas lembranças apontava para ele, sem que nada pudesse fazer para impedi-lo, contaminada pela ausência. Foi apenas quando a criança largou-lhe o seio, satisfeita e meio adormecida, que se permitiu pensar outra vez. Uma lágrima solitária escorreu-lhe pela face bonita.

Talvez, se estivesse ao lado dele no último confronto contra os povos do norte... Talvez, se tivesse lutado ao lado dos companheiros, seu marido...

— Salve, Emelis! — foi o brado de reconhecimento que lhe soou às costas. — Há muito tempo não temos uma caçada assim!

Buscou-o, dividida entre a ansiedade por vê-lo e o receio de que lhe flagrasse o instante de franqueza. Mesmo assim, a necessidade de mergulhar nos olhos de esmeralda, firmes e intensos, foi muito maior que qualquer outra. Ele avançou em direção à fogueira, toda a atenção voltada para o enorme veado que trazia atravessado por sobre os ombros numa demonstração evidente de conquista e virilidade. Orgulhou-se com tamanha veneração, que sorriu. Parabenizou-o pela vitória e tratou de deitar a menina dentro da tenda para iniciar o preparo da carne, que assaria nas brasas baixas por toda a noite até o entardecer seguinte. Enquanto ajeitava o bebê, o outro cuidava de preparar a caça, arrancando-lhe o couro e as entranhas. Sua voz, forte e rouca, encheu os ouvidos de Emelis daquela familiaridade quente e reconfortante.

Logo, juntou-se a ele para ouvir-lhe a narrativa de mais aquela noite de bravura e divertimento.

—Mal posso esperar para me juntar a vocês, tanto nas caçadas quanto nos confrontos — comentou ela, distraída.

—Já se cansou da responsabilidade materna?—perguntou ele, afastando-se para limpar a adaga e estender o couro e as peles, fitando-a enquanto temperava o belo pedaço de carne.

A moça deu de ombros e teve a impressão de que soluçara. Não... Emelis não fraquejava facilmente, não era uma mulher qualquer e sim a melhor das mulheres. Trataria para que arranjasse outro homem que pudesse não apenas ajudar com os cuidados da filha pequena, como também arrefecer o fogo que lhe inundava os olhos em determinados momentos, ou a tristeza que lhe tomava o rosto, sempre.

—Ser mãe não é nenhuma grande dificuldade, você deve imaginar... Difícil é ser mãe sem ele ao meu lado.

Fez-se silêncio profundo e carregado de tristeza. Foi apenas quando ela já dispunha a carne sobre a fogueira que a voz rouca soou outra vez.

—Não é sua responsabilidade, minha irmã—sussurrou o guerreiro, com uma doçura que poucas vezes pudera sentir.—Não é sua culpa que ele tenha retornado ao Círculo. A hora de cada um de nós chega, mais cedo ou mais tarde. Você deve continuar a sua caminhada da melhor forma possível, cuidando para que o fruto que restou do amor que os unia cresça e se torne ainda mais forte. Deve cuidar da sua filha e casar-se de novo.

—Não quero me casar de novo, Rhys!—declarou, erguendo o olhar firme e resoluto para ele.—E cuido muito bem da minha menina. Tem razão quando diz que ela é o meu tesouro. Ela é tudo o que tenho do meu marido, é o consolo que me restou.

—Ao menos a passagem dele foi honrada—comentou, caminhando para ela novamente, na intenção de pegar a cumbuca de comida que a irmã lhe estendia.—E os restos mortais voltaram à natureza, como deve ser...

O resmungo de Emelis foi evidência mais que concreta do quão insuficiente fora seu comentário. Tentava animá-la e convencê-la a casar-se com alguns dos inúmeros pretendentes que possuía, no entanto a mulher mostrava-se irredutível. Raio de gênio difícil que tomava toda a parte feminina da família!

—Qual o seu problema? Está querendo se ver livre de mim e da sua sobrinha?

—Claro que não, mulher—tornou, impaciente.—Mas precisamos concordar que certas necessidades suas eu não posso suprir, da mesma forma que não pode suprir as minhas.

—E nem preciso, com a quantidade de fêmeas que arrastam o mundo por você—tornou ela, passando por ele com passos felinos.—Mas, entendo a sua preocupação, como irmão e responsável. Façamos um trato: eu me caso na noite seguinte ao seu casamento, o que acha?—ele arregalou os olhos em incredulidade, arrancando uma risada franca da mulher diante de si.—Eu acho muito justo, afinal, não sou a única que está em idade de se casar. Você fará dezoito anos na próxima lua, Rhys. Está mais do que na hora de se comprometer com uma das mulheres que vivem atrás de você por todo o acampamento.

E, com essas palavras, ela tomou um dos vasos de barro nas mãos e sumiu na escuridão da noite, em direção ao rio. Mal podia acreditar na petulância e audácia daquele pedacinho de gente. Há muito Emelis crescera, já não era uma menina e sim uma senhora de família, agora viúva. Não desejava forçá-la a nada entretanto temia que a tristeza se tornasse grande demais e que acabasse por fazer parte de sua vida, irremediavelmente.

Quanto a cuidar dela, sempre fizera isso, de uma forma ou de outra! Adorava tê-la por perto, muito embora fosse obrigado a admitir que a criança era um incômodo na maioria das vezes. Mas crianças são a evolução natural de tudo aquilo que os deuses unem, não é assim? As sementes, as flores, o broto, o início... E as crianças.

Seus olhos, de um tom incomum de verde profundo, perderam-se nas chamas tremulantes da fogueira e voltou a pensar em Emelis, nos sacrifícios e recompensas que tivera ao unir-se com outra pessoa, todo o amor e tristeza que passara desde então. A única conclusão à qual chegara era a de que a irmã fora, sempre, um gigante em fortaleza e que ele próprio ainda não se considerava pronto para abrir mão de tanta coisa, para cuidar de outro alguém daquela maneira.

Antes que o bebê acordasse, Rhys embrenhou-se no mato pela trilha do rio. Queria encontrá-la e dizer que poderiam ficar juntos, cuidando um do outro, pelo tempo que ela julgasse necessário.

* * *

Ao anoitecer do dia seguinte, iniciou-se mais um ano. Cânticos sagrados, oferendas aos deuses, música e dança espalharam-se pelo ar, preenchendo de vida o acampamento e de emoção cada um dos corações. Essa era uma noite mágica, quando o véu entre os mundos encontrava-se mais fino e transparente, favorecendo as visões druídicas e as adivinhações. Em verdade, sacerdotes e sacerdotisas retiravam-se em virtude de realizar os rituais sagrados. Aos guerreiros restava a celebração em memória dos ancestrais e em afirmação da continuidade da vida.

Foi nessa atmosfera única que Rhys deixou Emelis e mais alguns amigos em torno da fogueira, à entrada de sua tenda, para correr o lugar a fim de saudar as demais famílias, em seu nome e no da irmã. A moça quisera acompanhá-lo porém era inegável que, pelo avançado da hora e o som dos instrumentos, tal atitude acordaria a bebezinha. Convencera-a de que era melhor permanecer na tenda daquela vez. Por sorte, alguns visitantes chegaram na hora em que se preparava para deixar a fogueira, mais um motivo para Emelis permanecer.

A noite fria envolveu-o e enrolou-se mais no manto de pele que trazia sobre os ombros largos. Atara o cabelo castanho, longo e ondulado, à nuca, na tentativa de que resistisse ao vento frio que soprava do sul, vindo do Mediterrâneo. Nem mesmo o clima impedia que o povo comemorasse. Sorriu, subitamente feliz e despreocupado. As pausas para as comemorações e para o enterro dos mortos sempre eram respeitadas. Teriam de lutar novamente apenas dali a uns dias, o que muito o alegrava. Tentaria ficar mais tempo com a irmã e a sobrinha.

Seus pensamentos iam por aí quando entrou no primeiro círculo de fogueira. Foi recebido com toda a honra que cabe ao melhor guerreiro e líder da tribo. Sim, esse era seu papel em meio àquela gente: cuidar e levá-los à vitória. Bebeu com os anfitriões e comeu do assado que acabava de sair do fogo, um costume que indicava educação, satisfação e boas-vindas. Serviu-se pouco, pois restavam ainda muitos a quem visitar. Era o que esperavam dele e costumava cumprir com seus deveres.

Já na terceira visita, a lua alta no céu, o toque de alarme ecoou pelo descampado, sobrepondo-se à cantoria e ao uivo do vento por entre as árvores. Um instante se passou sem que ninguém se mexesse, tamanha a surpresa. Gritos de dor e desespero chegaram-lhe aos ouvidos logo em seguida. Aquilo não poderia estar acontecendo!

Desembainhou a espada, pondo-se de pé num salto, enquanto as informações lhe chegavam vagas, vindas de longe, de que o inimigo atacava ao leste, encoberto pela festividade e valendo-se da segurança que as tradições encerravam. Não esperou um segundo sequer para comandar homens e mulheres a lançarem-se ao embate. Nem mesmo chegou a pensar no absurdo que significava a invasão, pois, apesar de estarem em constante conflito com as tribos vizinhas, todos detinham as mesmas crenças e respeitavam os mesmos costumes. Naquele instante, tudo em que Rhys conseguia pensar era na necessidade de sentir o sangue alheio jorrando de encontro à lâmina de sua espada. Tudo de que conseguia se lembrar era do sorriso de Emelis... E do manso respirar de uma criança que acabara de vir ao mundo. Precisava voltar até a barraca e salvar sua família.

Como um lobo que defende território, lançou-se em meio aos cedros altos, correndo o mais rápido que suas pernas lhe permitiam e girando o aço no ar até que nada restasse dos invasores que, porventura, cruzassem seu caminho. A visão jazia comprometida para o desespero, a consciência turvava-se para o instinto de sobrevivência. Todo o acampamento parecia mergulhado no vermelho-rubro da morte e gritos cortavam o ar, ainda mais sofridos que os lamentos das armas dos guerreiros. Misturados à voz do vento, clamores o alcançaram junto à certeza de que mataria ainda muitos, antes de chegar a seu destino.

De súbito, uma sombra projetou-se da escuridão em sua direção, apenas um vulto, nada mais que isso. Não se deu ao trabalho de perguntar coisa alguma, nem ao menos de virar-se para ver o que era. A experiência assegurava-lhe a hostilidade que o desconhecido encerrava. Sua espada bramiu no ar de encontro ao corpo menor que avançava sobre ele com agilidade impressionante. A ponta de aço cravou-se bem acima do estômago, perfurando mais. A força com a qual impingiu o golpe foi tamanha que projetou o agressor para trás, de encontro ao tronco de um cedro.

O segundo de silêncio que precede a morte deve ser respeitado e deixou que passasse para mirar o rosto daquele que o havia atacado pelas costas. Foi quando seus olhos mergulharam na dor quase irreal das íris castanhas que se abriam para ele, como que sem vida.

Ela levou a mão à lamina, ainda fincada em seu peito, os olhos turvando-se lentamente enquanto miravam-no, repletos de amor incondicional. Em seguida, tocou-o no rosto, bem devagar, apreciando as pontas ásperas da barba por fazer ao encontro dos seus dedos brancos e calejados pelo trabalho, num último carinho.

Desesperado, Rhys sentiu as próprias lágrimas escorrerem. Não ousou retirar a espada, certo de que a mataria de uma vez, eliminando a chance de ela falar, qualquer coisa que fosse. Mas aproximou-se, apertando os dedos alvos de encontro à própria face, agora úmida pelo pranto. Atrás dela, o tronco jazia vermelho, manchado do sangue que escorria até tocar-lhe o calcanhar delicado.

— Minha menina... — sussurrou ele. — O que foi que eu fiz a você?

— A hora de cada um de nós chega, mais cedo ou mais tarde... — balbuciou ela, sorrindo.

— ... E você deve continuar a sua caminhada da melhor forma possível. Não restava nada para mim... Além de você, Rhys... Nada... E agora... Estará só. Perdão.

— Emelis! — gritou, trazendo-a de volta do sono que lhe pesava os olhos.

A moça mirou-o novamente, a mão escorregando da dele para a letargia da morte. Seus olhos puros estavam úmidos. Ela sofria em silêncio.

— Fuja daqui... O mais rápido possível, eu imploro. Foi o que vim lhe dizer... Foi por isso que os deuses me concederam a oportunidade de vir até aqui... Para que pudesse lhe contar do terrível destino que o aguarda... E morrer pelas mãos daquele que me amou, mais que qualquer coisa. Os deuses foram bons para mim... Por favor, ouça o que lhe digo e vá embora...

— Minha irmã, querida... — sussurrou, abraçando-a como podia. — Está delirando. Acalme-se... Em breve estará com seu marido e sua filha, de volta ao Círculo, feliz como antes.

Emelis tomou-o nos braços e encostou os lábios carnudos no ouvido dele. Seus cabelos cheiravam ao frescor e suavidade da floresta. Amava-o tanto que sentiu as forças retornarem num derradeiro esforço.

— Eu estarei feliz e bem. Mas você... Lembre-se, Rhys, do meu amor e saiba: o que o aguarda, depois que tudo isso terminar, será algo muito pior que a tortura... Algo infinitas vezes mais terrível que ter seu corpo violado... Tão medonho quanto se tivessem aprisionado... O seu espírito.

Chamou-a mais uma vez, confuso e desnorteado. Mas a irmã sorriu-lhe e, uma última vez, pediu para que partisse, que abandonasse a luta para não sucumbir a algo que não podia definir. Antes que pudesse perguntar o que era, Emelis deu as mãos ao seu marido e único amor, tomou sua filhinha nos braços e partiu junto com eles para onde tudo é luz.

O corpo da moça caiu sem vida, em seus braços. Então puxou a espada, libertando-a. Desejava levá-la para junto da filha, provavelmente destroçada, e preparar o corpo de ambas para o ritual, mas, em meio à batalha, não haveria tempo para isso. Ciente dessa verdade, Rhys deitou-a junto ao cedro que bebera de seu sangue, memorizando bem o local para vir buscá-la mais tarde, quando tudo estivesse terminado, caso sobrevivesse de alguma forma. Quando a deitou sobre os musgos da floresta teve a real sensação de que sorria.

Afastou-se para limpar a lâmina da espada e deixar o pedaço de pano junto ao corpo. O sangue de Emelis jamais seria lavado! Nesse instante, um som baixo às suas costas denunciou que alguém se aproximava por trás e virou-se naquela direção para enfrentar o oponente. Uma forte rajada de vento bateu contra seu corpo forte, como uma tora de árvore. Houve tempo para se esquivar, porém, logo em seguida, a "coisa" avançava novamente, vinda de outra direção. Tentou ver o que era, todavia o ar se deslocava sem que nada houvesse diante de si.

Sentiu o fio de uma arma cortante atravessar-lhe o ombro esquerdo e não havia nada ali. O sangue jorrou, farto, tingindo suas vestes e pingando contra o solo verde da floresta. Manteve-se de pé, a visão escurecendo lentamente à medida que perdia mais e mais sangue. As palavras da irmã lhe chegaram e compreendeu que, de alguma forma, os deuses o puniam.

Uma nova investida o assaltou pela frente e tudo o que viu foi uma leve movimentação de ar. Nova ferida, num ponto não vital, mas seus sentidos já estavam comprometidos para a morte. As pernas fraquejaram e caiu de joelhos, tombando em seguida. Tentou ainda afastar-se, rastejando, entretanto algo o impediu. A última coisa que viu diante de si foi um par de olhos, azuis como pedras raras, sem qualquer emoção, e uma voz baixa que lhe sussurrava a vida que começaria para ele, dali por diante.

* * *

A noite caíra mais uma vez e avançou pela alcova com passos suaves, na intenção de acender uma única tocha, próxima à pesada porta de madeira maciça. As paredes eram de pedra, frias e impessoais, como todo o resto. O catre, apesar de tosco, detinha uma espécie de acolchoado feito de penas, o único conforto que fora permitido ao pobre infeliz que jazia desmaiado sobre ele, há quase uma lua inteira.

Assim que a luz mortiça do fogo preencheu a cela de sombras vivas, voltou ao banco de onde se levantara para perpetuar sua vigília. Não havia nada além da cama rústica com o jovem adormecido e uma pequena bacia com um jarro de barro, mais ao canto. O aposento carecia de espaço e o "anfitrião" carecia de bom senso, em sua própria opinião. Porém, precisava admitir: não era um guerreiro qualquer, mas o que havia de melhor, em muitas terras. Um leve sorriso esboçou-se em seus lábios finos ao acomodar-se no banco.

O ruído de passos em contínua aproximação desviaram-no do prisioneiro para aguçar seus sentidos em direção ao corredor, além das paredes. Pela pressão dos pés sobre o assoalho, pela tenção incontida dos calçados contra o chão, poderia dizer quem era. Deixou a figura jovem e inconsciente sobre o catre para virar-se na direção da porta. Nem um minuto se passou até que ele irrompesse numa angústia quase humana e parasse no meio do recinto, os olhos de um azul pálido a mirá-lo sem expressão, o semblante quase juvenil sem qualquer marca que lhe denunciasse emoção. Poderia jurar que era só um menino. E esse era o maior erro de suas vítimas, brutalmente assassinadas para algo muito maior que a vaga sensação de inocência que ele detinha.

Fitaram-se por algum tempo. Nenhum dos dois parecia disposto a começar, mas, igualmente, sem pretensão de desistir, não ainda. E foi assim que a voz dele, doce e macabra, ecoou pelas paredes nuas da cela em penumbra, embriagante como o sussurro de uma amante apaixonada.

— Por tudo o quanto existe... Aí está você — começou, o rosto assumindo um ar que variava do alívio à apreensão. — Estive procurando-o desde que anoiteceu.

Sorriu-lhe com ternura, apenas isso. Presenciar a súbita efusão de sentimentos que tomavam aquela criatura, tão linda em sua excentricidade, era o maior prazer de sua própria imortalidade.

— Não havia necessidade de desesperar-se assim, Arkus — tornou com brandura, o timbre rouco de sua voz a contrastar com o dele, tão suave. — Não poderíamos fugir de você, nem eu e muito menos a frágil criança que, em sono, aguarda a sua sentença — completou, apontando para o rapaz inconsciente.

Arkus fechou a porta atrás de si, cuidadoso. Foi até os pés da cama e cobriu o jovem mortal com mais um cobertor. Apesar de não o sentir, fazia frio ali dentro, sabia. Só então, aproximou-se do companheiro, os olhos azuis fixos no corpo estendido sobre o acolchoado macio.

— Não se trata disso, Amon — e seu antigo nome, pronunciado por ele com tamanha doçura, trouxeram-lhe lembranças únicas de um tempo gentil que não poderia mais voltar. Há muito deixara de ser Amon para tornar-se Dédalos. Porém, ali dentro, olhando para o amigo e companheiro, tempo parecia algo simplório demais. — Sei que não fugiria de mim. Sabe que não descansaria até encontrá-lo e trazê-lo de volta, independente do que me custasse a busca — afirmou num sorriso luminoso, quase tão raro quanto o sopro de vida em seus olhos claros.

Arkus ajoelhou-se ao lado do outro, os cabelos avermelhados refletiam as chamas da tocha, seu rosto delicado parecia irreal. Não pôde afastar o olhar dele, intenso. A criatura ruiva pousou-lhe a mão na coxa numa atitude que denunciava posse para, em seguida, voltar a encarar o catre, não sem antes deitar a cabeça no colo de Dédalos, aconchegando-se.

Fez-se um breve silêncio no qual ambos observavam o jovem, não mais que uma criança diante da imensa experiência que possuíam, um guerreiro sofrido diante das mazelas do mundo.

— O que acha dele? — indagou de repente, sem erguer-lhe o olhar, radiante pelo futuro que o rapaz representava.

Dédalos afagou-lhe a cabeça, embrenhando os dedos longos e morenos na farta massa de fios macios, uma dor quase física a tomar-lhe o peito diante do significado de tudo aquilo.

— Ele é forte — murmurou. — Quantos anos tem?

— Dezoito, na próxima lua. Foi o que li em seus pensamentos. Por quê?

— Nada... Imaginei que assim fosse. Só um homem muito forte sobreviveria tanto tempo e se manteria ainda imaculado. Ele tem ideais. Não foi corrompido pelo mundo.

Arkus ergueu-se para fitá-lo. Mergulhou nos olhos escuros como a noite sem luar; o rosto sereno, de traços marcantes, denunciava-lhe a idade; a pele morena como bronze pareceu-lhe ainda mais sedosa que os tecidos raros do oriente. Perdeu-se ao admirar-lhe a beleza agressiva e fascinante, os olhos delineados como quando se conheceram, mortais contaminados pela vontade de viver. Dédalos atravessara muitos anos de sua vida mortal e renascera com todo o conhecimento que sua posição privilegiada lhe garantira. Nascera para a morte com outro nome, como um outro alguém, mais maduro que a maioria e pronto para existir, independente das condições que essa existência exigia.

O outro permitiu a minuciosa avaliação da qual era alvo, seguro de si, absolutamente sereno. A devoção que sentia por Arkus tornara-se incomensurável, maior a cada dia, a cada ano, e a realidade que os envolvia machucava-o ainda mais devido a isso.

— O que exatamente quer dizer, Amon? — indagou finalmente, após longa observação.

— Que fez uma excelente escolha. Ele será o melhor dirigente que esse povo já viu, o maior governante que já tiveram.

— Eu sei... — murmurou, voltando os olhos azuis para o rapaz, apenas por um instante, o suficiente para que Dédalos lhe flagrasse o orgulho. — Mas não vou condená-lo à minha própria expiação — disse, voltando a encarar o outro. — Ele escolherá um companheiro e o *enlaçará*, exatamente como eu farei a ele. Terão, ambos, o mesmo sangue, a mesma *família*, os mesmo objetivos. Muito mais do que isso, Dédalos! Os laços que os unirão serão indestrutíveis pela eternidade: serão pai e cria, duas metades de uma única realidade, e liderarão juntos, lado a lado.

O guerreiro remexeu-se em seu sono, denunciando que, aos poucos, retornava ao mundo. Não mais que alguns minutos e Arkus lhe falaria, contaria cada uma de suas intenções e planos, exporia todas as maravilhas da eternidade e cada uma das desgraças que ela poderia acarretar. Duvidava que o companheiro fosse assim, tão verdadeiro, ainda mais se levasse em conta a ânsia crescente por arranjar um substituto. Bem, não havia muitos mortais tenazes, sagazes e fortes como aquele jovem. Arkus teria que se valer de todo o cuidado e amabilidade de que era capaz.

Deixaria-os a sós, com certeza. Não chegara a dizer mas não compactuava das intenções dele, por mais razão que tivesse. Arkus gostava das coisas à sua maneira, o que significava privacidade. Tanto melhor. Esperaria que o pobre mortal acordasse e arranjaria para que o mandassem sair.

Buscou o outro com o olhar. Ele observava o rapaz, o semblante dividido entre indiferença e orgulho, típico dos pais.

— É um guerreiro fabuloso, forte em corpo e espírito, leal a si mesmo e a seu povo, firme e decidido como poucos. É um líder nato e, como tal, liderará esta terra.

— Você se superou, meu querido, como sempre — tornou Dédalos, desviando o olhar dele. — Mas a lealdade pode, nesse caso, representar um problema, não concorda? Ele terá de lutar por um povo alheio e por outros ideais que não os dele.

— Sim, mas essa não é a questão, meu caro. A lealdade é uma benção. Será fácil convencê-lo de que seus ideais são os meus ideais e de que seu povo é, agora, aqueles que o cercam. A eternidade muda a nossa visão das coisas.

Novo silêncio. Ele tinha razão. Bem orientado, o jovem poderia redescobrir a existência e reconhecer, em cada um deles, a sua família.

— Vai renomeá-lo... — era mais uma afirmação, feita assim que percebeu que o rapaz abria os olhos verdes e confusos. — Por que Cedric?

— De Cedro, o símbolo da grandeza, da nobreza e da força. O cedro jamais apodrece. Representa a eternidade e é assim que será, Dédalos: eterno — ele encarou o rapaz com um sorriso terno. — Bem-vindo ao mundo... Cedric.

* * *

Tentou dizer-lhes que seu nome era Rhys, contudo, antes que seus lábios pudessem emitir qualquer som, lembrou-se do que sucedera na noite do *Samhain* e não teve coragem suficiente para admitir quem era.

A temível e fantástica criatura ruiva, que o estivera observando desde que acordara, surgiu ao seu lado, na cama. Sem cerimônia, acariciou-lhe o cabelo revolto e, apesar da rejeição inicial, não conseguiu mover um músculo sequer, fascinado pelo tom incomumente pálido de suas feições, pelo toque suave de seus dedos.

Arkus contara-lhe uma história. Sua própria história, na verdade, fantástica demais para ser real, e, mesmo assim, acreditou em cada palavra, cada sílaba sussurrada, como se falasse apenas para ele e ninguém mais. Quase não conseguia notar a outra presença, ainda amparada pelo banco de madeira, séria e silenciosa. Não havia nada mais incrível e maravilhoso que Arkus em sua flagrada desumanidade, o brilho pálido de seus olhos azuis, a fala mansa sem qualquer pausa que lhe denunciasse a respiração.

A conversa estendeu-se pela noite sem que percebesse ou se angustiasse. Queria estar com ele. Amou-o, incondicionalmente, e nem ao menos sabia que tipo de ser ele era. Logo descobriu que faria parte de tudo aquilo, um império que ainda se erguia mas que prometia ser vasto e grandioso como todos os sonhos dele o eram. Tal qual um pai amoroso, Arkus convidou-o a fazer parte da *Família*, a tornar-se um ser da noite como ele próprio e a compartilhar do conhecimento e poder que reuniram ao longo dos séculos.

— Não precisa dar-me resposta alguma agora — murmurou ele, com a voz sussurrada que o embriagava. — Temos relativo tempo. Mas espero que pense com carinho, Cedric. Lembre-se de que não lhe resta nada para o que voltar e estou oferecendo muito mais do que poder e responsabilidades. Estou lhe dando a oportunidade de recomeçar, quero dar-lhe uma nova vida, com novos parâmetros, novas regras.

Assustado, Rhys encarou-o, um misto de medo e revolta clareando-lhe os olhos verdes. Então, ele sabia! Sabia de tudo o que sucedera na floresta! Ou será que fora apenas impressão, fruto de sua imaginação? Encarou-o, mudo por algum tempo. Os olhos azuis miraram-no, plácidos, e sentiu como se o invadisse. Deu-se conta disso. Ele sorriu.

— Posso ler seus pensamentos, invadir sua alma, é verdade. Existem muitas coisas que saberá, no momento adequado, grandes *"Dons"* que são herdados com o sangue, meu caro. Mas teremos de esperar pela sua decisão — disse em tom gentil, erguendo-se em seguida e afastando-se na direção da porta. — Ao tornar-se um de nós verá que o mundo será outro, completamente distinto desse que conhece. Ao aceitar minha oferta, perceberá que muito pouco lhe restará da humanidade que carrega dentro de si mas isso não o tornará um monstro. Somos apenas uma outra raça, misturados em meio aos seres humanos sem sermos notados — deu-lhe as costas e saiu para o corredor.

"Até amanhã, Cedric.", foram as palavras que lhe ecoaram na mente. Soube, naquele instante, que não haveria pensamento seguro e particular com aquela criatura por perto, a varrer-lhe a consciência sem cerimônia ou compaixão. Tentou perguntar-se que tipo de ser era Arkus, mas temeu suas próprias conclusões, ainda mais agora, que as compartilharia sem que considerassem sua própria vontade.

Como que por acaso, seu olhar deitou-se na figura silenciosa, ainda sentada no banco, a fitá-lo em serena espera. Pela lógica natural, se Arkus podia ler-lhe os pensamentos, então aquele homem poderia fazer o mesmo, não? Eram iguais, não eram? Fixou o pensamento nele e perguntou-lhe, sem palavras, por comida e água. Nada. Silêncio absoluto. Ou o estava ignorando solenemente, ou era mudo ou, pior, era algo diverso e, por isso, ainda mais ameaçador.

— Você não é como ele?

A pergunta pairou no ar por algum tempo, indigente. Pensou que a resposta jamais chegaria quando a voz rouca dele invadiu-lhe os sentidos junto a uma sensação de paz, algo que nunca sentira em sua vida.

— Creio não ter compreendido — murmurou, sem mexer um músculo além do necessário.

— Não leu meus pensamentos — era uma afirmação.

— Não. Cada um de nós recebe um *Dom* específico com o *Enlace*, algo que varia de acordo com nossa *Casta*. Mas, como Arkus lhe disse, será explicado a seu tempo, depois de ter aceitado ou não a proposta que lhe foi feita.

— Por que devo me decidir sem saber no que me tornarei? Por que preciso esperar? Não gosto de pisar em terreno desconhecido, não sem antes averiguar as possibilidades — admitiu com franqueza.

A criatura sorriu e encarou-o.

— É de fato um guerreiro. Mas não pense sobre esse paradigma pois nada tem a ver com a tentativa de ludibriá-lo, muito ao contrário. Arkus recusou-se a falar apenas porque você não podia compreendê-lo. Certas coisas... Não basta ouvir, é preciso vivenciar para termos noção exata do que significam. E você sabe disso melhor que ninguém — reinou um relativo silêncio enquanto Rhys tentava encontrar algum traço de zombaria e falsidade por detrás do discurso polido. Nada... Apenas aquela gentileza suave que o cativava. — Mas pergunte-me outras coisas. Talvez eu possa responder.

— Qual o seu nome?

— Dédalos — murmurou. — Sou conselheiro e amigo de Arkus.

O jovem cumprimentou-o em respeito antes de fitá-lo outra vez.

— Meu nome é... — mas não conseguiu prosseguir.

— Sei quem você é, meu jovem, independente do nome que tenha. Logo perceberá que nomes não significam muito para seres como nós. O que importa é aquilo que deixamos, é a nossa marca para o mundo. Noutra época, fui conhecido como Amon. Entretanto, esse tempo passou e, hoje, sou Dédalos. Amon ainda vive dentro de mim pelas experiências que adquiri e pelo aprendizado que assimilei, porém, não faz diferença o nome que tive e sim o que me tornei, o que sou agora. O mesmo acontecerá a você, criança.

Passaram as próximas duas horas conversando sobre a estranha experiência que vivenciara. Soube que ficara quase cinco dias desacordado e que Arkus cuidara pessoalmente de sua saúde e alimentação. Dédalos cuidara-lhe dos ferimentos, embora a arte das ervas e remédios não fosse sua especialidade. Quis perguntar quais eram suas habilidades, mas não o fez. Aprendera a respeitar regras e não desejava perder a única oportunidade de saber, um pouco que fosse.

Dédalos lhe dissera que chegara ao castelo praticamente morto e que Arkus o salvara, lutando com bravura. Contou do sentimento que o companheiro lhe nutria, como o de um pai, das vezes que o observaram juntos — ele o vinha observando há muito, desde que tomara a espada pela primeira vez —, dos planos que tinha traçado para o feudo, ainda em construção. Falaram também de que tipo de criatura eram: *Predadores*. Dédalos lhe dissera do que teria de abrir mão para tornar-se um *Ser da Noite* e das infinitas coisas que poderia ganhar, ter ou conquistar a partir dessa escolha. Sempre havia o lado bom e o ruim de todas as coisas, porém não lhe restava nada de seu mundo para fazê-lo voltar.

A decisão tornou-se ainda mais difícil quando soube, de maneira simples e direta, que criaturas assim sobreviviam de sangue, e, invariavelmente, sangue humano. Tornar-se assassino e canibal não estava em seus planos. Todavia, quando Dédalos revelou que, uma vez *enlaçado*, pertenceria a outra raça, lembrou-se de que teria outros referenciais e outro código moral. Assim como os homens caçavam veados para se alimentar e nem por isso, judiavam dos animais, um *Predador* caçava pessoas para se alimentar e isso não implicava em crueldade ou violência. Apenas era assim. Lutar contra esse instinto seria lutar contra si mesmo.

Ao despedir-se, o egípcio aconselhou-o a pensar sobre tudo o que ouvira porque, uma vez *enlaçado*, teria de conviver com novos preceitos e tornar-se predador de algo que fora e conhecia tão bem.

— Não é fácil, filho. Estaria mentindo se dissesse o contrário. Mas é perfeitamente natural uma vez que não somos mais como eles. E, ainda assim, precisa pensar com cuidado pois, caso termine por rejeitar a si mesmo, não haverá saída para você.

— O que acontecerá?

O silêncio que se seguiu refletiu tristeza nos olhos escuros dele. Dédalos levantou-se, muito suave, caminhando com passos lentos e calmos até a porta. A manhã já se anunciava forte.

— Provavelmente enlouquecerá... E acabará por tornar-se uma ameaça àqueles que o cercam, humanos ou não. E, uma vez que acontece, não há como evitar a dor, meu jovem, não a sua e sim a daqueles que o amarão acima de todas as coisas e que terão de destruí-lo. Será de fato muito triste... Mas pode ser evitado. Basta que deseje ser como nós e que esteja disposto a tentar com todas as suas forças. Estarei ao seu lado e sei que é forte o suficiente para atravessar a fase da aceitação. O resto, é só alegria.

E ele se foi, deixando no ar a incerteza e a ansiedade por reencontrar um lugar no mundo. Pensou durante muito tempo, ainda ali, largado na cama, sem forças para erguer-se. Horas mais tarde, uma criada viera trazer-lhe uma farta refeição e comeu com gosto, maravilhado pela forma como era cuidado. Parecia um herdeiro e não um prisioneiro. Mesmo assim, não permitiu que a docilidade dos gestos desviassem sua mente da questão principal e, quando a mulher saiu levando os restos, tornou a mergulhar em seus questionamentos. O que tinha a perder além da humanidade? Nada. E poderia ser alguém outra vez, cuidar, recomeçar numa outra vida, fora o que Arkus lhe prometera.

Amá-los não seria difícil pois nem bem os conhecera e sentia-se irremediavelmente ligado a eles, como se nunca tivesse estado noutro lugar. Contudo, será que teria mesmo força para esquecer-se do que fora e tornar-se algo completamente novo? E será que a escolha por essa transformação radical estava mesmo em suas mãos ou seria apenas mais uma conseqüência de sua decisão?

Adormeceu sem resposta para nenhuma de suas indagações. Porém, antes mesmo de abandonar-se à inconsciência do sono, sabia em seu íntimo que já fizera a escolha, não pelos outros mas por si mesmo, pela oportunidade de apagar seus erros e fazer algo de bom, de honrado e justo por aqueles que, em breve, seriam a sua família.

* * *

O tempo fluiu numa sucessão fugaz e irrecuperável, talvez porque, aos poucos, trocasse o dia pela noite, de forma que se habituara a ter a lua como sol antes mesmo de dar-se conta; talvez porque as experiências que tivera a partir da noite seguinte superassem de longe todas as suas expectativas.

A primeira providência de Arkus, além de arranjar-lhe um aposento na ala principal e cuidar para que se vestisse como um príncipe, fora a de mantê-lo a par da rotina do lugar, algo completamente diferente do que se acostumara em suas andanças e desbravamento de terras por quase toda a Céltica. A princípio, sentia-se como que enclausurado. Todavia, essa sensação logo o abandonou à medida que os dias decorriam e a familiaridade substituía a estranheza.

A segunda providência fora levá-lo a conhecer a propriedade e caminhar por entre o povo — absolutamente mortal — a fim de que compreendesse a importância que teria como protetor. Sim, esses eram os planos de Arkus, que apostava tudo o que possuía na capacidade de Rhys para liderar, comandar e conquistar os que dele dependeriam. Não deixou de envaidecer-se. Por outro lado, como dizer a ele que temia não lhe corresponder às expectativas? Cedo também descobriu que não precisava medir palavras ou escolher o discurso porque Arkus, simplesmente, tinha acesso a cada um de seus pensamentos. Para o fantástico ser de cabelos ruivos, um verdadeiro líder não se impõe e sim é seguido, jamais deixa de se questionar e daí vem a sua força.

Conversaram sobre a condição inumana, as coisas que teria de suportar, transpor e adaptar, os limites que teria de respeitar, bem como o que poderia ou não realizar a fim de resguardar sua própria existência. Seu diálogo girou em torno da preparação e do entendimento por mais três noites, jamais se desviando para pontos pessoais, os quais ignorava solenemente, sem margem a insistência. Logo desistiu de perguntar e preocupou-se em assimilar o conhecimento que tinha a oferecer.

Contudo, fora numa conversa com Dédalos, numa daquelas noites claras e frias do sul da Céltica, que soube exatamente como o *Enlace* aconteceria, ficou a par do processo em si e do que significava, tanto para o mestre quanto para a cria. Dédalos não poupou detalhes daquela natureza.

De tudo, o que mais o aterrorizou foi o que os antigos chamavam de *Fronteira da Aceitação*, a tênue linha que cada um precisa transpor para que a metamorfose se complete. Segundo Dédalos, o *Enlace* não implicava somente no ato em si, mas numa sucessão encadeada de acontecimentos e mudanças, tanto físicas quanto psicológicas, que culminavam com a plena aceitação da nova condição e a possibilidade de utilizar e desenvolver os *Dons* que a imortalidade tenha, porventura, concedido ao "filhote". Da mesma forma que cada indivíduo possui suas próprias questões, dúvidas, certezas e dificuldades, a *Fronteira da Aceitação* oscilava de acordo com o nível de entendimento de cada um, bem como com a força interior para superar a estranheza e o inevitável.

Não foi uma explanação animadora, porém, ao mesmo tempo em que se sentia terrificado, Rhys desejou atirar-se no redemoinho intenso que os olhos escuros lhe prometiam em silêncio. Não ousou interromper o outro, pois havia muito mais a ser dito e compartilhado, disso tinha certeza.

E assim, ao final de uma lua inteira, tendo passado todo o tempo possível em companhia daquelas criaturas, compreendera as intenções de seu futuro pai desde o instante em que se uniram para a extensa conversa: era preparado para sucedê-lo e o momento não tardaria a chegar. No entanto, o tom triste do discurso do conselheiro o fez duvidar de muita coisa, o fez questionar o que poderia acontecer caso não conseguisse superar, caso falhasse, não apenas como ser mas como filho. De qualquer modo, cada vez sentia-se mais parte daquele novo mundo e já não se encontraria noutro lugar. Ansiava pelo reencontro com os anfitriões, porém, àquela noite, nenhum dos dois apareceu para tirá-lo de seus aposentos, de forma que se deixou ficar ali, quieto e pensativo, até que adormeceu.

Acordou algum tempo depois, na escuridão do quarto. Ainda era noite mas não poderia dizer o quanto se aproximavam do alvorecer. Remexeu-se inquieto, aborrecido por ter ficado de fora, e nem sabia exatamente do quê.

Quando se virou no colchão, amplo e macio, deparou-se com olhos azuis que o encaravam na penumbra. O susto fora tamanho que, a muito custo, contivera o grito, sua mão avançando ágil para a cintura, num reflexo involuntário de desembainhar a espada. Contudo estava inteiramente nu. Deu-se conta quando se sentara diante dele, a nudez desconcertante exibida sem intenção.

—Arkus...—chamou num sussurro, buscando a arma, encostada contra a parede, próxima ao catre.

A chama suave de uma vela acendeu-se no mesmo instante, permitindo-lhe o reconhecimento do corpo pequeno e dos olhos brilhantes, fixos nos seus. O fogo lançava-lhe reflexos ainda mais avermelhados às mexas dos cabelos e iluminava-lhe o rosto jovem num ângulo estranho, tornando a aparição ainda mais macabra. Não pôde reagir, dividido entre a fascinação que ele exercia sobre seus sentidos e a estranha sensação de perigo que o instinto lhe lançava. E foi apenas quando avançou, caminhando lentamente em direção à cama, que se pôs sentado, rompendo, num derradeiro esforço, a inércia que o acometia involuntária.

—Está com medo de mim, meu menino?

Sua voz ecoou sussurrada e sentiu-se desfalecer sem motivo. Como que dominado, negou num débil gesto de cabeça, imóvel, os olhos verdes presos ao ondular felino de seu corpo e ao brilho incontido das safiras.

Arkus avançou sem dificuldade e tudo o que fez foi admirá-lo enquanto, sabia, ele o devorava com os olhos. Estava à mercê daquela criatura e o pior fora admitir que não se importava.

Ele deixou a vela sobre a bancada de madeira, onde estavam a bacia e a jarra de água, para só então se sentar ao lado do jovem guerreiro. Sentiu suas mãos, frias como jamais as sentira, sobre sua pele febril e perdeu-se na imensidão dos olhos pálidos, sem forças para lutar contra ele. Arkus contornou-lhe os músculos do abdome, lentamente. Apreciou-lhe o pulsar das veias sob a pele sensível do pescoço... Para, então, embrenhar os dedos na cabeleira castanha que caía sobre os ombros largos em ondas macias e brilhantes.

—Você é lindo, meu filho querido—sussurrou.—Sabe que dia é hoje?—indagou então, sem qualquer propósito.

— S-sim... — balbuciou o guerreiro, extasiado com a carícia que os dedos longos e alvos lhe impingiam pela nuca. — Estamos... Na segunda lua de...

Ele aproximou-se, tanto e tão rapidamente que só conseguiu dar-se conta do que acontecia quando os lábios finos pararam diante dos seus. Por um instante pensou que o beijaria e estremeceu, de asco e prazer.

—Esqueça as luas, Cedric—pediu, num murmúrio suave, um sorriso cálido e gentil tomando-lhe as feições, quase assustadoras.—Esqueça tudo o que trouxe consigo até agora porque, esta noite, deixará de ser Rhys, o guerreiro celta, para tornar-se Cedric DeLacea, meu filho, soberano absoluto desse reino e dessa gente, o líder perfeito e maravilhoso que vi em você desde o primeiro instante. Deixe seu passado morrer com o seu corpo e permita que uma nova vida comece com o seu renascer.

O jovem assentiu, devagar, ciente do que as palavras dele significavam. Ficaram algum tempo assim, próximos, encarando-se em mútuo reconhecimento. Nada disseram. Não necessitava de palavras para compreender a importância de tudo aquilo e o que sucederia dali por diante.

— O que preciso fazer, pai? — indagou com voz rouca, mesmo certo de que não precisava falar para que ele o ouvisse.

Contudo as palavras causaram em Arkus um efeito bem diverso do que esperava, quase como se desejasse ouvir, como se tivesse ansiado por aquilo desde o início de sua eternidade. Ele sorriu e seus olhos turvaram-se de sangue em lágrimas que não pudera chorar. Tudo o que fez foi abraçar aquele ser frágil e mortal junto a si, não com fome, mas com toda a ternura de que era capaz, cuidando para não apertá-lo com mais força do que poderia suportar. Rhys deixou-se abraçar e pousou o rosto contra o ombro dele, em entrega. Sentia-o seu pai, sentia-se parte dele e nem ao menos começara.

— Diga-me que deseja a eternidade, mesmo depois de tudo o que ouviu. Preciso ter certeza de que não se arrependerá, porque o amo e jamais me perdoaria caso ela se tornasse um fardo para você.

Diante da declaração inflamada, Rhys envolveu-o também, num abraço firme e esperançoso. Sorriu, porém Arkus não chegou a notar. Estava ocupado em dissipar o temor de que, por fim, ele desistisse.

— Não sei o que acontecerá comigo daqui por diante. Tudo o que sei, meu pai, é que desejo amá-los como minha família e agradeço a oportunidade que me dão para reconstruir minha existência depois de ter perdido a fé em tudo o que acreditava. E isso inclui a mim mesmo.

Arkus afastou-se. Seguiu-se uma espécie de ritual solene, na qual ambos juraram devoção à *Família* DeLacea, nada diferente de cerimônias que já presenciara em povos do oeste. Uma formalidade que, ao que parecia, ele prezava. Não foi difícil se comprometer verbalmente uma vez que o coração já estava ligado e unido a tudo o que significavam.

Em seguida, o *Predador* fê-lo deitar-se na cama, entre as mantas macias, o corpo nu e magnífico estendido sob a luz da vela, agora pela metade.

— Você sentirá dor, mas ela há de passar antes do que imagina, juro a você.

— Sim, meu pai — respondeu, recebendo Arkus em seus braços e retribuindo o carinho que ele lhe oferecia.

— Caso a dor supere sua consciência, lembre-se do que lhe digo: estarei ao seu lado, filho, até o fim, até o momento em que terá deixado para trás a mortalidade e será como nós, inteiro em corpo e pensamento.

Rhys assentiu e suspirou quando os lábios frios dele roçaram-lhe a carne sensível do pescoço, beijando e sugando de leve, enquanto os dentes arranhavam-lhe a pele. Gemeu e abandonou-se ao prazer de senti-lo junto a si, o contraste das roupas que usava contra seu próprio corpo, vulnerável.

— Sinta, meu menino, com todo o abandono de que é capaz. Esse, como todos os outros momentos da sua existência, será único e inigualável.

Fechou os olhos, sem vergonha das reações de seu corpo. Não havia limites ou barreiras para o sentimento. Nem desejava tê-las. E, quando ele finalmente cravou-lhe os caninos, sugando-lhe a essência da vida e arrastando-o para a morte após o rugido de dor, restou-lhe apenas um soluço perdido, o desfalecer contínuo e a certeza de que ele estaria ao seu lado quando a euforia se extinguisse.

Foram instantes fugazes, pois logo soube que morria rapidamente para o ávido sugar. Arkus conduziu-o, a dor aumentando a cada instante. Não se desesperou, ao contrário, largou-se na cama, nos braços dele, o corpo há muito inerte pela incapacidade de continuar vivendo. Por um segundo, pensou que ele não lhe daria a eternidade, como prometera. Todavia, mesmo isso lhe pareceu pequeno. Morreria feliz se o fizesse daquela forma, agarrado a ele, sentindo-lhe o coração bater outra vez de encontro ao seu próprio, tanta beleza e tão pouco perto do que desejava.

Antes que seus sentidos se apagassem por completo, o outro se afastou, deixando uma terrível sensação de vazio. Tentou estender os braços para ele mas pareciam pesados demais. Estava imobilizado pelo fim; já não podia nem mesmo ver o azul incondicional daqueles olhos, pois sua visão se nublara por completo. Sem perceber, chorou.

— Meu filho... — um lamento chegou-lhe, tão baixo que mais parecia delírio. — Não desista agora, eu imploro. Abra os olhos para mim, Cedric! Abra os olhos ou morrerá.

Lutou contra a escuridão, reuniu toda a força que lhe restava para fitá-lo uma última vez e, quando o fez, não possuía forças para nada mais. No entanto valera a pena. Arkus lhe sorria e estava tão certo, era tão absurdamente familiar, que julgou já estar morto.

— Ainda não... Em breve — assegurou ele, estendendo-lhe o pulso para que o líquido vermelho lhe escorresse para a garganta faminta.

Alimentou-se com ímpeto desesperado, agarrando o corte junto aos lábios. Bebeu o máximo que conseguiu, pelo tempo que lhe foi possível, até que Arkus afastou-o de si, antes que o destruísse com sua fome insaciável. Em seguida, dominou-o uma letargia terrível, os membros amoleceram e foi incapaz de mover-se. Sentiu o pai aproximar-se e oferecer o colo para que repousasse a cabeça sobre ele. Deitou-se, a face apoiada contra o tecido macio e brilhante de suas vestes.

— Olhe para mim... Cedric DeLacea.

Obedeceu sem hesitar, certo de que nunca, em toda a sua existência, tivera outro nome que não aquele, muito menos que estivera noutro lugar que não ali, aconchegado àquela criatura.

Arkus acariciou-lhe os cabelos, sem pressa, carinhoso. E, ao fitar o rosto jovem dele, espantou-se com o que viu. O pai permanecia exatamente igual: os mesmos cabelos, os mesmos olhos, a mesma expressão devotada e, ainda assim, era completamente diferente, muito mais humano, real, muito mais próximo. Soube, naquele momento, o que Dédalos quisera dizer quando falara que sua visão mudaria com o *Enlace*, que seu mundo seria outro e não mais aquele que conhecera.

Lentamente, desviou o olhar de seu mestre para vagá-lo pelo quarto, onde já não havia escuridão, apenas uma leve penumbra. O mundo continuava lá, em cada entalhe, todavia o enxergava de forma diferente, mais vivo, intenso, muito mais seu.

— Bem-vindo à noite, Cedric. Há muito que precisa ver e conhecer antes que eu comece a lhe falar das coisas incríveis que pode fazer, das muitas maravilhas que pode ser.

— Pelos deuses... — murmurou, extasiado, voltando a encarar o pai, que parecia tão vivo quanto ele próprio. — Isso é maravilhoso, Arkus!

— Sim... Você é e sempre será maravilhoso, meu filho. Será tudo o que não pude ser — declarou, os olhos turvos e emocionados.

Cedric não compreendeu o que o olhar triste dele lhe dizia, mas não houve tempo para perguntar pois sentia seu corpo se modificar e pareceu-lhe estranho. Precisava saber, tanta coisa! Tinha de perguntar a ele... Tanto, que não soube por onde começar. A primeira mudança que percebeu além de sua visão, muito mais sensível, foi que podia sentir o sol, tão plenamente quanto alguém que pode vê-lo nascer ou se pôr atrás das montanhas. O alvorecer se aproximava, rápido. Teriam de...

— Onde vou dormir, pai? — indagou, assustado. — E você, vai me deixar? Sinto meu corpo mudar, mas em breve teremos de nos esconder e...

— Calma — murmurou, tocando-o no rosto. — Não se preocupe com nada além da sua transformação. Passaremos o dia aqui e ninguém haverá de abrir aquela porta, como eu mesmo já me incumbi de providenciar. Não vou a lugar algum até que tenha terminado, Cedric. Estarei ao seu lado.

Uma dor terrível invadiu-o, fraca a princípio mas aumentando, cada vez mais, até que não pudesse falar. O corpo comprimiu-se sobre a cama e afastou-se de Arkus, com receio de o machucar inconscientemente. E o pai agarrou-o pelos ombros, abraçando-o e segurando-o com mais força do que poderia imaginar, imobilizando-o até que lhe restasse apenas o desespero e os uivos sofridos que lhe escapavam involuntários.

— Seu corpo está morrendo, apenas isso. Suporte a dor, por pior que seja. Perceba as mudanças e memorize cada uma delas. Aprenda com a metamorfose para que não rejeite aquilo em que está se tornando. O dia logo terá raiado e você se abandonará à inconsciência. Ao despertar, não haverá mais dor e nem a sombra do que já foi. Esses serão seus últimos minutos como mortal.

Compreendeu a importância daquilo para sua própria aceitação e, se tentou suplantar a dor com a sanidade, foi apenas para tornar o caminho mais fácil. No entanto, logo o sofrimento era demasiado forte para ser suportado. Já não agüentava o desespero quando seus sentidos foram se anestesiando para algo desconhecido, assustador e absolutamente novo. Era o sol que, apesar de não ser visto, surgia para além das paredes de pedra. Veio então o sono, como um bálsamo para a morte. A existência apagou-se da mesma forma que a dor para os braços fortes de Arkus, que ainda o ampararam em orgulho e amor.

* * *

A vida retornou com um sopro violento. Sentiu-se tonto por breves instantes, meio que confuso com a enxurrada de sons estranhos e vozes baixas. Mas não havia ninguém no quarto além de Arkus, a fitá-lo com ternura por sobre o colchão. E, quando o encarou na semipenumbra do ambiente, não o viu com a mesma estranheza de antes, não o percebeu como algo à parte, pois eram iguais. Sorriu-lhe, quase que sem querer, pelo simples prazer de sentir sua pele, extraordinariamente mais resistente, esticar-se sobre os ossos.

Vagou então o olhar pelo quarto, sem a dor a toldar-lhe os sentidos, ansioso por ver mais, conhecer, aprender, ser... Tudo o que desejasse. O pai tomou-lhe as mãos com gentileza e mergulhou os olhos de esmeralda — ainda mais profundos do que antes — no semblante dele, emocionado.

— Há muito para ver, filhote. Coisas lindas e terríveis que, agora, fazem parte do que você é. Vou levá-lo a ver o mundo e as pessoas de uma maneira única, nunca dantes experimentada. E você estará entre elas, Cedric. Sim... — murmurou. — Você estará entre elas, embora não faça mais parte do que são. Nunca se esqueça disso, meu querido: não é mais como eles.

Cedric assentiu, uma urgência desconhecida invadindo-o por dentro. Desesperado, estremeceu, uma leve dor — ou espécie de dor — consumindo-lhe as veias em desconhecida agonia.

— Pai! — chamou-o, num lamento. — O que é isso? Sinto meu corpo...

— Está com fome. Precisa caçar e essa será sua primeira lição: como e onde caçar para que não seja descoberto. Deverá aprender a esconder-se, a camuflar-se na mortalidade. Não seria muito bom para nós se descobrissem que grande predador de seres humanos você não será! — e sorriu, de uma maneira um tanto trágica que não deixava de encerrar doçura.

Saíram para a noite escura, sozinhos. Vagaram sem rumo pela periferia da vila próxima, que se amontoava desordenada em torno do castelo. Procuravam por uma presa que passaria despercebida, alguém de quem não dessem falta. Arkus não era cruel, em absoluto, mas contou histórias terríveis de criaturas realmente ruins, que gozavam diante do desespero e da dor alheia. Cedric quase sentiu o estômago revirar e deixou a presa, já morta, caída no matagal. Entretanto, era apenas um resquício de sua lembrança mortal, ainda muito viva. Logo se desfaria desse tipo de coisa, o criador apressara-se em afirmar. Em sua opinião particular, o sangue era mais saboroso enquanto corria forte e quente nas veias humanas. Depois de morto, frio e espesso, não oferecia grande regalia ao paladar. Sendo assim... Tê-la deixado no mato não fazia diferença, e cuidou de esquecer o pequeno incidente, bem como o rosto que aplacara sua fome pela primeira vez.

Arkus riu diante da reação do filhote, orgulhoso. Com certeza, logo seria o melhor dos *Predadores*, um exemplo para a raça e um referencial em questão de poder e respeito. Orgulhava-se de tê-lo escolhido e, diante do elogio, Cedric encabulou-se.

Caminharam, então, pelas travessas estreitas de barro ou terra batida, ocultados como cúmplices pela noite criança. Havia muito a ser dito e Arkus parecia um tanto ansioso para começar. Conversaram durante horas sobre a nova condição imortal de Cedric. Como pai, lembrou-o do que poderia ou não fazer, quais os elementos que representavam perigo e ameaça a sua nova vida e sobre a *Fronteira da Aceitação*. Cedric recordava-se vagamente de uma conversa com Dédalos a esse respeito entretanto Arkus lhe mostrara uma nova visão. De acordo com o mestre, não teriam qualquer problema com isso, pois Cedric mostrava um talento nato para exercer os *Dons* da noite e para viver como sua natureza exigiria.

Essa afirmação acalmou o jovem, de forma que retornaram mudos para o castelo. Quando avistaram os portões altos de madeira e a imponente construção atrás dele, Arkus resolveu romper o delicado silêncio, e suas palavras soaram com um tom tão repleto de tristeza que Cedric estancou no meio do caminho, apenas para vê-lo.

— Há mais uma coisa, meu filho, e é muito importante — Cedric mirou-o. A visão de sua beleza agressiva e os olhos de esmeralda nos seus esvaíram-lhe os pensamentos por um instante, trazendo o silêncio. Ele seria o melhor dentre os melhores.

— Diga, meu pai. Estou ouvindo — e seu olhar estava pleno de aceitação.

Arkus sentiu os olhos marejarem e adiantou-se pelo caminho apenas para que não visse, para que o filhote não se apercebesse do quão difícil era falar sobre aquilo.

— Saberá em breve que existem muitos "tipos" de *Predadores*, aos quais chamamos *Castas*. Cada uma dessas *Castas* é marcada por um *Dom* em comum, que é transmitido pelo sangue com o *Enlace* e inato a cada filhote. Mas isso será informação futura e em nada contribui para o que desejo lhe dizer.

— Mas... Não é importante que eu saiba, ao menos, a que *Casta* pertenço? Isso me parece tão valioso quanto a palavra de um homem ou sua espada.

Recebeu o olhar pálido e vazio no seu próprio. Por muito tempo ficaram assim, perdidos um no outro, até que a voz baixa e suave dele chegou-lhe aos sentidos.

— Pertencemos à *Casta* denominada *Dominadores de Almas*... Pois sou seu pai e seus *Dons* existem através de mim e do meu poder, da mesma forma que aconteceu quando eu fui *enlaçado*.

Ao contrário do que imaginara, o criador não cruzara os portões, mas, em vez disso, continuara em frente e enveredaram juntos por um bosque de árvores esparsas que contornava o local. Avançaram por entre a vegetação por algum tempo, até um tronco caído onde o mestre sentou-se com graça, chamando-o a compartilhar do momento.

Cedric obedeceu-lhe, não por receio e sim desejava ouvir. Todavia, mesmo quando insistiu, indagando sobre seus *Dons*, o pai fora taxativo: seria perda de tempo explicar tão cedo, sem antes falar de outras coisas fundamentais, não relacionadas à *Casta* e sim à *Família*.

— Há um Império a ser erguido, meu filho, e temos uma *Família* pela qual zelar. Pertencemos a uma *Casta*, sim. Uma sub-raça dentro da nova raça à qual pertence, e isso jamais poderá mudar. Mas podemos formar famílias e impérios dentro do mundo mortal, e, para isso, precisará do apoio de outras *Castas*.

— É possível conciliar tantos imortais com *Dons* diferentes?

A ingenuidade da pergunta não deixou de ser cruel.

— É difícil mas possível. Muitos estão dispostos a fazer parte do poder entretanto, na minha opinião, o melhor dos caminhos é torná-los dependentes de você, meu filho. É muito simples. Faça-os provar do seu sangue, umas poucas gotas bastarão. Serão fiéis, mesmo quando suas consciências lhe gritarem o contrário.

Havia tanto a saber! Porém, Arkus não lhe respondera nada a respeito do novo mundo que se abria para ele naquela primeira noite. "Você verá.", foram suas palavras. E, quando lhe pediu para que lhe ensinasse a utilizar os dons, Arkus sorriu mas negou-lhe, dizendo que a disposição dele muito o tranqüilizava mas que não poderiam avançar sem comprometer a segunda parte do plano.

Cedric sentiu-se como que desfalecer diante dessa declaração. Então, havia um plano. Antes que pudesse perguntar qualquer coisa, Arkus abraçou-o e contou-lhe a verdade sobre a *Família*.

— Lembra-se que lhe disse sobre as *Castas* mas que, antes disso tudo, há um Império e uma *Família*? — assentiu, em concordância. — Pois bem, nossa *Família* é muito unida, meu querido, e, além dos *Dons* que herdamos como *Dominadores de Almas*, nós, os DeLacea, carregamos um segredo mágico em sangue e mente, algo que faria sucumbir os mais fortes de espírito e que poria impérios inteiros aos nossos pés. Somos perseguidos por aqueles que desejam o poder pois é exatamente isso o que o conhecimento trás. É um fardo que deveremos carregar eternamente para não deixar que a esperança, nossa esperança, se perca.

— Não entendo, pai! Que segredo é esse?

Arkus afastou-se para fitá-lo.

— Será revelado a você no momento certo. Não posso dizer, Cedric, apenas mostrar. E terá de esperar mais um pouco, não apenas para que eu lhe ensine o que precisa saber para sobreviver e erguer a *Família*, mas para que possa...

Cedric afastou-se dele, mirando-o com o olhar forte e impiedoso.

— Como assim será revelado no momento certo? Não estou gostando disso! Por que tenho de esperar para saber de todas as coisas?

Silêncio.

— Quando eu lhe mostrar nosso segredo, deixarei de existir.

Por um momento, Cedric não pôde dizer nada, nem uma única palavra, a razão comprometida para o desespero. Arkus fitava-o desolado.

— Pai... O Senhor... Vai me deixar? É isso o que está dizendo? Criou-me e agora partirá, deixando-me só com tudo isso?!

— Não — declarou, enfático, tomando as mãos dele com força. — Eu o amo e jamais, em toda a minha existência, o deixaria só, Cedric. Haverá um outro imortal, alguém que você deverá escolher como companheiro, que dividirá com você as responsabilidades e a liderança do povo. Alguém que poderá suportar o peso da imortalidade e que estará ao seu lado, sempre. Deixo a escolha para você, meu querido, porque só assim poderão existir em harmonia.

Cedric baixou a cabeça, desolado. Não refletiu a respeito do sentido que as palavras dele encerravam, sentia-se como que entorpecido. Em sua mente, giravam informações, todas elas, tudo o que falaram até ali. E, de todos os pensamentos, o que lhe gritou foi o de que haveria mais um, irmão de sangue, se é que poderia dizer isso, alguém que escolheria dentre os mortais para que Arkus...

Ergueu-lhe o olhar novamente. Haveria tempo. Todo o tempo do mundo para compreender e aceitar, o que quer que fosse.

— Vai *enlaçar* mais um, meu pai? Quer que eu escolha um irmão de existência, é isso?

— Não, meu filho. É preciso que o sangue dos DeLacea permaneça forte o suficiente para proteger o segredo que guardamos. Por isso, todos nós, cada uma das gerações criadas se compromete a fazer uma única cria em toda a existência. Sendo assim, é preciso escolher com cuidado, como eu o escolhi.

Os olhos do filhote arregalaram-se em pânico controlado, resquício inegável de seu sentimento mortal. Fitou Arkus e não viu qualquer sinal de zombaria ou de engano em seu semblante.

— Mas... Se o Senhor não o vai *enlaçar*, quem...?

— Você, Cedric. É você quem concederá à criatura a eternidade.

II

Agora, as palavras me libertam e sinto-me capaz de dizer qualquer coisa, mesmo que ninguém nunca venha a ler, nem mesmo tu. Não imaginas quão terrível é sentir a liberdade justamente através do que sempre me aprisionou. Todavia é só para que saibas o quanto de mim resta para que eu dê a ti... Ou mesmo a ele, a quem tanto amo. Não me resta muito.

E, daqui para frente, a trajetória da minha história será cada vez mais vertiginosa, mais árdua, apenas porque não serei mero observador como fui até agora. Tu sentirás o que pretendo dizer, apesar de o fazeres de modo diverso da minha própria concepção de sentir.

Mas deixe-me começar... Faz tanto tempo! Já havia-me esquecido...

O salão se estendia imenso, banhado pelo sol da tarde que entrava pelas janelas, fraco e dourado. Uma brisa suave soprou, agitando-lhe os cabelos escuros e lisos que caíam em desalinho por sobre os olhos, quando se inclinava para lapidar a tábua de argila na qual escreviam. Estava no meio de um registro importantíssimo e, ainda assim, foi impossível resistir ao impulso de erguer o olhar para a paisagem e deixar as letras por alguns instantes.

Seus olhos negros perderam-se na imensidão do mundo lá fora, além daquelas paredes. Desejava viajar, conhecer as províncias com as quais comercializavam, vencer as fronteiras só de água que circulavam a ilha. Não havia como. Era um mero escriba, nada mais, e mesmo isso já era muito para um rapazinho como ele, vindo do povo, sabe-se lá de onde. Oportunidade como aquela, de trabalhar no palácio ao lado do Imperador, não acontecia com freqüência. Os deuses, de fato, lhe foram generosos.

Desde que se lembrava, vivia ali dentro, na ala dos serviçais, e seu destino seria a oficina de cerâmica ou a de metais, como acontecia à maioria. Isso, se não tivessem reconhecido o seu talento inato para as letras. Bons escribas eram difíceis de se encontrar e o Imperador logo demonstrara interesse em seus dotes, investira anos em sua educação, proporcionando tudo o que era necessário para que aprendesse o ofício das palavras e da comunicação... Sem cobrar-lhe nada em troca até o seu décimo aniversário, quando fora chamado aos aposentos dele pela primeira vez. E assim, perdera a inocência, tanto para amor quanto para o mundo.

Um gosto amargo chegou-lhe aos lábios ao lembrar-se daquele dia terrível, quando se sentira violado e traído. Entretanto, acontecia sempre. Todos os rapazes, escribas ou não, que trabalhavam no interior do palácio já haviam despertado o "interesse" do Imperador, por mais ou menos tempo. Segundo um colega, da mesa ao lado da sua, tirara a "sorte grande" pois sua alteza nunca mantinha um garoto por mais de alguns meses. E aquele inferno já durava cinco anos. Realmente não sabia o quão sortudo era ou, talvez, os deuses o estivessem castigando.

Tratou de afastar os pensamentos indesejados quando ouviu um forte pigarrear atrás de si e, ao olhar por sobre os ombros, deparou-se com o professor chefe, que o encarava com ar de repreenda do outro lado do recinto. Precisava voltar ao trabalho.

O texto não era dos mais chatos. Gostava dos relatos que os mensageiros traziam de suas viagens pois, assim, poderia vislumbrar um pouco do que não conhecia: povos fascinantes, perigosas empreitadas, negociações e todo o tipo de aventuras maravilhosas. Era como ler um bom conto, elaborado pelo melhor dos narradores ou pelas mãos hábeis de algum artista que pudesse decifrar a arte da escrita. Também gostava de escrever histórias, mas faltava-lhe vivência para criá-las.

Quanto à rotina do palácio, às estratégias de guerra e aos meios de negociações... Conhecia-os de cor e brincava sozinho, diante de seus escritos, arriscando qual seria a estratégia que os generais enviados escolheriam para a próxima viagem. Invariavelmente, acertava. No seu ofício aprendera também a analisar a alma humana, conhecer a linguagem corporal de cada um e poupar a si mesmo das constantes invasões às quais se sujeitava.

"Thal.", a voz rouca e baixa dele ecoou em sua mente de modo que o buscou pelo salão num gesto involuntário. "Por favor, garoto, seja discreto..."

Thálassa tè Eudaimon corou até a raiz dos cabelos e baixou o olhar novamente, pedindo a todos os deuses que conhecia para que nenhum dos outros o flagrassem naquele instante de inquietação.

"Onde está, Kaleb?", perguntou em pensamento.

"Atrás de você... Mas não se vire para mim. Precisamos conversar antes que você seja chamado."

Não precisou perguntar para saber a que Kaleb se referia. Com certeza, seria convocado outra vez para a cama do Imperador e negar-se seria sentenciar-se à morte mais dolorosa que conhecia. Suspirou fundo, os olhos de súbito turvos, e encolheu-se na cadeira sobre a tábua de argila, ainda pela metade.

"Não chore, menino...", murmurou num tom terno que Thálassa nunca ouvira. "Não se apiede agora. Nunca sentiu pena de si mesmo... Ademais, tenho boas notícias para você! Sim. É sobre isso que quero lhe contar."

O professor passou mais uma vez e fingiu que escrevia apenas para que não o repreendessem ou interrompessem seu querido amigo. Vira-o pela primeira vez quando criança, logo depois que fora designado para ser escriba imperial. Com efeito, percebera-se a tempo de que ninguém o via, o que o poupou de ser levado como insano ou mentiroso. Kaleb era um espírito amigo, o único com quem conversava, o único que o conhecia, mesmo as coisas pequenas e importantes que não dizemos a ninguém. Mesmo essas, Kaleb sabia. E como era bondoso, como se importava! Desde aquele dia, no qual conversaram pela primeira vez, acompanhava-o como protetor. Fora para Kaleb que pedira socorro, fora a ele que pedira para... Morrer.

Obviamente, Kaleb dissera que essas coisas não acontecem assim e que ainda restava muito a fazer em vida para que desperdiçasse sua existência. Porém, como não queria ver Thálassa infeliz, passara a ajudar da maneira que podia. Os chamados à cama do amante tornaram-se mais espaçados, o que lhe dava algum tempo para se recuperar do coito selvagem ao qual se submetia todas as vezes. Além disso, confessara a ele seu sonho de viajar e conhecer outras terras, outras pessoas, outra vida.

"Escute-me com cuidado. Você será chamado. Vá e faça a vontade dele. Será a última vez, pois, assim que terminarem, ele lhe perguntará se deseja ir a uma viagem, para acompanhar uma caravana de comércio que necessita de um escriba para registrar as negociações."

"Pelos deuses, Kaleb!", murmurou, emocionado. "Obrigado. Muito obrigado por tudo! Nem acredito que conseguiu essa oportunidade para mim!"

"Você terá de recusar, Thálassa. Quando ele lhe perguntar, diga que não quer se separar dele."

* * *

Quando o rapaz voltou ao seu quarto, um dos melhores destinado aos serviçais, atirou-se com violência à cama, rompendo num pranto sentido. Não apenas fora tomado com violência, como recebera a proposta que representava a realização de todos os seus sonhos e a recusara, exatamente da maneira que Kaleb recomendara. Acometido por uma espécie de paixão alucinada que Thálassa nunca vira, o Imperador o tomara novamente, várias e sucessivas vezes, até que a madrugada se anunciasse e seu corpo clamasse por piedade.

Rolou para debaixo dos lençóis alvos, ciente de que os manchava com seu próprio sangue. Sentia-se sujo, mas não teve forças para arrastar-se até o salão de banhos, primeiro porque poderia ser visto e isso lhe traria problemas; segundo porque precisava estar só e seguro, pois o desejo de extinguir com a própria vida era demasiado forte para ser detido e temia a reação de seu desespero silencioso.

Ficou ali, encolhido, a umidade do travesseiro em semelhança à das cobertas. Teria de levantar-se em breve para recomeçar o trabalho porém não conseguia dormir. O sono parecia tão distante quanto a possibilidade de livrar-se daquele tormento. Sentiu a presença de Kaleb, ouviu-lhe a voz baixa e repleta de pesar. Ignorou-o. Não queria vê-lo ou ouvi-lo. Não queria ver ninguém.

A manhã chegou e, com ela, os deveres diários. Tratou de preparar-se, esconder a dor e a tristeza por detrás de seu semblante, quase sempre indiferente. A indiferença era uma arma eficaz e mantinha-o vivo, aprendera isso com os próprios governantes de seu povo e cedo percebera que poderia resgatar seu espírito de mais sofrimento em vão. Vestiu-se com seus melhores trajes não pelo prazer de vestir-se, mas porque eram os trajes que possuíam mais tecido e, assim, esconderiam as marcas.

Ganhou o corredor com semblante suave e sereno quando, na verdade, sentia-se morrer por dentro. Kaleb acompanhava-o. Não falou com ele por vergonha do que havia feito, do que se tornara. Cumprimentou os companheiros de função ao se encontrarem no corredor principal, todos rumando para sua escravidão diária: horas, dias, meses... A vida inteira mergulhados em palavras que não eram as suas e em desejos que não eram os seus. Sentiu-se um verme pelo simples fato de estar ali e se conformar em entregar sua vida a outrem.

Nesse instante, o corredor abriu-se num amplo salão, o pátio interno, repleto de árvores e pássaros que, inocentes, anunciavam o princípio do dia. Tudo o que conseguiu ver foi escuridão. Finalmente, perdera a esperança. Como se buscassem por socorro, seus olhos escuros vagaram pela paisagem maravilhosa, pelos bancos de pedra, as flores coloridas que ornavam o caminho, o céu azul e infinito. Do outro lado, numa espécie de sacada gigantesca, podia-se ver Cnossos, toda a magnífica cidade, cada construção, cada rua, cada gente. A maior e mais bela cidade de Creta, a maior obra dos deuses na terra, sua cela e sua tumba.

Em verdade, todo o pátio fora construído em dimensões descomunais e a posição do palácio, numa das montanhas mais altas, permitia que a vista fosse algo de divino. Sem dar-se conta, Thálassa aproximou-se da sacada, o olhar perdido na cidade que se estendia lá em baixo, certo de que seu corpo frágil e miúdo não resistiria à queda de uma altura como aquela. Chegou até bem perto do parapeito, esculpido em mármore branco. Lindos pássaros passaram ao lado dele em alegre revoada, as árvores erguiam-se mais abaixo, tão lindas e puras quanto o sussurro das ninfas, e o mundo parecia chamá-lo com suas sombras e luzes, suas casas e vilas... Maravilhoso!

"Não, Thal!", foi o grito surdo que lhe ecoou nos pensamentos. "Não faça isso, meu menino! Eu imploro! Precisa acreditar em mim! Nunca o magoaria..."

Thálassa cerrou os olhos e a brisa fresca daquele amanhecer tocou seu rosto como melodia suave, como o acariciar terno e único do amor que jamais teria. Ausente, apoiou as mãos no parapeito, disposto a içar o corpo pequeno e...

— Thálassa?

O chamado incisivo fez com que parasse por um instante e, aturdido, percebesse o que fazia. Corou com terrível violência e não se virou de imediato, receoso do que poderia acontecer.

— Hei, garoto! — novamente, a voz insistiu. Mergulhou nos olhos preocupados de Sphyra, seu amigo e guarda do palácio. — Desistiu da escrita para virar passarinho, é? Pensei que escrever fosse sua vida.

Baixou a cabeça, corando, para só então se voltar para o outro. Sphyra era da guarda pessoal do Imperador, um dos guerreiros mais preparados do reino sem exército de Cnossos. Creta inteira não era adepta da arte da guerra, muito ao contrário. A diplomacia era sua especialidade, justamente por serem comerciantes e artesãos. Mas, se havia algum guerreiro na ilha, com certeza era Sphyra. E ele parecia especialmente trajado àquela manhã, com suas vestes mais encorpadas e com o peitoril de metal que só vira uma vez, muito tempo atrás, quando Cnossos fora invadida por tropas de além-mar.

— Perdão, Sphyra — começou num murmúrio. — Este jardim e a vista da cidade como que me encantaram. Sabe que adoro estar ao ar livre e, por um momento, parei para observar o nascer do sol. Acha que serei repreendido pelo atraso?

— Não creio. Mas... — o guarda sacudiu a cabeça e calou-se, convidando o rapaz o acompanhá-lo com um gesto respeitoso. Nada disse.

— Mas o quê? — perguntou o menino, apressando-se a acompanhar as passadas largas do amigo e pondo-se em marcha ao lado dele, toda a atenção desviada para o semblante sério. Silêncio. — O que ia dizer, Sphyra? E não insulte a minha inteligência dizendo que não é nada pois deixei de ser um menino há muito tempo e você, assim como todos os outros, sabe muito bem disso.

A declaração pareceu desconcertar o homem ao lado, que apenas fitou-o com seus olhos castanhos assombreados por algo que Thálassa leu como tristeza. Poderia ser também piedade, porém Sphyra não se apiedava de ninguém. Fazia parte de sua personalidade e aprendera a ver a alma das pessoas desde muito cedo, com a ajuda de Kaleb e por sua própria necessidade de se proteger.

— Não sei, Thálassa — disse por fim, após alguns minutos de caminhada. — Tive a nítida impressão de que você... Que você estava preste a jogar-se da sacada. Mas, que bobagem a minha, deve ter sido apenas impressão porque sei que não faria uma coisa dessas... Ou faria?

Mergulhado em silêncio, Thálassa desviou os olhos negros dos dele para o corredor que se abria diante de si. Nada disse.

— Faria, Thálassa? — insistiu, e recebeu um sorriso terno como resposta. — Você ia se jogar lá de cima — era uma afirmação.

— Para onde está me levando, Sphyra? O salão dos escribas não fica nessa direção.

— O conselho nos aguarda para uma audiência — foi tudo o quanto disse, amuado e ferido por ele ter ignorado sua preocupação.

Pararam diante da porta colossal, na qual o símbolo do império fora talhado sem muitos detalhes e que representava um selo sagrado. Aquele salão só podia ser utilizado com permissão da família real ou a seu mando. Antes que o guarda anunciasse a presença de ambos, Thálassa segurou-o pelo braço num toque leve.

— Perdão... Algumas vezes olhamos à nossa volta e percebemos que não há saída. Nesses momentos de desespero, nem todos têm a sorte de contar com amigos como você — disse e pensou também em Kaleb, agradecendo-lhe por ter colocado Sphyra em seu caminho antes que pudesse cometer um crime.

Sphyra sorriu e baixou a cabeça. Sentiu que, de alguma forma, ele sofria em olhar para si mesmo. Sua voz forte soou baixa e trêmula, repleta de emoção.

— Pois agradeço aos deuses por terem me permitido encontrá-lo antes que... — sacudiu a cabeça como se a simples idéia o mortificasse. — Além disso, jamais o perdoaria,

Thálassa! Principalmente agora, quando o procurava para dizer que vamos partir numa missão, juntos.

O rapaz sentiu a cor fugir-lhe do rosto e arregalou os olhos diante daquelas palavras.

— Não pode ser, meu caro — soluçou, o olhar negro confuso, não apenas pelo surpreendente rumo do destino, como pela declaração do outro. — Estive com o Imperador ontem à noite, ele me propôs a viagem mas recusei porque... Não queria sair daqui.

— Eu sei. Mas, infelizmente, acho que seu pedido foi em vão, meu amigo. Parece que o Imperador não apenas está perdidamente apaixonado por você, como não confia em mais ninguém para transcrever e registrar os termos da comitiva. Terá de ir, Thálassa, sinto muito. Ele foi bastante claro quando disse que apenas você poderá falar em nome da cidade. Partimos ainda esta tarde.

* * *

A viagem estendia-se por alguns meses, tantos que não podia precisar. Ainda assim, mesmo que a fadiga estivesse dominando a todos, sentia-se repleto de imensa felicidade. O mundo era ainda muito mais bonito do que julgara em seus sonhos mais secretos.

Já avançava há dias por uma região repleta de densas florestas, úmida e bastante fria, ao menos para os companheiros de viagem. A túnica com que saíra de Creta, apesar de ser mais grossa que o habitual, não daria nem para o princípio caso não tivesse negociado vestimentas apropriadas numa cidade costeira da Etrúria, chamada Caere. A princípio, os viajantes mais antigos condenaram o gasto desnecessário com algo tão banal. Não se aperceberam de que era o auge do inverno aproximava-se e, logo, o que antes parecia banalidade acabou por salvar-lhes as vidas. Apesar de ter em sua posse o único mapa conhecido, esculpido anos antes por outro escriba, Thálassa detinha um aguçado senso de observação. A direção em que seguiam e a mudança da vegetação chamaram-lhe a atenção. Poderia apostar que o frio aumentaria antes de terem chegado ao seu destino: Calipólis, na Ibéria.

Perguntara-se o porquê de uma viagem tão longa, não em voz alta. Jamais deviam questionar uma decisão do Imperador. Ainda assim, além da dificuldade em avançar pelo continente, havia o grande contraste climático e cultural. Decerto que outras mercadorias foram entregues e negociadas pelo caminho. Relatara tudo, cada ação de cada homem, cada proposta e atitude, tanto dos seus quanto dos desconhecidos. Queria fazer um trabalho de mestre, pois, dessa maneira, o Imperador o enviaria para mais viagens, com certeza.

Além de manter a postura austera, sombria e calada, que costumava ser sua proteção contra as pessoas, Thálassa agora dispunha de mais um motivo para o antagonizarem: era aquele que observava e escrevia tudo o tempo todo. Percebera, com assombro, que muitos dos jovens com quem viajava invejavam-lhe a posição. Mal sabiam o que precisava agüentar, nem tampouco que trocaria de lugar com qualquer um deles, se fosse possível. Não se lembrava de desejar nada com tamanho fervor quanto cair no esquecimento. Talvez, apenas correr o mundo, como fazia agora.

Aproveitou que todos se reuniam em torno da fogueira para comer e contar histórias, e afastou-se um pouco com seus escritos e o material necessário para dar continuidade ao trabalho — nunca se separava deles, por precaução. Sabia que nenhum dos presentes poderia ler qualquer coisa, todavia eram documentos importantes, que poderiam ser roubados ou extraviados, expondo assim o Império. Apesar de odiar sua vida miserável, amava seu trabalho e estava disposto a defender as informações que portava. Fora apenas quando já estava em missão que se apercebera do quão importante e perigoso poderia ser um escriba encarregado de relatar uma viagem como aquela. Talvez, por isso, não o tivessem cogitado há mais tempo. Entretanto, a confiança que depositavam em suas palavras era inimaginável, principalmente porque ninguém poderia atestar-lhes a veracidade.

Afastou-se em silêncio, a pesada bolsa de couro transpassada sobre o peito estreito, e foi sentar-se há poucos metros, meio que escondido pelas sombras dançantes que o fogo lançava às árvores. O cheiro daquela terra era diferente de Cnossos. E... Parecia haver uma certa magia no ar, algo incompreensível. Vagou os olhos pelas copas escuras, ciente dos perigos contidos na floresta. Como que por instinto, buscou o mapa junto às tábuas ainda intocadas e permitiu que seus dedos calejados deslizassem de leve sobre as linhas marcadas na argila, buscando os vincos como um cego que reconhece um rosto familiar. Passara tantas horas olhando aquele mapa que o sabia de cor, estava gravado em sua mente.

Sentiu passos em sua direção, junto ao perfume familiar de alguém estimado. Não precisava ter receio dele, ou não desejava. A verdade era que não deveria confiar em ninguém, sua posição exigia proteção absoluta e vigília constante. E, ainda assim, permitiu-lhe a aproximação sem guardar o documento, em serena espera.

— Está ocupado?

Ergueu-lhe o rosto com feição jovens, quase infantis, que foram iluminadas pelas chamas vivas, dando a seus olhos negros um tom irreal. Sorriu-lhe e foi o bastante para que Sphyra se sentasse bem perto, o calor de ambos a diminuir o frio terrível que lhes doíam os ossos.

— O que estava fazendo? Tem permissão para me dizer?

— Claro. Ainda sou Senhor de meus pensamentos, não é mesmo? — disse sorrindo, divertido. Sphyra também riu, cúmplice. — Estava pensando, nada além disso.

— Pensar nem sempre faz bem.

— Sabe onde estamos? — indagou o menino de repente, apenas para romper o desagradável peso do silêncio. Não se inibiu, pois já o fazia, quando dentro do palácio.

— Faltam alguns dias para chegarmos ao nosso destino, é tudo o quanto posso lhe dizer, meu amigo.

Thálassa assentiu e colocou a bolsa entre as pernas, erguendo os joelhos para apoiar os braços cruzados sobre eles, recolhendo-se em si mesmo.

— Este lugar chama-se Céltica... — murmurou, inclinando a cabeça de leve, o rosto assumindo um ar suave. — Amanhã, logo nas primeiras horas do dia, estaremos chegando a Nicaia. Li muito a respeito dessa cidade nos manuscritos de outros escribas, quando preparava os arquivos do palácio. Sempre quis conhecê-la...

— Nicaia... — tornou ele, pensativo. — Não me lembro de ter passado por ela antes. Acredito que também não a conheçamos, então... Vamos nos surpreender juntos... Ou não! — brincou, sorrindo para o rapaz e lançando uma pedrinha na direção das árvores.

Aquele gesto inquietou Thálassa, apesar de não saber exatamente o porquê. Antes que o amigo atirasse uma nova pedra, segurou sua mão, o olhar perdido na escuridão das árvores, o perfume estranho da floresta entranhando-lhe os sentidos.

— Ou não... — foi o que murmurou. — Escute, Sphyra. Eu... Não atire outra pedra.

O homem mirou-o, um tanto surpreso, o olhar brilhando numa curiosidade verdadeira e atenta.

— O que foi?

— Nada. É que... Não sei. Apenas não jogue, certo?

E, antes que o soldado lhe perguntasse alguma outra coisa, a voz gentil de Kaleb alcançou-lhe a mente, trazendo o conforto que necessitava para se encontrar.

"Thal, venha comigo. Talvez seja melhor você ir dormir."

"Sim..."

Mas a ação nem mesmo chegou a acontecer, pois um estrondo ecoou pelas árvores, fazendo os pássaros voarem em bando e atraindo a atenção de toda a comitiva. Um segundo de distração, o comando de Kaleb para que saísse da inércia que apenas o pavor poderia causar, e colocou-se de pé num salto desequilibrado, um pouco antes de o outro se pôr à sua frente, como que para protegê-lo.

Pensou em arrastar Sphyra consigo para longe dali, mas algo zuniu em sua direção e, em meio ao breu daquela noite sem luar, sentiu o sangue do amigo espirrar contra seu próprio rosto e o corpo pesado dele tombar sobre a relva batida do caminho. Nenhum grito, nenhum som... Apenas morte.

Então, brados de guerra soaram por sobre sua cabeça. Nem ao menos parou para perceber o que acontecia ao redor. Tudo o que vislumbrou foi o brilho metálico, som de aço se chocando, berros de desespero... E a voz consternada de Kaleb a sobrepor-se a qualquer outro som.

"Corra..."

Partiu em disparada, as pernas trêmulas, enquanto ouvia os gritos aumentarem, vindos do acampamento. Embrenhou-se na vegetação densa e hostil, o instinto de sobrevivência suplantando qualquer outra reação. Precisava afastar-se dali, o mais rápido possível. Abraçara a sacola de couro de encontro ao próprio peito, mais por costume que por necessidade. Não chegou a lembrar-se de que provavelmente morreria ali, no meio do nada, se não pela lâmina de uma espada, pela inanição ou pelas feras que habitavam a selva fechada.

Apenas correu, os galhos arranhando-lhe o rosto jovem e rasgando-lhe as roupas de frio até que estivesse mal coberto por trapos; braços e pernas congelados; os olhos vítreos de terror. E foi quando um silvo comprido fez-se ouvir, por trás de si. O som da vegetação sendo esmagada ecoou em seus calcanhares. Gritou, tentou jogar-se num pequeno buraco, mais adiante, porém o mundo escureceu de repente.

*　*　*

Acordou aos chutes numa espécie de acampamento bárbaro. Um homem, de feições quase encobertas por uma longa barba, ergueu-o pelo pescoço como se fosse uma pluma e, aos berros de um dialeto estranho, empurrou-o para as mãos de outro, tão ou mais imundo que o primeiro. Com certeza seria, no mínimo, estuprado até a morte por aqueles homens enormes e cruéis, que o encaravam com ira desconhecida. Sentiu os olhos turvos, mas não choraria ali. Só adiaria o seu fim, e desejava descansar.

Nem houve tempo de procurar por Kaleb ou qualquer um dos compatriotas, pois um dos bárbaros jogou-o dentro de uma espécie de carro de boi, com hastes de madeira fixas, de onde pendiam argolas, frias e pesadas. Assim que ergueu os olhos apagados para o estranho transporte, soube o que fariam, pois outras pessoas, algumas não totalmente estranhas, jaziam de pé, presas pelos pulsos, como escravos. Pior, como mercadoria a ser exposta. E havia outros carros, vários deles, parados em fila.

Quando o ergueram e o puseram de pé diante da última haste vazia, deu-se conta de que seu corpo estava quase todo à mostra. Entretanto, ninguém parecia se importar, ao contrário dele próprio, que desejava morrer ali. Ergueram-lhe os braços sujos e delicados até o alto da cabeça. Ainda assim, não tinha altura o suficiente para ser atado à tora de madeira. Os berros raivosos selaram sua sorte e seria deixado ali para morrer.

Foi quando percebeu que sua bolsa de couro já não estava mais consigo e que deveriam ter se apoderado de todas as informações, não apenas a respeito do mercado em expansão em sua terra natal, como dos detalhes sobre o palácio de Cnossos e toda a estrutura de Creta. Sentiu-se um verme.

Como uma aparição, um terceiro homem, ainda maior que os outros dois, aproximou-se para tomar os pulsos frágeis do menino e atá-los às argolas com uma tira grossa de couro. E ali, de pé, Thálassa iniciou a interminável viagem que o levaria ao fim de sua vida.

Uma vez por dia, davam-lhe um pouco de água para não morrer de sede. Pensara já ter sofrido muito e, moribundo, em seus delírios causados pela febre e pela terrível força que fazia para manter-se de pé, sentiu saudade do palácio, do salão onde escrevia, e até mesmo das noites com o Imperador, seguidas de sua cama quente e da certeza do que lhe aconteceria no dia seguinte. Esse simples pensamento amargou-lhe a boca e desejou nunca ter saído de lá. Fora uma ilusão. O mundo era muito pior do que pudera imaginar.

Não soube o quanto viajaram. Ao final de um tempo, perdera completamente a noção dos dias e das noites, sempre atado. A linguagem deles já não lhe era estranha e, uma vez que detinha pleno conhecimento da leitura e escrita do Grego e de alguns dos dialetos das províncias próximas, fora fácil determinar-lhe a estrutura. Os bárbaros falavam uns com os outros, ininterruptamente. Em muitas ocasiões, fora o som estranho que produziam em sua fala nada elegante que o mantivera lúcido, ou, ao menos, acordado.

A suave voz de Kaleb também o salvara da morte, porém não era suficiente, ainda mais porque pressentia que a hora se aproximava e que, ao morrer, poderia encontrar-se com ele, o único que fora de fato seu amigo.

Em seu delírio de morte perguntara isso a ele. Precisava ouvi-lo dizer, por mais que acreditasse no sentimento que os unia. Kaleb deu-lhe conforto e sua presença, sempre único. E a viagem parecia não terminar nunca, a carroça sacolejava e já não podia senti-la, os pulsos pareciam prestes a se quebrar. Num dado momento, por mais que tenha resistido, a vida esvaiu-se e o mundo apagou diante de seus olhos. Kaleb chamou-o, em vão. Não queria mais acordar. Desistira de sofrer. Desejava a paz.

Sentiu que a carroça parara, finalmente. Ficaram assim por quase uma hora ou mais, não poderia ter certeza. Até que os gemidos de pobres indigentes chegaram-lhe aos sentidos, muito longe. Estavam desembarcando os escravos e logo chegaria a sua vez. Porém não conseguia firmar o corpo devido à fraqueza e à dor que se alastravam por seus membros. Deixou-se ficar ali, pendurado pelo couro, os pulsos cortados pelo atrito, as formas cadavéricas e imundas já praticamente nuas.

Vozes indistintas aproximaram-se. Estavam bem perto e, ao contrário do roncar grotesco dos homens que o capturaram, falavam num doce sussurrar, transformando aquele idioma maldito numa espécie de música angelical. Podia compreender perfeitamente o que diziam depois de tantos dias ouvindo e estudando o que falavam, isso se o seu raciocínio não estivesse comprometido para a morte.

— Quem é o dono dos escritos, estúpido? — o sibilar baixo anunciava que, de qualquer forma, estava perdido.

Riu alto, mais de desvario do que por vontade, e abriu os olhos para o mundo pela última vez. Sentia a vida esvair-se, sabia que não lhe restava muito e não se importava.

— São meus — disse, reproduzindo o idioma estrangeiro com alguma dificuldade.
— Fui eu quem os escreveu, mas jamais saberá o que dizem. Agora, por favor, seja generoso e me deixe morrer.

O olhar vagou em busca daquele que perguntara, desejoso de escarnecer e vingar sua alma atormentada. Entretanto, tudo o que conseguiu fazer foi mergulhar na imensidão brilhante de esmeralda. Reinava um silêncio sepulcral e não pôde desvencilhar-se daqueles olhos infinitos que, num único instante, prometeram-lhe tudo o que jamais desejara. O riso morreu para uma lágrima solitária. Fechou os olhos negros e entregou a luta. Não havia como vencê-lo.

* * *

    Quando voltou realmente a si, senhor de seus pensamentos e dúvidas, parecia que decorrera muito tempo. Isso porque o aposento estava repleto de todas as coisas que carregara na viagem, cada um de seus pertences encontrava-se ali dentro, desde o baú de roupas até os manuscritos e o material que trouxera consigo por toda a viagem, sobre uma espécie de escrivaninha baixa de madeira escura. Remexeu-se na cama, imensa e macia, sentindo o corpo dolorido e fatigado. Passou os olhos pelo recinto, o suficiente para dar-se conta de que não possuíam janelas e, portanto, não saberia se era dia ou noite.
    Em seguida, tentou erguer-se, certo de que não conseguiria, dadas as feridas que se espalharam pelo corpo durante a árdua viagem. Surpreendendo-se, pôs-se sentado sem qualquer dificuldade. Estava inteiramente nu, percebeu ao roçar suave das cobertas em sua pele. Havia bandagens enroladas por seu corpo e já não sentia dor. Também seus pulsos estavam cuidados com uma espécie desconhecida de emplastros.
    Focou a mente, mais por costume que por real intenção de lembrar-se. Todavia, por alguma obra do destino, conseguiu distinguir, em meio à escuridão da inconsciência, uma voz suave e sussurrada, como a do homem de olhos de esmeralda. Lembrou-se também de braços fortes e frios a carregá-lo na escuridão e da ternura com a qual o alimentaram, ou da doçura com a qual o fizeram beber coisas amargas.
    Cada uma dessas recordações chegou-lhe sem imagens definidas, apenas borrões criados por sua mente perturbada. Estava num lugar completamente estranho, não sabia o que sucedera com seus conterrâneos e não fazia a menor idéia do que pretendiam com todo aquele luxo e dedicação. Se bem que não poderia chamar o quarto em que estava de luxuoso, não nos padrões minóicos, mas bem que o poderiam ser para os padrões obscuros daquela gente grotesca.
    Sentiu a garganta seca e reparou numa espécie de bacia de barro, depositada sobre um banco de canto, onde se encontrava uma jarra. Levantou-se na semipenumbra dos archotes e avançou naquela direção, desejoso de encontrar água para que pudesse arrancar o terrível gosto que lhe amargava os lábios, um gosto estranho que lhe lembrava doença e tristeza.
    Mal havia chegado à metade do caminho, as pernas formigando, quando a porta abriu-se num estrondo violento. Nem sequer houve tempo de voltar para a cama ou esconder a própria nudez, pois o aposento foi invadido por três criaturas assustadoras. A primeira, que vinha à frente do estranho cortejo, parecia um rapaz novo, seus cabelos ruivos assemelhavam-se às chamas sob a luz tremulante e possuía gélidos olhos azuis. Falava muito baixo aos outros dois, que seguiam-no lado a lado, mais atrás.
    A segunda figura era um homem alto, de pele morena, cabelos negros e lisos que lhe caíam até as orelhas. Possuía feições mais velhas e parecia deter uma sabedoria natural, provavelmente adquirida com o passar do tempo. Era de fato impressionante, porém o que mais lhe chamou a atenção foi a serenidade com a qual encarava o mundo, bem como a paciência com a qual ouvia o discurso agitado e inquisidor do outro, à sua frente.
    A terceira criatura parecia a mais forte das três. Era também mais alto, com certeza, e seus ombros largos envergavam uma túnica belíssima que lhe caía pelo corpo com perfeição. A pele era tão clara que chegava a ser luminescente. Os cabelos castanhos desciam em ondas suaves por sobre os ombros, como uma cascata brilhante. E, quando lhe ergueu o rosto marcante e firme, mergulhou no tom único e incontido das esmeraldas. Era ele. Sentiu-se estremecer com tamanha violência que temeu estatelar-se no chão.
    Os três pararam de súbito, ao perceberem que estava acordado e que, pior, caminhava nu pelo interior do aposento. Nu... Thálassa lembrou-se de que seu corpo, miúdo e raquítico, estava à mostra. Entretanto, correr para ocultá-lo seria ainda mais estranho.

Além disso, não tinha do que se envergonhar, uma vez que não desejava impressionar ninguém. E esse pensamento soou-lhe com uma ponta de inverdade, principalmente quando ouviu a voz sussurrada, a mesma que lhe povoava os sonhos em delírio, ecoar pelos lábios finos do homem de olhos verdes.

— Sente-se melhor?

Nem ao menos se deu conta do idioma estranho que ele falava, fascinado que estava com a luz que seus olhos emanavam. Percebeu que todos eles, cada um à sua maneira, pareciam estranhos, como se fossem etéreos.

— Responda-o! — foi a ordem incisiva e sibilada que o ruivo lhe lançou, os olhos faiscando com raiva contida e inexplicável.

— E- Eu... Estou bem... Obrigado — conseguiu gaguejar, tanto pelo pânico quanto pela dificuldade em articular um dialeto que não era o seu.

Foi com horror que o jovem cretense viu os olhos azuis, antes tão claros, escurecerem. A criatura ameaçadora adiantou-se, um passo apenas, e soube que sua vida corria perigo. Entretanto, antes que pudesse fazer qualquer coisa, o homem moreno passou-lhe à frente e, com seu semblante calmo e repleto de aceitação, avançou em sua direção, não de todo, apenas o suficiente para que impedisse o avançar enfurecido do outro.

— Estamos muito felizes, meu jovem — começou com voz terna e suave, as mãos pousada uma contra a outra. — Em breve estará curado e não haverá nada em você que possa lembrá-lo do terrível momento pelo qual passou. Vou trocar suas bandagens, dar-lhe um bom remédio e providenciar para que lhe tragam algo de comer — pausa tranquila, enquanto ele ia até a jarra e despejava um pouco de água cristalina numa caneca, logo atrás da bacia. — Está com sede, não?

Tudo aquilo era estranho demais para ser verdade. Só poderia ser loucura! E, apesar do tom carinhoso que o homem moreno empregava, apesar do silêncio reinante que consentia qualquer coisa, não pôde deixar de pensar que havia algo de muito errado naquele quadro, algo realmente fora do lugar, dissonante como uma corda de lira arrebentada, perigoso como... Procurou Kaleb e não o encontrou. Com certeza, se alguém poderia lhe dizer o que sua intuição lhe gritava, esse alguém era Kaleb. Mas não poderia contar com o auxílio dele. Teria de agir por si só e não deixaria que o usassem novamente. Já fora usado demais numa única vida.

— Agradeço — começou, as palavras não muito seguras, porém demonstrando sua rapidez em aprender e seu senso de observação apurado. — Mas, antes de aceitar... Quero saber o que terei de dar em troca.

As palavras, cruas e ditas sem qualquer pretensão de esconder suas reais intenções, chocaram os dois mais à frente e pareceram iluminar ainda mais os olhos verdes do homem que continuava atrás, fitando-os da porta, sem entrar de todo no quarto. Era fato que, se estivesse em poder de sua própria língua, procuraria amenizar o impacto da declaração ou torná-la menos rude. Todavia, não saberia como fazê-lo com as poucas palavras que pudera aprender desde que travara contato com aquela gente.

O rapaz ruivo, possuidor de uma pele quase transparente e de um olhar vítreo que denunciava muito mais conhecimento que os poucos anos de vida poderiam lhe dar, caminhou com passos duros em sua direção, o rosto assumindo uma expressão ameaçadora.

— Como pode questionar sua boa sorte, criaturazinha desprezível? Decerto que não parou para pensar nisso ou sequer cogitaria questionar qualquer coisa.

— Não quero nada... Enquanto não me disserem por que estou aqui.

— Seu destino e sua vida não mais lhe pertencem! — gritou, sua voz clara enchendo o aposento junto ao ódio que emanava. — Deveria agradecer e aceitar. Curve-se, seu escravo insolente... Ou eu o farei curvar-se à força.

Os olhos de Thálassa turvaram-se, não pelas palavras atiradas sobre si, e sim pela certeza de que morreria.

— Pois mate-me. Tome a minha vida se ela lhe pertence, mas jamais lhe entregarei minha dignidade ou os meus pensamentos.

E a criatura ruiva, que antes lhe parecia pequena, cresceu diante de seus olhos, não no real sentido da palavra, mas em sensação. Emanou uma aura, força e poder tamanhos que o fizeram fraquejar. Sentiu-se possuído, violentado, quando percebeu que algo nele, em sua mente ou olhar, invadia-lhe a alma para roubar seus segredos mais íntimos, as verdades que procurava esconder e negar até de si mesmo. Chorou em desespero. Clamou por ajuda em silêncio e ninguém lhe respondeu. Estava sozinho com aquele demônio a machucá-lo, a tomar-lhe a única coisa que ainda possuía.

— Pare, Arkus! — a voz, antes sussurrada, passou a um tom firme e inquestionável.

Sentiu-se liberto, aliviado, quando o ruivo deixou-o para erguer o rosto para os olhos verdes, que o miravam em reprovação. O homem de cabelos castanhos cruzou o aposento em sua direção, deixando os outros para trás. Não conseguiu desviar os olhos de sua figura e nem desejou. Enxergava nele o refúgio que jamais tivera em toda a sua vida. Por um único instante, quis estar ali e iludir-se com a possibilidade de estar ao seu lado.

— Minha decisão está tomada e minha certeza aumenta a cada instante — declarou, fitando os olhos negros de Thálassa, o rosto sereno sem expressão que lhe denunciasse as intenções. Não o compreendeu, mas não precisava disso. — Por favor, Arkus, Dédalos... Deixem-nos agora. Acredito que ele tenha o direito de saber e opinar — mirou o ruivo, o tom ainda mais firme. — Ele é responsabilidade minha, ou não?

Silêncio. Arkus fitava-o com seus olhos vítreos e não disse palavra por muito tempo, até que sua voz ecoou, controlada.

— Sim. Ele é sua responsabilidade. Mas lembre-se de que a *Família* ainda é minha e não permitirei que nada a ameace. Isso inclui você — e retirou-se, sem olhar para ninguém, muito menos para Thálassa, que permanecia exatamente no mesmo lugar, trêmulo.

Dédalos cumprimentou-os e já ia ao batente quando foi chamado outra vez. Sempre sereno, virou-se para o terceiro homem, ainda desconhecido.

— Gostaria que mandasse vir uma tina e que voltasse mais tarde... — declarou, sem encará-lo mas capturando o olhar negro de Thálassa novamente com o seu. — Para cuidar dos ferimentos dele.

— Sim, meu Senhor.

— E, Dédalos, mande algo para comer. Quero me certificar de que ele irá se alimentar, não é verdade? — perguntou, mirando-o intensamente.

O moreno retirou-se, deixando-os a sós. Não sabia o quê fazer e permaneceu ali, parado no meio do aposento, os membros congelados pelo frio e pelo fascínio.

— Sugiro que volte para debaixo das cobertas, para se aquecer e abrir espaço para que os serviçais deixem o seu banho.

Thálassa corou, sem motivo, e avançou para a cama, grato pela oportunidade de cobrir-se diante dele. Ficaram em silêncio por algum tempo, enquanto enrolava-se nas peles quentes e observava o lindo homem aproximar-se e tomar a beira da cama para si. Ele sentou-se, como se tudo à volta lhe pertencesse, e fitou-o sem cerimônia por uma eternidade, na mesma posição. Desconfortável, o jovem remexeu-se. Os serviçais chegaram com uma tina imensa, cheia de água quente, a qual largaram num dos cantos, aparentemente destinado a isso. Em seguida, saíram.

Viu o anfitrião erguer-se com graça demasiada para o seu corpo forte e, mais uma vez, perdeu-se em admirá-lo, vencido pela atração que se apoderava de seus sentidos. Ele esperava flagrantemente por uma atitude, soube disso, e ainda assim não sabia o que fazer. Foi quando lhe ergueu as mãos grandes e tomou-lhe os dedos longos nos seus, convidando-o a acompanhá-lo. Aceitou ser conduzido sem questionar ou cogitar. Logo, o perfume delicado do vapor alcançava-lhe o corpo imundo e inflamava-lhe a imaginação na esperança de aconchego.

— Não me perguntou e, apesar de entender que pode não fazer a mínima questão de saber, chamo-me Cedric — sussurrou ele, bem perto de seu ouvido, enquanto se inclinava para livrá-lo dos curativos que cobriam suas feridas, quase cicatrizadas.

De fato, não lhe perguntara o nome e nem o faria pois não conseguia pensar em nada quando se via mergulhar na imensidão de seus olhos. Permitiu que o ajudasse, que corresse os dedos ásperos e frios sobre sua pele febril e suja, estremecendo com violência. Fitou de relance a tina perfumada e a superfície da água estava repleta de pétalas de flores.

— Quero lhe perguntar uma coisa, Senhor... Cedric — balbuciou e recebeu os olhos dele nos seus. — Mas, antes, a educação manda que me apresente: meu nome... — contudo, Cedric silenciou-o com a ponta dos dedos, tocando-o nos lábios por um instante... Que se estendeu por mais tempo que o aceitável.

— Não me chame de Senhor. Não precisa se dirigir a mim dessa forma... E nem quero. Quanto ao seu nome... Vou tentar adivinhar — silêncio. — Como se fala "pérola" na sua língua?

— E-Eu... Depende, meu Senhor... Quer dizer, Cedric — balbuciou, confuso. — De que tipo de pérola estamos falando?

— De uma pérola da noite, alva, tão pura que possa levar luz mesmo à escuridão mais profunda — murmurou, sempre o mirando com intensidade.

— Lythos... É uma espécie de pérola... Que nasce da escuridão do mais profundo mar. É muito rara e completamente branca.

Ele sorriu. Nada poderia tê-lo preparado para aquele sorriso, para a luz que encerrava, para a ternura que prometia. Sentiu os olhos turvos quando a voz dele ecoou pelo recinto, suave, porém incontestável.

— É esse o seu nome... Lythos, minha Pérola da Noite.

E o mais terrível foi ter certeza de que ele estava certo. Nada poderia apagar o fato de que estava ali diante dele e, apesar de não o chamar pelo título que lhe era de direito, Cedric já era seu Senhor, antes mesmo de saber-lhe o nome.

⋰ III ⋱

Pensas, de fato, que é fácil dizer-te tudo quanto digo? Julgas que seja banal redigir estas linhas incertas com tamanha verdade? Deixo a ti tudo o que poderia, além do conhecimento, além do dom, além de mim mesmo. Não sei o que farás com esses escritos, mas agrada-me pensar que há de lê-lo com cuidado... E que, de alguma forma, poderei contribuir para que haja mais sentimento em teu coração. Este é meu desejo agora, uma vez que meu maior sonho se torna cada vez mais distante na medida em que atravesso as noites enclausurado nessa solidão, condenado a ser apenas uma sombra do que fui. Perdoe minha tristeza e angústia. É preciso que retome a narrativa. Não desejo que percas nem um mísero detalhe. Pelo que me lembro, interrompi o fluxo natural das palavras exatamente quando...

Depois de conduzido à tina, Thálassa esperou que ele se retirasse. Não que estivesse com vergonha, acostumara-se a fazer a higiene pessoal nos grandes salões de banho do palácio de Cnossos, ocasião em que todos viam e eram vistos. Ainda assim, esperou que ele saísse porque não detinha os mesmos costumes, o que ficara claro desde o primeiro instante, das roupas que usava até a forma com a qual se dirigia aos demais, serviçais ou nobres. O fato de estarem acostumados a se banhar dentro do quarto, com uma tina rústica, apenas aumentou-lhe a expectativa de que se veria livre dele. Contudo o destino reservou-lhe nova surpresa.

Com o rosto sereno, Cedric caminhou em sua direção, tomou nas mãos um pedaço de pano limpo e sentou-se próximo à borda, tendo o cuidado de permanecer de frente. Estremeceu quando ele mergulhou os dedos longos na água quente e perfumada, encharcando o pano com o líquido aromatizado, e estendeu-lhe a mão.

Na intenção de preservar-se, Thálassa tentou puxar o pano da mão dele. Inútil. Cedric sorriu, entre divertido e confuso. Em seguida, inclinou-se na direção do jovem escriba, os olhos faiscando, intensos. Nunca em sua vida Thálassa vira criatura tão linda.

— Não estou lhe oferecendo o pano — tornou num sussurro macio. — Quero lhe dar banho — por um instante, o rapaz sentiu a saliva travar-se na garganta. — Posso?

Não respondeu, não conseguiu! A ânsia pelo toque dele era tamanha que se sentiu corar e, justamente por desejá-lo tanto, o instinto de preservação alertou-o para que se afastasse, do contrário, sofreria outra vez. A mente deu-se conta disso, mas os lábios não puderam proferir uma única palavra, como se estivesse dominado, enfeitiçado por aquele homem que oferecia um sorriso quando desejava algo em troca, embora não soubesse ainda o quê. Poderia apostar a própria vida que o pedido viria, mais cedo ou mais tarde exigiria o pagamento, e não seria apenas tomando-o por amante, como ditava o costume. Isso seria muito fácil e, com toda a sinceridade, não se oporia. Mas não. Aquela bela criatura, tão diferente de tudo o que conhecia, exigiria algo muito maior.

Cedric parara na mesma posição de quando pedira permissão para tocá-lo: o braço estendido, os olhos fixos nos dele. A tentação de invadir-lhe a alma era tanta que precisou esvair a mente para não ceder ao instinto. Aprendera a lidar com seus *Dons*, todavia aquela não era a ocasião correta para utilizá-los. Não queria assustar o rapaz, não desejava apoderar-se da mente dele, ao contrário, desejava que o jovem oferecesse de bom grado o que pedira, precisava da entrega, da confiança, ou tudo se perderia.

Fitou-o durante um logo tempo, atento às mudanças de seu rosto fino e miúdo, ao brilho transtornado dos olhos negros. Não precisava invadir-lhe a alma para adivinhar-lhe o conflito. A única coisa que não conseguia compreender era a natureza de tamanho receio. O menino não parecia disposto a falar mais, como se temesse que uma única palavra o condenasse a algum tipo de sofrimento eterno. Pois bem, não deixaria o momento passar pois lhe desejava a intimidade. Era um líder e líderes fazem o momento quando lhes convém.

— Ouça-me, Lythos — começou num murmúrio, aproximando-se sem, contudo, tocá-lo. — Posso ler seus pensamentos, todos eles... Mesmo aqueles que tenta esconder de mim — os olhos negros dele arregalaram-se e o viu encolher-se contra a madeira da tina. Abordagem errada! — Terá todo o tempo para me perguntar o que quiser e responderei com a verdade, porque tudo o que desejo é que confie em mim.

— Como posso confiar em alguém que invade a minha alma sem ser convidado? — tornou, os olhos úmidos.

Cedric sorriu-lhe mais uma vez, tão repleto de ternura que se sentiu amolecer contra a superfície rude da madeira.

— Simples: posso ler seus pensamentos, minha Pérola, mas não o fiz. Sei que está com medo de mim e não o culpo. Imagino que tenha sofrido muito até chegar aqui. Mas só quero tocar você, sem farsas, sem esperar nada em troca além do porquê de estar tremendo tanto. Não vou machucá-lo — riu de leve. — Pelos deuses, tem noção de que eu poderia matá-lo sem que você se desse conta de que morreu?

Thálassa agarrou-se à borda, em pânico.

— Não vou judiá-lo — os olhos verdes o fitaram e havia sinceridade em seu olhar. — Eu nem ao menos o tocarei se você realmente ordenar que me afaste. É só isso que tento lhe mostrar! — silêncio. E o menino relaxou, mesmo que distante. — Posso banhar você?

Um leve assentimento foi a resposta. Não esperou que ele mudasse de idéia. Mergulhou o pano outra vez na água morna para que, em seguida, pudesse colocá-lo sobre a pele alva e delicada. Tinha noção do quão frágil a mortalidade poderia ser. Talvez, mesmo depois de *enlaçado*, Thálassa permanecesse frágil, caso seu coração continuasse a se mostrar tão vivo em sentimentos. Talvez a imortalidade lhe tomasse também a sensibilidade, como tantas vezes já acontecera. Os relatos de Arkus o demonstraram e o próprio Dédalos contou-lhe muita coisa. O *Enlace* poderia modificar a natureza da criatura. E ali, ao olhar para aquele menino repleto de inseguranças, de receios e sonhos, pareceu-lhe injusto que tudo aquilo morresse quando ele renascesse para outra vida, muito mais carregada de sentido.

Deixou que o pano macio e úmido deslizasse pelo rosto dele, suave para não machucá-lo com sua força desmedida. Queria ser especialmente atento a Thálassa. Acariciou-lhe a face em chamas, de onde a fuligem abria espaço para maior apreciação de seus traços, harmônicos. Achou-o ainda mais lindo e, quando já não havia sujeira que escondesse suas feições, não resistiu e tocou-o com a ponta dos dedos. Macio e vivo. Vivo como jamais voltaria a ser.

O suave roçar do tecido úmido contra sua pele deu-lhe uma agradável sensação de conforto e cerrou os olhos, a cabeça apoiada contra a borda da tina, apenas para sentir o momento. A mão de Cedric tremia um pouco, provavelmente por falta de costume — não o imaginava dando banho em muitas pessoas, e isso contribuiu ainda mais para a sua curiosidade — não importava. Era bom! Nunca pensara que, algum dia, alguém lhe dedicaria tamanho cuidado e carinho. Sorriu satisfeito e sentiu o pano afastar-se. Antes que pudesse protestar, os dedos dele alcançaram-lhe o rosto, desenhando-lhe as feições. Estavam frios, completamente gelados, como se estivesse...

"Morto.", foi a voz que lhe ecoou na mente. "Ele está morto, Thálassa. É uma criatura da noite que jaz sem vida e, ainda assim, vive. Afaste-se dele enquanto pode, meu menino!"

O terror que o invadiu dissipou-se no exato instante em que abriu os olhos para mergulhar nas esmeraldas ternas que o fitavam numa espécie de veneração muda. Quis empurrá-lo, lembrou-se do que lhe fora dito há apenas um instante, acerca da vida e de como poderia matá-lo. E, naquele momento, nada disso importou, pois seu coração já estava perdido para o olhar dele e o toque frio de seus dedos ásperos. Tudo o que fez foi tomar-lhe a mão nas suas para ter certeza do que Kaleb lhe gritara.

A pele era fria e rígida, de uma alvura cadavérica, mas os olhos brilhavam como chamas acesas, quentes, e todo ele estava ali, terno, a fitá-lo enquanto deslizava a outra mão pelo tórax estreito, limpando-o da sujeira e possuindo-o de uma forma ainda mais terrível do que qualquer outra, pois não podia ser vista ou reconhecida. Cedric tomara-lhe a alma e a consciência.

— Você está morto? — inquiriu, sem rodeios.

— Por que pergunta?

O rapaz deu de ombros, sem qualquer sombra de receio, ainda segurando-lhe uma das mãos, um novo brilho no olhar negro e o corpo vibrando sob o toque do outro.

— Você está gelado, sua pele é diferente da minha, e disse que eu poderia perguntar qualquer coisa, lembra?

Assentiu, desviando o olhar para ocupar-se com outra coisa qualquer enquanto a consciência cedia para a simplicidade dele.

— Se eu lhe disser que sim, que estou morto na sua concepção de vida, você se afastaria de mim?

O riso humano encheu todo o quarto e sentiu-se obrigado a fitá-lo, apenas para presenciar aquela obra divina.

— Está me perguntando isso por perguntar ou realmente se importa com o que sinto?

— O que lhe parece?

Thálassa fitou-o, sério, o semblante carregado de uma experiência triste que Cedric desejou conhecer com todas as suas forças.

— Acredito que não faça nenhuma diferença para você, mas agradeço por estar me dando a ilusão de que se importa.

Cedric sorriu-lhe, doce, e aproximou-se até que pudesse ver-se refletido no olhar de ébano. Então, embrenhou os dedos nos cabelos escuros, acariciando-lhe a cabeça num toque intenso.

— Ainda não me conhece, minha Pérola, mas terá toda a oportunidade de uma existência. Nunca iludo ninguém. Importo-me com o que sente, lamento que tenha tanta tristeza no coração, empenhar-me-ei para extingui-la em você... E sim, estou morto, mas verá que é apenas uma questão de ponto de vista.

A visão dele, pulsando em vida e em desejo, contaminou Cedric a ponto de perder o contato com a realidade. Há quase cinqüenta anos não reagia a nada ou ninguém. Compreendeu, naquele momento, o que Arkus lhe dissera sobre os perigos de se envolver e desviar a atenção do que importava.

Afastou-se, apesar do desejo insano que o acometia, apenas para não ceder. Fitou o jovem, largado dentro da água, a entrega plena e apaixonante, a vida que saltava de suas formas esguias. Vida... Sentiu os caninos à mostra, famintos, não apenas pelo sangue, mas por ele inteiro.

Thálassa abriu os olhos e ele ainda estava lá, porém mais distante, sentado ao lado, os olhos flamejando de desejo. Corou enquanto se sentava outra vez, o rosto baixo.

O guerreiro observou-o por longos instantes. A cada segundo, convencia-se mais de que Thálassa era a criatura que vinha procurando por infindáveis cinqüenta anos, desde a noite em que acordara morto para a vida que o aguardava, eterna. Sabia que Arkus não compartilhava de sua opinião por motivos bastante razoáveis, precisava admitir. Contudo, ao menos uma vez, não desejava ser razoável. De qualquer forma, estava apenas na primeira noite, num primeiro contato. Teria algum tempo para avaliar sua decisão, averiguar os prós e os contras de *enlaçar* alguém como Thálassa, e só então julgaria se faria dele um *Predador* ou se, gentilmente, lhe tiraria a vida, como deveria acontecer àqueles que sabem demais.

Incomodado pelo silêncio opressor e pela sensação de ser observado, Thálassa ergueu-lhe o olhar. Algo em seu peito oprimiu e não soube ao certo o que temer.

"Thal...", o chamado de Kaleb o trouxe de volta com terna familiaridade, "Este homem é perigoso. Há muita coisa que você ainda não sabe acerca da existência dele; coisas que, talvez, nunca venha a saber a tempo de..."

"Tempo de quê?", porém não ouviu a resposta, abafada pela voz rouca e inebriante do outro.

— Com quem está falando? — pálido, Thálassa encarou-o para mergulhar novamente no semblante sério. — Há mais alguém neste quarto além de nós?

Não havia como fugir da pergunta, precisava responder, mesmo que mentisse. Os olhos se turvaram. Não desejava mentir para ele! Desejava amá-lo, até que não restasse nada ou ninguém no mundo além dele. Ainda assim teria de mentir, como vinha acontecendo por todos os infindáveis anos desde a primeira vez que falara com Kaleb. Seus pensamentos iam por aí quando o viu estreitar os olhos, agora assumindo um incomum tom de verde claro. Mais parecia um predador, indomado, completamente livre e, por isso, mortal. E aqueles olhos insondáveis miraram-no com firmeza absoluta, até que se sentisse apenas uma criança diante da experiência que continham.

— Não minta para mim, — murmurou entre dentes — ou serei obrigado a invadir a sua alma.

Silêncio. Thálassa encolheu-se dentro da água, quase fria agora. Trêmulo, abraçou o próprio corpo para se proteger de algo inexplicável. Cedric sentiu-se ferido embora nada dissesse. Suas palavras duras ainda pairavam no ar e assim seria. Não voltava atrás e não era inocente a ponto de acreditar que palavras ditas podiam ser resgatadas de alguma forma. Apenas fitou-o.

— Você não me acreditaria — sussurrou, sem erguer-lhe o olhar.

— Perfeito. Estamos em igualdade pois também não me acreditaria se dissesse o que sou — recebeu os olhos negros nos seus, indagativos. — Por que não entramos num acordo: você me conta com quem esteve falando ainda há pouco e eu conto o que realmente sou. O que acha? Não parece justo?

O rapazinho assentiu, um tanto desconfiado, e baixou novamente o rosto, encabulado. Cedric moveu-se para a parte de trás da tina, ficando às costas dele e saindo do seu campo de visão.

— O que pretende? — indagou o menino, procurando-o por sobre os ombros.

— Nada além de lavar as suas costas e poupá-lo de ter de olhar para mim enquanto fala. Talvez isso o deixe mais à vontade, ou foi o que me pareceu.

Thálassa apreciou a gentileza e inclinou-se para frente, contra os joelhos dobrados, para que ele tivesse melhor acesso às suas costas. Logo, o pano macio pousou-lhe na pele, bem mais frio do que de início, quando a água jazia quente. O toque dele era delicioso de qualquer maneira. Suspirou baixinho e ergueu o olhar para Kaleb que, parado ao batente, fitava-o com ar apavorado, como a implorar para que não contasse coisa alguma.

— Se lhe dissesse que não posso falar sobre isso, acreditaria em mim ou me mandaria matar, como acontece sempre?

— Sua vida é preciosa para mim — tornou em tom calmo, enquanto removia-lhe a fuligem da pele clara, desejando muito mais. — E acreditaria em você, com certeza. Porém indicaria que não confia em mim e teria que conseguir a informação de outra maneira — silêncio. — Sabe o que isso significa, minha Pérola? — o menino negou, lentamente. — Que saberei de qualquer forma, é apenas questão de tempo. Porém, independente de qualquer outra coisa, estou lhe dando a oportunidade de confiar.

O jovem enterrou o rosto nos braços cruzados. O pano desceu-lhe ainda mais pelas costas, até abaixo da cintura, sem malícia, apenas ternura e cuidado imensos. Não ergueu o olhar para não ter de mergulhá-lo em Kaleb e arrepender-se do que não tinha remédio.

— Eu... Vejo espíritos... Desde criança — sussurrou, muito baixo, o suficiente para que o outro ouvisse claramente. — E... Não só os vejo como ouço e falo com eles — reinou um profundo silêncio, que se estendeu além do desejado pelo rapaz. — Julga-me louco?

— De modo algum, muito ao contrário. Não apenas respeito esse dom como conheci alguns sábios que o tiveram e utilizaram para ajudar os outros, bem como a servir aos deuses — Thálassa sorriu, abertamente. — Por que ri? Acha que estou mentindo?

— Não! — apressou-se em responder, fitando-o de soslaio por sobre o ombro. — Mas, até hoje, aqueles que souberam trataram-me como louco. Deveria saber que com você seria diferente. Você é diferente de tudo o que já conheci! É especial.

A declaração, encerrada de doçura, fez o sangue correr-lhe mais rápido nas veias. Apertou o pano entre os dedos, resistindo à necessidade de abraçá-lo pois, sabia, estaria perdido para uma ternura que não sobreviveria ao *Enlace*. Será? Será que com Thálassa sucederia como Arkus lhe prevenira? Será que deixaria de ser aquela criatura linda, vibrante, cheia de amor? Duvidou da própria convicção diante dessa simples possibilidade e se lançou à pergunta, apenas para fugir do imenso sentimento que lhe despertava.

— Obrigado. Você também é especial — pausa para afastar-se novamente, deixando-o só na tina e pegando uma toalha de linho que ficara dobrada sobre a cama. — Fala com alguém em específico?

— Sim. O nome dele é Kaleb e está comigo desde que me lembro, antes mesmo de morar no palácio de Cnossos, muito antes de tornar-me escriba imperial.

Os olhos de Cedric brilharam por um segundo. Aquele rapazinho seria de muita utilidade para o império que estava prestes a erguer. Não apenas sabia das manhas e das implicações que moviam o engenho do poder, como estava familiarizado com os jogos e as precauções. Além disso, já estivera observando os escritos e, mesmo sem compreender-lhes o significado, sabia que havia ali, pelo menos, quatro idiomas diferentes, o que tornava aquele menino um verdadeiro achado, um tesouro! Em troca de todo o conhecimento e informações que lhe forneceria, daria a ele a proteção de seu nome, o abrigo de sua casa e a liderança de um povo.

Confuso, Cedric viu o olhar quente e afetuoso mergulhar no seu próprio, repleto de vida. Havia tantos benefícios em escolher o jovem cretense como companheiro, vários benefícios militares e estratégicos. Porém, não estava disposto a destruir a beleza que ele trazia dentro de si. Não queria ser responsável pela morte dele e ter de ver, por toda a eternidade, a criatura sombria que lhe assumiria o lugar.

— E o que Kaleb estava lhe dizendo quando interrompi a conversa?

Ele hesitou por um instante, buscando o espaço vazio junto ao batente como se ouvisse algo que jamais poderia compartilhar. Em seguida, o rosto jovem e pálido virou-se em sua direção. Thálassa ergueu-se e aceitou a toalha estendida com um sorriso sereno a iluminar-lhe as feições.

— Ele dizia que devo me afastar de você, que é perigoso e que há muita coisa a seu respeito que nunca chegarei a saber — silêncio em mútuo apreciar enquanto o rapaz secava-se e saía da tina, o corpo coberto agora. — E foi ele quem me disse que você estava morto.

— Entendo... E o que ele dizia ainda há pouco, quando olhou naquela direção? — perguntou, indicando o batente com um gesto de cabeça.

Thálassa sorriu e deixou a toalha sobre um banco, virando-se de imediato para voltar à cama. Nem ao menos lhe deu a chance de vê-lo outra vez e de desejá-lo com o olhar.

— Ele não disse nada. Era eu quem falava. Disse que queria lhe contar, que é bom ter alguém que possa me entender depois de tantos anos sozinho e que confio em você, portanto ele também deveria confiar.

— O que ele lhe respondeu?

O menino parou, ainda de costas, e, antes de alcançar o colchão, virou-se lentamente para mergulhar nos olhos verdes que o escravizavam mais a cada instante, como da primeira vez que o vira, em meio ao delírio da morte. Parou no meio do aposento, toda a nudez esquecida para a necessidade de comunicar-se. E Cedric viu-o finalmente, sem a sujeira de antes, como ansiara em seus pensamentos mais secretos. Antes não o houvesse feito. A pele branca e macia exposta inteira e sem qualquer mancha, perfumada, suave... E quente. Podia adivinhar o quão delicioso seria tocar aquele corpo, o quanto seria maravilhoso vê-lo entregue em seus braços. Muito mais do que isso, poderia sentir o gosto de seu sangue doce nos próprios lábios famintos e desejou que Thálassa fosse seu. O pior foi dar-se conta de que não bastaria ter o corpo jovem ou sua vida exuberante. Desejava-lhe a alma, o coração, e isso sim seria impossível.

— O que ele respondeu, Pérola? — repetiu, a razão comprometida para a proximidade alheia.

— Disse que minha opinião não vale de nada pois estou encantado por você. E ele tem razão! Foi por isso que sorri e afirmei que, se é assim, então não há problema pois farei com que você se encante por mim também.

Como saído de um transe, Cedric deu um passo para trás, vacilante, e escorou-se contra a parede oposta. Não conseguiu dizer nada por um momento. Vasculhou a alma dele por um segundo, apenas para ter certeza de que não mentia. Nada. Tudo o que viu foi sinceridade, um amor sufocante, a necessidade de ser amado pelo menos uma vez em sua vida, e a terrível realidade que todos eles deveriam aceitar desde o início.

— Como ousa falar comigo dessa forma, menino? — tornou, inexpressivo. — Você não pode fazer meu coração bater outra vez.

— Eu sei. Mas posso tentar, não é verdade? — perguntou com um sorriso tímido, os olhos negros brilhando em esperança. — Você não entende, Cedric... — e o guerreiro fechou os olhos para ouvir o próprio nome sussurrado pelos lábios dele. Não se lembrou de nada mais seu. — Kaleb está certo! Nunca senti nada parecido em minha vida. Até este momento, sobrevivi ao que os deuses me impuseram e, de repente, tenho um motivo para viver e continuar em frente, algo bom que me conforta o coração e aquece minha alma. Lutei tanto para estar vivo, como poderia não lutar por você? Posso jamais conseguir e, mesmo assim, morrerei tentando, pois é o que tenho feito desde o início. Só que, agora... — alargou ainda mais o sorriso. — Agora faz sentido.

Desnorteado, Cedric cambaleou na direção da porta e abriu-a num puxão forte, sem olhar para o rapaz que jazia de pé, a inocência do amor a brilhar-lhe o olhar negro.

— Aonde vai, meu Senhor? Não vai me falar sobre o que é? Tínhamos um acordo, esqueceu-se?

— Não — rosnou, do corredor escuro. — Logo perceberá que jamais esqueço-me de uma dívida, Pérola, e tenho uma contigo. Mas, agora, não poderei ficar. A noite vai avançada, em poucas horas será manhã e preciso falar com meu pai a seu respeito. Todos aguardam por notícias e eu, simplesmente, os expulsei — Thálassa baixou o olhar, entristecido. — Mandarei que tragam logo o seu jantar. Descanse bem. Precisa repor suas forças depois de tudo o que passou.

— Quando o verei novamente, meu Senhor? Amanhã pela manhã? À noite? Quando? — implorou, caminhando para ele com passos suaves.

— Logo. Eu prometo.

E bateu a porta com força. Como que fugido, Cedric correu pelo castelo rumo ao seu próprio aposento. Não precisou recomendar aos criados que levassem alimento ao menino, pois, sabia, tudo já deveria estar providenciado, aguardando que deixasse os aposentos dele ou acenasse de outra maneira.

Isolou-se, como se algo medonho o esperasse do lado de fora, e virou-se para a cama... Deparando-se com o olhar frio e distante de Arkus a fitá-lo sem pretensão. Paralisado ficou enquanto ele se erguia do acolchoado e caminhava lentamente em sua direção. Nada disseram por todo o trajeto.

— E então? — perguntou finalmente, sua voz melodiosa a encher o ambiente de um terrível fatalismo. — Convença-me de que é aquele que poderá levar um império ao seu lado e terá meu apoio. Conte-me.

— Não há muito a dizer. Ele não contou tudo ainda — balbuciou.

A expressão calma de Arkus passou à colérica num segundo ao ouvir aquela declaração sem sentido. Ao longo daqueles cinquenta anos existindo ao lado do pai, Cedric percebia a instabilidade agravar-se a cada noite, de forma que, ao notar a súbita mudança do tom de seus olhos e o ar insano de suas feições, preparou-se para o pior.

— Como assim, não contou tudo? — indagou, raivoso. — Decerto que fez uso do que lhe ensinei esse tempo todo e tomou para si os pensamentos dele.

— Como você pretendia fazer no instante em que o mandei sair? — acusou, recobrando a confiança e encarando-o de cima, ar firme e resoluto. — Agradeço o que tem feito por mim mas não sou você, Arkus! Meus métodos são outros. Lythos é a criatura certa mas líderes não se impõem, eles são seguidos. Quero que o menino confie em mim ou tudo será em vão.

E deu-lhe as costas como se a opinião do patriarca não lhe interessasse. Arkus sentiu o ódio elevar-se, ferver-lhe o sangue em gana assassina. E o teria matado se não o amasse tanto. Cedric era seu filho, há anos preparava-o para assumir seu lugar. Não poderia pôr tudo a perder quando estava quase alcançando seus objetivos.

— Você é um tolo. Poderia ter economizado tempo precioso descobrindo o que o garoto tem a oferecer — declarou, tomando acento num banco, mais ao canto, e recuperando o controle, momentaneamente perdido para a insanidade. — Lembre-se de que não tenho muito tempo, meu filho.

— Eu sei — disse com voz sumida, o olhar perdido numa linda tapeçaria que enfeitava a parede, sem ver coisa alguma. — Não sei tudo sobre ele, mas não tardarei a descobrir. Pretendo passar todas as noites, até a próxima lua pelo menos, em sua companhia, ganhar-lhe a confiança e, então...

— Ele será seu — completou, com indiferença. — Não deixa de ser uma tática, apesar de não ser a minha. De qualquer forma, deve fazer a seu modo, uma vez que será o Senhor destas terras em breve.

O silêncio estendeu-se por algum tempo. Cedric permanecia parado, de pé no meio do quarto, o olhar perdido nas cores difusas da tapeçaria, os pensamentos voltados para Thálassa e a forma como aquele menino o tinha tomado para si sem fazer nada além de ser o que era, além de desejar-lhe o amor.

— Ele foi escriba do palácio de Cnossos — declarou, apenas para afastar a imagem dele, sorrindo-lhe em entrega. Só então se virou para o pai novamente. — Percebe o que isso significa? Lythos conhece de perto as estratégias de guerra, as rotas comerciais, os limites de cada feudo, além de saber mais de quatro idiomas, o que inclui o nosso.

— Tem certeza que ele sabe de fato tudo isso?

— Absoluta certeza.

— Como pode saber se não lhe invadiu os pensamentos?

Silêncio.

— Sei porque confio nele... — desviou o olhar para não ver a reprovação de Arkus. — Além do mais, vi os escritos. Foram feitos por uma única pessoa apesar de serem em línguas diferentes.

— Por que ele escreveria em outras línguas apesar de estar em meio aos seus?

— Não sei. Talvez temesse alguém do grupo. Talvez estivesse com receio de que os registros fossem roubados ou coisa parecida — fazia sentido contudo não chegou a virar-se para o pai. — Mas isso não importa. O que me saltou aos olhos foi a facilidade com a qual aprendeu nosso idioma, a possibilidade de ter alguém que domine a escrita e que possa nos orientar pelas florestas. De posse das informações que ele tem, poderemos erguer um império fabuloso.

— É verdade — admitiu com sinceridade. — De fato, tivemos muita sorte e você teve um pressentimento único, o que também é fundamental para um governante, principalmente em meio aos da nossa espécie — Arkus ergueu-se e aproximou-se, mais tranqüilo. — Pelo que vejo, já fez sua escolha, uma ótima escolha, devo confessar. Pode *enlaçá-lo* esta noite mesmo e poupá-lo do sofrimento, se assim desejar.

Cedric calou e baixou o olhar ao chão. Preocupado, parou diante do filho e ergueu-lhe o rosto pelo queixo, suave porém firme.

— O que há? Está desistindo de fazer uma cria?

— Não. Temos um trato e jamais deixo de cumprir minha palavra.
— Então, o que o perturba?
— Bem... — hesitou, antes de fitá-lo. — Há alguma possibilidade de que, ao ser *enlaçado*, mantenha os sentimentos e a essência mortal?
— Por que quer saber? Acha que o rapaz pode transformar-se num estorvo e que a eternidade será demais para ele?
— Não. Acredito que é forte para suportar, mas... Não quero matar a paixão que há em sua alma.

Arkus afastou-o num safanão e rumou para a porta do aposento, os passos duros denunciando-lhe a exasperação.
— Não me desaponte, Cedric! — gritou, enfurecido. — O que lhe disse desde o começo?
— Eu sei, mas...
— Não existe paixão, não há sentimento após a morte e você é prova disso. Há cinqüenta anos é um de nós. Pode lembrar-se ainda de sua personalidade mortal, não pode? — um assentimento foi a resposta. — Pois me diga, meu querido: quanto de Rhys ainda resta em você?

Silêncio triste.
— Nada, eu suponho.
— Então, não crie esperanças! Não se apegue ao mortal que é mas ao imortal que pode vir a ser. *Enlace-o* de uma vez para que possa conhecer a linda criatura da noite que ele será! Isso sim, vale a pena. E se ainda restar paixão e sentimento, então, cuide muito bem dele. Será a prova existencial de que possuímos uma alma. Mas, antes que possa se agarrar a qualquer tolice, saiba que não acontecerá. O coração dele parará de bater, Cedric, e sua pele quente esfriará, exatamente como a sua. Não há salvação.

E com isso, retirou-se. Levou consigo não apenas o olhar azul e a presença familiar, como também a esperança, toda a doce credulidade, sem qualquer compaixão. Só na escuridão, Cedric sentou-se na cama. Poderia ir até Thálassa mais uma vez, contudo não conseguiria olhar para ele depois do que ouvira. Precisava de um tempo para si, um momento para pensar, acertar as idéias e estratégia antes de prosseguir com suas intenções.

Deitou-se contra o tecido macio da colcha, a mais pura seda perdida para a aspereza de suas mãos rudes, mãos que fizeram o jovem entregar-se em abandono. No entanto, não havia entrega que pudesse superar a morte, mesmo que esta não significasse o fim e sim o começo.

Rolou no acolchoado, afundando o rosto contra as almofadas apenas para que ninguém pudesse ver as lágrimas rubras tingirem o tecido. Não se lembrava da última vez que chorara... Talvez na ocasião da morte de sua irmã, já não tinha muita certeza. O *Enlace* levava-lhe, pouco a pouco, as recordações menores, os detalhes que ninguém mais percebe além da própria pessoa. E, naquele momento, pareceu-lhe que nunca houvera dor maior da que o acometia ao ter consciência de que mataria Thálassa. Sim, transformaria o jovem numa criatura inumada, enterrando assim a intensa vibração de seus olhos, o fogo contagiante de sua inocência, a força pedrosa de seu amor pela vida, pois tomaria dele aquilo que o movia. Pareceu-lhe um assassinato hediondo condená-lo a existir sem ter a si mesmo.

Seus soluços ecoaram pelas paredes frias do aposento, livrando-o do desespero e trazendo um vazio opressor, algo terrível e irremediável. Precisava de Thálassa, queria Lythos a seu lado, liderando a *Família* e o povo. Teria de matar a parte linda que vibrava dentro dele. Como? Como tomar para si algo que amava tanto? O quê acontecera naquela noite para que se sentisse invadido, violado, perturbado como naquele instante?

Um leve som às suas costas cessou o pranto e fez com que escorregasse a mão para o punho da espada, tão de leve que o gesto não poderia ser percebido por ninguém. Esperou que o movimento recomeçasse e seu senso de defesa, desenvolvido pelos anos de guerras e prática com a arma, possibilitou saber exatamente onde ele se encontrava. Num movimento rápido, Cedric sacou a espada e virou-se para o ataque. A ponta afiada roçou-lhe de leve o pescoço.

— Dédalos?! O que faz aqui? Como entrou sem que me desse conta? — indagou, confuso, olhando de soslaio para a porta e percebendo que permanecia fechada, como antes.

O ancião ergueu as mãos, demonstrando estar desarmado e não ter intenção de aproximar-se mais, um sorriso suave a rejuvenescer-lhe as feições morenas. Encabulado, Cedric deu-se conta de que ainda empunha a espada contra o pescoço do amigo e tratou de embainhá-la novamente.

— Deve tomar cuidado com essas coisas, meu Senhor — murmurou, a voz baixa e calma contagiando-o.

— Você é quem deveria tomar cuidado ao aproximar-se assim de um homem de armas. Poderia tê-lo matado, já pensou nisso? — Dédalos assentiu mas continuou sorrindo. — Sente-se, meu bom amigo. E perdoe o meu estado lastimável.

Viu-o acomodar-se ao seu lado. Dédalos tocou-o então no rosto, enxugando as lágrimas como um pai zeloso, repleto de carinho e daquela aceitação muda que não carecia de explicação para existir. Sentiu os olhos turvos novamente e rompeu em novo pranto, dessa vez, silencioso.

Os braços dele envolveram-no e deixou-se abraçar, apoiando o rosto contra o ombro confortável que se oferecia sem esperar nada em troca. Dédalos afagou-lhe os cabelos com ternura antes de romper o silêncio.

— As coisas mudam, Cedric... Todas elas, o tempo todo. Compreende o que quero dizer? — uma negativa foi a resposta. — Chegará, em breve, o dia em que será o Senhor absoluto dessas terras. Nesse dia ou antes dele, não posso precisar, já não poderemos estar assim, como agora. Você já não apoiará o rosto contra meu ombro, nem chorará sua dor em meus braços. E, mesmo assim, meus braços estarão estendidos, da mesma forma que meu ombro estará disponível e meu amor ainda será seu, meu filho.

O guerreiro afastou-se para fitá-lo, as lágrimas substituídas pela incredulidade.

— Como pode ser? Nenhum de nós pode mudar, Dédalos. Essa é, por assim dizer, a essência da nossa imortalidade. Nada muda em nós!

— Nossos corpos não mudam, meu caro, porém nossas mentes voam livres, e isso sim é um milagre. Vê? Tudo o que não é sentido aqui... — tomou-lhe as mãos nas suas, longas e morenas — mas pode ser sentido aqui... — e pousou a outra mão sobre o peito de Cedric — é passível de mudança. E muda, basta que estejamos atentos e dispostos a aceitar. Acontece de a eternidade nos acomodar naquilo que somos, mas não significa que não podemos alterar o rumo do destino.

Cedric desviou seus olhos dos dele para que não flagrasse outra vez a sua dor.

— E o amor? Ele morre junto com todo o resto? O amor desaparece, Dédalos?

Bem lentamente, o egípcio afastou-se até que estivessem um diante do outro. Mergulhou os olhos escuros e experientes nas esmeraldas tristes. E Cedric não pôde precisar a idade que possuía. Dédalos fitou-o assim por muito tempo. Só então sua voz tornou a ecoar, agora com uma ponta de sofrimento ou desamparo que não soube definir.

— Foi o que Arkus lhe disse? Que o amor acaba?

— Não. Ele disse que não há amor, que o sentimento morre no instante em que renascemos.

Dédalos baixou a cabeça por um instante, sorrindo em ironia. Não o compreendeu.

— Responda-me você, meu querido. Acha mesmo que a capacidade de amar nos é tomada com o *Enlace*?

— Não... tenho certeza...

— Pense com carinho, pois, não importa o que eu disser, sempre haverá a palavra de Arkus contra a minha — declarou, encarando-o novamente com semblante sério, um segundo antes de fazer menção de erguer-se para deixar o aposento.

— Não — tornou Cedric, segurando-o pelo braço, o olhar suplicante. — Fale-me o que pensa! É muito importante para mim também.

O outro pareceu refletir, sempre fitando o jovem imortal.

— Na minha concepção, abrir mão do amor é algo pessoal. Conheci imortais que o fizeram e outros que, até hoje, são capazes de amar como antes do *Enlace*. Não há uma regra que possa explicar esse tipo de coisa. A única semelhança entre todos os casos é que somos exatamente aquilo que acreditamos ser. Acredita que possa amar, meu filho, como antes, como da primeira vez?

— Não... Não sei. Talvez eu nunca tenha amado antes, Dédalos! Nunca!

O ancião sorriu, suave como sempre, e tomou a mão do guerreiro em reconhecimento rápido, porém repleto de ternura.

— Pois entendo o que sente. Eu acredito no amor, sempre vou acreditar, Cedric, por um único motivo: amo perdidamente e sou capaz de qualquer coisa por essa criatura, até mesmo existir sem ela — finalmente, ergueu-se, levando consigo o conforto de sua presença. — Mas, como eu disse antes, o amor é uma questão pessoal e, nem sempre, ele é capaz de superar tudo. No meu caso, não é. Estou só com o meu amor, porém isso não o impede de existir.

Dédalos rumou à porta com passos lentos e tranqüilos. Mais parecia um ser etéreo, feito de luz. Permitiu-se observá-lo enquanto afastava-se, perdido em tumultuosas reflexões. Antes de alcançar o batente, ele fitou o guerreiro por sobre os ombros com um sorriso zombeteiro nos lábios.

— Quer mesmo saber como entrei sem ser visto ou sentido?

— Sim...

Ele parou diante da porta e deixou os braços caírem suavemente ao lado do corpo. E aconteceu: viu-o esmaecer, cada vez com mais intensidade, passando de algo sólido para um tênue borrão colorido, até que desapareceu. Antes mesmo de seus braços alcançarem o corpo, já não estava mais ali.

— D-Dédalos!?

"Estive aqui desde sempre", foi a voz que ecoou em sua mente.

A porta abriu, sem que alguém a tivesse puxado, para em seguida descansar suave contra o batente outra vez. Ele se fora. Abismado, Cedric esqueceu-se por um instante de sua amargura. Na noite seguinte, antes de ir ter com Thálassa, procuraria pelo amigo e perguntaria que tipo de poder era aquele e como poderia aprendê-lo! Passados alguns minutos, recuperou a faculdade de pensar e tornou a deitar-se na cama. A noite aproximava-se do fim. O rosto do jovem cretense não saía de seus pensamentos junto à sensação de que se tornaria o pior dos assassinos em breve.

Esperou paciente que a amanhã surgisse e, com ela, viesse a inconsciência, bálsamo para o tormento. No entanto, sabia que outra noite logo chegaria. Após ela, viria outra, e outra, indefinidamente. Não havia refúgio para sua alma, se é que possuía uma. Dédalos estava certo: eram o que acreditavam ser e ele acreditava que o correto era ser o Senhor daquelas terras e defender sua família a qualquer custo. Não poderia deixar que algo ou alguém o desnorteasse a ponto de comprometer todo um trabalho, de romper com todas as suas crenças. Esses pensamentos, de certa forma, o consolaram, pois ele estaria lá, faria parte de sua família. Porém não poderia entregar-lhe o coração. Talvez, fosse melhor *enlaçá-lo* de uma vez, pouparia a ambos do sofrimento do que fora e não poderia mais voltar.

Perdido nessa sensação de abandono, Cedric deixou que a manhã surgisse sobre si por detrás das paredes de pedra, roubando-lhe a vida imortal que possuía.

* * *

Noite após noite, a lua transformou-se num lindo círculo de prata para, em seguida, minguar e desaparecer junto às estrelas. Aprendia a reconhecer as horas pelo céu noturno, a iniciar seu dia com o crepúsculo a fazer da lua seu sol. Não era difícil, apesar de estranho aos sentidos.

Cedric acordava-o, impreterivelmente, tão logo a luz fosse banida. Ele vinha exatamente ao mesmo horário. Chamava-o com mãos ternas, nem sempre frias. Sua voz rouca insinuava-se doce pelos ouvidos, como melodia rara, e despertava para cair sem receio em seus braços. Saíam para conversar, passear pelas redondezas, reconhecer o castelo e sua rotina incansável. Na verdade, havia algo de diferente a se descobrir a cada entardecer ou, ao menos, era como se sentia: diante de um mundo completamente novo e maravilhoso, o mundo que Cedric lhe prometera, repleto de preciosidades que apenas a imortalidade poderia oferecer.

As caminhadas noturnas eram povoadas daquele sussurrar baixo, que mais parecia uma confissão. Durante as duas luas que passara ali, em companhia daquelas criaturas fantásticas e tão diferentes dele mesmo, Thálassa sentiu-se conduzido para outro universo, repleto de vida e morte, onde tudo o que conhecia tão bem poderia encerrar um significado novo e apaixonante, como aquele homem, que tanto carinho parecia disposto a dar. Desejara ser amado daquela forma intensa e entregue a cada dia de sua vida e sentia-se recompensado pelos deuses por ter, em fim, encontrado seu lugar.

Decerto que não chegara a dizer isso a Cedric. Não sabia ainda que tipo de reação poderia ter caso demonstrasse interesse em permanecer, em morar com eles e trabalhar pela oportunidade de estar ali. Poderia fazer qualquer coisa, desde ocupar um dos lugares destinados aos serviçais, na cozinha ou nos currais, bem como se tornar escriba do castelo. Já percebera que não tinham nenhum, porém também não haviam demonstrado interesse em providenciar alguém com essa habilidade, de forma que sentia-se um tanto inútil.

Como se adivinhasse seus pensamentos, logo fora chamado a fazer parte da *Família*, exercendo o papel de escriba oficial, o que muito o honrou. Desde então, passava as noites com o seu Senhor, as manhãs trabalhando e deitava-se à tarde, para um sono rápido... Até ser acordado novamente com o chamado dele e ser levado para a tina de água morna. Cedric o despia e enlouquecia. Apesar de senti-lo tão seu quanto se entregava a ele, nunca se tocaram de verdade, num ato de amor e de prazer. Isso poderia ser frustrante mas acabava passando também enquanto ele lhe murmurava novas maravilhas da existência que não possuía. Só então, saíam para a madrugada, geralmente para falar de suas experiências. Se bem que, perto das dele, não passava de uma criança.

Quando estava na companhia de Cedric conseguia esquecer de todo o resto, inclusive de que era um escravo e de que fora arrastado até ali contra a sua vontade; um escriba cujos documentos foram roubados por aquela gente. Nada disso parecia-lhe relevante quando Cedric lhe contava acerca das *Criaturas da Noite*, denominadas por Arkus como *Predadores*. Havia vários tipos de predadores na natureza mas, quando qualquer um deles se utilizava dessa palavra abertamente, falavam de si mesmos. Isso ficou evidente para o jovem cretense quando soube das características sobre-humanas que possuíam. Pelo que ouvira, numa das noites de aprendizado com o seu Senhor, ficara-lhe claro que eram os predadores de todas as demais espécies, ou seja, não havia animal capaz de destruí-los, a não ser um de seus semelhantes. Porém isso era proibido entre eles, como um código de honra que deveria ser respeitado ou muito bem violado para não levantar suspeitas.

A princípio, a filosofia de vida que adotavam causou-lhe receio, estranheza e até mesmo aversão. Contudo, depois de tantas noites falando sobre aquele assunto e de tanto tempo convivendo entre eles, parecia-lhe perfeitamente natural: ser um mortal entre o que não era humano.

Com efeito, Cedric pagara sua promessa numa sucessão interminável de conversas. Explicara-lhe tudo o que sabia sobre os de sua própria espécie e sua visão da imortalidade. Começaram na noite seguinte um debate frenético sobre o que era ser um *Predador*. Ao fim da conversa entusiasmada, já quase dia claro, concordaram que as *Criaturas da Noite* não eram nada além de uma transformação, o aperfeiçoamento da humanidade. Era evidente que, uma vez transformado, havia inúmeras desvantagens, como o perigo mortal de expor-se ao sol, a incapacidade de ingerir alimentos exceto sangue ou o desprazer de ter de existir por

47

apenas metade do dia.

A ausência do sol era, com certeza, o que mais abalava Thálassa, pois tentava imaginar-se no lugar daquelas criaturas, sem poder ver a luz, e sentia-se quase que morrer por dentro. Entretanto, Cedric não tardou a ressaltar as vantagens de tornar-se um *Predador*. Esse foi o assunto em voga no encontro seguinte, quando o guerreiro enumerou cada uma das características do corpo que eram aperfeiçoadas com o *Enlace*, passando pelos sentidos, muito mais aguçados, a incapacidade de adoecer ou sentir dor, até as coisas fantásticas que apenas o *Sangue* poderia oferecer, como a capacidade de ler a mente alheia e penetrar na alma de qualquer um, vivo ou não vivo.

Foi assim que o jovem Thálassa enveredou pelo mundo dos *Dons*, do *Sangue*, da *Noite* em si. Havia tanto a ouvir e perguntar que esse ponto se estendeu por vários encontros, enquanto ouvia, fascinado, as habilidades que eram herdadas, como sucedera com ele e Arkus. Terror e deslumbre se misturaram, enquanto se dava conta do poder que possuíam e da miserabilidade de sua vida mortal, tão frágil. A partir dessa noite, não temeu mais seu destino. Estava vivo e assim ficaria, pois, caso o desejassem morto, já o teriam feito e nem se daria conta antes do último suspiro.

Certa vez, em ocasião de caminhar por entre a vegetação fresca da floresta, Cedric lhe contara que desejava construir uma família, erguer um feudo, algo que serviria de exemplo, e fora para isso que Arkus o *enlaçara*. Dentro desse Feudo haveria não apenas *Predadores* como mortais, serviçais comuns, comerciantes e todo o tipo de gente. O objetivo maior era o de impedir que descobrissem o tipo de criatura que estava por detrás do poder. Perguntara-lhe, no mesmo instante, por que pretendia esconder algo tão fabuloso dos outros.

— Para nos proteger — foi a resposta simples que ele lhe dera, continuando a andar em seguida.

Não havia nada que um mísero mortal pudesse fazer contra eles, foi o que argumentou para dar continuidade à questão. Desejava compreender. E tudo o que Cedric disse fora que os mortais eram muitos e os *Predadores* não poderiam jamais ser a maioria, não sem comprometer a própria espécie. Além do mais, o guerreiro garantira que assim seria muito mais fácil manipular os fracos de espírito. Essa conversa em especial o chocou um pouco, talvez porque revelasse um lado de Cedric que ainda não conhecia: o governante DeLacea.

Os encontros continuaram. Já não podia passar uma única noite sem ele. E, em muitas ocasiões, Cedric o levava a lugares lindos. A paixão que sentia por ele quase o contaminava, como uma doença devastadora, corroendo-lhe as entranhas e levando-o ao desvario.

Todavia foi exatamente duas luas depois daquele primeiro encontro, que descobrira acerca das *Castas*, as quais diferenciavam os *Dons* que os *Predadores* herdavam. Não fora Cedric quem lhe contara, e sim Dédalos.

Estava sozinho no salão destinado aos escribas. Em verdade, não havia ninguém por ali capaz de ler e escrever além dele mesmo. Já pensara em falar com Cedric sobre isso e ensinar o ofício a outros mas, simplesmente, não tivera oportunidade. Havia sempre muitas outras coisas a serem ditas, aparentemente mais importantes, e deixava passar o momento. Naquela noite, entretanto, nunca se sentira tão necessitado de ajuda. Isso porque não conseguia compreender exatamente as instruções de Arkus e tornava-se cada vez mais complicado depreender as informações que o serviçal lhe dava a respeito das finanças.

Sua sorte era que, tão logo Cedric o destinara à tarefa de registrar tudo o que acontecia dentro e fora do castelo e afirmara que receberia material necessário para exercer a função, todos pareciam inclinados a colaborar, com exceção de Arkus, óbvio! Nem mesmo isso podia apagar a alegria que fora escrever outra vez, ou o assombro e a euforia que o tomaram quando, ao receber o tão prometido material, deparou-se com pedaços e mais pedaços, infindáveis, de uma espécie de couro curtido chamado *pergaminho*, além de pena e tinta escura... Tudo isso para escrever! Nunca em sua vida julgara possível haver coisa semelhante, muito menos que funcionaria para a finalidade à qual se destinava. Pois não apenas servia, como rapidamente habituara-se a escrever daquela forma, desenhando as letras com firmeza e facilidade, as tábuas de argila esquecidas em seu passado próximo.

Indagara a Cedric a respeito da descoberta, inusitada e tão avançada. Ao que ele lhe respondeu que era uma variação dos costumes de Dédalos, aprimorados por *Predadores* e ignorados pelo mundo mortal. Presunção? Talvez. Contudo não pôde deixar de pensar o quão inteligentes eram por terem descoberto algo assim! Decerto que revolucionaria todas as culturas conhecidas... caso Cedric tivesse algum interesse em divulgar a invenção. Não tinha, era fato.

Assim, fascinado pela novidade e repleto de trabalho acumulado, Thálassa passara a tarde inteira ali, tentando desvendar o que era necessário para prosseguir com seu ofício, e só deu-se conta de que a noite chegara quando a voz dele invadiu o aposento inteiro, sobressaltando-o.

— Está acordado desde ontem, ao entardecer? — foi a pergunta suave.

Amuado, Thálassa observou o serviçal curvar-se numa reverência exagerada e sumir como um desesperado pelo portal de acesso. Só então se virou para o visitante, já conhecido, e curvou-se numa discreta e elegante reverência.

— Boa noite, Senhor Dédalos — murmurou, ciente de que ele ouviria, não importava o timbre baixo de sua voz. — Havia tanto trabalho a ser feito que não me dei conta de que a noite caíra.

Dédalos avançou, não exatamente em sua direção, mas em muda contemplação do aposento, varrendo com seus olhos escuros e atentos todo o lugar, até pousá-los na imagem jovem e inocente daquele garoto que o encarava como homem.

— Em primeiro lugar, já disse para não me chamar de Senhor. Não que eu não seja velho, mas porque, em breve, esta será a forma com a qual me dirigirei a você, meu jovem amigo — o olhar confuso do rapaz anunciava a pergunta. Antes que ele lhe indagasse qualquer coisa, tratou de continuar. — Deveria ter dormido. Já está há mais de um dia inteiro acordado e isso não passará despercebido.

— O senhor acha?

Sorriu. Não conseguia impedi-lo de utilizar o tratamento respeitoso. Talvez Thálassa conservasse a doçura de sua mortalidade quando renascesse para a noite. Contudo, teriam de esperar para saber.

— Claro que sim. Quando não descansa, o corpo humano exala um odor diferente, sabia? Como nossos sentidos são mais apurados, é fácil saber quando algum de vocês não dormiu o suficiente.

Preocupado, o jovem cretense sustentou-lhe o olhar antigo como se estivessem em igualdade. Tentou lembrar de quem, em alguma das eras que presenciara com a sua não-vida, o fitara daquela maneira aberta e sem receio. Não conseguiu, não por impossibilidade e sim porque, de fato, não existia. Cedric fizera excelente escolha. Tudo o que desejava era que tivesse coragem para admitir os reais motivos por ter abrigado Thálassa, que, com certeza, divergiam de tudo o que Arkus vinha impregnando em sua mente desde o primeiro instante.

— Talvez seja melhor eu me banhar, então. Não quero que... — o comentário tímido trouxe o egípcio de volta à realidade. — Será que Cedric...

— O odor não é ruim, meu jovem — disse, com brandura. — É apenas diferente, mais forte. A maioria de nós o associa à... Luxúria.

Thálassa sentiu-se corar com tanta violência que tentou desviar os olhos dos dele. Não conseguiu. Dédalos ainda o fitava, e não havia qualquer traço de malícia em seu olhar.

— Além do mais, — continuou o ancião ao perceber que o rapaz se calara — tenho certeza de que odiaria privar Cedric do prazer de lhe dar banho, não é? — sussurrou, ocupando-se com os fios delicados de uma das tapeçarias da sala. — Nós dois também conversamos muito, Thálassa, e ele ansia pelos momentos em que estão sozinhos no seu aposento.

— Pelos deuses... — balbuciou o jovem, levando as mãos ao rosto num reflexo e derrubando, sem querer, a pena e a tinta, que se espalhou sobre o pergaminho num borrão. — Mas que desgraça! Como pude ser tão desastrado? Isso nunca me aconteceu antes, Senhor.

Juro!

    A preocupação dele em se explicar era tamanha que se esqueceu da conversa intimidadora de instantes atrás. Dédalos lhe foi gentil. Aproximou-se e, num rápido gesto de mão, limpou o pergaminho para o menino. Sorrindo, ergueu os olhos atemporais para fitá-lo.

    — Não será repreendido, Thálassa, nem por manchar este pergaminho, nem por querer entregar-se a Cedric.

    O choque da declaração deixou-o sem ação e assentiu, pois nada mais lhe ocorria além desse gesto, carregado de alívio. Dédalos voltou à tapeçaria como se a visse pela primeira vez, tocando os fios coloridos com seus dedos longos e morenos. Achou-o lindo, de uma beleza enigmática e amiga.

    — Cedric fala sobre mim? — perguntou, reunindo toda a coragem que possuía.

    — Oh, sim! Você é o assunto preferido dele. Mas não falamos em quantidade. Falamos em qualidade, entende? Não sou muito de falar. Palavras, o vento leva... — o silêncio estendeu-se pelo tempo necessário para que o jovem assimilasse o sentido da frase. — Gosto muito mais de ouvir e responder perguntas. Tem alguma que gostaria de me fazer?

    Thálassa sorriu-lhe, abertamente, como se finalmente entregasse sua confiança. Havia conversado com Dédalos desde a sua chegada embora fossem encontros rápidos, geralmente marcados pela presença dominadora de Arkus. Era a primeira vez que se encontravam a sós. E ele parecia ser tão bom, tão amável com todos. Além disso, Cedric confiava nele, o que lhe parecia motivo mais que suficiente para confiar também.

    — Por Anúbis... — murmurou o moreno com um sorriso compreensivo a iluminar-lhe as feições. — Você fica de fato bonito quando sorri, jovem. Deveria fazê-lo sempre.

    — Obrigado — disse, corando mais uma vez. — Sabe, Cedric me contou dos *Dons* e disse também que são herdados com o *Sangue*, de acordo com a *Casta* à qual pertencem...

    Diante desse comentário, Dédalos franziu o cenho em desagrado. Ficou quieto por algum tempo, pensativo, os olhos distantes e impenetráveis. Por um instante, temeu ter enveredado por um caminho proibido e, talvez sem querer, traído a confiança de Cedric. O pavor era tão palpável que foi sentido pelo ancião egípcio, e este lhe volveu o rosto em expressão amigável.

    — O que exatamente deseja saber?

    Aliviado, Thálassa suspirou e aproximou-se para sentar próximo a ele, voltando o olhar por sobre os ombros como que para se certificar de que não havia ninguém ali. Dédalos riu.

    — Quer privacidade para conversarmos? Posso levá-lo a um lugar no qual não nos encontrarão até que terminemos. Viria comigo?

    — Sim, mas... Será que Arkus não vai se zangar? E Cedric? Deve acordar daqui a pouco e não me encontrará no quarto.

    — Não se preocupe, pequeno amigo. Cedric demorará ainda a vir e quanto a Arkus... Não se incomode com ele — estendeu-lhe uma das mãos enquanto puxava a tapeçaria da parede com a outra. — Venha e não tenha medo.

    O que aconteceu então marcaria a vida e existência de Thálassa para o resto da eternidade. Cuidadoso, Dédalos deixou que a tapeçaria caísse por sobre seus ombros largos e, suavemente, trouxe Thálassa para seus braços, de encontro ao peito firme e forte. De pé, como estava, o jovem cretense alcançava-lhe a altura das costelas. Sentiu que o egípcio o rodeava com os braços, trazendo, no mesmo movimento, a tapeçaria, tal qual um manto colorido. Logo, não podia ver nada, pois se encontrava coberto, preso entre os braços dele e apoiado contra seu corpo. Mais tarde compreenderia a ternura dos gestos do ancião ao resguardá-lo da realidade, poupando-o do choque de presenciar o inacreditável.

    — Vou contar até três e baixar os braços novamente — anunciou com voz sussurrada. — Quando acontecer, verá o salão em que estamos mas tudo a sua volta será diferente. Não se apavore e permaneça bem perto de mim, caso contrário a mágica terminará, compreendeu?

— Sim... — balbuciou o menino, temeroso do que poderia ver e não muito certo de que deveria confiar naquilo. Mesmo assim já não lhe restava alternativa, pois, como prometera, Dédalos pronunciava palavras baixas numa língua desconhecida.

Sentiu que ele o afastava de leve, o suficiente para ver que seus braços baixavam sobre sua cabeça e que a luz voltava a entrar pela tapeçaria. Permaneceu com o olhar em seu peito e no bordado delicado de sua roupa. Ao menos, ele, Dédalos, parecia igual a antes, exatamente como no começo.

Apesar do olhar fixo na figura que se erguia imponente à sua frente, Thálassa soube que ele baixara os braços, deixando-o livre e largando a tapeçaria aos pés de ambos. Nada disseram por um tempo. Igualmente, não pôde se mover, ciente de que algo mudara à sua volta, mas não convencido de que deveria tomar parte na mudança.

"Deseja saber sobre as diferentes *Castas*, não é verdade? Se for isso, nada melhor do que ver para compreender como ou o que acontece."

Não encontrou forças para se mexer, preso ao olhar sem idade, certo de que estava à mercê dele. E suas palavras ecoaram-lhe na mente, como Kaleb costumava fazer. Temeu, cada canto de sua alma estremeceu com o que presenciava, e ainda assim, quis conhecer, desejava saber.

"Não tenha medo, menino. Pode olhar sem se desesperar. Eu estarei aqui, caso precise. Mas é bom que tenha começado por mim. Ter sua alma invadida não é a maneira mais suave de conceber a grandiosidade dos *Dons*."

Lentamente, Thálassa girou sobre os calcanhares para encarar o mundo. De fato, ainda estava lá, cada móvel, cada objeto, cada vinco entre as sólidas paredes de pedra. Porém, tudo jazia num borrão disforme, como se chorasse ou se, por crueldade, o estivessem privando da visão. A reação involuntária foi esfregar os olhos com força, num pânico terrível, enquanto tentava afastar-se em autopreservação.

"Não vá para longe de mim, não ainda. Temos uma conversa a concluir, lembra?"

O jovem virou-se para Dédalos e se surpreendeu ao notar que ele estava nítido como sempre, sua silhueta jazia perfeita em meio ao salão, como se estivesse à parte do mundo que os rodeava. Apesar da consciência ter dado conta disso, as palavras já não podiam ser contidas e abriu a boca para berrar-lhe os piores insultos que conhecia, apavorado. Contudo, de seus lábios trêmulos não saiu som algum.

Desesperado, sentiu que o outro o segurava pelo pulso antes que pudesse correr para longe. Debateu-se, encarando-o em pânico. Os olhos castanhos estavam compreensivos, tão ternos! Acalmou-se apenas ao mergulhar no rosto doce e experiente que o mirava em carinho absoluto.

"Não faça isso, Thálassa, será muito pior, acredite. Precisa ficar para que eu possa lhe mostrar e dizer tudo o que precisa saber. Não será por muito tempo, o suficiente para que não nos incomodem ou interrompam."

Aproximou-se, já mais tranqüilo. Queria falar, perguntar o que era aquela sensação, saber o que acontecera com as coisas e, ao fazê-lo, sua voz novamente não se propagou. Dédalos sorriu.

"Para falar-me, basta pensar. Aqui, onde estamos, o som não existe, apenas o que vem de fora."

Não era difícil. Acostumara-se a falar em pensamento com Kaleb e não deveria ser diferente com Dédalos. Experimentou. Foi com satisfação que constatou que podia comunicar-se. A primeira coisa que desejou saber era o que havia de errado com todas as coisas e o ancião lhe disse calmamente que o mundo não mudara e sim eles, que se encontravam num lugar à parte, ausentes da realidade e, por isso, afastados de suas regras. Thálassa suspeitou ser um conceito muito mais profundo, algo relacionado à criação de uma realidade paralela e à transposição do espaço, intuiu enquanto ouvia aquele ser fantástico e único lhe falar sobre seu *Dom*.

"Eu poderia passar a noite toda aqui, a eternidade inteira lhe dizendo como acontece e o que significa para um ser como eu, que trás esse poder nas veias com o sangue, o fato de romper com as barreiras do espaço e com os limites da realidade. Mas seria inútil, meu menino, não porque não tenha capacidade de compreender e sim porque está completamente fora da sua concepção humana do mundo. Basta por hora que saiba: trouxe-o para cá porque, neste lugar que criei, ninguém pode nos ouvir e nem nos ver. Estamos invisíveis aos olhos e aos sentidos de qualquer um, vivo ou não-vivo, que tente se aproximar. Nem mesmo nossas vozes podem ser ouvidas, a não ser que nós assim o desejemos."

Aquilo lhe soou mágico, fantástico demais para ter de fato acontecido. Como Dédalos dissera, o *Dom* transcendia sua limitada capacidade de interpretação, parecendo-lhe muito mais com magia do que com uma habilidade, estudada e desenvolvida com o tempo. Todavia era assim. Essa foi a primeira informação concreta que o egípcio lhe dissera: os *Dons* de cada *Casta* eram herdados com o sangue e, quanto mais forte o *Predador*, quanto mais se concentrasse em desenvolver sua habilidade, tão mais forte ela se apresentava.

"E a que *Casta* você pertence, Dédalos? Qual o seu *Dom* e o que pode fazer com ele?", indagou o jovem, ansioso e entusiasmado com a demonstração. Sentia-se seguro ali e aproveitaria para extrair todas as informações que ele estivesse disposto a oferecer.

"Bem, uma vez que vamos adentrar o universo maravilhoso e perturbador dos *Predadores*, permita que eu me apresente, gentil Senhor, como todos nós devemos nos apresentar", ele ergueu-se com graça, ainda perto o suficiente para que se tocassem caso fosse necessário, e inclinou-se numa reverência respeitosa. "Sou Dédalos de Anúbis, membro da *Família* de Arkus DeLacea e Filho da *Casta* conhecida como *Sussurros do Silêncio*. Meu *Dom*, como pode ver, consiste em anular minha presença de tal forma que ninguém é capaz de ver-me ou sentir-me. O que exatamente posso fazer com minha habilidade, isso é algo que não posso dizer. O Senhor não entenderia, mas digamos que já estudei muito, dediquei-me demais. Posso fazer quase tudo, meu Senhor, inclusive ocultá-lo junto comigo num lugar em que, *a priori*, apenas eu poderia estar."

O entusiasmo de Thálassa era tamanho que teve de se reprimir para não bater palmas. Seria muita infantilidade. Contudo era assim que se sentia: como uma criança descobrindo as possibilidades. Com efeito, as explicações do ancião não pararam por aí, como temeu no começo. Soube que qualquer *Predador* poderia aprender os *Dons*, de qualquer uma das *Castas*, mas, obviamente, jamais chegaria ao nível de habilidade que um herdeiro natural poderia alcançar.

Perguntou quais eram as demais *Castas* e pediu que Dédalos lhe falasse sobre os outros *Dons*. O egípcio confessou ser impossível, dado o grau de complexidade e abstração de que necessitariam. Ainda assim, decidiu falar um pouco dos outros tipos de *Predadores*, voltando a afirmar que o mais indicado para conhecer cada um deles seria a convivência, bem como presenciar uma demonstração de suas habilidades para que pudesse ver como acontecia.

Não eram muitos os tipos. Dédalos apontou-lhe cinco *Castas* diferentes e nomeou-lhe também seus *Dons*, depois de quase implorar para que o fizesse. Assim que se encontrou sozinho, muito mais tarde, Thálassa lançou-se urgente aos pergaminhos, pena em punho, receoso de ter esquecido algo de importante. Sua intenção era registrar as preciosas informações para que pudesse lê-las sempre que desejasse, e para que tivesse algum indício do mundo que se abria para ele.

A primeira *Casta* descrita foi a que chamavam *Dominadores de Almas*, um grupo de *Predadores* que tinham por *Dom* a capacidade de invadir a alma de qualquer criatura pensante, bem como manipular, dominar, guardar ou apagar seus pensamentos e vontades. Eram criaturas perigosas pois, com a força de sua mente, aliada à habilidade desenvolvida, podiam interferir na ordem do mundo, comandar vontades, roubar conhecimento e destruir mesmo o mais sólido caráter. Arkus e Cedric pertenciam a essa *Casta* e não foi difícil para o jovem mortal vislumbrar os danos terríveis que poderiam causar, bastava lembrar-se da maneira estúpida, odiosa e violenta com a qual Arkus o invadira.

Ciente do desconforto do rapaz, Dédalos passou à descrição seguinte, da *Casta* denominada *Atravessadores de Sombras*. Pouco se sabia a respeito dessa categoria, uma vez que, além de raros e não fazerem crias com freqüência, eram seres sombrios, cujo hábitat natural era a escuridão. O ancião admitiu com pesar que nunca vira uma dessas criaturas, contudo podia afirmar que existiam, pois já estivera com *Predadores* que haviam penetrado em suas sombras e enlouqueceram por isso, sendo aniquilados em seguida. O *Dom* dos *Atravessadores* era a habilidade de manipular as sombras, transformá-las em portais e extinguir imensas distâncias através delas. Obviamente era uma prática arriscada, pois carecia de muito poder e conhecimento. E, além disso, havia a lenda sobre as sombras, que poderiam ser terríveis e mais frias que a própria morte. Apenas os fortes ou loucos — não podia dizer com certeza — eram capazes de se entregar às sombras e permanecerem coesos em essência. Todavia, apesar disso, as sombras levavam consigo o resquício de humanidade que poderia sobreviver após o *Enlace*, além de inúmeras outras histórias macabras e ainda não comprovadas sobre pactos com o demônio, bruxaria e maldições que envolviam os *Predadores* que à *Casta* pertenciam. Interessante, apesar de pouco elucidativo.

A explanação seguinte foi dedicada à *Casta Filhos da Terra*, sem sombra de dúvida a mais fantástica e curiosa de todas elas. Os *Predadores* que carregam no sangue a herança da terra têm por excelência uma afinidade única com a natureza e com o ambiente, podendo mesmo camuflar-se em meio à vegetação. Preferem os lugares abertos e as florestas virgens, onde podem vagar e trabalhar suas habilidades. Segundo Dédalos, eram seres dotados da capacidade de manipular a terra bem como os elementos da natureza, além de assumir a forma animal que melhor lhes conviesse para atacar ou protegerem-se. Com efeito, as dimensões do animal pretendido deviam ser compatíveis com a massa muscular que tinham na forma humana. Também esse tipo de *Predador* possuía desvantagens que os expunham de maneira muitas vezes letal, como perder a consciência quando transformados em animais, muito embora objetivos simples e rastros de reconhecimento vago permanecessem em sua memória. Por isso, para conseguir voltar à sua forma original, precisavam ter um referencial humano, tal como uma peça de roupa ou utensílio pessoal, no qual reconhecessem seu próprio cheiro, ou poderiam vagar como bestas pela eternidade, sem recordar-se do que eram.

A penúltima *Casta* foi a *Andarilhos da Noite*, espécie de *Predadores* que possuíam como *Dom* a habilidade de alterar sua forma física, sua voz e assimilar completamente os hábitos de outrem como se fossem seus. Sobre eles, Dédalos também sabia muito pouco, conhecia apenas as lendas que corriam. Eram, em sua maioria, mestres na arte da ilusão e do disfarce, podendo transformar-se noutro ser ou criatura pensante com tal perfeição que jamais foram desmascarados. Ter um *Andarilho* por perto era um dos maiores perigos que um imortal poderia correr. Não havia como saber quem eram ou o que deixavam de ser. Contudo, possuíam um ponto fraco, ao menos era o que os ditos espalhavam: quando sob outra forma que não a sua original, um *Andarilho* não pode ter sua imagem refletida ou a ilusão se desfaz, devolvendo-lhe a forma inicial e expondo a farsa que representa. Perigoso... Entretanto, com um mínimo de cuidado, facilmente contornável.

E, dessa forma misteriosa e sublime, Dédalos o conduziu ao fim ou começo, em que falou dos *Sussurros do Silêncio*, retomando os conceitos, antes apenas demonstrados. Thálassa o reconheceu e amou como parte de si a partir daquele instante. Não havia mais barreiras entre ambos e terminou a conversa falando àquele ser antigo sobre sua tênue vida mortal, frágil e, ainda assim, única em sua magnitude.

Dédalos ouviu pelo tempo que foi possível, depreendendo cada passagem da existência mortal daquele menino: sua consciência do mundo; a fronteira, tênue linha entre a infância perdida e a obrigatoriedade do trabalho na luta pela sobrevivência; a perda agressiva de sua inocência para um homem que jamais viria a amá-lo. Dedicou-se às tímidas lembranças daquele rapaz, tão sofrido à sua maneira, e desejou-lhe a felicidade como quem zela por um filho. Sabia que isso era errado, porém inevitável, pois Thálassa o conquistara com seu olhar confiante, sua paixão pela vida e sua fé no amor.

A noite ia avançada sem que nenhum dos dois percebesse, isolados do mundo em seu refúgio de tênues borrões. O jovem iniciava a narrativa sobre Kaleb, o espírito protetor que o acompanhava, quando uma presença rompeu pelo salão, abrupta, exalando uma aura de raiva quase demoníaca. O ancião tentou agarrá-lo e não houve tempo. Num reflexo, o garoto afastou-se na direção contrária, saindo do campo de atuação de seu *Dom* e se mostrando novamente.

Tudo o que sentiu foi um medo terrível ao ver Arkus romper pelo batente com gana assassina. Seu reflexo fora se afastar, receoso. Descuidado, saltou para longe e soube, no exato instante em que o fizera, que deixara o lugar especial que Dédalos criara para ambos. Fora a pior sensação conhecida até então pois, se num segundo vira o egípcio erguer-lhe a mão para puxá-lo de volta e o mundo jazia ainda fora de foco, mergulhado em tons esmaecidos, no segundo seguinte seu corpo mortal fora arremessado contra a realidade como uma pedra que despenca de vertiginosa altura. Caiu no chão, pesadamente, o mundo inteiro diante de seus olhos. Ergueu o olhar para Dédalos e não viu coisa alguma além de Arkus, que se aproximava com ar ameaçador.

— Onde está você, Amon?! — tornou, enfurecido. — Poupe-me do trabalho de procurar e confesse, olhando nos meus olhos, o que esteve fazendo com esse... esse... — e fitou Thálassa por um instante, sem saber como completar o pensamento.

— Esse mortal adorável do qual a sua cria não consegue mais se afastar? — foi a voz suave que surgiu por trás dele. Virou-se e o ancião estava lá outra vez, de pé, sólido e real. Precisou resistir ao impulso de atirar-se nos braços dele, tamanho o pavor. Conseguiu, apesar de não voltar o olhar para Arkus.

— Não pedi por um relatório, pelo menos não ainda — rosnou, em tom desagradável. — Venha comigo. Quero lhe falar e deve ser agora. Quanto a você... — fitou Thálassa de relance, como se não representasse nada. — Cedric o está caçando como um louco pelo castelo. Tem algum amor à sua vida? Não o faça esperar mais.

Com essas palavras, Arkus saiu do recinto tendo Dédalos em seu encalço, sempre com aquele ar tranqüilo. Antes de deixar por completo o salão, virou-se para o garoto, ainda sentado no chão onde caíra, e piscou-lhe um dos olhos em cumplicidade. Apesar da reprimenda do patriarca, teve certeza de que estaria com Dédalos novamente, muito em breve.

Sozinho, Thálassa correu para seu próprio aposento, a fim de procurar por Cedric. Não precisou ir a outro lugar, pois, assim que rompeu pela porta, ele surgiu por trás e o enlaçou, ainda de pé no corredor. Deixou-se abraçar, abandonando-se e sentindo os lábios dele contra a pele sensível de seu pescoço. Num murmúrio, o guerreiro perguntou-lhe onde estivera e com quem. Contou-lhe tudo, cada palavra de Dédalos e a forma fantástica com a qual experimentara um dos *Dons*.

Cedric deu-lhe banho em silêncio, escutando, os olhos faiscando em ciúme flagrado. Acalentou-o, um calor gostoso tomando-o por dentro ao ter certeza de que seus sentimentos eram correspondidos de alguma forma. Conversaram por muito tempo, trancados, pois Cedric não desejava ver ninguém mais. Trocaram informações, e, novamente, sentiu-se tentado a pedir que ele o transformasse num ser da sua espécie, apenas para ficar ao seu lado como igual. Talvez assim Arkus não olhasse daquela maneira ruim e cruel. Porém, esses pensamentos guardou para si, certo de que sofreria sem necessidade.

A noite foi-se, deliciosa. Ainda que a companhia de Cedric fosse única e maravilhosa, algo em seu íntimo parecia oprimir-lhe o coração em angústia. Não quis pensar sobre aquilo. E, mesmo assim, teve certeza de que estava relacionado à conversa perturbadora que tivera com Dédalos, à sensação incrível que vivera ao conhecer o que exatamente um *Predador* podia fazer e ao olhar carregado de temor que Kaleb lhe lançara da porta, no instante em que Cedric saíra para abrigar-se do sol e que, finalmente, cedera ao sono.

* * *

    Os campos lembravam muito o jardim maravilhoso do palácio de Cnossos mas, agora, encontravam-se dentro da construção.
    Encontravam-se?
    Sim, não estava só. Havia alguém que o acompanhava de perto, tão próximo que poderia sentir o calor de outro corpo junto ao seu e o indizível prazer que isso lhe causava. Não estava só e, agora, sabia: nunca estivera, mesmo nos momentos mais tristes e desesperadores.
    Passeavam por entre a vegetação exuberante e perfumada. Sentia-se leve, livre, como se estivesse morto e finalmente tivesse encontrado a paz. No horizonte, o céu tingia-se dos tons maravilhosos da aurora, colorindo de dourado as nuvens e de cor-de-rosa todo o céu.
    Aurora...
    Aquilo mais lhe pareceu um crepúsculo mas não ousou contestar pois, independente do que fosse, nada era tão lindo quanto aquela paisagem, nada poderia ser tão belo e nunca estivera tão feliz. Sentaram-se, ambos, sobre um dos bancos de pedra fria para observar o espetáculo da natureza.
    Foi nesse instante que se virou para vê-lo e foi em olhos escuros que seu olhar pousou. Kaleb fitava o mesmo horizonte e, de onde estava, podia apenas ver-lhe o perfil, como que talhado em madeira. Sua pele morena, antes difusa, agora parecia exposta ao toque. Foi o que fez: estendeu a mão para tocá-lo, tomando-lhe uma das faces. De imediato, os olhos ternos e conhecidos de seu amigo viraram-se para os seus próprios. Assim ficaram até que a luz diminuísse.
    — Vamos ficar no escuro completo. Está anoitecendo! — exclamou o jovem cretense. Entretanto, as palavras saíram sem esforço, como se nem ao menos as tivesse pronunciado de fato.
    — Então, resta-me pouco tempo para olhar para você, Thal, e dizer tudo o que preciso — a voz dele soou-lhe tão clara que se sentiu estremecer de prazer e felicidade.
    — Pelos deuses! Julguei que só poderia vê-lo assim quando...
    — Morresse? — completou o outro, gentil. — Você não está morto. Mas podemos dizer que estamos no meio do caminho entre a vida e a morte, um caminho luminoso.
    — Existem outros caminhos?
    — Muitos deles. Na verdade, cada um tem seu próprio caminho para chegar ao outro lado da vida, mesmo que os pontos de chegada sejam poucos, entende? — um assentimento foi a resposta. — Sim, meu querido, esse é um dos seus caminhos mas não o tomaremos agora, ainda não é o momento de você deixar a vida, Thal. É isso o que preciso lhe dizer com cuidado para que não se esqueça.
    A angústia contida em suas palavras contaminou o jovem a ponto de levar-lhe lágrimas aos olhos, ainda que não pudesse chorar. Tomou Kaleb pelas mãos, sem saber ao certo o que dizer ou o que esperar, perdido em meio à torrente de significados que seu olhar continha. Queria desvendá-lo, inteiro, para conhecer tudo o que ele conhecia. Não era possível.
    — Por que me trouxe aqui, amigo? — perguntou, sentindo a noite cair sobre ambos com um certo ar de desgraça.
    — Porque aqui ele não pode nos alcançar, Thal. Aqui, ele jamais poderá entrar — um brilho de confusão nublou os olhos negros do jovem cretense. — Percebe o terrível significado do que estou dizendo?
    — Não... — e teve medo da continuação.
    Kaleb apertou-lhe as mãos nas suas, como se chorasse sobre os dedos pálidos

do garoto. Porém não havia lágrimas. Ainda assim, ele chorava. Podia sentir-lhe a tristeza. Aquilo foi pior do que tudo o que já sentira até então.

— Escute-me, por favor. Escute o que lhe digo agora, pois posso não ter outra oportunidade para falar, nunca mais.

— Kaleb! — tornou, abraçando-o com violência, sentindo a noite chegar junto ao terrível pressentimento de que o perderia. — Aonde vai? Vai me deixar? Não faça isso...

— Jamais o deixaria. É você quem vai me deixar, meu menino, é você quem vai se perder caso concorde em ser o que ele é.

Referia-se a Cedric, tinha absoluta certeza. Afastou-se, pois o amor que sentia comprometia-lhe o entendimento.

— Nunca o deixaria por ninguém, mas não é justo que eu tenha que escolher. Está com ciúmes de mim?

Kaleb fitou-o com ar triste, imensamente infeliz, e sorriu.

— A noite já começou e logo ele o tirará de meus braços. Sei que ainda não lhe disse do porquê de o terem trazido para cá. Eles o farão sofrer, Thal. E, apesar de tudo o que lhe disseram sobre si mesmos, ainda não sabe o que eles de fato são, mas posso dar a minha visão, a visão de alguém que está aqui, do outro lado, num mundo em que há apenas o espírito e nada mais: Cedric está preso em algum lugar entre a vida e a morte. Por isso, sua entrada a este mundo está vetada. Ele é, por assim dizer, algo desprovido de alma! Foi assim que soube que não estava vivo mas, também, não está morto. Percebe o que tento lhe dizer? E, de alguma forma, eu o estou perdendo. Cedric o está levando para longe e também você será prisioneiro dessa existência ingrata, sem descanso ou fé, sem ter lugar algum ao qual retornar depois que tudo estiver terminado.

— Não... Não posso acreditar no que diz. Não faz sentido!

— Eu sei. Não faz sentido porque o ama, mas precisa pensar com clareza quando ele lhe propuser a eternidade. Não vale a pena! Acredite em mim! Será um inferno demasiado terrível para ser suportado! E, depois que estiver feito, não poderemos mais nos ver ou nos falar.

— Co-Como assim? Disse que não me deixaria!

Kaleb tocou-o na face, fitando-o com infinita tristeza.

— Este mundo está vetado para seres como ele. Não é um castigo, meu menino, apenas é assim. Caso escolha ser como ele e aceite tudo o que lhe propõe, perderá, não apenas a mim, mas a certeza daquilo em que acredita. Por isso, quando acontecer, lembre-se do que lhe disse, por favor.

— Está me dizendo que ele é um demônio?

— Estou lhe dizendo que não sei o que ele é e que não há nada como ele aqui, deste lado.

— Não é possível! — tornou em desespero.— Está mentindo para mim!

— Quisera eu estar mentindo. Mas tudo pelo que tenho me lamentado já é suficiente, como me lamento pelo dia em que conspirei para que deixasse Cnossos na infeliz viagem que o trouxe até aqui. E, agora, olhando-o com todo o carinho que possui, desejaria que nunca tivesse deixado aquele palácio. Pior do que o terror que vivia será a certeza de que não há refúgio para a sua alma, nem mesmo o refúgio da morte.

— Não!

Sentiu então que seus braços eram agarrados. Contudo, Kaleb permanecia à sua frente, inteiramente imóvel, o rosto tomado por aquele fatalismo triste.

— Já é hora.

— Kaleb! — berrou a plenos pulmões.

Abriu os olhos de súbito, para mergulhar nas esmeraldas transtornadas que o miravam em velada preocupação. Num reflexo involuntário, Thálassa afastou-se dele, de costas, arrastando-se pela cama até que estivesse de encontro ao catre de madeira. Arfava loucamente e os olhos negros estavam vidrados, como se presenciasse algo terrível.

Cedric não soube como começar, todavia precisava fazer alguma coisa ou perderia Thálassa para a insanidade, como já acontecera antes, com outros mortais que chegaram a descobrir o segredo. A revelação o assaltou e, em desespero, se viu tentado a avançar para ele e agarrá-lo novamente, dessa vez, pelo pescoço. Não o fez. Permaneceu no mesmo lugar, imóvel e ciente de que, se acabasse por ceder ao desespero, perderia sua futura cria. Cria? Ainda era muito cedo para saber se realmente o *enlaçaria*.

— Pérola... — murmurou, suave. — Sou eu, minha Pérola. Não me reconhece mais?

— V-você está preso... Preso pela eternidade... Entre a vida e a morte — balbuciou, trêmulo.

As palavras calaram fundo a alma de Cedric, pois, por algum torpe ponto de vista, ele estava certo. A mente trabalhou rápida em associações e não pôde evitar as evidências.

— Esteve sonhando com Kaleb? — não houve resposta, no entanto, não precisava de nenhuma para ter certeza de que ele não apenas sonhara como fora levado para longe.

Correu os olhos pela câmara onde a semipenumbra dos archotes tremulava, indigente. Sabia que não poderia vê-lo porém podia senti-lo. Não que detivesse um dom real para aquele tipo de coisa e sim porque acreditava ser possível. A cultura de seu povo não negava a existência de espíritos, muito ao contrário. Tinha plena consciência do que se passara naquele quarto e das intenções daquele ser desprovido de matéria e que, no momento, representava seus piores pesadelos, independente de sua natureza ou das intenções que o moviam. Tudo de que conseguia se lembrar era que precisava do rapaz, largado e trêmulo sobre os lençóis, e a certeza de que Kaleb desejava levá-lo consigo.

— Sei que está aí em algum lugar, purulência do espírito mortal, pústula da alma humana. É isso o que você é: um parasita que contamina o que é puro!

Nenhuma resposta. Nunca pudera ver ou ouvir espíritos e não seria agora, desgarrado da vida, que o faria, disso tinha plena certeza. E não se importava. Levantou-se e farejou o ar, não como um vidente e sim como um guerreiro preste a atacar, mesmo que sem armas.

— Você está aí... — afirmou, os olhos faiscando em ira contida. — Se estivesse vivo, eu o mataria pelo prazer de vê-lo estrebuchar. Eu o faria pagar pelo sofrimento dele. Olhe o que fez, Kaleb! — gritou para o vazio. — Sei que pode vê-lo! Veja o que fez a ele, seja lá o que foi! Acha que o está salvando? Pois eu lhe digo: você o está matando, muito mais do que eu pretendo fazer!

Deu-lhe as costas, mesmo que não soubesse para onde olhar. Tornou a caminhar para o rapaz, ainda agarrado contra o catre, a balbuciar palavras sem sentido, perturbado demais para construir uma única frase. Sentiu os olhos marejarem ao erguer-lhe o rosto miúdo, mergulhar em seus olhos negros, antes tão repletos de vida, e não ver absolutamente nada.

— Lythos... Olhe para mim. Olhe para mim, minha Pérola! Eu jamais o deixarei só — nenhuma reação.

Transtornado, Cedric tomou-o nos braços a muito custo, pois ele agarrara-se ao catre e gritava em histeria. Entretanto, era muito mais forte. Segurou-o e o trouxe para si num abraço firme sem encerrar violência, e o carregou para o corredor. Os uivos de Thálassa eram ouvidos por todo o lugar, ecoando pelas paredes de pedra escura até que parecessem uma maldição. E foi assim que se sentiu: amaldiçoado, talvez, pela primeira vez.

Carregou-o pelos infindáveis corredores, ignorando qualquer um que se pusesse em seu caminho, até que rompeu pelo batente de um aposento, praticamente arrombando a porta de madeira. Vagou o olhar e, por um instante, não viu ninguém. Thálassa ainda gania de encontro ao seu peito, perdendo gradativamente o contato com o mundo. As pernas fraquejaram e caiu de joelhos, as lágrimas rolando livres enquanto segurava o corpo inocente de encontro ao seu.

— Por favor... Por favor, Dédalos... Salve-o. Não deixe que se perca, não ele. Por favor, eu imploro!

A porta fechou-se de imediato, lacrando-os ali dentro. Não se virou por pura incapacidade. Não conseguia erguer o olhar para ele numa mistura de vergonha e estrema fragilidade. Ali ficou, a embalar aquela criança perdida, as lágrimas em sangue escorrendo pelo rosto pálido do rapaz como se fossem dele.

"Diga-me um único bom motivo para não libertar a alma dessa criatura inocente", foi a voz que lhe murmurou, sem que soubesse de onde vinha. "Convença-me, Cedric... senhor das terras DeLacea. Convença-me a trazê-lo de volta para este mundo quando a alma dele clama por paz."

— Eu o escolhi para liderar comigo. Não haverá outro como ele, nunca! — declarou em angústia, sem contudo erguer os olhos para a sala vazia.

"Isso não basta para mim. Ele foi chamado. Assim como você há de impor uma escolha, outrem já o fez porque se importa e não deseja vê-lo em desgraça. A sua pretensão de império é muito pouco para apagar a força de uma amizade como a deles. Sinto muito."

Em desespero, Cedric sentiu a presença afastar-se e sumir junto com a voz. Voltou a fitar Thálassa. Ele já não mais o via. Seus olhos estavam nublados, a respiração muito suave, quase nula, seu corpo como que lhe escorria pelos braços, sem força, entregue à morte. E, dessa morte, não poderia salvá-lo, pois vinha de dentro, de sua mente e de seu coração atormentado.

— Não pode deixar que ele se vá, Dédalos! — implorou em pânico, o rosto marcado pelos rastros de sangue quente, erguendo o olhar para o vazio, certo de que ele ali se encontrava por pura intuição. — Eu... Eu o amo.

Silêncio. Soube que não havia como voltar atrás. Agarrou-se a Thálassa. Se morresse, o faria junto dele. Tomou-o mais forte nos braços, acomodando-o como a uma criança. Então, afagou-lhe os cabelos negros e úmidos pelo suor frio que lhe brotava da testa, ao mesmo tempo em que o sangue pingava, inesgotável.

"Arkus o condenará se isso for verdade", foi a voz que ecoou, sussurrada.

— Quero que Arkus vá para o inferno! Thálassa está morrendo e não posso salvá-lo. Ele foi a única coisa imaculada que conheci desde que morri para o mundo, e eu o matei. De alguma forma, fui eu quem o matou — disse entre soluços.

Apreciou a pele dele tornar-se mais e mais pálida. Entretanto, a respiração foi voltando ao normal, apesar de fraca. A impressão que tinha era a de que o jovem tornara-se uma das fadas que contava a sua cultura, os seres luminosos que voavam pelas florestas. Lindo, tão lindo era... E já não poderia cuidar dele, nunca mais.

A mão fria dele tocou-lhe o ombro, obrigando-o a afastar-se. Quando ergueu os olhos, viu o egípcio ajoelhado diante de si, um copo na mão onde havia um líquido viscoso e esverdeado. Ele sorriu e, com a mão livre, tocou Thálassa na testa e, descrevendo símbolos estranhos contra a pele clara do menino, entoou alguma língua desconhecida e antiga. Sua voz não passava de um sussurrar. Todavia, algo aconteceu ao garoto que, num solavanco rude, fez o corpo destender-se nos braços de Cedric, como um espasmo. Seus olhos negros ficaram completamente brancos, enquanto sua pele foi tornando-se azulada e Dédalos prosseguia com seu entoar ritmado e monótono.

— O que está fazendo? — gritou, enquanto sentia o corpo pequeno se enrijecer de encontro ao seu, morto. — Pelos deuses, criatura, o que está evocando?! Você o está matando!

— Não... Estou trabalhando para que a consciência retorne. Anúbis o está trazendo consigo — murmurou, meio que ausente.

Dédalos tomou a cabeça do menino, ainda sussurrando as palavras estranhas e fazendo o corpo miúdo contorcer-se em dor desconhecida. O pavor em Cedric era tamanho que não ousou dizer mais nada. Foi quando Arkus invadiu o aposento, o semblante transtornado.

— O que está havendo? — perguntou, examinando o quadro com cuidado.

Dédalos ergueu o olhar escuro para o dele, o rosto tomado por seriedade intimidadora.

— Vou precisar de você, Arkus — e sua voz ressoou gutural, forte e plena, preenchendo o recinto e cada espaço vazio em suas mentes.

Foi com terror que o guerreiro viu seu pai e criador, que nunca se submetia a nada ou ninguém, ajoelhar-se diante do ancião, olhos nos olhos, para, em seguida, baixar a cabeça em assentimento.

— Vou aonde me ordenar, sacerdote.

* * *

Envolvido pela escuridão total, sentia-se vagar cego por suas próprias lembranças. Chamou por Cedric, Dédalos e pelos deuses. Tudo em vão. Estava só e ficaria para sempre ali, sozinho e mergulhado em breu. Essa sensação foi ainda pior do que a da morte.

Muito longe, um tilintar suave penetrava pelo ar escuro, roubando-lhe a sensação de que não poderia ouvir. Parecia uma melodia, incompreensível. Perdurou por algum tempo, e só depois de muitos instantes percebeu que não cantavam para si, mas que oravam. Sim, era uma oração e, apesar disso, não pôde saber qual de seus deuses havia surgido para buscá-lo, resgatá-lo do nada que a morte encerrava.

—Não são seus deuses, Thal... Não é uma oração para salvá-lo e sim uma evocação para amaldiçoá-lo e abandoná-lo a vagar eternamente entre a vida e a morte.

A voz de Kaleb entranhou-lhe os sentidos como melodia e sentiu as lágrimas escorrerem, mesmo que não soubesse que chorava.

"Kaleb...", mas sua voz não soou como desejava, presa no fundo da garganta para algo muito mais forte que ele mesmo. "Por quê? Por que não me ajuda agora? Por que não me salva desse desespero?"

* * *

Dédalos largou o copo no chão. Chegara muito tarde, aquela poção de nada serviria se a consciência dele se perdesse. Estendeu então a mão para Arkus que, apreensivo, apenas aguardava. Silenciosos, uniram-se num elo que ia muito além da compreensão de qualquer outro ser que não eles dois. Olharam-se por breves instantes, enquanto balbuciavam a uma só voz o que Cedric identificou como uma evocação.

Baixou os olhos para a criatura, linda e inocente, ainda em seus braços, inerte. Os lábios estavam roxos, a pele fria. Poderia jurar que o perdera, que sua Pérola, tão amada, morrera ali, junto a si, e que todo o sonho se fora antes mesmo de começar. Poderia jurar que não havia salvação, se não fosse pelas lágrimas que lhe corriam pelos olhos e misturavam-se às gotas de sangue que pingavam de seu próprio queixo.

— Não morra. Não morra Lythos, não agora! Não me deixe — suplicou.

Percebeu a movimentação que acontecia à sua volta, contudo não se importou. Sentia a vida dele esvair-se como jamais sentira coisa alguma em sua existência. Podia ver... a vida escorrer com as lágrimas. E não havia nada que pudesse fazer para impedir, nenhuma palavra que pudesse dizer para se corrigir. De alguma forma, estava envolvido; fora a grande causa do sofrimento dele. Não queria que Lythos sofresse, jamais.

Dédalos e Arkus ajoelharam-se diante do jovem, as mãos dadas, e pousaram-lhe os dedos livres sobre a cabeça, ao mesmo tempo, numa sincronia plena e absoluta.

— Olhe para nós, Cedric — era uma ordem... de Dédalos. Encarou-o, sua voz forte e rouca ecoando-lhe como prenúncio de desgraça. — Vamos trazê-lo de volta. Arkus trará a alma e Anúbis nos conduzirá à consciência que se perdeu, mas tudo tem um preço. O de Anúbis é a vida.

— O que isso quer dizer? — indagou, perturbado.

— Terá de *enlaçá-lo* esta noite ou nunca mais o terá.

* * *

—Ouça... Está ficando mais forte. Logo estarão aqui! Venha, Thal, vou levá-lo para longe! Não vou deixar que maculem a sua alma!

Tentou encontrá-lo na escuridão mas não foi possível. O breu aumentava, cada vez mais, como que para distanciá-lo de Kaleb. Estendeu as mãos para o vácuo negro. Nada encontrou que não fosse a sensação de vazio e solidão.

"Kaleb!", gritou, perdido. "Onde está você?!"

—Aqui, meu menino! Bem aqui! Dê-me sua mão, Thálassa! Não deixe que o tirem de mim!

Angustiado, o rapaz tateou a escuridão e suas mãos pousaram contra palmas quentes e macias que o seguraram em ternura. Apertou os dedos entre os seus, louco para que a escuridão se dissipasse e pudesse ver outra vez. Foi quando se deu conta de que as mãos que apertavam as suas eram de tamanhos e texturas diferentes. Sentiu o terror dominá-lo e tudo o que conseguiu fazer foi murmurar para o vazio:

"Kaleb, é você?"

"É Kaleb quem deseja encontrar?", o sussurro chegou-lhe na inconfundível voz de Dédalos, serena como a brisa de primavera.

Agarrou-se a ele, certo de que qualquer coisa era melhor que o breu absoluto, ansioso para que o levasse de volta à consciência.

"Perdi-me em mim mesmo, Dédalos. Por favor, ajude-me a sair daqui! Quero ver outra vez. Não posso ver nada! Traga-me luz!"

Um ponto luminoso surgiu diante de seus olhos, a princípio muito pequeno, como uma faísca. E esse pequeno ponto foi aumentado aos poucos, cada vez mais forte e brilhante, até que se tornou uma esfera de luz maravilhosa, que pairava suspensa no ar entre eles, os três. Nesse momento, deu-se conta de que o outro que ao seu lado jazia, mirando-o com olhos preocupados, era Arkus. O temível patriarca nada disse, apenas olhava-o, triste e apreensivo. Achou-o lindo com a centelha a iluminar-lhe o rosto de baixo para cima em fantasmagórica aparição. Sorriu-lhe, então. Foi com surpresa que o viu sorrir também, aliviado.

O ruivo buscou a figura mais alta do egípcio, parado ao lado. Olhou para Dédalos também e flagrou-lhe o olhar repleto de carinho para o companheiro. Ficaram os três ali por breves instantes, de mãos dadas e em silêncio.

"Precisamos voltar, Thálassa. Seu destino o espera lá fora", disse o ancião, terno.

"Que destino? O que aconteceu comigo? Por que me refugiei dentro de mim dessa forma triste?"

"Verá que, em alguns momentos, só temos a nós mesmos, meu amigo. Devemos agradecer, a cada noite, por termos nossa lucidez. Quanto ao que aconteceu, sua consciência perdeu-se de seu coração por receio. Algo o assustou e você, simplesmente, não voltou. Mas Anúbis o levará de volta através de mim e Arkus fez a gentileza de guiar-me pelos tortuosos caminhos da alma humana. Isso é tudo."

Virou-se para Arkus, disposto a agradecer tudo o que fizera, mesmo que não conseguisse compreender o porquê de tamanho empenho quando parecia odiá-lo. Tudo o que encontrou no semblante jovem foi aceitação. Pediu-lhe desculpas, agradeceu pelo favor e confessou, dentro de si mesmo, que desejava tomar parte na Família, não apenas pelo poder mas, principalmente, por Cedric. Os olhos de Arkus tingiram-se de vermelho embora seu semblante permanecesse impassível e seus lábios não se movimentassem. Aturdido, buscou a figura de Dédalos.

"Ele não pode falar aqui, menino. Tudo o que pode fazer é ouvir, ver e conduzir. Agora devemos ir, antes que sua mente se desligue e não possamos encontrar o

caminho de volta."
"Mas... E Kaleb? Ele não virá conosco?! Onde ele está que não o vejo?!"
O olhar do egípcio tornou-se repleto de pesar. Disse então que compreendia o quão importante Kaleb era, fora e sempre seria. Disse que percebia o amor imenso que Thálassa nutria pelo guardião espiritual, contudo havia dois caminhos a seguir: voltar com eles para o mundo e, assim, tornar-se mais um Predador, *ou permanecer com Kaleb. Não havia como conciliar os dois caminhos e nem desejava mentir para ele. Devia fazer a escolha naquele instante, pois sua vida extinguia-se rapidamente enquanto falavam.*
Thálassa buscou a imagem de Kaleb à sua volta sem nada encontrar. Passou-lhe pela cabeça que o haviam afastado para que, ao se decidir, não pudesse mergulhar nos olhos escuros e queridos daquele que fora seu anjo, seu abrigo, seu amigo desde o início da caminhada. Talvez, tanto Arkus quando Dédalos soubessem que, caso permitissem a aproximação de Kaleb, Thálassa escolheria ser apenas Thálassa e como Thálassa morrer. Talvez, nenhum dos dois soubesse dessa possibilidade e, simplesmente, a vida assim o desejasse. O fato era que, no momento em que precisava ver Kaleb para estar com ele, sua presença lhe foi negada e o amor por Cedric invadira cada canto de sua alma junto à certeza de que, se ficasse, jamais poderia mergulhar nas esmeraldas brilhantes de seus olhos outra vez, jamais poderia sentir o gélido apalpar de suas mãos. Nada lhe pareceu pior do que existir sem Cedric a seu lado.
Feita a escolha, não havia como voltar atrás. Um choro sentido ecoou por sobre seus ombros e nem ao menos se virou para despedir-se. Não conseguiu. Porém sabia ser ele quem chorava a sorte de ambos. Uma parte de si, a que sempre amaria Kaleb, ficou ali, naquele momento, perdida na escuridão, abandonada à desilusão. Tudo o que pôde fazer foi lamentar e, enquanto percebia o breu tornar-se luz novamente pelas mãos daquelas duas criaturas, lágrimas de tristeza escorreram por seu rosto, as últimas que choraria como mortal.
"Adeus Kaleb... Obrigado por tudo, meu amigo. Jamais o esquecerei."

* * *

A respiração de Thálassa retornou num urgente ofegar, ao mesmo tempo em que outros dois pares de olhos se abriam para a noite. Cedric fitou-os por breve instante, abraçando-se ao menino em seguida, urgente e desesperado. O rapaz, porém, nada via. Estava vivo, sua consciência presente e não mais envolta em escuridão, contudo a morte avançava rápida pelos punhos do grandioso deus egípcio.
— Anúbis levará a alma dele se não se apressar, Cedric — disse Dédalos, erguendo-se para abrir espaço e recuperar sua noção de tempo real. — O deus da morte sempre leva alguma coisa, então, ao menos que não seja a vida dele.
"Leva alguma coisa...", as palavras ecoaram-lhe na mente, num prenúncio de tragédia. Ficou ali, olhando para a doce vida humana que pulsava moribunda em seus braços, a agonia dele contaminando seus sentidos até que desejasse não mais existir. Por um momento, as lembranças vividas ao seu lado, as noites atravessadas na companhia vibrante daquele menino, pareceram-lhe mais preciosas que a *Família* ou um Império. Tão poucas oportunidades, tão pouco tempo estiveram juntos, e Thálassa tinha o dom sublime de dar vida, de vibrar tudo aquilo em que tocava, um dom que nenhum deles jamais teria, mesmo que existissem pela eternidade.
— O que quer dizer com "O deus da morte sempre leva alguma coisa"? — silêncio.
— Acabe logo com isso, Cedric! — tornou Arkus, nervoso, percebendo o corpo mortal ser invadido pelo tremor da morte. — Tome-o para si antes que os deuses o façam!
— Não — tornou firme, o olhar ameaçador enquanto ainda trazia o rapaz nos braços, ajoelhado sobre o chão de pedra. — Quero saber o que Anúbis levará dele se não puder

tomar-lhe a vida! — nada. — Responda-me, ancião maldito! — berrou.
— Ele lhe tomará a humanidade. É o seu momento de escolher, Cedric. Thálassa deixou para trás o amor daquele que sempre esteve ao lado dele, que o acalentou nos piores momentos, que atravessou com ele os maiores pesadelos. Thálassa deixou Kaleb para trás pelo amor que tem por você. É justo que escolha também e aqui, diante dos seus deuses e do meu, arque com as conseqüências.
Baixou o olhar para o rapaz, seu Lythos, sua Pérola da Noite. Deixou que os olhos se perdessem no rosto adorado e correu a ponta dos dedos pelas feições suaves que a terra haveria de comer. Por amor, Thálassa desistira do que mais amava; por amor desistiria agora da única criatura que amaria por toda a existência.
— Você é lindo, minha Pérola — balbuciou, os olhos rasos de sangue. — Tão forte e tão maravilhoso. Jamais encontrarei alguém como você por esta terra miserável à qual estou condenado, mas não matarei a pureza de sua alma com as minhas misérias, nem macularei a grandeza da sua vida com as minhas desgraças. Estará livre, meu Lythos. Quero lembrar-me de você, para sempre, como Thálassa.
Beijou-o nos lábios, pela primeira vez, e sentiu-lhes a doçura. Não pôde ficar ali ou danaria sua própria existência. Afastou-se dele e, de um salto, pôs-se de pé. A vida agora era um tênue fio que alinhava a alma imortal ao seu frágil corpo.
— Aonde vai, Cedric?! — berrou Arkus, em cólera.
— Já fiz minha escolha. Ele será livre. Não acredito no seu deus miserável e egoísta — mas seus olhos verdes choravam e Dédalos soube que mutilara parte de si mesmo. Por isso, deixou como estava, fitando-o com pesar.
Cedric caminhou para a porta com passos trôpegos. Entretanto, parou ao batente ao ouvir os silvos de Arkus encherem o ambiente.
— Não vai sair daqui sem *enlaçá-lo*! Ele é sua cria, escolheu-o e cuidou dele desde o começo para este momento! Não pode abandonar tudo assim, como se eu não fosse nada! — as esmeraldas que o fitaram estavam vazias. — Seu... Maldito mentiroso! — bradou. — Confiei em você, dei-lhe o meu sangue, a minha vida, os meus sonhos, e é assim que me agradece?! Como pode fazer isso comigo?!
— Se é tão importante para você, faça-o seu filhote, mas não conte comigo. Não vou matar o que ele possui de bom dentro de sua alma.
— Sabe que não é prudente para nós fazer duas crias! — Cedric o ignorou solenemente, pegando a argola da porta na intenção de sair. — Bastardo medíocre e ingrato! Jamais o perdoarei por isso! Matou em mim o resquício de amor que eu possuía e que entreguei a você!
Com essas palavras, Arkus lançou-se à figura deitada sobre o chão gelado, como um abutre que se abate sobre a carniça: sem qualquer gentileza. Um gemido de dor escapou pelo recinto, saído dos lábios entreabertos de Dédalos.
Surpreso, Cedric viu seu mestre, pai e criador, abater-se sobre o corpo pequeno do jovem mortal e, violentamente, devorá-lo, como uma besta nojenta devora sua caça. O menino agarrou-lhe os cabelos ruivos, subitamente desperto e desesperado com a dor, debatendo-se em pânico, o pescoço dilacerado do qual esguichavam jatos de sangue. E, como que para provocá-lo numa punição final, Arkus ergueu-lhe o rosto por um instante e pôde ver-lhe o olhar colérico, bem como o pescoço mastigado da doce criatura que desejara preservar.
Thálassa berrava em dor quando Arkus tornou a mergulhar os dentes em sua carne rasgada, sugando o resto de sangue que ainda lhe restava. Não havia sombra do amor e cuidado que tivera quando o *enlaçara*. Transformara-se num animal desalmado e cruel. E, quando já não podia achar a veia do menino, tão destruída se encontrava, rasgou-lhe o outro lado do pescoço branco, maculando sua pele e sua alma com a perversão de seu ódio. Tudo aquilo, Thálassa sentiu, e desejou morrer. Desejou nunca ter saído da escuridão. Todavia, a dor era tamanha que já não sofria, seu corpo estava leve e soube que os deuses haviam ouvido suas preces e vieram tomá-lo dos braços da morte.

Impiedoso, Arkus sugou até o limite, certo de que ele ainda respirava e, fitando Cedric com indiferença, rasgou o próprio pulso, deixando que algumas gotas de seu sangue pingassem sobre a boca faminta do garoto, que se abria para ele como um animalzinho perdido, sem qualquer orgulho. O patriarca deu-lhe apenas o suficiente para impedir que morresse, o bastante para que o processo não se perdesse. Então, negou-lhe a própria carne, como se aquela criatura não fosse sua cria e sim algo terrível do qual desejava livrar-se.

O jovem ganiu contra o chão, as dores da fome unindo-se às do corpo que morria. A noite acabara de começar.

— Sim. Ele vai passar pelo inferno inteiro, cada segundo, cada membro morrendo, lentamente. Ele vai berrar em agonia por noites inteiras porque o sangue que foi suficiente para arrancá-lo da mortalidade não o será para transformá-lo em imortal — tornou Arkus, caminhando para Cedric, a boca imunda, a roupa respingada de sangue, apenas um animal nojento e carniceiro. E ele sorriu, mostrando ainda pedaços da carne pálida entre os caninos afiados.

— Por que fez isso? — balbuciou.

— Para que você não se esqueça de que não devemos prometer o que não podemos cumprir.

Contudo, sua voz foi abafada pela dor do filhote, ainda jogado no chão, o pescoço dilacerado, os membros duros.

— Sabe? — perguntou o ruivo, como se não se incomodasse com o sofrimento alheio. — Não sei se ele será capaz de transpor a *Fronteira da Aceitação*. Lembra do que lhe disse a respeito disso e da ocasião em que o fiz?

— Sim...

Arkus mirou o ser rastejante que não era mortal nem tampouco chegava a ser um *Predador*. Deu de ombros.

— Por isso, sempre digo que não devemos fazer uma cria se não desejamos ter uma — tornou, ajeitando a roupa e limpando o rosto enquanto tomava a direção da porta. — Quem sabe o desespero dele acabe amanhã se, ao despertar para a noite, eu tiver esquecido da sua traição? É... Vamos torcer para que eu me esqueça. Daí ele poderá receber mais de meu sangue e a transformação se completará, apesar de ser ainda mais dolorida. Todavia, acredito que ele não vá perceber a diferença.

E, com essas palavras, ganhou o corredor, deixando para trás a parte de si que agonizava em desespero. Desnorteado, Cedric correu para o jovem e tentou ampará-lo nos braços. O sangue não fora suficiente para fechar-lhe as feridas do pescoço, de forma que podia ver o osso exposto. O corpo contorcia-se num bailado terrível e apavorante enquanto os lamentos pairavam no ar, inconsoláveis.

— Não podemos fazer nada, Cedric — sentenciou Dédalos, os olhos escuros carregados de pesar e sombras. — Arkus será o pai e mestre dele. Não ouse interferir. Não é mais responsabilidade sua.

Lágrimas lhe escorreram novamente, dessa vez em profundo desgosto.

— Se eu soubesse, Dédalos, eu o teria *enlaçado* mas... Não pude! E agora ele está sofrendo, mais do que eu poderia supor! É tudo culpa minha.

— Vamos colocá-lo ao abrigo da luz e esperar pela noite de amanhã.

— Não — foi protesto que rompeu pelo quarto. — Vou ficar aqui, com ele, até o último momento ou o primeiro.

— Mas... Pode ser que Arkus...

— Que ele vá para o inferno, Dédalos! — berrou-lhe, entre lágrimas rubras. — Eu vi do que meu pai é capaz. Ninguém melhor do que eu para saber que não posso mais confiar nele. Não posso e não confio em Arkus.

Por um instante, a única coisa que se ouviu foram os gritos do outro, o peso da declaração caindo sobre o recinto. Dédalos assentiu e acompanhou-o ao catre, enquanto carregava o menino nos braços para a cama, em silêncio.

— Já que o destino quis assim, — continuou o guerreiro, ajeitando a agonizante criatura sobre o colchão macio — Lythos será meu companheiro de liderança. E quero-o para mim. Só saio deste quarto morto e não vou permitir que Lythos venha ao mundo sem poder mergulhar nos olhos de alguém que o ame. Não vou permitir.

— Quer que eu fique aqui, com você?

— Não. Quero estar só.

Dédalos fez uma reverência e retirou-se. Nunca imaginara que o *Enlace* do jovem cretense se daria daquela maneira tão violenta e desumana. Sabia que Arkus era, por vezes, intransigente e conhecia os reais motivos de ele desejar transpor seu império para outras mãos. Porém, apesar de a sanidade já o abandonar, apesar da carga fatalista que trazia dentro de si, nada poderia preparar o ancião para conceber a violência daquele ato. Thálassa fora violado, seu corpo e sua alma maculados. Nunca pensara que Arkus seria capaz de fazer algo tão ruim.

— Vai continuar a chamá-lo Lythos? — indagou, já da porta, desejando desviar o rumo dos pensamentos.

— Sim — respondeu o guerreiro, fitando a criatura deformada sobre a cama com ternura. — Significa Pérola, mas uma pérola especial.

— Sabe que Arkus pode não concordar e, como criador, tem o direito de dar o nome que quiser ao garoto.

Cedric fitou-o por sobre os ombros, as esmeraldas assumindo um tom mais claro e colérico, um sorriso demoníaco nos lábios.

— Verdade? Mas ele não fará uma coisa dessas — seu riso ecoou pelas paredes, sobrepondo-se aos gemidos de Lythos sobre a cama. — Além do mais... Arkus não ficará entre nós por muito tempo para fazer alguma diferença.

IV

Pode haver agonia maior do que a sensação de não ser? Podes tu, por todos os deuses, conceber dor maior do que aquela em que sentimos-nos morrer, lentamente? Acredito que julgues saber de todas as verdades, mas não sabes, meu querido... E nem desejo a ti esse detestável mal.

Julguei, àquela noite, que o meu inferno jamais findaria. Desejei a morte, real e irreversível, com toda a verdade de meu coração. Ela veio, diversa do que eu ansiava, e meu inferno continuou, noite após noite, pelo brilho pálido de olhos alheios.

Mas há sofrimento maior... Sempre pode haver. Resta-nos ter coragem ou loucura suficientes para buscar a essência das coisas. Pois, eu, querido discípulo, tenho a ambas.

Arkus trancou-se em seus aposentos o restante da noite, ignorando os chamados de sua cria recente ou mesmo o silencioso implorar daquele que o amparara por séculos, desde que morrera ou nascera, não sabia definir. Intimamente, o líder sofria com a agonia do filhote, podia sentir parte da dor que o acometia em fome, desespero e podridão. No entanto, a dor pela traição de Cedric, seu filho legítimo, aquele que escolhera, cuidara e amara mais que qualquer outra coisa, era muito maior e não apenas sobrepunha-se a qualquer outra, como lhe cegava os olhos e o espírito para o destino que travara àquela noite. Cada um dos caminhos fora decidido. O rumo de suas existências estaria eternamente contaminado pelos gritos, lamentos e pelo sangue inocente que derramara.

Todavia, o grande e atual Senhor só viria a saber daquilo mais tarde. Não que não pudesse vislumbrar a teia sinistra dos acontecimentos e sim porque, naquele instante, tudo o que desejava era esquecer, apagar todos eles de sua lembrança, e o fez da pior forma possível: matando e destruindo.

Certo de que o companheiro perderia o próprio rumo, Dédalos seguiu-o de perto. Permitiu que ele judiasse das primeiras vítimas que encontrou pois algo precisava esvair a fúria que lhe toldava os sentidos. Então, passado o rompante de loucura, desapareceu com os cadáveres e levou Arkus para um lugar seguro na intenção de controlá-lo e de trazer a lucidez de volta.

Cedric, por sua vez, nem ao menos cogitava pensar no criador. Em sua mente, já traçara o destino dele e seria tão cruel quanto o de Lythos, jogado sobre a cama, algo desprovido de vida e morte. Os ferimentos continuavam expostos como de propósito, a trazer a imagem grotesca da carnificina; seus lamentos tristes e súplicas ainda ecoavam pelo ar, mortificando-o em sua eternidade. O sofrimento dele era tamanho que podia senti-lo, dentro de si mesmo, no coração que jamais voltaria a bater.

E ali, diante de Lythos, certo de que a transformação ser-lhe-ia terrível, consciente de que poderia nunca transpor a temível *Fronteira da Aceitação*, como tantos antes dele, Cedric deu-se conta de que ao menos num ponto Arkus estava certo: na eternidade não se pode amar. O amor sempre trás desgraça, dor e subjugação. Uma *Criatura da Noite* não tem o direito de sentir coisa alguma e nem pode, sua alma já não pertence a nada ou ninguém. Com Lythos não seria diferente. Ele acordaria para a lua, são ou não; e carregaria seu próprio fardo, como cada um deles; e perderia a exuberante vibração, a doce inocência de sua alma humana. Contudo, isso já não importava. Não amava Lythos. Nem jamais o amaria, pois criaturas pérfidas como ele próprio não eram dignas de amar.

Esse pensamento perturbou-o, e afastou-se da cama, procurando manter-se frio e firme diante da angústia do outro, ainda estirado. A noite estava na metade e teria de presenciar-lhe o sofrimento por muitas horas ainda. Fitou-o ali, o corpo pequeno que tanto acariciara, pulsando em espasmos de dor. Dédalos estava certo. Não havia o que fazer. Com a chegada da noite, convenceria Arkus a terminar o que começara.

* * *

A escuridão na qual mergulhara existia por sua própria incapacidade de abrir os olhos. Sabia disso porque era diferente da escuridão morna e reconfortante em que fora encontrado por Dédalos e...

Nem mesmo em pensamento podia relembrar o nome daquela criatura terrível. Fora tão rápido que nem ao menos conseguira reagir. Tudo o que se lembrava era de Arkus junto a si e da dor insuportável que aumentava cada vez mais. Desejava morrer, porém sabia que essa opção lhe estava negada pela eternidade. Algo em seu íntimo lhe dizia, contava da triste verdade: era um deles e fora abandonado.

Estendeu a mão para Cedric embora não tivesse certeza de que se movia de fato. Chamou-lhe o nome, primeiro em pensamento depois com sua voz rouca e distorcida pelo suplício de existir ainda, de alguma forma. Atormentado, chamou-o e as mãos ásperas dele entrelaçaram-se na sua num toque delicado. Soluçou, perdido. Aquele inferno duraria para sempre, foi o que pensou, se é que poderia de fato pensar.

Cedric permaneceu a seu lado até o anunciar da aurora, quando foi obrigado a esconder-se nas sombras para dormir. Em sua agonia contínua e escura, Lythos adentrou pela manhã, incansável, ciente de que o sol nascera, mas que, por algum motivo inexplicável, não conseguia o bálsamo do torpor para aliviar suas chagas. Percebeu que seus sentimentos perdiam a força para algo maior e mais sombrio. Já não odiava Arkus ou lamentava a separação de Kaleb, nem tampouco era grato a Dédalos. A única coisa que permanecia, imaculada em sua alma, cada segundo mais e mais forte, era o amor que sentia por Cedric e a terrível dor que sua ausência lhe trazia.

Sem pressa, a noite se deitou outra vez e desejou que ele voltasse, que o salvasse daquele martírio triste, que aplacasse sua solidão. Sentiu movimento ao redor sem a necessidade de ver. Ouvia cada passo que davam, a respiração que não possuíam. Sabia-os à sua volta, todavia nada o motivou a encarar o mundo outra vez. Nada, até que ele entrou no quarto, caminhando para a cama com passos calmos, seu perfume amadeirado a invadir-lhe os sentidos e levar consolo ao coração.

Falavam uns com os outros. Arkus estava descontrolado e seguro por Dédalos. Não conseguiu entender o que diziam. Entretanto, parecia desafiante, enraivecido, com certeza porque ele próprio, Lythos, fizera algo de errado. Foi quando a voz de Cedric, forte, rouca e poderosa, ecoou junto à suave de Dédalos. Reuniu toda a força que ainda lhe restava, toda a esperança que mantinha acesa, para descerrar os olhos negros e buscar a silhueta imponente no breu transparente do quarto. Viu-o como se ali houvesse alguma luz, mas não chegou a perceber esse detalhe, fascinado e aliviado que estava em tê-lo próximo outra vez. Ele jamais o abandonaria, jamais.

O guerreiro entrou no quarto sem olhar para a cama. Sabia que ele ainda estava lá, exatamente como o deixara na noite anterior. Foi a figura de Arkus que buscou, o olhar verde-claro daquela gana assassina que nenhum deles habituara-se a ver. Exigiu que Arkus terminasse o que começara, porém o que recebeu como resposta foi um rosnar enfurecido, os olhos transtornados daquele que se tornara um perigo para os que o rodeavam.

Dédalos segurou-o, o rosto tão cansado que pareceu ainda mais antigo do que de fato era, mais velho do que poderia supor. Os gritos de Arkus apenas demonstravam o quão desequilibrado estava e que, se assim fosse, não tardaria a ser destruído, como deve acontecer aos que se perdem no percurso até a *Fronteira da Aceitação*.

Nesse momento, houve uma pausa significativa. Então era isso. Esse era o real motivo para que aquele ser estivesse obstinado a passar seu poder e seus sonhos a outrem. Compreendeu e em nada amenizou o ódio e o desprezo que sentia por ele. O miserável os envolvera, perdera o controle, condenara Lythos — tão inocente — a um sofrimento terrível e contínuo, tudo porque era fraco. Como futuro governante, diante daquela cena patética e humilhante, Cedric prometeu a si mesmo que jamais deixaria que nada o desviasse de seus objetivos, nem fosse mais importante para ele que a segurança de sua família. A dor seria o último meio para se conseguir qualquer coisa, independente do que fosse.

Pensou isso com clareza e, depois, jogou as palavras amargas sobre aquele que o criara num tom brando e impessoal. Arkus gritou novamente, enfurecido com a humilhação e ciente do "monstro" que criara. Não havia nada a ser feito. Cedric estava ali, a realidade era aquela e teria de passar tudo o que construíra para as mãos grosseiras daquele que o mirava com desprezo.

Ao som de mais um lamento, o guerreiro avançou sobre o pai, pegando-o pela nuca e levando-o com força até o catre. A violência de seus gestos assustou Dédalos que, diante de tudo aquilo, permaneceu no mais completo e absoluto silêncio, mesmo quando Arkus o chamou. Seu coração jazia dividido entre o amor que nutrira pela criatura ruiva, irremediavelmente perdida, e a compaixão pelo sofrimento daquele jovem, agora imortal embora sem abandonar o sofrimento da carne humana. Talvez, não concordasse com Cedric em sua postura ou conduta, porém isso não eximia Arkus da responsabilidade. Aquietou e aguardou antes de tomar qualquer outra providência.

Ao chegar com Arkus seguro pelo pescoço, Cedric deparou-se com Lythos, ainda largado contra os lençóis manchados de sangue, as feridas do pescoço abertas, a pele pálida onde as veias saltavam azuladas. Sentiu os olhos turvos diante do sofrimento dele. E foi quando lhe abriu os olhos negros, nublados e infelizes, buscando-o na escuridão com incerto estender de mão.

Não pôde mais suportar vê-lo sofrer daquela maneira desumana e perversa. Apertou o pescoço de Arkus enquanto sua voz ecoava novamente pelas paredes frias da câmara, agora sem qualquer sombra do controle que mantivera até então.

— *Enlace-o*! — berrou, a plenos pulmões. — Faça-o um de nós, agora, ou eu...

— O que fará, Cedric? Se me matar, esta criatura pestilenta jamais se libertará da dor — murmurou, os olhos vidrados e ausentes do mundo.

— Não vou matar você, Arkus. Não agora, não hoje — rosnou, aproximando-se, até que seu rosto estivesse colado ao do pai. — Vou matar a ele, extinguir o sofrimento, e terá de encontrar outro, qualquer um, para assumir o seu desprezível lugar. E cuidarei para que cada noite, cada segundo da sua existência, seja um inferno — Arkus mirou-o em pavor. — Você criou em mim essa força, ensinou-me todos esses anos para ter o seu descanso ou a sua morte, como preferir chamar. Pois nada disso me importa, nada que puder oferecer será suficiente se Lythos não estiver ao meu lado. Terá de recomeçar e eu estarei espreitando para adiar, cada vez mais, o seu objetivo — empurrou-o de encontro ao jovem, estirado em agonia. — Faça e faça sem dor... Ou seu sonho termina aqui.

— Você não será capaz de causar o meu mal. Você é meu filho, é parte de mim, e nunca podemos ir contra aquele que nos criou. O resquício da condição humana que mantemos nos impede de fazê-lo.

O lamento de Lythos soou, como que um eco às duras palavras de Arkus. Cedric sentiu-se capaz de matá-lo naquele momento, porém julgou que seria muito fácil. Era a morte que ele desejava, não? Jamais daria a ele o gosto da vitória. Ao mesmo tempo, a agonia de Lythos como que o contaminava e sentia a dor dele entranhar-lhe a carne sem vida, afetar-lhe a consciência imortal como uma doença que ninguém pode ver.

Foram os passos firmes de Dédalos que impediram-no de agir contra aquele que o criara. O egípcio aproximou-se, sereno, os olhos escuros brilhando como jóias. Junto aos outros dois, afastou a mão de Cedric do pescoço de Arkus, não sem antes lhe fazer uma reverência discreta em sinal de respeito. Aturdido e atordoado pelo choro de Lythos, Cedric permaneceu parado, observando.

Dédalos parou diante de Arkus, o olhar calmo passando a severo e cruel num único instante. Com toda a força de que era capaz, o ancião desferiu um violento tapa no rosto de Arkus, arrancando-lhe sangue do canto dos lábios e fazendo-o volver a cabeça com força para o lado.

— Faça o que deve ser feito. Não delegue a outros a responsabilidade das suas escolhas. Aceito tudo o que me disse até agora mas não vou permitir que os faça sofrer pelos seus erros. Tome-o, Arkus, ou o farei tomar, em nome de Cedric DeLacea e da minha *Família*.

Ficaram parados, olhos nos olhos, por algum tempo. Lentamente, Arkus afastou-se para inclinar-se sobre o pequeno rapaz que agonizava. Só então, rasgou o próprio pulso e estendeu-o para que o filhote o tomasse, em faminto agarrar.

Apesar de ter todos os sentidos voltados para Lythos e para a fome com a qual devorava o pulso do pai, Cedric memorizou as palavras de Dédalos pois pareciam conter um significado muito maior do que aparentavam. O ancião afastou-se novamente, mantendo distância respeitosa, e ao ver que o amigo caminhava para a porta, Arkus ameaçou afastar-se também, alegando que já era o suficiente, ao que Cedric encarou como um insulto pessoal.

Munido de mais força do que pretendia, agarrou-o pelos cabelos ruivos e obrigou-o a parar onde estava, sorrindo com ar sarcástico.

— Eu determino quando está bom, meu pai — tornou com ironia, imobilizando o outro enquanto Lythos drenava-lhe o sangue, a força e seu conhecimento.

— Não pode fazer isso! Deixe-me ir! Não sabe que é perigoso? Depois... De uma certa quantidade... Tudo o que sei... Ele terá acesso a coisas que nem mesmo você conhece! Apesar de o sangue ser mais fraco... Ele terá...

— Conhecimentos que o tornarão mais forte que eu? Não me importo. Alguém tem de saber e o meu momento já passou.

Arkus começou a sentir, uma dor insuportável, que lhe queimava as veias como fogo e parecia secá-lo por dentro. Gritou porque não agüentava mais.

— Pare, meu Senhor, do contrário ele morrerá — foi a advertência que o alcançou.

— Não... Ainda é muito cedo — comentou na voz rouca e inconfundível que fez Dédalos gelar.

Gentilmente, Cedric sentou-se na cama e afastou as mandíbulas de Lythos, que se fechavam com força sobre a carne branca, oferecida para aplacar-lhe a carência. Em seguida, empurrou Arkus para longe, sem nem ao menos olhar para ele, a atenção voltada para a linda criatura que, deitada, começava de fato a morrer.

— Há alguma maneira de amenizar a dor dele?

— Não, meu Senhor — foi a resposta de Dédalos.

— Era o que eu temia. Saiam.

— É cria minha, não se esqueça — afirmou Arkus, erguendo-se com dificuldade na intenção de se aproximar mais uma vez. — Ele me pertence.

— Saiam! — bradou, o olhar verde faiscando em ira contida.

Sem mais nada dizer, Dédalos avançou para a porta e deixou o quarto, em silêncio. Arkus ainda permaneceu um tempo de pé, observando a ternura imensa com a qual Cedric debruçava-se sobre o corpo menor que a eternidade conservaria sempre em formação. Invejou-os e lembrou-se das palavras duras do ancião, ao trazer a consciência de que fora sua escolha desde o começo. Ficou algum tempo ali. Todavia, logo percebeu que não poderia suportar a indiferença do filho querido, bem como a presença do outro, fraco, entre ambos. Foi-se para a noite a fim de terminar com sua própria existência, o mais breve possível.

Dentro do quarto, a portas fechadas, Cedric tomou Lythos nos braços e docemente embalou-o. Os olhos negros buscaram-no enquanto os espasmos da morte o dominavam junto à surpresa e à dor.

— Estou aqui, minha Pérola, meu querido, minha existência... — balbuciou, certo de que o jovem não compreenderia, da mesma forma que ele próprio não era capaz de lembrar-se de tudo o que Arkus lhe falara nos infindáveis instantes que antecederam a manhã, naquela noite. — Estou aqui e sempre estarei.

Lythos agarrou-se à sua roupa, chorando, os olhos arregalados em pânico, os lábios rachando, o corpo murchando para o fim ou o começo. Lágrimas, agora vermelhas, escorreram por seu rosto miúdo e perfeito, marcando a pele branca como chagas recém-abertas. Agarrou-se a ele, procurando acalmar-lhe os sôfregos espasmos, tentando amenizar aquilo que não pode ser amenizado ou compensar a solidão e desespero da noite anterior, quando fora obrigado a sair para se refugiar do dia. Ainda assim precisava resistir, ser forte, por ele e por toda a *Família* que, em breve, estaria sob sua guarda.

— Cedric! — o chamado desviou-lhe o rumo dos pensamentos, obrigando-o a permanecer. — Cedric, pelos seus deuses ou pelos meus, já não importa. Por favor, tire de mim! Tire de mim essa dor! Não agüento mais uma noite, Cedric! Não agüento mais... — implorou.

Cedric abraçou-o mais forte e embrenhou os dedos longos e calejados nos cabelos negros, acariciando-lhe a cabeça com toda a entrega de que era capaz.

— Não posso, meu querido. Se eu pudesse, juro que o faria, mas não há como. Seu corpo está se transformando e esse momento é muito importante. Apesar da dor, tente prestar atenção, sinta a nova vida que preenche suas veias. Nunca mais terá outra oportunidade de... — as palavras de Arkus, que antes lhe pareceram um bálsamo, agora soavam torpes porque fora ele, aquela criatura nojenta, que as dissera, noutra época, noutra ocasião. Mas era tudo o que conhecia e podia ofertar a ele como consolo.

Lythos quis atentar para a vida. Entretanto, o que o invadiu foi um sofrimento terrível e a sensação de que o envenenavam. Sentia que seu corpo morria e isso o apavorou de tal maneira que se abandonou ao pranto. Cedric o acarinhou, suave. E nem mesmo o toque dele poderia apagar o que lhe acontecia. Reuniu toda a força que ainda lhe restava para suplicar que ele o matasse, que extinguisse o rumo das coisas.

Ficou um longo tempo em silêncio, ainda mantendo o jovem perto e acariciando-o. Pensou que de fato o mataria e, assim, libertaria seu espírito. Entretanto, tudo o que fez foi falar-lhe da *Fronteira da Aceitação*, do motivo que os levara até ali, das coisas magníficas que poderiam aprender e do que poderiam realizar juntos. Essa última parte foi o que faltava para que Lythos compreendesse e aceitasse a dor como sendo inevitável. Ela acabaria. Num dado momento, quando a transformação de seu corpo se encerrasse, a dor iria embora. Bastava-lhe aguardar e sonhar com a promessa da eternidade ao lado dele.

Cedric embalou-o como a uma criança, terno e carinhoso, sem qualquer outra intenção. Eram irmãos de sangue e isso ficara bem claro, mesmo com seus sentidos comprometidos para o delírio. A voz dele, agora suave e baixa, ecoou pelo quarto numa melodia maravilhosa que, apesar de estar fora de sua compreensão, não deixou de acalentá-lo.

Permitiu-se aos cuidados dele. Nada importava além da permanência de Cedric ao seu lado. E assim foi por toda a noite, madrugada afora, até o amanhecer, quando a dor cedeu espaço a uma irresistível e milagrosa letargia. Adormeceu sem resistência possível, ainda de encontro ao peito forte, embalado por sua voz suave, a linda canção

69

que lhe sussurrava aos ouvidos e a esperança de acordar junto a ele, com a eternidade pela frente para transformar o sonho de amor em realidade.

* * *

A vida retornou, de uma só vez, como um susto. A primeira reação de sua consciência foi buscar ar pois se sentia sufocar. Então, se deu conta de que já não precisava de ar para continuar. Abriu os olhos para encarar a escuridão sombria que o rodeava, como na noite anterior. Estava só e o negrume das sombras que preenchia todo o aposento não era mais tão escuro; seu corpo já não doía mais; o coração já não batia; o ódio, assim como o amor, já não vibravam em sua alma como antes.

Levantou-se sem dificuldade, os movimentos leves, a resistência de sua pele evidente a cada tencionar de músculos. Uma parte de seu corpo ainda vivia, com certeza aquela que lhe possibilitava os sentidos, a locomoção, a fala. A outra parte, perdida para uma inevitável indiferença, morrera. Não sabia ao certo como detinha aquele conhecimento, mas era fato. Sentia a mudança exatamente como podia identificar o local exato em que o sol se encontrava, apesar de deitado em noite.

Avançou pela penumbra, reconhecendo seu próprio território. Nem sinal de água sobre o rústico móvel de madeira, da refeição que sempre o aguardava ou de Cedric a guiá-lo para o banho. Em verdade, nem mesmo a tina se encontrava, o que lhe doeu o coração apesar de ser uma dor diferente da que sentia antes de tudo acontecer. Contudo, o mal estava feito e não havia meios de desfazer o que Arkus, grotescamente, lhe impingira.

Seu olhar vagou arguto até uma muda de roupa, deixada de propósito sobre a cadeira junto à porta. Lembrou-se de que estava nu, mas, agora, não se importava. Não faria diferença transitar sem roupa pelo interior do castelo, da mesma forma que não fazia diferença ter de sair para caçar, assassinar para aplacar a fome de sangue ou poupar vítimas por indulgência pessoal. E, enquanto vestia-se com a túnica azul escura bordada em delicados fios de ouro, deu-se conta de que não mais importava sentir ou sobreviver. Tudo lhe era medonhamente parecido.

Saiu para o corredor, encarando a luz bruxuleante dos archotes pela primeira vez, desde sempre. Foi apenas sob as chamas que se deu conta do quão belo e intenso parecia o mundo que o rodeava! O fogo crepitava em tons sutis que lhe saltavam aos olhos com nitidez tamanha que perdeu parte da noite apenas ali, o olhar fixo a apreciar-lhe o brilho comum e, ao mesmo tempo, completamente distinto de tudo o que já vira.

Assim foi ao longo do corredor: os detalhes das tapeçarias pareciam-lhe reais, vibrantes; cada fresta entre as pedras da parede chamava-lhe a atenção por sua forma irregular; as estátuas de canto como que o fitavam, seus olhos de pedra reluzindo de um brilho estranho, como se de alguma forma sobrenatural contivessem vida. Antes que se perdesse na torrente incontrolável das visões, Lythos soube que as coisas permaneciam todas como antes. Não fora o mundo que mudara e sim a incisão de seu olhar sobre ele. Era agora outra criatura, um novo ser, aprendendo a ver o que antes lhe passava. E o mundo abriu-se num mar infinito de possibilidades, tanto por ver ou rever.

Fascinado estava em captar as nuances de sua nova realidade, mal percebeu que alcançara o corredor principal, onde duas figuras pareciam discutir, uma ruiva, outra clara e de macios cabelos castanhos em cascata. Escondeu-se por detrás do batente para poder apreciá-los sem ser visto.

Antes mesmo de reconhecer o tom de suas vozes, agora não mais estranhas aos sentidos, deu-se conta de que, ao contrário de antes, a pálida fluorescência de suas peles, o brilho incomum de seus olhares, cederam a uma espécie de familiaridade nunca experimentada. Não eram mais reluzentes, ao contrário, pareciam absolutamente normais. No entanto, tinha consciência de que sua aparência fantasmagórica permanecia como antes aos olhos mortais. A única diferença era que se parecia com eles, era tão imortal e pálido quanto os dois. Essa tomada de consciência assustou-o por um instante e, provavelmente, teria se denunciado se não tivesse voltado toda a atenção para o que diziam.

Apesar do suave sussurrar, entredentes, pôde ouvi-los perfeitamente. Seus sentidos estavam mais aguçados. Tudo o que ouvira de Dédalos e Cedric lhe voltou à mente naquele instante, todas as coisas que aprendera acerca dos *Predadores*.

— Você vai procurá-lo, sim! — grunhiu Cedric, de costas para o jovem imortal, um tom ameaçador a entrecortar sua voz rouca e agradável. — Vai até lá, vai levá-lo para a noite e ensinar a ele tudo o que precisa saber. Você deve isso a ele, Arkus.

Viu quando o ruivo ergueu os lábios num rosnar instintivo, mostrando as presas afiadas em ameaça velada.

— Por que resolveu abandonar tudo, Cedric? Por que não assume a responsabilidade que lhe cabe?

— Porque não tenho nenhuma! — tornou, alterado. — Você é o pai dele, foi você quem o *enlaçou* e, portanto, é você que deve a ele tudo o que sabe! Não vai deixá-lo na ignorância. Seria...

— O quê? Cruel? E o que você foi comigo, Cedric, além de cruel traidor? Dei-lhe o meu sangue, o meu conhecimento, meus bens e a minha existência. O que você me deu em troca? Nada. Nem mesmo a decência da sua palavra. Era você que deveria tê-lo *enlaçado* e não eu. Sabe disso... — murmurou, os olhos turvos e infelizes.

— Mas não o fiz. No último instante, vi que seria um erro. Não quis aquele garoto e continuo não querendo! Pelos deuses... Como eu gostaria que nada disso tivesse acontecido, não dessa maneira!

A realidade estapeou-o com tamanha violência que se sentiu cambalear para trás. Abdicara da vida; deixara Kaleb, seu querido amigo, para trás; transformara-se num monstro assassino e sem coração; tudo isso pela promessa de amor que vira nos olhos dele. E, agora, descobria da maneira mais vil e covarde que não passava de um estorvo, que todos os sonhos eram, na verdade, pesadelos horrendos dos quais não se pode acordar nunca. Descobrira da forma mais fria que Cedric não o queria, nunca quisera. Estaria só outra vez e nem ao menos sabia o que de fato era. Estaria nas mãos deles, sem qualquer noção da criatura que se tornara e do mundo selvagem que o abrigava, tudo por sua própria estupidez.

O sentimento que o tomou foi diverso da tristeza, da solidão, da decepção ou mesmo do desespero. Mais parecia uma mistura frenética e absurda de tudo isso, num nível muito mais intenso, em proporções nunca antes imaginadas. Era como morrer outra vez em agonia. Só percebeu que chorava quando o sangue tingiu suas mãos frias, marcando o rosto inexpressivo.

Quatro pares de olhos claros fixaram-se nele, divididos entre a ironia e a perplexidade.

— Lythos? — indagou, a voz rouca e carinhosa que o enganara tão bem em sua inocência humana. — Está se escondendo de nós? Por que... Está chorando, Pérola?

Não respondeu. Girou sobre os calcanhares, dando-lhes as costas. Correu pelo corredor, com toda a força de que era capaz. Sentia os chamados aflitos lhe chegarem mas não deu atenção a eles. Logo, soube que era perseguido. Entretanto, com o corpo menor e mais leve, descobriu que podia correr a uma velocidade espantosa. Deu tudo de si. Seu destino? Não sabia.

* * *

Calado na semipenumbra do ambiente, fechou os antigos olhos escuros, aguçando a audição para muito além daquele quarto. Já há algum tempo sentia-se à parte do universo sombrio que os rodeava, ausente das decisões, afastado de Arkus. Imagens do rosto dele, lindo, porém implacável, surgiram-lhe em inexplicável dor. Em outros tempos, largaria tudo, qualquer coisa, para estar ao lado dele nos poucos dias de vida que lhe restavam. Em outros tempos seu amor falaria mais alto que qualquer outro sentimento. Porém o tempo passara, transformara-se noutra criatura e o amor já não podia ser o centro de sua existência.

Essa certeza levou-lhe sangue aos olhos. Não chorou. Não podia. Deixou-se então encostar sobre a maciez das almofadas, a mente vazia para não se denunciar perante os outros. E foi quando ele irrompeu-lhe a porta, o olhar negro vidrado, a respiração desnecessária arfando-lhe o peito quase infantil, o desespero evidente em suas feições quase humanas. Vincos vermelhos marcavam-lhe o rosto amedrontado de forma que soube: ele chorara. Pobre criatura ele era. Tão jovem e tão entregue à desilusão.

Tudo o que fez foi erguer-se e fitá-lo com expressão serena, aguardando que falasse. Parecia perdido e aflito. Sucessivas vezes olhara por sobre os ombros na direção do corredor, aguardando por algo ou alguém.

O jovem imortal parou por um instante, de pé na porta, dividido entre o terror e a necessidade. O rosto, de traços inocentes que a imortalidade haveria de preservar, era de fato um convite à apreciação. Bonito? Não exatamente. As formas do corpo miúdo, não totalmente amadurecido pela vivência, escondiam-se num traje belo porém sóbrio, o oposto do que vestira por toda a sua vida mortal. Reparava agora em todas as transformações físicas que ocorreram em decorrência do *Enlace*, apesar de seu corpo permanecer imutável para sempre. Nunca presenciara algo semelhante ao que ocorrera àquela jovem criança! Até mesmo o olhar parecia diferente. Uma pena que tudo terminara assim.

— O que deseja, meu Senhor? — indagou, as palavras soando absurdas ao jovem parado diante dele. E foi com assombro que presenciou aquele homem alto, imponente, tão antigo, curvar-se em sua direção como se falasse a um príncipe! Quis morrer e nem mesmo isso lhe era permitido.

O rosto moreno dele, no qual as marcas de expressão talhavam-lhe a pele, ergueu-se mais uma vez e mergulhou no olhar escuro, sem idade definida. Num átimo ocorreu-lhe que viera ao lugar errado.

— O que deseja? — voltou a perguntar, a voz baixa e melodiosa arrancando-o do desespero. — Diga-me e será seu, meu Senhor.

O rapaz avançou para dentro do aposento com passos vacilantes. Todo ele tremia. Ao cruzar o batente, bateu a porta com mais força do que o necessário — com certeza não dominara ainda a potência de seus membros — como se esse gesto inútil pudesse salvá-lo da desgraça. Só então, virou o rosto jovem e infeliz para o mais velho e seu olhar implorava por ajuda.

— Dédalos... — balbuciou em desalento. — Não me deixe só, Dédalos! Por favor, não deixe que Arkus venha. Não agora! Preciso... Preciso falar com o Senhor antes! — implorou.

Ampliando a audição, Dédalos ouviu os passos rápidos que vinham pelo corredor, sentiu a raiva contida da criatura que avançava. Há muito desistira de tentar compreender a conduta e as intenções do companheiro, há muito se cansara das discussões, quase sempre exaustivas, que não os levavam a lugar algum. Arkus tinha seus próprios métodos para ser, pensar e ensinar. Não tinha o direito de afrontá-lo, ainda mais porque a cria não lhe dizia respeito. Ainda assim, poderia fazer com que o filhote compreendesse e, talvez, pudesse ver aquele castelo mudar, as pessoas tornarem-se melhores.

Não havia muito tempo. Avançou para o rapaz com a decisão tomada e, sabia, não haveria como voltar atrás.

— Ele está vindo! — soluçou em pânico contido. — Ele vem atrás de mim, mas não se importa! Nenhum deles se importa com o que fui ou com o que me tornei! Nem mesmo Cedric me quer, e Arkus age como se eu fosse a maldição de sua existência. Não fiz nada além de sobreviver! Eu...

Dédalos abriu-lhe os braços, pelos quais as mangas de sua túnica bordada caíam, contrastando com a pele escura e tornando-o ainda mais belo. Com um sorriso doce, o ancião trouxe-o para perto, cobrindo-o como que com um manto. Deixou-se abraçar, carente e exausto de existir.

Foi quando Lythos sentiu o corpo comprimir-se, como que pressionado por invisível força. Reconheceu a sensação e sorriu entre as lágrimas, grato pelo gesto de carinho. Quando abriu os olhos, permaneciam parados no mesmo lugar, porém o quarto inteiro jazia borrado, fora de foco, com exceção de Dédalos, que continuava resplandecente. Agarrou-se a ele com todas as suas forças, desejoso de ouvir-lhe as batidas do coração junto ao próprio rosto. Nada. Por um momento, esquecera-se de que o ancião estava tão morto quanto os outros, tão morto quanto a ele próprio.

"Por que fizeram isso comigo? Por que me fizeram como sou? O que foi que eu fiz de errado?", indagou.

"Não pense agora, meu anjo, nem respire como está fazendo. Apenas esvazie a mente e feche os olhos. Eu o chamo quando tudo estiver terminado".

Lythos obedeceu, confiante. Ouviu a porta do quarto abrir-se num estrondo e afundou o rosto contra o peito dele, certo de que Arkus o tomaria pelo braço e o arrastaria para fora se preciso fosse. Esperou pelo chamado furioso que não veio.

— Sei que está aí, Amon — disse ele, a voz chegando aos ouvidos do jovem como um sussurro distante. — Está, por um acaso, me escondendo Lythos?

Silêncio. Nenhum movimento do corpo junto ao seu. Quis olhar para ele e perguntar o porquê. Não ousou fazê-lo.

— Amon! — gritou o pai. — Dê-me o filhote!

Nada. Arkus saiu, batendo a porta novamente. Todavia, estava livre. Só depois de longos instantes, Dédalos libertou-o do abraço para que pudessem mergulhar nos olhos um do outro.

"Perdão por tê-lo envolvido. Eu... Não deveria...", gaguejou, mas seu semblante, antes tão repleto de sentimento, jazia agora frio e inexpressivo.

A visão daquela nova criatura que, com absoluta certeza, viveria entre eles por toda a eternidade, magoou Dédalos. Não soube bem o porquê, uma vez que vira muitos nascerem para a morte ao longo dos séculos. Talvez porque Thálassa o tivesse conquistado com sua paixão pela vida e, agora, só restasse dele uma vaga lembrança, marcada pela morte. Talvez porque, ao ver o negro brilho daqueles olhos perturbados, não pudesse afirmar se de fato sobreviveria. O pior ainda estava por vir e o engano de todos os que se perdiam no caminho era justamente o de ignorar que a maior das provações é aceitar o que se é.

Esses pensamentos passaram-lhe fugazes, enquanto o mirava, de pé dentro do aposento, rodeados pela agradável sensação de não estarem ali.

"Qual a dor que te acomete, meu pequeno Senhor?"

Lythos abraçou-o, agora sem a urgência da perseguição, carente de amparo. Dédalos trouxe-o para o colo e sentou-se com ele sobre as almofadas. Viu o jovem imortal aconchegar-se como um menino amedrontado e assim ficar por um longo tempo, aceitando de bom grado o terno afagar das mãos morenas sobre sua cabeça.

"Eles não me quiseram, Dédalos. Cedric nunca me quis. Mas me fizeram, ambos, como sou!"

O ancião sorriu de leve, apertando-o nos braços e apoiando o queixo em seus cabelos negros.

"Admito que nada aconteceu como deveria, pequeno. Entretanto, isso não significa que não é querido, muito ao contrário. Há muito que não posso falar por Arkus, visto que...", seus pensamentos sumiram de repente, retomando com força em seguida, num suave sussurrar. "Cedric o quis, desde o princípio. Você foi escolhido com cuidado e é amado com força inimaginada. Não se sinta assim, tão só."

O rapaz ergueu-se e mirou-o com os olhos de um tom perturbador, sério, o semblante infeliz.

"Eu ouvi. Ninguém me disse, Dédalos! Ouvi da boca de Cedric que não era para ter acontecido, que ele não me quis e que ainda não quer", silêncio opressor. "Eu fui um erro, não é?"

Ele implorava por uma resposta, mas, diante daqueles argumentos, o que poderia dizer? Ouvira de Cedric, num dos momentos mais tristes que presenciara, o quanto amava Thálassa e o quanto o queria por companheiro. Ouvira-o suplicar, pedir que salvasse o jovem mortal. Jovem mortal...

Terrificado, Dédalos baixou os olhos sem poder mirá-lo por um instante. Será que Cedric rejeitara Lythos? Será que não conseguira suportar a transformação do jovem impetuoso e vibrante na criatura inexpressiva e eterna que jazia diante de si? Temeu a resposta. Era possível, sem dúvida. Acontecia a todo o momento, acontecera muitas e muitas vezes no passado e continuaria a acontecer no futuro, enquanto a humanidade pudesse ser *enlaçada* e, com isso, suas almas se perdessem. Era inevitável e Cedric o sabia.

Confuso, Dédalos não ousou responder. Não mentiria para o filhote mas também não tornaria a realidade mais dura. Isso apenas o encaminharia para um rumo terrível, um caminho sem volta, o qual ele próprio conhecia muito bem. Fitou o menino e sorriu-lhe, terno. Amava Lythos. Aprendera a amar a parte inumana de seu coração, antes mesmo que acordasse para a noite.

"Por que fugia? Arkus não lhe faria qualquer mal. Por mais animalesco que pareça em alguns momentos você é cria dele, Lythos. E crias são sempre crias, nunca deixam de ser uma parte de nós, ainda que não a mais amada ou reconhecida."

"Não quero vê-los, não quero estar com eles ou ouvir suas vozes!", disse, num rompante de fúria que detinha apenas entonação, sem qualquer expressão real. "Quero estar longe, o máximo que puder. E, se detivesse coragem suficiente, eu esperaria pelo sol e só me restariam cinzas. Acredito que isso seria o melhor para todo mundo."

Em súbita fúria, Dédalos agarrou-o pelos ombros e sacudiu-o com força desmedida, os olhos escuros fixos nos dele, o rosto transformado, a voz retumbante ecoando como o repicar de um grande sino.

"Nunca, jamais, pense um absurdo desses, Lythos! Está me entendendo?!", inquiriu, raivoso.

"S-sim...", balbuciou o outro com olhos turvos. "Sinto muito eu... Por todos os deuses, Dédalos, não sei o que sou! Não sei mais o que fazer, ou o que pensar. Já não me reconheço quando olho para mim mesmo e os sentimentos que me invadem são outros, diversos de tudo o que já conheci! Tornei-me um monstro sem alma ou coração; transformaram-me numa coisa medonha, desprovida de vida e intenção; fizeram de mim o que eu mais temia... E perdi-me" — os pensamentos, antes calmos, tornavam-se cada vez mais altos, forçando a delicada película do véu que os encobria. — "Já não desejo estar aqui ou em lugar algum, me entende? Já não tenho forças para andar, pois tudo me foi tomado, desde a minha terra até o meu próprio ser. Restou-me um amor que não pode existir. Contudo, eu existo! Eu estou aqui! E não sei o que fazer com a minha existência!", tornou, descontrolado, os braços enganchados aos do outro como se buscasse por salvação.

Transtornado, aflito por resgatar a alma dele que se perdia para a escuridão da não-aceitação, Dédalos agarrou-o e o trouxe para perto novamente, murmurando-lhe palavras carinhosas, desejando que se acalmasse. Aos poucos, o desespero foi cedendo à tristeza e o menino entregou-se a um pranto violento, manchando-lhe as vestes brancas com a umidade vermelha de suas lágrimas. Não se importou. Jamais deixaria que Lythos se perdesse. Não suportaria ter de presenciar outra vez a infelicidade daqueles que se vão pelo caminho mais difícil e não voltam mais. Vira acontecer com Arkus. Não permitiria que Cedric sofresse a mesma perda no futuro, quando olhasse para Lythos e se desse conta de que nada mais poderia fazer para trazê-lo de volta. Precisava agir ou seria cada vez mais difícil fazer-se compreender.

"Já ouviu falar da *Fronteira da Aceitação*, não?", ele respondeu com um gesto afirmativo de cabeça. "Pois bem... Na verdade, pequeno, essa é a parte mais difícil da transformação que se iniciou na noite passada. O caminho de aceitarmos tudo o que podemos e não podemos mais fazer, o trajeto que nos conduzirá ao que realmente somos, é terrível, e ele já começou para você. O tormento já começou, mas, por favor, não se deixe afogar nas águas da desilusão nem perca de vista a luz que te guia. Você não é mais Thálassa e isso não significa que deva matá-lo dentro de você. Em verdade, somos o que acreditamos ser, Lythos. E, por mais difícil que seja para você sentir, eu acredito que aquele menino vibrante ainda está vivo, ainda chora e sorri, em alguma parte do seu coração."

"Dédalos...", soluçou, afundando o rosto molhado de sangue em suas mãos. "Pelos deuses... Não sei como lidar com tudo o que me cerca, não mais! Eu... Estou perdido... E pensei que ele estaria ao meu lado!"

"Ele está!", garantiu, secando-lhe o rosto num gesto gentil. "Cedric estará sempre ao seu lado. Ele desafiou Arkus por você. Quanto a isso, não tenha receio", a resposta foi um tímido sorriso, ainda triste. "Sim, eu sei que você o ama. Tenha paciência, pois tudo há de se arranjar, criança. Tudo encontrará seu lugar e isso inclui a sua confusão interior".

"Vou descobrir o que sou, é isso?"

"Muito mais! Numa noite, você acordará e descobrirá que não mudou sua essência e sim a sua visão do mundo. Por que é isso o que somos: recém-nascidos conscientes redescobrindo um mundo que já conhecíamos. Nada é tão difícil quanto parece e podemos existir com os mesmos ideais, as mesmas esperanças, o mesmo anseio. Terá, apenas, que descobrir uma maneira de lidar com o que o rodeia. E isso é treino. Você verá".

Lythos sorriu-lhe abertamente, como Thálassa costumava sorrir. Algo no peito do antigo egípcio enterneceu. De fato, ainda lhe restava a humanidade, mesmo que escondida. Lythos era forte e talvez atravessar todo o desespero e desamparo de seu *Enlace* não fosse suficiente para desviá-lo do caminho. Talvez ele ainda pudesse cruzar a *Fronteira da Aceitação*. Queria apostar tudo o que tinha na vitória dele sobre a própria insanidade. Era um forte porque amava. E o amor pode ser a maior fortaleza de um homem, bem como sua única fraqueza. Sabia que o jovem imortal amava Cedric e sempre haveria a possibilidade de isso ser suficiente para nortear-lhe o caminho.

"Faz parecer divertido quando, na verdade, estou em desespero!", brincou ele, enxugando as próprias lágrimas e sorrindo com carinho. "Obrigado... Mesmo que tenha me mentido, foi muito importante para mim".

"Não me agradeça, jovem, e saiba que não há mentiras numa única palavra minha. Jamais o enganaria porque...", os olhos escuros e antigos nublaram. "Porque essa questão da aceitação me é muito cara. Perder-se no caminho até a *Fronteira* pode ser a pior coisa para um ser como nós, ainda pior que a escuridão de onde o trouxe, lembra-se?". Lythos assentiu, sério e aproximando-se mais. "Pois bem, não brinco com isso, pequeno, e desejo acreditar, com todas as minhas forças, que vai conseguir superar sua crise até o dia em que será um de nós, inteiro e eterno. Quero acreditar nisso, não para resgatar o passado onde me feri, e sim porque o amo e desejo sua companhia pela eternidade. Não quero que se vá. Independente do que possa pensar sobre os outros, estou lhe dizendo agora o que eu sinto: quero existir e fazer parte da *Família* que você liderará ao lado de Cedric. E, se isso não bastar..."

Lythos silenciou-o com a ponta dos dedos, muito suave, a expressão serena e madura que apenas o *Enlace* poderia dar a uma criatura. Ele sacudiu a cabeça numa lenta e firme negativa para só então falar, sua voz ecoando pelo quarto com confiança recém-adquirida.

"É o bastante, amigo", silêncio. Dédalos sorriu-lhe e havia lágrimas em seus olhos. "Somos capazes de sentir amor e fazer amizades, mesmo depois de termos nos tornado o que somos, não?"

"Claro, meu pequeno! Para ser sincero, serão essas amizades e essas conquistas que mais importarão daqui para frente, pois serão construídas com aqueles que dividem com você a mesma existência e que fazem parte da sua espécie. Bem-vindo à noite, meu menino. Espero que descubra as maravilhas de sua meia-vida, porque elas existem, muito mais próximas do que supomos no início".

"Obrigado por tudo o que tem feito por mim. Estaremos juntos, eu prometo".

Sem saber exatamente o porquê, lágrimas escorreram pela pele brônzea e firme do ancião. Não esperou que ele lhe dissesse pois sabia: Dédalos não falaria coisa alguma. Apoiou-se nas almofadas e, com inesperada força, trouxe o homem para seu próprio peito, oferecendo o mesmo acalento que lhe fora ofertado.

Dédalos aceitou em silêncio, trancando dentro de si os motivos de sua dor, porém feliz por ter, finalmente, encontrado alguém com quem pudesse dividi-los, sem temer ou conter qualquer coisa.

* * *

A noite já ia pela metade e Cedric permanecia estático no salão, sentado à mesa de Arkus, pensando em Lythos e nos efeitos catastróficos que suas palavras, ditas por motivos completamente diversos aos depreendidos, poderiam causar. Temia que o jovem imortal se perdesse, essa era a verdade, ainda mais depois da torrente de acusações que Arkus lhe lançara, tão logo entrara no recinto, acusando Dédalos e o resto do mundo de estarem conspirando contra a *Família*. Puro delírio, sabia. Arkus mostrava-se cada vez mais maníaco. O terrível era olhar para o pai e saber que tal atrocidade poderia acontecer com sua Pérola, a linda criatura que escolhera para si, dentre tantas outras; o brilhante escriba, o amante apaixonado...

Engoliu em seco ao dar-se conta de que o último pensamento era completamente despropositado. Não se aproximaria de Lythos mais que o necessário, não por pudor e sim porque... Bem, não era certo e, além disso, não deveria desviar a atenção de seus objetivos sob o risco de se perder também, e com ele, uma infinidade de outras pessoas. A figura de Arkus serviria sempre para lembrá-lo do que acontece quando se perde o controle sobre si mesmo. E Lythos... Quando estava com Lythos não se recordava nem ao menos do próprio nome. Era um perigo que não poderia se dar ao luxo de correr. Uma temeridade desnecessária, apesar de ser um costume aparentemente comum entre o povo do jovem... Isso de se apaixonar e tomar um homem por companheiro; a perfeita manifestação do amor aos olhos dos deuses. Bom, não estava ali para cumprir com as expectativas de ninguém e não se importava com toda essa baboseira.

A convicção esvaiu-se no exato instante em que lhe bateram a porta. Não precisou autorizar a entrada para saber quem era. O perfume da pele dele, agora entranhado para sempre naquela casa, podia ser sentido mesmo com a barreira grossa da madeira. Arkus empertigou-se também, rompendo o silêncio com alguma palavra inconveniente que não chegou a ser notada.

Como não tivesse resposta, bateu mais uma vez e entrou, como se nada tivesse acontecido. Caminhou com passos firmes até a mesa, mirando-o com seus olhos negros e brilhantes, o corpo movimentando-se de forma leve e apaixonante. Não se lembrava de ter visto criatura mais linda em toda a sua existência. Não se moveu por receio de que ele fosse tão etéreo quanto parecia. Por isso, permaneceu sentado, acompanhando-o com os olhos enquanto aproximava-se sem temor.

A eternidade lhe caíra como uma segunda pele, sublime. A tez, antes alva, tornara-se luminescente; os cabelos lisos, aparados sobre as orelhas, possuíam uma textura nova e aveludada, com certeza mais macios do que antes, e desejou tocá-lo inteiro; de seu olhos espalhava-se uma chama tempestuosa e fervente, que lhe denunciava a alma quente apesar de o semblante conservar-se inexpressivo.

Nada disseram por algum tempo. Isso porque cada um ocupava-se em apreciar o outro, Cedric analizando-o em sua nova imortalidade, Lythos preocupado em admirá-lo, agora mais próximo dele em existência e sentido. O guerreiro perdera parte do brilho fantasmagórico que o assustava no começo e mostrava-se ainda mais lindo, mais maravilhoso, justamente porque eram iguais.

As esmeraldas estreitaram-se, como se indagassem sem palavras o porquê da entrada, como se pedisse perdão por algo que desconhecia. Para fugir ao olhar verde que tanto o atormentava, Lythos correu os olhos em volta, observando atentamente as peças precárias de mobília e notando a semelhança da sala com o salão de reuniões do palácio de Cnossos. Cnossos... Parecia fazer uma eternidade desde que vira aqueles jardins pela última vez.

— Será o nossa sala particular? — indagou, voltando a encará-lo.

— Nossa? — perguntou, a voz contida, o rosto sério. — Sim.

Lythos assentiu, igualmente taciturno, contudo demonstrando firmeza nunca vista antes. Contornou a mesa, bem devagar, até parar à direita de Cedric, de pé, junto à cadeira que ocupava.

— Você liderará e eu serei a voz que lhe falará em silêncio, não é assim?

— Lythos, eu... — buscou Arkus com o olhar, este jazia sentado no banco, mais ao canto, ainda um tanto surpreso. — Não precisa ser assim.

— Não se preocupe comigo, meu Senhor. Sei exatamente o lugar que me cabe — tocou-o no ombro direito, suave, fazendo com que Cedric erguesse o olhar para fitá-lo. — Estarei ao seu lado, sempre.

— Lythos... — e a expressão dele tornou-se doce, carregada de amor. Talvez, Dédalos estivesse certo.

O jovem cretense afastou-se porque Arkus levantara-se e não desejava indispor-se com o pai. Teria de arrancar dele tudo o que sabia e, para isso, precisaria se submeter, como tantas vezes fizera antes. Mas seria por pouco tempo, não? Valeria a pena, como Dédalos lhe aconselhara. Avançou então para a parede oposta, deixando Cedric a mirá-lo, perdido e encantado. Ainda havia vida, nele! Thálassa não morrera de todo, pelo menos não ainda!

— Sabe o que desejo, meu Senhor? — indagou o filhote, parando junto à imensa parede vazia e, só então, se virando para Cedric, os olhos sorrindo em brilho intenso. — Pergaminhos... E tinta... E estantes para guardá-los todos. Quero um lugar só meu, para escrever, se assim o Senhor permitir. Começarei a registrar seu império desde já, colocar por escrito tudo o quanto existe para que, então, possamos construir a nossa história, juntos.

Um instante de silêncio enquanto Cedric o mirava com olhar insondável. Arkus chegou a temer que seu feudo ficasse nas mãos infames daquele escriba diante da fraqueza do filho mas... Pela expressão de Cedric, a coisa seria muito diferente. Foi quando a voz rouca dele ecoou pelo ambiente com a sentença:

— Tudo o que desejar, meu querido. Peça e será seu...

Lythos corou com estrema violência e, sorrindo abertamente, baixou os olhos.

Teve de conter o impulso de levantar-se e tomá-lo seu ali, diante de quem quer que fosse. A razão retornou junto à certeza de que precisava da sanidade para não se deixar guiar, fosse por inimigos, fosse pelo amor. O sentimento tornava-o fraco, e precisaria de toda a força para defender os seus.

Arkus por sua vez, pôs-se de pé, aturdido e receoso.

— Se é assim, desejo conversar sobre o que disse, lá no corredor. Preciso saber, meu Senhor! É importante para que eu não me perca.

— Basta — tornou o ruivo, caminhando para o filhote com ar raivoso. — Você o está manipulando.

Um brilho de ofensa passou pelos olhos negros enquanto Arkus caminhava em sua direção. Cedric era um guerreiro e conhecia o significado dos olhares, bem como a linguagem corporal em batalha. Lythos avançaria para o pai caso este se aproximasse muito mais.

— Arkus, Lythos não está me manipulando, muito ao contrário. Veio aqui requisitar material necessário para exercer seu trabalho e, comigo, criar a *Família* que você idealizou. Não somos meros aliados, somos irmãos, somos... Duas metades de uma única realidade — murmurou, meio que perdido. — E quero ajudá-lo no que for possível, assim como sei que ele daria a própria vida por mim, se preciso fosse.

O silêncio que Lythos lhe lançou, aliado ao olhar repleto de amor, confirmaram apenas o que Cedric já sabia. Retribuiu o sentimento, fitando-o com intensidade para, em seguida, dar as costas a ambos e rumar para a saída.

— Como Senhor destas terras, não quero vê-los brigando. Entretanto, sei que será inevitável. Ainda assim, quero ressaltar... — e virou-se para Arkus. — Lythos é seu filho mas é meu companheiro. Não toque nele — virou-se então para o jovem, sorrindo zombeteiro. — Boa sorte, Micênio. Espero que aprenda mais rápido do que eu porque não tenho muita paciência para esperar.

— Não me chame assim. Micênios residem no continente e eu sou de Creta, uma Ilha...

Cedric parou, como se pensasse por um instante. Coçou o queixo e sorriu enquanto abria a porta.

— Vou me lembrar disso, Micênio! — saiu para o corredor em seguida.

Lythos foi até a porta e fitou-o pelas costas, estupefato com tamanha audácia. Mas havia Arkus a lhe esperar, então...

— Seu bárbaro grosseiro! Falei para não me chamar assim! — gritou, ao que Cedric rui com gosto, sumindo na curva do corredor sem olhar para trás novamente. E, no instante em que a figura austera desapareceu de sua visão, Lythos permitiu que um lindo sorriso lhe iluminasse as feições.

Arkus assistia à cena completamente perdido. Observando-os enquanto discutiam, algo lhe saltara os olhos, uma centelha que apenas os anos de experiência poderiam trazer-lhe à consciência, a qual tornava completamente desnecessária qualquer preocupação ou dúvida. Lythos era a criatura certa.

Convivera com Cedric por cinqüenta anos inteiros, em árduo aprendizado. Conhecia-o, portanto, como a ninguém mais e podia afirmar, com absoluta certeza, que jamais voltava atrás numa postura ou decisão, isso porque o fizera assim, instruíra-o para ser assim, porque líderes precisam ter firmeza e constância. Pois, bem ali, diante de seus olhos, numa cena inocente e corriqueira, vira aquela criatura pequena e ínfima quebrar o governante sempre decidido com um mero sorriso ou olhar. Sim, fora isso o que sucedera, diante de seus olhos aflitos: Cedric se entregara.

A cumplicidade que os unia era flagrante, muito maior do que poderia supor no começo, muito maior do que deveria ser. O sentimento que os ligava ficara claro, a cada olhar ou palavra e, que os deuses os guardassem, seria aquele sentimento imenso que os levaria à plena conquista ou ao fracasso absoluto. Não permitiu que tais questionamentos lhe chegassem naquele instante, pois os olhos negros, antes fixos em algum ponto do corredor e ocultos pelo batente, viraram-se para os seus e pareceram-lhe tão fortes quanto os de Cedric, tão decididos, firmes e implacáveis, apesar de diferentes.

— Obrigado pelo *Dom da Noite*, Arkus — murmurou ele, sem expressão novamente, e as palavras frias lhe gelaram a alma que sequer possuía. — Sei que um destino muito maior me aguarda e não desejo perder um único instante.

— Como assim? O que quer dizer? — perguntou, encarando-o como igual, ciente do poder que dera àquela criatura, mesmo contra a sua vontade.

— Cedric está certo: como pai, é responsável por mim, seu filhote. Vai ensinar-me tudo o que eu puder e quiser aprender. Você me deve isso pelo inferno que me fez passar — rosnou, aproximando-se com movimentos calculados e contidos.

Arkus encarou-o. Não havia traço de hostilidade em seu semblante, e, mesmo assim, sentiu-se ameaçado. Precisava admitir que Lythos seria um belo imortal, perfeito para seu ideal de futuro e *Família*.

— Falava a verdade quanto a Cedric liderar e você permanecer apenas como o suporte invisível, que jamais será reconhecido?!

— E o que é o reconhecimento? — indagou calmamente, contornando-o pelas costas. — De que me serve o reconhecimento alheio? Terei, junto a mim, tudo o que preciso. Darei meu próprio sangue para erguer aquilo que ele desejar, farei o que estiver ao meu alcance para cumprir o que ele me pedir e estarei ao alcance das mãos dele, caso precise de apoio, ou consolo, ou alívio. O resto, é apenas o resto.

Silêncio pesado. Arkus virou-se para buscar os olhos negros e estremeceu ao fazê-lo.

— O que sente por mim?

Breves instantes em mútuo apreciar.

— Nada além de indiferença. Você não é nada para mim, Arkus. No momento, representa o abismo entre o conhecimento e a ignorância, algo que jamais delegaria a Cedric, por mais que o ame e deseje estar ao lado dele. Nesse ponto, estaremos apenas nós dois, você e eu. Além do conhecimento que você representa, não vejo nada — disse, frio e polido.

E foi quando ele sorriu largamente, os olhos azuis brilhando febris diante do que as palavras significavam.

— Maravilhoso! Nunca poderia imaginar que conseguiria criar em você aquilo que desejei para Cedric. Amo meu filho, não pense que o renego, muito ao contrário! Cedric...

— Cedric é tudo para você, tudo o que jamais serei. Não precisa repetir porque não sou estúpido. Vejo e ouço muito bem — disse, afastando-se para apreciar as nuances de um tecido, disposto no canto oposto da sala.

— Então, compreende que o fato de eu amá-lo não implica que ele deva me amar, não é?! É o amor que enfraquece as criaturas, tornando-as alvo fácil para o inimigo. Tentei mostrar isso a Cedric e não consegui. Há sentimento demais nele, por tudo, por todos. Mas em você, não — garantiu, os olhos esbugalhados em euforia contagiante.

Lythos afastou-se mais um passo, como que para se proteger do brilho doentio de seus olhos. Compreendia agora o que Dédalos lhe dissera sobre se perder. Apiedou-se dele, apesar de tudo. Estava louco e a insanidade crescente o consumia mais a cada noite.

— Ensine-me, Arkus, isso é tudo.

— Mas você tem grande potencial! Posso lhe mostrar e, em breve, não haverá sentimento em você.

— Amei Cedric desde a primeira vez que o vi, moribundo, sobre uma carroça qualquer, como um animal amarrado. Amei-o, amo e sempre hei de amá-lo, até o fim dos meus dias. Esse sentimento ninguém será capaz de matar dentro de mim, pois foi graças a ele que sobrevivi, graças a ele resisti e por ele estou aqui agora, falando com você.

O semblante do patriarca tornou-se sombrio. Parou um instante, decepcionado, antes de virar-se e sair.

— Então, assim como ele, está fadado ao fracasso. Seu amor será seu maior tormento, garoto! Porque já não podemos amar tanto assim sem nos destruir. O sentimento não faz parte de nossa natureza e sim de algo que nos fica como herança da existência mortal. Lembre-se disso quando olhar à sua volta e não houver saída — fitou-o por sobre os ombros para se certificar de que o filhote o acompanhava, porém Lythos permanecia no mesmo lugar. — Ande! Não quer começar já? Ou perdeu a afobação da sua juventude? Haverá muitas noites, mas precisa se alimentar agora. Vou lhe mostrar como se faz.

Saíram, ambos, sem rumo certo ou definido, tendo apenas a intenção vaga daquilo que deveriam viver um com o outro antes do fim.

↱ V ↰

Abre teus olhos agora, criança. Lê com atenção o que te mostro a cada avançar da pena. Este é o marco memorável do que deixei de ser, de tudo o que deveria ter-me tornado e não consegui. O conhecimento gera responsabilidades e acarreta inúmeros males, dentre eles, o de carregar o fardo da eternidade.

Aprender o que eu deveria ser não foi o mais difícil, em absoluto. Terrível foi-me, e ainda me é, saber que não pude deixar a humanidade para trás e que, por causa disso, nunca cheguei de fato a ser o que deveria. E a verdade sempre esteve lá, implícita pelas discussões, oculta pelo brilho maravilhoso das esmeraldas.

Mas havia um feudo, inteiro, a construir! Havia um império a erguer, de forma que não me restava muito tempo para pensar... Ou de fato não desejava pensar em nada que não fosse na eternidade que nos surgia à frente, na grandiosidade de sonhos outros e na esperança de que ele, um dia, seria meu. É precisamente aqui que retomo a narrativa, quando...

Nas noites que se seguiram ao *Enlace*, incontáveis e ininterruptas, Lythos foi guiado através do novo mundo, no qual mergulhava. Arkus ensinou-lhe tudo o que devia saber para sobreviver sozinho, desde melhor forma de escolher suas vítimas, até os cuidados que precisava ter com sua própria proteção durante o dia. Ouvira, atento, cada palavra do pai e criador, ciente de que abandonava sua antiga vida mortal para entregar-se a outra realidade, muito mais perceptível e intensa, porém desprovida de sentimento real ou desejado.

A verdade é que se sentia mais distante da realidade que conhecera; as lições, além de transmitirem o conhecimento que almejava, levavam-no a descobrir-se em sua nova condição e esquecer-se um pouco de como fora não ser um *Predador*. Até que, transcorrido o tempo estipulado por Arkus — se é que de fato estipulara tempo exato — já não conseguia lembrar-se de Thálassa e ainda não conseguia ser Lythos, a criatura sem coração que deveria alimentar-se daquilo que fora no passado. Ao final de tudo, percebera coisas lindas e terríveis, aprendera a superar seus próprios limites, surpreendera-se consigo e nada apagava o fato de que se sentia perdido, desnorteado na enxurrada de informações e novas sensações que o assaltavam. Sentia-se só e desamparado; sentia falta da voz que lhe falava em silêncio e do rosto sereno do amigo que sempre estivera ao seu lado; sentia falta do calor do sol, da alegria de viver e saber que um dia tudo terminaria; não se sentia.

Aquela sensação medonha findava apenas quando, nas raras ocasiões em que Arkus o deixava só, podia mergulhar nos olhos plenos de Cedric ou abandonar-se à voz suave de Dédalos ao lhe contar uma de suas histórias. Guardava cada encontro com carinho e cuidado pois, sempre que a insanidade ameaçava roubar-lhe o resquício de lucidez, buscava a lembrança deles dois para saber o que era.

E assim os dias se passaram; deles seguiram-se os meses, que completavam anos, para então se transformarem em décadas. O tempo era, agora, muito relativo. Sentia-o com absurda intensidade, da mesma forma que o mundo inteiro parecia-lhe mais intenso e resplandecente. Talvez por isso soubesse que não precisava do tempo para ser, a existência já não se atrelava à vida, mas apenas a estar. Muitos de seus conceitos transformaram-se nesse período, pois se forçara a deixar os paradigmas mortais para trás, substituindo-os por novos preceitos, lógicos apenas para os de sua espécie. Fora difícil, no começo, fingir que não se importava e não sentia coisa alguma. Com o passar dos anos, deu-se conta de que fingir e não sentir era quase a mesma coisa e que poderia ser exatamente aquilo que pensava ser. Talvez, se tivesse extinguido sua mortalidade naquela noite, tudo tivesse sido mais fácil, porém Thálassa permanecia vivo em algum canto profundo de sua alma, uma vez que ainda desejava ver o sol, viajar pelo mundo, rir e cantar, amar e ser amado. Uma parte de si ainda ansiava por escrever. Sim... Escrever, sua maior paixão desde sempre, até mergulhar no rosto marcante e bonito de Cedric. Por conseguinte, a necessidade estava lá, como quando era mortal, como quando era um menino sentado à mesa no majestoso salão na longínqua Ilha de Creta. Cnossos também estava viva dentro dele, em lembrança. De fato, não se esquecera de tudo quando morrera, como Arkus lhe dissera.

Suaves batidas na porta fizeram-no voltar à realidade e mirar a grossa superfície de madeira. Estava em seu próprio aposento, o mesmo há mais de cinqüenta anos embora completamente diferente. Dispunha agora de mais mobília, cama imensa de madeira maciça, um lavatório que mandara vir de longe, escrivaninha ampla repleta de pergaminhos raríssimos, tinta e um pequeno cilindro de madeira contendo cerca de oito ou dez penas, um material caro e que não poderia ser encontrado noutro lugar que não sob a habilidade de antever que apenas os *Predadores* possuíam. Nunca pensara em escrever sobre couro com tinta! Muito menos da verossimilhança de semelhante prática. Não apenas era verossímil como possível... E o fazia com gosto, encorajado por Cedric, que providenciava os meios com extrema boa vontade. Decerto que nenhum mortal chegaria a pensar em algo do tipo. Não detinham inteligência e experiência suficientes para tal.

Tentara convencer o irmão a fazer-lhe uma espécie de aposento secreto, uma passagem falsa atrás da tapeçaria estaria perfeito. Mas Arkus se opusera, dizendo-lhe que deveria preocupar-se menos com esconder-se e mais com aprender de uma vez o básico para a sobrevivência. Como se ele, de fato, fosse excelente professor.

Novas batidas, mais fortes, seguidas de uma voz rouca e suave que roubou-lhe a sanidade, ecoaram pelo aposento mais uma vez. Sorriu na escuridão. Convenceria Cedric mais tarde, depois da partida do pai. Precisava admitir que aprendera naqueles cinqüenta anos muito mais do que Arkus lhe ensinara. Uma de suas maiores vitórias fora lidar com Cedric, conhecê-lo e fazer parte da existência dele. Tornara-se indispensável para o futuro Senhor daquelas terras, incumbindo-se das tarefas mais importantes, do perfeito funcionamento do castelo e adjacências, do mapeamento da região e das correspondências. Afinal, não seria o líder que todos veriam, mas não era necessário que o povo visse para que se governasse, ou era?

Abandonou todos os pretensos sonhos de poder ao ouvi-lo pedir licença outra vez. Admitiu, intimamente, que não importava o que poderia ter ou construir, não lhe interessava o poder e seus jogos, tudo o que desejava era estar ao lado dele, nada mais.

— Micênio!! — foi o rugido que pareceu derrubar a porta. — Terei de arrombar esta porcaria?

— Entre, seu bárbaro grosseiro! Está aberta! — gritou de volta, perdendo a compostura.

Cedric invadiu o recinto com seu perfume amadeirado, roubando-lhe qualquer resquício de lucidez, os olhos verdes mais escuros que o normal, provavelmente devido à fúria.

— Cada vez que vier ao seu aposento terei de esmurrar a porta, Lythos? — perguntou, extinguindo a distância entre ambos e abaixando-se para beijar o irmão. O beijo pousou-lhe na face, doce e lento. Fechou os olhos para senti-lo, entretanto Cedric afastou-se em seguida, na direção de um dos vários baús de roupa. — Avise-me e, da próxima vez, poupo a todos de ter de berrar pelos corredores.

— Pois saiba, seu guerreiro rude e impertinente, — mas sua voz soou mais doce do que as palavras significavam — que a porta do meu aposento nunca está fechada para você.

Ele cessou de revirar o conteúdo do baú para fitar o irmão por sobre os ombros. Seus olhos brilhavam daquela maneira única e preciosa com a qual Cedric olhava apenas para ele e ninguém mais. Por um momento pensou que levantaria de onde estava, ajoelhado aos pés da cama, para tomar-lhe o corpo menor e miúdo nos braços. Como desejou a promessa daquele abraço, que não aconteceu. Contudo, o guerreiro desviou o olhar, agora abatido, para o interior do baú.

Lythos mal conseguia permanecer de pé. Acontecia assim, há tantos anos que já nem podia lembrar-se: fitavam-se, o sentimento imenso e forte demais para ser contido no olhar. E, então, o encanto se quebrava com a fuga daquele que era um forte em batalha, mas que não parecia disposto a enfrentar o próprio coração. Tentara abordar o assunto, insinuar-se, lançar no ar o significado do que lhe acometia cada vez que olhava para ele. Tudo em vão. Quanto mais o cercava, mais arredio Cedric se mostrava. Decepcionado e desiludido, Lythos acabara por desistir. Seria ainda pior caso ele mergulhasse a imensidão de esmeralda em seus olhos aflitos e lhe confessasse, com a clareza que lhe era peculiar, que não o amava.

Desesperado, o jovem cretense baixou a cabeça enquanto sentia que o irmão lançava algumas peças de sua roupa sobre a cama, em silêncio absoluto, como se necessitasse de toda a atenção para a tarefa. Admitiu, ao menos para si, que preferia a tortura de seguir com aquele vazio no coração, porém mantendo acesa uma pequena chama de esperança, a ter a certeza de que não era amado como desejava amar. Vivera tempo suficiente como um *Predador* para saber que Cedric norteava-lhe a existência e que a esperança de ter o amor dele era o que o mantinha vivo, são e coeso. Não poderia perder sua ilusão ou perderia tudo o que era.

Uma lágrima rubra escorreu-lhe pelo rosto diante da consciência de que aquilo não passava de engano, de um ardil terrível para afastar a loucura. Contudo, o pior fora saber que se enganava e a mais ninguém. Sentiu que ele fechava o baú. Ao que parecia, a procura frenética pelo que se perdera chegara ao fim e nem ao menos lhe passou pela cabeça perguntar o que ele viera procurar, o que buscava, o que queria. Nada lhe passava pela cabeça quando Cedric o mirava, absolutamente nada.

O corpo forte e alto dele ergueu-se, leve como uma pluma. Soube que caminhava naquela direção e que logo teria extinguido a distância que os separava. Tratou de enxugar a marca da derrota com as costas da mão num gesto puramente humano e desnecessário pois ele sabia que chorava por dentro. Cedric sabia de tudo. Por sorte descobrira essa faceta do irmão, antes que pusesse tudo a perder.

Dedos calejados pela espada pousaram-lhe no queixo, suaves demais para serem reais. Num gesto doce e repleto de ternura, ergueu-lhe o rosto, bem devagar, até que os olhos negros e tristes mergulhassem nos seus, igualmente infelizes. Olharam-se por muito tempo, tempo demais! Desenhou-lhe as feições suaves, quase infantis, como quem toca a mais rara jóia, cuidando de observar os traços perfeitos e jovens que há muito sabia de cor. Não necessitava olhar para Lythos para vê-lo, muito ao contrário. A imagem dele o acompanhava sempre, como uma assombração divina. Apoderou-se do rosto miúdo e macio como algo seu, pois era isso o que ele era: seu.

Lythos não ofereceu resistência e encarou-o com o semblante pleno de amor, os lábios entreabertos num convite irresistível aos seus sentidos, o corpo pulsando num apelo desesperado à sua alma. Todavia, não poderia deixar que a paixão lhe guiasse os pensamentos. Esse fora o erro de seu pai, o equívoco maior que os obrigaria a tomar-lhe o lugar quando deveriam estar juntos, ou era assim que acontecia às famílias. A possibilidade de Arkus mudar de idéia e permanecer por mais tempo na propriedade causou-lhe asco súbito. Queria-o longe, de preferência morto, pois jamais se esqueceria de tudo o que fizera a seu doce e inocente Lythos, a criatura senhora de seus sonhos mais puros aos mais pecaminosos.

Os olhos negros ainda o miravam em confiança cega. E, antes que o desejo por ele fosse maior que a vontade de manter a lucidez, afastou-se, não num gesto brusco, e sim lento, carinhoso, prolongando o contato das mãos entrelaçadas. Nem se dera conta de que enlaçara os dedos nos dele, contudo não fazia diferença.

— Estaremos juntos, meu querido, eternamente. E jamais haverá para mim alguém como você, um companheiro como você, tenha certeza disso — foi o murmúrio rouco que ecoou pelas paredes e interrompeu o contato de suas peles geladas pela morte.

O jovem cretense observou-o afastar-se, um vazio terrível a consumir-lhe a alma. Não ousou dizer nada. Sua voz soaria por demais trêmula. Não queria que ele soubesse do martírio de existir sem poder amá-lo, com todas as forças e possibilidades. Limitou-se a olhar para a cama, ninho de solidão para o qual retornava a cada novo amanhecer. Havia uma calça, estilo celta, especialmente feita por vontade de Cedric; uma túnica azul celeste bordada com ouro; uma espécie de cinto feito de cordas trançadas, também com fios dourados; meias simples e botas completavam o traje, tão diferentes do que se acostumara a utilizar em sua curta vida mortal, mas que, agora, não mais lhe causavam estranheza.

— O que é isso? — indagou, sem emoção, na tentativa de esconder o que lhe ia por dentro. — Esteve escolhendo uma roupa para eu vestir, é isso?

— Sim — foi tudo o quanto disse, da forma direta, como se fosse a coisa mais corriqueira e normal do mundo ser vestido pelo Senhor do castelo.

Observou-o sem nada dizer, enquanto olhos de esmeralda, ansiosos, o miravam e um sorriso precioso iluminava-lhe as feições marcantes numa juventude fantástica e que poucas vezes tinha a oportunidade de transparecer por detrás da firmeza que a experiência encerrava. Os cabelos caíam-lhe em ondas suaves até abaixo do ombro, castanhos e sedosos. Só agora percebera que ele estava trajado como que para uma festa ou cerimônia solene. Lindo... Lindo como que de propósito para fasciná-lo mais. Entretanto, não pôde aborrecer-se, não diante da aparente inocência que seus olhos refletiam e da felicidade que agora brilhava em matizes mais claras.

— Está chateado por eu ter tomado essa liberdade? Julguei que não se importaria — completou ele, finalmente, depois de longa e muda avaliação. — Se preferir, eu...

— Está tudo bem, Cedric — disse, inexpressivo, para resistir à necessidade de chorar diante dele. — São apenas roupas. Não me importo que você me vista, contanto que a informação não saia deste quarto.

Ele sorriu amplamente e afastou-se para permitir que o jovem imortal se vestisse. Enquanto observava-o colocar, uma a uma, cada peça de roupa, os olhos verdes incendiados de uma paixão desconhecida e inviável, contou do porquê de estarem em comemoração: chegara a noite em que Arkus partiria. Segundo Cedric, o pai contaria o segredo da *Família* DeLacea, aquele que passava a cada nova geração e, então, deixaria de vez o que construíra, bem como suas crias.

Apesar de tentar bravamente, Cedric não conseguia esconder o entusiasmo. Poderia jurar que tramava alguma coisa mas, como bom serviçal que sempre fora, a discrição o impediu de fazer qualquer observação. Além do mais, se ele desejasse compartilhar informações, já o teria feito. Não era do tipo que esperava por perguntas, muito ao contrário, gostava de fazê-las e obrigar os outros a respondê-las. Tratou de vestir-se e foi apenas quando já calçava as botas que notou o silêncio estranho em que mergulharam.

— Não tem nada a dizer, Lythos? — indagou o outro, sua voz rouca soando suave e quente pelas paredes de pedra.

O jovem cretense parou um momento, fitando o vazio. Em seguida olhou para as botas, sem pressa. Só então voltou o olhar para Cedric que, paciente, aguardava.

— Sim... — tornou, em fria indiferença. — Gostaria de usar sapatilhas de tecido. Não gosto destes calçados.

Silêncio.

Cedric mal podia acreditar no que ouvia. Pensou ter-se enganado e voltaria a perguntar se o olhar dele no seu não o fizesse lembrar de que era um dos responsáveis pela desgraça que se abatera sobre aquela criança imortal, agora não mais uma criança, mas um jovem *Predador* que talvez se perdesse para sempre em si mesmo. Os olhos dele clamavam por ajuda. Não poderia deixar que ele se fosse! Qualquer um, mas não Lythos! Precisava dele, da presença serena, do apoio constante, dos raros sorrisos e do amor que, sabia, lhe dedicava. Não desejava nenhum outro.

— Estou falando de Arkus, meu querido — sussurrou, caminhando para ele na intenção de ajudá-lo com o cinto, ao que Lythos impediu num gesto firme de mão. — Estava me referindo ao fato de que estaremos por nossa conta, eu e você. Não quer me dizer nada sobre isso, como está se sentido ou o que se passa na sua cabeça?

Lythos atou o cinto e deu de ombros, muito calmo, antes de erguer o olhar para o outro mais uma vez.

— Arkus... Parece-me ótimo existir sem ele por perto — disse, como quem fala sobre banalidades. — Posso usar sapatilhas, meu Senhor? Eu ficaria de fato feliz com isso — foi o comentário desprovido de emoção.

Cedric sentiu-se morrer por dentro, como se o sangue precioso lhe esvaísse de cada uma das veias. Mirou-o, desolado, e recebeu aquele olhar escuro como resposta, repleto de súplicas incompreensíveis, de um desespero contagiante, de toda a insanidade que poderia acometê-lo dentro em pouco.

— Sapatilhas? — conseguiu perguntar, a voz entrecortada.

— Sim. De tecido, qualquer que seja ele, e solado de couro, para resistir às viagens.

— Você terá as sapatilhas, meu querido. Quantos pares desejar, basta pedir, mandar fazer ou buscar, em qualquer parte — aproximou-se e segurou-o pelos ombros num gesto leve, mergulhando as esmeraldas nos olhos de ébano. — Ainda não se deu conta de que tudo o que tenho é seu? Você terá tudo o que quiser, qualquer coisa.

E, antes que Lythos lhe pedisse a única coisa que não poderia dar, deixou o quarto para o corredor vazio e indigente, chamando-o a acompanhá-lo em seu passo rápido e imponente. Seguiu-o. O que Cedric sequer desconfiava era da impossibilidade de tocar no assunto justamente por temer-lhe a resposta, quase tanto quanto o outro lhe temia a pergunta.

* * *

Encontraram-se todos no grande salão principal, trajados como que para o maior dos acontecimentos. Até mesmo Dédalos vestira sua melhor túnica, a de pinturas exóticas que passara uma noite inteira a apreciar, certa vez. Arkus também cuidara da indumentária com esmero e jazia parado em meio ao recinto com ares de Senhor, o que já não era há tempos. Ninguém ousou dizer coisa alguma quanto a isso.

Como definir o que lhe ia diante dos olhos quando podia ver muito além do que o julgavam capaz? Como traduzir em sentimentos, reações, calor e aroma tudo o quanto existia, muito além da existência? Não se sentia capaz e, ainda assim, ousou observar cada um dos presentes, certo de que haveria de registrar aquele momento, não para outros e sim para saciar sua própria necessidade de lembrar. Estancou logo ao batente largo de pedra para ter melhor visão do grupo, os olhos negros vagando como que sem pretensão, os sentidos voltados para as outras três criaturas que partilhavam consigo o antro escuro e viciado.

Cedric caminhou seguro até parar diante de Arkus, seus passos poderosos e uma firmeza imponente a denunciar o quão à vontade se encontrava em estar ali, na casa que lhe pertenceria dentro em pouco, o governante genuíno do império que ainda não nascera. Viu-o falar com o criador num tom impessoal porém suave, golpe fatal para o amor que se refletia nos olhos pálidos daquele que o fizera. As palavras chegaram-lhe, inteligíveis. Não se importou, pois sabia, antes mesmo de que qualquer um deles lhe anunciasse: a hora estava chegando e algo terrível aconteceria. Como soube? Não foi difícil deduzir, principalmente quando seu olhar cruzou com os olhos escuros e infelizes de...

Dédalos fitou-o por um breve instante, o suficiente para ler-lhe a alma como quem corre os olhos pelas linhas incertas de uma história triste. Não se iludiu com a falsa certeza de que o desvendara e aos seus segredos antigos. Via o ancião como a um enigma, detentor de todos os mistérios do mundo, indecifrável e mortal àqueles que ousam cruzar seu caminho. Assim era ele e, se conseguira ver além e desvendar o terror que lhe assolava o espírito, foi porque ele assim o permitiu. E, passado o instante de divagação filosófica inútil, Lythos deparou-se com uma outra criatura, diferente da sábia figura, sempre ereta e serena. A verdade era que Dédalos temia. O medo era tão forte dentro dele que quase podia saber-lhe o cheiro, o gosto, a intensidade. O pavor era tamanho que mal conseguia encarar Cedric, Arkus ou qualquer outra coisa que não fosse o trêmulo torcer de suas próprias mãos. Contudo, o que exatamente ele temia? O que poderia ser tão terrível e hediondo a ponto de causar em seu maior mestre tamanha fraqueza? Foi nesse momento que Lythos concluiu que não desejava ver coisa alguma. Bastava-lhe o tormento de sua própria existência.

Em seguida, mirou a figura de Arkus e os olhos pálidos estavam esbugalhados, fixos nos seus num delírio febril e terrível. Olhos sádicos, injetados de sangue e cruéis. Sim, viu-se diante da crueldade da qual ele era capaz, lembrou-se da dor que lhe causara, da forma estúpida e grotesca com a qual o deixara ao chão, dilacerado como um porco, à beira da morte sem de fato morrer. O riso dele encheu o aposento de um tom fúnebre e insano que lhe causou náuseas. Arkus deu um passo em sua direção, os caninos amarelos à mostra, e preparou-se para atacá-lo como igual. Não deixaria que o ferisse novamente, ninguém mais o feriria! Entretanto, Cedric interpôs-se entre ambos, atraindo a atenção do patriarca e encerrando assim a avaliação do irmão. Fim de caso.

Desviou o olhar de todos eles para mergulhar em si mesmo. Chegara a conclusão de que Arkus morreria. Não que a informação fosse oficial, ao contrário, ninguém parecia ter coragem para impor essa sentença. Nem era preciso. Dédalos sofria com a partida do companheiro, e sofria tão completamente que não podia mais esconder sua dor. Cedric parecia ansioso por ver-se livre do criador e pela sádica possibilidade de participar daquilo, quase como se fosse ele a lhe tirar a vida. E Arkus estava louco demais para dar-se conta do terrível desfecho que sua existência encontraria.

Foi apenas quando a voz trêmula e insana soou outra vez que Lythos escapou de volta à realidade.

— Amon, você fica aqui. Chegou a hora de eu revelar aos meus filhotes o segredo que acompanha nossa *Família* desde o começo — ele se virou para o egípcio e seu olhar não estava mais febril, porém repleto de um amor que Lythos nunca vira antes. — Eu deveria ter-lhe dito tanta coisa. Deveria ter feito tanta coisa. E, agora, não há tempo. É esse o momento, Amon. É aqui que nos separamos.

Arkus estendeu a mão para Dédalos quase com esforço. Pensou que o ancião não aceitaria o cumprimento, porém, quebrando com toda e qualquer expectativa, Dédalos não apenas tomou-lhe a mão, como o puxou para si num abraço triste, regado a lágrimas de sangue e soluços sentidos.

Foi a segunda vez que Lythos viu Dédalos chorar e provavelmente seria a última. E ele chorou como uma criança perdida, agarrado a Arkus como se nada mais lhe restasse além daquele instante, além daquele abraço.

Por instinto, o jovem cretense buscou Cedric, no canto oposto da sala. Apesar do semblante carregado, pôde ver que os olhos verdes brilhavam em gélida indiferença. Voltou a atenção para si e descobriu que, apesar do semblante impassível, seus próprios olhos jaziam turvos em genuíno sofrimento. Essa foi a primeira vez, dentre muitas, em que a existência lhe atirara na cara o quão diferente era do irmão e a dificuldade que seria existir ao lado daquele que era o seu oposto, apesar de ser a sua metade.

Dédalos encerrou o contato de seus corpos, afastando-se lentamente, um brilho decidido e firme no olhar. Sem mais nada dizer, deixou a sala rumo ao interior do castelo. Soube onde ele estaria: em seus aposentos, chorando sozinho a sua desilusão. Fitou Cedric mais uma vez, de relance. Não desejava existir sem a presença dele, e a possibilidade de perdê-lo ou de perder-se em meio à caminhada causou-lhe pânico desconhecido.

— Vamos, vocês dois — convocou o pai, rumando para a saída como se nada tivesse acontecido ali dentro. A cada minuto, Lythos sentia-se mais confuso com tudo aquilo, não apenas pela iminência de tragédia, como pelas sensações que cada um deles exalava.

Rumaram para o meio da floresta que rodeava o vilarejo em crescimento. Por muitas horas a caminhada estendeu-se, ininterrupta. A fome castigava-lhe o corpo gélido e judiava de sua recém-imortalidade, contudo não ousaria contrariar Arkus, não depois do que presenciara. Quando a noite já ia pela metade e o avançar mostrava-se sem fim, sentiu, pouco a pouco, a força esvair-se. Já não podia firmar as pernas e foi ficando para trás, por mais que se esforçasse para alcançar os outros dois.

A trilha estreita mostrava-se íngreme e a necessidade de sangue cada vez mais forte. Buscou alguma forma de vida, mas, talvez afugentados pelos ruídos de seus passos, os animais tivessem se dispersado em meio à vegetação cerrada.

Atraídos pela demora, quatro pares de olhos viraram-se em sua direção e temeu-lhes a ira, principalmente a de Arkus, que se mostrava ainda mais desequilibrado que antes, contaminado por sua euforia sem sentido. No entanto, Cedric voltou pela trilha, antes que tivesse tempo de desculpar-se. Caminhou em sua direção com movimentos felinos. Sentiu-se desfalecer, dessa vez devido ao amor que nutria por ele. Tudo o que conseguiu fazer foi erguer os olhos.

Cedric mirou Lythos em muda avaliação, os cabelos caindo em torno do rosto marcante como uma moldura de seda castanha. Sentiu-lhe o olhar quente e a brancura cadavérica das feições jovens, talvez jovens demais. Aproximou-se, até que estivessem muito perto, e inclinou-se sobre o corpo menor e mais esguio que o seu, um lindo sorriso iluminando-lhe as feições perfeitas.

— Você se alimentou, minha Pérola?

O tratamento carinhoso fez com que as pernas de Lythos fraquejassem e viu-se obrigado a segurar nele para não cair. Fazia muito tempo que Cedric não o chamava assim.

— Não... — foi a resposta sussurrada que conseguiu proferir, satisfeito por Arkus não ter-lhe escutado ou, ao menos, não demonstrar ciência dessa pequena falha.

— Não podemos parar agora — disse ele por conjectura. — Mas também não é seguro que prossiga sem estar forte o suficiente. Por que não foi caçar, meu querido?

— Fiquei... Com medo de que... — a voz dele era um trêmulo balbuciar, frágil diante da força e da ternura dos olhos de esmeralda nos seus.

Cedric tomou-o nos braços, sem qualquer aviso ou possibilidade de protesto. No entanto, não havia necessidade disso pois a última coisa que lhe passou pela mente naquele momento foi protestar pela proximidade dele. Deixou-se erguer e conchegou-se contra o peito forte que o amparava, apenas um garoto diante da exuberância do corpo que o abraçava em proteção.

Arkus ensaiou um argumento regado a desvario quando recebeu o olhar cortante e gélido do filho, uma ordem para que se calasse. Lythos não chegou a ver tal coisa, pois cerrara os olhos para sentir o perfume de Cedric em seus sentidos, apreciar o calor daquele corpo maravilhoso junto ao seu, tão frio.

Caminharam por mais algum tempo, até que se viram numa clareira circular, perfeitamente traçada em meio às árvores frondosas e à vegetação densa. A impressão que teve ao virar-se com Lythos nos braços era a de que alguém abrira aquele espaço com precisão. Muito estranho. Ainda assim, não fez qualquer comentário. Depôs o jovem no chão com toda a suavidade de que era capaz e voltou a fitar a criatura ruiva que prostrara-se diante de ambos com um estranho brilho no olhar.

— Muito bem. O que vou lhes mostrar não deve jamais ser dividido com ninguém, entenderam? — começou ele, sem rodeios, como se fosse algo corriqueiro. — Ninguém, exceto suas crias, terá força o suficiente para suportar o peso desse conhecimento. E assim deve ser até o fim. O segredo morrerá com vocês, prosseguirá pelos futuros *Membros* da *Família* e deverá deixar de existir quando o último de nós padecer sobre esse mundo. Vocês serão perseguidos pelo que sabem, tenham certeza disso. Contudo, esse é só mais um motivo para que o guardem bem, pois quem tem conhecimento tem poder; nunca se esqueçam, crianças.

Cedric nada disse. Lythos passava o olhar de um para o outro, não muito certo do que esperar numa situação daquelas, absolutamente convencido de que se arrependeria por conhecer, fosse lá o que fosse.

E então, Arkus iniciou o que parecia um ritual maligno, regado a sangue, objetos estranhos, palavras desconhecidas e indecifráveis. Toda a sua atenção estava voltada para cada movimento e palavra. Memorizar e transformar a memória em informação útil fora algo que aprendera em sua vida mortal e aperfeiçoara com Dédalos. Esforçara-se para desenvolver essa visão pragmática das coisas. Apesar de não conhecer muito sobre o assunto, exceto o pouco que obtivera no palácio de Cnossos e os fragmentos de informações que pudera extrair das histórias fantásticas que Dédalos lhe contava, não era necessário ser um mestre ou perito para saber que aquilo que se desenrolava ali, diante de seus olhos curiosos, era magia. E maligna, com certeza!

Arkus realizou todo o ritual, envolvendo a si mesmo, sem temer o que poderia lhe acontecer. Foi a única vez que sentiu orgulho dele, desde que o conhecera. Era o suficiente para aceitá-lo como mestre, bem como para chorar sua sorte quando todo o resto parecia-lhe desprovido de vida, distante e indiferente.

Uma vez marcado o corpo imortal daquele que lhe dera a morte, marcado o solo em que pisavam, derramado o sangue rubro da imortalidade, pronta a poção que acarretaria a maior das transformações, Arkus ergueu a taça no ar, as pedras preciosas que a incrustavam reluzindo sob a luz do luar, e emborcou o líquido espesso devido ao sangue. O resultado, não pôde ver. Sabia exatamente o que aconteceria, não apenas por sua intuição mas pela metamorfose que se iniciou, irreversível, diante de seus olhos, agora tão diferentes de tudo o que fora no passado. Um princípio de vingança surgiu em seu coração, traindo-lhe o semblante, quase sempre impassível, com um sarcástico sorriso.

Todavia foi nos olhos de Cedric que os de Arkus foram pousar. O guerreiro ignorou-o e virou-se em sua direção, enquanto o pai caía de joelhos, acometido por desconhecido e piedoso sofrimento. A transformação ainda não se completara. Cedric mirou o irmão, sempre sorrindo, muito doce. Viu quando a mão calejada escorregou para o punho da espada, atada à cintura como o costume ditava. A voz dele, suave e sobrenatural, tão estranha quanto a sua própria agora o era, ecoou pela noite fria junto aos urros de Arkus.

— Você já sabe, minha Pérola. Agora, vá. A noite vai alta, e precisa caçar para evitar o tormento de um dia inteiro em fome.

Não respondeu por um instante. Ambos sabiam que uma noite sem alimento não era suficiente para mergulhar seu corpo forte, apesar de miúdo e jovem, no desespero. Ambos sabiam, assim como tinha ciência de que Cedric o mandava caçar apenas para afastá-lo dali, para que não presenciasse o desfecho do ritual mágico, para que não partilhasse do que aconteceria.

E, mesmo certo de que o irmão desejava sua ausência, de que lhe negava o conhecimento de algo fantástico, Lythos não pôde deixar de sorrir. Cedric não o fazia por ganância e sim porque desejava poupá-lo.

— Depois você me conta o que aconteceu, meu Senhor? — indagou, ignorando sem esforço os lamentos de Arkus, ainda estirado ao chão.

Cedric virou-se de frente para ele, as esmeraldas mais escuras que o normal, o semblante sério porém repleto de carinho.

— Não, meu querido.

— Imaginei — admitiu para afastar-se em seguida, virando-se por sobre os ombros antes de deixar a clareira por completo. — E quanto à magia? Vai me dizer o que aconteceu?

— Você já sabe...

— Mas não terei a oportunidade de ver e... Bem, estou fascinado pela possibilidade de podermos fazer magia, ainda que com sangue.

Cedric sorriu, compreensivo, enquanto empurrava o corpo de Arkus, em espasmos, com o pé, o olhar preso em Lythos.

— Se gosta tanto de magia, meu querido, prometo que arrumarei um feiticeiro para você e aí sim poderá aprender tudo o que desejar, não apenas essa porcaria com a escória.

Lythos sorriu, satisfeito e empolgado com a possibilidade de aprender com um verdadeiro mestre.

— Muito obrigado, Cedric. Você é maravilhoso. Mas saiba que não vou permitir que esqueça da promessa que me fez. Mal posso esperar...

— Isso pode levar tempo — declarou, voltando a atenção para o pai, e Lythos não soube a quê exatamente se referia. — Mas sempre chega o momento, meu querido. E você vem em primeiro lugar, pois eu o escolhi meu.

Com um suspiro, Lythos deixou-os para trás e mergulhou na floresta novamente. Aquela foi a última vez que viu Arkus. Como Cedric lhe dissera, não chegaram a falar sobre o ocorrido e não fez nenhuma diferença, nem naquele dia nem em nenhum outro dali por diante.

VI

Imagino o quão curioso deves estar, meu discípulo, para saber qual o segredo que a nossa família guarda tão bem, da mesma forma que deves pensar agora qual o motivo que nos levou a fazer a vontade de Arkus e guardar, para nós apenas, tão pesado fardo. Os motivos são poucos e carecem de toda a sua capacidade de interpretação. O segredo é terrível e fascinante demais para que eu o revele aqui, mesmo que ninguém venha a ler esse manuscrito além de ti. Mas não deves pensar nisso. Para quê se entregar ao inevitável quando podes gozar agora da tua doce inocência de criança?

Amo-te, bem o sabes, e por isso guardo para mim tuas respostas. Noutro dia, noutro lugar, ele te dirá. Por enquanto, deixe-me apenas prosseguir do ponto em que parei, quando ele me prometera um feiticeiro para que fosse iniciado na arte oculta. Sim, ele prometera. Contudo, nunca imaginei que fosse capaz de...

O sol ainda largava seu rastro claro no céu noturno quando Lythos saíra para a sacada, construída para dar um pouco mais de vida àquela catacumba sombria que sobrevivera aos séculos por sua estrutura sólida ou teimosa, como gostava de referir-se ao lugar em que Cedric vivera a maior parte de sua existência. De repete, deu-se conta de que não fora apenas Cedric que estivera ali desde sempre, desde antes das lembranças deixarem sua mente para outra realidade. Ele próprio se enclausurara por tanto tempo que o mundo exterior e iluminado já não existia dentro de si, nem mesmo em forma de lembrança. Sabia que houvera outra parte de si, mortal, a criatura que fora antes de renascer para a noite. No entanto, as lembranças estavam turvas, esquecidas, apagadas em sua mente, distantes demais para fazerem diferença. Sua única certeza era a de que se passaram setecentos anos desde que Arkus se fora.

— Mestre Lythos... — uma voz baixa e respeitosa soou-lhe às costas e fitou-o por sobre os ombros, sem mexer-se além do necessário. — Gostaria que lesse a minha tarefa. Não tenho certeza se consegui atingir suas expectativas.

Lythos lançou um olhar rápido para os pergaminhos que o jovem mortal trazia nas mãos, sua grafia, ainda incerta e trêmula, a denunciar o quanto se esforçava. Mirou-o com os profundos olhos de ébano antes de voltar-se para a paisagem noturna que se estendia até o horizonte montanhoso.

— Deixem tudo sobre suas mesas e vão descansar. Já estão aqui há quanto tempo?

— Treze horas, meu Senhor.

— Vão comer alguma coisa e dormir um pouco. Cuide para que todos estejam de volta ao trabalho pela manhã. Deixarei meus comentários e as tarefas seguintes por escrito. Espero que cumpram os prazos. Precisamos de escribas mais experientes com urgência.

O rapaz cumprimentou o mestre numa reverência exagerada, muito sério, e retirou-se na direção dos demais alunos, tratando de comunicar as exigências do professor. Não tardou e Lythos estava só na imensa sala de trabalho. Caminhou, sem pressa, até uma das cadeiras utilizadas pelos discípulos e sentou-se. O cheiro da madeira nova em suas narinas, o calor ainda presente no ambiente, as impressões corpóreas de cada um deles e o mundo que se abria, agora distante, pelo vão da sacada. Dedicava-se ao grandioso império dos DeLacea. No entanto, sentia-se como que à parte de tudo aquilo, um intruso, insignificante.

Os olhos baixaram para os pergaminhos, inúmeros deles, colocados sobre o tampo pesado de madeira escura. Era o escriba oficial daquele castelo, um mestre de verdade. Por outro lado, sentia-se órfão por ter de ensinar sem saber no que se tornara, quais as marcas e cicatrizes que a existência cuidara por deixar em sua alma.

E ainda havia Cedric, seu adorável Senhor, o punho de ferro implacável que guiava cada uma das vidas e existências daquela terra como se nada mais lhe restasse. E de fato não restava. Nem mesmo a inocência negra de seus próprios olhos poderia oferecer-lhe.

Correu a ponta dos dedos pela tinta escura em alto relevo sobre o couro tratado. Amava escrever. As palavras em Grego ou Germano saltavam como se tivessem vida própria. E tinham! Acariciou cada trabalho confiado aos seus cuidados, leu cada uma das linhas, das mais brilhantes às asneiras mais dramáticas, como se dependesse daquilo para ser. Não lhes exigira inteligência para criar e sim capacidade de reproduzir. Dentro do combinado, até que lhe ofereciam mais do que poderia esperar. Estava feliz. Feliz? Satisfeito era a palavra mais adequada diante do vazio que o corroía por dentro cada vez que estava longe de Cedric, ou que recebia as esmeraldas distantes em seus próprios olhos.

Sonhara tantas noites com Cedric seu! Passara dias inteiros mergulhado na doce ilusão de que, algum dia, ele o fitaria de forma especial, que seria diferente estarem juntos, não apenas uma obrigação que o ofício exigia ou uma etapa que precisavam cumprir para o bom andamento do trabalho. Queria que Cedric o procurasse, uma única vez, para estarem juntos, olharem um para o outro e nada mais. Apenas os dois, sem pesos, cobranças, obrigações. Apenas duas almas que necessitam uma da outra, duas metades que descansam quando se encaixam novamente.

— Está pensando nele, pequeno amigo?

Num reflexo, Lythos ergueu o rosto para a figura de Dédalos, parado ao batente, fitando-o com o semblante sereno e os olhos escuros repletos de um sentimento irreconhecível. Talvez fosse piedade, mas não chegou a cogitar essa hipótese ou não conseguiria encará-lo como igual.

— Em quem? — indagou, inexpressivo na tentativa de preservar-se. — Não sei do que está falando.

— Sim, você sabe — murmurou ele, aproximando-se e tomando assento na cadeira vizinha, próximo o bastante para tomar-lhe as mãos pequenas nas suas, finas e morenas. — Sei quando pensa em Cedric pela velada tristeza em seu olhar.

— C-como... Não pode ler a minha mente, pode?

— Não é necessário.

Dédalos sorriu-lhe, gentil. Conversaram algum tempo sobre os progressos dos alunos e as perspectivas de crescimento do feudo. Coisas corriqueiras e confortáveis. Mas, o tempo todo, Lythos respondia-lhe as perguntas, certo de que o momento chegaria, quando indagaria sobre o seu sofrimento silencioso e egoísta. Enquanto fingia ouvir uma breve explanação a respeito dos arredores, o jovem cretense formulou mentalmente inúmeras abordagens, todas elas baseadas na sagacidade e experiência que o amigo possuía. Tinha esperanças de conseguir escapar. E foi quando Dédalos quebrou-lhe a resistência, abordando-o com a última coisa que esperava ouvir.

— Vocês são companheiros de liderança, trabalham juntos, encontram-se todas as noites. O que mais precisa que ele não lhe dá, Lythos? — indagou com voz branda, tocando o jovem imortal no rosto, muito suave.

— Dédalos...

— Não se preocupe em explicar, criança. Você não precisa. Apenas diga, em voz alta, com toda a força que possui, não para que eu ouça mas para que você mesmo se convença de que o ama.

Marcas rubras escorreram pelo rosto liso e pálido até tingirem os dedos morenos. Não o soltou porque desejava ouvir, mergulhado na tristeza dos olhos negros. Queria que Lythos dissesse sem qualquer receio, em confiança.

— Eu... O que eu mais queria era que ele olhasse para mim, sorrisse para mim e que fosse especial. Você entende? Que fosse diferente dos outros sorrisos e dos outros olhares que ele dedica a qualquer um. Queria que ele me procurasse, que reservasse um tempo, qualquer que fosse, para estar comigo. Não para falar sobre o feudo, o trabalho ou o império! Para estar comigo, Dédalos, e mergulhar na minha alma, me conhecer em silêncio, apreciar a vida que ainda possuo.

Lythos desvencilhou-se das mãos dele, trêmulo, as lágrimas escorrendo fartas na pele fria. Tentou levantar-se e não pôde. Então, cruzou os braços sobre a mesa, como costumava fazer há muito tempo, num outro palácio, em outra época, e pousou a cabeça sobre eles, chorando compulsivamente. Dédalos acariciou-lhe o cabelo negro e revolto como quem embala uma criança.

— Queria ser especial para ele, nada mais. Mas não há espaço para isso. Não há possibilidade de ele retribuir o que sinto e não é por maldade, apenas é assim, e ele me diz isso cada vez que olha nos meus olhos.

Dédalos ergueu-lhe o rosto daquela forma quase paternal que Lythos conhecia tão bem e que aprendera a amar, à sua maneira. Era assim desde a partida de Arkus. Lembrou do criador por uma ínfima fração de segundo, já não muito certo de traçar de memórias as feições que outrora conhecia tão bem e tanto o aterrorizavam. Arkus era apenas uma nódoa do passado, algo que caíra no esquecimento por não fazer qualquer diferença. Sabia que para Dédalos era diferente, que Arkus fora alguém especial. Doía ver a tristeza que, por vezes, assolava os olhos experientes. Mas não passava mais de um instante, de maneira que quase sempre se convencia ser coisa de sua mente doentia.

De qualquer forma, deixou-se acarinhar, certo de que precisava de um pouco de reconhecimento e conforto. Tentou sorrir para o ancião e não conseguiu. Suas feições, eternamente jovens, suavizaram-se contudo, tornando-o quase uma criança contra as mãos longas do outro. Dédalos entreabriu os lábios e nunca chegou a saber o que diria.

Cedric irrompeu pelo recinto, sua presença ocupando todo o espaço. Do batente, mirou Dédalos com um leve arquear de sobrancelha, os olhos verdes assumindo um tom claro e demoníaco. Lentamente, o egípcio largou o rosto fino de Lythos, o olhar escuro preso no do governante, implacável.

— Meu Senhor... — sussurrou, como quem não se dá conta do ar reprovatório ou não se importa nem um pouco. — Com sua licença.

— Não precisa se retirar, Dédalos. Foi a Lythos quem vim buscar — tornou, firme.

— Como desejar, meu Senhor — repetiu, inclinando-se numa reverência respeitosa. — De qualquer forma, acredito que seja melhor ir-me. Veremo-nos mais tarde.

Dédalos aprumou-se para sair do recinto, mas, ao passar por Cedric, este lhe segurou o braço, forte, obrigando-o a erguer o olhar em indagação.

— Quero que venha também — declarou, sem qualquer margem a contestação. — Acho que sua opinião será útil para mim.

Dédalos assentiu, não muito certo do que pensar mas ciente de que ele planejava algo. Cedric estava sempre planejando e transformando seus planos em realidade, dentro do possível. Também e principalmente por isso o feudo crescera tanto em tão pouco tempo. Arkus, com certeza, estaria muito orgulhoso, onde quer que estivesse.

A lembrança do antigo companheiro obrigou o egípcio a desviar o olhar das esmeraldas perscutoras, antes que flagrasse seu momento de fragilidade. Sentiu-o afastar-se para Lythos e temeu, por um instante, a reação que pudesse ter para com o jovem. Porém, tudo o que Cedric fez foi estender-lhe a mão, um genuíno sorriso pairando em seus lábios finos.

— Vamos, minha Pérola. Tenho um presente para você.

Entusiasmado, Lythos aceitou-lhe a mão, confiante. Foram conduzidos pelo corredor principal, descendo até a ala da criadagem, cada vez mais para baixo. Por todo o trajeto conversaram animados sobre os mais diversos assuntos, desde o presente em si, até os progressos para com o castelo e a cidade, bem como as descobertas do jovem escriba com seus discípulos. Decerto que Cedric mostrou-se ciumento, mas daquele ciúme cômico que Dédalos não podia identificar como sendo verdadeiro ou apenas uma pequena peça familiar, uma brincadeira entre irmãos que não podia ou desejava compartilhar. E, às costas deles, observando a forma íntima com a qual enlaçavam suas mãos e falavam um ao outro, o Ancião quase não pôde acreditar na maneira diversa com a qual foram *enlaçados*, ou no abismo terrível que existia entre ambos.

Perdera-se em devaneios do passado quando a voz suave e inexpressiva de Lythos chegou-lhe junto à consciência de onde estavam.

— Está nos levando aos calabouços?

— Claro! Algum problema? — tornou, fitando o companheiro com ar calmo e cordato.

Silêncio pesado. Nenhum deles ousava perguntar o que lhes ia à mente, contudo não foi necessário. Cedric conseguia ser extremamente claro e direto quando era preciso.

— O que foi? Estão se transformando em sentimentais, por um acaso? Não queriam que eu o deixasse solto pela minha casa, correndo o risco de me escapar, não é?

Novo silêncio, mais longo.

— Ora, vamos, vocês dois! — grunhiu o guerreiro, entediado. — Não aconteceu nada demais. Ele continua em perfeito estado, mas, definitivamente, não esperavam que eu o levasse a ocupar o aposento ao lado do meu, seria ridículo!

— Perdão, meu Senhor — começou Dédalos, cauteloso. — Devemos deduzir, então, que, seja lá o que for, não está aqui de livre vontade.

— Decerto que não! Os guardas o encontraram por acaso, na última vigília, e o trouxeram para mim. Está um pouco avariado mas não é nada demais. Com toda a certeza ainda consegue pensar e é só o que me importa. Quer dizer... — virou-se, sorrindo, e mergulhou no rosto inexpressivo do irmão. — Como eu o guardei para Lythos, ele é quem deverá dizer se está tudo bem e se a criatura lhe será útil. Espero que corresponda às suas expectativas, Micênio. Foi difícil encontrar um desses.

Lythos sentiu a euforia crescer dentro de si de tal forma que ignorou o tratamento que lhe foi dirigido, segurando Cedric pelas mãos. Seu rosto parecia iluminado agora, cheio da ansiedade típica daqueles que descobrem o mundo pela primeira vez.

— Pelos deuses... — balbuciou, aturdido de felicidade. — Não me diga que... Que você...

— Sim. Consegui o seu mago, meu caro. Custou-me algum tempo porém nunca esqueço de uma promessa feita a você.

Lythos deu um passo para trás, o olhar vagando dos outros dois à escada que surgia diante deles e os levaria ainda mais fundo no castelo. Cedric deixou que um sorriso terno suavizasse ainda mais seu rosto, sempre tão firme. Dédalos olhava tudo aquilo como se não acreditasse no que ouvia, tanto pela audácia do líder quanto pela felicidade sádica de Lythos. Ambos pareciam ter se esquecido de que, fosse quem fosse, era um prisioneiro e não um brinquedo a ser manipulado.

— Pode ir vê-lo, meu querido. Está na segunda cela, perto da câmara de tortura.

Lythos não esperou que ele repetisse as coordenadas e lançou-se contra a escada, desaparecendo da vista de ambos numa fração de segundos. A euforia era demasiado grande para ser contida, principalmente depois da permissão. Cedric balançou a cabeça, sorrindo sempre, como há muito Dédalos não via.

— Crianças... Lythos é uma criança adorável, não? Sempre ávido por saber e conhecer.

Não soube o que dizer, preocupado em encontrar as palavras certas para não parecer grosseiro e, ao mesmo tempo, não deixar de expor a verdade. De qualquer forma não havia muito o que ser dito. Poderia estar enganado mas, ao que tudo indicava, Cedric capturara um mortal inocente e o manteria cativo até que a curiosidade de Lythos se extinguisse. Por conseguinte, a vida daquela frágil criatura estaria condenada ou à servidão eterna ou ao fim. Qualquer uma das hipóteses lhe pareciam grotescas e injustas. Não se tornara um monstro por ter sido transformado num *Predador*. Apesar de alimentar-se da vida, nunca deixara de respeitá-la.

Fitou seu governante, amigo e tão amada criança. Cedric sempre seria como uma criança, pois ainda lembrava-se dele, mortal, deitado e ferido sobre o catre tosco de Arkus. Fitou-o e não soube que tipo de criatura estava se tornando. Temeu o futuro de todos eles, do feudo e dos três, caso Cedric abraçasse a loucura como o próprio pai.

— Não estou louco, Dédalos — sentenciou, sério e implacável como sempre. — Não o feri além do necessário para que parasse de lutar e nem o deixei apodrecer em inanição na escuridão desse lugar pestilento. Não sou um monstro, como está pensando. Apenas mantive vocês a salvo de qualquer perigo. Quanto a ele estar aqui, não sou cruel e sim um governante antes de qualquer coisa. E conhecimento é poder.

Deu-lhe as costas na direção das escadas, todavia não avançou. Ficaram assim, ele parado à beira dos degraus, Dédalos fitando-o por trás. Só depois de algum tempo, sua voz soou outra vez, desprovida de emoção.

— Nunca imaginei que fosse lhe dizer isso mas, se não pode suportar, vá embora. No entanto, vá agora porque, se permanecer mais uma noite sob o meu teto, não poderá partir.

— Partir não está em cogitação, Cedric. Nunca esteve. Apenas me assusta a forma como lida com a vida. Eu jamais os deixaria e sabe disso melhor que ninguém — tornou, calmo, os olhos úmidos.

Esmeraldas o miraram por sobre os ombros, ternas.

— Então, venha comigo porque preciso que o veja para que possamos conversar ainda hoje, nós três, sobre o destino de nossa *Família*. E, quando olhar para ele, quero que procure ver algo em especial.

Silêncio momentâneo.

—O quê?

— Quero que me fale da possibilidade de as aptidões mágicas dele sobreviverem ao *Enlace*.

* * *

Quando os outros dois alcançaram a cela na qual estava o prisioneiro, a visão era ao mesmo tempo divina e terrível. O homem, trajando uma túnica rota, excessivamente magro, jazia preso à parede pelos pulsos. Duas argolas, fincadas na pedra, serviam para essa finalidade, de maneira que era obrigado a permanecer de pé, meio que pendurado, uma vez que seus membros já não detinham força suficiente para sustentá-lo. Os cabelos escuros caíam-lhe por sobre o rosto baixo e o sangue quente escorria-lhe das inúmeras feridas que trazia no corpo.

Ali, naquela posição, os braços elevados acima da cabeça tombada para frente e o estado lamentável em que se encontrava física e mentalmente, o homem mais parecia entregue à morte do que capaz de ensinar qualquer coisa a quem quer que fosse.

Lythos prostara-se diante dele, bem próximo e de pé, a luminescência de sua pele perfeita contrastando grotescamente com a imundície e escuridão ao redor. Quem os visse, poderia jurar que o primeiro tratava-se de uma alma perdida enquanto o segundo era o anjo que viera salvá-lo. E, ainda assim, a verdade estava muito longe disso. Dédalos sabia.

Pararam à entrada, como se não desejassem interromper o primeiro contato de Lythos com o seu brinquedo mais recente. A ironia desse pensamento levou um estranho amargor aos lábios do egípcio, todavia, nada ousou comentar.

— Prefiro morrer... — foi o grunhido abafado que ecoou pelas paredes nuas e úmidas na direção dos dois, num tom rouco e humano. — Prefiro morrer a ensinar qualquer coisa a qualquer um de vocês, bastardos!

Cedric avançou um passo, seus olhos adquirindo aquele brilho sanguinário que poucas vezes fora capaz de conter. No entanto, segurou-o bem a tempo de impedir que ele interferisse na cena que se desenrolava diante dos olhos de ambos.

Lythos ergueu a mão, suave, irreal demais para uma criatura mundana. Seu rosto estava transformado por tranqüilidade e ternura genuínos e, sussurrando, tocou os lábios do prisioneiro, desenhando-lhes o contorno. Em seguida, suas mãos foram pousar na face do homem, frias e duras, porém carregadas de doçura.

Um soluço seco irrompeu pelo ambiente e ninguém mais ousou mover-se enquanto o jovem cretense embrenhava os dedos nos cabelos embaraçados e tomava-lhe o crânio com sua palma pequena. O prisioneiro estremeceu e implorou para que o deixassem partir, para que não o obrigassem. O jovem escriba continuou sussurrando, devagar, sua calma e firmeza contrastando com o pavor e a repulsa do homem encarcerado. A luta tornou-se visível quando um grito rasgou o ar parado dos calabouços e o corpo do prisioneiro, antes tenso, relaxou de encontro aos braços de Lythos, que o ampararam. Só então, o jovem ergueu o rosto para os outros dois, sorrindo triunfante.

— Detrich vai me ensinar. Ele é perfeito, Cedric! O melhor mago que poderia existir. Obrigado.

Cedric sorriu, satisfeito, tanto com sua escolha como por ter agradado ao irmão. E, com essas palavras, Lythos selava o destino da pobre alma mortal que, inconsolável, abandonara-se ao inevitável.

— Detrich... Esse é o nome dele? — indagou Dédalos, sem ter mais o que falar.

— Sim. Bonito, não é? Existe um mundo inteiro dentro de sua mente. Algo realmente maravilhoso, e a melhor parte é que ele vai me guiar por esse mundo — tornou, fitando Cedric outra vez. — E a você também, se desejar.

— Seria maravilhoso aprender contigo, minha Pérola. Por isso, creio que devamos deixar nosso hóspede sozinho por um tempo. Agora, já que avaliou o presente e este lhe agradou, preciso conversar com vocês dois sobre os meus planos para Detrich.

Seguiram, então, para o grande salão. Há muitos anos que Cedric estabelecera aquele como sendo o local em que os *Membros* discutiriam o futuro do grande Império que começava. Esse Império tornava-se mais nítido na mente de Dédalos quando, a cada reunião, Cedric determinava a aquisição de novos territórios, o cuidado em manter a propriedade sob vigilância e a incorporação de mais camponeses à cidade. Exatamente o que um Senhor faria para ver a prosperidade de seu reino. Cedric teria a eternidade para desfrutar daquilo e para corrigir os erros que, porventura, viessem a atrapalhar seus sonhos. Perfeito ou macabro demais.

Sentaram-se, Cedric à cabeceira, Dédalos à sua esquerda e Lythos, de pé, à direita do irmão e Senhor. Não que faltasse uma cadeira. Cedric determinara que Lythos seria sempre o único a ocupar a sua direita. Mesmo assim, o jovem nunca se sentava, permanecendo de pé ao lado do companheiro, como uma sombra ou o sussurro que ninguém mais poderia ouvir. Acostumara-se e parecia-lhe até doce essa liberdade. O guerreiro, obviamente, não se importava.

Falaram sobre a natureza mágica que puderam sentir e a estranha sensação que aquela criatura emanava. Não poderiam determinar o que aconteceria a um dom desse tipo depois de submetido ao *Enlace*, isso porque, em todos os séculos de existência, Dédalos nunca sequer ouvira falar num *Predador* que fosse também mago.

— A única maneira de sabermos seria *enlaçando-o* e fazendo-o um de nós. Todavia, em minha humilde opinião, isso me parece muito arriscado, visto que nada sabemos dele e que, com certeza, jamais nos seria leal ou fiel. Não sou mago, mas conheço magia bem o suficiente para saber que seria terrível, tanto para o feudo quanto para nossas existências, caso criássemos um inimigo imortal detentor de tais poderes.

Cedric coçou o queixo, naquele gesto mecânico que lhe era peculiar enquanto analisava uma situação nos mínimos detalhes. Por um tempo o silêncio se estendeu.

— Acredito que o Senhor concorde comigo, não? — indagou o egípcio, um tanto ansioso para ouvir a afirmação. — Um inimigo assim seria perigoso, mesmo para nós!

— Mas, um aliado que detivesse magia, não apenas seria uma arma poderosa como seria único. Com isso, também, é obrigado a concordar comigo.

Dédalos repetiu que não poderiam saber até tentar e que talvez não valesse a pena descobrir. Discutiram em tom amigável por mais algum tempo, imersos num código que Lythos conseguia decifrar mas não compreender, quase como se falassem uma língua desconhecida. Em meio ao floreio da fala bem pausada de ambos, o jovem escriba assimilou, de repente, a intenção deles em...

— Não pretende transformar aquilo numa cria, não é verdade? — inquiriu, dividido entre sensatez e ciúme.

— Claro que não, meu querido. Bem sabe que só podemos fazer uma única cria, cada um de nós. Entretanto, não posso negar que a idéia me surgiu depois de o ter conseguido para você, e, mesmo ciente do risco que possa representar, pareceu-me tentadora a possibilidade de iniciar nossa *Família* com um *Membro* tão incomum, poderoso e submisso.

— *Família? Membro? Submisso?* — tornou Lythos, o olhar faiscando em contraste com o semblante inalterado. — Que história é essa de começar nossa *Família*? Julguei que ela já estivesse formada. Incluir um novo *Membro*? Pelo meu ponto de vista, isso só será possível se um de nós fizer uma cria, e, a lembrar que não podemos desperdiçar nossa única oportunidade com qualquer um e que Dédalos não parece muito inclinado a fazer uma, os *Membros* serão apenas três por muito tempo. E, quanto à submissão, meu caro, não se iluda pensando que ele ficará entre nós por muito tempo ou que nossa influência pode controlá-lo eternamente, como geralmente acontece. Ele não é como os outros.

Cedric fitava-o com tranqüilidade, ocupado de pensar sobre o que diziam, ambos, e em aproveitar-se do momento para olhar Lythos, tão lindo e tão absolutamente distante de seu próprio destino. Precisava manter-se longe dele.

— Andei pensando muito nesses últimos anos — declarou, ignorando a colocação anterior, o olhar vagando pelo recinto com casualidade. — Pensando e observando os clãs que se erguem à nossa volta. O mundo está se organizando e, no comando de cada um deles, pode-se sentir a presença dos de nossa espécie. Temos de estar à frente, meus caros, e para isso quero formar uma *Família* única. Não havia me decidido de fato até encontrar Detrich mas, agora, sei exatamente o que desejo.

— Vai *enlaçar* uma legião apenas para que... — Lythos engasgou com as próprias palavras, seu semblante transformando-se em indignação. — Não acredito que está falando sério! Isso me parece uma loucura descabida e despropositada!

— Não vou *enlaçar* ninguém. Talvez, algum dia, eu me dedique a uma cria, mas não dessa forma, não qualquer uma. Minha cria será perfeita, Lythos. Será minha obra-prima para este mundo e não um mago com grandes possibilidades de ceder ao desvario — silêncio. — Bem, de qualquer maneira, minha decisão já está tomada e espero que concordem com a necessidade de incluirmos outros *Membros* à *Família*.

— Se esse é o seu julgamento, meu Senhor, acredito que esteja certo de que é a única maneira de fazer frente aos novos clãs que se erguem lá fora — sussurrou Dédalos. — Confio em meu líder e estarei ao seu lado.

Um sorriso de triunfo foi tudo quanto Cedric respondeu, passando o olhar imediatamente para a figura pequena e esguia que permanecia de pé à sua direita, como se aguardasse o pronunciamento do irmão.

— Não concordo! — tornou, incisivo porém contido. — Não vou me aliar a alguém que sequer conheço! Isso é loucura! Da mesma forma que está insano se realmente acredita que outras *Castas* se submeterão a nós de livre vontade!

— Não disse que seria assim, minha doce Pérola da Noite. É para isso que Dédalos *enlaçará* Detrich. Com o poder dele, poderemos manipular a situação ao nosso favor e isso é algo que sei fazer muito bem.

Lythos mirou-o por alguns instantes, boquiaberto.

— Não está falando sério.

— Claro que estou — tornou, e seus olhos brilhavam naquele tom mais claro e ameaçador que Lythos temia. — Sabe que não brinco no que diz respeito ao feudo e à nossa *Família*. Dédalos dará a Detrich uma nova vida e, dessa forma, teremos mais um entre nós — virou-se para Dédalos, que permanecia no mesmo lugar, os olhos escuros fixos no líder. — Ele será seu, meu caro, e poderá renomeá-lo como pai. Entretanto, ele estará sob o meu jugo, obedecerá a mim e a ninguém mais, não se esqueça disso. É uma ordem, Dédalos, não uma opção. Você irá *enlaçá-lo*. Contudo, antes de fazê-lo, desejo falar ao prisioneiro, por isso, espere-me no calabouço.

Com uma mesura suave, Dédalos cumprimentou-os e retirou-se, sumindo no batente de pedra com passos firmes. Lythos mal podia acreditar em tudo o que ouvira e presenciara. A mente revirava num turbilhão de pensamentos confusos e imagens esmaecidas de sua própria transformação, quando sofrera em dor e agonia por um dia inteiro.

Sentiu que Cedric levantara-se e aproximava-se por trás. Soube que o tocaria mas o corpo parecia não reagir. Foi apenas quando sentiu o toque frio de suas mãos calejadas que o reflexo sobrepôs-se à letargia e afastou-lhe a mão num gesto rude e violento.

— Como pôde? Como pôde fazer isso a ambos? — indagou, desgostoso.

— Da mesma forma que decido sobre cada um daqueles que habitam em minhas terras, Lythos. Exatamente como sei e interfiro em tudo aquilo que prejudica a nossa gente.

— Dédalos não desejava ter uma cria, você sabia disso? Ele me disse uma vez.

— Dédalos fará o que deve ser feito para o bem da *Família*, por isso ainda está vivo e ao meu lado. E os outros que vierem depois dele, como Detrich, pensarão da mesma forma.

— Não poderá anulá-los para sempre. Em dado momento, eles se voltarão contra você.

— Não. Eles nunca pensarão em traição porque eu lhes darei aquilo que mais desejarem, estarei com eles sempre — sussurrou Cedric, aproximando-se e tomando-lhe o rosto nas mãos com suavidade.

Os lábios dele roçaram os seus próprios na promessa de um beijo. Sem mais conseguir se conter, Lythos enlaçou-o pelo pescoço para sentir os lábios frios de encontro a sua orelha. Ouviu-o murmurar alguma coisa, inteligível para o prazer das mãos fortes contra seu corpo, contudo respondeu-lhe que sim, clamou por ele, implorou por seu amor, ainda que em pensamento.

No mesmo instante, Cedric afastou-se, Senhor de si e consciente, abandonando-o só com o tremor em flagrada entrega. Sentiu-se corar quando ele lhe sorriu.

— Fico feliz que tenha concordado comigo, Micênio. Sabia que poderia contar com o seu apoio.

Era uma punição. Lythos soube no exato instante em que ele o cumprimentou e virou-se para deixar a sala. Um ódio terrível, misturado a sufocante amor, inundou-lhe o coração ao saber-se escravo dele. Jamais daria o gosto de si a outro alguém, nunca condenaria uma criatura inocente a existir sob semelhante martírio. Sem mais pensar, Lythos chamou-o de volta, antes que o outro deixasse o recinto.

— Olhe para mim — ordenou para, em seguida, receber as esmeraldas tranqüilas em seus olhos perturbados. — Que este dia seja lembrado por todas as eras até o fim, Cedric DeLacea, pois faço agora um juramento a mim mesmo, meus deuses e meu Senhor. Nunca, jamais, em qualquer hipótese, esteja eu nos seus braços ou não, seja eu vítima da dor, da fome ou da morte, jamais dividirei meu sangue com outra criatura. É um juramento oficial. Se, um dia, por necessidade ou mero capricho, eu tiver de escolher entre minha vida e uma cria, não precisa me perguntar coisa alguma. Eu o autorizo, desde já, a executar-me, da maneira que julgar apropriada. Prefiro sofrer o inferno em dor e desespero a ter de condenar um inocente ao horror da minha existência ao seu lado.

— Que assim seja — disse, partindo em seguida e deixando Lythos a chorar sozinho na escuridão da impotência.

* * *

Ergueu a cabeça ao ouvir o som das dobradiças rangendo à porta aberta. O corpo todo doía e os pulsos estavam esfolados pelas argolas de metal, infeccionados pelas condições precárias da câmara. Fixou o olhar na figura que rasgava a escuridão ao seu encontro, todavia o mundo parecia borrado, fora de foco, uma nódoa que não demoraria a ser limpa ou exterminada. Sim, sabia o que o aguardava diante daquelas criaturas inumanas. Algumas horas atrás, antes de deixá-lo só com a febre e a dor, um deles sentenciara-lhe o destino: deveria escolher entre tornar-se um deles ou morrer. Não queria ter de refletir sobre o desfecho daquilo tudo, já não suportava pensar e, ainda assim, os pensamentos o assaltavam, cada vez mais vivos, presentes e terríveis. Não queria ser como eles, não poderia aceitar tal existência pois era contrária a tudo em que acreditava. Por outro lado, não desejava morrer, ainda mais por aquelas mãos imundas. Em última instância, poderia dar cabo da própria vida. No entanto, fugir para os braços da morte por opção seria um ato covarde demais.

A luz tênue do archote acendeu-se, ofuscando-lhe a visão. Foi quando pôde ver onde realmente estava e quem jazia a sua frente, os braços cruzados sobre o peito largo, os olhos brilhando como chamas sobrenaturais. Vagou o olhar na tentativa de saber se era noite ou dia, o que foi impossível. Não havia nenhuma abertura que não fosse a própria porta. De qualquer forma não importava, pois morreria, mais cedo ou mais tarde, e chegara o momento de dizer isso àquela coisa, prostrada de pé como um deus.

Ele avançou em sua direção, seus passos soando felinos, tamanha leveza e segurança continham. Notou-lhe o total domínio sobre o próprio corpo, mente e espírito. Sabia de uma pequena parte das coisas terríveis que podiam fazer. Que chance teria contra ele? Resignou-se com o fim mas não daria a nenhum deles nada de si, nem mesmo um derradeiro clamor por piedade.

"Não perca seu tempo, meu caro. Resistir será inútil... e se eu desejar que você clame, por mim ou por piedade, assim será, pois sua vontade não existe diante da minha e você o sabe, Detrich", foi a resposta que soou em sua própria mente.

— E então? — a voz dele pareceu-lhe serena e macia, um ardil para esconder suas intenções macabras. — Já fez a sua escolha?

— E de fato deu-me alguma? — tornou calmamente, procurando esconder o pavor de fitar os olhos atemporais e indecifráveis.

Cedric sorriu em seu íntimo, satisfeito. Fizera uma excelente escolha. Detrich seria um aliado importante, imponente, e, se tudo saísse como o esperado, teria um papel nobre no futuro da *Família*. Tinha consciência de que ele seria seu, de que aceitaria renascer para a noite, por opção ou pela força. No entanto, desejava tornar a passagem mais facilmente aceitável para o jovem, uma vez que seria uma lástima se ele, por um acaso, se perdesse antes de atingir a *Fronteira da Aceitação*. O *Enlace* era um momento íntimo e delicado que precisava ser respeitado, independente de quem fosse. E a imagem de Lythos, o tormento que, por vezes, ainda transbordava dos olhos negros, sempre o fazia recordar-se do quão terrível poderia ser a não aceitação. Não lhe custava nada utilizar de diplomacia, pois seria ser o diferencial para que o mago se entregasse de livre vontade.

— Sempre há uma escolha e você sabe muito bem qual é — insistiu, mirando-o com serenidade.

— Morrer não é uma escolha ao meu ver, mas o último e extremo impulso de um condenado. A morte não deve ser uma opção.

— E quem lhe aconselhou em ter a morte por opção? — indagou Cedric, aproximando-se o suficiente para tomar-lhe o rosto ardente pelo queixo e abaixar-se na direção dele, as esmeraldas aprisionando-o. — Desde que o vi pela primeira vez soube que não escolheria morrer. Você é uma raridade, uma das poucas criaturas sobre a terra que honra a vida acima de qualquer coisa e, por isso, não morreria facilmente.

Detrich tentou desvencilhar-se dele, mais por asco que necessidade. Apesar de julgar que tal atitude fosse apenas acelerar sua morte, surpreendeu-se ao ver que Cedric o deixara ir, não sem antes lhe acariciar a face com a ponta dos dedos calejados e frios.

— Foi por isso que se empenhou tanto em me capturar? — inquiriu num murmúrio, os olhos cerrados para resistir ao magnetismo que ele exercia sobre seus sentidos, sua voz rasgando o ar parado com um traço de humilhação por ter sido feito prisioneiro por aquela criatura. — Quer fazer-me um dos seus — era uma afirmação.

Cedric afastou-se alguns passos, deixando-o desamparado, mas amenizando a sensação de dominação que o invadia cada vez que a criatura se aproximava demais. Mirou-o pelas costas, desejando apunhalá-lo e ciente de que não podia fazê-lo. Teria de ficar ali, quieto, e aguardar o desfecho do espetáculo. Essa certeza irritou-o profundamente, ainda mais quando o riso dele, leve, inundou-lhe os ouvidos com quase escárnio.

— Eu? Não, meu caro. Não serei eu a te dar o *Dom da Noite*. Todos aqueles que vivem sob a minha lei sabem que não partilho meu sangue com ninguém. Haverá um dia em que o farei, claro. Mas será alguém único, escolhido com cuidado e apreço, pois será absolutamente perfeito. A maior perfeição sobre este mundo. E, apesar de você ter um poder fascinante e de ser atraente, meu jovem, não é a perfeição que procuro. Mas não nos percamos com detalhes. O tempo urge.

Com essas palavras, ele se afastou na direção das grades da cela, seu caminhar como que pondo um fim na discussão. Soube que seu próprio tempo urgia, que em breve estaria morto ou, pior, transformado em algo desumano e grotesco. A necessidade de mantê-lo ali, de adiar um pouco mais o instante em que selariam seu destino, foi mais forte.

—Tem razão—lançou-lhe as palavras ásperas, recebendo em seguida o olhar verde no seu.—Não sou perfeito e nem necessito ser. Agora que conheço seus conceitos de perfeição, compreendo o porquê de ter me caçado: deseja me transformar numa arma, não é verdade?

Cedric sorriu, divertido, e virou-se para encará-lo. Detrich preferiu-o sério e de costas a ter de suportar aquele olhar.

— Arma? Não o vejo dessa forma. É o aliado que preciso, não o único, porém um deles. No entanto, como mortal, não terá muita serventia. Por isso lhe dei a escolha de tornar-se um de nós, quando será útil para mim e minha *Família*. Terá tempo, muito tempo para estar ao meu lado no Império que pretendo construir, meu jovem. Isso, se for esperto o suficiente para aceitar sua nova vida.

—Você é louco.

— Loucura? Não, Detrich, a loucura não faz parte de minhas habilidades. Sou um visionário.

"O futuro que vejo e planejo construir será motivo de inveja e medo para nossos inimigos. Os tempos próximos serão de terror e guerras por terras e poder, disputas das quais não pretendo tomar parte, pois já terei o meu Império sólido e invulnerável. Os combatentes virão até mim pedindo ajuda e apoio para derrotar seus inimigos. Isso me tornará temido e respeitado. Ah, Detrich, veja além! Apenas assistiremos à queda dos soberanos de hoje para a ascensão dos fracos amanhã, e isso só será possível porque, muito além de sermos fortes ou fracos, seremos únicos em nosso território".

— E o que tenho a ver com seus sonhos de onipotência?—devolveu o mago, nem um pouco contaminado pela sede de poder que parecia vir daquela criatura.

— Óbvio, Detrich! Você me dará o conhecimento que tem, não sabia? A mim e aos de meu sangue. Não são as espadas e os guerreiros que vencem no campo de batalha, meu caro. É o conhecimento que, passado em forma de instruções para os guerreiros, faz a diferença entre uma luta e uma conquista. Conhecimento é poder, mago. E todo o conhecimento que eu acumular através de você e de outros será a base do meu Império.

Foram essas palavras que assustaram Detrich. Enquanto ouvia histórias sobre o mito em que Cedric se transformava, jamais importara-se porque sabia que reinos e impérios nunca permaneciam tempo suficiente. Porém, agora, percebera que ele sabia a diferença entre ser e permanecer. Finalmente compreendera. Tal Império existiria e não poderia ignorar isso.

O silêncio pesado que se estendeu entre ambos, depois de tão dura realidade, caracterizou a tomada de consciência. Temeu-o, com toda a força de seu ser, mas não deixaria que soubesse. Não tinha nada a perder pois, independente de sua escolha, já perdera a vida para a morte que ele lhe oferecia. Alguém o transformaria num monstro, não poderia lutar contra isso pois Cedric o determinara. Mesmo assim, não se entregaria sem ter, ao menos, feito sua última magia. Precisaria de tempo para tal. Se era obrigado a assistir tudo aquilo, a compactuar com semelhante desvario, o faria sem sentir absolutamente nada por ninguém. Essa foi, de fato, sua derradeira escolha: nascer para outra existência sem sentimento algum dentro de si. E assim seria pela eternidade ou pelo tempo que caminhasse sobre a terra.

— E então, Detrich? — a pergunta soou-lhe sem qualquer alteração de expressão. — Já fez a sua escolha?

— Sim. Você venceu novamente, meu Senhor — foi a reposta altiva.

Sem dizer mais nada, satisfeito com a conquista, Cedric acenou-lhe com a cabeça e saiu da cela, tão silencioso quanto entrara.

Sozinho, Detrich desviou o olhar para a parede, tentando imaginar a paisagem lá fora, mas não pôde. A angústia da espera parecia sufocá-lo, a febre alucinava-lhe a visão e os sentidos, os pulsos pareciam prestes a romper ante o peso de seu corpo. O terror do que o aguardava quase lhe toldou a consciência, contudo não podia dar-se ao luxo de entregar-se, esquecer de sua promessa e de sua decisão.

Num suspiro resignado, baixou o olhar, rumo ao seu destino. Iniciou o que parecia uma oração, baixa, ritmada e constante. Jamais daria a Cedric o gosto de ter seu desespero, sua dor, sua alma. Jamais! Morreria para esta vida e nasceria para a noite, e eles jamais teriam Detrich em suas mãos.

Naquele momento, o jovem abriu mão de suas emoções e ilusões. Esse era o seu destino.

*   *   *

Cedric fechou a porta do aposento onde o mago permanecia recluso e encarou a figura altiva à sua espera.

— Ele está pronto. Sabe o que deve fazer — sentenciou.

Dédalos assentiu. Em seu íntimo crescia algo estranho, indefinido, mas que, com certeza, detinha um significado maior. Antes que o líder passasse por ele e deixasse o calabouço rumo à superfície, segurou-lhe a mão com a sua num gesto íntimo demais para um comandado, perfeitamente aceitável entre ambos.

— Confesso que já lhe perguntei antes, Cedric. Todavia, agora estamos apenas nós dois e não precisa temer qualquer palavra — fez-se, então, silêncio, no qual mergulharam nos olhos um do outro. — Sabe o que está fazendo? Tem certeza da ordem que me dá? Não podemos prever no que se tornará após o *Enlace* — foi o comentário sombrio.

— Não se preocupe, Dédalos. Sei dos riscos mas tenho uma forte intuição sobre esse homem. O seu sangue é muito poderoso e Detrich também tem um poder sem igual. A união resultará num *Predador* incrivelmente perigoso e temido para os outros da nossa espécie.

— E quem lhe garante que não será perigoso também para nós? — ponderou.

— Ele estará preso a mim por um juramento. Em verdade, já o fez quando me confiou seu destino. Venho observando Detrich há muito tempo e sei que será assim, pois esses são os costumes dele, essa é a verdade em que acredita. E, se mesmo isso não for suficiente, ele não terá escolha senão dedicar-me sua vida. Será visto como uma aberração pelos mortais, um maldito pelos companheiros que ainda vivem e um pária pelos outros *Predadores*. Ele, agora, só tem a nós e desse destino não poderá fugir. O sangue sempre fala mais alto.

A típica dedução, fria e lógica. Razão acima de tudo e de todos. Mas não poderia discordar da verdade. Admitiu em silêncio que ele tinha razão e que o máximo que poderia acontecer seria perder o filhote para a loucura, incapaz de cruzar a *Fronteira*, desesperado com o que se tornara, como acontecera a Arkus.

— Faça-o — ordenou o líder mais uma vez.

— Como quiser, meu Senhor, mas saiba que só o tempo nos mostrará o caminho que essa criança tomará a partir de agora — sentenciou, ao mesmo tempo em que se afastava pelo corredor para cumprir a determinação.

* * *

O ranger enferrujado das grades atraíram sua atenção por um instante. Ergueu o olhar apenas porque já terminara sua preparação e aguardava o momento de pronunciar as palavras finais, quando a vida esvaísse de seu corpo para ser preenchida com o sopro da morte. Não poderia perder esse instante e nem se desligar por completo do encantamento que fizera. Por isso, não ofereceu toda a sua consciência à criatura que avançava silenciosa pelo chão úmido. Não seria Cedric, certamente. Respirou fundo, encarou aquele que seria seu algoz desta vida e redentor da nova existência maldita. Não estava preparado para o que viu.

A criatura que caminhava em sua direção era imponente, forte e madura. Aparentava pelo menos quarenta anos, uma raridade para a época em que viviam. Possuía a pele morena como bronze, rara beleza e extraordinária sabedoria. Não pôde deixar de pensar com amargura que Cedric fora-lhe generoso ao escolhê-lo. Parecia ser distinto e nobre, um toque de misericórdia ao que já estava perdido.

Dédalos parou a poucos passos, sustentando-lhe o olhar nublado, certo de que parte dele voltava-se para outra coisa qualquer. Ainda assim, não queria assustá-lo. Dentro daquela cela horrível, naquele momento único, seriam apenas ele e Detrich. Nem mesmo Cedric interferiria. Aproveitou para olhá-lo sem pressa, atendo-se aos fascinantes detalhes de seu rosto bonito e mortal, ao vigor que emanava de seu corpo jovem, ao poder que se desprendia dele em ondas. Sentiu-lhe a revolta, a força, a resignação, todavia o medo fora banido. Sorriu, o que deixou o outro um tanto desconfiado. Tinha de admitir que Cedric, mais uma vez, estava certo. O jovem seria um incrível *Predador*. A excitação de um sangue vibrante como o dele percorreu-lhe o corpo frio. Bom... Era bom saber que não estava tão morto, afinal.

—Qual seu nome, jovem?—perguntou, aproximando-se dele com sutileza.

—Quer enganar-me fingindo que não o sabe?—responde-lhe, sagaz, porém ausente.

Estranho. Poderia jurar que havia algo de diferente, quase palpável, pairando no ar. Soube pela atitude dele e pela reação, tão pouco comum. Ou de fato não se importava mais com coisa alguma, o que nunca se mostrava de todo verdade, ou estava fazendo outra coisa além de responder-lhe.

—Quero ouvir pronunciá-lo—pediu gentil, aguçando os sentidos.

—Detrich... É o meu nome—respondeu, sem resistência, como se estivesse apenas ganhando tempo.

Foi quando percebeu. Era uma magia!

—O que está fazendo, criança?—silêncio, ele nem ao menos se mexera.—Sei que está concentrado num feitiço. Diga-me qual é ou terei de matá-lo.

Nada. Ele baixou a cabeça e encolheu-se o máximo que pôde de encontro à parede, ainda preso pelos pulsos.

—Chamarei Cedric e ele entrará na sua alma.

—Não!—foi o grito, quando os olhos azuis ergueram-se para os seus, preciosos e apavorados.

Lindo. Ele era lindo e, dentro em pouco, seria seu filho, sua cria. Nem o tocara e já sentia um amor incondicional por aquela criatura, tão frágil, cuja existência fora condenada de maneira grotesca. Tentaria cuidar dele. Na verdade, fitando-o, não lhe parecia tão terrível assim, ter alguém a quem amar que fosse parte de si, como antes.

—Conte-me e ninguém mais saberá, meu filho. Fale-me e prometo que não sentirá dor alguma—implorou, gentil e emocionado.

Detrich tentou encontrar o ardil por detrás da fala mansa e repleta de aceitação. Não conseguiu. Tudo o que encontrou foi uma sincera necessidade de amar, de cuidar, proteger, e era a ele que aquela criatura desejava proteger! Apesar de absurdo, era verdadeiro. Apesar de terrível repulsa por sua espécie e por tudo o que representava, confiou.

—Não haverá dor, nunca mais.

— Do que está falando, criança? — indagou, tocando-o de leve no rosto e reconhecendo o corpo fervente, avermelhado pela febre. — Está delirando, mas não posso seguir adiante se não souber o que me espera. O que pretende?

E, assim, Dédalos libertou-o das argolas, amparando seu corpo fraco e trazendo o homem para seu colo. Sentou-se com ele sobre o chão frio, tendo o cuidado de mantê-lo longe das pedras para que não entrasse em choque. Detrich estremeceu, um frio terrível invadindo seu corpo junto ao outro, que o mirava pleno de amor e acariciava-lhe os cabelos num toque suave.

—Deseja me fazer algum mal, Detrich?
—Não...
—Então diga-me: que feitiço é esse?
— Ele levará de mim o sentimento e não pode ser desfeito uma vez que foi iniciado — confessou, enquanto as mãos dele escorregavam lentamente para o pescoço. — Se deseja impedir, mate-me.

Dédalos assentiu e acariciou-o na altura da veia, em movimentos circulares. Uma tontura deliciosa invadiu o jovem mortal, que relaxou rendido, certo de que não poderia resistir a nenhum deles, contudo poderia resguardar-se na nova vida que receberia muito em breve.

—Gosta do seu nome?
—Nunca pensei sobre isso, Senhor.
—Nomes não são importantes na nova vida que terá. Verá isso em breve. Mas Cedric os preza deveras, portanto... Pense e escolha um, pois renascerá com um novo nome.

Fez-se um momento de silêncio. Tudo o que Detrich queria era que terminasse logo, pois já não agüentava mais estar próximo ao outro, submeter-se à humilhação de entregar-se, sem qualquer possibilidade de resistir. Queria paz.

— Não se preocupe comigo. Não fará diferença para mim, acredite. Não será algo como um pai para mim? Uma vez que morrerei por suas mãos, poderá dar-me o nome que desejar — confessou, cerrando os olhos para senti-lo.

Os lábios dele, frios porém gentis, beijaram-lhe a carne sensível do pescoço, febril. Sentiu as lágrimas turvarem-lhe os olhos azuis e não as conteve. Não havia mais ninguém ali, não haveria outra oportunidade de sentir coisa alguma. Em sua mente, Detrich iniciou a última etapa do ritual.

— Assim será, meu filho. Venha, permita-me guiá-lo nesta busca por sua nova identidade. Morra Detrich e renasça em meus braços, tão forte e belo, corajoso e poderoso, quanto o é mortal.

Como se respondesse a um chamado secular de sua alma, Detrich aconchegou-se nos braços daquela criatura, lutando bravamente para manter o mínimo de lucidez, o suficiente para terminar seu encanto e renascer sem alma ou coração.

Sentiu os dedos dele embrenharem-se novamente em seus cabelos numa carícia reconfortante; o toque dos lábios contra a veia pulsante do pescoço, deslizando suavemente como num beijo; e os dentes perfurando a carne como agulhas em fogo.

Quis gritar, mas não se permitiu. Agüentou a vertigem, o som do sangue em seus ouvidos, as imagens que passavam em sua mente e que misturavam-se às lembranças distantes de um passado que não poderia alcançar. Suas lembranças misturavam-se às dele, como duas existências que se fundiam numa só. Sentiu-se morrer, pouco a pouco, e antes de dar o último suspiro, conseguiu forças para sussurrar as derradeiras palavras que o livrariam do martírio de existir ao lado deles. Em seguida, algo deslizou para dentro de sua garganta e fez com que a vida brotasse novamente.

Fúria, paixão, dor, poder, todas as emoções assolavam-lhe a alma durante aquele momento, mas não eram suas. Agarrou-se àquela fonte sem perceber que mergulhava num abraço íntimo com aquela criatura. Um nome veio-lhe à mente: Dédalos.

Esse era o nome daquele ser que matava-lhe a existência humana e devolvia-lhe uma vida sombria. Era seu pai e mestre, seriam sempre parte um do outro. E, por mais que vasculhasse seu íntimo, não conseguiu sentir nada por ele ou por si mesmo. Seu último encanto como mortal enraizou-se no exato instante em que o ritual de transformação se encerrava e Dédalos afastava-se dele para fitá-lo em sua nova condição.

O egípcio sentiu a mudança do jovem, agora sua cria. Lamentou que não pudesse salvar nenhum resquício de esperança para lhe oferecer, ele mesmo acreditava que não havia nenhuma. Permitiu-lhe matar a sede, não mais ávida mas completamente indiferente, fria e impessoal como os olhos azuis que agora se abriam para o mundo. Seu sangue o sustentaria até a noite seguinte, quando começaria seu aprendizado na escuridão. Sentiu-o amolecer em seus braços ao mesmo tempo em que se dava conta de que os primeiros raios de sol surgiam do lado de fora da *Casa Ancestral*.

Ajeitou-lhe o corpo contra as pedras frias do assoalho, enquanto percebia-o abrir os olhos, quase rendendo-se ao sono. A beleza daquela imagem emocionou-o e, por um ínfimo instante, quis agarrar-se a ela como sua nova razão para existir. Porém, o que desfez aquele sonho de serenidade foi a frieza de olhos alheios, fixos nos seus. Nem em Cedric conseguia ver tamanha ausência de sentimentos. Soube que a magia realizada por aquele mago fora bem-sucedida e que ele jamais poderia corresponder ao amor que lhe dedicava, não por crueldade e sim por impossibilidade. Não possuía, da alvura de sua pele ao canto mais profundo de sua alma, qualquer coisa que lembrasse o mortal que fora, até poucos instantes atrás. A morte de seu corpo físico se daria durante o dia, livrando-o do incômodo. Quanto à terrível trajetória em aceitar o que se é, a quase sempre traumática caminhada rumo à *Fronteira da Aceitação*, isso ele jamais conheceria. Não haveria qualquer impedimento para ele, que não detinha sentimento. Ao menos isso lhe soou como um presente, uma vez que não o teria, como os pais têm seus filhos. Aquele jovem imortal nunca sofreria o tormento de existir para sempre.

Observou-o por mais algum tempo, o que lhe era permitido, aproveitando cada segundo precioso daquele milagre perpétuo que não seria lembrado por um sorriso ou um toque. Olhou-o até que seu rosto e seu corpo estivessem gravados em sua memória como a mais doce recordação desde Arkus, pois esse seria seu único tesouro de tudo o que dera a ele, de tudo que o tornara. Ele fechou os olhos definitivamente, entregue à necessidade de morrer para o dia, todo o mistério e beleza que encerrava envolvendo-o numa aura de temor. Ele transmitiria medo e respeito a qualquer um que o encarasse. Cedric conseguira, mais uma vez. Este *Predador* guardaria os segredos da magia que trazia dentro de si, o que aprendera da vida mortal dentro de sua alma, e a lealdade ao Senhor da *Família*. Seria o grande mistério a cerca do mito de Cedric e o segredo que Dédalos carregaria sempre consigo, em forma de lembrança.

—Durma e descanse, meu querido—murmurou para si mesmo, na tentativa de aliviar o coração e fingir que falava a ele, quando, sabia, não importava.—Virei buscá-lo ao cair da noite para começar seus ensinamentos nessa nova existência. Quando não tiver mais o que aprender, estará pronto para ocupar seu lugar ao lado de Cedric. Durma bem... Tristan.

VII

Eu poderia começar por qualquer ponto, visto que tenho ainda muito a contar. Todavia, creio que deves estar interessado na visão particular de Tristan, o mais novo a circular entre nós. Curiosa criatura Tristan é. Não me atrevo a chamá-lo amigo, de modo algum, mas sou obrigado a admitir que passamos muitas luas juntos, isolados em meio à floresta, compactuando com nossos deuses demoníacos e preparando os mais diversos encantamentos. Ele sempre se mostrou um professor paciente e extremamente dedicado, apesar da flagrada impessoalidade. Entretanto, para mim, que desejava apenas seu conhecimento e não o seu amor, pouca diferença fez naquela época e nenhuma ainda me faz agora. Apliquei-me ao máximo como discípulo e isso é tudo o que posso dizer dele a ti, meu querido...

Muito tempo se passou em espreitada, cerca de duzentos e cinqüenta anos desde que Tristan nascera para a morte ao lado deles. A partir de então, feudos vingaram e ruíram por aquelas terras, governantes padeceram sob a lâmina das espadas ou vítimas de sua própria ignorância.

Os rumores de que o Mestre DeLacea permanecia vivo e jovem há quase um milênio chamou a atenção, fosse de *Predadores* ou não, e venceu as altas muralhas da *Casa Ancestral* na suave voz de Lythos, que há muito exercia o posto de Mensageiro, bem como o único que poderia falar pela *Família*. Por conta de conhecer a região, saber a respeito dos outros feudos e formar alianças, o jovem escriba estivera viajando, ininterruptamente, nas últimas décadas.

Era com prazer que Cedric o recebia em casa, cheio de saudade mas teimando em manter a pose distante que se acostumara a utilizar com o irmão a fim de evitar pensar no quanto lhe sentia a ausência.

Muita informação o jovem lhe despejara, detalhes escritos e falados de cada um dos lugares por onde passara, os mestres que conhecera, as decisões tomadas para conter a rivalidade entre as famílias vizinhas — pura perda de tempo, uma vez que estavam sempre em busca de mais territórios e bens — dentre outros fatores irrisórios, não tão importantes no momento. Diante das possibilidades de alianças e da necessidade em criar regras internas mais rígidas para garantir o bom funcionamento do feudo e firmar sua autoridade, Cedric decidiu por uma reunião formal, na presença de Dédalos, a quem conselhos pedia vez ou outra.

E, durante o discurso pausado e modulado de Lythos, o que mais o envaidecia, sua maior felicidade fora constatar que, apesar de o mundo ao redor estar se organizando e de sempre haver presente um *Predador*, fosse no comando oficial ou não, nenhum deles apresentava a disciplina, a eficiência e o desenvolvimento de Marselha. Sorria, satisfeito com suas próprias conclusões, um tanto alheio àquela parte do discurso, quando o jovem cretense atirou-lhe à cara, sem qualquer preparação, as suspeitas que começavam a surgir entre sua própria gente.

— Por toda parte desconfiam de que você é uma maldição, algum tipo de demônio que venceu a morte. Devemos tomar uma providência ou teremos um levante contra o castelo — comentou, sem expressão na voz.

— Que boa notícia me trás, Micênio! O que espera que eu faça? Que sele um documento deixando tudo o que é nosso a um qualquer e que vá com você para a sacada esperar o sol nascer?

Um momento de silêncio estupefato e os olhos negros paralisados nos seus a não dizerem coisa alguma.

— Não sei, mas é bom pensar em alguma coisa porque é isso o que é: um bárbaro arrogante, convencido e que não entende nada de liderança, ao meu ver.

As esmeraldas faiscaram em cólera e ergueu-se para intimidá-lo. Tudo o que Lythos fez foi erguer-se também, mirando-o sem vacilar. Apesar da diferença da altura, eram iguais e soube que não poderia vencê-lo... Ou não desejava. Antes que a razão se comprometesse para a raiva, uma idéia brilhante invadiu-lhe os pensamentos. Como não pensara nisso antes? Subestimara o cérebro dos mortais muito mais do que devia ou sequer teria de passar por semelhante situação. Mas a solução já se formava, rápida.

— O que foi? — provocou o outro, sem contudo transparecer sua intenção. — Desistiu de pegar-me pelo pescoço, ó, meu Senhor?

— Na verdade, sim, pois me ocorreu algo e não posso perder tempo com você agora. Mas quem sabe, mais tarde, eu o pegue de fato pelo pescoço e o faça gritar?

Lythos lançou-lhe um sorriso amarelo, como que descrente, e desviou o olhar para a sacada, por onde a luz mortiça da lua vinha brilhar a tapeçaria nova. Todo o castelo fora reformado. Havia mais janelas, novos móveis e portas — tudo em cedro, como Cedric exigira — tapeçarias e tecidos vistosos revestiam cada ambiente por onde passavam, tornando o aposento em algo único. Os quartos de cada um também passaram por mudanças ao gosto de seus ocupantes, de forma que, por vezes, passavam a noite inteira em silêncio, sozinhos, no ambiente que gostavam. Fora uma exigência de Lythos, talvez porque, de todos, era o que mais vivera confinado no castelo, não saindo com freqüência por causa dos discípulos. Mas isso fora antes de os discípulos deixarem os discípulos de seus discípulos; antes de Cedric tê-lo nomeado *Mensageiro*, o que o obrigava a estar em marcha. Sempre quisera viajar e agora tinha sua própria comitiva, homens de confiança que estariam sob seu comando, mas, quando finalmente realizava seu sonho, sentia falta de casa, principalmente do detestável bárbaro que teimava em levantar-se da cadeira sem lhe contar o que pretendia, como se o destino daquelas terras não fosse um trabalho que realizassem juntos.

— Aonde vai? — indagou, levantando-se também e seguindo atrás dele. — Não pretende me dizer que grande idéia é essa?

— Simples: eles pedem por um mortal? Então lhes darei um mortal. Não é fácil?

— Mas... — engasgou. — Quem é ele? Vai colocar outrem à frente daquilo que construímos com o nosso sangue? — nenhuma palavra. — Cedric! Estou falando com você! — tornou, alterado, parando no meio do corredor.

O guerreiro virou-se para ele, bem lentamente, as esmeraldas brilhando de forma intensa e assustadora.

— O que foi, Micênio? Não está me acompanhando? Não preciso dizer quem é, vou mostrá-lo a você e, então, decidiremos juntos — Lythos baixou o olhar ao chão, envergonhado. De fato, Cedric o estivera conduzindo, mas por outros motivos, não se apercebera. — O que foi? Há algo mais que queira me dizer?

— Bem... — hesitou, os braços duros ao longo do corpo num reflexo desconfortável. — Você nem me cumprimentou quando cheguei.

E os olhos negros ergueram-se para os dele num resquício de esperança, numa súplica tímida e preciosa, mesmo que seu semblante permanecesse indiferente como sempre. As palavras ecoaram pelas paredes por breves momentos e não pode resistir. Avançou rápido em sua direção, segurando-o pela nuca num gesto firme porém gentil, e tomando-lhe os lábios num beijo exigente.

Lythos não ousou tocá-lo com as mãos, contudo o fez com a língua ávida, que lhe roçava o céu da boca numa carícia devassa e urgente. Mas durou apenas alguns instantes. Logo, Cedric afastava-se, o rosto em brasa, a veia alta a marcar-lhe o pescoço e um sorriso sereno no rosto que desmentia todo o resto.

— Bem-vindo ao lar, Micênio atrevido — e o tratamento encerrava doçura.

— Senti a sua falta — confessou, abraçando-o pela cintura e apoiando o rosto contra seu peito forte.

Cedric estremeceu e cuidou para que o irmão se afastasse, o mais rápido possível, antes que a lembrança do desejo por ele voltasse, ainda maior e mais viva do que antes. Pois Lythos tinha esse poder: de fazê-lo esquecer-se de tudo. Rumou na direção da porta, ciente de que ele o seguia, e avançou ligeiro até a parte externa do castelo, onde ficavam os encarregados da guarda e dos animais.

Arguto, buscou a imagem de um homem, que há muito vinha observando por sua total devoção, difícil de se ver num mortal. Encontrou-o em seu posto, junto à guarda. Parou para observá-lo, tendo o companheiro ao seu lado.

— Deve conhecê-lo... — comentou, tão baixo que ninguém mais seria capaz de ouvi-lo. — É o meu homem de maior confiança no momento, o único mortal em cujas mãos depositaria a sua vida.

— Minha vida?! — indagou o jovem cretense, abismado. — Por que não a sua?

— Porque a minha vida... Bem... — mirou-o e foi a primeira vez em muito tempo que lhe viu a paixão. — A sua vida é preciosa para mim, muito mais que a minha.

Lythos ergueu a mão num gesto raro de ternura. Os lábios finos e quase infantis suavizaram-se num sorriso luminoso que Cedric desejou para si, por toda a eternidade, para iluminar-lhe a existência. A mão fina dele, macia e fria, tocou-lhe o rosto em familiaridade e, sem conseguir conter-se, cobriu-a com a sua, devolvendo a carícia da maneira que podia.

— Você o escolheu para estar à frente do Império nos momentos em que não poderemos estar — era uma afirmação.

— Confio nele e quero saber o que você pensa a respeito. O Império, meu Micênio, nada mais é que nossa casa, nossa vida. E não posso viver ou estar sem você.

Lythos sentiu os olhos turvos mas não ousou chorar. Seria tão mais simples caso Cedric permitisse que o amasse e cuidasse. Daí, não haveria do que se esconder ou o que evitar. Seriam apenas os dois e ninguém mais. Todavia, teria a eternidade para fazê-lo compreender.

— Se confia nele, eu também confio. Traga-o a nós para que seja feito. Nosso tempo se esvai.

Tomada a decisão, Tristan foi chamado para a sua primeira tarefa oficial junto à nova *Família* que o adotara. Ironia do destino? Quem poderia dizer? Estava fascinado demais com o ritual para se aperceber dos possíveis sentimentos daquele mago, agora imortal. Tristan fez o que precisava ser feito, segundo o Senhor do castelo. Realizou uma cerimônia na qual o sangue do servo estivesse eternamente submetido ao de Cedric e Lythos, criou uma maneira de conservar a consciência mortal daquela criatura e, ao mesmo tempo, torná-la absolutamente servil e leal. O ritual conferiu ao humano um pouco mais de habilidades, sem transformá-lo num *Predador*. Entretanto, tudo tem o seu preço. Junto ao milagre da servidão e da longevidade, o criado herdou uma maldição que se abateria sobre as gerações futuras até o fim dos tempos, enquanto a fidelidade e o pacto fossem mantidos: as esposas dariam a luz apenas a um filho, o futuro sucessor do feudo, e morreriam logo após o parto, deixando a criança aos cuidados do pai para ser iniciada e doutrinada na arte de servir à *Família* DeLacea.

Uma vez expostos os termos do "contrato" e estando as partes satisfeitas, Tristan prosseguiu, selando o destino daquele homem e de todos os seus descendentes dali por diante. Também ele foi rebatizado para a sua nova condição. Seu nome seria Bayard Ridley, o administrador do Império dos DeLacea e o homem que figuraria aos olhos mortais como o Senhor daquelas terras.

* * *

A madrugada alta no céu, cada um tomou o seu rumo, pois a existência deveria continuar. Dédalos retirou-se aos seus estudos, Cedric tratou de providenciar para que Bayard Ridley ocupasse lugar dentro do castelo, como uma espécie de criado particular. Coisas incompreensíveis, porém necessárias. Quanto a Lythos, ainda sob o efeito do fascínio, decidiu seguir Tristan sem ocultar sua presença. Não se importava com que ele soubesse, porque, desejava o conhecimento que detinha, e, para isso, precisavam falar.

Apenas o seguiu pelo bosque cerrado que rodeava a construção. Algum tempo se passou naquela perseguição silenciosa e quase consentida até que o mago parou, no meio do nada, sem motivo aparente.

Estancou atrás dele, aguardando que fizesse movimento. Tristan parecia decidido a ficar naquela posição até o raiar da aurora. Não se deu por rogado e aproveitou para observar a figura singular. Era um homem bonito, apesar de extremamente frio. Os cabelos castanhos bem escuros, agora brilhantes e cuidados, caíam-lhe sobre a túnica negra e austera, de forma que ele mais parecia uma sombra contra a penumbra da vegetação. Não o temeu, ao contrário, fascinou-se por tudo o que conhecia.

E, então, Tristan virou-se, os olhos de um tom claro e gélido a iluminar a escuridão como se emitissem luz própria. Perdeu um segundo de sua existência a admirá-lo e quase pôde sentir o vazio terrível que se apoderava de sua alma imortal. Talvez houvesse conseguido, porém ele, arguto, rompeu o silêncio em respeitosa reverência.

— O que deseja de mim, meu Senhor?

— Ensine-me. Diga como descobriu o caminho, de que maneira organizou cada etapa, como rompeu com os limites da realidade e, finalmente, de que forma pôde transformar aquele mortal fiel a nós sem, contudo, submetê-lo ao que somos. Quero o que você sabe.

Qualquer um se sentiria coagido, ameaçado ou até mesmo insultado diante do tom dessas palavras. Tristan, porém, assentiu como se já esperasse por aquilo, como se a abordagem fosse a coisa mais natural que existia. Num gesto de mão, pediu para que Lythos se aproximasse. Ensinara-lhe o básico da magia, as leis da natureza e como rompê-las utilizando a energia do próprio mundo e, agora, o sangue que lhe corria nas veias. Foram aulas preciosas, aproveitara ao máximo. No entanto, ao vê-lo realizar aquele ritual, tão poderoso e aquém de suas possibilidades, soubera que não seria suficiente, que jamais poderia contentar-se com o pouco que aprendera. Desejava ir além para compreender o oculto e o inexplicável. Tristan era o único que poderia conduzi-lo por aquela estrada. Não desejava outro professor e nem havia tempo.

Por tudo isso, quando o mago chamou-o para perto, não hesitou em atender-lhe o pedido, unindo-se a ele de tal forma que podia ver-se refletido em suas íris gélidas.

— Eu o ensinarei, meu Senhor, mas há uma condição.

Lythos sentiu o sangue correr mais rápido, de ira e desapontamento, afinal quem era ele para impor qualquer coisa? Porém, a gana por saber foi mais forte e viu-se assentindo em concordância, aguardando que ele fizesse seu preço.

— É coisa simples — murmurou, agachando-se sobre a terra e trazendo Lythos consigo, como tantas vezes já fizera no passado. — Tem de me dizer, Senhor. O que achou?

— Como assim? — indagou num murmúrio que escondia a estupefação. — Quer a minha opinião a respeito do seu dom e do seu trabalho?

— Sim. Quem além do Senhor compartilha comigo dessas pequenas descobertas?

— Seu lorde, Cedric, com certeza, compartilha da alegria do resultado.

— Porém apenas o Senhor compartilha dos fracassos das tentativas até que tudo aconteça como deve ser — pausa. — O que achou, meu Senhor?

Um segundo de silêncio enquanto organizava o discurso. Mirou-o. O mago o fitava sem pressa, indiferente. Podia sentir que a curiosidade era genuína. Bem, não tinha o que temer com Tristan. Ele era, sem sombra de dúvidas, o mais fiel servo de Cedric, se não pela ausência de sentimentos, pela ausência de opções. Desistiu de jogar. Queria viver aquele instante.

— Foi fantástico! — exclamou o jovem cretense com um sorriso entusiasmado. — Mal pude acreditar que... Como conseguiu descobrir uma maneira de tocar o destino dele e de seus descendentes?! Como fez aquilo?! E a submissão sem torná-lo um escravo privado de vontade? Genial! Precisa me dizer como acontece.

— Sabia que o Senhor apreciaria e já esperava que viesse, portanto... — disse, espalhando os utensílios sobre a relva, tudo o que trazia oculto sob a manga larga de sua túnica. — Queria muito lhe contar, mas não houve tempo! É fácil, porém faltou-nos um pouco de visão. Vou lhe mostrar.

As próximas horas transcorreram num misto de euforia contida, descobertas e questionamentos a respeito de novos encantamentos, mais fortes ainda. Decerto que não havia nenhuma urgência para eles e Tristan concordou em esperar que voltasse da próxima viagem para dar continuidade aos estudos.

Ainda restava pouco para o amanhecer quando se separaram. Lythos afastou-se na intenção de se refugiar em seu aposento particular para registrar tudo o que descobrira e aprendera naquela noite. Contudo, suas intenções foram interrompidas por um vulto familiar que o aguardava próximo à entrada do quarto, a roupa parcialmente despida como, sabia, ele costuma deitar para o dia.

— Onde esteve?

Virou-se para ele como uma criança pêga por travessura. Preparava-se para responder à altura quando o outro caminhou para a luz incerta dos archotes, que brilharam o verde perturbador de seus olhos. Não conseguiu pensar em nada que não fosse no amor louco que o invadia cada vez que o mirava.

— Estive... Na floresta... Tristan me falou... Do ritual... — balbuciou, estremecendo quando ele passou por si, e roçou os lábios contra sua nuca contraída.

— Deixe-me ver se está mentindo, Micênio... — essa última palavra dita com lentidão e sensualidade.

Apertou os olhos enquanto ele roçava de leve o rosto contra seu pescoço, farejando, eriçando os pêlos, enlouquecendo-o com sua proximidade nada inocente. Cedric encostou-se por trás ao mesmo tempo em que deslizava a mão por seu ventre contraído. E então, o guerreiro enlaçou-o num abraço carinhoso, trazendo-o mais para perto.

O jovem ofegou alto, abandonando-se àquele abraço, sentindo-lhe a firmeza por trás, contra seu corpo ainda adolescente, toda a sanidade esvaindo-se rápido para a necessidade de ser amado, de entregar-se ao sentimento que o atormentava desde a primeira vez em que seus olhos mergulharam um no outro.

Cedric acariciou-o por uma eternidade, gentil, uma mistura de inocência e devassidão. E então, se afastou. Não de repente, como sempre acontecia, mas bem lento, como se lamentasse. E tudo pareceu frio sem ele: o sangue, o fogo, a existência apagou-se para o vazio. Uma lágrima rubra escorreu-lhe pelo rosto no exato instante em que a voz dele ecoou pelas paredes de pedra, sentida.

— Esteve na floresta, estudando, como me disse. Fico feliz que tenha aprendido com Tristan, afinal foi o primeiro presente que lhe dei — um beijo delicado na face como que selou a distância entre ambos. — Não se esqueça de que temos uma reunião amanhã. Preciso discutir contigo as informações que me trouxe hoje.

E, sem mais, ele virou-se no corredor, desaparecendo nas sombras de canto, como uma alma que vaga e não um líder que caminha. A dor foi tamanha que se escorou na parede para não ceder à necessidade de cair. Invadiu seus próprios aposentos, alheio à escrita e a qualquer outra coisa. Cerradas as janelas, fechada a porta, largou-se na cama e rendeu-se ao pranto sentido que o consumia. As lágrimas cessaram com o amanhecer, quando nada persistia além da morte.

* * *

A vida invadiu-o na noite seguinte junto à certeza de que precisaria lavar-se antes do encontro com o Senhor DeLacea. Banhou-se, escolheu sua melhor túnica, escovou os cabelos até que parecessem ouro negro e, só então, saiu à luz tremulante dos archotes outra vez. Fazia tempo que não dormia em casa. Sentia muita falta dali, como se nunca tivesse vivido noutro lugar, o que era uma inverdade.

Cruzou com Dédalos pelos corredores e soube que a reunião restringia-se a ambos, os dois governantes. Não lutou contra as evidências. Seria como resistir a ele e isso já não desejava. Não lhe restavam forças para antagonizá-lo. Despediu-se do ancião egípcio e vagou calmamente para onde, sabia, ele aguardava.

Suaves batidas e a resposta da voz baixa e rouca do outro lado quase o transportaram para realidade diversa. Agarrou-se ao resquício de sanidade e entrou, cerrando a porta atrás de si e enclausurando-os juntos no recinto viciado. A pouca iluminação lançava uma aura sobrenatural a todas as coisas ou eram seus olhos que assim o viam. Em verdade, acreditava que o mundo não passava de um espelho, pois eram seus olhos a interpretar e lançar significado ao que os rodeava. Igualmente, sabia que a visão do homem, sentado à mesa, era inteiramente diferente da sua. Dessa forma, era diferente o mundo que via, outro lugar ao qual pertencia, diversos os universos no qual existiam.

— O que houve, Micênio? — a cutucada irritante não pôde esconder o tom preocupado da pergunta. — Aconteceu alguma coisa?

— Além do que nos acontece sempre? Não, meu Senhor. Não há nada — murmurou, o olhar escuro e infeliz baixo às sapatilhas de tecido bordado.

— Sente-se — era um pedido. — Precisamos conversar.

— Sim. Creio que lhe dei muita informação mas não houve tempo de debater sobre o assunto e, se bem o conheço, em breve me enviará para uma nova viagem — começou em tom calmo, o rosto ainda baixo para esconder-lhe a dor.

— Não é disso que precisamos tratar agora, minha Pérola. Preciso lhe falar... Precisamos resolver o mal-entendido entre nós.

E foi quando Lythos fitou-o, o semblante jovem e impassível como que a acusá-lo. Os olhos escuros, no entanto, jaziam vivos e sofridos como nunca os vira até então. Por um instante, soube que fazia mal a ele, que o jovem cretense jamais seria feliz, que nunca poderia dar-lhe o que necessitava para continuar. A impotência corroeu-o por dentro de tal maneira que se calou.

— Não temos nada para conversar nesse sentido, Cedric. Conheço você, sei o que se passa pela sua mente e tudo o que peço é que não mate o resquício de esperança que há em mim, mesmo que nunca chegue a acontecer porque, caso o faça, perderei o rumo da minha existência.

Silêncio. Mergulhado naquele mar de ébano, Cedric compreendeu o que lhe dizia. Igualmente não poderia continuar, realizar todos os sonhos, prosseguir com seu destino sem Lythos a seu lado. Esse fora o grande erro desde o começo. Não permitiria que aquele Micênio atrevido, a criatura que mais amava, se perdesse em algum ponto antes da *Fronteira da Aceitação*. Sim, porque Lythos não atravessara a *Fronteira* ainda e, com absoluta certeza, jamais o faria. Restava cuidar dele, de sua alma e de seu coração, por toda a eternidade enquanto lhe fosse permitido.

— Nada te acontecerá, não enquanto eu viver — murmurou. — Entretanto, você mantém distância de mim e eu mantenho viva a sua esperança, esse é o trato.

Silêncio.

— Sim, meu Senhor.

— O assunto morre aqui, neste instante. Agora, conte-me com calma as boas novidades que me trás da sua viagem e os motivos que o levam a desejar partir novamente, tão rápido.

O outro sorriu, toda a sua inocência em contraste com a experiência absurda de seu olhar, algo que não poderia ser mensurado por olhos comuns, tão absurdamente seu que Cedric sentiu o peito oprimir. Aquele momento lhe pertencia e sempre haveria de pertencer. Precisava manter o irmão distante, protegê-lo das maldades do mundo e de sua própria fraqueza!

Lythos abriu-lhe o mapa diante dos olhos. Novos detalhes somavam-se ao antigo registro, o primeiro, de forma que praticamente poderia ver as florestas da Céltica ou as praias da nova Grécia. Por muito tempo, ouviu-o em sua narrativa apaixonante e construída naquele tom perfeito de quem manipula, compreende e se utiliza da palavra. Lythos era um mestre na arte de falar e escrever. Também por isso, colocara-o à frente dos contatos com outros reinos, responsável pelas mensagens, desde as mais importantes até as mais banais. Tudo, cada linha escrita ou cada palavra dita, passava pelos olhos e ouvidos dele apenas porque ninguém poderia decodificar o discurso como fazia. O segundo e último motivo por tê-lo incumbido de tão perigosa e importante tarefa era tão-somente confiança. Não confiava em mais ninguém para estar às suas costas. Como governante, não podia dar-se ao luxo da leviandade e Lythos era o único a quem confiaria sua vida e suas conquistas, apesar de nem sempre concordarem. Aquela fora sua escolha mais feliz. E o fato de o irmão estar costantemente fora, em missões oficiais, enquanto matava-lhe um pouco da alma devido à saudade, conferia-lhe tempo sobressalente para criar novos pretextos e mantê-lo, assim, distante o suficiente para não sucumbir. Perfeito...

E, ao fitá-lo e perder-se no brilho apaixonado de seus olhos negros ao relatar suas fantásticas descobertas, todas as razões pareceram-lhe medíocres diante do que ele significava. Quis chorar. Não conseguiu. Contudo a dor permanecia lá.

— Está me ouvindo, Cedric?

— Claro, Micênio! Não sou surdo! — tornou, aborrecido, um ardil para esconder a sombra triste em seu olhar.

Lythos mirou-o, um tanto desconfiado. Por fim, vencido pelo entusiasmo, deu de ombros e continuou a explanação, retirando um pergaminho comprido debaixo do braço e apontando uma marca vermelha no mapa.

— Contei aproximadamente sete novos feudos, de toda a região demarcada — pausa para fitar o irmão que, agora, não mais o mirava em desejo contido mas aguçara os ouvidos para saber tudo o que desejasse contar. Em momentos como aquele sentia que, de fato, eram semelhantes; daquela igualdade macabra que os afastava e, ao mesmo tempo, parecia uni-los como nada mais. Era estranho estar ali e olhar para ele daquela forma íntima, sem, contudo, encerrar amor.

— Esteve com os governantes? — perguntou o outro, depois do silêncio inexplicável que os envolveu.

— Não achei prudente ir ter com eles sem discutir contigo as primeiras impressões e as informações que conseguimos ao circular por entre o povo — Cedric sorriu, satisfeito, e retribuiu, piscando-lhe em cumplicidade. — Este é um dos poucos pontos em que concordamos, não?

— Sim... Os liderados são os únicos que podem dizer sobre seus líderes. Pois então! O que descobriu?

O jovem iniciou, então, um relatório detalhado. Narrou tudo o que ouvira, desde os boatos mais improváveis às informações mais importantes. Cada depoimento ou confidência, cada pensamento ou sentimento, estava ali, exposto. Quatro deles apresentavam organização digna de atenção, visto que, em todos, corriam lendas sobre governantes imortais e mortes nunca antes comprovadas, o que significava *Predadores* por detrás do poder.

Passou cerca de três horas inteiras ouvindo as informações, ainda não profundas como gostaria, mas que serviriam para traçar os próximos passos da *Família*, bem como determinar os alvos a serem atingidos. E Cedric não desejava excluir nenhum deles. A melhor maneira de saber o que os aguardava seria encarando-os. Falaria sobre isso quando o irmão terminasse a explanação.

No entanto, Lythos tinha ainda muito a dizer. Movido pela preocupação com sua própria gente, o jovem cretense descartou as três organizações mais fracas e focou toda a sua atenção nas outras quatro. Uma delas também teve de ser ignorada por hora, uma vez que os reais líderes pareciam tão bem escondidos e os *Predadores* do local tão espalhados que não houve meios de ultrapassar as lendas e alcançar a realidade. A respeito das outras três organizações dignas de atenção, Lythos reuniu o que seria um tesouro em detalhes.

O Feudo mais próximo dali situava-se em Thelinê, povoado relativamente grande e bem estruturado, um dos mais prósperos depois de Marselha. Segundo informações comprovadas por *Predadores* locais, os reais governantes eram Ewan e Ellora Thelinê, irmãos na mortalidade e amantes em sua vida imortal. Pertenciam à *Casta Sussurros do Silêncio* e, ao que indicavam as evidências, exerciam sem inibição o *Dom* que a morte lhes conferira. Também por isso não fora tão difícil conseguir informações seguras sobre eles. Até mesmo os camponeses suspeitavam de que os amos, em algum lugar do castelo sombrio, jaziam vivos há mais de cem anos. Além disso, Lythos conseguira descobrir que Ewan detinha aparência bem jovem enquanto sua irmã, Ellora, além de mais velha, era mais astuta. Muitos ousavam dizer que era ela quem liderava, apesar de o irmão figurar no comando. E, como prova de que não estavam muito preocupados em se resguardar, descobrira ainda o nome de Nathanael, capitão de Ewan, e de sua amante, Kiara, ambos fiéis aos Thelinê e pertencentes à mesma *Casta* de seus amos.

A *Família* seguinte situava-se mais ao norte, na cidade litorânea de Nicaia. Talvez por ter acesso ao mar e estar numa das principais rotas de comércio, o povoado de Nicaia era de longe o mais organizado e estruturado de todos. Dessa vez, fora um tanto mais complicado encontrar fontes seguras dispostas a falar, o que era bom, uma vez que *Predadores* inteligentes preferiam o anonimato a fim de proteger os seus e o império que lhes pertencia. A Linhagem DeNicaia detinha, a princípio, um único líder chamado Néfer, da *Casta Dominadores de Almas*, o que por si só representava risco. Aparentemente, Néfer era uma criatura séria, gozava de relativo prestígio e era benquisto por sua gente. No entanto, qualquer outra informação além de seu nome e *Casta* foram impossíveis de se obter. E, mesmo essas, Lythos admitira, poderiam ser apenas histórias e folclore, apesar de serem repetidas por mais de uma pessoa, mortal ou não. Quem poderia saber? Decerto que, por ser um líder cuidadoso e zelar por sua gente, Néfer deveria ter aliados, *Membros* pertencentes à *Família*, uma Guarda Pessoal ou coisa que o valha. Todavia, nada poderia afirmar.

A terceira e última família era a mais distante, situada entre a Céltica e a Trácia, às margens do rio Drava. Também conhecida como Zaydrish, seu nome não encerrava a alcunha do pequeno vilarejo de Drava, um local frio e úmido, repleto de árvores. O povo vivia em paz e, apesar de o castelo permanecer erguido, sólido e imponente na colina mais alta, a maioria jurava que estava desabitado há séculos, informação essa que não conferia com o desenvolvimento do lugar que, apesar de simples, jamais sobreviveria sem um braço forte que o erguesse e protegesse. Foi precisamente desse ponto que Lythos iniciou sua busca, encontrando, depois de muitos dias nas redondezas, as informações que precisava. Nenhuma delas, entretanto, fornecida por um *Predador*. Esse detalhe seria suficiente para que tomasse as declarações como inviáveis se não ouvisse um relato à distância, em circunstâncias reveladoras. O mortal murmurava e, ainda assim, pôde ouvi-lo claramente. Aquela região era comandada por Justin Zaydrish e sua cria, Theodore, ambos *Filhos da Terra*. Por causa disso, não os vira em lugar algum, nem mesmo referências a seus nomes. Escondiam-se como felinos ariscos e acompanhavam das sombras o que acontecia em suas terras. Ninguém parecia se importar com o fato de não haver um protetor e, milagrosamente, o povoado nunca sofrera qualquer ataque, nem mesmo das tribos bárbaras e nômades que se moviam pela região.

Um minuto de silêncio enquanto miravam-se em profunda admiração. Cedric pela competência do irmão, Lythos pelo amor que o consumia.

— É incrível como os mortais crêem naquilo que desejam crer.

— Deve entender muito disso tudo, não é, Bárbaro?

Cedric sorriu abertamente, correndo a ponta dos dedos pelo tampo da mesa e roçando-os, como que sem querer, na mão de Lythos. Ergueu então os olhos de esmeralda, afastando-se outra vez.

— Fantástico o seu trabalho! Porém, não estou muito seguro de que Justin exista. Apesar das circunstâncias em que ouviu o relato, era um mortal e mortais são suscetíveis a qualquer coisa, principalmente se alguém pode dominar suas mentes.

Lythos assentiu e permitiu-se um segundo de contemplação muda daquele rosto adorado que jamais teria para si.

— Foi o que pensei até que, na noite em que nos preparávamos para deixar o

povoado, fui abordado por um *Predador*.
— Como?! — inquiriu, aprumando-se na cadeira numa postura tensa. — Quem ousou...
— Calma, meu Senhor — murmurou, silenciando-o com um gesto de mão suave, apesar de não tê-lo tocado. Cedric deixara claro, mais de uma vez aquela noite, que entre ambos haveria apenas a distância. Precisava respeitá-lo e, além disso... Bem, não havia ninguém que pudesse ameaçar a atenção que Cedric lhe dispensava. — Era eu a estar em território alheio, não se esqueça. Mas foram bastante educados, eu lhe garanto.
Em poucas palavras, Lythos narrou o interlúdio com o Informante do Clã Zaydrish. Seu nome era Ezra, um *Sussurro do Silêncio* a serviço de Justin. A abordagem não foi longa. Tudo o que o "Guardião da Matilha" desejava saber era seu nome, a qual família pertencia e o que viera fazer em Drava, um lugar esquecido no mundo. Seguro, o jovem cretense não hesitou: revelou seu próprio nome e apresentou-se como o Mensageiro oficial da *Família* liderada por Cedric DeLacea. Disse que estava apenas de passagem e que, por fatalismo, um de seus homens adoecera — inconveniências da mortandade —, obrigando-os a adiar um pouco a partida. Contudo, seu Senhor Cedric mandava saudações a seu mestre e agradecia, desde já, a hospitalidade de sua gente.
Silêncio.
— E ele?
— Ele o quê?
— O que ele fez, Micênio? Fale de uma vez ou... Ou mando você em missão perpétua para a fronteira da nossa propriedade!
Lythos riu com gosto. Como se ele pudesse, de fato.
— Pareceu surpreso, fez-me uma reverência e disse que Justin Zaydrish ficaria feliz em saber que ao menos uma *Família* era digna de se chamar *Predadora*. Foi assim que confirmei o nome do governante e ainda soube que existem outros *Membros*, da *Casta Sussurros do Silêncio*, sob proteção dele.
— Entendo... — passou-se algum tempo sem que nenhum deles falasse até que a voz grossa de Cedric rompeu o ar viciado. — O que pensa a respeito de tudo o que ouviu? Qual deles julga confiável?
— À primeira vista? Nenhum deles. Não me julgo hábil a afirmar coisa alguma visto que pouco consegui lhe trazer. Todavia, gostei de Drava e acho que Justin seria um aliado fiel. Por outro lado, digo isso baseado apenas na minha experiência como mensageiro depois de tudo o que aprendi, ainda muito pouco para darmos qualquer passo.
— Concordo. Mas também gostei do que me relatou sobre os Zaydrish — Cedric ergueu os olhos para as chamas do archote e emudeceu por um instante. — Faltam duas horas para o amanhecer, pouco tempo para fazer qualquer coisa — voltou o olhar para o irmão. — Minha idéia é a seguinte: prepare uma comitiva especial para acompanhá-lo numa viagem longa, guerreiros de quem goste, não importa quem sejam. Terá uma noite para organizar sua escolta e, assim que o sol se puser daqui a duas noites, quero que parta com destino a cada um dos sete Feudos que me descreveu. Sua missão será tão-somente contatar os governantes ou seus representantes para um convite formal.
— Convite? Para que, Cedric? — indagou, curioso.
— Uma festa, oferecida pelos DeLacea para daqui a um ano... E seis meses. O tempo suficiente para que possa cumprir com sua missão e voltar para casa. Acredito que isso baste — e fitou Lythos, sorrindo em seguida. — Vamos comemorar Beltane, meu caro. Já esteve em Beltane antes?
— Não... — balbuciou confuso, tanto pela idéia como pela intenção.
— Não há necessidade de fitar-me dessa maneira. Obviamente, comemorar Beltane é um mero pretexto para reuni-los, apesar de ser o melhor deles. Tenho certeza de que ficará maravilhado, minha Pérola. Mesmo assim, é importante que ao menos nós dois saibamos do real objetivo dessa reunião: apresentar a nossa *Família* a cada um, nos conhecermos e conversarmos a respeito da sociedade à qual pertencemos, acima do mundo mortal.
— Vai convidá-los para uma reunião política? É o que está me dizendo?
— Não, meu caro. Vou convidá-los a conhecer o que somos, oferecerei

divertimento e os conduzirei à política sem que se dêem conta.
— Pelos deuses, Cedric! Não sabemos quem são! Como poderemos colocá-los dentro da nossa casa?

Cedric ergueu a mão e tocou-lhe o rosto transtornado, incapaz de resistir à maciez de sua pele fria e pálida.

— Essa é melhor maneira de proteger nossa gente, meu querido. Pense comigo. Diz que não sabemos quem são e tem toda razão. No entanto, eles também não sabem quem somos e nenhum governante que se preze atacaria o inimigo em território alheio sem ter certeza do que o aguarda. Por isso posso lhe afirmar: não haverá lugar mais seguro que o nosso lar durante o encontro. Não nos atacarão, não enquanto reconhecem território, e esse é o ponto! Uma vez que tenham noção do que construímos, ninguém ousará erguer-se contra nós — diante de um argumento como aquele, viu Lythos aquietar e sorrir-lhe. — Ademais, para deixá-lo ainda mais feliz, ficarei com Tristan a fim de cuidar para que a *Casa Ancestral* seja inabalável, eu prometo.

— Confio em você — disse o Mensageiro, em tom delicado. Seguiu-se um breve silêncio, que nenhum dos dois parecia disposto a quebrar. — E Dédalos?

— Quero que leve Dédalos contigo. Apesar de ter certeza de que ninguém nos apunhalará em nossa casa, não posso garantir a cordialidade alheia para com você. Apresente-o como conselheiro da *Família*.

— Certo, eu o farei. No entanto, ficarei meses fora. Como posso preparar a viagem numa única noite e ainda redigir os convites para que você os sele?

E então, aquele homem surpreendente empurrou-lhe alguns pergaminhos empilhados, passando-lhe a pena úmida em seguida.

— Escreva, minha Pérola — pediu num murmúrio. — Escreva o que eu ditar. Ainda nos resta tempo.

Sem questionar, o jovem cretense tomou para si pena e pergaminho, sua letra firme desenhando-se suave contra o couro curtido. Cedric prosseguiu no ditar ao mesmo tempo em que separava o bastão de cera vermelha diante de si e buscava o sinete de metal com o brasão da *Família*.

* * *

A comitiva, de quinze homens mais Dédalos, esperava já formada diante do castelo quando Lythos cruzou o salão principal. Uma figura conhecida destacou-se em sua direção, acompanhando-o até a porta. Em verdade, não esperava que Cedric fizesse isso, porém, ao contrário das outras viagens, de cunho territorial e informativo, essa seria a primeira em que envergava o nome DeLacea formalmente.

O governante pediu seu cavalo, selado, e acompanhou-os até o momento de retornar sem pôr em risco sua existência. Antes de voltar para a *Casa Ancestral*, despediu-se do irmão em pensamento, desejando-lhe sorte e dizendo que o aguardaria com boas notícias e saudade.

Ficaram algum tempo ali parados, enquanto Lythos via-o sumir por entre as árvores pelo caminho que os conduzira até aquele ponto. Só então, prosseguiram. Uma vez só, emparelhou seu cavalo ao de Dédalos e assim foram, não apenas por aquela noite como por todas as outras até o regresso. Sentia-se bem e seguro ao lado dele. Não era apenas segurança que o impelia a estar com o ancião e sim a enganosa sensação de que não estava só. Enganosa porque, se por um mísero instante parasse para olhar dentro de si, saberia que o vazio era preenchido apenas por Cedric e ninguém mais. Contudo, a existência precisava continuar, mesmo quando distante. Essa certeza, somada ao fato de que o irmão estaria lá quando retornasse, era o que o impulsionava para adiante, quando nada mais fazia sentido.

Os dias se passaram em monótono arrastar, transformando-se em semanas para tornarem-se meses. Por cada um dos Feudos conseguira contatar os líderes ou seus representantes, oferecendo não apenas o amistoso convite dos DeLacea, mas um presente único, providenciado por Cedric de acordo com o que lhe relatara sobre cada família. Todos, sem exceção, confirmaram presença para dia e local pré-estipulados, o que não significava que cumpririam com a promessa, apesar de ser grosseiro não o fazerem. Nunca se enganara ao crer na palavra alheia, por isso comunicara a Cedric que o melhor era arranjar os preparativos e não esperar que todos mantivessem o combinado. Não havia como prever a conduta de terceiros dentro dos limites da *Casa Ancestral*.

Apesar do longo período ausente de casa, não deixara Cedric sem notícias. Cuidara para que seu melhor discípulo vivo o acompanhasse e, a cada novo povoado visitado no qual sua missão era cumprida, enviava ao irmão uma mensagem lacrada. Obviamente, Cedric não sabia ler, e, para evitar transtornos, deixara um dos rapazes à disposição dele, para eventual necessidade. Como as respostas lhe chegaram sem obstáculos pelas mãos de familiares arautos, cada carta igualmente lacrada com o brasão, deduzira que o arranjo saíra a contento. Trouxera consigo o sinete de metal, enquanto Cedric permanecera com o anel, herança de Arkus, no qual fora desenhado, em baixo relevo, o mesmo sinal.

Enfim, a viagem chegava ao desfecho com a visita a Drava, o último povoado antes de tomarem novamente o rumo de Marselha. A noite estava especialmente fria àquela época do ano e, apesar de não sentir o açoite rigoroso do vento, podia ver pela comitiva que o mais apropriado seria resolver a pendência de uma vez e retornar antes que seus homens morressem congelados. Entraram na cidade já madrugada e deixaram um de seus alunos responsável pelos recursos, suficientes para que todos fossem acolhidos na única taverna do lugar. Entretanto, três noites já haviam se passado. Releu as recomendações e resmungos de Cedric — poderia imaginar o quão difícil não seria para o jovem mortal designado a escrever tudo o que aquele bárbaro insolente ditava — e só então, depois de cuidar para que a comitiva se acomodasse, aproximou-se de Dédalos.

— Não poderemos nos demorar aqui. Temo pela vida dos rapazes.

O ancião mirou-o com seus penetrantes olhos escuros, os movimentos sutis e comedidos.

— Está preocupado com o bem-estar de seus protegidos?

— Sim. Deveras preocupado, em verdade. Compreende a gravidade da situação? Três dias, Dédalos, e nem sinal do informante que me interceptou da outra vez, muito menos de Justin ou qualquer um deles. Não posso retornar à *Casa Ancestral* com a missiva de Cedric. Seria...

— Vergonhoso — completou em tom paciente. — Entendo, Senhor, e sei que, sagaz como é, já elaborou uma solução.

Um instante de silêncio enquanto o vento carregado de neve açoitava-os sem que se dessem conta.

— Uma solução? Não exatamente. Tenho um pedido a lhe fazer, meu bom amigo. Contudo, precisa me assegurar de que estará bem, que não infringirá nenhum dos seus ideais e que... Bem, preciso da garantia de que ninguém descobrirá sua identidade. Expor a *Família* e a sua vida é a última coisa que desejo nesse momento.

— Muito nobre, meu Senhor, porém preciso que me diga o que deseja de mim, do contrário, não poderei julgar.

Lythos corou com tamanha violência que Dédalos foi obrigado a segurar-se para não rir. Conhecia o jovem Senhor muito bem e sabia que uma manifestação daquelas lhe minaria a auto-estima.

— Conheço o seu *Dom* e sei que pode procurá-los sem ser visto, que pode oscilar por várias realidades sem ferir nenhuma delas. Peço que faça uso de seus conhecimentos para encontrá-los. Mas apenas se puder, porque também sei que, apesar de ter um *Dom* como esse, não o utiliza por princípios. Não quero ser responsável por sua infelicidade, portanto...

Dédalos silenciou-o com um leve gesto de mão.

— Vamos por partes, meu pequeno amigo. Atendendo à sua preocupação, sim, acredito veementemente que poderia fazer uso do meu *Dom* sem pôr nenhum de nós em risco por um motivo muito simples: a antigüidade me concede o aprimoramento. Dessa forma, estarei bem e a *Família* estará resguardada, pois daria a minha vida pela de vocês. Quanto aos meus princípios, tem razão quando diz que não faço uso do que conheço e aprendi por todos esses séculos. No entanto, em alguns momentos de nossas existências, é preciso ignorar a verdade na qual acreditamos para movimentar o que construímos. Lembre-se disso, meu amigo. Pode ser que, um dia, seja necessário para a sua existência e eu não esteja ao seu lado para lembrá-lo do que, de fato, importa.

— E o que importa, Dédalos? O quê... — murmurou, perdido no fogo que queimava o olhar alheio.

— A família importa. O amor importa. E somos uma família, Lythos. Estou unido a vocês por amor. Não há nada que eu não deva ou queira fazer em prol do que temos juntos.

E, com essas palavras, o egípcio afastou-se com passos seguros pela superfície irregular do gelo e desapareceu contra o tom pálido da paisagem. No instante seguinte, não havia nada ali além do vento, uivando entre as árvores; da neve, caindo quente sobre sua pele fria; e a sensação de que estaria só em alma pelo resto de sua vida.

* * *

Dobrou a missiva, a mesma que recebera há mais de duas luas, e guardou-a novamente junto às outras, enviadas pelo mesmo mensageiro.

Lythos...

A imagem daquele Micênio atrevido o acompanhava de dia, durante o sono, e estendia-se por toda a noite, em saudade. Inferno que não terminava nunca! Tentou convencer-se de que era apenas a mudança de hábito, coisa que o irritava. Em quase mil anos de convivência desde que o jovem fora *enlaçado*, acostumara-se a brigar e rosnar para Lythos sempre que algo acontecia de errado. Pois bem, nos últimos meses, apesar de os contratempos continuarem aparecendo vez ou outra, não tinha com quem gritar. É verdade que Tristan permanecera. Contudo, não tinha o mesmo efeito, uma vez que o mago ouvia a torrente raivosa de palavras sem mover um único músculo do corpo! Como poderia discutir com alguém que, aparentemente, não se importava? Como extravasar a tensão se não havia ninguém com quem se embater, mesmo que verbalmente? E Lythos defendia suas idéias com tamanha paixão, tamanho calor! Podia imaginar o quão passional não seria...

Balançou a cabeça, transtornado com o rumo de seus próprios pensamentos, e procurou focar a atenção noutra coisa qualquer. Vagou os olhos pelo recinto fixou-os na figura baixa, magra e esguia do escriba, designado pelo irmão para ler-lhe a correspondência. Ainda mais essa! Tinha que se submeter à leitura de um qualquer por puro capricho do destino.

— O que está fazendo aí, parado, diante de mim?! — rosnou, satisfeito com o olhar amedrontado do rapaz, que estremeceu de pavor.

— E-eu... O Senhor pediu que... Convocou-me para... As cartas...

— Fale de maneira que eu possa entender, menino! Ou serei obrigado a dar-lhe serventia mais acertada! — ironizou, aprumando-se na cadeira e diminuindo a distância entre ambos.

— Li a missiva de meu mestre, como o Senhor ordenou.

— É verdade... E a missiva já acabou, então, saia daqui antes que eu resolva incluir você na minha refeição noturna! — o instante que antecede o desespero era delicioso. O rapaz estava tão apavorado que não pôde se mexer. — Vamos, moleque! Saia!

E ele correu na direção da porta, sumindo de sua vista o mais rápido que as pernas lhe permitiam. Obviamente, não se alimentaria de um dos discípulos de Lythos, a não ser que aquele Micênio atrevido e melindrado demorasse demais para voltar! A ausência dele começava a afetar-lhe o raciocínio e isso não era bom. Precisava ocupar-se de algo interessante.

Nas últimas semanas, depois de ter orientado Bayard em como agir diante dos camponeses e o que deveria pensar, dizer e sentir em relação à *Família* DeLacea, levara-o aos mais diversos lugares da propriedade, sempre tendo o cuidado de analisar-lhe a conduta, as intenções e os pensamentos. Não queria nenhuma surpresa e os seres humanos eram as criaturas mais imprevisíveis já criadas pelos deuses. Bayard mostrara-se perfeito para o papel que assumira: controlado, comedido, discreto e leal.

Além disso, reservava uma parte da noite para ir ter com Tristan e acompanhar a evolução dos planos de proteção para a *Casa Ancestral*. Como não se sentia atraído pela magia, não como Lythos, reservava-se o direito de ouvir os relatórios, porém não tinha paciência de passar horas ali, em silêncio, observando-o pensar. Era monótono demais! Como Lythos conseguia, não sabia, porém respeitava o interesse alheio, da mesma forma que o Micênio respeitava-lhe a paixão pelas armas.

Armas...

Seria interessante aprender sobre armas e luta com alguém que pudesse ensinar algo de novo. Onde poderia encontrar alguém com essas qualidades? Muito fácil! Qualquer *Filho da Terra* sabia lutar, esquivar e esconder-se como ninguém! Se Lythos podia ter um mago só para si, por que raios não poderia ter um "cão"? Ambos lideravam, tinham os mesmos direitos.

Decerto que, na prática, nada era tão simples. Teria de encontrar um desgarrado, submetê-lo a algum tipo de dominação, fosse mágica ou mental, e mantê-lo dominado até que saciasse sua sede de saber. Não, daria muito trabalho. Ademais, Tristan fora um presente e, se justificasse para Lythos a presença de um *Filho da Terra* dentro da *Casa Ancestral* de forma tão mesquinha, era provável que o outro carregasse o mago nos ombros e o atirasse à cara, como se faz com um adorno barato, oferecido por um amante mentiroso.

Amante...

Por todos os deuses! Teria que arranjar uma maneira de saciar aquele desejo insano, que o acometia sempre que pensava no irmão e imaginava-o em seus braços. A melhor alternativa seria arranjar uma fêmea. Talvez uma *Filha da Terra*! Isso sim seria um bom motivo. E Lythos não poderia contestar suas necessidades animais e instintivas.

Bom tempo se passou até que chegasse à conclusão de que precisava de um "cão" para ensinar-lhe o *Dom* da *Casta*, porém não desejava ter por amante uma mulher assim. Queria alguém mais delicado, suave, perfumado. Alguém que o acarinhasse e que o mirasse com paixão flagrada, enquanto os dedos longos e leves desfaziam os nós de sua túnica. Teria uma *Dominadora de Almas*, inteligente, aparentemente inocente e que guardasse os segredos da arte de amar. E esse alguém poderia, ainda, ser útil para a *Família*, como espiã. Quem desconfiaria de uma dama linda, gentil e carinhosa?

E então, a partir dessa constatação, esqueceu completamente dos prazeres carnais para enveredar pela gama de possibilidades e conhecimento que poderia adquirir ao submeter, ao menos um representante de cada *Casta*, à sua influência. Além de ter aliados poderosos, da oportunidade de compreender e aprender *Dons* aos quais ainda não tinha acesso, construiria uma família sem igual, formada por todos os tipos de *Predadores*, sob suas ordens. Não haveria criatura forte o suficiente para enfrentar os DeLacea! Ninguém ousaria ou se arriscaria a interferir em suas existências e protegeria os seus, ainda mais do que antes. Lythos não teria o que temer, nunca mais, pois seriam leais, compartilhariam dos mesmos objetivos, serviriam a uma única causa.

Motivado pela ânsia de concretizar essa idéia, Cedric saiu da sala de reuniões e correu o castelo atrás de Tristan. Como não o encontrou, chamou-o em pensamento. O mago surgiu-lhe alguns instantes depois, solícito e com o calçado ainda sujo de terra fresca. Não se inquietou porque, com certeza, estivera na floresta, criando sozinho a magia de proteção para a ocasião da festa, como ordenara, desde a partida de...

A saudade machucava-o já, embora jamais o admitisse.

— Perdão, meu Senhor. Em que posso servi-lo?

— Como andam os progressos em relação ao que lhe pedi?

— Estará pronto antes da próxima lua, meu Senhor. Descobri uma magia infalível, resta-me encontrar aquilo que preciso para realizá-la.

— Perfeito. Quero que pare o que está fazendo por hora e dedique-se a uma nova tarefa. Preciso que esteja pronta antes do retorno de Lythos. É possível?

— Depende, meu Senhor. Do que estamos falando exatamente?

— Sabe de alguma magia que crie laços de lealdade e devoção de outrem para conosco, sem que isso afete sua personalidade ou coloque em risco nossas existências?

O mago mirou-o por alguns instantes, os olhos vítreos e vazios.

— Sob os mesmos preceitos da magia que criei para que Bayard Ridley pudesse ser seu representante?

— Sim... E não. Quero algo mais, Tristan, pois não estamos falando de mortais.

Novo silêncio, dessa vez mais longo.

— Está me dizendo, Senhor, que deseja uma magia que submeta outros imortais às suas ordens, sem anular-lhes a consciência?

— Exato. E, além disso, esses imortais precisam estar ligados a mim, confiarem em minha palavra e pensamento, acreditarem no que eu acredito.

Tristan esboçou o que, a muito custo, poderia ser chamado de um sutil sorriso. Ou foi a impressão que Cedric teve ao olhar para ele: que escarnecia.

— Quanto à persuasão, tenho certeza que não existe nada mais eficaz que o seu empenho, meu Senhor — antes que Cedric pudesse contestar-lhe a declaração, o mago puxou um pergaminho de dentro das vestes druídicas e o leu em silêncio. Esperou apenas porque a ansiedade era maior que o desejo de antagonizá-lo. — Acho que não será tão difícil uma vez que poderemos utilizar seu sangue ou o sangue daquele que tiver por intenção tornar-se o líder desse grupo. Por serem mais fortes em vontade, acredito que isso não os anularia, ao menos não da maneira absurda que acometeria um mortal. Mas terei que averiguar. Pode haver alternativa mais apropriada.

— Aguardo o seu pronunciamento com boas notícias o mais rápido possível.

— Claro, meu Senhor. Darei o melhor de mim para descobrir o que me pede e criar o ritual antes que o Senhor Lythos retorne da viagem. Com licença. Vou trabalhar.

Cedric consentiu que se afastasse e, de súbito, Tristan desapareceu, provavelmente de volta à floresta ou aos seus aposentos, a fim de pesquisar. Confiava nele e tinha certeza de que o prazo se cumpriria, pois o mago nunca afirmara algo sem ter plena consciência de sua capacidade para realizá-lo. A parte mais complicada, deixaria a cargo dele: tornar viável que criaturas tão distintas pudessem conviver em harmonia sob o mesmo teto, tendo por diretriz os mesmos conceitos e por guia o mesmo governante. A outra parte do plano era simples e poderia arranjar com facilidade: encontrar imortais desgarrados, despojados de tudo o que possuíam, necessitados de auxílio — independente de qual fosse — e dispostos a recomeçar, mesmo que sob o comando de outro alguém.

Munido da força e determinação que lhe era peculiar, Cedric voltou aos seus aposentos, vestiu-se com uma roupa apropriada para a ocasião e retornou ao salão principal, chamando por Bayard em pensamento. Não encontraria nada se não iniciasse a busca, portanto não tinha tempo a perder. O serviçal atendeu de pronto, elegantemente trajado, sua espada atada à cintura.

— Quero sua companhia para ir à vila e varrer os campos.

— Seu desejo é meu desejo, Senhor. Preciso providenciar tudo. O que exatamente vamos fazer?

— Observar, meu caro Bayard. O bom caçador sempre observa a caça antes de partir para o ataque.

* * *

Uma noite inteira se passara em solidão, pois Dédalos sumira na escuridão como um bom *Sussurro do Silêncio*. Não esperava dele nada além disso e tinha plena confiança de que retornaria com notícias, mesmo que não fossem inteiramente boas. Os homens...

Bem, cada um sobrevivia como podia, inclusive ele mesmo, que tivera de procurar algum lugar seguro para "dormir". Tinha ciência de que o ancião egípcio não retornaria numa noite ou duas então, cuidara da comitiva e fora se refugiar para pensar. Apesar de confiar em Dédalos, não cabia ao companheiro de viagem convencer Justin a viajar por tanto tempo até Marselha. Essa era uma incumbência de sua inteira responsabilidade e precisaria pensar com cuidado numa boa estratégia para abordar o informante.

Há dias não caçava. Não julgava correto fazê-lo em território alheio sem ao menos consultar o Senhor local. Tal atitude poderia ser tomada como afronta ou coisa do tipo. Então, resignara-se à fome e aguardava a oportunidade de apresentar-se, quando se sentiria mais à vontade para estar ali. Talvez, por conta disso, um estranho sentimento vibrasse em seu íntimo, clamando por sangue, pelo brilho de olhos queridos nos seus, pelo perfume inconfundível dos cedros na primavera.

Cada um de seus pensamentos foi tomado pela imagem dele. Repassou os instantes em que viveram lado a lado, desde que se tornara um *Predador*; lembrou-se de cada palavra, cada gesto de carinho ou explosão de fúria. Muito mais do que isso, suas recordações levaram-no para um tempo passado, algo que permanecia dentro de si, porém não conseguia recordar-se com clareza. Fora mortal e vivera num grande palácio. Sua habilidade com a escrita e as línguas era algo que trazia consigo antes do *Enlace*, todavia essa informação não lhe cabia. Fora Cedric quem o dissera e, apesar de confiar nele, era inteiramente diferente de recordar.

Da mesma forma, soube que tivera um único bom amigo, alguém que o deixara no escuro, não por vontade própria e sim porque não tivera outra opção. Esse amigo lhe salvara a vida, norteara-lhe os sonhos, acalentara-lhe o pranto tantas e tantas vezes e nem ao menos conseguia lembrar-lhe o nome!

Uma lágrima de sangue escorreu-lhe pelos cantos dos olhos e cerrou-os para a escuridão fria da gruta na intenção de ignorar que sofria, pois, junto à lembrança perdida de um amigo querido o qual não mais poderia ver, veio a sensação concreta de que algo mais se perdera, algo puro, intenso e verdadeiro, o autêntico e real motivo que o levara a amar Cedric acima de todas as coisas.

Passou o resto da noite tentando lembrar-se dos momentos que antecederam o *Enlace*. Só conseguiu agarrar fragmentos desconexos de acontecimentos, manchados com sangue, lágrimas e dor; carregados com o forte aroma dos cedros. Nada lhe restara do início, nem mesmo a vaga lembrança do que poderia ter sido. E o pior foi ter consciência de que esse vazio jamais seria preenchido, por nenhuma outra lembrança, fosse ela qual fosse.

O dia raiou trazendo a morte e a ele sucedera nova noite, ainda mais fria de acordo com o tremor de seus homens. Tentara animá-los, sempre zelando para que não passassem necessidade. As horas arrastavam-se e permanecera à taverna.

Ergueu uma taça de bebida quente, apenas para embriagar-se com seu aroma forte e doce. Uma das prostitutas passara por ele, oferecendo mais bebida à mesa ao lado, os únicos que compartilhavam de sua solidão àquela hora da noite. A mulher resfoleou por sua mesa e lançou-lhe um sorriso malicioso. O sangue nas veias dela pulsava, seu perfume adocicado e enjoativo misturava-se ao odor típico do líquido vermelho e espesso. Sentiu sua própria garganta como que secar numa sede desconhecida, provavelmente agravada pelo desespero que as reflexões lhe traziam. Voltou a atenção para o copo, apenas para não se aperceber da presença dela e de seu sabor tentador.

Entretanto, a mulher caminhou em sua direção, sentando-se ao seu lado no banco corrido, tão próximo que podia sentir-lhe as batidas do coração. Fitou-a de soslaio, a expressão inalterada na tentativa de afastá-la. Sem sucesso. Parecia disposta a vender-se de qualquer maneira, uma pena que o preço seria alto demais para ela daquela vez. Atrevida, roçou-lhe os seios fartos enquanto suas mãos quentes escorregavam-lhe para a região entre as virilhas, sem pretensão de esconder a intenção de tocá-lo.

A sede por sangue foi rapidamente substituída por revolta. Ninguém... Ninguém jamais o tocaria. Recordou-se então de mãos imundas e pérfidas acariciando-lhe o corpo

117

numa época longínqua na qual nada podia fazer para impedir que o maltratassem. Logo em seguida, o corpo vibrou pela lembrança das mãos suaves de Cedric e quis matar aquela mulher. Ninguém, jamais, o tocaria novamente. A não ser...

Segurou a mão dela antes que alcançasse o alvo, apertando-lhe os dedos com mais força que o pretendido. A mulher tentou se afastar, amedrontada com a frieza dos olhos negros e acometida por dor desconhecida. Os ossos de seus dedos estalaram sem que se desse conta, perdido que estava em lhe gritar em pensamento que ninguém o tocaria outra vez, que não ousariam feri-lo, que mataria aquele que se aproximasse.

— Meu Senhor... — uma voz baixa e suave entrou-lhe pelos ouvidos, trazendo-o à realidade. — Deixe-a ir, meu Senhor.

Largou a moça no mesmo instante, não por intimidação e sim porque, de súbito, percebera o que fazia a ela, cujos olhos jaziam repletos de lágrimas, a mão retorcida.

— Pelos deuses... Perdão... — murmurou, afastando-se para que ela pudesse correr em disparada para dentro da taverna. Acompanhou-a com olhar atormentado, antes de voltar-se para Dédalos, a voz entrecortada. — Eu não quis! Juro que não quis! Mas ela tentou me tocar e...

Ao mirar o ancião, perdeu-se na figura de dois homens, parados um de cada lado de Dédalos. O que permanecia à esquerda, reconheceu de imediato como sendo Ezra, o informante com quem tratara da outra vez. O indivíduo à direita causou-lhe grande assombro. Era alto, o ombro largo, pele clara e músculos marcados. Tinha uma vasta e rebelde cabeleira, brilhante e ondulada, que lhe caía até o meio das costas num tom incomum de castanho. Os olhos eram claros, porém não conseguia definir-lhes a cor numa mistura de verde e amendoado que tornava o conjunto ainda mais selvagem. Sim, essa foi a impressão maior ao mirá-lo: era um ser indomável, livre e seguro. Soube disso quando a voz rouca ecoou pela taverna, calando todos os presentes.

— Veio de longe para esmagar a mão de uma prostituta? — Lythos apenas sustentou-lhe o olhar, Senhor de si e inexpressivo outra vez. — Diga-me, forasteiro do oeste, o que pretende fazer quanto a isso?

— Não posso voltar atrás e asseguro que não me orgulho de ter cedido ao desvario, apesar de a fome me torturar há mais de um mês — tornou, o tom firme, o olhar altivo. — Entretanto, meu conselheiro conhece a arte das ervas e pode ajudar a mulher. Afinal, por ser mortal, é inocente. Além disso, ofereço a paga ao estabelecimento, pelo tempo que ela precisar para se recuperar do ferimento. É o mínimo que posso fazer antes de partir.

Um silêncio pesado caiu entre os quatro enquanto Lythos percebia que era avaliado minuciosamente. Poderia ter arriscado e tentado invadir a mente daquela criatura, tão diferente de tudo o que encontrara até então. Porém, julgou que seria imprudência, uma vez que se encontravam em território desconhecido. Limitou-se a encará-lo, sem autoridade ou presunção, com a indiferença que lhe era peculiar.

— Está falando sério? — indagou o homem, uma sombra de curiosidade alterando a cor de seus olhos para um castanho escuro. — Vai pagar para que ela seja cuidada?

— Decerto que sim. Frágil como é, estando eu suscetível à fome, seria estúpida caso decidisse por se aproximar de mim. Deduzo que foi pura ignorância, da qual ela não tem responsabilidade. Pois bem, alguém deve ser responsabilizado, como em qualquer situação, e nada mais justo que eu assuma a parte que me cabe. Até porque a ignorância deles é a nossa tranqüilidade, ao menos é minha maneira de pensar. Seu líder não concorda com isso?

— Sim. Meu líder concorda e acredita em semelhantes valores. Na verdade, meu líder é um ser que considera muito a honestidade e a coragem para assumir aquilo que fazemos, independente de nos orgulharmos ou não de nossos atos. Na sociedade à qual pertencemos, as atitudes importam menos do que a força para assumi-las.

Lythos pensou por um momento, com toda a clareza que possuía. A conversa tornava-se interessante, porém, apesar de concordar em parte, havia outras questões e as atitudes contam em determinadas situações, quase tanto quanto a palavra de um homem.

— Na minha concepção, atitude e responsabilidade caminham juntas, pois só assim podemos liderar em harmonia, mantendo o equilíbrio de nossos interesses e o interesse daqueles que nos confiam suas vidas. Por outro lado, não desejo impor minha forma de pensar a ninguém, muito menos ao seu governante. Vim, tão-somente, como Mensageiro oficial de minha *Família*, confiar-lhes uma missiva de meu Lorde, Cedric DeLacea.

O homem sorriu e indicou a ambos o banco da mesa na qual Lythos sentara por toda a noite. Com um gesto de mão, ele ordenou que Ezra se mantivesse de pé e, só então, tomou assento diante dos outros dois, seu olhar oscilando de Dédalos para fixar-se em Lythos, o rosto quadrado e maduro suavizando-se com a promessa de um sorriso.

— Então... É Lythos, aquele que, junto a Cedric DeLacea, lidera um dos mais bem organizados feudos dessas terras. Ouvi falar de vocês e, se soubesse quem eram antes de sua partida, teria vindo cumprimentá-los pessoalmente. Deu-me mostra de seu caráter e dos princípios que norteiam os líderes de sua *Família*. Bem-vindo a Drava. Sou Justin Zaydrish e ofereço minha hospitalidade a ambos e aos seus.

Numa fração de segundo, valendo-se de que apresentava Dédalos como conselheiro do reino, aproveitou para varrer a mente daquele homem, rápido o suficiente para que não se apercebesse. Ele falava a verdade. Devia ter confiado em sua palavra, porém ainda soava irreal o fato de um governante ter aparecido para falar pessoalmente com um forasteiro. Por conseguinte, devia ter imaginado que um *Filho da Terra* não se contentaria em "ouvir falar". Eram criaturas fortes, audazes e nobres o bastante para enfrentar qualquer um que lhes invadisse o território. Os líderes, principalmente, surgiam como os protetores do restante do "bando", o que lhes atribuía prestígio e posição de frente em qualquer tipo de ameaça. Justin não era diferente e, além da bravura e coragem que emanava, podia sentir que era uma criatura que prezava a honestidade acima de qualquer coisa. Talvez fosse melhor jogar abertamente com ele, do contrário perderiam um possível e importante aliado.

Foi apenas quando o governante de Drava voltou-lhe os olhos castanho-esverdeados que falou outra vez, a voz mais suave, como a que acostumara a utilizar em viagens oficiais.

— É um imenso prazer estar diante de você, Justin. Também ouvimos muito a seu respeito e imaginava quando poderíamos nos falar frente a frente.

— Você diz a verdade, o que muito me assombra. Minhas experiências com *Dominadores de Almas* não primaram pela franqueza, sinto muito.

— Não precisa se desculpar. Antes de ter uma *Casta*, pertenço a uma *Família* e possuo personalidade e princípios próprios que não puderam ser apagados, mesmo com o *Enlace* — disse, passando o olhar para Ezra e deduzindo de que maneira Justin descobrira a qual *Casta* pertencia. — Como disse antes, trouxe-lhe uma missiva em nome de Cedric DeLacea, convidando-o a uma reunião em nossa casa, daqui a um ano, aproximadamente.

E, com essas palavras, Lythos passou-lhe o pergaminho lacrado com o brasão da *Família* em vermelho vivo. Justin quebrou o selo e percorreu as linhas com os olhos por breves instantes, roçando os dedos de leve contra o alto relevo da tinta. Então, entregou a carta a Lythos novamente, alegando que estava aberto a ouvir a mensagem que Cedric lhe enviava, fosse ela fiel ao manuscrito ou não.

Lythos segurou a missiva, sem desviar os olhos dele, mudo. Pela primeira vez, desde que começara a viajar sob o nome dos DeLacea, teria de valer-se de seu instinto para lidar com a situação. Agora era diferente. Justin fora o único que viera pessoalmente lhe falar, estava disposto a ouvir e confiar em suas palavras e, conhecendo o mínimo, sabia que a verdade seria sempre fiel. Caso decidisse encobri-la com o ardil planejado, poderiam não apenas perder Justin como conquistar uma inimizade eterna.

— Posso ler a missiva, se desejar. Fui eu quem a escreveu, apesar de as palavras serem de meu Senhor, Cedric. Todavia, de fato permitirá que eu leia sem ter certeza de que digo a verdade?

— É mera questão de confiança, Lythos. Posso chamá-lo Lythos? — a concordância veio involuntária, enquanto procurava ardil por detrás do discurso. Nada. Absolutamente verdadeiro. Como poderia ter sobrevivido tanto tempo sem esconder-se?
— Pois então, Lythos. Confiaria em mim, caso estivesse no meu lugar?
— Não creio, Senhor.
— Mesmo? — ele riu, sereno. — Pois minha intuição me diz que vocês, DeLacea, preparam algo grande e, apesar de não ter certeza de que quero ou deva tomar parte, tenho interesse em saber o que é. Embora os informantes realizem excelente trabalho, não existe melhor maneira de descobrir do que buscar informações na fonte.
— Eu poderia lhe mentir e você jamais saberia — declarou, recebendo um olhar abismado de Dédalos, silenciosamente parado ao lado, como que aguardando o desfecho do embate. — Afinal, sou um *Dominador de Almas*, poderia fazê-lo com tranqüilidade e arrisco dizer que não teria poder suficiente para descobrir que invadi sua mente e alterei seus pensamentos.
— Tem razão! De fato não poderia e me aventuro a dizer que já o fez.
— Engana-se, meu Senhor. Não alterei seus pensamentos, apesar de ter buscado em sua mente a confirmação de seu nome — Justin mirou-o surpreso. — Perdão. Precisava saber que não me mentia. Mas foi só, acredite.
Silêncio. Dédalos desviou o olhar de ambos para vagá-lo pelas acomodações precárias da taverna, temeroso de que o encontro terminasse muito mal caso Lythos se enganasse em seu julgamento. Conhecia-o há tempo suficiente para entender-lhe o raciocínio sem precisar de explicações afinal, era seu confidente e amigo, aquele que o ouvia e lhe falava nos momentos de desespero. Secretamente, clamou para que Anúbis os guardasse na morte, uma vez que estavam enclausurados nela. Mesmo sem olhar para Justin, sentiu o semblante dele tornar-se pesado, sério e ameaçador, enquanto Lythos permanecia como sempre.
— Recebemos aquilo que ofertamos. É assim que guio os meus e cuido desse povoado. Da mesma forma que foi sincero comigo, abro minhas intenções para com você: há uma emboscada preparada para o caso de nossa conversa terminar em algo menos do que cordialidade — Ezra ameaçou manifestar-se, porém foi impedido. — Ou seja, vim até aqui disposto a conhecê-lo e ouvi-lo, mas não sou louco de expor minha cabeça a alguém que detém tanto poder. A morte de vocês está decretada caso eu não ordene o contrário. E, mesmo assim, afirmo que desejo conhecer suas intenções, ser receptivo com sua gente e, se possível, ajudá-los no que precisarem. Pode ler minha mente. Verá que digo exatamente o que penso.
Lythos sorriu, assim, de súbito e sem propósito, desconcertando o governante à sua frente, apesar de não encerrar nada além de satisfação. Sem mais, como que pleno, o jovem mensageiro posicionou a missiva diante dos olhos e sua voz doce ecoou pelas paredes frias.

À Casta Filhos da Terra
Sob os cuidados de Justin Zaydrish e seu Clã

À certeza da hospitalidade que cabe a cada um de nós ao disponibilizarmos o que nos é mais caro, em respeito às diferenças que nos amparam como Predadores e às semelhanças que nos unem como Criaturas da Noite, venho por meio desta convidar Vossa Senhoria a comparecer à primeira de muitas comemorações de nossa sociedade; a realizar-se na Casa DeLacea, em ocasião das festividades de Beltane, na última lua do décimo mês, a contar do momento em que lês esta missiva.
O objetivo dessa reunião em nada se vincula às crenças celtas, não obstante, cuida para que tenhamos oportunidade de conhecermos uns aos outros e estreitarmos as afinidades que nos

tornam superiores à mortalidade na qual existimos.
  Desde este momento, honra-me a vossa presença. Tenhas a certeza de que Vossa Senhoria, bem como os seus, serão bem-vindos e bem recebidos nessas terras.
  Peço-te que retorne a confirmação de tua vinda ao mensageiro que porta a missiva em questão, a fim de que possamos preparar o que é necessário para recepcionar a todos.

Cordialmente,

Pela Família à qual pertenço
Cedric DeLacea.

Da Casta Dominadores de Alma.
Marselha, na primeira lua do terceiro mês do corrente ano.

  Finda a leitura, Lythos enrolou o pergaminho e entregou-o a Justin, que o mirava com olhar indecifrável. Observaram-se, cada um perdido em seus próprios pensamentos. O guardião de Drava abriu a missiva mais uma vez e seguiu-se o mesmo ritual de antes, ao correr os dedos pelas linhas desenhadas com precisão.
  — Você é um artista e sinto que há algo mais do que uma comemoração para unir aquilo que não pode ser unido — ergueu o olhar para Lythos, sério, porém sem a hostilidade de antes. — O que exatamente Cedric almeja com essa intimação?
  — Antes de qualquer coisa, Justin, é livre para ficar se assim desejar. Meu Lorde não tenciona intimidar ou intimar ninguém, apenas decidiu abrir nossa casa para que os governantes significativos se encontrem.
  — Diria que é louco... Se não fosse sagaz. Não tenho certeza se alguém mais chegou a pensar nisso, no entanto seria muito difícil uma emboscada em território desconhecido logo num primeiro encontro. E, assim, estaria garantida a oportunidade perfeita para que vocês, não apenas conheçam cada um de nós, como tentem extrair alguma informação que, porventura, esteja evidente em nossas mentes. Engenhoso e respeito isso. Cedric é de fato um grande líder. Entretanto, assim como eu, outros podem raciocinar da mesma forma e agir como esperam que não aconteça. Nesse caso, estariam desprotegidos dentro de sua própria fortaleza.
  — De fato, não subestimamos a inteligência alheia. Mas Cedric está certo do encontro, com todos os riscos que representa, e contamos com você para nos ajudar, caso alguém tente trair nossa confiança, porque não desejamos trair ninguém.
  — Confiariam em mim a esse ponto?
  — Sim — afirmou, sem hesitar, mirando-o de frente. — Confiei em você desde a primeira vez que ouvi seu nome e foi isso o que relatei a Cedric quando retornei à *Casa Ancestral*: Justin será um aliado valioso, embora esse julgamento se fundamente na minha intuição e não em informações concretas.
  Justin vagou o olhar para Dédalos, numa fração de segundo. O egípcio olhava para Lythos com a ternura e o respeito que cabem aos liderados que confiam. Pudera ver a mesma expressão no rosto dos seus, em diversas ocasiões. Nada lhe ocorria quando a voz suave do jovem fez-se ouvir novamente.
  — E você está certo. Não é uma mera reunião para nos conhecermos. Entretanto, não planejamos atacar ou trair ninguém! Muito ao contrário, nosso sentimento de hospitalidade é autêntico e sincero. Todavia, não desejo mentir para você, ainda mais depois do voto de confiança que trocamos. Há a intenção de proporrmos regras de não-agressão que zelem para o bem-estar de todas as famílias em questão, assim como a esperança de que possamos formar uma única aliança, forte, de proteção mútua, que marque o início de uma nova era para os de nossa espécie.
  Um segundo de silêncio e perdeu-se no brilho dos olhos castanho-esverdeados

que o sondavam sem pretensão. Ele ainda perguntou por um exemplo qualquer. Apesar de compreender sua preocupação, tudo o que pudera lhe dar era a intenção de proteger as comitivas de mensageiros, um estímulo para que mantivessem contato e cooperação.

Conversaram um pouco além e revelou que ninguém mais sabia da real intenção da reunião por um motivo muito simples: Justin fora o único que se dispusera a encontrar-se pessoalmente com um mensageiro e não falaria de um assunto valioso com intermediários.

— Perderam uma grande oportunidade — foi o comentário dele, que sorriu, mostrando os caninos afiados. — Antes de encerrarmos a discussão e eu mandar meus homens se retirarem, responda-me: se eles tivessem concordado em encontrá-lo e se houvessem perguntado a respeito, você revelaria as intenções de vocês?

Mirou-o, sério. Era o momento. Poderia morrer ali e ser o responsável pela destruição de Dédalos, de Cedric e do Império. E sua intuição ordenou que confiasse, mesmo que não soubesse exatamente o porquê.

— Não, pois não confiei em nenhum deles. Pelo menos, não ainda.

— Sinto-me honrado, Lythos. Diga a Cedric que, não apenas irei como levarei os meus melhores homens para o caso de precisarmos de... intimidação. Isso, se concordarem, obviamente.

— Obrigado, Justin. Agradeço em nome de todos os DeLacea e digo que serão muito bem-vindos, apesar de desejar que não sejam obrigados a nada além de se divertir.

— Diversão é o que teremos, meu caro. Quero tomar parte na aliança, mesmo que não acredite que serão capazes de unificar mentes tão opostas. Nem todos pensam como nós e agem com a mesma honestidade. Mas isso acredito que já tenha percebido se parou em outros povoados antes daqui.

Falaram um pouco mais sobre amenidades e despediram-se com a agradável sensação de credibilidade mútua. Na noite seguinte, Lythos e Dédalos deixavam Drava com sua comitiva e uma escolta especial que os acompanhara até os limites da propriedade.

* * *

O retorno a Marselha foi exaustivo e compensador. Sempre era bom voltar para casa. Ainda que a distância fosse muita, que as forças chegassem ao fim, a perspectiva de reencontrar os entes e percorrer os caminhos conhecidos animara-os, de maneira que se empenharam ao máximo e, tão logo possível, avistavam as torres familiares da *Casa Ancestral*, prova de que a viagem terminara depois de cerca de seis meses longe de casa. Conseguia compreender a ansiedade em cada coração, quase como se o seu também batesse, pelo simples fato de que não suportava a saudade daquele bárbaro arrogante e grosseiro.

Dispensou os homens assim que cumpridas suas obrigações. A comitiva precisava ser desfeita, os animais cuidados, armas e carga devidamente guardados. Deveria ter ficado a fim de comandar e se certificar de que tudo sairia a contento. No entanto, o desejo de estar diante dele suplantou as expectativas e permitiu-se uma pequena falha como aquela, ao menos uma vez. Sugeriria a Cedric que arranjassem um valete, ou capitão-da-guarda, ou o que quer que o valha, um imortal encarregado e responsabilizado pelos detalhes — inúmeros — que já não podia dar conta sozinho. Foi com esse espírito de regresso e felicidade que o jovem cretense irrompeu pelo vasto salão de entrada.

E lá estava ele, parado ao lado de Tristan como se o aguardasse há uma eternidade, como se tivesse atravessado as noites naquela posição, em espera. Amou-o com tamanho desvario que, sem perceber, sorriu, talvez como nunca ou como sempre, não fazia diferença. O que importava era Cedric ali, seu como nunca pertenceria a ninguém. Caminhou para ele tendo Dédalos em seus calcanhares, mas ausente de qualquer outra coisa que não os olhos verdes e profundos nos seus.

— Trago-lhe ótimas notícias, Bárbaro! — disse, cumprimentando-o de longe, como haviam combinado, seu olhar próximo como há muito Cedric não via. — As missivas foram entregues e tivemos a honra de conhecer Justin em pessoa!

— Bem-vindo, Micênio atrevido... Dédalos... É bom tê-los em casa — e virou-se para Lythos com expressão indecifrável porém acessível. — Acho que temos muito que conversar. Também tenho novidades a contar e, embora esteja curioso e ansioso para ouvir o que me trouxe, acredito que exista algo mais urgente a tratar.

O tom dele não admitia contestação e nem tencionava fazê-lo. Seguiu-o pelo corredor até a sala privada na qual várias vezes se reuniram para falar do Império, definir objetivos e trocar carinhos que ficaram no passado para não mais voltar. Baniu as recordações de sua mente, certo de que deveria preparar-se para o que viria a seguir.

Dédalos e Tristan os acompanharam até determinado ponto do trajeto quando o mago conduziu seu criador à sala de reuniões, sem motivo louvável ou aparente. Nesse momento, quando estavam prestes a cruzar o batente, Cedric pediu desculpas a Dédalos e garantiu que falaria com ele assim que terminasse a audiência com o irmão. Decerto que o ancião nada disse, assentindo na subserviência que lhe era peculiar, e sumiram ambos. Pensou em interrogar Cedric ali mesmo, ainda mais quando ele, ignorando-lhe a impaciência, continuou o caminho até o destino anteriormente traçado. Assim que entraram no aposento, o guerreiro lhes fechara a porta às costas e foi obrigado a mirá-lo, dividido entre a apreensão e a desconfiança.

— O que houve por aqui, Cedric?

Pediu-lhe paciência enquanto apontava uma cadeira vazia, ao que Lythos recusou de chofre, afirmando que estava bem de pé.

— Se quer ficar aí, guardando a porta, é uma opção sua, Micênio. Lembre-se disso mais tarde — tornou, um tanto contrariado, avançando pela sala até a mesa para tomar assento. — Muito bem. Falarei de uma vez porque detesto rodeios e acredito que, por mais doloroso que seja, é pior prolongar a tortura.

Lythos sentiu-se gelar ainda mais. Alimentara-se pelo caminho, principalmente tendo viajado tanto tempo, mas a sensação não era muito diferente da fome insuportável. Aquele vazio terrível a tomar-lhe o corpo, a concreta impressão de que desfalecia. Tudo o que pôde fazer foi olhar para ele e aguardar o pior. E, mesmo assim, nenhum dos seus pensamentos mais loucos igualara-se ao que ouvira dos lábios que aprendera a amar ao longo de infindáveis e ininterruptas noites.

— Deve lembrar-se de que sugeri que aumentássemos a *Família* com um *Membro* de cada *Casta*. Pois bem... Enquanto viajava, empenhei-me em encontrar as criaturas apropriadas e preciso que me diga o que pensa a respeito.

Um segundo de silêncio enquanto a mente esvaía-se para a total ausência de sentido. Inacreditável. Não poderia conceber que ele fizera aquilo, longe de suas vistas, à revelia de seu sentimento ou de seu julgamento! Engoliu em seco, sem real necessidade, apenas para recuperar parte do controle perdido, e sustentou-lhe o olhar com indiferença.

— Quanto a abrigar outros imortais em nossa *Família*, acredito que saiba o que penso, pois o repeti a você mais de uma vez: não concordo. Quanto aos que encontrou por aí, não posso opinar sobre o que desconheço, portanto, esse assunto é completamente irrelevante, não concorda? — e virou-se para sair, revoltado com a insistência e descerrando a porta.

— Não se preocupe com o fato de não conhecê-los — declarou às suas costas, ignorando solenemente a primeira parte do discurso. — Arranjei para que os veja e, assim, possa me dizer o que pensa deles.

— Não quero ver ninguém, Cedric! — rosnou, mirando o irmão por sobre os ombros, os olhos estreitos e ameaçadores que em nada intimidaram o outro, que permanecia parado, agora de pé, junto à mesa. — Será que ainda não se deu conta? Não me interessa.

— Pois deveria, Micênio. Não os reuni à toa — declarou, os olhos assumindo aquele tom de verde claro, frio e triste que aprendera a odiar. — Estão aguardando por nós na sala de reuniões, junto com Dédalos e Tristan. E, caso realmente se negue a opinar, terei de decidir sozinho.

Decidir sozinho... Estavam aguardando na sala de reuniões... Quem estava aguardando?! E o quê? A resposta veio-lhe clara no mesmo segundo: imortais de outras *Castas* aguardavam para se tornar parte de si, como Dédalos, Tristan e...

O ódio, que lhe subiu pelo corpo até a garganta, manifestou-se no rubro embaçar de seus olhos. Sem dar-se conta, virou-se para ele e caminhou em sua direção, alguns passos apenas, não o suficiente para estarem de fato próximos. Porém, duvidava que, depois daquele interlúdio, pudessem estar juntos, não como no passado, não como no princípio. Mirou-o e não pôde ver-lhe o rosto maduro e adorado. Apenas a mesa os separava e as lágrimas impediram-no de ver qualquer coisa.

— Como?! Como teve coragem, Cedric?! Como pôde tomar uma decisão dessas, sobre nós, sobre mim, sem me consultar primeiro? Sem me dar chance de saber ou interferir?!

— Está cedendo ao ciúme tolo, Lythos. Caso não desejasse sua opinião, não teria...

Lythos desferiu um tapa na mesa, tão violento que lascou a superfície de madeira, o estrondo ecoando pelas paredes sombrias e movimentando o ar parado do ambiente.

— Mentira! — gritou, perdendo o controle, as lágrimas escorrendo pelo rosto. — Como ousa insultar assim a minha inteligência, seu bastardo miserável e mentiroso?! Julga-me um imbecil, mais um que pode manipular e controlar sem que me dê conta? Acreditou mesmo que eu aceitaria essa trama estúpida e mal contada como se fosse verdade absoluta?

— Lythos... — rosnou por entre os dentes. — Controle-se — era uma ordem e odiou-o ainda mais.

— Faça-me calar, se é homem o suficiente para isso! — desafiou, os sentidos inflamados pelo ódio ou pela paixão, não soube definir. No entanto, a certeza de que se aproximar seria perigoso assaltou-o, de maneira que não ousou mover-se na direção dele. — Venha, seu bárbaro detestável! Não vou perdoá-lo nunca por tê-los trazido!

— Trouxe-os para que você soubesse, para que pudesse decidir! — retrucou, o tom controlado, o semblante preocupado.

— Coisa nenhuma! Colocou-os dentro da nossa casa, Cedric! O que mais posso fazer depois disso? O que me resta? Pois vou lhe dizer: resta-me a aceitação e é isso o que farei, mas saiba que o faço porque não possuo nada além do inferno de existência na qual estou mergulhado! E, se eu detivesse metade da coragem que você possui, uma ínfima parte do desvario que cultiva, não estaria mais aqui para vê-lo ruir dessa maneira triste! Porque... Porque... — engasgou-se com suas próprias lágrimas, aparentemente fraco demais para continuar gritando ou existindo.

Vê-lo escorar-se na mesa para não cair, as lágrimas grossas e vermelhas pingarem sobre o tampo de madeira, quebrou-lhe a força e a determinação em castigá-lo pelos insultos. Não poderia negar: Lythos existia por sua própria incapacidade. Não houvera escolha para ele e nem salvação para sua alma.

E ele apoiara-se inteiro, soluçando alto. Nem ao menos conseguia conceber o que fizera de errado, porém parecia-lhe terrível olhar o sofrimento dele sem nada fazer para acalentá-lo. Chegou a caminhar em sua direção, mas o instinto de preservação impediu-o de continuar. O toque estava vetado desde antes da última viagem.

— Por favor... Não chore, Pérola.

— Não me chame assim! — ordenou, a voz alta rompendo o resquício de sentimento que os unia. — Não fale como se importasse, como se eu significasse algo para você, porque não é verdade! Não significo nada... E o que me dói é saber que, apesar de me rejeitar, julguei que sempre estaríamos juntos, que você sempre recorreria a mim... Sempre.

— Você é importante! Não concebo minha existência sem...

— Basta! — declarou, erguendo-se e limpando as lágrimas com as costas das mãos. — Se eu fosse importante, se minha opinião ou meus sentimentos significassem de fato, não teria enchido nossa casa de futuros *Membros* sem que eu soubesse.

— Estava viajando.

— E as missivas que me escreveu não serviam para, ao menos, me comunicar de suas intenções — acusou, impiedoso. — Pois está bem, meu Senhor. Vamos de uma vez, pois precisa me apresentar aos novos *Membros* da sua *Família* — e afastou-se na direção da porta outra vez.

— Lythos! Não saia assim...

Miraram-se e, naquele momento, Cedric não reconheceu os olhos negros, antes tão seus, a brilharem com o amor que aprendera a ter para preencher as noites em que nada fazia sentido. Perdera-lhe o olhar, a ternura... Perdera o companheiro, pois não foi como igual que ele o mirara e sim como aquele que aguarda uma ordem qualquer para continuar. Sentiu-se mutilado, porém seria melhor assim, não? Quer dizer, com o tempo Lythos voltaria a dividir a liderança de livre vontade. Quanto ao resto, não importava. O triste foi não se convencer disso.

— Como quiser, meu Senhor — foi tudo o quanto disse, sem a malícia de sempre, mas com cruel servidão.

O impulso de ir até ele, pegá-lo pelo pescoço e estapeá-lo foi quase tão forte quanto o de tomá-lo nos braços, jogá-lo contra a mesa e possuí-lo. Todavia, o que fez foi adiantar-se, passar por ele e tomar-lhe a frente, como se a idéia de partir fosse sua e não do outro.

Seguiram mudos pelo corredor, de volta à sala de reuniões onde os aguardavam. Tentara desviar a atenção dele e não conseguira. Presenciara-lhe cada movimento e intenção, desde o suave caminhar, até a forma rude com a qual limpava o rosto do sangue seco e a tristeza que emanava de seu corpo frágil. Lythos era parte de si e teria de fazê-lo acreditar nisso outra vez. Como, sem ter de entregar-se a ele, não sabia. Mas descobriria, da mesma forma como tinha certeza de que, em pouco tempo, olharia para os outros imortais como irmãos, exatamente como se nada daquilo houvesse acontecido entre ambos.

E foi com essa certeza a dar-lhe força que descerrou a porta, cruzando o aposento com passos firmes em direção à cabeceira que lhe era destinada, a cadeira vazia à sua direita pronta para que Lythos a tomasse. Talvez por isso não tenha esperado pela iniciativa de ele se sentar. Talvez não o tenha feito porque em seu íntimo sabia que permaneceria nas sombras, agora mais do que nunca. Porém, admitir que ele se colocara à parte de tudo era sofrido demais e preferiu não pensar nisso por hora.

O jovem mensageiro aguardou que se acomodasse e, só então, aproximou-se da mesa, agora totalmente preenchida por presenças alheias, tão obscuras quanto sua própria razão para ser e continuar. Avançou até que estivesse junto a Cedric, de pé, atrás de seu ombro direito. Sua cadeira continuaria vazia.

— Este é Lythos DeLacea, meu irmão de sangue e companheiro de governo, o outro imortal ao qual deverão lealdade caso optem por ficar — seguiu-se um silêncio incômodo enquanto vários pares de olhos fixaram-se na figura baixa e inexpressiva de Lythos por um único segundo, voltando a mirar o homem à cabeceira em seguida.

Cedric não gostou nem um pouco daquela primeira reação, decerto agravada pela postura do companheiro, que parecia certo de sua posição subordinada. Raios de Micênio cabeça dura que teimava em não assumir a parte que lhe cabia em obrigação! Entretanto, não conseguiu antagonizá-lo, ainda contaminado pela dor que seus olhos refletiam, tão profunda como se fosse sua. Virou o rosto na direção dele, sem fitá-lo, apenas para que soubesse que era alvo de sua atenção, apesar de, aparentemente, não fazer qualquer diferença para ele. Sentiu-se rejeitado, daquela exclusão triste e ressentida.

— Antes de apresentá-los aos meus, é justo e fundamental que apresente o esteio deste Império. Lythos é minha metade direita, aquele a quem recorro sempre e de quem careço de aprovação, não para decidir e sim para dar sentido a qualquer decisão. Dédalos é a minha metade esquerda e à esquerda de mim se posiciona, como conselheiro do reino. Tristan está conosco por motivos semelhantes aos vossos, igualmente ele não tinha escolha, e, portanto, podem ver que é possível estarem aqui e serem vocês mesmos. Ele tem livre acesso a qualquer parte do castelo, com exceção de meus aposentos e de

Lythos. O resto, descobrirão com o tempo. Alguma pergunta?

O silêncio que se estendeu pelo ambiente foi o suficiente para que Cedric passasse à segunda parte das apresentações, ou seja, que fizesse um resumo sucinto porém significativo de cada imortal presente, independente do fato de os expor ou não. A situação era muito clara, as cartas estavam na mesa e quem as dava era o Senhor do castelo, nada além disso. Iniciou a breve narrativa em seu tom baixo e agradável, partindo da esquerda de Dédalos e seguindo a ordem em que haviam se acomodado, até que terminou na cadeira vazia à sua direita. Foi apenas quando ele começou a falar que Lythos resolveu olhar para cada um e vê-los como eram.

A primeira, sentada bem ao lado de Dédalos, chama-se Angelique. Porém, Cedric a renomeara como Celeste devido ao azul-escuro e perturbador de seus olhos. Era uma *Dominadora de Almas*, característica que não precisava de espaço para se mostrar. Decidira jurar lealdade aos DeLacea em troca de uma vingança pessoal, a qual não poderia levar a cabo sozinha por não ter poder suficiente nem meios concretos de fazê-lo. Uma vez vingada, não lhe restaria nada e a perspectiva de constituir família, de ter alguém para cuidar, acalantava-lhe o coração. Isso foi o que pegou de sua mente, não sem antes pedir permissão para entrar. Não ousaria invadir os pensamentos de um igual como se não lhe devesse respeito. Mas a adorável dama abrira-lhe a alma como se não temesse nada e soube o quão determinada estava em tornar-se parte do que vira ao seu redor. Fitou-a, então. Era linda demais para ser humana. Seus cabelos castanhos, longos e cacheados, encontravam-se agrupados no alto da cabeça e fios grossos escapavam do penteado, atribuindo-lhe um ar angelical que, com certeza, estava longe de possuir. Feições perfeitas, delicadas e alvas, somadas ao colo liso e ao corpo escultural, tornavam-na a beldade dentre as beldades. Uma ponta de ciúme instalou-se em seu coração, contudo, fitou Cedric, que prosseguia na ladainha. Quis odiá-lo e tentou matar o amor. Inútil.

A seguir, sentados ao lado da belíssima dama, estavam dois imortais idênticos em fisionomia e compleição física, se não fosse pela cor de seus cabelos, um totalmente branco e outro inteiramente negro. Tomaram assento muito próximos um do outro, e a primeira coisa que percebeu foi a estranha ligação que os unia, o que não parecia abalar Cedric, em absoluto. Detinham olhos castanhos bem claros e uma aparência selvagem que não lhe era desconhecida. Lembrou-se de Justin e deduziu, antes mesmo da anunciação, que ambos eram *Filhos da Terra*. Segundo as informações do irmão, eram párias caçados por seu próprio bando desde que o mais taciturno, e possuidor de fartos cabelos brancos, Dimitri, se indispusera com seu guardião para proteger o companheiro, Demétrius, um tanto mais sociável apesar de discreto. Tudo o que desejavam era uma família, precisavam ser acolhidos, aceitos e protegidos. Em troca, estavam dispostos a dar suas vidas, foi o que vira em suas almas.

No canto oposto da mesa, ocupando a cadeira mais distante e de frente para Dimitri, sentara-se o *Predador* apresentado por Cedric como Malik. Fixou-lhe o olhar na intenção de desvendar-lhe os segredos mais íntimos enquanto ouvia com atenção as informações que ecoavam pelo ambiente. Entretanto, a surpresa o impediu de levar a cabo suas intenções e a muito custo manteve o rosto impassível. Era a criatura mais linda em que seus olhos deitaram, de uma beleza estranha e tão perfeita que não possuía profundidade ou paixão. Era belo e só, ou foi o que sentiu no momento. Possuía cabelos de um loiro-escuro que caíam em ondas suaves até abaixo dos ombros, olhos azuis como safiras, traços clássicos, pele perfeita, esguio e de gestos graciosos. Um boneco perigoso, pois, como suspeitara ao tentar ler seus pensamentos e mergulhar na escuridão, pertencia à *Casta Atravessadores de Sombras*. O motivo que o levara até ali, ao mesmo tempo em que soara ridículo, era trágico: pertencia à mais alta nobreza mortal, mas ao ser *enlaçado* por um qualquer, dado como morto e obrigado a sobreviver na noite, perdera o conforto, a posição social e as regalias às quais se acostumara. Na opinião de Lythos, em outras palavras, Malik perdera o referencial para continuar existindo. Apiedou-se dele, identificou-se com seu sofrimento e talvez por isso tenha ignorado desde então a arrogância com a qual parecia olhar ao redor. Desejava seu reinado de volta, pertencer a algo que lhe devolvesse a razão e retornar ao ápice da sociedade, agora imortal. Para isso, estava disposto a oferecer o que possuía de mais valioso: sua eterna beleza e juventude, além de seu *Dom*.

Ao lado esquerdo de Malik, encontrava-se Tristan, silencioso e quieto como sempre. Cedric falou dele, mas somente o que importava, como o fato de ser um mago e de ter se unido à *Família* já há algum tempo. Ninguém perguntou nada, todavia o respeito cresceu visivelmente, o que lhe trouxe quietude à alma.

Foi quando Cedric anunciou o último dos imortais, sentado respectivamente ao lado esquerdo de Tristan. Desviou os olhos do mago para avaliar a quinta e última criatura escolhida e perdeu-se nos olhos dele, castanhos e profundos, a mirá-lo sem pudor ou receio. Os cabelos ondulados e revoltos caiam picotados curtos sobre as orelhas até o colarinho da túnica de viagem. Seus traços eram firmes, queixo quadrado e pele morena, sem uma única marca. Porém, o que mais lhe chamara a atenção não fora o rosto dele, nem tampouco o corpo bem proporcionado que se insinuava por sob a mesa. O que atraíra Lythos fora a paixão que lhe queimava as íris castanhas, uma paixão desconhecida e que ansiara ver noutros olhos por tantos séculos que não poderia contá-los todos.

Aquela paixão contaminou-lhe as entranhas na promessa de um sonho impossível, quando a voz grossa de Cedric chamou-o de volta à realidade e à certeza de que estiveram olhando-se por mais tempo que o aceitável.

Em tom quase rude, o guerreiro anunciou que aquele se tratava de Hermes, um *Andarilho da Noite* que chegara ao povoado de Marselha há cerca de duas ou três noites e, nesse curto espaço de tempo, criara inconvenientes suficientes para ser enforcado em praça pública ou caçado por sua afronta e má conduta.

E foi assim que descobrira que Hermes não apenas roubava tudo o que podia por onde passava, como havia invadido os domínios dos DeLacea e, por isso, sua vida estava nas mãos de Cedric. Bem, não havia muita escolha para ele e os motivos estavam claros. Não soube o porquê de ter lhe invadido a mente, uma vez que não havia o que descobrir a seu respeito que interessasse a ponto de utilizar seu *Dom*, nenhum motivo bom o bastante já que detinha as informações que Cedric retumbara pelos quatro cantos da câmara. Quando se preparava para sair à realidade, deparou-se com a devoção e o assombro que era a sua própria visão pelos olhos dele. Instintivamente, deu um passo para trás, o que não passou despercebido ao homem, sentado à cabeceira.

— Muito bem. Creio que isso baste para que conheçam o mínimo uns dos outros. Terão o restante da noite para conversarem e discutirem o que pretendem fazer daqui para frente tendo em vista suas duas únicas opções: jurar lealdade aos DeLacea e receber o que lhes cabe por direito e promessa, ou morrer sem deixar as muralhas deste castelo. Mas a opção, como sempre, é de cada um — e fitou Lythos de soslaio, notando a forma como ficara perturbado e se afastara na direção do ancião egípcio, a fim de transmitir-lhe força. — Dédalos e Tristan ficarão para o caso de terem alguma dúvida quanto ao funcionamento do feudo, ademais, não tenho nada a declarar. Lythos...

O jovem cretense ergueu o olhar, ligeiramente surpreso. Passados meros segundos entendeu que Cedric lhe dava a oportunidade de pronunciação. Pensou em algo a dizer porém nada lhe ocorreu, a não ser...

— Desejo que encontrem suas respostas da melhor maneira possível — sussurrou, sem expressão no rosto ou na voz. — E gostaria que meu Lorde colocasse, em poucas palavras, o que espera de vocês e o que oferecerá em troca de sua lealdade, para que não haja dúvidas nem tenhamos de nos livrar de vocês mais tarde.

Todos os pares de olhos voltaram-se para o guerreiro, que mirava Lythos certo de que algo acontecera sem que soubesse. Mas poderia arrancar dele mais tarde, mesmo que isso significasse quebrar parte do trato que haviam feito. Voltou o olhar para os futuros *Membros*, sorrindo.

— Vocês me darão sua lealdade, sua servidão e nos ensinarão seus *Dons*. Em troca, cuidarei para que realizem suas questões pessoais e lhes darei a proteção, o conforto e o prestígio do meu nome e da minha *Família*. Nos encontraremos novamente amanhã, assim que deitar a noite, para que me dêem suas respostas. Espero que todos decidam por unirem-se a nós.

E, sem mais, ele ergueu-se e afastou-se na direção da porta, aguardando por Lythos ao batente. Tão logo o irmão tivesse passado, fechou-a atrás de ambos, acompanhando-o pelo corredor. O silêncio que sucede uma discussão como a que tiveram era ainda pior que o vazio pela ausência dele, de forma que não soube como quebrá-lo e ficou satisfeito quando o rosto suave e pálido virou-se em sua direção, apesar de indiferente.

— Quer que eu lhe passe o relatório agora ou esperaremos por ocasião mais apropriada?

— Gostaria de falar sobre sua viagem amanhã, assim que tiver resolvido o que fazer com eles — declarou, apontando com a cabeça para o batente, que ficara para trás. — Acredito que tenha muito a me contar e quero ouvi-lo com toda a atenção.

A palavra certa era coração, entretanto, esperava que Lythos compreendesse o subentendido, como tantas vezes acontecera, apenas porque não teria coragem para pronunciá-lo em voz alta. O irmão não deu mostras de ler as entrelinhas, pois assentiu, murmurou um "como quiser" e anunciou em seguida que iria para seus aposentos.

— Mas ainda faltam horas para o amanhecer! — tornou indignado. — Se quer ficar sozinho, diga-me mas não me insulte com desculpas sem sentido.

— Quero ficar sozinho, Cedric. E a sua necessidade de ser direto demais ainda lhe trará problemas. Deveria rever esse mau hábito e aprender a conviver com ele — garantiu, sereno e sem emoção.

Sentiu-se esvair, de cansaço e desespero. Não queria Lythos assim! Não desejava vê-lo entregue àquele marasmo e frieza! Queria a paixão em seus olhos, a devoção por seu trabalho, a cor em suas feições. Queria-o tanto, que temia enlouquecer.

— Se quer dormir, não me oponho. Porém, há algo que desejo lhe mostrar, algo que preparei pessoalmente enquanto estava fora, para o momento em que não mais estivéssemos sozinhos neste castelo. É um presente e espero que aceite dividi-lo comigo.

Atordoado, porém sem entregar-se, Lythos seguiu-o. Foi com surpresa que pararam diante da porta de seu próprio aposento. Convidou-o a entrar pois, aparentemente, ele não sairia dali antes que o fizesse.

Cedric conduziu-o a uma de suas tapeçarias preferidas, colocadas na parede oposta, ao lado da cama. Afastou-a e empurrou delicadamente uma das pedras que compunham a sólida construção, um tanto mais ressaltada mas não o suficiente para ser notada. Ao pressioná-la, um mecanismo acionou-se e a parede abriu numa câmara não muito grande, repleta de prateleiras, pilhas de pergaminhos, tinta e penas, além de uma linda mesa de cedro, toda talhada, e uma cadeira forrada.

— O "canto" que você me pediu, Micênio, agora é real. Apenas eu sei que existe, pois fui eu quem o fez, desde os mecanismos até a disposição de cada peça aqui dentro. Pode modificá-lo da maneira que julgar necessário, mas nada apagará o fato de que eu o criei para você, por tudo o que tem passado para estar ao meu lado. Eu reconheço e o admiro mais a cada noite por isso.

Antes que Lythos pudesse responder ou vencer a letargia, Cedric guiou-o para fora outra vez e fez com que a porta de pedra se fechasse, lacrando a passagem com perfeição inacreditável. Em seguida, tomou o jovem cretense pela mão, puxando-o na direção da cama. Lythos seguiu-o, inebriado por sua proximidade e pelo perfume amadeirado que remetia aos cedros da floresta. Deitaram-se na cama, lado a lado e muito próximos. Então, o guerreiro tomou-lhe a mão e fez com que tocasse a parede até que seus dedos encontrassem a saliência de outra pedra.

— Pressione... — sussurrou.

Foi o que fez, sem nem ao menos perguntar-lhe o porquê. A parede abriu-se também e, de súbito, superando qualquer expectativa, Cedric rolou para dentro do breu com o corpo menor e mais esguio nos braços. No instante seguinte, a abertura se fechara, lacrando-os juntos na escuridão.

— O que é isso? — perguntou, sua voz ecoando.

Cedric tocou-lhe os lábios e pediu em pensamentos que não falasse ali dentro pois, até chegarem à câmara lá em baixo, poderiam ser ouvidos pelos mais atentos e aquele era um segredo apenas deles, que protegeria sua vidas.

Iniciaram vertiginosa descida por escadarias sem fim, o corredor tão estreito que não poderiam caminhar lado a lado. Deixou-se ficar atrás dele, mãos entrelaçadas, guiado para o desconhecido. Cada vez mais fundo e a escadaria abriu-se numa câmara iluminada por vários archotes, vazia se não fosse por duas caixas enormes de pedra polida e trabalhada, devidamente tampadas e dispostas uma ao lado da outra. Observou aquilo sem conseguir alcançar o que ele pretendia. Até que Cedric chamou-o para perto, na direção da caixa menor, e convidou-o a abrir a tampa.

Deparou-se, então, com uma espécie de sarcófago, ou ao menos foi essa a imagem que lhe chegou das inúmeras narrativas de Dédalos. A tampa fora entalhada como os antigos escribas grafavam as letras sobre tábuas de argila e pôde ler, em letras não muito firmes, a seguinte indicação: "O Mar de Felicidade[1] que se transformou em Pérola, minha Pérola da Noite, e que há de trazer sentido à minha existência, eternamente".

A visão turvou e abriu a caixa. Era forrada, como uma cama pequena ou o cesto de uma criança, só que com tecidos macios, raros e alvos como as pérolas do Mar do Norte. Ergueu o olhar para ele e seus olhos jaziam igualmente rubros.

— Não queria que dormíssemos no quarto porque... Bem, apesar do cuidado que tomamos, não me parece seguro se algum deles optar por estar conosco. Por outro lado, não seria justo privá-lo do conforto de seus aposentos, de sua cama e tudo o mais. Isso foi o máximo que pude fazer, Lythos. Perdão...

E o mundo ganhou nova luz quando os lábios finos, antes retos numa linha rígida e inexpressiva, sorriram-lhe com ternura e amor.

Amor...

Sentiu as próprias lágrimas escorrerem quando o jovem aproximou-se um passo para tocá-lo no rosto, a lucidez cedendo à necessidade de tomá-lo seu, amá-lo com todas as forças e aplacar a solidão.

— Aprendeu a escrever para talhar essa inscrição? — indagou, olhando para a sua tampa por um breve segundo.

— Não. Pedi que seu escriba escrevesse num pergaminho e, confiando nele, copiei da melhor maneira que pude. Nem de longe ficou belo como o que você costuma escrever, mas...

— Foram as palavras mais lindas que já li. E as guardarei para sempre, mesmo quando este sarcófago não mais existir, porque ainda existirmos depois disso e estaremos juntos.

Cedric assentiu, cuidando para se afastar sem que ele se desse conta. Lythos pareceu não se importar e se aproximou da caixa maior, curioso com o que estaria gravado nela. Debruçou-se sobre a tampa ainda lacrada, pedindo licença para ler o que ele escrevera. Antes de ouvir o assentimento, já se apoderava das palavras.

"Aquele que só conheceu o Mar de Felicidade no instante em que se entregou ao destino e tomou para si uma Pérola da Noite."

O jovem correu os dedos pela inscrição, seu sangue pingando dos olhos e marcando a pedra polida.

— Jurei nunca lhe falar isso, Cedric, no entanto... Quero dizer agora e, assim como jamais esquecerei as palavras que escreveu, quero que guarde as palavras que lhe direi porque posso não ter forças para repeti-las — ergueu o rosto marcado e luminoso para ele, a harmonia entre lágrimas e júbilo. — Amei você desde a primeira vez que o vi. Ainda o amo, de todas as maneiras que se pode amar outro alguém. E sempre hei de amá-lo, não importa o que nos aconteça. Nada mudará o que sinto, absolutamente nada. Por isso, estarei contigo, sempre.

---

[1] Nota da Autora: O nome original de Lythos, antes de ele ser *enlaçado*, era "Thálassa tè Eudaimon", que, em Grego Antigo, significa "Mar de Felicidade". Ao resgatar o antigo nome de Lythos, Cedric tinha por intenção resgatar sua essência e marcar o significado da presença do irmão em sua existência.

Aturdido, Cedric viu-o afastar-se do tampo de pedra e, por tudo o quanto era sagrado, pensou que Lythos o abraçaria. Caso acontecesse, não conseguiria conter o que sentia por ele. Entretanto, o rapaz rumou para seu próprio sarcófago, entrou na caixa de pedra e acomodou-se para dormir, excitado com a novidade e maravilhado com a maciez do acolchoado abaixo de si.

Despediu-se dele com um beijo leve sobre a testa e garantiu que não precisaria fechar agora a tampa pois cuidaria disso mais tarde, quando ele próprio viesse dormir. Lythos assentiu, certo de que ele voltaria pela passagem secreta. Não se importou. O fato de dormir ao lado dele, tão próximos, naquela intimidade suave, era o suficiente para levar um calor especial à sua alma, como se finalmente recebesse dele o amor que necessitava. Esperou que os passos ecoassem, porém Cedric não se afastou. Ao contrário, sentiu quando ele apoiou-se contra a tampa do outro sarcófago, um segundo antes de sua voz rouca ecoar pelo recinto em suave melodia, trazendo-lhe sonhos ainda impossíveis.

"Por favor, não chora mais.
Eu te embalarei, minha doce criança, nas asas de teus sonhos mais belos.
Eu te guiarei à luz que ilumina a alma do mundo, através da escuridão.
Murmura comigo... Ao vento,
Doce criança perdida.
Estarei segurando forte a tua mão.
Esta canção é tua,
Por favor, não chora mais.

Meu coração se parte ao som das tuas lágrimas.
Abandono meu espírito diante do teu sofrimento.
Em suaves desejos poderemos vencer a dor, acredita nas palavras que sussurro.
Apenas me abraça... Forte,
Doce criança perdida.
Ouve comigo a nossa canção.
Eu te abraçarei junto a mim para sempre.
Esta canção é tua.
Por favor, não chora mais."

E, ao delicado som daquela voz amada, acalentado pelo significado que as palavras dele encerravam, Lythos deixou que a vida em morte se transformasse na morte em vida pelo suave raiar do sol, quando tudo o que os rodeava mergulhou em silêncio.

✣ VIII ✢

> *Perante tu e estas linhas, admito que falhei... Devia ter ignorado a ternura de seus gestos, sua voz doce a me embalar na morte. Admito que, depois de ceder-lhe aos encantos e esquecer de tudo o que nos rodeava, não tive, tenho e jamais terei direito de protestar contra o que o destino nos reservar. Naquela noite, encerrado na tumba que ele lapidara para mim, abri mão de minha voz e opinião para entregar o Império em suas mãos, bárbaras ou não. Qualquer razão que eu tivera, qualquer sensação de que devíamos permanecer sozinhos, foi varrida pela força e pela certeza que ele trazia dentro de si.*
>
> *O resultado foi aquilo que te cercou, criança, seja em agradável familiaridade ou detestável estranheza. Também eles fizeram suas escolhas e, como podes ver, estaremos ligados, cada um de nós, pelo resto da eternidade...*

Ao arrastar a tampa de pedra e sentar-se no acolchoado, se deparou com a câmara azulada para onde fora conduzido na noite anterior, segura e confortável, apesar de sinistra. Não tardaria a se acostumar também com aquela surpresa, da mesma forma que o fizera com os fatos mais bizarros naqueles quase mil anos de existência imortal.

Mil anos...

Não parecia fazer assim tanto tempo desde que fora *enlaçado*. Por outro lado, a sucessão interminável de anos justificava o fato de que nada se recordava daquela época, do período que antecedera à mutação. Deixou os olhos vagarem pela semipenumbra e sua mente flutuar para além das paredes de pedra que os abrigavam. Mil anos... E fizeram daquelas terras um grande feudo. Estavam a um passo do Império que o irmão idealizara no começo, quando o mirava com adoração. No passado, jamais conceberia ser possível realizarem tanto. E o bárbaro estivera certo desde o princípio. Lembrou-se da noite anterior, quando se deparara com os "intrusos" e as decisões daquele bárbaro às suas costas. Não pôde alimentar raiva... Não conseguia! Sorriu diante da imagem dele e de tudo o que haviam erguido juntos, cada passo construído sobre aquele sentimento especial que os unia e uniria até o fim de seus dias, mesmo que nunca chegassem a...

— Boa noite, Micênio — o murmúrio daquela voz rouca trouxe Lythos de volta à realidade e percebeu que estivera olhando para ele desde que abrira os olhos. — Você fica ainda mais lindo quando sorri.

Corou violentamente e baixou o rosto, murmurando o primeiro pensamento que lhe passara pela cabeça.

— Dédalos me falou isso uma vez, eu suponho.

Cedric caminhou até ele que, ainda sentado dentro do sarcófago de pedra, mal lhe alcançava a cintura. Então, as mãos grandes e calejadas pela espada tocaram de leve seu queixo fino, erguendo-lhe o rosto até que mergulhasse em seus olhos, de um tom verde-escuro que denunciava...

— Não tem certeza? Deixe-me ver. Abra-se para mim, minha Pérola — pediu, varrendo-lhe a alma em busca de informação específica. — Ainda era mortal e estava no salão dos escribas, cuidando de organizar e registrar as metas comerciais do feudo — ele afastou-se novamente, suave e lento. — Acho que terei de conversar com Dédalos assim que terminarmos nossas obrigações. Não quero que fiquem lhe dizendo essas coisas.

— E por que não? — a pergunta encerrava nada mais que curiosidade.

Cedric mirou-o por sobre os ombros, o olhar faiscando.

— Porque não gosto. E, a propósito, não gostei da forma como Hermes olhou para você, muito menos da forma como retribuiu o olhar — Lythos arregalou os olhos, tentando lembrar-se de... Pelos deuses, quem era Hermes?! — Não me olhe assim, Micênio! Sentiu-se atraído? É isso?

— Claro que não, seu bárbaro grosseiro! — tornou, erguendo-se e saindo de dentro da urna, fechando-a em seguida. — Só me fascinou a paixão que queimava nos olhos dele, nada mais.

— Pois trate de manter o fascínio apenas na paixão, Lythos! Você me entendeu? Não quero que se envolva com ninguém. Isso exporia nossa *Família*.

— Mas eles não serão *Membros* de nossa *Família*, meu Senhor? — escarneceu, intimamente dilacerado por ele ter proposto aquele absurdo quando, sabia, sua alma e seu amor lhe pertenciam. — Que mal pode haver em me envolver com ele?

— Esse é o trato que devemos firmar aqui. Somos irmãos e cada um de nós tem direito a... Aplacar nossas necessidades da maneira que melhor nos convier. No entanto, quero que se comprometa a nunca se envolver. Por favor... — e as palavras soaram como um balbucio desordenado.

Viu quando os olhos negros tingiram-se de rubro. Algo dentro de si parecia berrar em desespero, clamar por piedade, implorar por amor. Sabia exatamente o que sua alma pedia em silêncio: ela reivindicava Lythos e ninguém mais. No entanto, a *Família* exigia sua total devoção; o Império estava lá, erguido e sólido, como sonharam juntos tantas vezes. Não poderia ceder à paixão ou ao amor, não da maneira insana que sua alma exigia. Não poderia confessar ou se afogaria naquele sentimento, perderia-se em Lythos e nada mais restaria! Ao menos, essa era a sensação que o invadia ao fitá-lo, ali, de pé, as lágrimas vermelhas marcando-lhe o rosto delicado como cortes abertos. A decisão estava tomada.

— Cedric...

— Tome para si aqueles que julgar merecedores mas não se entregue. De minha parte, me comprometo a fazer o mesmo. Não precisa se preocupar, isso eu lhe juro. Não significará nada além de sexo para mim, uma forma primitiva de acalmar os instintos animais que sobreviveram ao *Enlace*.

O que dizer depois daquele comentário cruel? Deixou-se ficar ali, meio que encolhido, a umidade a lembrá-lo de que chorava às vistas da criatura mais fria que conhecera até então. Sim, por detrás da cordial vivacidade, Cedric era inda mais frio que Tristan. O mago, ao menos, guardava seus pensamentos, enquanto que o irmão lhe atirara à cara tanta dor sem importar-se, nem por um segundo, com o efeito que causaria.

Como que encerrando o assunto, o guerreiro convidou-o a irem até o quarto através da passagem secreta. Concordou em tê-lo em seus aposentos por dois motivos: porque fora Cedric quem construíra a escadaria e, por conseguinte, sabia como chegar ao destino pretendido; e porque, só então, se apercebera de que o irmão vestira-se a rigor, como que para grande ocasião. Aceitou de bom grado o oferecimento para que o ajudasse a escolher o que vestir. Voltaram pela escuridão, até que novamente abriu-se a passagem sobre a cama, a mesma pela qual entraram na noite anterior.

Cedric passara a meia hora seguinte escolhendo cada peça de roupa que Lythos vestiria naquela primeira reunião. Parecia convencido de que todos aceitariam as condições e se submeteriam ao combinado. De sua parte, julgava o mesmo, embora, por motivo diverso da oportunidade de fazerem parte do Feudo, e sim porque não sobreviveriam caso se negassem. Chegou mesmo a falar sobre isso, porém o governante lhe disse que, em sua concepção, não fazia muita diferença entre desejar ficar e ser obrigado a fazê-lo.

— Está louco, Cedric?! — tornou, banindo de vez a tristeza que o acometera para a urgência da situação. — De fato, não há diferença entre as duas coisas... Há um abismo, intransponível na minha concepção ignorante!

O outro terminou de atar-lhe o nó da corda que marcava a cintura estreita. Virou-o então, de frente, e perdeu-se na imensidão de seu olhar, afogueado pela paixão da discussão.

E, pelos deuses... Não havia criatura mais linda do que Lythos em todo o mundo, em todos os lugares pelos quais passara. Tocou-o de leve nos lábios, o desejo oculto pelo sorriso carinhoso mas presente em sua alma e fervendo o sangue em suas veias.

— Ignorância é algo que não faz parte de você, Micênio...

— É mesmo?! — tornou, tão injuriado que não chegou a notar-lhe a intensidade do olhar, ou não desejou, receoso de sofrer ainda mais. — Então me diga por que fala comigo como se eu fosse um doente mental! Por quê?!

— Eles logo se convencerão de que a minha visão é a correta, meu querido. Apenas isso. É tão fácil! Tristan já cuidou de tudo através de um ritual que lhe pedi.

— Outro? Pediu que criasse algo além da magia de proteção para a Casa? — um assentimento foi a resposta ao que Lythos sorriu, excitado, seus olhos brilhando e fazendo com que Cedric se afastasse um passo. — Que boa notícia. Quero ver isso e, quem sabe, ele me ensinará como funciona mais tarde?

— Ele ensinará.

Lythos terminou de vestir as sapatilhas com entusiasmo evidente, apesar de silencioso. Aproveitou para admirá-lo. Eram raros os momentos em que podia olhar para ele daquela forma flagrada, mantendo distância segura e sem que se apercebesse. Para disfarçar, iniciou uma narrativa cúmplice, enumerando tudo o que poderiam aprender com cada um dos futuros *Membros* depois que estivessem oficialmente na *Família*, o que significava "sob controle". Imaginava que Lythos se interessasse por ter criaturas dispostas a revelar os segredos mais obscuros de suas *Castas*. Mas o jovem cretense mostrou-se alheio, meio que ausente, e, mesmo depois de terminar de calçar as sapatilhas, não se ergueu. Ao contrário, seu olhar perdeu-se no nada e ficou ali, quieto e mudo, como que em transe. A única vez que o vira daquele jeito fora...

Avançou para a cama onde ele jazia sentado, o desespero crescendo em seu íntimo junto às imagens do frágil mortal, agonizando em seus braços, abandonando a vida para a ilusão de um espírito cruel.

— Lythos! — chamou-o, tomando-o pelos ombros num gesto brusco. — Olhe para mim! Com quem está falando?!

Foi com alívio que acompanhou a mudança de seus olhos escuros, passando de vidrados a fixos.

— Acalme-se. O que deu em você, Bárbaro? — a pergunta soou-lhe doce e teve certeza de que ele não compreendia, de que não se recordava do inferno que passaram juntos, antes de Arkus *enlaçá-lo*. Decidiu deixar como estava.

— No que pensava? — indagou, afastando-se e mudando o rumo da conversa.

Lythos sorriu e levantou-se, alisando o tecido macio sobre seu corpo franzino.

— Não sei... Você falou de cada um deles e, de repente, pareceu-me imprudência entrarmos naquela sala sem ter noção do que sucedeu ontem, depois que nos retiramos — o jovem mirou-o mais uma vez, agora sem barreira alguma para o amor flagrado que lhe dedicava. — Pedia permissão para ver através dos olhos de Dédalos.

Não cabia em si de orgulho. Tanto orgulho e tanto amor, tudo em vão para o que se propusera mil anos atrás. Se a existência não exigisse tanto; se a realidade fosse diferente, cuidaria de Lythos da única maneira que ainda não cuidava e faria com que lhe entregasse toda a ternura e inocência que ainda guardava. Tudo isso perdido...

Afastou os pensamentos antes que sucumbisse a eles, como tantas vezes já acontecera, só na penumbra de seus aposentos ou no breu de seu sarcófago.

— Faça-o, minha Pérola. Temos todo o trajeto até a sala.

*   *   *

Invadir a mente alheia, mesmo com consentimento, sempre era estranho. Fragmentos de imagens, seqüências interrompidas de acontecimentos, resquícios de som e pensamento lhe chegavam, altos e vivos, terríveis ou doces. Há muito concebera sua própria maneira de lidar com a informação sem ser agredido ou atingido pelo que via. Não procurara conhecer os métodos de Cedric, nem tampouco perguntara por um caminho correto a seguir. Criara o seu próprio e isso era o que mais importava.

Encontrara-o sentado à mesa, não na noite anterior mas naquele exato instante, em tranqüila espera. O ancião egípcio deu-lhe passagem, abrindo-lhe a mente sem reservas, confiando que o jovem o resguardaria e cuidaria de seus sentimentos. Ao menos, foi o pensamento que lhe chegou, quase tão forte quanto a certeza de que ele era de fato o único capaz de impedir o seu avanço silencioso.

"Seja bem-vindo, jovem amigo. Veja o que vi, mas cuide do meu coração, por favor. É a única coisa que lhe peço em troca."

Cuidaria de Dédalos sempre, da melhor forma que pudesse, não apenas porque reconhecia o carinho que lhe dispensava como também porque se reconheceu em seus lamentos, frustrações ou súplicas pelo amor que não pudera salvar. Essas, talvez, tenham sido as primeiras imagens das quais se apoderara, não por serem recentes, mas porque estavam em toda a parte, como se ele não as pudesse conter, esconder ou evitar.

Viu Arkus pelos olhos dele e, diversa da imagem que criara em sua mente, deparou-se com o pai e criador de uma forma nunca vista antes, nem mesmo por Cedric. Cenas truncadas pelo tempo, remoto, passaram diante de si. E Arkus mostrou-se suave e feliz como nunca vira coisa alguma em sua existência, uma criatura plena, apaixonante e terna. Em seguida, presenciou-lhe a transição, do vacilante caminhar até o limite da aceitação e, finalmente, a loucura na qual mergulhara. Sentiu-se sufocar e os soluços ecoaram por todo o lugar, oprimindo-o. Logo descobriu que não eram seus e sim de Dédalos. Embora poucas lágrimas tivesse derramado em sua presença, a alma dele chorava e continuava chorando, por todo aquele tempo, da mesma forma que choraria eternamente, pois não se pode amar duas pessoas com tamanha devoção, não numa única existência.

"Não chora mais, doce criança perdida", recitou em pensamento, sua voz sobrepondo-se às recordações de que se apoderava. "Estaremos juntos na desilusão, meu bom amigo, porque também sinto minha alma morrer a cada noite, ao mirar os olhos dele e ouvir, dos lábios que desejo beijar, que devemos nos comprometer a deitar com terceiros por sexo, mas que não podemos arriscar a *Família* amando e nos entregando a uma única pessoa. Foi o que ouvi hoje... E desejei morrer, Dédalos. Mas ambos estamos aqui e precisamos seguir, não é assim? Agradeço a confiança e a amizade que me dedica."

Então, como se compreendesse a importância do momento, Dédalos buscou dentro de si aquilo que Lythos precisava ver. As imagens passaram ainda mais rápidas enquanto avançava dentro dele em direção à noite anterior. A escuridão abriu-se e, de súbito, viu-se novamente na grande sala de reuniões. Estava sentado à mesa, os olhos fixos em Tristan enquanto um amor incondicional, diverso daquele que acabara de sentir ao mirar Arkus, tomava-lhe o peito em dor.

"Ele é meu maior acerto, Lythos", foi o murmúrio que lhe chegou. "Meu maior acerto e meu maior equívoco. É meu filho e rogo aos deuses, todas as noites, para que, um dia, ele possa me dedicar uma ínfima parte do amor que dedico a ele. Foi a segunda criatura que amei sem reservas e a segunda vez que isso me foi negado."

Lythos soluçou alto. Quis pedir perdão, falar qualquer coisa que aplacasse o sofrimento dele. Dédalos não merecia aquilo, nunca merecera, e, agora, a remota suspeita tornava-se realidade: fora um grande erro e Cedric sequer suspeitava. Tinha de dizer a ele! Precisava fazê-lo compreender que o poder destrói, mesmo aqueles a quem amamos, mesmo que nunca cheguemos a nos dar conta de que algo ruiu. Quando acontece, por mais que desejemos, não podemos reparar nossos atos.

Foi nesse instante que a porta abriu-se e Cedric invadiu o recinto acompanhado de si mesmo, ou melhor, da imagem que Dédalos fazia de si, algo muito semelhante a um anjo em pureza, algo que jamais seria. Não deixou de agradecer intimamente pela ternura que a imagem lhe transmitiu. A devoção do ancião por Cedric e sua própria pessoa eram inegáveis pelas imagens que se apresentavam. Mas deixou tudo isso de lado para observar a cena, aproveitando-se de que o discurso do governante DeLacea era mais que conhecido, para desligar-se dos sentimentos de Dédalos, a fim de aproveitar ao máximo a oportunidade e ver o que não lhe fora permitido. Ao cerrar da porta outra vez, já libertara sua mente de tudo o que não fosse seu objetivo e as informações que buscava.

* * *

Tudo aquilo ainda parecia-lhe um pesadelo: irreal demais para ser verdade; fantástico demais para ser verossímil; macabro demais para ser razoável. De qualquer forma, ali estava, diante de mais seis imortais, incluindo Tristan que, tão logo percebera a saída dos governantes, afastara-se na direção da janela, alheio ao que sucederia à mesa. Porém, dessa vez, a indiferença dele não importava. Diante daqueles cinco estranhos, sua missão seria presenciar o momento em que decidiriam a respeito de suas próprias existências.

Foi com orgulho que mirou cada um deles, sem pressa, enquanto falavam entre si. A simples presença deles era evidência mais que concreta para a existência do Império, a meta maior que lhes norteara os passos desde a noite fatídica em que Arkus se fora, deixando aos filhos a vaga sensação de desamparo e o esboço, traçado com mãos vacilantes, de algo que nenhum deles poderia sequer mensurar.

Pois Cedric fizera do sonho de Império a mais sólida realidade. Ao buscar aquelas criaturas, tão diferentes e ao mesmo tempo tão próximas, tudo o que desejava era fortalecer o que já tinham; concretizar o que idealizaram num surto de loucura; cuidar para que ninguém mais, em parte alguma daquele mundo tão pequeno, detivesse semelhante poder. Ele conseguira, a despeito de tudo e de todos, unido àquele que o ampararia pelo resto da eternidade. E o respeitaria até o fim de seus dias por isso.

Ouviu, então, as argumentações, quase tão distantes quanto Tristan a espreitar pela janela que, em algumas horas, seria lacrada para não permitir a entrada dos raios solares. Compreendera a postura dele, conhecia-o e amava-o e isso nem mesmo ele poderia mudar. Com certeza não quisera sentar-se porque, diferente dos demais, já fizera sua escolha há muito tempo e, de certa forma, não se arrependia. Claro que preferia estar lá fora, em algum coven, realizando qualquer ritual para Cedric, em vez de estar ali, desperdiçando horas de trabalho e solidão. Todavia, fora exigida a sua presença junto aos demais e, por respeito, não lhe passara pela cabeça questionar. Nunca passava.

Foi quando olhos azuis-claros e frios viraram em sua direção por sobre o ombro, como se ele estivesse ciente da observação. Tudo o que fez foi devolver-lhe o olhar, sábio e sereno. Tristan voltou-se para a paisagem escura das árvores. Há muito tempo que não dividiam nada a não ser a mesma posição de prestígio perante a Família, *Cedric e Lythos. Igualmente, ninguém além deles mesmos saberia que o mago era sua cria. Ninguém, por precaução e determinação do próprio Cedric.*

Tão logo Tristan refugiara-se no breu da noite, desviou toda a atenção ao grupo que debatia com fervor. Ainda não se pronunciara, dando-lhes tempo para extravasarem seus receios, anseios e capturar-lhes ao menos parte da personalidade, como fora orientado pelos governantes.

— Não sei por que devemos nos submeter dessa maneira. A lealdade e a promessa de vir em seu auxílio quando precisarem não basta para que nos deixem

em paz e nos dêem aquilo que nos foi prometido? — a voz irritada de Malik, apesar de melodiosa, elevou-se no recinto.

Por detrás da beleza quase fascinante, os muitos milênios de vivência e observação lhe indicavam o quão valioso ele era para os planos de Cedric e o quão perigoso era ter um Atravessador *entre eles. Criaturas frias, determinadas e raras entre os* Predadores *sabiam esconder o que eram a fim de levar a cabo seus próprios interesses. Ao menos, fora isso o que ouvira, somado à lenda que circulava na própria sociedade imortal de que o primeiro* Atravessador de Sombras *surgira como resultado do pacto entre um demônio e um* Predador*. Não costumava dar atenção a essas histórias, entretanto, ali, ao olhar para Malik, perguntou-se por um instante se aquilo seria realmente apenas uma lenda.*

— Está disposto a descobrir? É simples: lute contra eles e seu exército. Quem sabe encontre uma morte digna e livre-se de todo esse desconforto? — tornou Dimitri, o mais calado e direto dos gêmeos. Suas palavras pareceram fazer eco aos pensamentos de seu irmão.

— Qualquer outra atitude seria covarde — completou Demétrius, infinitas vezes mais acessível, porém não menos sério. — Até mesmo optar pela morte, enquanto prisioneiros, seria atitude covarde demais para nós. E isso não aceitarei, nunca!

— Pois, para mim, morrer lutando dessa forma perece mais com estupidez do que com bravura, sinto muito — voltou a comentar o Atravessador*, ignorando-os solenemente depois disso.*

— Ora, vamos, cavalheiros... Estamos aqui para debater e não nos bater, entendem a diferença? — esse era Hermes que, com seu sorriso sincero, trouxe relativa paz ao ambiente, até quando o ancião egípcio não soube definir. Mas era um bom sinal que ele fosse assim. Haveria de relatar aquilo a seus amos mais tarde, quando de conveniência. Ele prosseguiu na fala mansa e cordata. — Não podemos ignorar que a vida aqui seria interessante. Teremos que ceder nossos conhecimentos mas, por outro lado, ganharemos aquilo que desejamos, dentre outras regalias — e piscou maliciosamente para Malik, como a dizer que ele teria o luxo que almejava.

Reinou silêncio diante desse comentário, como se estivessem pesando os prós e contras da oportunidade que se abria para cada um. Foi assim que o timbre suave e gracioso da única voz feminina quebrou o peso do ar parado.

— Por que não pedimos para que Tristan nos oriente? — sugeriu, mirando o mago com seus olhos penetrantes. — Afinal, creio que ele já passou por isto e, pelo visto, tomou uma decisão que lhe trouxe muitas vantagens. Estou errada, Tristan?

Em seu íntimo, regado à sabedoria que acumulara, sabia o porquê de Cedric a ter escolhido, dentre tantos outros imortais. Apesar de mulher, era uma Dominadora de Almas*, como ele. Sagaz, astuta e vibrante, nada lhe passava desapercebido. Seria uma espiã perfeita e admitir isso era quase uma traição aos de sua própria* Casta*. Bela e sensual, arrancaria suspiros de muitos, uma vez que seus dotes ornamentavam um conjunto que só poderia ser classificado como perfeito.*

Perfeição. Era tudo o que Cedric buscava, o tempo todo, e temia que, um dia, algo pudesse se voltar contra ele porque, quanto mais próximos nos colocamos da perfeição, mais próximos também nos encontramos da ilusão.

Notou então que todos aquietaram, esperando que Tristan saísse de seu isolamento para atender à convocação da mulher. Juntou seu olhar antigo aos demais, em apreciação da criatura que trouxera para a noite com um toque suave e um beijo repleto de carinho.

Passado algum tempo no mórbido calar, o par de olhos pálidos e frios voltou-se para o grupo. Não diziam nada, nem mesmo para ele, que o criara. Tristan fitou-os demoradamente, cada um deles em especial, sem pronunciar uma palavra. Então, terminou sua busca ao mergulhar nos olhos de seu pai, a mirá-lo em reconhecimento.

—Não se iludam. Não há escolha alguma além de ficar do lado certo. E, para Cedric, o lado certo é o dele e de Lythos. Há vantagens e desvantagens, entretanto, só poderão saber quais são com o tempo.

Então, o mago desviou o olhar para a paisagem mais uma vez, como se aquilo não o interessasse. Por um instante, nenhum deles ousou dizer nada. Aguardou para ter certeza de quem reuniria coragem suficiente para aceitar o inevitável e não se surpreendeu quando a voz dela soou outra vez, inabalável.

— Direto e sucinto, exatamente como gosto, meu caro. Acredito que nos daremos muito bem —ante o comentário, Tristan fitou-a, um segundo de surpresa nublando seus olhos claros para, em seguida, ceder a nova indiferença. Entretanto, ele não mais se refugiou lá fora, ao contrário, caminhou um passo na direção da mesa, o que não passou despercebido a Dédalos, que tão bem o conhecia. —Em fim, caros cavalheiros, o depoimento de Tristan é valioso, não concordam? — continuou ela. — Desculpe a intimidade mas, pelo que entendi, se algum dia houve arrependimento de sua parte, hoje este já não existe. Dessa maneira, deduzo que gosta do que vê, faz e presencia, e, se você gosta, também nós haveremos de gostar, não?

— Olhe bem para ele — desafiou Malik, apontando para Tristan, sem cerimônia. —Acredita mesmo que goste do que se tornou, de se submeter a outro alguém? Ele não me parece louco a esse ponto.

— Como disse antes, a oportunidade de escolha não passa de ilusão — murmurou o mago, aproximando-se mais um passo, seus olhos adquirindo um brilho estranho, quase maligno. —Acredite-me, Atravessador... A segunda opção, além da devoção, será demais para você suportar. Eu sei pois passei por ela.

Era uma provocação que causou seu efeito, pois Malik calou-se no mesmo instante, aparentemente assustado demais para pensar no que aconteceria dali por diante. Melhor assim. Atravessadores *sempre eram um problema, ainda mais se começassem a pensar.*

Diante do último comentário, ninguém parecia muito disposto a continuar o debate. Os gêmeos isolaram-se do recinto, perdidos um no outro, como se falassem apenas por olhares; Hermes tornara-se muito sério e sacara uma adaga da túnica, a qual manuseava entre os dedos com habilidade impressionante, mas sem real noção, como um escape para a tensão; Malik tamborilava os dedos contra o tampo da mesa, o rosto voltado para algum ponto imaginário na parede oposta, com certeza envergonhado por algo que não encerrava motivo palpável; Tristan permanecia estático, ainda fixando Malik com insistência intimidadora, como se não houvesse nada mais interessante para fazer no momento além de atormentá-lo com sua ausência de sentimento; quanto a Celeste... A jovem dama vidrara os olhos e a sensação era a de que recordações a invadiam, tão fortes que não puderam ser evitadas. Era o momento de interferir.

—Desculpem a minha intromissão, caros amigos —e sua voz soou tranqüila, transmitindo a segurança de que necessitavam e atraindo todos os olhares, sem exceção. — O tempo se esvai e, apesar das dúvidas que possuem, não poderão adiar a decisão. Sugiro que comessem a pensar de fato... em decidir.

—É o que estamos tentando fazer —declarou Demétrius, direto porém sem antagonismo. — Mas é muito difícil decidir o que será do resto de nossas existências sem termos noção do que acontecerá conosco.

Dédalos sorriu com brandura, os traços fortes de seu rosto suavizando-se ainda mais.

— Se está me perguntando o que será de vocês a resposta é: terão obrigações para com a Família, mas nunca deixarão de ser o que são, pois, caso aconteça, o próprio Cedric perderá com isso.

— As obrigações não serão demais? Ele não exigirá de nós mais do que podemos ofertar? Não terminaremos por apagar nossa existência para percorrer a existência dele? — Malik, senhor de si outra vez.

— E isso importa quando amamos alguém?

— Diz que ele nos amará, é isso o que entendi? — foi a vez de Dimitri se manifestar, o que pareceu uma preciosidade.

— Estou lhes dizendo que seremos uma Família, que nos apoiaremos um nos outros e que, depois de terminado, aceito e consagrado, estarão ligados a nós dessa mesma maneira. Terão aquilo que desejam e mais a afeição de seus soberanos, isso posso garantir. Não serão apenas um bando agregado. Cada um contribuirá para o todo que eles desejam construir, parte de vocês estará em cada rocha dessa fortaleza e receberão o nome deles como prova de que serão iguais, apesar de prestarem reverência.

Silêncio, que se estendeu por quase meia hora enquanto assimilavam as palavras do ancião.

— Amor... — foi a voz inconfundível de Hermes, agora séria, que rompeu com a película da desconfiança. — Acredito no que diz. Já não faz diferença para mim. Há um abismo terrível entre o que sou e o que poderei ser, caso me seja dada uma oportunidade digna. E, além disso, não me parece tão ruim assim, existir em devoção absoluta à criatura a quem amamos, mesmo que ela não faça nada além de cuidar para que estejamos unidos pela Família. E... Bem... — ele buscou os olhos de Dédalos, trêmulo. — Quer dizer... Cedric é o soberano, porém não lidera sozinho, não é mesmo?

— Lythos lidera o feudo ao lado dele.

Hermes sorriu luminosamente para, em seguida, fitar cada um dos outros quatro.

— Minha decisão é ficar, jurar lealdade a Cedric e Lythos DeLacea e estar ao lado deles, independente do que me ofertarão em troca.

Dédalos assentiu, satisfeito, e virou-se para Celeste, uma vez que a mulher aprumara-se na cadeira, como a tomar a palavra.

— Perdi a única coisa que me importava antes de ser enlaçada: meu filho. Ainda não consegui encontrar o Predador que tomou de mim a minha criança, entretanto, agora, ambos estamos na mesma situação: se antes eu era apenas uma mulher fraca e sozinha, hoje sou um Predador também. Todavia, mesmo como imortal minha condição de mulher torna-me preza fácil. Dessa forma, se Cedric pode me proteger, não me importo de tornar-me sua aliada em troca da oportunidade de vingança. E, caso perceba, como Tristan, que existem ainda outras vantagens ao jurar fidelidade a Cedric e Lythos, que assim seja — dissertou, olhando firme e decidida para Dédalos. — Minha decisão também está tomada.

Reinou relativo silêncio enquanto os gêmeos concordavam mudos com algo que ia além de sua capacidade de compreensão. Aguardou que ambos se voltasse em sua direção.

— Estamos prontos para seguir Cedric — declarou Dimitri, sem hesitar.

— Nós o protegeremos com toda a fé, lealdade e dedicação que possuímos na esperança de que ele nos proteja também com o seu nome — completou Demétrius.

—Assim será —afirmou o egípcio.
E então, chegado o momento de encerrar a reunião, o sol a anunciar-se no horizonte, todos os olhares se voltaram para Malik.
— Cumprirei minha promessa e assumirei minhas responsabilidades enquanto Cedric cumprir com as dele e assumir a parte que lhe cabe, exatamente como combinamos.
— Isso é um sim? — indagou Demétrius, escarnecendo.
—Imaginei que seria difícil para um Filho da Terra compreender —tornou o outro, distinto e polido, sem deixar de ser irônico. — Contudo, acredito que a resposta tenha chegado à compreensão daqueles que a aguardavam. Estou enganado? — perguntou, mirando Dédalos e Tristan, respectivamente.
— Decerto que não — e o ancião ergueu-se do assento para encará-los todos outra vez. — Não lhes darei as boas-vindas, pois não pretendo tirar esse prazer de meus Senhores. Entretanto, desde já digo, caros cavalheiros... nobre dama... Sentimo-nos honrados em dividir nossa existência com vocês —e avançou na direção da porta, sendo seguido de perto por Tristan, que nada disse. — Venham comigo. Como me foi orientado, caso decidissem por permanecer, levarei cada um de vocês aos aposentos que lhes foram reservados e preparados. Espero que descansem bem. Qualquer outra informação será dada pelos próprios Senhores, amanhã, assim que deitar a noite. Sigam-me, por favor.
Todos deixaram a sala de reuniões guiados por Dédalos e Tristan. Qualquer outra imagem esmaeceu no exato instante em que uma mão familiar apertou a sua, noutro lugar.

* * *

— Lythos...
O murmúrio chegou-lhe, tão doce e tão seu, que se sentiu como que saído de um sonho bom, despertando para uma realidade gentil.
Tão logo ele piscou os olhos escuros, Cedric viu-o voltá-los para si. O jovem cretense sorriu num misto de orgulho e alegria, coisa que há anos não presenciava. Nada lhe pareceu tão lindo quanto aquele gesto. Pararam diante da porta fechada onde, sabiam, eles aguardavam por sua sentença.
— Entre nessa sala, meu Senhor, e dê boas-vindas aos novos *Membros* da nossa *Família*.
Observaram-se, os semblantes luminosos com a vitória.
— Todos eles? — indagou.
— Sim. Todos eles são seus, Cedric, cada um à sua maneira.
— Não esperava que fosse diferente — e ele voltou a encarar a pesada porta de cedro, lisa e perfeita, antes de pousar as mãos brancas sobre ela. — Vamos, minha Pérola. Nossa realidade começa aqui.
O que sentiu quando ele, firme e imponente, rompeu com o obstáculo irrisório que o cedro representava transcendeu mesmo o orgulho. Seguiu-o de perto, o semblante impassível diante dos outros. Os olhos negros, contudo, brilhavam em esfuziante entusiasmo, alegria e realização, não por seus sonhos e sim por ver os sonhos dele realizados.
Enquanto avançavam até a mesa para que ocupasse seu lugar de direito, à cabeceira, milhares de pensamentos lhe passaram, desde o fascínio por ver Cedric tão lindo, até a lembrança de pedir bênçãos pelas dádivas alcançadas, mesmo que não fossem as suas. Amava-o além de si mesmo e estaria sempre disposto a enfrentar com ele as piores adversidades, atravessar as maiores tempestades e realizar as maiores loucuras. Amar,

talvez, fosse isso: estar louco. Louco de amor, de felicidade. Extremamente louco por fazer o outro feliz, independente dos meios.

Parou à direita dele, um passo atrás, como de costume. Os sete *Membros*, incluindo Tristan, jaziam sentados na mesma disposição da noite anterior, cada qual em sua cadeira. Memorizou bem aquele quadro, por ter certeza de que se repetiria infinitas vezes, ao longo dos séculos e pela eternidade. Sim, porque Cedric seria eterno e, enquanto ele vivesse, todos estariam ali.

— Boa noite, futuros *Membros* da *Família* DeLacea — anunciou o guerreiro, tão logo tivesse tomado assento, sem esperar pelo pronunciamento de Dédalos.

Um quê de assombro acometeu todos os presentes, com exceção de Tristan que por nada se abalava, e Dédalos que sabia exatamente o que sucedera, uma vez que Lythos pedira permissão para ver o ocorrido entre os cinco.

— Meu Senhor... — saudou o ancião num discreto cumprimento, pondo-se de pé diante da mesa. — Sua *Família* deseja lhe falar.

A primeira a se erguer foi Celeste, a estrela da corte que ofuscava em brilho tudo o que a rodeava. A dama contornou a cadeira de Dédalos em direção à cabeceira e, num gesto gracioso e servil, postou-se aos pés de Cedric, ajoelhando-se perante ele e inclinando a cabeça em reconhecimento.

— Minha lealdade, meu sangue e o que mais desejar... — ergueu o rosto perfeito para ele outra vez. — Tudo o que quiser será seu, meu Senhor.

O pior de tudo aquilo foi ver o brilho de cobiça passar veloz pelos olhos de esmeralda, tão rápido que ninguém mais se deu conta. Ninguém além de si, que sabia exatamente o que se passava pela mente daquele bárbaro. Sentiu o ódio dominá-lo aos poucos pelo sutil borbulhar de seu sangue, que se elevou até que a razão estivesse comprometida para a loucura. Quis matá-la com toda a força de sua alma e o teria feito num acesso de insanidade, caso outra figura não tivesse avançado na direção deles, contornando a mesa pelo lado oposto ao que Celeste tomara e, igualmente, se ajoelhado aos pés de ambos.

Desviou o olhar dela para fixar-se na criatura encurvada diante de Cedric, o rosto ainda oculto pelo cumprimento respeitoso, a farta massa de cabelos castanhos ocultando-lhe as orelhas na promessa de cachos macios.

— Juro, diante de cada um dos presentes, oferecer minha devoção, conhecimento e existência para estar junto aos dois, contribuir para solidificar o Império... — e os olhos escuros, tomados daquela paixão linda e triste, ergueram-se para o jovem cretense — e aguardar para que, em troca, seja alvo da afeição que vejo em seu olhar...

Então, fez uma mesura delicada a Cedric e outra, demorada, a Lythos, como prova de encantamento. Seguiu-se um silêncio opressor, no qual os dois *Membros* voltavam, cada um a seu lugar. Só depois de terem sentado, Dimitri e Demétrius ergueram-se, avançando também e ajoelhando-se, lado a lado, não como aqueles que se submetem e sim como guerreiros que reconhecem o superior.

— Nossa eterna gratidão e servidão àqueles que nos acolherão como semelhantes — declararam em uníssono. — A eternidade aos nossos Senhores, Cedric e Lythos.

Ao voltarem aos seus lugares, como era esperado, Malik ergueu-se e, de onde estava, fez uma reverência, suas palavras sólidas, porém suaves, tocando a alma de cada um dos presentes. Percebera que não se ajoelharia, como fizeram os outros. Ao contrário, ficara bastante claro que não era intenção de Cedric modificá-los em essência e sim perpetuar o que eram ao lado da *Família*.

— Juro seguir os líderes de minha *Família*, Cedric e Lythos DeLacea, e ofertar a ambos tudo o que possuo: minha palavra, minhas intenções e meu conhecimento — com isso, o belo homem tomou seu lugar outra vez, mirando-os respeitosamente.

Com a sobriedade e altivez que lhe era peculiar, Cedric ergueu-se e todos os demais o acompanharam. Um sinal a Tristan foi o suficiente para que este tomasse o cálice de uma bandeja e tirasse o Atame que mantinha sob a manga de seu manto. Em seguida, o mago caminhou sem pressa na direção de Dédalos e ofereceu a taça, quase cheia, para que o ancião tomasse um gole. Prosseguiu nessa prática até que todos os *Membros* presentes tivessem tomado para si um pouco do preparado e só deu sua tarefa por terminada quando ele próprio emborcou o recipiente, servindo-se também.

Nesse momento, todos esperavam que algo acontecesse de sobrenatural. E aconteceu, apesar de imperceptível aos sentidos. Era como se, desde sempre, tivessem amado as duas criaturas que assistiam o desenrolar do Ritual em silenciosa e respeitosa espera.

Tristan retomou o início da mesa, parando novamente diante de Dédalos, agora com o Atame em punho e a taça novamente estendida em sua direção. Sem questionar, o ancião estendeu-lhe a mão e, com um pique, Tristan furou-lhe o indicador, colhendo uma única gota de seu sangue antigo. Mais uma vez, assistiram o mago percorrer o mesmo trajeto, retirando de cada um dos outros cinco a mesma quantidade de sangue que retirara do egípcio. Finda a prática, Tristan talhou seu próprio dedo e permitiu que uma gota rubra se juntasse às outras dentro do cálice dourado. Só então caminhou para os governantes, parados ainda no mesmo lugar de antes. Com um murmúrio deixou que ambos soubessem de sua intenção: precisaria de uma gota do sangue de cada um para concluir o Ritual e, assim, fechar o círculo. E foi precisamente nesse instante que Lythos duvidou. Viu então os olhos frios de Tristan fixarem-se nos seus.

— Apenas daquele que desejar receber outras essências na sua própria — foram as únicas palavras que o mago murmurou antes de baixar o olhar novamente à taça, o Atame erguido para continuar.

O silêncio que reinou no ambiente pareceu contagiar a todos, que se entreolharam, não com arrependimento e sim como partes de um todo que foram rejeitadas. Antes que a situação evoluísse, Cedric decidiu que era momento de intervir e foi com esse intuito que falou ao irmão em pensamento.

"Você também beberá do sangue deles, minha Pérola. Não precisa ter receio algum. Tristan o fez de forma perfeita para que não estejamos submetidos a eles ou sintamos qualquer outra influência. Apenas eles estarão submetidos a nós", foi o sussurro doce que ecoou em sua mente confusa.

"Não é essa a questão. Quais as implicações disso tudo, Cedric?"

"Eles estarão ligados a você, obedecerão às suas ordens sem hesitar e você terá acesso a cada um de seus pensamentos, recordações e anseios, como se fossem seus e se assim o desejar, pois eles o amarão sem obstáculos. Apenas isso".

De súbito, diante dessa sentença, pareceu terrível para Lythos a incumbência de cuidar de sentimentos, esperanças e almas alheias quando mal conseguia cuidar de sua própria frustração. E eles... Fitou-os por um instante enquanto assistiam ao desenrolar do Ritual, o murmúrio de Cedric soando como um álibi para as palavras que ambos trocavam em silêncio. Tudo o que aquelas criaturas desejavam era cuidado. Queriam ter algo pelo que lutar, um lugar para onde voltar, um exemplo que os pudesse guiar. Não poderia oferecer-lhes isso em troca da esperança que depositariam em sua pessoa caso assumisse a liderança como Cedric propunha. Não poderia continuar ciente do que pensavam e de que os decepcionaria, ainda mais do que decepcionava a si mesmo.

"Sinto muito, meu querido", sussurrou, a voz carregada de pesar. "Não posso dar esse passo com você. Não terei força, Cedric! Não posso assumir algo quando não tenho certeza de que poderei arcar com minha própria existência. Seria como traí-los, como trair a você. E isso não farei".

Cedric assentiu e, só então, fixou o olhar em Tristan, oferecendo a ele sua mão. O mago furou-lhe o dedo e permitiu que uma gota do sangue forte, da essência poderosa dele, se misturasse a todo o resto, tornando-se novamente predominante. Ao menos, foi o que intuiu mediante os ensinamentos que recebera do mago desde que adentraram juntos pelo universo do oculto.

　　Concluído o ato, Tristan murmurou algumas palavras ininteligíveis e deixou o cálice nas mãos de Cedric, voltando ao seu lugar em seguida. O governante também murmurou algo indecifrável para então erguer a taça num brinde e contemplar a todos.

　　— Terão a minha proteção e o poder que precisarem para conquistar suas questões pessoais. A partir dessa noite, nossos interesses, objetivos e destinos estarão irremediavelmente ligados. Ofereço meu nome, minha casa e meu sentimento a vocês que, apesar de terem seus próprios motivos, abriram mão de muita coisa para estarem aqui, agora. Reconheço isso, da mesma forma que reconhecerei cada gesto, pois farão parte de nós, assim como faremos parte de vocês. Com vosso sangue ofertado a nós, qualquer um que se erguer contra a *Família* morrerá ardendo em fogo pela sua traição. Sejam bem-vindos à Casa DeLacea.

　　Dizendo isso, levou a taça até os lábios, suave. Não pensou em nada porque não fazia a menor idéia do que sucederia dali por diante. Dessa feita, apenas mirou-o, o semblante jovem sem expressão.

　　　Cedric virou o restante do líquido de uma só vez, tomando para si a parte que caberia a Lythos e que fora recusada. Estava selada a união entre eles pela eternidade, todavia não importava a desistência do irmão em dividir a responsabilidade sobre os *Membros*. Tinha força para levar aquilo até o fim por ambos e sua alma guerreira encheu-se de novo vigor. O sonho acabava de começar.

IX

O sonho dele não era o meu. Pelo menos, não até aquele instante. Porém, por toda a eternidade, acontecera dessa forma entre nós dois.
   Eu poderia retomar minha história de qualquer ponto desde a noite em que o pacto fora selado e a Família *se completara. Todavia, acredito que será mais interessante para ti que fale sobre a sombria impressão de ver a casa cheia de estranhos que, num instante mágico e bizarro, eram parte de mim apenas porque se tornaram parte dele. Sabe, acredito que jamais o entendi completamente. Cedric, obviamente. Sempre foi um enigma, talvez porque eu não o visse com os teus puros olhos de criança, talvez porque se mostrasse para mim de forma diversa. Como haveremos de saber?*
   Pois bem, a história deve prosseguir, inabalável em seu curso. E, decerto que não te esqueceste: havia uma reunião a realizar-se e Cedric parecia ansioso por ela.

   O avançar das noites permaneceu imutável. Os *Membros* da *Família* foram devidamente guiados por Bayard Ridley a seus respectivos aposentos. Cedric oferecera um espaço pessoal para cada um dentro da *Casa Ancestral*, mas deixara claro que poderiam, mais tarde, ter o seu refúgio, contanto que estivessem dentro da propriedade dos DeLacea. Diante dessa observação, o jovem cretense foi obrigado a conter o escárnio. Não significava muita coisa, visto a amplitude das terras. Por outro lado... Daquela vez não havia outro lado.
   Foi Dédalos quem lhe pousou a mão ao ombro, indagando sem palavras se estava contrariado ou aborrecido. Estava? Não tinha tanta certeza. Resolvera deixar a reflexão de lado. Não havia como voltar atrás. Viu-os retirarem-se aos cuidados de Ridley, caminhando seguros pelo interior de sua casa, usufruindo a beleza de sua terra e da fartura de sua "comida".
   E, naquele exato instante, estava ali diante de Cedric para ouvir quais intenções possuía quanto aos *Membros* e às tarefas que estes desempenhariam. Celeste e Malik seriam os espiões devido à beleza desconcertante de ambos e sua plena capacidade para dissimular. Dimitri e Demétrius foram nomeados como os "homens de armas" da *Família*, responsáveis, a partir daquela data, pelas atividades bélicas, reconhecimento e proteção do território, obviamente porque detinham talento nato para a guerra e os sentidos tão apurados quanto os de um lupino; Hermes seria o trunfo de Cedric, o homem designado para as missões mais arriscadas, quando precisassem de alguém capaz de apoderar-se do que é alheio ou de recuperar o que se perdeu, mantendo inatingível a sua imagem.
   — Micênio? Está me ouvindo?
   A voz dele entrou-lhe pelos ouvidos com uma entonação que lembrava curiosidade. Focou novamente, o semblante indiferente a ocultar que estivera ouvindo e construindo sua própria visão dos fatos, apesar de saber que ele jamais lhe perguntaria nada a esse respeito.
   — Celeste e Malik, os espiões; Dimitri e Demétrius, os guerreiros; Hermes, o escudo que ampara as investidas dos traidores; Dédalos, o sábio; Tristan, o mago; Lythos, a sombra que oferece a própria vida para que você não perca a sua pelas tolices que faz — declarou, calmo, sustentando-lhe o olhar de esmeralda.
   A surpresa de Dédalos ao voltar-se para fitar o rapaz não encontrou eco no rosto marcante do Senhor do castelo. Ao contrário, Cedric olhou-o, plácido e mudo por breve instante, como se refletisse.
   — Não esteve ouvindo uma só palavra do que lhe disse — concluiu, deixando-o para mirar o egípcio e continuar a falar, como se já não estivesse no recinto.
   Trincou os dentes para recuperar o controle. Não daria àquele bárbaro arrogante o prazer de sabê-lo ferido, fosse com a indiferença flagrada que lhe dispensava, fosse com o fato

de ter decidido sozinho por aumentar a *Família* ou ter retribuído os gracejos infames de uma mulher qualquer.

— É mais simples para você fingir que não ouvi o que disse do que admitir que, um dia, esse seu excesso de confiança lhe custará caro e que estenderá o preço àqueles que o rodeiam em cega servidão. Pois bem, não sou cego, muito menos servil. Se a conversa não me inclui, com licença. Tenho mais o que fazer — cuspiu de uma vez, a voz firme e controlada em contraste com os olhos, agora rubros.

O rapaz se ergueu sem esperar pela permissão e avançou na direção da porta, disposto a sair dali o mais rápido possível sem ter de correr para tal. Todavia, ele foi mais ágil com as palavras.

— Poupe-me de ter de catá-lo pelos corredores e arrastá-lo para cá na frente de todos, por favor.

— C-como?! — inquiriu, transtornado, buscando-o por sobre os ombros. Ele mantinha os olhos fixos no ancião, sem mostras de se alterar.

— Dédalos, poderia nos deixar a sós, por favor?

Assentindo, ele se ergueu com graça e, sem mais nada dizer, deixou o aposento. Uma ponta de temor invadiu-o sem que desejasse. Talvez por isso permanecesse à entrada, como antes. Faltava-lhe coragem para virar-se e encará-lo, não por medo do que poderia dizer, mas por receio de seus próprios atos. Quando diante dele, nada fazia sentido! Era um fraco perante a vontade de Cedric e humilhava-se cada vez que se apercebia disso.

— Somos só nós dois, Micênio atrevido... — sentiu-lhe a presença por trás e soube que se erguera da cadeira para avançar em sua direção. — Vamos, Lythos! Olhe para mim! Nunca foi homem de se acovardar.

A simples menção de que o julgava covarde foi suficiente para que o mirasse, os olhos escuros e raivosos mergulhados na frieza de esmeralda. Sustentou seu olhar enquanto ele lhe estudava o rosto jovem sem pressa aparente. Afinal, tempo era algo que detinham e Cedric não parecia nem um pouco preocupado com o avançar ininterrupto dos minutos. Nada disse enquanto ele prosseguia na minuciosa avaliação, não por afronta como seu semblante transparecia, e sim porque, em seu íntimo, não ousaria desafiá-lo mais do que já desafiara. Temia-lhe a ausência, não o castigo.

— Qual o problema? — murmurou com sua voz rouca, varrendo-lhe a sanidade e escravizando-o novamente. Jamais poderia ir contra a vontade daquele homem, tão lindo e tão cruel em sua indiferença. Cedric era indiferente da pior maneira que alguém pode ser. — Responda-me! — inquiriu, avançando um passo na direção do rapaz. — Diga-me o que é ou o obrigarei a falar, Micênio! O que acontece para que me agrida deliberadamente e na presença de terceiros?!

— Não é nada... — respondeu, desviando o olhar do rosto marcante que aprendera a amar sem qualquer esperança. — Apenas... Bem, não esperava que eu me acostumasse com a presença deles na minha casa em apenas uma noite, não é?!

Ele sorriu, daquele jeito incrédulo de escárnio, como a dizer que teria de mentir mais convincentemente se desejava enganá-lo daquela maneira tão flagrante. Por um instante, não soube o que fazer. Sem alternativa, mirou-o, dessa vez com o olhar doce de quem aguarda pelo amor.

Cedric pensou em destrui-lo, quebrar-lhe o argumento da maneira mais cruel que encontrasse. Foi quando os olhos escuros e carregados de sentimento o encararam, mudos, infelizes. Sentiu-se sufocar outra vez. Sabia que não haveria saída para eles, que, muito em breve, teria de decidir por assumi-lo seu ou abandoná-lo de uma vez, porque já não agüentava ser a causa do desespero daquela criatura frágil e linda, parada diante de si como um menino, mais vibrante do que poderia lembrar-se de alguém, mesmo em sua longínqua existência mortal.

Sem mais conseguir estar próximo a ele, temeroso de entregar-se, perder-se e terminar como Arkus, sem a remota possibilidade de cuidar da família, Cedric afastou-se à mesa, escondendo a necessidade de tê-lo por detrás do semblante sereno.

— Não creio que esteja me contando a verdade, pelos menos, não toda ela.

— Por que diz isso?

O guerreiro tomou assento, ajeitou a cadeira atrás da larga mesa de cedro, apoiou os cotovelos no tampo de madeira e, só então, ergueu os olhos preciosos para fitar o irmão novamente. Já não continham a frieza de antes, ao contrário, mostravam-se acessíveis, tão belos que Lythos teve de firmar o corpo para avançar em sua direção e sentar-se à frente dele, como no começo.

— Já discutimos sobre o assunto antes. Sei que resistiu no princípio e tem os seus motivos para tal. Porém, ao entrar comigo na sala de reuniões e parar diante deles ao meu lado... Não sei, Pérola! Minha alma sentiu a sua tão próxima! Nunca pensei que ainda se opusesse a mim, do contrário, teria voltado atrás.

Silêncio. Cedric nunca voltava atrás, em nenhuma decisão, nem mesmo pelo seu próprio reconhecimento.

— Mentiroso — sentenciou, sem agressividade. — Jamais faria algo assim, nem por mim nem por ninguém. Isso faz de você o grande líder que é.

Cedric sorriu suave e, por todos os deuses, pôde ouvir-lhe as intenções! A última coisa que desejava era ser-lhe responsável pela dor ou amargura. Acalentado pela promessa que as esmeraldas lhe gritavam sem palavras, deixou-se levar, de modo que a confissão escapou-lhe sem real intenção.

— Não gosto de Celeste. Odeio a forma como olha para você e a maneira como retribui os flertes dela — sussurrou, os olhos turvos sem que desejasse demonstrar o quanto a possibilidade de perdê-lo o perturbava.

O guerreiro alargou ainda mais o sorriso, vitorioso. Soube que fora mais um dos jogos dele, mera demonstração de poder e controle. Aquilo já nem mais o aborrecia, não depois de um milênio a sofrer com a manipulação da qual se valia. Tudo o que pediu foi para que, daquela vez, ele não o ferisse, não novamente.

— Meu caro Lythos... — começou, com uma ponta de felicidade oculta pela voz rouca e modulada. Todavia, conhecia-o como a ninguém, não havia meio de deixar-se enganar, não mais. — Isso é mero detalhe com o qual não precisa se preocupar. Celeste é apenas nossa espiã, a mais bela dentre as belas, mas uma espiã. Nada além disso.

— Não precisa flertar com ela para que trabalhe para a *Família* — declarou firme, assumindo a postura bélica que utilizava para defender-se. "A mais bela dentre as belas". Nunca seria páreo para alguém como Celeste, foi o pensamento que lhe ocorreu no breve instante em que ele o mirava, sereno.

— Não flerto com ela e nem com ninguém, Lythos. Sabe muito bem disso. Porém, se ela deseja algo mais... — foram as palavras que ele largou no ar, remetendo ao despropositado acordo de levarem qualquer amante para a cama contanto que não se envolvessem.

"Absurdo! Esse bárbaro grosseiro e pervertido está fazendo pouco de mim. Será que não percebe? Será que ainda não se deu conta de que me mata a cada dia com sua indiferença?! Por quê? Por que faz isso comigo, Cedric? Por que maltrata tanto o meu coração quando tudo o que desejo é estar ao seu lado e servi-lo como ninguém será capaz de fazer, nunca?!", mas as palavras lhe calaram junto à mágoa de sabê-lo distante.

— Tem razão — afirmou, sua voz aguda, porém agradável, contrastando com o desespero no olhar. — Flertes estão inclusos no nosso acordo, quer dizer, seu acordo de copular com qualquer um por mero prazer, sem sentido além do arrefecer de um instinto mundano e primitivo. Sinto muito, meu Senhor. Tem todo o direito de fazer o que quiser.

— Lythos... — começou, aturdido tanto pelo olhar magoado quanto pelas palavras carregadas de acusação.

— Não lhe causarei qualquer problema — disse, erguendo-se para sair da sala, finalmente. — Entretanto, vou aproveitar a ocasião para requisitar algo para a minha próxima viagem — diante do silêncio abismado do outro, prosseguiu. — Quero Hermes.

Breves instantes de tensão enquanto Cedric aprumava-se no estofado, os dentes trincados, os olhos estreitos assumindo uma tonalidade mais clara que o normal.

— Como assim? O quer com ele? — sibilou.

— Preciso de alguém que me acompanhe nas viagens, alguém que seja de fato destinado a mim e que detenha alguma habilidade, pois Dédalos não poderá acompanhar-me sempre.

— Não — foi tudo o quanto disse, ao que Lythos arqueou-lhe a sobrancelha em desafio.

— Hermes também é um espião importante, dado o *Dom* que possui. Posso precisar dele para alguma missão específica.

— Não vejo por que, uma vez que terá Malik disponível e sua bela Celeste.

— Já disse que não, Micênio! — tornou, perdendo a compostura e exaltando-se mais que o pretendido.

Lythos apenas aproximou-se, bem suave, o semblante tranqüilo em contraste com os olhos tristes.

— Pois digo que não é um pedido, Cedric. Estou comunicando que levarei Hermes comigo. Se não lhe agrada, trate de arranjar alguém para mim, alguém que eu possa dispor sob minha guarda, e pense em tudo o que me disse acerca da sua bela Celeste. Agora, com licença, vou comunicar a Hermes as suas ordens, meu Senhor.

E, com uma reverência respeitosa, sem qualquer afobação ou insegurança, deixou a sala, seu corpo jovem a ondular felino até que estivesse fora de suas vistas.

Assim que ele cerrou a porta atrás de si, Cedric ergueu-se e, raivoso, socou a parede de pedra, rachando-lhe a superfície e ferindo a própria mão. A ferida fechou no mesmo instante, porém, a alma doía e a ferida que se abrira em seu coração não poderia cicatrizar com a eternidade. Ao contrário, tornava-se mais forte com o passar das noites, mais viva e dolorida.

Poderia tê-lo impedido, é verdade. E se não o fizera fora porque, num ponto, ele tinha razão: no trato que estabelecera, cada um deles poderia ter o amante que desejasse, se isso não comprometesse a *Família* nem seus corações para com outrem. Duvidava de que Lythos pudesse envolver-se com alguém sem que isso implicasse em amor louco e incondicional. O jovem cretense era assim por tudo o que trazia, inconsciente, de seu passado mortal. Tinha certeza absoluta de que fracassaria ao tentar afastar o amor de sua alma, porém, por integridade, deveria permitir que ele agisse de livre vontade e teria de aguardar os acontecimentos para formular seu próprio julgamento. Era assim que se portavam os líderes. Era assim que se habituara a fazer, desde sempre. Era de justiça.

Em seu íntimo, admitiu que a simples possibilidade de Lythos entregar-se, a simples imagem dele nos braços de outro alguém era suficiente para destruir-lhe a vontade de viver e continuar existindo. O jugo de estar à frente de um povo inteiro pesou-lhe sobre os ombros. Não agiria contra seus princípios, porém arranjaria para que o Micênio atrevido e insolente desistisse daquela idéia absurda que tanto o feria. Sabia o que fazer e como conduzir as coisas para obter o sucesso.

Ali, na semipenumbra, jurou a si mesmo que arranjaria para Lythos uma Guarda Pessoal digna — que o afastaria de Hermes sem que nem ao menos percebesse — e que, jamais, daria qualquer motivo para que ele tivesse ciúmes de Celeste outra vez. Sabia o quão ferido o irmão estava, e, por isso, tinha certeza de que poderia aceitar a atenção do novo *Membro* pela simples necessidade de amar e ser amado.

Precisava encontrar uma maneira de cuidar daquelas terras, de unir o povo, guiar aquela gente e, ao mesmo tempo, amar Lythos; tê-lo para si como, sabia, ambos sonhavam, desde a primeira vez, ao primeiro olhar.

"Um dia... Um dia, minha Pérola... Eu prometo."

* * *

A primeira coisa que fez ao deixar a sala do irmão fora buscar por Hermes em pensamento. Não poderia contar com o ritual, mas não fazia diferença, pois lhe bastou seu *Dom* para encontrá-lo. O *Andarilho da Noite* parecia ter-lhe aberto todos os canais, exatamente como se desejasse a invasão. Ignorou semelhante dedução pelo motivo óbvio de que não se importava.

Foi até ele planejando procurar por Tristan, em seguida, para que juntos pudessem desvendar mais alguns aspectos místicos daquela realidade sombria. Seria interessante e ocuparia seu tempo ocioso, visto que não havia viagens planejadas para antes da tão esperada reunião dos governantes, como Cedric insistia em referir-se ao acontecimento. A simples imagem dele, tão lindo e tão cruel, foi suficiente para encher seu coração de pesar.

Nesse espírito funesto, cruzou o salão central, alcançando o *hall* de entrada, passando o imenso batente de madeira para o frio familiar da noite. Hermes jazia mais alguns metros à frente, sob a sombra de um cedro, em companhia de Dédalos, Dimitri e Demétrius. O ancião permanecera de costas para ele, suas mãos gesticulando em movimentos suaves como a lhes ministrar mais uma de suas sábias lições. Os outros três ouviam atentos, cada um à sua maneira. De forma que pôde aproximar-se pela vegetação rasteira sem que se apercebesse. No entanto, a meros passos de tocar Dédalos por trás, no ombro, o egípcio parou a explanação e voltou-se, o olhar baixo numa reverência formal à qual não se habituara.

— Meu Senhor, Lythos — murmurou com sua voz de bronze, macia e terna.

Soube que ele agia daquela forma como que para "doutrinar" os novos *Membros*, dando o exemplo que necessitavam para permanecer sob a proteção da *Família* e viver harmonicamente com Cedric. Outras saudações se fizeram ouvir em seguida, tão firmes e respeitosas quanto a primeira. Respondeu, dizendo que poderiam se erguer novamente — seria muito difícil acostumar-se com aquele tipo de coisa ou, ao menos, foi o que julgou na época — e, só então, passou o olhar de Dédalos para as outras três figuras, agora eretas novamente.

Mirou Hermes e recebeu-lhe o olhar escuro carregado daquela adoração incondicional. Perdeu-se em observar o semblante dele, radiante. Os raios suaves da lua vinham iluminar-lhe os cabelos crespos e castanhos como uma aura ao redor do rosto marcante; a linha firme e quadrada do maxilar jazia suavizada para um sorriso, repleto de... paixão.

Por um instante, perguntou-se se aquela seria uma boa idéia. Quer dizer... Utilizar-se daquela criatura apenas para causar ciúmes em Cedric pareceu-lhe uma traição, das piores que poderiam existir. O amor que sentia dentro de si não permitiu que levasse aquilo adiante, de forma que permaneceu ali, parado e silencioso, os olhos perdidos nos dele a não dizerem coisa alguma que não fosse...

— Senhor — chamou Dédalos, trazendo-o a si mais uma vez. Não corou porque não havia motivos para tal. — Deseja algo?

— Sim, meu Senhor! — emendou Hermes, atraindo-lhe o olhar novamente. — Peça e será seu, qualquer coisa.

— Gostaria de falar com você antes de ir até Tristan — e buscou Dédalos em seguida. — Sabe onde posso encontrá-lo?

— Decerto que sim. Acabou de passar por nós em direção à floresta... E Dimitri e Demétrius me diziam que precisam partir para cumprir uma determinação de Lorde Cedric, além de reconhecer território, o que julguei muito prudente.

Lythos mirou os gêmeos com curiosidade e voltou a fitar Hermes, que o aguardava com alegria evidente.

— Ainda hoje serão convocados para uma reunião, na qual lhes atribuiremos as tarefas que lhes caberão, bem como planejaremos o momento em que iniciarão o ensinamento de seus *Dons*. Entretanto, uma vez que Cedric os incumbiu de tarefas, sugiro que a realizem o mais rápido possível para que estejam de volta em tempo de comparecer à reunião. Ele fará questão de explicar tudo, detalhadamente.

— Estaremos presentes e disponíveis, meu Lorde — declararam em uníssono e, pedindo licença com reverência, afastaram-se para embrenharem-se na floresta. Pareciam muito à vontade daquela maneira. Deu de ombros, voltando a atenção para o *Andarilho*, parado a seu lado em silenciosa espera.

— Vamos — comandou, com um aceno carinhoso a Dédalos antes de partirem.

Avançaram mudos pela vegetação esparsa. Lythos caminhava mais lento que o habitual porque tinha certeza de que ele não poderia acompanhar-lhe a rapidez. Além de ser mais velho em idade do que Hermes, o outro não conhecia nada do terreno. Levou-o a um lugar sossegado, em que poderiam sentar para conversar. Queria olhar para ele e descobrir o que exatamente o tomava, o porquê da devoção incompreensível que via em seu olhar.

De súbito estancaram, e o jovem cretense indicou-lhe o tronco de uma árvore, tomando-lhe assento ao lado. Hermes sentou-se com uma das pernas dobradas, para, assim, ficarem frente a frente. Imitou-o, e, logo, jaziam presos um ao outro.

— Trago-lhe uma ordem de seu Lorde Cedric — a declaração causou o efeito que imaginava e Hermes aprumou-se, o semblante sério. — Porém, antes que lhe dê sua nova missão, acredito que devamos conversar, não sobre a *Família*, o Feudo ou suas razões pessoais, mas a respeito de nós dois.

Viu-o empalidecer por um breve segundo, a expressão surpresa que se substituiu por um rubor incontrolável. Ele desviou os olhos e não precisou que respondesse, pois lhe sabia a razão da devoção. Todavia, necessitava de que falasse.

— Olhe para mim, Hermes — era uma ordem, apesar de não conter rispidez. O *Andarilho* obedeceu de imediato. — Muito bem. Não tenho a menor intenção de embaraçá-lo e quero afirmar que nenhuma palavra sua sairá daqui. Foi este o motivo que me levou a trazê-lo para cá. Apenas me responda com a verdade ou serei obrigado a invadir a sua alma, coisa que não costumo fazer com freqüência.

— Se eu lhe responder todas as perguntas que quiser, responderá as minhas também? — não era uma condição, apenas curiosidade.

Pensou por breves instantes porque não mentiria para ele e, igualmente, não poderia responder a tudo o que lhe perguntasse. Havia muita coisa em jogo, mais importantes que sua própria necessidade de vingança.

— Responderei com a verdade, mas apenas aquilo que puder responder.

A afirmação pareceu suficiente para ele, que sorriu abertamente. Tentou identificar algum traço de dissimulação em sua conduta, porém o novo *Membro* era absolutamente sincero. Intrigou-se.

— Pergunte-me o que desejar, meu Senhor.

Lythos não sabia exatamente como iniciar o interrogatório e... Bem, salvo as ocasiões em que transmitia missivas alheias, tinha por hábito ser direto e preciso. Agira assim mesmo com Justin e em território inimigo. A mania de amenizar as notícias e galantear com o discurso era de Cedric, mais um de seus muitos atributos, desenvolvidos para governar. Não era líder de coisa nenhuma e estava ali tão-somente para ser a sombra rastejante de um bárbaro grosseiro que... Não se importava com o martírio que enfrentava, amando-o, cada noite mais, através de uma existência vazia e sem sentido.

— O que exatamente sente por mim? — inquiriu, sereno. Silêncio enquanto apreciava-lhe o rosto maduro e pálido. — Por que motivo dedica-me tamanha afeição?

— Meu Senhor... Eu... Não sei ao certo o que lhe dizer sem parecer desrespeitoso e... A última coisa que desejo é que pense... Sobre mim... Que não lhe dedico merecido e pleno respeito.

— Apenas responda. Não quero julgá-lo, mas saber em que terreno pisaremos daqui por diante.

Hermes piscou um par de vezes, ainda sob efeito da declaração, seca e direta, da qual fora alvo. Bem, por um lado era bom que seu Senhor o tratasse assim, significava que nunca haveria mal-entendidos entre ambos. Orgulhou-se ainda mais dele, tão forte e correto.

Tudo isso Lythos leu, viu e sentiu, tão claramente quanto seus próprios pensamentos. Sem dar-se conta, Hermes abria sua mente para ser ouvido, varrido, verificado. E o fez, sem cerimônia, na intenção de confirmar suas palavras.

— Admiro sua força, sua postura e habilidade em falar aquilo que precisa ser dito, meu Senhor. Encanta-me com sua beleza suave e, ao mesmo tempo, exótica. Fora isso, parece-me que guarda dentro de si uma paixão tamanha que não haveria espaço de mostrar-se, mesmo que desejasse. Sei que esse amor não me cabe, porém, ainda assim, ponho-me aos vossos pés para servi-lo e desejo que, algum dia, a criatura senhora de seu afeto possa corresponder à devoção que lhe dedica. Isso é tudo o que há em mim.

E era verdade. Hermes o admirava, encantara-se por sua aparência e, em seguida, apaixonara-se pelo que via, mesmo que conhecesse apenas metade do que existia. Entretanto, o *Andarilho* fora capaz de alcançar-lhe o amor por detrás da indiferença. Como? Provavelmente porque baixara a guarda nos breves instantes de assombro nos quais trocaram olhar, logo no princípio. Bem, não fazia diferença.

— Não o amo e nem quero que me ame, Hermes. Não poderia, jamais, corresponder ao seu sentimento, pois meu coração, minha alma e meus pensamentos pertencem a outrem — o olhar dele tornou-se, de súbito, triste. — Porém, espero que isso não impeça o nosso trabalho e que não nos traga qualquer eventual problema. Por favor, não contamine a promessa de amizade que nos une com a sua ilusão.

— De maneira alguma, meu Senhor. Como lhe disse antes, estou a seus pés para servi-lo — garantiu, voltando a sorrir em seguida. Havia resignação em seu semblante.

— Então, meu caro, não se prostre a meus pés, pois preciso de alguém que me guarde as costas, em ocasião de levar adiante a influência de nossa *Família*. Não dou minhas costas a qualquer um e escolhi você até que possamos providenciar uma Guarda Pessoal.

E, dito isso, ergueu-se com graça, parando diante do *Andarilho* uma última vez. Encararam-se mudos até que Lythos quebrou o silêncio denso.

— Aceita?

— Faz-me honrado, meu Senhor, por tamanho reconhecimento. Acredite que ninguém haverá de guardá-lo como eu. Ninguém, pois minha existência é sua desde a primeira vez que nos vimos e isso jamais poderá mudar, apesar de não mais tocarmos neste assunto.

Soube que Hermes adivinhara-lhe as intenções, que suspeitava de que o procurara, antes pela ânsia de atingir Cedric com o ciúme, que por necessidade. Não se importou com aquilo. Não fazia a menor diferença o conhecimento dele. Assentiu de leve, satisfeito por escolha tão acertada, e retirou-se sem mais, rumando na direção em que Tristan o aguardava para desvendar a arte mística.

Hermes viu-o embrenhar-se mais na floresta, sem olhar para trás. Deixou o olhar fixar-se no ponto pelo qual ele passara, por entre a vegetação, um estranho sentimento tomando-o por dentro em sofrido fatalismo. Sorriu, então. Era muito bom que Lythos o tivesse procurado, que lhe depositasse tamanha confiança e que tivesse, a seu modo, destruído-lhe as esperanças, antes mesmo de estas se enraizarem. Reconhecia-o ainda mais por essa singela demonstração de humanidade, pois, apesar do tom direto e até duro de suas palavras, soube que se importava e que, de alguma maneira não muito clara, queria poupá-lo, talvez, do mesmo sofrimento que brilhava nos olhos de ébano.

Alargou ainda mais o sorriso, grato pela oportunidade. E as lágrimas quentes de sangue escorreram-lhe pelo rosto, mansas. Choraria ali o fim de seus sonhos, a extinção de sua esperança, apenas para viver ao lado dele pelo tempo que fosse possível, em todo e qualquer momento que precisasse, amando-o de todas as maneiras e recebendo apenas o que ele poderia lhe dar: sua suave, porém fiel amizade.

*   *   *

Cedric avançara à janela tão logo o irmão deixara a sala, depois de socar a parede e perder-se em reflexões inúteis. Sim, porque teria ainda de pensar numa estratégia satisfatória e, só então, colocá-la em prática. Começava a questionar-se a respeito da própria sanidade, meio convencido de que dera ao interlúdio mais importância que o aceitável, quando seu olhar perdeu-se na figura pequena e esguia dele, avançando pela vegetação externa na direção dos quatro outros imortais.

Dimitri e Demétrius deixaram a roda para se lançar com intimidade à vegetação. Restaram Hermes e Dédalos. Aguardou que Lythos desse mostras de falar e que deixasse igualmente os outros dois. Porém, não foi o que sucedeu. Estreitou os olhos ao vê-lo gesticular e destacar-se com Hermes para o meio da floresta. O que raios Lythos pretendia ao sumir com um indivíduo qualquer no meio do mato, sem razão possível além de fazer algo a salvo da visão alheia? E o que exatamente faria que exigia a ausência total de testemunhas? O sangue ferveu, todas a dúvidas, anseios e desespero crescendo em seu íntimo para a resolução anterior. Vencendo o receio de perguntar, buscou o único que ficara para trás.

"O que posso fazer pelo Senhor?", a voz serena de Dédalos respondeu-lhe ao chamado.

"Com quem ele estava, Dédalos? Quem o acompanhou para a floresta", perguntou em pensamento, apesar de já saber a resposta.

"Senhor Lythos veio procurar por Tristan", contemporizou, sem deixar de dizer a verdade. "Todavia, antes de seguir atrás de seu objetivo, pediu que Hermes o acompanhasse para lhe transmitir suas ordens, meu Senhor. Isso é tudo".

As esmeraldas se turvaram de vermelho rubro ao dar-se conta de que perdia Lythos para a sua total incapacidade de concretizar o amor que sentia.

"Lorde Cedric?", foi o murmúrio preocupado que se estendeu pelo silêncio de sua mente vazia.

"De fato, Lythos é uma jóia e fez questão de transmitir minha vontade antes de qualquer outra coisa", balbuciou, perdido na dor que o dilacerava por dentro. "Pois bem, assim que Hermes retornar da floresta, diga que venha ao meu encontro. Quero lhe falar pessoalmente".

"Sim, meu Lorde".

A conversa findou dessa forma, meio que pela metade, apesar de não haver qualquer intenção de continuar. Deixou-se ficar ali, perdido na paisagem hostil, a imaginar o que ele estaria fazendo com Hermes depois da difícil conversa que tiveram. E, quando Bayard anunciou-se, nem ao menos se virou para fitar o serviçal, ao contrário, pediu que chamasse Celeste sem dar-se conta do que fazia.

Não percebeu quando ele partiu, muito menos quando a linda dama bateu-lhe à porta e entrou, deslumbrante. Simplesmente, perdeu-se em si, ali, a fitar o mesmo ponto de apreciação, os punhos cerrados para a remota possibilidade de ele estar se entregando a outro alguém.

— Lorde Cedric — chamou ela, pela terceira vez desde que cruzara os batentes altos de madeira escura. — Aqui estou, sua serva devota.

— Apesar de tencionar reuni-los ainda hoje, mais tarde, decidi chamá-la em particular para lhe pedir algo em especial, minha cara... — só então, virou-se para ela, controlado outra vez, o semblante acessível, porém inatingível. — De todos os outros, é a única cujo *Dom* não necessitamos aprender por motivos mais que evidentes.

A belíssima mulher empertigou-se enquanto aceitava a cadeira que ele lhe oferecia, do outro lado da mesa. O próprio Cedric tomou assento no lugar que lhe cabia, tão distante quanto as estrelas no céu. Nada disse, em espera, ansiosa de que os olhos de esmeralda voltassem ao mundo para sentenciar-lhe a sorte.

— É uma lida mulher, Celeste... É inteligente, interessante, sagaz — ela sorriu, certa de que era um elogio pessoal, novamente esperançosa da proposta que receberia. — Será uma de nossas espiãs, ao lado de Malik e Hermes, naturalmente. Entretanto, haverá um evento importantíssimo em nosso Feudo. Calculo cerca de um ciclo completo de luas, porém Lythos é mais eficiente para esse tipo de informação, até porque foi ele quem requisitou a presença de nossos visinhos e futuros aliados.

Não pôde evitar perceber a forma carinhosa com a qual se referia ao outro governante, seu irmão e, provavelmente, senhor de seu coração. Não precisava invadir-lhe os pensamentos para confirmar, nem ousaria. Com certeza morreria antes de ter tempo de gritar. Porém era mulher vivida, uma imortal experiente e sabia, por sutis insinuações, que Lythos era especial para ele, daquele cuidado que ultrapassa a fraternidade. Nada comentou, fitando-o com seus olhos azuis e limpos, preocupada em absorver cada palavra que ele dizia.

— O que exatamente deseja de mim, meu Senhor? — indagou com voz suave, visto que ele não prosseguiu no discurso.

— Quero que vá até Dédalos e que estude com ele as impressões de cada um dos convidados. Não precisa se apressar. Não espero agilidade e sim qualidade, compreendeu? Terá todo o tempo que necessita para tal, desde amanhã à noite até a data do encontro. Creio que seja o suficiente.

— Claro que sim, meu Senhor — garantiu, satisfeita de ter sua primeira missão oficial e intimamente contrariada por notar-lhe a indiferença quanto à sua presença feminina.

— Os detalhes do evento, quais serão seus papéis e missões... Tudo isso eu lhes direi hoje, em ocasião de nossa reunião. Quis avisá-la antes apenas para que... — encarou-a finalmente, como se, por fim, notasse sua presença. — Converse com Dédalos a respeito. Eu e Lythos estaremos um tanto ocupados em companhia dos demais, a fim de aprender o que puderem nos ensinar sobre seus respectivos *Dons*. Por esse motivo a escolhi para iniciar a avaliação. Decerto que passará as informações a Malik e Hermes, em seu devido tempo, uma vez que trabalharão juntos na maioria das vezes.

— "Maioria"? — repetiu ela, insinuando-se sutil e encantadoramente. — Julguei que estaríamos sempre juntos, nós três.

— Sim. Porém, ordenei que Hermes acompanhe Lythos, eventualmente, nas viagens. Não me agrada a idéia de tê-lo afastado e só, principalmente portando missivas oficiais — comentou, aparentemente distraído, o que era um ardil.

Tentou desvendar-lhe o olhar e não pôde.

— Deseja algo mais, meu Lorde?

— Não, minha cara — declarou, firme e resoluto, o semblante impessoal. — Não desejo nada de você além da sua lealdade e do cumprimento de seu dever para com a *Família*, realizando as missões que ambos, eu e Lythos, lhe confiarmos — miraram-se mudos por um instante, o desapontamento evidente no rosto belo e cativante da mulher. — Não lhe ofereço nada além da minha proteção, da oportunidade de vingar-se, de existir dignamente e da certeza de que a estimarei tanto quanto aos outros que contigo chegaram, com exata intensidade e pelos mesmos motivos.

— Entendo...

— Acho que ficará feliz, minha cara, em saber que, munido das informações que me passou, mandei Dimitri e Demétrius atrás de seu desafeto. Eles cumprirão sua missão, tenha certeza, de maneira que, muito em breve, poderá realizar sua vingança com as próprias mãos, caso seja de sua vontade.

Celeste encarou-o, um tanto confusa.

— Creio que não compreendi...

— Assim que Dimitri e Demétrius trouxerem a criatura, eu a deixarei no calabouço para que você determine o que deve ser feito a ele... Ou quem deverá fazê-lo. Foi o nosso trato e não adiarei um instante sequer o que lhe pertence por justiça.

Tomada por forte emoção, tomou-lhe a mão e, num acesso de gratidão, beijou-lhe o anel da *Família*, repedidas vezes, murmurando agradecimentos sem fim. Batidas à porta interromperam o momento e o terno afagar de Cedric sobre os cabelos dela.

— Entre — foi o comando baixo, seguido pelo avançar de Bayard.

— Hermes, meu Lorde — anunciou o homem, ainda ao batente.

— Faça-o entrar, meu caro — tornou, com um assentimento breve, voltando-se à mulher. — Nos vemos mais tarde, nobre dama.

Agradecida, Celeste se ergueu, cumprimentou-o, afastando-se em seguida na direção da saída, bem a tempo de cruzar com Hermes à porta. Lançou-lhe um olhar curioso que não durou mais que um instante. Quando a buscou outra vez, já sumira no corredor e foi no rosto inexpressivo de Bayard que seus olhos foram pousar.

— Obrigado, Ridley. Não demorará mais que um minuto, portanto, peço que me aguarde no corredor para que sigamos com o nosso combinado.

— Sim, Senhor — e retirou-se, cerrando a passagem em seguida.

A sós com ele, preso em seu olhar dominador e hostil, Hermes temeu-lhe a fúria, mesmo sem saber o porquê. Afinal, não fizera nada de errado! Não ainda! E nem tencionava fazê-lo, pois desejava estar ali, sob a proteção deles, oferecendo tudo o que possuía para servi-los. Nada disseram até que o governante ergueu-se e, em passos felinos, avançou até a janela, fixando as esmeraldas em algum ponto perdido na floresta. Lembrou-se de Lythos quase que instantaneamente, acometido por incontrolável afeição.

— Tem pensado bastante nele, não? — foi a pergunta, aparentemente sem pretensão.

Viu-o correr os dedos longos e calejados pelas pedras do parapeito sem direção prévia, ou foi o que lhe pareceu. Quis desviar o olhar dele, com todas as suas forças! Sem sucesso. Cedric comandava-lhe o raciocínio, apoderava-se de sua consciência. A sensação não foi muito diferente da embriaguês em sua longínqua existência mortal e temeu-o, com toda a força de seu ser, com plena extensão de sua alma.

— Muito bom. Folgo em saber que é temente a mim, Hermes — e foi quando os olhos de esmeralda viraram-se para os seus, furiosos e injetados. Estremeceu e não pôde mover-se. O corpo como que não lhe obedecia. — Agora, meu caro... — e havia certa ironia no tratamento — Chamei-o para comunicar-lhe que foi escolhido para acompanhar seu Lorde Lythos em futuras empreitadas fora do Feudo, e sua missão será tão-somente cuidar para que ele retorne para casa, são, perfeito e intocado. Compreendeu?

Tentou responder, mas foi impossível com ele a comprimir-lhe a mente daquela forma abominável. Sufocou, de um reflexo diverso de antiga respiração humana, como se lhe oprimisse a alma. Por instinto, levou as mãos à cabeça, certo de que morreria em pouco, caso ele não...

De súbito, Cedric deu-se conta do que fazia. Aturdido, deixou-o livre, vendo-o cair de joelhos a seus pés, exausto pela luta interior que quase o levara à morte, a piedade ausente de seu íntimo. Deu-lhe as costas, mirando a noite mais uma vez. A lua surgia majestosa acima das árvores e lembrou-se da primeira vez que vira o companheiro banhado por aquela luz prateada.

— Sou um homem justo, Hermes. Por isso peço perdão. Não detenho motivo palpável para estrangulá-lo assim, pelo menos não ainda — encarou-o novamente. Ele se recompunha, o mesmo olhar servil e grato. Criatura intrigante ele era! — Ou será que estou enganado e me esconde alguma coisa?

— Do que exatamente estamos falando, meu Lorde? — perguntou, a voz entrecortada, o único resquício do que houvera entre ambos.

— O quê Lythos lhe disse?

— Procurou-me para comunicar suas ordens, meu Lorde. Disse inclusive que o Senhor me chamaria mais tarde, para falar-me pessoalmente.

— Por que o levou para o meio da floresta se isso poderia muito bem ser comunicado na presença de qualquer um?

A pergunta era direta e carecia de resposta. Cedric descera a mão, suave, ao punho da espada que lhe pendia da cintura. Sabia que sua própria vida nada significava para ele, que poderia ser substituído com a facilidade de alguém que muda a mobília de lugar. Entretanto, tudo isso foi mera conjectura, pois decidira, há tempo, que nada esconderia, não apenas pela certeza de que poderia lhe invadir a alma para saber a verdade, como pela incapacidade de mentir para ele, de esconder ou enganar, a ambos nesse caso. E foi isso o que Cedric ouviu ao invadir-lhe a alma.

— Conhece-o há muito tempo, meu Senhor. Tenho certeza que sabe o quão cuidadoso Lorde Lythos pode ser — Cedric mirou-o encolerizado, os dedos cerrados ao redor do punho da espada. — Pediu que o acompanhasse para a floresta porque queria me fazer perguntas um tanto pessoais e não desejava me expor na frente dos outros. Ao menos, foi o que entendi. Um ato nobre e digno.

Cedric avançou para ele, ainda contido pela veracidade das informações. Esperava que ele mentisse. Uma única palavra, para cortar-lhe a cabeça e acabar com aquilo de uma vez.

— Que perguntas lhe fez? — sibilou.

— Jamais mentiria para a minha *Família* — a veracidade de seus sentimentos quebrou o ódio que Cedric alimentava. Parou, aguardando pela continuação. — Lorde Lythos perguntou o que sinto por ele, ao que respondi que admiro sua força, postura e habilidade em falar o que precisa ser dito; encanto-me com sua beleza e que o estimo, mais do que deveria, admito, apesar de saber que não serei correspondido, pois o amor dele pertence a outrem.

Varreu-lhe a alma numa fração de segundo, ávido por lhe flagrar a mentira e derrotado por ser contemplado com a verdade. Hermes não apenas falara aquilo como sentia da mesma maneira. Tudo o que pôde fazer foi fitá-lo, estarrecido, porém controlado.

— Em seguida, confessei a Lorde Lythos que espero servi-lo e desejo que, algum dia, a criatura senhora de seu afeto possa retribuir a devoção que lhe dedica. E assim foi.

Longo e pesado silêncio enquanto se afastava novamente para a janela, sem contudo ver coisa alguma. Os dedos deixaram a arma para pousar no parapeito.

— Só isso?

— Ele perguntou ainda se meu sentimento poderia interferir em meu trabalho. Acredito que me dispensaria caso houvesse mínima possibilidade de isso acontecer, pois foi bastante claro em declarar que nunca poderá me corresponder. Garanti que nada mudará e que tudo o que espero na minha existência é servir a ambos — era verdade e, pelos deuses, aquilo foi ainda mais perigoso do que as supostas intenções maldosas que criara para ele. Sabia que, se Lythos pudesse amar outro alguém algum dia, seria assim: reto em caráter, sincero em sentimentos, doce em intenções. Odiou Hermes pela ameaça que representava, mesmo que não se desse conta disso. — Ele invadiu meus pensamentos, como o Senhor o faz agora.

Cedric mirou-o, sem expressão.

— Não se preocupe com isso, meu Lorde! — garantiu com um sorriso. — Sempre terei os pensamentos abertos para ambos. Não desejo esconder-me nunca mais. Foi por essa oportunidade que fiquei, lembra?

— Sim... — murmurou, desviando o olhar em seguida. — Acredito que trabalharão bem juntos.

— Partilho da sua crença, meu Lorde.

Não soube o que dizer, contudo, precisava fazer algo! Tinha que arranjar uma maneira de manter Lythos longe dele, não em presença, mas em alma.

— Lythos é meu, Hermes — declarou, a voz firme e alta, sem olhar para o outro. Não era preciso. — Ele é meu.

— Sim, meu Lorde. Entendo...

— Não, você não entende... — e encarou-o, a raiva refletida no olhar apesar de o rosto permanecer impassível. — Mas serei claro para que não haja inconvenientes entre nós. Odiaria ter de matar alguém tão valioso e fiel, alguém por quem fatalmente terei imenso afeto. Portanto, ouça com cuidado. Nunca repito um mesmo... conselho.

Hermes assentiu, o olhar fixo no dele. Estudaram-se por um tempo, o suficiente para demarcarem seus próprios territórios.

— Fique longe de Lythos.

— É o que pretendo fazer, meu Lorde. Permita apenas que eu os ame igualmente, como meus Senhores, e serei feliz.

— Receberemos sua devoção de bom grado, mas não se torne indispensável, Hermes! Não é uma sugestão, é um aviso — ele assentiu. — E mantenha-o longe de você, não em distância ou convivência, mas em entrega. Caso contrário...

— Não há necessidade de continuar, meu Senhor.

Cedric assentiu. Mais uma vez, Hermes contemplava-o com a total clareza de pensamentos. Permitiu que ele se fosse e que guardasse para si a única coisa que omitira, porém, àquela altura, depois de tudo o que disseram, não importava. Apesar de não haver possibilidade, fazia para ele toda a diferença estar ao lado de Lythos e amá-lo, mesmo sabendo que o amor não se concretizaria. Assim soube que o irmão jamais estaria só, pois Hermes o defenderia com a própria vida, exatamente como fazem aqueles que amam, incondicionalmente.

* * *

Não precisou adentrar muito a floresta para divisar a silhueta de Tristan, recortada contra a escuridão das árvores. Sob a luz prateada e fantasmagórica da lua, o mago mais parecia uma visão sobrenatural, algo etéreo e irreal como alguém de seu passado que não mais podia recordar. Afastou os pensamentos indesejados para pedir permissão e aproximar-se.

Apesar do assentimento, Tristan não moveu um único músculo do corpo até que Lythos estivesse agachado ao seu lado, o olhar antigo fixo no mesmo ponto para o qual o outro olhava.

Nada disseram por longo tempo. O próprio jovem cretense não sabia o que viera fazer ali, visto que tinha muito a registrar, trabalhos incontáveis a concluir e que Tristan não deveria estar muito disposto a narrar-lhe seu encantamento, não depois de um ritual aparentemente tão difícil.

Logo, deixou-se ficar, sem pressa ou tempo definido, apenas partilhando da sua companhia. Foi precisamente nesse momento que o mago mirou-o com seus olhos pálidos. Ficaram assim, perdidos no olhar um do outro por uma eternidade.

— Ele faz parte de mim — foi tudo o quanto disse antes de voltar-se para a lua, o semblante sem emoção, o som sussurrado de sua voz ainda a ecoar por entre as árvores.

— Isso o incomoda?

— Não, mas é fato, embora eu já o soubesse desde o início — afirmou, nenhum sentimento. Novo silêncio reinou até que o rompeu mais uma vez. — Por que não cumpriu a sua parte? Sua essência também estava lá, misturada ao sangue...

Por um momento, Lythos não pôde responder, tamanho o assombro diante dessas palavras. E, antes que praguejasse em pensamento contra aquele bárbaro manipulador, Tristan sanou-lhe as dúvidas, afirmando que não fora uma exigência de Cedric e sim uma das etapas necessárias para se consumar o encanto, dentro das expectativas do governante.

Sem mais esperar, o mago escorregou ao chão até que estivessem bem próximos, olhos nos olhos, e afastou o musgo entre ambos na intenção de traçar algo contra a terra úmida e escura. Lentamente, Lythos baixou o olhar para o conjunto de riscos. Um pequeno círculo circunscrito por uma estrela de cinco pontas, que por sua vez foi circulado por novo círculo, para que tudo isso fosse colocado dentro de um triângulo.

Em cada uma das extremidades da estrela e no centro do círculo menor, ele gravou alguns símbolos estranhos, diferentes de qualquer outra coisa que já tenha visto em qualquer outra parte. Tendo terminado, aquietou. Ainda perdeu parte da noite ali, mirando os traçados e procurando compreender a que lógica seguia aquela estranha criatura.

— O Objetivo: submeter outros imortais preservando suas essências e consciências — começou, apontando suavemente cada ponta da estrela. — Condição: Lorde Cedric e Lorde Lythos devem exercer seu poder três elementos maiores: Natureza... — murmurou, tocando um dos vértices do triângulo e deslizando as unhas na terra até o outro vértice — *Casa Ancestral...* — e esse foi o segundo vértice, a que se seguiu o terceiro — *Membros...*

Um breve silêncio se fez entre ambos durante o qual Tristan ergueu o olhar pálido para o seu, assombrado. O mago negou com um leve gesto de cabeça e não soube exatamente a que se referia. Em seguida, aproximou-se o bastante para que pudesse ver-se refletido em suas íris.

— Da natureza, escolhi a seiva dos cedros, o orvalho e cristais; da *Casa Ancestral*, reuni o próprio cedro, que está em toda a parte, lascas das pedras que compõem as paredes, pó de ferro; dos futuros *Membros*, pedi aquilo que permanece imutável ao longo dos séculos, mesmo contra a nossa vontade: sangue, unhas e cabelo. Essa foi a primeira etapa, quando recolhi os elementos necessários para compor o preparado. Gosto de denominá-la "Elemental" — e Tristan desviou o olhar novamente para a lua, como se refletisse quando, sabia, não havia motivos para tal. — Quer que eu continue, meu Lorde?

— Por que está me contando com tantos detalhes, Tristan? Esse é um ritual que criou para Cedric e...

— E pode ser que, amanhã, eu não esteja mais aqui. Precisa ser retomado a cada sete vezes sete Luas Negras[1]. Alguém precisa se responsabilizar por isso além de mim — sentenciou, mirando-o por breves segundos, para desviar o olhar novamente. — O Senhor estará aqui sempre, meu Lorde. E ninguém mais encerra capacidade para compreender e respeitar os rituais como deve ser.

Lythos assentiu, não muito certo de que teria condições de realizar algo assim, porém intimamente de acordo, visto que praticavam há tempos. Só depois de o consentimento mudo, o mago prosseguiu com as informações, cada vez mais detalhadas.

A segunda etapa fora preparar a poção em si, a qual Tristan chamou de "Preparação da Poção Dissolutora", pois detinha o objetivo inicial de diluir o sangue dos outros sete imortais (contando consigo próprio) com os elementos retirados da natureza e da *Casa Ancestral*, tudo isso para garantir que, ao tomarem o sangue dos *Membros*, nem ele nem Cedric fossem afetados ou subjugados de alguma forma.

— O Senhor deverá misturar bem os elementos naturais com os da *Casa Ancestral*, formando assim um preparado imunizador — e Tristan proferiu algumas palavras em sua antiga língua, o que deveria repetir, decerto, quando estivesse preparando a poção. — Para consolidar a magia, essa poção inicial precisa aferventar em fogo contínuo por toda a Lua Negra, meu Lorde. Adicione ervas aromáticas como representante do Ar e uma única gota de sangue ou fio de cabelo de cada governante... Foi precisamente aí que Lorde Cedric juntou sua essência à dele, pois me conseguiu um fio de seu cabelo para que a poção pudesse ser preparada.

— Entendo... Por que precisamos colocar nossas essências na poção?

— Simples. Precisam que sua essência prevaleça à deles ou, ao contrário de serem subservientes a vocês, acabarão por se subjugarem a eles.

Lythos sorriu de lado e encarou-o.

— Fala como se você não fizesse parte do ritual, meu caro.

— E de fato não fiz, meu Lorde. Minha subserviência e devoção é tão antiga quanto minha morte. Participei apenas porque assim deveria ser. Enfim... Segundo as forças da natureza, — continuou ele, como se nunca tivesse interrompido a narrativa — o mais forte prevalece sobre o mais fraco, e unir suas essências à poção logo na segunda etapa garante que estas sejam sempre mais fortes que qualquer outra coisa, apesar de não estarem puras e, por isso, não serem suficientes para anulá-los. Passado o período de cozimento, a poção estará pronta para diluir o sangue dos *Membros*, enfraquecendo-os com os elementos naturais e dos Senhores. Alguma dúvida, meu Lorde?

— Não...

Ele adentrou pela terceira etapa, a qual denominou "Consolidação", o momento no qual cada um dos *Membros* bebeu a poção e recebeu a essência dos governantes.

— Por estar diluído em elementos naturais, o sangue, apesar de mais forte, não expôs os governantes e nem anulou a essência dos *Membros*. Percebe o quão importantes são as etapas anteriores? Dessa forma, o resultado será apenas um laço de servidão e lealdade que deve ser renovado, como já lhe disse, no período correto. Nessa etapa, *Membros* estarão submetidos, mas a aliança ainda não se cumpriu, pois o ciclo não se fechou, meu Lorde. Resta-nos a quarta e última etapa...

Ele a denominou "Finalização", quando os governantes tomariam o sangue dos *Membros* misturados ao seu próprio e aos Elementos Naturais, fechando o ciclo e sedimentando a união que perduraria pela eternidade.

— Nessa etapa, depois que os *Membros* já tiverem tomado da poção, deve colher algumas gotas de sangue de cada um daqueles que pretende subjugar. Este será o sangue dos *Membros* ofertado aos governantes como prova de lealdade, servidão e estará diluído. Em

---

[1] No período antigo, principalmente entre o povo celta, o tempo era contado em luas. "Lua Negra" é correspondente à nossa Lua Nova. Partindo do princípio de que cada ciclo lunar tem, em média, sete dias (cada lua dura uma semana), a contagem do tempo ao qual Tristan se refere para que o ritual seja refeito é de sete meses (pois temos uma lua nova por mês) vezes sete, o que indica quarenta e nove meses ou, ainda, quatro anos e um mês (o que soma cinco e remete aos cinco elementos da natureza: água, fogo, terra, ar e metal).

seguida, colha uma única gota do sangue de cada um de vocês, meu Lorde... Ou daqueles com quem pretendem partilhar da liderança da *Família*. Esse novo sangue será somado à poção inicial, com o sangue dos *Membros*, e fará com que a essência de vocês mais uma vez prevaleça sobre as demais, apesar de não anulá-las de todo. Ao tomarem essa nova poção com base na antiga, os governantes terão laços para com os *Membros*, pois trarão suas essências dentro de si sem terem doado a sua própria a eles, resguardando seu próprio sangue e mantendo-se livre da subserviência — silêncio. — Lembrar-se-á de tudo, meu Lorde?

— Claro que sim, Tristan! Claro que sim... Apesar de desejar que permaneça conosco por muitos e muitos anos para que possa realizar seus rituais pela eternidade.

— É o que desejo também, meu Lorde — e sua declaração soou desprovida de emoção.

— Por que não cumpriu a sua parte?

Dessa vez, Lythos de fato ponderou a resposta. Depois de ter partilhado consigo uma preciosidade como aquela, de ter doado tudo o que ainda lhe restava, o jovem cretense julgou que ele merecia semelhante reconhecimento.

— Cedric me disse que eu teria livre acesso aos pensamentos e emoções de cada um deles. Não tenho condições de cuidar de minha própria dor, Tristan! Como poderia tomar para mim a responsabilidade de conhecer a dor alheia e cuidar para que eles tenham a *Família* que esperam, se mal posso cuidar de mim mesmo? Minha resposta foi não.

— Muito justo, meu Lorde... E digno. Contudo, o fato de o ritual tornar os *Membros* submissos e facilitar o acesso às suas mentes e almas não significa que o Senhor deva invadir o espaço alheio. Na verdade, os laços facilitam, mas o ato de saber é, sempre, concretizado por aquele que deseja o conhecimento.

— Está me dizendo que, para conhecer o que se passa dentro deles, eu teria que forçar a minha entrada?

— Sim... Apesar de essa invasão ser muito mais simples, visto que estão unidos em afinidade e essência. Por outro lado, o Senhor tem toda a razão. Esse tipo de laço cria expectativas por parte daqueles que estão sob jugo. Não é algo consciente, mas uma esperança escondida que se manifesta sem que assim desejemos. Suas essências foram diluídas e enfraquecidas até o ponto exato para preservar a personalidade deles e impedir que partilhem dos pensamentos de vocês. Porém, é forte o bastante para gerar uma dependência emocional, uma devoção eterna. Então, de certa forma, caso tivesse optado por participar, teria responsabilidades sobre o sentimento deles de qualquer forma.

E dito isso o mago ergueu-se numa discreta reverência. Foi quando se apercebeu de que Cedric os chamava mentalmente.

— Precisamos ir, meu Lorde. Contudo, se desejar, podemos continuar nossa conversa noutro momento, noutro lugar.

E ele se foi, deixando-o para trás na escuridão com a certeza de que a oportunidade se extinguira ali, pois não teria força suficiente para arcar com tudo aquilo sozinho. Apesar de ter-se mantido de fora, talvez para facilitar a coisa, Tristan era como os demais e, da mesma maneira que os outros criavam expectativas, também o mago tinha as dele... ainda que jamais viesse a saber quais eram.

*   *   *

Ao final daquela mesma noite, reuniram-se no salão principal a fim de firmarem suas posições naquele primeiro dia de convivência entre muitos que se seguiriam. Oficialmente, Cedric lhes passara as funções, pertinentes a cada um de seus *Dons*, comunicara a missão de Celeste, a ocupação temporária de Hermes — sim, porque aquele bárbaro grosseiro recusava-se a aceitar que Lythos escolhera o *Andarilho* para Guarda Pessoal, o que significava que teriam longas discussões a esse respeito, ao menos até que o outro providenciasse uma criatura descente para realizar o mesmo intento — e, não dado por rogado, anunciou que as aulas começariam na noite seguinte. Que aulas? Pois foi a exata pergunta que calara sobre os presentes.

"Vocês nos ensinarão seus *Dons*", foi o comentário, carregado daquela obviedade que cabia apenas a ele. Coisas de Cedric. O guerreiro celta ainda o surpreendia, mesmo decorrido tanto tempo desde que o conhecera. Em verdade, era acometido pela surpresa com mais freqüência do que o esperado, fosse em sua petulância e audácia sem iguais, fosse pela ternura que marcava seu semblante bonito, agora mais do que antes. Por algum motivo desconhecido aquele homem maravilhoso, que por séculos recusara-se a amar, parecia disposto a aproximar-se outra vez. Ainda não tivera oportunidade de analisá-lo como gostaria, mas não tardaria a fazê-lo.

Enfim, por longo tempo não planejava ausentar-se. Ao menos não até a fatídica reunião para a qual se preparavam. Pouco a pouco, com o passar dos seis meses que os separavam da reunião, o Feudo fora caindo naquela atividade típica das festas. Mesmo que muitos deles já não necessitassem da mesma atenção que os mortais, pelo que pudera compreender e observar, as comitivas seriam compostas de pessoas comuns, como de costume. Isso implicava numa infinidade de pequenas coisas que tiveram de providenciar, com a ajuda de Celeste, para a guarnição e a acomodação geral; de Dimitri e Demétrius, para fins de proteção, guarda e estratégias de cerco; e de Malik mais Hermes, para tudo aquilo que ninguém veria ou saberia, além da *Família*. Tristan permanecia em seu retiro mudo, cuidando para que a magia de proteção ficasse pronta antes do prazo, Dédalos permanecia em sua vigília sábia e tranqüila, sempre auxiliando os mais novos naquilo que não podiam compreender.

Quanto a si... Sentia-se intimamente deslocado de toda aquela vibração, mesmo em relação a Cedric. O irmão comandava cada um dos seus e inspecionava cada passo, cada pequeno e mísero detalhe, sem qualquer necessidade de apoio ou auxílio. Por isso, deixara os preparativos em suas mãos, refugiando-se com freqüência em sua sala particular para calcular os gastos exorbitantes que despendiam, registrar o movimento pelas entradas principais da propriedade, o progresso de cada um em suas respectivas tarefas... E para pensar num certo par de olhos, verdes e belos, ou no perfume único dos cedros que emanava de seus cabelos ondulados.

A única ocasião em que deixava sua sala era para as aulas porque, apesar de toda essa agitação crescente, conforme a grande data se aproximava, os *Membros* eram obrigados a arranjar tempo para transmitir seus *Dons*, como fora comunicado no início. Para si, não fazia a menor diferença, porém, para cada um dos outros significava bastante, uma vez que precisavam deitar mais cedo e acordavam sempre mais tarde. "Fatalismo do destino", disse o bárbaro certa vez quando um deles reuniu coragem para colocar a questão. Pura perda de tempo, pois Cedric não se apiedava desse tipo de coisa.

Cada aula fora única, fabulosa! Pelo menos, até aquele instante. Haviam se organizado de forma que cada um ficaria com uma noite, alternadamente. Dessa maneira, um mesmo mestre só voltaria a dar aula quando todos os outros já tivessem contribuído. Estratégia para que caminhassem relativamente juntos, ou seja, para que passassem seus conhecimentos ao mesmo tempo e, assim, ambos estivessem preparados para a reunião.

A primeira aula que iniciou o ciclo não podia ser chamada exatamente de aula e nem o professor de mestre, uma vez que já vinha aprendendo com ele há anos. Nem sentira a diferença nesse primeiro momento da longa caminhada pelo conhecimento, caminhada esta que iniciava ao lado de Cedric. Há muito não se sentia próximo a ele, e foi com Tristan, em meio à floresta para mais uma lição de magia, que reencontrou seu lugar, antes perdido, pois o irmão não apenas o acompanhara até lá como ficara por toda a sessão, apesar de silencioso. Não carecia de suas palavras, precisava de sua presença e da certeza de que ele estaria ali. E foi isso o que o adorável guerreiro lhe prometera ao mirar o mago e anunciar que, apesar de não sentir nenhum interesse maior por magia e misticismo, viria em todas as aulas, para aprender e participar do mundo do companheiro. Foi essa a primeira vez que Cedric referiu-se a ele como companheiro.

Decerto que Tristan assentiu, inexpressivo, como se não fizesse qualquer diferença. Mas não importava. Naquele instante, nada importava além da certeza de que continuariam juntos, de que Cedric, por algum motivo ainda nebuloso, cuidava de si, esforçava-se para fazer parte de seu mundo interior, talvez, pela primeira vez.

Foi com esse ânimo incrível que passaram à segunda aula, na noite seguinte, como fora combinado. Dédalos, antigo mestre de História e Filosofia, incumbir-se-ia de transmitir aos dois amos tudo o que poderia acerca de seu *Dom*. Isso implicava em aprender como "desaparecer"! Mal podia conter a excitação, visto que desejara aquilo desde antes de ser *enlaçado*. Quer dizer... Desejara? Já não podia se lembrar, porém, essa fora a primeira impressão ao mirá-lo e ter a certeza de que, em algum ponto do caminho, fascinação e terror haviam se misturado por breves instantes, nos quais o mundo surgia diante de si tal qual um borrão suave. Lembrou-se vagamente de Arkus avançando ameaçador em sua direção. Ainda era um filhote naquela ocasião e, ainda assim, pareceu-lhe antiga essa lembrança, a primeira de sua existência imortal depois de abrir os olhos confusos para a nova realidade na qual fora mergulhado. Dédalos era um mestre maravilhoso, ao mesmo tempo terno e exigente. Terminaram a aula, já quase manhã, com um doce sabor nos lábios. Resolvera anotar aquilo antes de ser dominado pela inconsciência, já dentro de seu sarcófago, apenas para que se lembrasse do quanto ansiara por aquele *Dom*, tanto quanto ansiava pela magia de Tristan.

A terceira aula fora de Dimitri e Demétrius. Cedo perceberam que o *Dom* de um *Filho da Terra* não poderia ser aprendido com facilidade. Pelo menos, não a transformação em si — o que o deixou um tanto frustrado, pois deveria ser muito interessante transformar-se num lobo ou qualquer outro tipo de animal — como Demétrius explicara, com toda a jovialidade de que era capaz. Porém, haveria a possibilidade de tentarem ao menos uma mudança parcial, com o tempo. A princípio, ambos os mestres optaram por ensinar outras coisas, igualmente úteis, como a manipulação dos elementos da terra e a capacidade de aguçar ainda mais os sentidos. Aquilo, por si só, pareceu-lhe muito promissor! Contentou-se. Bastava comandar os eventos naturais e expandir sua percepção ao máximo. Cedric, entretanto, não partilhou da mesma opinião e não se resignou até que ambos se comprometessem a, mais tarde, iniciar o aprendizado da *Mutação* — habilidade que parecia despertar-lhe o interesse deveras, mesmo que significasse não executá-la tão bem — e em promoverem aulas especialmente destinadas a técnicas de combate com espadas, lanças, esquiva e ataques combinados, essas coisas bárbaras que apenas aos bárbaros interessam. Tentou sair sem que notassem, uma vez que o dia se anunciava e os mestres teriam de se retirar mais cedo. Todavia, arguto, o irmão não lhe permitira. E viu-se concordando em participar, inclusive das aulas de luta. Abismado, presenciou-o abraçar os dois "cães" como se fossem de fato da *Família*, e combinarem uma aula a mais por semana. "Afinal, eles são dois, não é Micênio?", foi a justificativa, depois que se viram a sós no exterior do castelo. "E têm muito a nos ensinar. Nada mais justo do que lhes atribuir dois dias para tal."

Como discordar dele? Lythos apenas assentiu, certo de que preferia mil vezes estar com Tristan a desvendar o mundo místico, ou mesmo com Dédalos treinando a técnica que sua *Casta* detinha. Entretanto, nada disse. Não seria tão mal assim aperfeiçoar sua habilidade em combate mesmo que fosse para esmurrar aquele bárbaro arrogante e detestável de igual para igual. Chegou mesmo a dizer isso a ele, que seria um perigo caso aprimorasse o manejo da espada, por exemplo.

— Pode acordar com uma adaga cravada no coração, Bárbaro... Ou ter de se esquivar de alguma investida minha quando o assunto não o agradar e me deixar a falar sozinho.

Cedric riu, daquela serenidade que aprendera a amar ao longo dos séculos, tão preciosa quanto o brilho incontido e passional dos olhos de esmeralda nos seus.

— Não me preocupo com isso, minha Pérola... — e a ternura do tratamento o fez estremecer, como sempre. — Homens de valor não atacam pelas costas e você... Bem, você é minha Pérola rara. Jamais faria isso comigo e acredito que deva aperfeiçoar suas técnicas, para ocasião de eu não estar ao seu lado para dar a minha vida pela sua.

Disse isso e se afastou na direção do castelo, deixando-o para trás com um pressentimento funesto na alma. Alcançou-o já no salão principal, o dia clareando o céu com seu primeiro anunciar concreto. Inquiriu-o a respeito do motivo da declaração, urgente para que lhe contasse, caso fosse verdade, do porquê de não pretender estar ao seu lado sempre. Diante disso, o irmão lhe sorriu doce e guiou-o para a câmara, murmurando que não era nada, que se referia às viagens nas quais não podia acompanhá-lo. Deixou o momento passar soterrando fundo a certeza de que havia algo de errado, mesmo que o outro não o soubesse.

A quarta aula fora ministrada por Hermes, que, em sua postura respeitosa apesar de próxima, colocou-os a par de como manipulava o *Dom* de sua *Casta*, sem sombra de dúvidas o mais difícil até então. Difícil porque não conseguia compreender o mecanismo, como acontecia e o que motivava a transformação. Era quase como que um espelho e muitos *Andarilhos* referiam-se a ele dessa maneira, uma linguagem interna, a qual Hermes disponibilizara sem problemas.

Deveria ser simples. Hermes fazia parecer realmente natural! Vira-o com seus próprios olhos. Ele parara diante de Cedric, sempre os instruindo com atenção e humildade, fixou o olhar escuro nas íris verdes de seu Senhor, e, passados alguns segundos de contemplação, viram-no alterar sua forma, e sua voz até que houvesse dois do guerreiro celta, uma réplica tão perfeita que ali, diante de ambos, não pôde dizer quem era quem. Mesmo os trejeitos, a maneira de falar e de se movimentar foram copiadas! Assombroso!

Cedric perguntou-lhe tudo o que podia a respeito do fenômeno, desde a maneira como alterava a matéria, até a forma como conseguira apoderar-se dos detalhes menores. A resposta foi: assim como a imagem, a maneira de agir, que independe da personalidade, reproduz uma marca, manifesta-se como uma característica física e, portanto, pode ser copiada. Obviamente, os pensamentos e as manifestações de personalidade ocultas estavam fora de seu alcance, e, por esse motivo, para a cópia tornar-se mais perfeita, era recomendado estudar o alvo, mesmo que por breves instantes, para reproduzir o máximo possível.

— Ainda serei eu, apesar de o exterior mostrar outra coisa — afirmou, a voz idêntica à do líder. — Tudo o que fiz foi reproduzir a imagem e utilizar-me do pouco que conheço a seu respeito para imitá-lo. Todavia, nunca haverá dois Lordes Cedric, compreendem? — indagou, mirando Lythos e voltando de súbito à sua forma original, quase como se não desejasse que o jovem cretense o mirasse como outro alguém... Ou como Cedric.

Estreitou os olhos. Seus muitos anos de existência alertaram-no para a presença de algo íntimo, tão sutil que preferiu não saber o que era. Não invadiria a mente dele por nada e, igualmente, não pediria permissão para algo tão banal. Desejava a confiança de Hermes uma vez que se tornariam companheiros de viagem muito em breve. Deixou passar.

— Quanto mais souber de seu alvo...

— Tão melhor poderei copiá-lo, meu Lorde — completou, voltando o olhar escuro para Cedric.

Perguntou a respeito de um possível ponto fraco e da possibilidade de desconfiarem da réplica, ao que Hermes respondeu que a desconfiança acontecera uma ou duas vezes, quando tentara passar-se por indivíduos que sequer vira senão de relance.

— Porém, ninguém nunca chegou de fato a ter certeza. A visão, invariavelmente, confunde os outros sentidos, mesmo que seja o da intuição. Sendo assim, as suspeitas não chegaram a se concretizar, o que não me impediu de ter certeza de que poderia fazer melhor e que fora um lapso imperdoável não observar antes. Observar é sempre uma dádiva. Talvez um bom observador pudesse suspeitar com mais segurança. Entretanto, não existem tantos bons observadores no mundo, mesmo entre os de nossa espécie.

— Pois você lidará com os poucos que existem...

— Sendo assim, meu Lorde, envie-me sempre com alguma antecedência para que eu possa estudar a criatura em questão. Preferencialmente, no ambiente no qual deseja infiltrar-me.

— Como assim?

Hermes sentou-se sem pedir licença, uma vez que era o mestre no recinto. Acomodou-se sem pressa antes de erguer os olhos para ele novamente.

— Haverá uma reunião daqui a alguns meses, não?
— Sim.
— Deseja que eu *Represente* alguém, meu Lorde?
— Não dessa vez, não será preciso.

Ele assentiu, respeitoso.

— Pois bem, caso fosse de sua vontade, pediria para observar a criatura em questão, de preferência numa outra festa ou reunião, pois, freqüentemente, assumimos uma postura para cada situação. O Senhor, por exemplo. Aposto como se dirige a Lorde Lythos de maneira diferenciada quando estão em particular — os olhos de Cedric estreitaram-se, ao que Hermes pareceu não se importar. — Dessa maneira, se minha missão fosse *Representar* o Senhor, meu Lorde, diante dos convidados, o faria com o que já conheço a seu respeito e seria extremamente fácil enganá-los. Contudo, caso ordenasse que eu lhe tomasse a forma para iludir Lorde Lythos, seria impossível com o pouco que possuo. Ele, fatalmente, descobriria que não sou o Senhor e a nossa pequena farsa estaria perdida. A solução seria observá-los em particular, o que, com certeza, é impossível.

— Eu entendi aonde quer chegar, Hermes.

— Fico feliz, meu Lorde — comunicou sorrindo.

Um silêncio tenso pairou entre os três, ao que Cedric procurou quebrar com nova pergunta sobre o ponto fraco daquele *Dom*, se é que existia algum. Enquanto a voz dele, rouca e baixa, entrava-lhe pelos ouvidos, deixou-se observá-lo, indagando intimamente se ele seria capaz de uma coisa daquelas, algo como ordenar que Hermes se fizesse passar por ele, não perante os outros, mas perante sua própria pessoa. E, se fosse capaz, por quais motivos o faria? Cedo percebeu que não teria resposta satisfatória caso não perguntasse e desistiu de pensar naquilo ainda a tempo de ouvir Hermes se pronunciar.

— Quando sob outra forma que não a minha, não posso me pôr diante de nenhuma superfície refletora, seja ela qual for. Apesar de copiar outra forma e imitar outra pessoa tão perfeitamente que ninguém o seria capaz de suspeitar, ainda serei eu, lembram-se? — indagou, mirando Lythos dessa vez, um brilho estranho em seu olhar. — A ilusão não se estende além do que as pessoas podem ver ao olhar para mim. Se eu, por descuido, me depuser diante de qualquer lugar que reproduza imagem, será o meu reflexo que estará diante de mim, e, ao fixar o olhar alheio em meus próprios olhos, voltarei à minha forma original como se nunca tivesse assumido outra qualquer. Assim o é para alterar o que sou, assim o é para retornar ao que sempre fui.

— Muito justo... — foi o comentário de Cedric, suplantado pela exclamação embevecida do irmão, parado ao seu lado.

— Fantástico, Hermes! Simplesmente fabuloso! — tornou Lythos, empolgado, avançando um passo para ele, por instinto. — E essa habilidade pode ser aprendida? Você pode ensinar-nos uma coisa dessas?!

— Claro que pode — foi o rosnar que lhe soou às costas, jogado ao ar por Cedric, que o mirava numa mistura de ira e... mágoa? Confundiu-se ao olhar para ele e sentiu-lhe a dor com pesar, justamente por ter ciência de que fora o responsável por ela. Afastou-se novamente.

— Não sei, meu Lorde, se algo assim pode ser ensinado a seres que não pertencem à minha *Casta*. Estaria mentindo se afirmasse o contrário, porque nunca, desde que morri para o mundo, tentei transmitir o que aprendi de forma natural, com a sobrevivência — Cedric mirou-o, vítreo e cruel. Hermes ajoelhou-se diante dele, servil. — Contudo, juro, meu Senhor, que darei o melhor de mim, farei o que for possível para que possam realizar o mesmo, ainda que seja algo improvável.

— Acredita que não possamos aprender?

— Sinceramente? Não faço idéia! Nunca foi tentado antes — virou-se para Lythos, o olhar clamando por aceitação. — Mas estarei aqui sempre e tentarei até o fim, mesmo que demore a eternidade. Enquanto descubro uma maneira, posso ensiná-los a se despirem da ilusão sem a necessidade de invadir a mente alheia, pois, da mesma forma que engano os olhos crédulos, não posso ser enganado por não haver qualquer inocência em mim nesse sentido.

Contudo Cedric não parecia muito satisfeito com a declaração, fosse pela sugestão de que um *Dom* não poderia ser assimilado por ambos, fosse pela forma estranha com a qual Hermes o olhava e dirigia-se a sua pessoa. Todavia, independente do motivo, era sincero, desde a servidão que oferecia até o crescente desespero em seu íntimo. Soube ao invadir-lhe os pensamentos e perceber que temia. Sim, temia o Senhor daquelas terras porque desejava existir para servi-los.

— Deixe-o, Cedric. Ele fará o que estiver a seu alcance, e nós, por outro lado, não o deixaremos esquecer-se de que se comprometeu a tentar por toda a existência — encarou o irmão, sorrindo para ele como para ninguém mais. — Também quero este conhecimento.

Ao receber o olhar meigo e o sorriso entregue de Lythos, Cedric aquietou o coração. Sim, o Micênio ainda era seu, ainda lhe pertencia e amava como a mais nada ou ninguém. Não precisaria medir forças com uma criatura qualquer como Hermes!

Então, o líder afastou-se e tomou assento também, anunciando que poderiam começar com o aprendizado enquanto ele não encontrava uma maneira de transmitir o que sabia. A noite já ia ao final, de forma que pouco puderam abordar de concreto. A aula findou logo, por necessidade de Hermes, e permaneceram ainda um tempo na sala de reuniões, sozinhos. Esperou que ele rompesse o silêncio para perguntar a respeito do outro, que o cravasse de perguntas arrebatadas pelo ódio, carregadas daquela urgência desesperada que poderia muito bem se assemelhar com o fogo da paixão. Entretanto, Cedric não fez nada disso. No momento certo se ergueu e convidou-o a acompanhá-lo para o subterrâneo, a fim de dormirem.

Seguiu-o, a mão unida num entrelace forte, permitindo que ele o levasse no escuro até seu sarcófago. Antes que pudesse correr a tampa e entrar, o guerreiro abraçou-o forte, roçando os lábios em seu ouvido.

— Estou tentando, minha Pérola... Estou tentando, com todas as minhas forças... E sei que vou conseguir.

Sem mais, ele se afastou e sumiu no interior de sua própria urna. Só então se permitiu recolher a carcaça, que já se arrastava para a quase inconsciência do dia.

*   *   *

E ali estava. Haviam despertado mais cedo, como de hábito, rumaram para seus respectivos aposentos na intenção de se prepararem para a noite e para a nova aula. Lythos aproveitara para anotar a respeito das aulas anteriores, sem riqueza de detalhes, tentando registrar suas impressões de cada mestre e as perspectivas para o futuro. Viu-se descrevendo Hermes com mais ternura que o usual, perdendo apenas para Dédalos que... Bem, não havia comparação possível entre ambos, visto tudo o que passaram juntos. Isso, com certeza, explicava o ciúme de Cedric e a insegurança que podia vislumbrar, vez ou outra, em seus olhos. Não havia necessidade para tal. Tentaria abordar o assunto com ele, sem que o companheiro se apercebesse das intenções.

Suaves batidas à porta levaram-no a fechar o livro de anotações pessoais e, antes que pudesse autorizar a entrada, ele irrompeu pelo batente, o semblante já transtornado.

— Rendeu-se ao péssimo hábito de não responder quando lhe batem à porta, Micênio! Sabe o que isso significa?! — indagou, colérico, ao que Lythos tornou com extrema calma.

— Que posso não desejar ver ninguém vez ou outra, meu Lorde?

— Não! Que qualquer um pode entrar no seu quarto sem se anunciar, visto que não responde!

Lythos riu, erguendo-se da escrivaninha apenas com as roupas de baixo, o camisolão alvo e ligeiramente transparente a insinuar tudo aquilo que ainda não podia ver. Cedric sentiu o sangue ferver quando o irmão cruzou o quarto até a cama, onde dispusera as peças que usaria para a noite, sem consciência real de sua beleza etérea.

— Ninguém ousaria entrar no meu quarto assim. Isso é coisa de bárbaros... Entrar sem esperar por permissão. Eu mesmo nunca fiz isso com você, portanto, imagino que nenhum deles o faria comigo por amor às próprias vidas.

E os olhos escuros fitaram-no num brilho especial, a dizerem que era uma concessão, única e exclusiva, e que qualquer outro morreria ao tomar tal liberdade, mesmo que este alguém fosse Dédalos.

Porém o jovem logo desviou o olhar para as roupas dispostas e a ausência das íris de ébano nas suas não apagou a certeza de que não era a frágil criança que suas formas jovens indicavam, mas uma criatura forte e senhora de si, mais mortal do que qualquer um deles poderia ser, pois sofrera o inferno para tornar-se o que era, marcas que jamais deixariam sua consciência.

Viu-o despir-se do hábito branco, a pele alva exposta sem pudor diante de olhos famintos. Avançou por instinto e alarmou-se ao ter certeza de que sua intenção era jogá-lo contra o tecido macio da cama e amá-lo com sofreguidão, extravasando toda a carência que ele lhe causava. No entanto, ao tocá-lo nos ombros nus, era outro o seu pensamento e foi de maneira diversa, muito mais terna e fraternal, que o jovem compreendeu-lhe a carícia.

— Julguei que estaria pronto quando viesse buscá-lo — comentou num sussurro, cuidando de vesti-lo sem pressa, atento a cada pequena amarra de suas roupas e à maneira perfeita com a qual o veludo marcava-lhe as formas, tão suas. — O que fazia até agora que não pôde se vestir?

— Nada demais. Estava escrevendo — disse, virando-se para que ele atasse a faixa à cintura estreita. — Fazia tempo que não registrava meu aprendizado pessoal, apenas os acontecimentos oficiais do Feudo.

Cedric assentiu e virou-o para si na intenção de observá-lo, agora pronto, e disfarçar a fascinação com a desculpa de ajeitar-lhe o corte perfeito sobre o corpo. Anunciou que aquela seria uma noite especial porque teriam sua primeira aula com Malik e, dado o seu *Dom*, poderiam esperar grandes feitos. Questionou-o sobre a possibilidade de, assim como Hermes, o *Atravessador de Sombras* não ter meios possíveis de transmitir seu conhecimento, ao que Cedric respondeu-lhe que não se preocupasse, pois manipular as sombras não requeria as mesmas aptidões que para alterar a própria forma. Aprenderiam, não tão bem nem com tamanha desenvoltura quanto aqueles que as herdaram com o sangue, mas seriam capazes de atravessar sombras, sem dúvida.

Nada disseram até o salão principal, onde Malik os aguardava, a postura semelhante à de um príncipe herdeiro. Algo nele o desagradava... E não era o antagonismo e a competição naturais que sentia por Celeste, por exemplo. Era algo mais profundo, relacionado com as sombras de seu olhar claro, que o tornava insondável. Combinaram de caçar e se encontrariam dali a uma hora, na parte externa, como o mestre exigira.

A sós, Cedric perguntou-lhe o que havia, porém não soube o que responder, dizendo apenas que se sentia um tanto apreensivo com a arte das sombras, sem admitir que lhe intrigava o fato de não ter conseguido invadir os pensamentos dele. O irmão lhe compreendeu as palavras, inclusive aquelas que não dissera, e não se surpreendeu ao ouvir a voz rouca ecoar, a confessar que não pudera invadi-lo, o que era mais um motivo para aprenderem seu *Dom*.

— O único meio de pará-lo, se preciso for, será com aquilo que ele conhece bem, Pérola. Também e principalmente por isso estamos aqui.

Malik retornou e iniciou sua preleção, repleta daqueles floreios típicos da nobreza, independente da época em que existissem. Acostumara-se a ver conduta semelhante quando do outro lado da realidade gentil que os nobres conheciam, algo longe de sua própria realidade que... Bem, era de se esperar que agissem assim agora, quando figuravam à frente de um Império. E foi quando se deu conta: jamais seria um nobre, apesar de conter nobres intenções, o que era muito diferente.

O *Atravessador* falou mais uma vez de sua habilidade, do fato de não haver possibilidade de criarem sombras, mas de seu poder limitar-se a manipular aquilo que previamente já existe.

— Dê-me um adorno qualquer e, mesmo que o coloque contra o chão sob a luz da lua, lhes mostrarei que é possível conduzir um exército inteiro através de sua sombra. Por outro lado, leve qualquer um de nós para o centro de uma sala iluminada, um lugar no qual não haja sombras, e passaremos a existência inteira ali trancados, aguardando o fim do mundo por não haver saída.

Ele explicou em seguida que tais condições de iluminação não existiam, que em praticamente todo o lugar haveria uma sombra e, portanto, uma passagem possível. Logo se apercebera de que, para manipular as sombras, teriam de alterar sua concepção da noite, assimilar os conceitos que os *Atravessadores* conheciam como realidade. O primeiro deles seria a visão.

— Para a nossa *Casta*, as sombras nada mais são do que portas que nos levam aonde desejarmos ir. Não são sólidas ou inertes, ao contrário. Detêm vida, apesar de diversa de sua concepção limitada e, por isso, podem ser atravessadas. Enquanto não encararem as sombras dessa maneira, tudo o que lhes disser será em vão. Não conseguirão alcançar o significado e, conseqüentemente, o aprendizado estará vetado a vocês — declarou, muito sério.

— Uma... porta? — indagou Lythos, ligeiramente confuso.

— Porta, passagem, buraco. Chame da maneira que desejar, contanto que saiba que não é sólido ou, ao menos, que podemos fazer com que não seja. Quer dizer, eu posso.

— Acredito que eu também possa — afirmou Cedric, ciente do que dizia. — Entendo perfeitamente o que diz, Malik. Essa concepção não me é desconhecida, pois os sacerdotes do meu povo também atravessavam sombras.

O outro assentiu, voltando seu olhar sagaz para Lythos, que o mirava um tanto ressabiado.

— Para qualquer um, que não possui a vivência de nosso Lorde Cedric, a concepção da sombra pode levar algum tempo. Da mesma forma que estar dentro dela pode causar estranheza — declarou Malik, sereno.

— Como posso vencer essa dificuldade? — perguntou o jovem cretense, tentando mostrar-se interessado e esperançoso de que ele pudesse elucidar a questão um pouco mais.

— Olhe para a sombra. Quando sua visão se alterar, ela se alterará para você. Tente também, meu Lorde — convidou, fazendo exagerada reverência.

Lythos alongou o olhar até uma árvore próxima, encarando-lhe a sombra com insistência. A voz de Malik soou-lhe baixa, rompendo com sua concentração, porém não o suficiente para que não o compreendesse. O mestre pedia que lhe contassem o que viam no instante em que a alteração sucedesse. Pois então! Ao fim de quase uma hora, Cedric quebrou o silêncio narrando que já não mais conseguia ver a vegetação — ele escolhera a sombra do estábulo sob o luar — e que a sombra tornara-se uma mancha escura, sem profundidade ou contorno, algo real demais para ser sombra.

Mirou-o com curiosidade, apenas para ver a expressão de seu rosto e espantou-se ao ter certeza de que a visão o assustara, pois os olhos verdes estavam mais escuros, as pupilas dilatadas, apesar de não o demonstrar na fala ou na expressão.

— Muito bem, meu Lorde! — cumprimentou Malik, entusiasmado. — Está pronto para manipular sua sombra.

Cedric fitou o outro em reconhecimento e ambos buscaram a figura baixa do jovem cretense, que os encarava sem compreensão palpável.

— Minha sombra continua exatamente igual a qualquer outra — comunicou num tom pesaroso que comoveu Cedric e felicitou Malik, mesmo que não lhe compreendesse o motivo.

— Não desanime, meu Lorde! — pediu com um sorriso amável, quase bondoso. — Como disse, é difícil para pessoas comuns, que não são perfeitas como Lorde Cedric — ambos deixaram passar a ironia. Ele não fazia por mal, era sua maneira de ser.

— Eu... — Lythos voltou a olhar para a sua sombra, desapontado. — Eu queria ver o mesmo que Cedric viu — confessou, sem dar-se conta.

— Nós, os *Atravessadores*, temos um método rápido para abrir a percepção dos nossos filhotes quando o sangue não é o suficiente para levá-los ao *Dom*. Não é um caminho fácil, porém, se o Senhor concordar, posso aplicá-lo e terá sucesso garantido.

— Sucesso garantido? Não sei, Malik. O que exatamente quer dizer com tudo isso? — indagou o rapaz, um tanto apreensivo.

— Que não existe qualquer possibilidade de nos negarmos a ela, meu Lorde — sussurrou, abraçando Lythos por trás. — Não depois de nos tornarmos íntimos da escuridão.

E, antes que Cedric pudesse alcançá-los, Malik abriu uma sombra diante de si e empurrou Lythos para dentro dela.

Foi tão rápido que não houve tempo sequer para raciocinar. A última coisa que ecoou pelas árvores silenciosas foi o grito desesperado dele, a clamar-lhe o nome como se extinguisse sua existência, e o semblante carregado de seriedade que Malik lhe lançou da semipenumbra. Avançou para ele tomando-o pelo pescoço, disposto a matá-lo com os dentes.

— O que você fez?! — berrou sacudindo-o, ciente de que ninguém mais poderia trazê-lo de volta além daquela criatura ardilosa, que o fitava sem pretensão, quase com fatalismo. — O que fez a ele, Malik?!

— Ele jamais conseguiria, meu Lorde — declarou, entregando-se à ira do outro sem resistência. — Ele jamais poderia por si só porque teme a escuridão, apesar de eu ainda não saber o porquê.

Lembranças dos momentos de desespero em que o segurava nos braços, enquanto o jovem perdia a consciência para a escuridão de seus pensamentos, o invadiram como bofetadas. Era verdade. Lythos perdera-se uma vez, dominado pelo breu, e cedera a ele sem possibilidade de se encontrar em si mesmo. Lentamente, Cedric afrouxou o punho.

— Perdi minha única cria pelo mesmo motivo, meu Lorde. Para ela, nem mesmo o sangue foi suficiente, e quando não dominamos as sombras, somos dominados por ela.

— Traga-o de volta — ordenou.

— Não posso — disse, abrindo os pensamentos para que Cedric soubesse. Era verdade. — Se detivesse o meu sangue como o Senhor o tem, haveria a possibilidade. Não posso trazê-lo uma vez que não tenho qualquer ligação para com ele, mas o Senhor pode. A questão é: acredito que Lorde Lythos possa voltar, basta que não se desespere e que deixe a sombra devolvê-lo. Por outro lado, buscá-lo significa que jamais poderá dominar a escuridão. Ele precisa vencer seu medo e retornar sozinho.

Sabia que ele estava certo, mas a possibilidade de Lythos estar perdido, de ter-se desesperado, de estar jogado em algum ponto escuro daquele pesadelo e não conseguir voltar... Afastou aquele pensamento de si. Não podia culpar Malik, pois, dentro da realidade que conhecia, esse era o caminho possível. E, ainda assim, não deixaria Lythos à mercê da fria sensação de morte. Empurrou o *Atravessador* com força desmedida, repleto de ódio. Não por ele e sim pela situação que ameaçava fugir ao controle.

— Ele conseguirá — insistiu o mestre, e seus olhos brilhavam em certeza absoluta.

— Abra-a — ordenou.

Não ousou argumentar novamente. Dissera tudo o que pensava, alertara-o para a verdade e expusera o risco que correria ao jogar-se na escuridão sem ter certeza de onde o outro fora parar. Ao mesmo tempo, Cedric era o único que poderia trazer Lythos de volta, o que arruinaria a mísera possibilidade de vencer a dificuldade que o impediria, para sempre, de aprender o *Dom*.

— Vai privá-lo daquilo que o Senhor poderá ter. Reflita, meu Lorde, porque...

— Abra-a!

Sem mais questionar, Malik abriu-lhe a mesma sombra, afirmando que o gesto não garantiria a passagem ao mesmo local. Isso dependeria de sua própria vontade ao atravessá-la. A última coisa que Cedric ouviu, antes de ser tragado pela escuridão, foi o sincero desejo por boa sorte e o apelo mudo de Lythos em sua alma.

* * *

Mal se deu conta do empurrão firme que ele lhe empregara pelas costas e o breu hostil devorou-o, sem misericórdia. E, como que unido às trevas em cruel fatalismo, foi envolvido por um frio viscoso, uma ânsia pegajosa e concreta, como se houvesse mergulhado em lodo com a única diferença de que fora privado da visão.

Pânico absoluto enquanto bradava a plenos pulmões e não conseguia ouvir sua própria voz. Clamou por ajuda, por socorro. O silêncio lhe respondeu indiferente, sem qualquer rosto ou forma. Tudo era escuridão. Um medo desconhecido e insidioso apoderou-se de sua razão, de forma que nem ao menos conseguia se mover. Aquilo era terrivelmente familiar: a sensação de abandono, a cegueira, a detestável certeza da morte. Sim, passara por semelhante situação, há tanto tempo que já não podia se lembrar! Restou-lhe aquela sensação abominável de que abrira mão de algo ou alguém — preciso demais para se medir em palavras ou pensamentos

— para sair das trevas, e, quando abriu os olhos para o mundo novamente, deu-se conta de que continuava mergulhado nela. Para sempre estaria.

Por quê? Por que se mutilara daquela maneira?! Por que motivo bizarro privara-se da luz para vagar sem rumo pela escuridão que sua existência se tornava, desprovida de sentido, de razão e de amor?! Por quê?!

Encolheu-se em si. Não havia referência ao redor, tudo o que possuía era a concreta sensação de seu próprio corpo e a vaga suposição de que a luz não viria dessa vez. Em verdade, nunca viera! A luz abandonara-o no instante em que se abandonara a uma promessa vazia.

E, quando nada mais fazia sentido, quando já se conformava em ter a alma perdida, uma voz familiar chegou em sua mente. Os olhos marejaram. Não buscou-o porque, sabia, não seria capaz de vê-lo, e, como Tristan lhe dissera certa vez, muitas vezes a visão se dá pela ausência de visão. Lembrou-se disso e aguardou que ele o encontrasse, que o envolvesse com seus braços fortes e lhe dissesse que aquilo tudo fora um sonho ruim, nada além disso. Aguardou por uma eternidade — ou foi o que lhe pareceu — porém ele não chegava.

Tão forte quanto a necessidade de estar junto a ele, veio-lhe a dúvida de que seria tarde demais para ambos, de que não restava esperança. Gritou por ele em pensamento, mesmo que não tenha se dado conta. Já não se importava com coisa alguma, pois não era nada. E sentiu os braços dele o enlaçarem. Seus lábios finos roçaram-lhe a orelha, ternos e profanos, enquanto encaixava o corpo de encontro ao seu, sem barreiras ou reservas.

Não pôde dizer nada. Agarrou-o em profundo desespero, o rosto pousado contra o peito alheio, as lágrimas rubras umedecendo-lhe as vestes. Largou-se num pranto sentido, liberto daquela dor e do vazio. Ele viera e haveria luz! Haveria esperança de continuar existindo porque podia sentir-lhe o contorno forte e o pulsar acelerado das veias no pescoço largo. Quis que Cedric o tomasse, tanto e com tamanha insanidade que implorou ali mesmo, oculto pela escura viscosidade das sombras.

"Acalme-se, minha Pérola...", foi o sussurro dele em sua mente. "Abandone o desespero e as sombras o deixarão livre. Do contrário, estaremos perdidos aqui, indefinidamente".

Disse-lhe que não conseguia, que o frio inexplicável o gelava por dentro, pior que a morte, e que temia não encontrar o caminho de volta ou sofrer em dor e agonia caso saísse dali.

A declaração não fez qualquer sentido para o jovem em seus braços, entregue ao pranto, agarrado à sua roupa como se nada mais lhe restasse. Não o fez para ele, que de nada se lembrava, contudo, Cedric jamais se esqueceria daquela noite infernal na qual quase o perdera para a inconsciência, depois para a morte e, por fim, para a dor terrível que Arkus lhe impingira. Pensar no pai e criador exaltou-o ainda mais, porém controlou-se para dar ao companheiro a segurança de que necessitava para crer outra vez. Abraçou Lythos ainda mais forte, embalando-o com a melodia que lhe cantava nos momentos de angústia, algo familiar para que o pavor cedesse à fé. Fé? Há muito que perdera a fé diante da incapacidade de cuidar dele, de ampará-lo e amá-lo como, sabia, ele precisava ser amado.

E, nesse instante, Lythos murmurou-lhe confissões carregadas de luxúria, implorando para que o amasse ali, naquele instante, e desse sentido à sua existência. Como dizer a ele que o queria, mas ainda não podia entregar-se, não como ele merecia? Como dizer a verdade diante do significado daquele instante, quando poderia perdê-lo e, com ele, sua maior crença?

Então, contaminado pelo amor que ele encerrava, pela sua própria urgência em tê-lo seu, Cedric acariciou-o. De leve a princípio, a cada instante com mais devassidão, até que ambos jaziam entregues um ao outro, suas mentes unidas, suas almas em harmonia para o fatalismo do amor. Sabia que esse seria o único caminho possível para trazê-lo consigo ao mundo real, para estar ao lado dele outra vez. E depois, como negar o que seu próprio corpo lhe pulsava insistente? Como ignorar o que sua alma lhe implorava em silêncio?!

Foi assim que chorou, nenhuma testemunha ou evidência para o momento de fraqueza, nada que não fossem as próprias lágrimas do outro a lhe banharem o rosto enquanto tomava-lhe os lábios com loucura.

O pânico foi cedendo ao desejo e à segurança de ter encontrado novamente o seu lugar. Lentamente, as sombras recuaram, dando espaço ao luar prateado que incandescia o céu noturno e que inundava os corpos com sua luz e seus olhares com promessas, ainda impossíveis.

Quando Lythos afastou-se, percebeu que estavam sentados, um de frente para o outro, e que seu pranto umedecera também o rosto de Cedric. Caso não houvesse as marcas borradas, estaria vibrante como sempre e com um toque de felicidade inexplicável.

— Nunca estará sozinho novamente, minha Pérola... — murmurou ele, tocando-lhe o rosto para desenhar as feições suaves. — Sou seu. Não há motivo para que se perca, não de mim. Irei ao seu encontro, onde quer que esteja.

E Lythos lhe sorriu, doce. Passaram longo tempo mergulhados nos olhos um do outro até que se aperceberam da presença de Malik, a mirá-los sem expressão, os braços cruzados sobre o peito, o porte ainda mais austero do que antes.

— Eu o trouxe de volta.

— Sim, meu Lorde. E isso, por si só, já é espantoso. Tem um talento nato para as sombras, talvez por ter provado de meu sangue — e fitou Lythos, os olhos brilhando em ausência.

O jovem cretense pôs-se de pé, oferecendo a mão para Cedric erguer-se também, e só então desviou o olhar do dele, buscando o companheiro, seu semblante sereno como há muito não o via.

— Sei que é importante para você. Todavia, não posso, Cedric. Não quero aprender a lidar com esse tipo de coisa porque abomino a escuridão e a forma odiosa com a qual as sombras gelam nossa alma e aprisionam nosso espírito.

— As sombras não podem nos dominar caso as dominemos primeiro, meu Lorde — tornou Malik, com uma ponta de ofensa. — Em verdade, não é uma prisão, mas um caminho para a liberdade. E, devido ao medo que o invade, jamais poderia controlá-las.

Lythos mirou-o, a expressão carregada e endurecida para a seriedade. Fitou aquela criatura bela e dúbia por breves instantes, demarcando claramente o abismo que haveria entre ambos, eterno. Só então, sua voz ecoou mais uma vez entre as árvores.

—Tudo é uma questão de ponto de vista, meu caro Malik. Porém, o seu não faz diferença, pois aquele que sempre viveu aprisionado não poderia jamais conhecer a liberdade, caso contrário morreria vencido por sua própria limitação — pausa para um silêncio desconfortável. — Com licença.

E, dessa forma, tomou o caminho de volta ao castelo, o rosto erguido, as cicatrizes abertas novamente. E nem ao menos conseguia saber por que sangravam.

❧ X ☙

Ainda hoje, quando luto desesperadamente para reunir fragmentos de memória, tão antigos quanto o próprio tempo, me é terrível ter de olhar para trás e recriar o horror no qual minha alma esteve mergulhada, um horror particular de morte, vazio e breu. Porém é necessário que o saibas porque, dessa maneira, terá conhecido a minha face ruim através de meu próprio punho e não de outros. Não houve Fronteira *para mim, meu querido. Nunca haverá porque a minha fronteira, meu horizonte e meu porto sempre serão Cedric. Por isso é necessário dizer-te! Também por isso desejei contar-te, para que saibas que tenho ciência do quão frágil é minha existência e do quão forte sou para continuar, apesar de tudo. Cada mínimo pedaço de mim, dei a vocês dois...*

Os dias e noites sucederam como num fugaz entrelaçar de dedos, em beijos roubados na semipenumbra dos aposentos vazios ou em companhia de seus mestres, ocasião em que procuravam depreender e aprender tudo o que lhes era permitido. Decerto que o sentimento que os envolvia já não era o mesmo, tornara-se diversa a forma com a qual se olhavam e falavam um ao outro, sem ultrapassar por demais a intimidade que já possuíam.

Para Lythos, que muito pouco esperava da vida nesse sentido, que aprendera a se contentar com a presença dele, mesmo que indiferente, o que tinham lhe bastava. Cedric se encontrava voltado à Reunião, agora a poucas semanas do prazo estipulado, quando os primeiros convidados deveriam se anunciar por detrás dos imensos portões de madeira. Ambos jaziam concentrados no evento, essa era a verdade. Ambos e todos os demais, imortais ou não! O Feudo mergulhara em frenética atividade, como o jovem cretense nunca vira antes. Exceto, talvez, nos grandes acontecimentos e festividades do passado, no palácio de Cnossos. Entretanto, não chegou a lembrar-se disso, nem mesmo uma vaga sensação lhe foi perceptível, de forma que continuou vivendo como se nunca houvesse organizado ou participado de algo semelhante.

As viagens estavam suspensas, pelo menos até a Reunião. E aquele era um momento admirável para desbravar as trilhas, pois, por todos os lados, chegavam-lhe notícias da primeira grande Obra Poética, declamada inteiramente em Grego, cujo autor, ainda não confirmado, atendia pelo nome de Homero. Seus poemas, ao que pudera averiguar, continham indubitável beleza artística, perfeição métrica e cantavam os grandes feitos e a bravura dos Aqueus. Tentou ignorar a sensação desconfortável ao ouvir o nome "Aqueus" e foi imediatamente falar a Cedric. Contudo, o irmão era bárbaro demais para lhe compreender a necessidade de saber, principalmente se o conhecimento não estivesse aliado a poder. Pensou em discutir com ele, quando o guerreiro puxou-o de canto, beijando-o com ardor.

— Não... fuja... do ponto... da questão... Cedric! — conseguiu balbuciar, enquanto aceitava-lhe o toque.

— Não estou fugindo, minha Pérola! E é justamente por não fugir mais que... — afundou o rosto no pescoço delicado e alvo de Lythos, sugando-lhe uma porção generosa de carne e arranhando-o de leve com os caninos afiados.

— Pelos... deuses... — ronronou, agarrando-se a ele em desvario.

Esmeraldas o fitaram, febris. Cedric tomou-o nos braços e levou-o para a mesa, disposto a banir qualquer resquício de censura e fazê-lo seu naquele instante porque... Não queria mais esperar e temia que a coragem se fosse ao recuperar a lucidez.

— Você poderá ouvir seus poemas. Poderá fazer o que quiser contanto que esteja ao meu lado e se entregue a mim. Por favor, Lythos! — implorou, sentando-o na mesa e jogando tudo o que havia sobre o tampo ao chão, sem noção concreta do que lhe acometia. Lythos entregou-se. Já pertencia a ele há muito tempo. Abandonaram-se a um abraço urgente, corpos unidos em apelo silencioso. E foi quando ecoou o aviso de que alguém se aproximava dos portões principais. O estrondoso soar de trombetas pareceu-lhe distante, sem sentido, e, em instantes, Ridley batia à porta anunciando os primeiros convidados.

Seu pensamento imediato foi: "Que convidados?!". Porém o guerreio se empertigou, a respiração desnecessária e descompassada a torná-lo ainda mais lindo, os olhos escuros. Um segundo além e o semblante dele se suavizou para uma serenidade impenetrável que, apesar de digna, encerrava ternura. Viu-o recompor-se enquanto respondia ao valete, do outro lado da porta, que ambos desceriam num instante, o tom controlado e afável a encobrir os últimos rastros do desejo insano que os acometera.

Cedric aprumou-se com a graça de um felino, desprovido de qualquer outro sentimento que não a necessidade de cumprir com seu dever. Não pôde olhar para ele. O peito apertou-se numa dor tão grande que levou sangue aos seus olhos e, envergonhado da própria frustração, deitou na mesa outra vez, os braços cruzados à frente do rosto.

— Perdão... — foi o sussurro, carregado de tristeza. — Eu não imaginava, Micênio! — e o tratamento corriqueiro fez Lythos soluçar sob a luz bruxuleante dos archotes, sem que desejasse. — Não foi minha intenção...

— Esqueça — declarou, o tom firme em oposição aos soluços sentidos. Silêncio enquanto aguardava que ele partisse, como sempre acontecia em momentos como aquele, em que lhe flagrava a entrega. Contudo, ele não saiu. — Precisa receber nossos convidados, meu Lorde.

— Sim... E preciso de você ao meu lado.

Lythos sentou-se, agora em pranto sofrido. Sentia-se usado, traído, esgotado de continuar acreditando nele, no amor que lhe prometia em solidão, no sentido maior de uma existência pobre e inútil como a sua. Estava farto de ser, farto de não resistir, de confiar quando, sabia, não haveria nunca uma oportunidade para ambos. Aceitou a mão que ele lhe estendia, não com a habitual revolta, mas sentido demais para encará-lo.

— Minha Pérola... Olhe para mim e diga que está bem. Por favor...

Balançou a cabeça numa negativa desordenada, as mãos trêmulas, o rosto baixo. Ele implorou mais uma vez e, antes de descer da mesa para ajeitar os vincos da roupa sobre seu próprio corpo, atreveu-se a olhar naquele rosto lindo. E ele também chorava, um pranto sem lágrimas, como se mesmo aquilo lhe fosse negado.

— Não sei quando. Não tenho certeza se... Eu poderei...

Silenciou-o com um gesto de mão e, caminhando até ele, envolveu-o num abraço fraternal, porém repleto de amor. Cedric enlaçou-o também e ergueu o rosto.

— Não me prometa nada — disse, apoiando o rosto contra o peito dele em fatalismo. — Um dia, quando tiver certeza do que deseja, então me toque, meu querido. Do contrário... Tudo o que peço é que não me torture mais. Não preciso de nada além daquilo que já me oferta, mas as suas promessas podem destruir o que sou, Cedric, principalmente as que não pode cumprir.

Com essas palavras, o jovem se afastou, limpou o próprio rosto e, só então, ergueu o olhar novamente. Seu semblante jazia indiferente. Apenas ele, Cedric, podia ver a velada tristeza em seu olhar. Odiou-se por tê-lo decepcionado, e talvez ele tivesse razão. Vinha tentando, de todas as formas, entregar-se como ele merecia. O melhor era aguardar, lutar sozinho contra seus fantasmas interiores, contra tudo o que acreditara por centenas de anos incontáveis, até que estivesse seguro, que pudesse ser sem pôr em risco aqueles que o cercavam e dependiam de si para viver. Só então, se entregaria. Só então o tocaria novamente.

Ao contrário do que esperava, como acontecera em todas as ocasiões anteriores, esse pensamento não mais o confortou, ao contrário, trouxe-lhe um amargo sabor aos lábios, um gosto de morte que não sentia há muito tempo. Tratou de esconder a amargura tão fundo quanto ele escondera a decepção. Aprumou-se, despiu-se das marcas de sua derrota pessoal e, então, convidou-o a saírem juntos para cumprir com o que o destino lhes reservava.

*   *   *

— Os Lordes estão a caminho — anunciou um mortal, muito bem vestido. Provavelmente o braço direito de Cedric à frente da humanidade. Um estratagema comum e eficaz quando bem aplicado.

Rápido olhar ao redor foi mais que suficiente para detectar aspectos interessantes dos "Senhores": organização impecável, tanto no que dizia respeito à vila quanto ao castelo em si; grande número de mortais, o que garantia relativa tranqüilidade por parte dos mais desconfiados; metodismo; requinte sem exagero...

— Estou esperando — foi a resposta, baixa e polida, que lançou ao homem, tão logo encerrada a avaliação. — Theodore... Hanna... — chamou à meia voz, desviando o olhar da figura antiga e familiar do conselheiro egípcio para os dois imortais parados às suas costas, igualmente trajados para viagem. — Não deixem que os outros entrem com os pés enlameados. Vamos contribuir para a limpeza do lugar.

Talvez houvesse um certo tom de escárnio que Dédalos preferiu não identificar. Jamais tomaria a frente dos Senhores da casa, porém isso não o impedia de estar presente. Procurou por Tristan mentalmente. O mago esgueirara-se, sutil, para o exterior, a fim de terminar o ritual de proteção. Em breve, ninguém poderia entrar ou sair sem que Cedric soubesse. Absolutamente ninguém.

Som macio de passos os alcançaram e o convidado virou-se por instinto na direção deles, sendo imitado por todos os presentes. O homem que surgiu diante de si era completamente diferente da imagem que se formara em sua mente. Sim, porque aquele era Cedric DeLacea, sem sombra de dúvidas. Suas suspeitas se confirmaram quando a figura esguia e taciturna de Lythos adentrou o mesmo ambiente, por detrás do governante.

— Boa noite, Justin Zaydrish. Você e os seus são muito bem-vindos à nossa casa.

Perder-se naqueles olhos verdes carregados de energia e segurança fizeram com que Justin, espontaneamente, se curvasse em sutil reverência, seguido pelos olhares aturdidos dos outros dois que o acompanhavam.

— É uma honra, Cedric DeLacea... Lythos... — mirou o outro tão logo se ergueu mais uma vez. — É um prazer revê-lo.

— Digo o mesmo, Justin. Seja bem-vindo a Marselha — Lythos correu os olhos ao redor, buscando a figura do conselheiro dos Zaydrish. Como não o visse, voltou a mirar o governante de Drava. — Não trouxe Ezra com você...

— Alguém precisava ficar em Drava e proteger o povoado. Pois bem, não deixaria minhas terras nas mãos de ninguém mais, salvo meu *Clã*. Porém, trouxe todos os meus, como lhe prometi em ocasião de nosso encontro.

— Entendo... — Lythos virou-se para Cedric, sem expressão. — Terá de conhecê-lo noutra ocasião, meu Lorde... Infelizmente.

Seguiram-se as apresentações, ocasião em que Justin identificou os outros dois imortais que o acompanhavam como sendo suas crias. O mais velho, Theodore, assemelhava-se a um felino, tanto em agilidade quanto em sagacidade. Com certeza, fora o escolhido para suceder o pai e era, sem sombra de dúvida, os olhos de Justin, a criatura mais preciosa que existia para o governante. Fitou Cedric de soslaio, indagando se, um dia, ele sentiria tal necessidade, a de encontrar um sucessor ou um filho para amar.

A segunda era Hanna, cria mais nova e guerreira por natureza, o que transparecia em cada um de seus gestos. Justin apresentou-a como filha e responsável por sua guarda, a única a quem confiaria suas costas. Lythos percebeu a forma com a qual a moça mirou o pai, com um sentimento que ia muito além do amor filial, algo semelhante ao que unia sua própria alma à de Cedric, se é que existia coisa semelhante: alma. Apiedou-se dela, pois, estava claro, o chefe da matilha não lhe retribuía a afeição, se é que chegara a tomar conhecimento dela.

Foi o riso baixo e inusitado de Justin que o chamou de volta à realidade, na qual Cedric lhe falava amistoso, acessível e fascinante. Foi o que leu nos olhos de oliva, selvagens, enquanto ambos pareciam caminhar para a porta de entrada. Ficou onde estava, um tanto confuso, até que Cedric virou-se em sua direção, como se esperasse que os seguisse.

— Não vem conosco, Lythos?

— Perdão... Acredito que perdi alguma coisa.

— Justin me dizia que trouxe toda a família dele e que os guerreiros estão a nosso dispor para o uso que lhes dermos durante a hospedagem. Por isso chegou mais cedo, não?

— Sim! — respondeu o outro, animado por sair ao ar livre, seguido de perto pelas crias. — Julguei que precisaria de ajuda caso a Reunião se torne mais agitada que o previsto. Porém, vejo que minha preocupação foi inútil! Possuem um Feudo admirável...

— Aliados são sempre bem-vindos, meu caro Justin — garantiu, Cedric, tomando a frente para cruzar a área de entrada rumo ao interior da propriedade, onde descansavam os demais Zaydrish. — E, neste caso em específico, muito me felicita saber que podemos contar com a lealdade e amizade de alguém como você. Venha, vamos apresentá-lo aos encarregados da Guarda. Têm muito em comum.

Lythos seguiu-os, como era de costume, sempre atento ao redor muito mais do que ao que diziam. Justin viera a Marselha com um grupo imenso de imortais, seu *Clã*, com certeza. Fez questão de apresentar cada um aos Senhores do lugar, e pôs todos sob o comando de Dimitri e Demétrius quando Cedric os indicou como Capitães da Guarda. Finda a apresentação, enveredaram por uma conversa amigável, carregada de seriedade, a respeito do que pretendiam construir. Justin alegara que seria muito difícil reunir interesses tão diversos e fazer vigorar lealdade entre pensamentos tão distintos, porém, uma vez conseguido, se sentiria honrado em tomar parte. Theodore e Hanna, por sua vez, ouviam o pai com atenção, como que lhe bebendo as palavras. E ele nem ao menos dominava a alma daquelas criaturas!

Essa observação não passou despercebida. Era flagrada a devoção com a qual o bando inteiro mirava Justin, fosse de frente como as crias, fosse disfarçadamente como os vassalos — se é que poderia chamá-los assim! Esse era um ponto positivo, pois denunciava que Justin era um líder justo. Justo com sua gente, justo com os demais. Ao menos, era o que pensava, embora tivesse ciência de que os parâmetros para justiça eram os mais variados.

A conversa transcorreu com amabilidade, então, quase ao raiar do dia, levou os três representantes do *Clã* Zaydrish a conhecer todos os *Membros* dos DeLacea. E foi aí que o governante de Drava finalmente terminou de compor o quadro que pintava a respeito dos suseranos. Havia pelo menos um de cada *Casta* conhecida na sociedade imortal, inclusive os escorregadios *Atravessadores de Sombras*! E todos eles eram devotos a Cedric, de uma devoção cega e absoluta. Admirou-o por sua sagacidade e força, invejou-o por suas conquistas e temeu-o pelo que não conhecia.

Devidamente apresentado, Justin retirou-se com as crias para seus aposentos, reservados e indicados por serviçais que estariam disponíveis por todo o período que permanecessem sob os cuidados da *Família*. Aos poucos, os outros *Membros* foram se dispersando, cada um retornando ao seu lugar para aguardar o dia, que se anunciava para dali a algumas horas. Restaram Dédalos e Celeste, a quem Cedric pediu que ficasse para conversarem mais um pouco.

Não quis imaginar que tipo de conversa seria aquela, principalmente porque o irmão não tinha a menor intenção de incluí-lo no assunto, o que era o suficiente para desconfiar. Tomado pela repugnância que em geral o acometia depois de momentos de entrega como o que vivenciaram logo ao início da noite, Cedric tentaria centrar-se, apagar o resquício de intimidade que os unia deitando-se com uma fêmea. Com uma fêmea não, com Celeste. E, apesar de tentar convencer-se do contrário, fazia toda a diferença aquela observação.

Vagou o olhar, meio que perdido, até que seus olhos encontraram os de Dédalos.

— Acho que vou me deitar. Boa noite, meu Lorde... Celeste... — e, antes que pudesse se despedir do ancião, este se ergueu e, numa reverência, anunciou que acompanharia o jovem cretense, pois também precisava descansar para a noite seguinte.

O guerreiro pareceu hesitar, os olhos oscilando da belíssima mulher diante de si para o rapaz que, a essa altura, caminhava para a porta com ar altivo. Não disse nada. Deixou que o momento se fosse e, no instante seguinte, jazia sozinho com Celeste, toda a sua razão de viver extinta pela incapacidade de dominar o sentimento que o tomava por dentro em ondas escaldantes até que nada mais fizesse sentido.

— O que deseja de mim, meu Lorde? Logo terei que me recolher — comentou ela.

— Sim, é claro. Bem... O que acha de Justin?

Ela sorriu e ajeitou os cabelos num movimento espontâneo e sedutor.

— Estamos falando do líder ou do homem, meu Lorde?

— Do homem, decerto — respondeu, sorrindo de lado e apoiando o queixo nas mãos entrelaçadas.

— A aparência um tanto desleixada acentua seu ar indomável e selvagem... Hummm... Gosto dos olhos dele! A cor que lembra oliveiras em fruto, o calor que transmitem, a vida que ele emana. Isso, além de ser um belo homem, não concorda?

Cedric arqueou a sobrancelha, como se pensasse a respeito.

— Não me sinto apto a julgar qualquer outro homem digno de beleza.

— Qualquer outro além de Lorde Lythos... — porém, diante do olhar estreito, ela emendou-se. — Mas por que me perguntou a respeito de seu hóspede? Alguma razão especial?

— Sim. Também aprecio a forma com a qual Justin encara as pessoas, firme e nos olhos. Demonstra caráter. Contudo, creio que devamos ser cautelosos com todos, principalmente numa primeira vez. Pensei em designar essa missão a Malik, mas tenho certeza que o nosso hóspede preferiria atenção feminina. Parece que faz mais o gênero dele. Por isso, gostaria que você lhe fizesse companhia, minha cara. Veja bem, não a ponto de colocar suas outras atividades em segundo plano, não acredito em tamanha urgência. Apenas faça-se presente como sabe fazer. Isso bastará.

— Será uma missão que realizarei com todo o prazer, pode estar certo. Desafios me excitam.

Cedric sorriu-lhe, gentil.

— Sabia que poderia contar com você, nobre dama. Qualquer novidade espero que me conte — e, diante do sorriso malicioso que ela lhe lançou, completou. — Com relação ao líder, minha cara, não ao homem.

— Sim, meu Lorde. Sua ordem é a minha vontade. Bom dia...

Ela ergueu-se, com o suave farfalhar de seda e perfume, mas, antes que deixasse o recinto, Cedric impediu-a. Miraram-se por breves instantes, mudos.

— Ele a aguarda no calabouço, minha cara. O homem que destruiu sua vida e tomou sua criança — diante da palidez do semblante dela, Cedric julgou por bem continuar. — Como lhe prometi, poderá ir até ele e destruí-lo com suas próprias mãos ou então, caso não deseje se envolver, eu mesmo irei até ele em pessoa e, em seu nome, cuidarei para que tenha um fim apropriado. A escolha é sua.

Os olhos azuis se turvaram e ela sorriu, grata.

— Confio e você, meu Lorde. Tenho certeza que fará melhor do que qualquer um de nós, mesmo que seja eu. Apenas deixe-o saber do porquê.

Cedric assentiu e ela se foi no corredor, a dor abandonada junto às recordações confusas de uma época triste. Havia uma nova *Família* gora, a aguardá-la, e a oportunidade de recomeçar. Esperou algum tempo antes de erguer-se e se dirigir aos calabouços. O fez por um caminho secreto, para não ter de cruzar com ninguém no trajeto. A injustiça o irritava e, por tudo em que acreditava, aquela criatura teria de fato o fim que merecia! Para isso, não desejava testemunhas.

Avançou ladino até a cela em que ele se encontrava, seguro por um efeito mágico simples que Tristan providenciara, o suficiente para que não arrebentasse as argolas com sua força sobre-humana. O prisioneiro ergueu-lhe os olhos e rosnou assim que entrou na cela, exibindo os caninos amarelos e lodosos. Nojento... Um porco nojento e bastardo que não merecia um segundo a mais de sua desprezível existência.

— Lembra-se de Angelique? A mulher de cujos braços tirou uma criança inocente? — indagou sem rodeios, estancando diante dele, os olhos verdes, agora mais claros, o semblante duro.

O outro escarneceu e cuspiu-lhe no chão. Pobre diabo louco...

— Como criancinhas todas as noites. Não sei quem é a vagabunda de quem fala. Pode ser qualquer uma...

Fúria... Crueldade... Sadismo... Diante desse comentário, Cedric sorriu de lado, feliz por ele ter lhe dado a oportunidade de levar a cabo o que havia planejado. Sem mais esperar, o guerreiro segurou-o pela cabeça, obrigando o prisioneiro a encará-lo e valendo-se do contato para transmitir a ele a imagem de uma mãe desesperada, a mesma imagem que Celeste lhe concedera involuntariamente quando lhe contara o que podia se lembrar daquela noite terrível.

O homem pareceu surpreso, e, pela primeira vez, viu pavor em seu olhar. Cedric ficava mais excitado a cada reação dele, os olhos injetados.

— Lembra agora, bastardo imundo? — perguntou, suave, o olhar em gana assassina.

— Acho que... Sim...

— Acha? Certo... Vou refrescar a sua memória de outra maneira.

Num movimento rápido o bastante para que o outro não pudesse notá-lo, sacou uma adaga, que trazia escondida sob a manga de sua túnica. A lâmina brilhou sob a luz bruxuleante dos archotes e não pôde evitar um sorriso sádico diante do receio que cresceu no ambiente, vindo do prisioneiro. O medo tinha um odor todo especial... E gostava de senti-lo... Degustá-lo. Sem mais aviso, Cedric bramiu a lâmina no ar. O sangue jorrou, respingando-lhe a roupa e escorrendo pelas pernas do homem.

O prisioneiro gritou e baixou o rosto para a própria barriga, onde um talho profundo o rasgara de uma extremidade a outra do tórax. Cedric podia sentir a dor dele... Muito pouco perto do que merecia. Então, enfiou-lhe a mão no corte, apertando suas vísceras e puxando-as para fora até que o homem visse suas entranhas expostas, penduradas e caídas no chão aos pés de ambos.

— Lembra agora? — o olhar apavorado e a dor insuportável que o tomava impediu-o de responder. — Não ouvi, escória! Mas serei bonzinho e lhe darei outra chance.

Novamente a lâmina bramiu, dessa vez talhando-lhe o pescoço de uma ponta a outra. O sangue jorrou outra vez, ainda mais abundante que antes e Cedric afastou-se para apreciar a cena, observá-lo secar, o corpo murchar, a pele grudar-se aos ossos sem que ele pudesse morrer, não ainda.

— Angelique manda lembranças... Essa é a vingança dela e agradeço que a tenha confiado a mim. Mas você não vai morrer agora... Não ainda. Sofra bastante e, se eu o julgar merecedor, amanhã à noite lhe darei o alívio do fogo. Passar bem...

Deu-lhe as costas, limpando a lâmina da adaga e satisfeito com os acontecimentos. Sete dias seriam o suficiente para se cansar da brincadeira, não mais que isso. Ajeitou as roupas para tomar o caminho que o levaria até seus aposentos. Precisava livrar-se das vestes imundas pelo sangue. Não pôde evitar um sorriso diante desses pensamentos. Aquela fora uma noite produtiva, de fato.

* * *

Lythos deixou a sala com os olhos baixos para que Dédalos não lhe flagrasse a tristeza. Já não suportava ter a sensação de que ele sabia de tudo o que o acometia, mesmo que fosse amigo. Mais amigo do que qualquer um. Rosnou um "durma bem" tão baixo que nem ele próprio pôde ouvir e tentou desaparecer numa das sombras do corredor, rumo aos seus aposentos.

Porém o ancião impediu-o, abraçando-o e guiando-o consigo ao destino pretendido. Soube que o levaria para o quarto e poderia ter realizado o trajeto sozinho, porém não teve forças para impedi-lo. Não conseguiu se afastar por não ter noção do real motivo que o impelia a se escorar nele.

— Não o deixarei só porque não quero que se perca, pequeno amigo. Se eu o deixar ir talvez não o veja nunca mais.

— Leu meus pensamentos.

— Não tenho esse poder, mas passei mil anos cuidando dos dois como se fossem meus filhos. Eu os conheço melhor que vocês mesmos e é por isso que lhe digo, Lythos: não se torture por tão pouco. Por mais que tenha dito e feito você acreditar no contrário, Cedric não se deitará com ela!

— Como sabe?

— Vi Cedric nascer para a *Noite*. Conheço os tormentos que passou em sua vida mortal e cada sinuosa complexidade de sua personalidade singular. Ele não é como os outros, por isso foi escolhido. Por isso escolheu você! Ele pertence a você, da mesma forma que pertence a ele. Apenas dê-lhe o tempo necessário para que consiga existir com o imenso sentimento que você lhe desperta. Ninguém nunca conseguiu convencê-lo de que o amor é eterno.

— Nem mesmo eu, Dédalos. Nem mesmo eu.

— É verdade. Você não o convenceu. Você mostrou a ele e isso sim é assustador. É algo maior do que ele pode controlar, mas tudo se acertará. Eu acredito, eu vejo...

Lythos sorriu-lhe, ainda não convencido, porém mais aliviado. Agradeceu-o da única maneira que podia: sem palavras. Em seguida, o ancião beijou-o na testa com ternura pegou uma das bifurcações do corredor, no sentido oposto ao que tomaria para alcançar seu quarto e, por conseguinte, a entrada da passagem que o levaria à câmara. Cumpriu o trajeto imerso em pensamentos, angustiado, porém esperançoso de que fosse verdade. Precisava crer naquilo para seguir.

Foi o que fez na escuridão azulada dos archotes contra as pedras da parede. Não lacrou o sarcófago porque o escuro o desesperaria ainda mais. Cerrou os olhos, lutando para não adormecer antes que ele retornasse.

Cedric entrou na câmara um instante antes de morrer para o dia e, em suas vestes, não sentiu o perfume marcante dela, apenas a vaga lembrança de seu próprio cheiro contra a pele dele e o toque suave de seus dedos calejados, antes de fechar a tampa e enclausurá-lo na morte.

* * *

A partir daquela noite, toda a *Família* entrou num novo e surpreendente ritmo, como se estivessem mais atentos, conscientes do que representavam perante os convidados. Seguindo a Justin, todos os demais foram chegando ao castelo com pouca diferença de dias ou semanas.

A segunda comitiva que adentrou pela propriedade fora a da *Linhagem* DeNicaia, cuja presença dominante era, sem sombra de dúvida, do próprio Néfer. Havia poucos *Predadores* em sua companhia e nenhuma cria aparente. Ao contrário do que esperavam, Néfer vinha só em representação da classe, o que não implicava que estivesse só no que diz respeito ao número extravagante de indivíduos que compunham sua comitiva.

A primeira coisa que passou pela mente do jovem cretense, parado ao lado de Cedric à entrada, foi que Néfer não tinha o menor receio de estar morto e só em meio à vida. Quase chegou a antagonizá-lo, porém a curiosidade era maior do que a força para fazê-lo, de forma que optou por banir os pensamentos e aguardar que o governante de Nicaia surgisse, tão resplandecente quanto os seus comandados. Esperava alguém imponente, arguto e dissimulado, senhor de si e arrogante, exatamente o oposto do que ouvira falar dele em seu próprio povoado — as pessoas costumam mitificar demais a figura daqueles que zelam por suas vidas.

Contudo, fora outra a criatura que se prostrara diante de ambos, acompanhado de, pelo menos, cinco serviçais, dentre eles os dois únicos *Predadores* que trouxera consigo: Louis, Capitão da Guarda e responsável pela segurança de seu governante, e Andrei, um jovem imortal que, aparentemente, estava ali para aprender. Não sabia nada mais a respeito de ambos, apenas que não eram *Dominadores*. Desejou arrancar mais informações, porém Néfer cumprimentou-os com reverência polida e gestos graciosos, desviando sua atenção.

Era de estatura mediana, mais baixo que o irmão e, por conseguinte, mais alto que ele mesmo. Cabelos castanhos e olhos de mesmo tom tornavam-no uma imagem comum se não fosse o brilho sobrenatural que continham. Falava comedimente, em tom baixo e cordato, o semblante de traços marcantes, porém agradáveis, harmonizando com todo o resto, transformando-o em algo bom de se olhar.

Enquanto Cedric incumbia-se das apresentações e da receptividade típica dos bárbaros, tentou encontrar na alma alheia o vestígio que precisava para ter certeza de que ele era quem dizia ser. O anel com o emblema de Nicaia não era prova suficiente, ainda mais para um *Dominador de Almas*. Tentou ignorar o alerta que sentia em seu íntimo. Invadir pensamentos de um *Dominador* ultrapassava o bom senso, sabia! Todavia, não deixaria Cedric e sua *Família* à mercê de qualquer um.

Não obteve sucesso por muito tempo, apenas o bastante para saber que falava a verdade. Aquele diante deles era Néfer. E, ao erguer os olhos de ébano, perdeu-se nas íris castanhas e afáveis a mirá-lo sem pretensão.

"É falta de educação entrar sem ser convidado, meu Lorde", foi a voz suave que lhe ecoou dentro da cabeça, alto o suficiente para que refreasse o impulso de tapar os ouvidos. "Poderia ter pedido permissão para conhecer minha alma. Eu o teria permitido de imediato, meu caro."

A vergonha foi tão grande que nada pôde dizer, enquanto ouvia os outros dois em amistosa conversa — casual. A repreenda fora de bom tom. Ainda assim, a voz dele continuava ecoando e trazendo uma sensação estranha, ruim, quase...

— Foi o Senhor, meu Lorde, que esteve em Nicaia a fim de transmitir-me o convite? — era mais uma afirmação e viu-se obrigado a fitá-lo outra vez.

— Sim. Sou o mensageiro do Feudo — declarou, sem tom ou emoção.

Néfer olhou de relance para Cedric, o rosto tomado por genuína confusão.

— Disse-me que lideram juntos... — e ele estava bastante vexado por não ter compreendido o que o governante lhe dissera, quase como se fosse um insulto perguntar duas vezes.

— Lideramos. E sou o escriba oficial da *Família* — afirmou Lythos mais uma vez, incomodado com a gentileza dele e a forma camarada com a qual Cedric o encarava. — Há algum problema? Perdi alguma coisa?

Recebeu esmeraldas reprovadoras como resposta e tratou de lembrá-lo de que Néfer era, de fato, uma graça de criatura. E era um *Dominador de Almas* desconhecido, alguém de quem não sabiam absolutamente nada. Mas Cedric não estava disposto a brigar mentalmente, de forma que encerraram o assunto com um "Você é muito possessivo, Micênio!" que quase o fez mandá-lo para o inferno.

Uma vez acolhido, o novo convidado foi apresentado aos *Membros* da casa e a Justin, ainda o único a gozar da hospitalidade em Marselha. Em seguida, passaram cerca de uma hora em confraternização, todos juntos, cada um falando com aqueles de seu interesse enquanto os *Membros* mantinham-se atentos às ordens que Cedric lhes dava em silêncio. Aliás, para um bárbaro grosseiro, ele vinha se saindo espetacularmente bem em dividir sua atenção entre Justin e o recém-chegado. Como era de costume, Néfer presenteou os anfitriões com algumas de suas preciosidades, e, só então, passados mais alguns instantes, a reunião se encerrou com a dispersão da maioria, inclusive de Justin, que se desculpara e partira com as crias para ficar ao ar livre.

Logo, estavam apenas Cedric, Néfer, Dédalos... E sua própria figura, pouco interessante. O convidado falara da grande impressão que o povoado lhe causara, da organização e eficiência que presenciara e, por fim, da beleza do lugar. Segundo ele, não imaginava que Marselha fosse um lugar tão lindo, do contrário, teria pedido por uma visita há mais tempo. Convidou-os para ir até Nicaia etc... Ou ele era de fato um encanto ou era um mestre na arte de mentir e dissimular. Ainda era cedo para saber. Contudo, o que não pôde deixar de pensar, o que lhe pareceu inegável, fora a incrível semelhança de princípios e conduta. Coisas desse tipo não se pode fingir, a não ser que se conheça o alvo muito bem, coisa que Néfer não tivera oportunidade de fazer a menos que estivesse lendo a mente de ambos, o que seria facilmente detectado.

Mirou-o com estranheza. Mas o outro jazia mergulhado na conversa com Cedric, alheio ao redor, confiante e feliz como uma criança. Não, com certeza era coisa de sua cabeça, um descompasso de sua mente doentia e ciumenta imaginar que Néfer fosse indigno de confiança. Era preciso cessar com aquilo ou enlouqueceria. Resolveu suavizar a carranca e participar da conversa. Os outros dois pareceram muito felizes em ter, finalmente, decidido falar. Principalmente Cedric, e era genuína a felicidade que o acometeu.

Dédalos se aproximou para despedir-se, porém o governante pediu que ficasse em pensamento.

"Preciso de sua ajuda, meu bom amigo", foi o que lhe enviou, ao mesmo tempo em que pedia para que o ancião tomasse assento. Isso, por si só, foi o suficiente para que Lythos soubesse o quanto ele era precavido, apesar das evidências. Acalmou-se ainda mais, procurando descontrair.

"Diga-me, meu Lorde, e eu o farei se estiver ao meu alcance", tornou o egípcio, sentando-se com movimentos suaves e semblante sereno.

"Ele parece confiável, mas é um *Dominador*. Por favor, peço que cuide dele com todo o cuidado que necessita. Não vou arriscar os meus, mesmo com o excelente trabalho de Tristan".

"Claro, meu Lorde. Observar sem ser visto é uma das coisas que sei fazer de melhor", e voltou-se para Néfer, sorrindo.

* * *

Como se deu a chegada de Néfer, outros tantos governantes surgiram, provenientes de regiões menos visadas por não conterem semelhante padrão de organização e desenvolvimento. Isso não os faziam menos merecedores de respeito, e excluí-los de uma reunião como aquela, em vez de contribuir para as boas relações, culminaria em mais aporrinhação do que poderia resolver. Ao menos, essa foi a idéia que surgiu na mente do jovem mensageiro ao comparecer junto a Cedric em cada recepção, o semblante acessível apesar de inexpressivo.

Dos nomes que ressaltara ao irmão, desde a primeira inspeção por terras alheias, os únicos que não haviam chegado ainda eram Ewan e Ellora, de Thelinê. Isso se aparecessem. Com o passar dos dias e a aproximação da data fixada como limite suspeitaram que não viriam — e realmente parecia haver uma data em especial. Datas não faziam qualquer diferença quando já se vivera mais de mil anos, ao menos, essa era sua opinião. — Foi quase com surpresa que receberam a anunciação da comitiva dos Thelinê, o que encerrava de vez a espera.

Adentraram a *Casa Ancestral* como se pertencessem ao local. Havia um quê inato de arrogância que não podia identificar com clareza, mas que os colocava irremediavelmente no *hall* dos "evitáveis". Claro que não chegara a falar a Cedric sobre essa primeira impressão e nem precisava, pois, no instante em que Ewan e Ellora avançaram na direção de ambos com ar de Senhores, o bárbaro buscou seus olhos por um breve segundo e as esmeraldas lhe diziam: "Por favor, releve". Coisas de Cedric, coisas que faria apenas por ele.

A aparência dos recém-chegados fazia jus a tudo o que ouvira a respeito de ambos em sua curta estada em Thelinê. Ellora era a irmã mais velha, mulher madura e bonita que não fazia a menor questão de esconder a astúcia por detrás de seus olhos claros. Ewan detinha aparência mais nova, apesar da alma antiga. Vinham acompanhados das duas crias: Lívia, decerto a mais antiga por sua desenvoltura, uma jovem de beleza delicada apesar de exótica em seus longos cabelos negros; e Philipe, mais um recém-feito em aprendizado, jovem de rara beleza, traços marcantes e harmônicos, cabelos castanho-claros e olhos de amêndoa, ternos e sinceros. Passou o olhar novamente do filhote para os pais e a irmã, para, em seguida, voltar a encará-lo. Não havia dúvida: ele era a inocência em pessoa, pelo menos ainda. Não detinha o mesmo ar astuto e sagaz dos demais. Resolveu parar a avaliação nesse ponto, pois qualquer outra dedução seria precipitada. E, ainda assim, enviou a Cedric um aviso mental, sugerindo que recomendassem a Malik cuidar pessoalmente do casal e seus filhos.

Mais três imortais os acompanhavam na viagem: Nathanael, outro Capitão da Guarda — não pôde deixar de pensar que, se cada um resolvesse arranjar confusão, teriam grande trabalho. Entretanto, Dimitri e Demétrius se encarregariam disso com especial atenção; — Kiara, a ama de Lívia que, ao que tudo indicava, prestava também outros serviços à *Casa* Thelinê; e Richard, o valete de Philipe, criatura que não fitou nenhum dos presentes.

Os serviçais ficavam em lugar reservado desde o momento em que chegavam. Contudo, Cedric fazia questão de conhecer cada *Predador* sob seu teto por motivos óbvios: seria muito mais fácil lidar com aquilo que se conhece. Os demais serviçais, humanos, não faziam diferença. Orgulhou-se do irmão e do cuidado que demonstrava com cada hóspede, bem como com a cautela em oferecer a eles sua casa. Por outro lado, ainda não se habituara a estar com a criadagem, fatalmente perdera o costume depois de tanto tempo em meio aos lordes. Essa sensação passou logo, varrida pela insuficiência de recordações que a validasse.

E o fato de Richard não os ter encarado o deixara cismado. Não pela atitude em si, poderia ser apenas um sinal de respeito, mas pelo fato de que não tivera tempo de penetrar-lhe a mente antes de se afastarem outra vez. E quem cuidaria da criadagem?

Qual dos *Membros* se sujeitaria a vigiar meros serviçais?! Qualquer um deles, caso ordenassem, mas não seria por gosto ou por orgulho.

"Temos mais criados do que eu supus no começo, bárbaro", comentou enquanto se entretinham com a fala mansa de Ewan, de volta ao salão principal.

"Pois eu acho até que temos menos criados do que é de costume. Não acha estranho? Principalmente estando num outro povoado, com criaturas desconhecidas? O que você faria se recebêssemos um convite desses, Micênio, em que não há restrição de convidados?"

"Faria questão de que todos os nossos fossem conosco, com certeza!"

"É exatamente isso que estou lhe dizendo..."

Focaram os convidados outra vez. Cedric não perdera o rumo da conversa, ao contrário de si, que maquinava ininterruptamente por uma solução adequada. Cada um dos representantes mais perigosos tinha alguém da *Família* designado a seguir-lhes os passos. Todavia, outros imortais antigos jaziam sob seu teto sem vigilância.

"Pedirei a Hermes que cuide da criadagem, o que acha?"

Os olhos verdes fixaram-se nos seus por um segundo, com casualidade longe de ser real.

"Acredito, sinceramente, que ele jamais lhe negaria pedido algum, mesmo que não estivesse sob seu comando" — silêncio. — "É uma excelente escolha".

Nada disseram além disso. Aguardou que os outros hóspedes se reunissem à sala para as devidas apresentações, e, junto a eles, os *Membros* também se reuniram para ouvir a pronunciação do Senhor DeLacea. Cedric ergueu sua voz no ar, o timbre rouco e satisfeito a enfeitiçar-lhe os sentidos, e assim decretou a abertura oficial da Reunião, marcada para a noite seguinte em ocasião de uma grande festa que duraria até o amanhecer. Em seguida o anfitrião pediu que ficassem à vontade para aproveitar o restante da noite, ao que a aglomeração foi-se dispersando, inclusive o próprio guerreiro, que rumou para o interior do castelo com o objetivo de ordenar que arrumassem tudo para o festejo no período do dia e para transmitir a missão de Malik.

Uma vez só, Lythos tomou rumo na direção em que vira Hermes retirar-se, tencionando falar com o *Andarilho* o mais rápido possível. Encontrou-o em companhia de Dédalos e, claro, Néfer. Dispensou alguns instantes para integrar-se à conversa, apenas para não ser óbvio demais, e, enquanto falava, enviou um pedido mental para que Hermes se retirasse e o esperasse no salão principal.

O *Andarilho* obedeceu de pronto, pedindo licença e sumindo por detrás das árvores esparsas. Permaneceu só mais um pouco, para dissipar qualquer dúvida. Então, pediu licença, recomendando a Dédalos que o mantivesse longe da casa, por hora, e seguiu na direção oposta à que Hermes tomara.

Munido de pleno conhecimento do local, Lythos avançou rápido por entre a vegetação, alcançando o *Andarilho* antes que este adentrasse a construção. Chamou-o a um canto solitário, conduzindo-o para dentro do castelo e rumando para uma das salas anexas, vazias àquela hora. Ninguém à vista.

— O que tenho a lhe pedir é ruim, meu caro, porém necessário — começou.

— Aconteceu alguma coisa, meu Lorde? Está em perigo? Lorde Cedric...

— Não — cortou-o com suavidade. — Não aconteceu nada ainda. Apenas preciso que realize uma tarefa para nós e quero lhe falar antes que tenhamos testemunhas.

— Diga. Eu farei, meu Lorde, qualquer coisa! — e havia genuína devoção em seu olhar, sem pretensão.

— Mostra-se imprescindível que alguém observe a criadagem imortal. Alguém ou "alguéns", entende? — um assentimento foi a resposta, pois não desejava interrompê-lo outra vez. O tempo se esvaía.

— O que exatamente deseja de mim?

— Que esteja entre os criados, que os observe e me relate tudo aquilo que fizerem, principalmente o que lhe saltar aos olhos com estranheza. Para isso, conto com o seu

Dom, porque não quero que se exponha, Hermes. Não quero que se arrisque mais do que o necessário.

A preocupação de seu pequeno amo emocionou-o, pois havia, finalmente, emoção em seu semblante. E ele era tão lindo, havia tanto amor dentro de sua alma que, de súbito, Hermes sentiu-se feliz, como há muito não se sentia, apenas por estar ali.

— Sei que não é uma missão digna... Quer dizer, isso de estar entre os criados, porém...

Hermes silenciou-o com um toque de dedos sobre os lábios finos e sorriu, daquele jeito pleno e sincero.

— E o Senhor não a realizaria com a mesma dedicação que qualquer outra missão se tivesse meios para tal?

— Sim. Mas eu... Bem... Eu sou...

— O Senhor é maravilhoso. E essa é uma missão imprescindível, como as demais. Fico honrado que tenha depositado em mim tamanha confiança, meu Lorde! Eu não apenas a realizarei como darei o melhor de mim para proteger o Senhor e aqueles que lhe são caros.

Lythos sorriu em agradecimento e afastou-se murmurando que se encontrariam uma vez por noite para que trocassem informação e que seria apresentado, sob aparências diversas, como as damas de companhia e valetes disponíveis no castelo. Hermes riu, divertido com a aventura que a sua missão prometia, e, nesse momento, a presença de Dédalos surgiu na sala, junto a Néfer.

Na posição em que se encontravam, Lythos atrapalhava a visão de quem surgia pela porta, de forma que ordenou que o *Andarilho mutasse*, o mais rápido possível, a fim de encobrirem o fato de terem saído da roda para se encontrar.

Os passos avançaram em sua direção e foi a primeira vez que o viu assumir uma forma completamente desconhecida. Hermes como que se diluiu no ar, o corpo etéreo demais para ser tocado, e, quando surgiu outra vez, era outra pessoa. Jazia ainda perdido no fantástico da situação, mirando aquele rosto estranho como se o conhecesse há anos.

O chamado de Dédalos às suas costas era o alerta que precisavam para saber que ambos, ancião e convidado, se aproximavam. Virou-se para recebê-los, o semblante impassível de sempre.

— Néfer, este é... Dion. Ele é um de nossos serviçais de maior confiança e está disponível para servir à sua família.

O ar de desconfiança que pairava no rosto antigo desapareceu por completo diante da declaração, ao que ele aceitou de bom grado, satisfeito em ter um empregado apenas para eles. Contudo, não deixou de recomendar cuidado a Hermes, tão logo Néfer o levara consigo para apresentá-lo aos demais. O ímpeto de ir com eles foi imenso, porém, naquele caso, sendo Hermes um serviçal do Feudo, poria o estratagema a perder.

— Tenha calma, meu pequeno Senhor — murmurou Dédalos, tocando-lhe o ombro por trás. — Hermes sabe o que faz...

Pensou em virar-se para lhe falar quando se deparou com a figura adorada de Cedric, parado rente à parede oposta, meio que encoberto pelas sombras. Deduziu que ele surgira no recinto há pouco, o suficiente para ouvir as palavras ternas e reconfortantes de Dédalos em relação a Hermes. Não soube o que fazer, se avançava para ele e pedia perdão ou se agia como se nada tivesse acontecido, pois, de fato, não acontecera! Hermes não era mais importante do que qualquer um deles, *Membros* da *Família*.

Ainda dividido, o bárbaro não lhe deu chance para falar, saindo das trevas para a luz irreal dos archotes. Expressou-se com satisfação, nada diferente do que acontecia todos os dias. Entretanto, seu olhar jazia mais claro que o normal. Sufocou diante da certeza de que o amava tanto que preferia mil vezes sua própria danação a ter de vê-lo infeliz, por um único instante de sua existência.

E, tomado por essa sensação ruim, acompanhou-o quando ele, gentilmente, despediu-se do egípcio e pediu que o seguisse para o interior da construção. Caminharam lado a lado, em silêncio. Quase desejou que ele o interrogasse a respeito de Hermes, apenas para confessar o amor absurdo que crescia em seu íntimo, pleno e que pertencia apenas a ele. Porém Cedric não lhe deu oportunidade de explicar. Permaneceu presente até a Câmara, suave e terno. Contudo não se aproximara novamente em polida sensatez que, definitivamente, não lhe caía bem.

Logo desistiu de esperar por uma brecha, pois esta não viria. Conversaram por mais algumas horas, sobre os mais diversos assuntos. Cedric o colocara a par de Malik e ouvira atencioso o que narrara a respeito de Hermes. Nem uma pergunta sobre o *Andarilho* e soube que teria de armar-se de coragem e dizer o que o incomodava, do contrário, o momento passaria e, com ele, as palavras. Não pôde, pois o outro já mudara o rumo do assunto, falando dos preparativos e da festa.

A tentativa de retornar ao que o machucava foi varrida pela felicidade e pelo entusiasmo dele. Há tempos não via Cedric tão completo. Baniu de vez o incidente e se concentrou em apreciar-lhe o rosto maduro, a luz que emanava de seu semblante, embora os olhos permanecessem tristes por motivo diverso. E ele passou o resto da madrugada falando sobre Beltane. Sim, porque era uma data especial a se comemorar, que, segundo ele, era importante para seu antigo povo, além de ser um momento de grande magia.

Não soube nada mais específico sobre o ritual. Por mais que tentasse desviar a conversa nesse sentido, Cedric o driblara com astúcia, refugiando-se em todos os pontos práticos que deveriam ser observados durante a festa — o que não deixava de ser prudente, porém irritante. Repassou cada uma das sugestões e recomendações dele e foi apenas ao anunciar do sol, seus olhos se fechando para o sono, que ousou perguntar.

— O que Beltane significa para você? Por que me parece tão importante?

Cedric deitou-o no sarcófago, pousando a mão sobre o tampo em seguida, sem contudo fechá-lo.

— Significa reconhecimento para os nossos. Significa que é importante para mim que você esteja bem e que faça exatamente o que lhe pedir, porque, apesar de não parecer, é um ritual e prezo os antigos rituais. Mas é apenas um pedido, meu querido. Tem o direito de não querer participar.

— Faz parte de você... Então faz parte de mim também... — balbuciou, os olhos cerrados, impossibilitado de continuar fitando-o. — Minha preocupação com Hermes é idêntica à que teria por qualquer outro dos nossos *Membros*, pois são nossa responsabilidade...

— Bom sono, minha Pérola.

Lythos abriu os olhos em derradeiro esforço e, apesar de não ver nada, soube que ele estava ali, bem perto, e que reconheceria a tentativa.

— Um dia... Conseguirei te provar... Que nada me é tão importante... Em toda a exis...

Suave, a morte levou-o para o mórbido descansar. Sua própria consciência dava mostras de apagar a qualquer instante. Queria permanecer ali, a mirá-lo, notar-lhe a beleza suave e jovem. Não conseguiu ou desmaiaria sobre ele. Pensou no quão bom seria deitarem juntos, apenas pela sensação de tê-lo próximo a si e a certeza de que acordariam na noite seguinte. O dever foi maior e prometera que não mais o magoaria. Prometera a si mesmo que não o feriria, não enquanto não pudesse se entregar.

Lacrou-lhe o sepulcro e cambaleou para o seu próprio, cerrando a passagem em seguida para esperar o sol. O último pensamento que o acometeu foi o de que seria Beltane na noite seguinte e de que, finalmente, o destino lhe fora gentil, presenteando-o com alguém digno de acender-lhe a fogueira e os sonhos.

* * *

 Era como se o tão falado véu entre os dois mundos, o místico e o real, tivesse se diluído no ar, na magia dos sorrisos, por entre o suave murmurar das folhas, pelo pulsar inegável das árvores. Como descrever aquela noite? Como colocar em palavras algo que apenas os sentidos e a alma poderiam conceber? Este foi, sem sombra de dúvidas, um dos maiores desafios que o jovem escriba se dispusera a enfrentar e nunca nada lhe pareceu tão perfeito quanto as palavras que escolhera e a música que ecoava, desde o instante em que seus olhos antigos e ingênuos abriram-se para a luz tremulante na câmara, perdendo-se no brilho estranho e intenso de esmeraldas que o miravam mudas.

 A atmosfera tendia ao sobrenatural, talvez devido à magia que Tristan terminara na noite anterior, talvez devido ao fato de que comemorariam Beltane depois de longo tempo sem retomar as raízes, como o companheiro lhe confidenciara ao saírem juntos.

 Cedric acompanhou-o até seu aposento, mergulhado num silêncio diferente que detinha aflição. Percebera fazer parte de algo maior, que cada gesto dele pertencia a um conjunto grandioso em significado. Não compreendia, porém isso não o impedia de observar, vivenciar e aprender, pois parecia algo importante e vital, algo que fazia parte do outro e, por isso, desejava trazer também para dentro de si.

 Foi apenas quando se deu conta disso que as instruções da noite anterior fizeram sentido em sua alma. Ainda não sabia qual o papel que exerceria no ritual que Cedric preparara. Contudo, ao mirá-lo ali, diante de si, enquanto lhe comunicava que iria até o aposento anexo para buscar algo que mandara fazer para que vestisse, decidiu que não se preocuparia.

 Os criados deixaram uma das tinas, de onde a água emanava um vapor suave de flores. Avançou naquela direção, observando a variedade de pétalas e ervas que boiavam na superfície espelhada, certo de que também aquilo detinha seu próprio sentido. Imergiu e abandonou-se ao calor suave da água, ao perfume doce que ela lhe oferecia misturado à fragrância marcante dos cedros, que conhecia tão bem. Abriu os olhos, ciente de que ele jazia ao seu lado.

 Suave, Cedric banhou-o, como há muito não fazia, seu toque carregado de respeito, seu olhar em quase veneração. Retribuiu o carinho, tocando-o no rosto enquanto ele ensaboava-lhe a pele fria. Não havia sujeira real em seu corpo. Por isso não se espantou quando ele tomou a água nas mãos em concha para derramar-lhe o líquido perfumado no alto da cabeça, escorrendo-lhe pelo tronco até voltar à tina, como no início. Era um círculo.

 Assim que Lythos se ergueu, soube que ele tomaria seu lugar, pois Cedric despiu-se sem olhar para nada além das tiras que lhe atavam a roupa ao corpo forte. Avançou em sua direção, ajudando-o, não por obrigação, mas porque sentiu que deveria fazer o mesmo por ele, desejava cuidar como fora cuidado.

 O outro lhe aceitou o toque, os olhos faiscando. E então, uma vez dentro da tina, Lythos cuidou em limpar-lhe a pele alva e rígida, exatamente como ele o fizera minutos antes, concentrando-se em derramar a água pelos cabelos fartos e ondulados, aquele perfume inebriante e especial a uni-los como num único ser. Pela primeira vez, sentia-se parte dele de fato. Não ousou perguntar coisa alguma para não quebrar a delicada magia daquele momento.

 Logo, voltaram-se para as roupas estendidas sobre a cama. Um segundo de estupefação diante da delicadeza do corte e da beleza dos bordados e Cedric pediu com um gesto leve de mão que aguardasse. Não quis contrariá-lo, ainda surpreso demais para tomar a iniciativa de prosseguir. Foi o outro quem tomou para si o conjunto de roupas menor e, sem hesitar, avançou em sua direção, ajoelhando-se diante do jovem e erguendo o olhar de esmeralda revolto para o irmão. Deixou que ele o vestisse. Já acontecera incontáveis vezes, porém nunca daquela maneira intensa, plena e silenciosa. Cedric cuidou de cada detalhe, fez cada amarra com atenção, sem deixar de esticar-lhe o tecido sobre o corpo pequeno num derradeiro gesto de ternura. Só então, parou diante dele, os cabelos brilhando em contraste com os olhos na semipenumbra.

Não esperou que lhe dissesse o que fazer. Uma vez trajado, avançou até a cama e tomou para si a roupa alheia, notando então a riqueza dos detalhes, a cor fantástica do tecido verde-escuro e a maleabilidade do couro. Voltou-se para o irmão e único amor, vestindo-lhe primeiro as calças impecáveis, atando-a à cintura firme e vigorosa. Em seguida, vestiu-o da túnica bordada, atando as amarras do tecido macio, sentindo a pele dele de encontro a sua e ciente de que pertenceriam um ao outro pela eternidade, mesmo que nunca chegassem a dividir o que apenas os amantes têm. Será que não estavam muito acima disso? Será que fazia tanta diferença assim? Naquele instante, não soube responder e, por isso, ergueu-lhe o olhar escuro na desculpa de ajeitar-lhe a roupa sobre o corpo antes de calçar-lhe as botas, a única diferença real entre a indumentária de ambos.

Mergulhou no mar indomável daqueles olhos. Sim, ele lhe pertencia, de alguma maneira ainda desconhecida. Terminou de vesti-lo em veneração. Só então, afastou-se, mais para admirar-lhe a imagem poderosa e quase irreal do que por instinto de preservação.

Os lábios firmes dele se entreabriram e jurou que falaria. Todavia, Cedric nada disse. Ao contrário, ergueu-lhe a mão num convite sem palavras e, ao pousar sua própria mão contra a dele, os dedos de ambos se entrelaçaram. Sorriu sem intenção e saíram para a noite.

O que aconteceu daí por diante foi uma sucessão de alegrias e doces surpresas. A alma estava leve, o mundo parecia mais acolhedor, cada um dos outros lhe pareceram mais próximos. Por uma noite, a maldade intrínseca não fez qualquer diferença, nem mesmo a diferença lhe pareceu importante. Estavam ali, ao ar livre, as árvores decoradas e o chão coberto de flores, *Família* e amigos, para vivenciar algo único e tão especial que nada poderia apagar sua beleza ou a grandeza de seu significado. Mesmo quando se juntaram aos demais, Cedric permaneceu unido a ele pelo terno entrelaçar de dedos, pela intensa comunhão de almas, algo novo e inebriante, como todo o resto.

De fato, a música continuava tocando, incumbência dos músicos do castelo, mortais preparados especialmente para aquela ocasião. Sabia que a sensação de leveza e conforto se extinguiria quando a Reunião começasse, talvez por isso tenha se entregado com tamanha urgência a cada instante. Não desejava que aquela noite terminasse jamais.

Todos estavam lá quando Cedric elevou sua voz por sobre os presentes, convidando-os a dividir aquele instante, a participarem da festividade antes de reunirem-se para conversar, como deveria ser.

Em resposta ao discurso carregado de emoção, uma nova música começou, contaminando Lythos, invadindo sua alma e carne até que sentisse o coração pulsar outra vez, uma sensação concreta que lhe levou lágrimas aos olhos. Girou sobre os calcanhares e o mundo pareceu movimentar-se mais lento que o habitual, como que cúmplice para que não perdesse uma ínfima parte de tudo o que o cercava. Celeste e Malik dançavam, embalados e enlevados, atentos um ao outro, sorrindo; Hermes tratara de trazer os convidados para a roda e, com seu entusiasmo, insitou-os a participarem da dança quando ninguém desejou refutar a oferta; Dédalos e Tristan olhavam o bailado de fora, suas almas em comunhão com o todo, seus olhares perdidos um no outro num reconhecimento que apenas eles puderam compreender; Dimitri e Demétrius rondavam o descampado não como se guardassem o local, mas como integrantes da vida que os cercava.

E foi nesse exato instante, quando seu coração tornava-se repleto de júbilo, que extinguiu o giro pelo mundo para perder-se no semblante amoroso dele, a observá-lo de perto, seus olhos igualmente úmidos. Quis aconchegar-se em seu peito e chorar de felicidade por estar ali. Nunca a sua existência fizera sentido antes, não como acontecia naquele instante. Quis dividir isso com ele, deixá-lo saber que era assim, e teria corrido em sua direção se Cedric não tivesse lhe oferecido a mão mais uma vez e o guiado por entre cada um dos presentes, perdidos em seus universos pessoais.

    Pararam de frente para uma fogueira apagada, colocada num ponto estratégico, feita para um propósito específico, foi o que conseguiu arrancar da mente dele. O fogo deveria acender-se à entrada da casa, era isso. Pela posição, podia entender que a fogueira estava à entrada da propriedade, porém não conseguiu captar o porquê, pois ele fechou-lhe a mente com um sorriso e não desejou antagonizá-lo, não àquela noite.

    — Acenda-a, minha Pérola. Você deve acendê-la e é este o momento.

    Recordou-se vagamente das recomendações que recebera na noite anterior. Buscaria o significado daquilo tudo noutro momento, noutro lugar, mas não ali. Por hora, desejava viver e nada mais.

    Sorriu para ele em retribuição e, só então, tomou-lhe a tocha da mão. Estendeu o bastão flamejante para a pilha de lenha e o fogo brotou, instintivo e fiel, tomando de rubro o que antes era escuro, iluminando o que antes era breu. Ficou algum tempo ali, observando o gemer da madeira ao se consumir pelas chamas. Não soube quanto tempo se passara, porém, de súbito, percebeu que ele permanecia ao seu lado. Buscou-o na intenção de desculpar-se, mas Cedric disse-lhe que não o fizesse, oferecendo-lhe a mão mais uma vez. Fitaram-se, ele jurou que tentaria com a alma, e não trocaram uma única palavra além da instrução para acender a fogueira, mesmo que mentalmente, desde que acordaram. Não precisava falar para que ele soubesse, para que compreendesse. De alguma maneira estranha, sentia como se fossem apenas um.

    Celeste passou por eles e, gentil, tomou o jovem cretense pela mão. Cedric deixou-o ir. Já não precisavam estar de mãos dadas para que ele soubesse ou para que seu próprio coração compreendesse que não havia saída para ambos além de se amarem. O destino os tornara fadados um ao outro e foram as árvores da floresta que o disseram, as mesmas que beberam de seu sangue noutra época, os mesmos cedros que lhe emprestaram seu perfume e cujas folhas já haviam visto todas as coisas.

    Deixou-o ir e caminhou para Dédalos, parando ao lado do ancião. Lythos estava feliz depois de muito tempo. Viu o rapaz dançar, a princípio sem firmeza suficiente, em seguida com toda a extensão de sua alma. Assim deveria ser. Era assim que acontecia Beltane. Não se importou quando Celeste o entregou a Hermes, e este o confiou a Malik, e, assim por diante, Lythos entregou-se em dança a quase todos os presentes, como acontecia com os que ousavam entrar na roda. Não se importou, talvez porque fosse Beltane. Talvez porque os olhos escuros buscassem os seus incessantes, não com receio, mas com a imensa necessidade de partilhar. E Lythos o buscava como a ninguém mais.

    — Deveria ir dançar com ele, meu Lorde — murmurou Dédalos, sorrindo abertamente.

    — Eu sei, meu caro, eu sei. Da mesma forma que sinto: este não é o momento para nós dois porque preciso estar pleno comigo mesmo para entregar a ele o que merece receber. Por isso, fico aqui, olhando. Mas apenas dessa vez, Dédalos. Apenas dessa vez...

    Assim, com a natureza em festa e a magia em harmonia, atravessaram juntos a noite, comemorando a felicidade única de existir. Cada um deles era pleno e só quando, ao mesmo tempo, tornava-se parte de um todo que não poderia, jamais, se diluir outra vez. Nunca vivenciara nada parecido, contudo fazia todo o sentido estar ali com ele, ao lado dele. Fazia sentido.

    Quando os primeiros indícios de sol surgiram contra o céu, obrigando os mais novos a se retirarem, soube que acabara. Afastou-se então para a fogueira, encarando fixamente as últimas brasas que ardiam, como se assim pudesse manter também aceso o sentimento que o tomara por toda a comemoração. Entretanto, as brasas também se apagaram, e logo percebeu que jazia sozinho na clareira, só com seus pensamentos. O sentido perdeu-se para o clarear do céu, indicando que a essência voltara ao seu lugar e que não fazia mais parte do mundo. Foi quando uma terna e conhecida mão tocou-lhe o ombro. Não restava muito tempo e, ainda assim, teve coragem de voltar-se para ele e mergulhar na imensidão tumultuada de seus olhos passionais.

— Acabou — foi a primeira e única palavra concreta que dirigiu a ele desde o despertar.

— A magia permanece. Ela passa a fazer parte de nós. Permita-se manter a magia viva dentro de você e poderemos, juntos, prolongar o júbilo dessa noite pelo tempo que desejarmos. Podemos comemorar Beltane sempre, Lythos! E isso não é uma hipótese, é uma promessa. Agora, deixe-me levá-lo comigo pela sombra ou nossa existência termina aqui, e não desejo morrer sem antes oferecer a você tudo aquilo que me dá com a sua ternura.

Lythos deixou-se abraçar, apoiando o rosto contra o peito dele e cerrando os olhos para resistir ao pavor de estar no escuro. Desde a lição de Malik não utilizara a sombra novamente, não que não pudesse e sim porque não conseguia. O pavor era tamanho que perdia a lucidez para a loucura, no sentido real da palavra. Apenas a sensação de Cedric, o contato familiar do corpo dele contra o seu, possibilitava adentrar a escuridão sem perder-se no caminho. Isso porque mantinha todos os sentidos voltados para ele, algo que não conseguia fazer com ninguém mais.

Logo estavam na câmara. O bárbaro tomou-o nos braços com cuidado e deitou-o de encontro ao forro macio do sarcófago, seu rosto másculo a roçar o do outro na promessa de um beijo que não aconteceu. Porém, a felicidade de ter vivido aquele dia impediu-o de considerar o gesto, não depois de todos os outros que ele ofertara, tão ou mais doces.

O sono assaltou-o de repente, quando sentiu que o sol nascia por detrás das paredes. Chegou mesmo a indagar, quase inconsciente, o que de fato significava ter acendido o fogo de Beltane, visto que Cedric fizera questão que o fizesse. A única resposta que recebeu antes de ser vencido fora a de que o guerreiro jamais confiaria o fogo de Beltane a outro alguém. O que isso implicava? Os laços que os uniam eram especiais. Essa revelação embalou-o para um doce adormecer, carregado de esperança e do perfume amadeirado, agora regado à certeza mística de que o fizeram assim, encantador, apenas para que pudesse lembrar de seu verdadeiro lugar.

* * *

Claro que ninguém esperava que o intento audacioso daquele bárbaro se resolvesse numa única noite. Ao menos essa fora a sua certeza, desde que se sentaram todos os líderes ao redor da mesa para debater um assunto que nem ao menos desconfiavam. Alguns falavam mais, como Néfer e Ewan... Outros praticamente não falavam, como Justin e o próprio Cedric que, depois de ter lançado a idéia e as principais condições para tornarem-se aliados, resumira-se a um silêncio observador que Lythos conhecia muito bem.

Quanto a si, permanecera à direita do irmão como em todas as ocasiões. Os demais *Membros* da *Família* DeLacea encontravam-se presentes, de pé, espalhados pelo recinto. A providência fora instintiva de cada um e sem pretensão. Porém, agora, olhando para eles, era bastante intimidador, tinha de admitir! Enfim...

Apesar de não nutrir qualquer esperança de que o assunto se resolvesse satisfatoriamente, como Justin previra, Cedric parecia não apenas inclinado a acreditar nessa hipótese como contrariado por ter de discutir mais uma noite e outra, sucessivamente, por quase duas semanas, ocasião na qual os primeiros e poucos "insatisfeitos" retiraram-se de vez sem tomar parte na *Aliança*. Duas noites depois, a reunião oficial se encerrara, com muito mais adeptos do que supuseram no início, e a maior parte dos convidados também partira por motivos óbvios: duas semanas eram tempo demais longe das próprias terras e nem todos eles contavam com mãos competentes para cuidar e vigiar.

Restaram os participantes significativos, aqueles que governavam regiões consideráveis, a verdadeira *Aliança* que Cedric desejava para si e que, no final das contas, mostrara-se não apenas possível como real. Real até demais, para ser sincero! Tirara suas próprias conclusões e impressões de tudo aquilo, contudo, mal podia esperar pela oportunidade de estar a sós com o irmão e reunir os *Membros* para uma visão mais ampla e detalhada de cada um dos presentes. Durante todo o período, perguntara sobre isso a Cedric apenas uma vez — decerto que estranhou o fato de terem movimentado a *Família* inteira sem receberem retorno imediato, com exceção de Hermes, que retornava a cada noite para dizer que a situação estava sob controle quanto à criadagem —, ao qual o guerreiro retrucou que deveriam esperar por ocasião propícia, quando não mais tivessem hóspedes e pudessem julgar tranqüilamente. Fazia sentido dentro de uma lógica bárbara, claro! No momento, estavam presentes Justin, o único que concordara em fazer aliança com Cedric sem ao menos ouvir qualquer condição; Néfer, e Ewan, acompanhado de sua belíssima irmã Ellora.

Enquanto deixava-se embalar pelo tom cordato da voz do governante, Lythos permitiu-se analisá-los com mais detalhes, munido do que se apercebera durante a curta temporada de convivência. Confiava em Justin e em Néfer. Contudo, não estava ainda muito certo quanto aos outros dois, apesar de não terem feito absolutamente nada para causar-lhe essa desconfiança.

Voltou a tenção para seu Lorde, sentado à cabeceira. Cedric não apenas propusera um acordo de cooperação como sugerira um tipo de irmandade, chamada por todos de *Aliança*. E essa cooperação mútua acarretava deveres e direitos adquiridos uns com os outros, a temática polêmica que lhes custara noites e mais noites de discussão ferrenha.

Dentre os pontos admitidos como principais para a *Aliança*, estabelecera-se a obrigação de socorrer qualquer um dos membros caso o auxílio não pusesse em risco imediato o Feudo daquele que prestaria o socorro; era de obrigação a cooperação mútua, de forma que cada povoado mantinha suas próprias regras e, ao mesmo tempo, respeitava as leis alheias, ajudando no que fosse possível para manter a paz entre as famílias. Fixara-se o acordo de uma reunião oficial a cada trinta anos para a renovação da *Aliança* e a convivência entre os líderes; houvera o comprometimento de imunidade completa, mesmo que em guerra, para as comitivas de mensageiros, de forma que a comunicação entre os povoados se desse com freqüência e segurança.

Para os mensageiros, estabeleceram-se adendos importantes que eram de seu interesse. O primeiro deles foi o fato de que o portador das missivas poderia ser mortal ou imortal, ficando essa escolha a cargo de cada um dos governantes. Isso porque, a princípio, alguns desejavam impor mensageiros mortais, alegando que não representariam perigo iminente, ao que Cedric refutou numa de suas raras intervenções, afirmando que não colocaria palavras suas nas mãos de outrem que não Lythos. Este foi um dos muitos pontos de embate, porém terminou relativamente bem. Para conciliar as partes, Ewan sugeriu que cada um escolhesse seu representante e que, para garantir que ninguém fosse ameaçado, fosse proibido o porte de armas nas comitivas diplomáticas.

As reações foram as mais diversas: Justin riu, alto o suficiente para atrair a atenção de todos, rosnando entre dentes que, para um bom *Predador*, arma é aquilo que se tem à mão, mesmo que seja uma pena. Então, instalou-se a insanidade generalizada. Alguns garantiam que prestar imunidade a um imortal seria como se atirar ao sol, outros diziam que era loucura enveredar por uma empreitada desarmado, principalmente com a instabilidade que parecia avançar pela Trácia, Céltica e Ibéria.

E, em meio a este pandemônio, Cedric pôs-se de pé e, num sussurrar, calou os presentes ao declarar que era uma temeridade submeter membros da *Família* ao perigo de viajarem desarmados, uma vez que vários líderes de feudos vizinhos haviam se retirado da reunião com intenção oposta à de integrarem a *Aliança*. Diante desse argumento, ninguém ousou questionar a decisão, certos de que enfrentariam territórios hostis ao longo das viagens. Contudo, as armas seriam apenas para que a comitiva pudesse se defender, sendo seu uso vetado para o ataque. Para garantir a integridade de conduta, o Senhor de Marselha comunicou que a penalidade para qualquer um que se voltasse contra uma comitiva oficial ou para qualquer membro da comitiva que se valesse das armas para atacar os aliados seriam a caçada, por direito, e a execução imediata, tanto pelos lesados quanto pelos demais membros da *Aliança*.

O silêncio reinante foi evidência suficiente de que a maioria não parecia muito consciente do que aquele pacto significava. Pois foi isso o que Cedric deixara bem claro ao comunicar que, caso um mensageiro seu fosse atacado, exigiria não apenas que a criatura fosse caçada e morta, como lealdade por parte dos membros para cumprirem com as regras. Todas elas!

— Espero que tenham prestado muita atenção até agora, senhores, pois eu o fiz e farei cumprir cada uma das leis que vocês próprios ajudaram a criar, nem que para isso precise enviar meus descendentes atrás de cada um.

"Está louco, bárbaro?! Quer derramamento de sangue na sua própria sala?!"

Porém Cedric não respondeu, atento demais a cada semblante silencioso. Até que Justin rompeu o silêncio, sereno, concordando com as regras e tomando para si a responsabilidade daquele que, em primeiro lugar, dispusera-se a cumprir com os deveres para garantir seus direitos. Assim criou-se a *Aliança*, à qual todos, sem exceção, juraram honrar. Mais uma etapa do sonho se concretizava e a cada noite tinha mais certeza de que Cedric chegaria muito além daquilo que projetaram, muito além de qualquer expectativa, pois era único.

Findo o objetivo principal da reunião, cada representante partiu a seu tempo, alguns apressados por retornar às origens, outros sem qualquer pretensão de antecipar o regresso. Ewan e Ellora foram os primeiros dos quatro grandes povoados a se despedir rumo a Thelinê; Justin e os Zaydrish deixaram Marselha uma lua depois, visto que o caminho que precisariam percorrer antes de estarem em casa outra vez era o mais longo; Néfer foi o último dos últimos a deixar a *Casa Ancestral*, e o fez tão logo não houvesse hóspede algum além dos *Membros*.

Despediram-se num clima de camaradagem e confiança. Em verdade, depois de tantas luas, juntos sob o mesmo teto, aprenderam a confiar uns nos outros e Néfer era o mais valioso dos aliados, apesar de ser um *Dominador de Almas*. Abraçaram-se como ditava o costume da região, e foi quando o governante de Nicaia encarou a ambos, um de cada vez, sem pressa, a expressão do rosto de súbito séria.

— Sei que acabamos de nos conhecer. Igualmente sei que relutarão em crer nas minhas palavras, porém, como aliado e amigo, desejo alertá-los para algo que percebi. É mera suposição, e ainda assim precisamos galgar nossa relação em confiança. Com certeza não me terão nenhuma caso eu esteja correto em meu julgamento e não tenha feito nada para evitar uma traição — pausa enquanto ambos o miravam, serenos. — Cuidado com Justin. Ele é um *Filho da Terra*, livre, que em nada se assemelha aos seus Capitães. *Filhos da Terra* são leais aos seus e a ninguém mais, acreditem. Justin não será diferente, Cedric! O instinto fala mais alto, vem com o sangue, e, assim como o nosso ímpeto é nos unirmos, pois somos iguais, o dele é defender-se e cuidar para que seus próprios interesses prevaleçam. Falo isso por lealdade — voltou o olhar para Lythos. — Falo porque me importo e porque sei que o tem em alta conta. Estou arriscando a mim mesmo, uma vez que podem me julgar indigno. Entretanto, acredito que valha o risco se proteger meus aliados.

Lythos varreu-lhe a mente sem cerimônia e nada viu além de verdade. Todavia, era também um *Dominador*, capaz de manipular sua própria mente para que vissem apenas o que ele desejasse. Ainda assim, mesmo diante dessa possibilidade, acreditou no que os olhos escuros lhe gritavam. Falou com Cedric a esse respeito, mentalmente, porém não se comprometeriam conversando diante de um *Dominador*, bem na porta de sua casa. Pediu que se reunissem depois, assim que ele se fosse. E foi quando Cedric sorriu para o convidado.

—Apreciamos a sua preocupação, Néfer. E tem razão quando diz que poderíamos desconfiar da sua lealdade e dignidade por ter formulado tal julgamento em tão pouco tempo. Poderíamos... caso essa diferença não estivesse tão clara para nós, inclusive pelas palavras de Justin à Reunião, e caso a desconfiança não fosse a conclusão óbvia para uma situação dessas. Sendo assim, como nada é óbvio nessa existência, concluo que esteja falando a verdade e agradecemos por ter salientado a possibilidade de traição. Nos lembraremos disso mais tarde, quando estivermos juntos comemorando a nossa aliança.

Néfer sorriu, aliviado. Despediu-se outra vez, não sem antes se colocar e a sua família à disposição dos DeLacea para qualquer assunto ou ajuda. Agradeceram ambos e prestaram-se a semelhante cumplicidade. Só então o dirigente de Nicaia partiu. Permaneceram à entrada, observando a comitiva desaparecer pela estrada. Em seguida, fitaram-se. Nada precisou ser dito.

Rumaram juntos para a sala privativa de Cedric, que se apressara em convocar uma reunião de família e, tão logo todos estivessem presentes, fechara a porta atrás de si. Ninguém tomou assento. Não havia como acomodá-los. Sendo assim, pararam de pé num semicírculo instintivo, aguardando que o governante se pronunciasse. Em expectativa, Lythos tomou seu lugar de costume, à direita do irmão, guardando-lhe as costas. A voz rouca dele ecoou numa pergunta carregada de apreensão.

— Vocês estão bem? — silêncio típico da incredulidade. — Estive atento a cada um, porém não por todo o tempo, como devem presumir. Preciso que me digam se estão bem para que eu possa descansar.

Lythos voltou a atenção aos demais *Membros* e sorriu por dentro ao notar que, além de surpresos, mostravam-se profundamente agradecidos e devotos com aquele gesto. Entreolharam-se sob o atento observar do jovem cretense, assentindo timidamente uns aos outros até que a voz de Dédalos soou em resposta, tranquila e serena como sempre.

— Sim, meu Lorde. Estamos bem e agradecemos a sua preocupação.

Os demais concordaram, alguns sorriram, como Hermes, outros apenas inclinaram-se em respeitosa reverência, como Dimitri e Demétrius.

— Fico feliz — tornou o guerreiro, o semblante mais suave apesar de sério. — Bem... Gostaria que nos contassem o que puderam observar de seus alvos durante a hospedagem em nossa casa. Qual de vocês deseja começar? — perguntou, estranhamente animado, tomando acento na única cadeira disponível no ambiente.

Sem perceber, como que para apreciar o semblante de cada um enquanto tomados pela narrativa, Lythos posicionou-se logo atrás de Cedric, a atenção voltada para as palavras alheias. Malik foi o primeiro.

— Fiz como me pediu, meu Lorde. Porém, deixo aqui o meu protesto! — disse o belíssimo *Atravessador*, dando um passo à frente e assumindo uma expressão bastante íntima. — Nunca vi criaturas tão aborrecidas e arrogantes! Num primeiro momento, tentei me aproximar como membro da *Família*, sem utilizar meu *Dom*. Desastroso! E sempre tive um talento nato para esse tipo de tarefa...

Hermes tocou-o por trás, no ombro, como que para confortá-lo, mas seu semblante estava carregado daquele escárnio inofensivo. De fato, era muito engraçada a situação, embora Malik não partilhasse dessa opinião.

— Ria, seu vigaristazinho barato! — tornou com tom ofendido, apesar de o comentário não conter rancor. — Pode rir! Aposto como se divertiu muito mais do que eu, lhe garanto! — e voltou-se a Cedric, o olhar submisso outra vez. — Perdão, meu Lorde, mas precisei fazer uso das sombras porque, antes do final da terceira noite, soube que os estrangularia se tivesse que passar mais uma hora em sua companhia! Mas foi proveitoso, por outro lado, pois tive informações suficientes para montar um quadro completo...

E ele descreveu tudo o que pôde extrair de seus alvos durante a estadia em Marselha. Ewan e Ellora eram amantes, de fato. Ellora era a voz ativa e realmente conduzia a família deles, mesmo que Ewan figurasse de Senhor, o que estava muito longe de ser verdade. Na intimidade, todos os serviçais, principalmente os imortais, dirigiam-se à mulher como Senhora e a ela se reportavam em qualquer situação, o que ficara muito bem camuflado quando na presença de estranhos. Quanto aos motivos que os trouxeram à *Casa Ancestral*, ambos desconfiavam de que Cedric armava uma grande emboscada para os líderes e aguardavam o momento em que o Senhor DeLacea fosse trair a todos os membros da *Aliança*. Também por conta disso estavam interessados em saber do que se tratava, o que não significava que tomariam parte.

— Entendo... — murmurou Cedric, o olhar perdido para a torrente de pensamentos que as informações de Malik lhe causava. — E quanto aos dois? Tem alguma opinião concreta e formada sobre suas pessoas?

— Decerto que sim, meu Lorde. Não pode acreditar no quanto as pessoas deixam transparecer quando entre quatro paredes sem... Testemunhas — e seu comentário foi brindado com um sorriso de vingança tão genuíno que Cedric sorriu-lhe de volta, à vontade. — Não são dignos de confiança, como deve ter percebido. Apenas aqueles capazes de trair seus aliados aceitam tomar parte de uma *Aliança* na qual acreditam que os demais têm por objetivo trair. Além disso, são frívolos, extravagantes, intrigueiros... E astutos. Não devemos subestimá-los ou iludir-nos, acreditando que temos a situação sob controle. Eu não os aconselharia para inimigos, da mesma forma que mandaria matar aquele que desejar a amizade deles sem qualquer vantagem em troca. Entendeu-me?

— Perfeitamente, meu caro... Estaremos atentos para os amigos que possuem. Com certeza devem exercer algum outro tipo de papel — declarou. — Excelente trabalho, Malik! Como sempre, me surpreende mais a cada noite.

E o *Atravessador* voltou ao seu lugar com um sorriso feliz nos lábios, a satisfação do dever cumprido com honra. Cedric era mestre em levar as pessoas a se sentirem assim. Essa era uma das características que possuía para a liderança: fazer com que seus homens se sentissem nobres e motivados. Jamais poderia agir de modo semelhante, admitia. Aquele bárbaro sabia como comandar.

— Alguém de livre vontade? — prosseguiu Cedric, passando os olhos por todos eles antes de escolher o próximo que lhe relataria as novas. Não se espantou ao ver Celeste ajeitar os cachos de seu cabelo brilhante.

— Lamento que tenha passado maus bocados em companhia tão desagradável, meu caro... — comentou, mirando Malik de soslaio com um sorriso sarcástico. — Eu me diverti muito — e piscou para Cedric. — Aliás, meu Lorde... Que homem!

O olhar estreito que Malik lançou para ela, como que indignado, não foi suficiente para aplacar os comentários nada inocentes da dama no que dizia respeito ao acompanhante. Pelo visto, ela se empenhara em conhecer Justin, muito mais que o esperado, o que desagradou o *Atravessador*.

— Certo — disse Cedric, mirando-a com firmeza. — Lembre-se de que estou interessado no que tem a me dizer sobre o líder, não sobre o homem, minha cara. Esse último é um aspecto que só a você deve interessar, não é mesmo?

— Sim, meu Lorde... Tem razão! Porém acho um desperdício não poder contar o que conheci de Justin, muito menos do que eu gostaria, é verdade... Mas o suficiente para validar todas as teorias que ouvi acerca dos *Filhos da Terra*: vibrantes, calorosos, entusiasmados... — e ela olhou de relance para Dimitri e Demétrius, parados mais atrás, em silêncio. — Imagino o quão quente não deve ser.

— São apenas "cães", nada além disso! — a voz de Malik soou ligeiramente contida, apesar de seu semblante bonito não transparecer qualquer emoção.

— Está nos chamando de cachorros, foi o que entendi? — indagou Demétrius, dando um passo à frente, na direção do homem loiro, com ar ameaçador.

— Não... Ele não está — foi a afirmação de Dimitri em sua voz profunda e gutural, como a dizer que, caso fosse verdade, teriam de decidir aquela diferença ali mesmo.

— Entendam como quiser... — foi o comentário amuado do *Atravessador*, que parecia muito mais interessado na reação de Celeste do que nas palavras em si. — Não acredito que... Que você se sentiu atraída por um... Por um "cão"! Isso é um absurdo.

— Atraída, não, meu caro... — e ela caminhou para ele, acariciando-o delicadamente no rosto. — Curiosa. Mas não quero deixar nosso Lorde esperando. Deixemos essa diferença para mais tarde, no seu aposento — e virou-se para Cedric, o olhar sério.

— Justin é um homem muito interessante. Cuidei dele muito bem. *Filhos da Terra* são mais leais do que poderia supor.

— Então acredita que ele seja leal?

— Sim... E não. Deu-me mostra de que é fiel aos dele e que tem nobres ideais. Seus comandados o idolatram e fariam qualquer coisa por ele. Além disso, foi bastante polido, mesmo diante de minhas insinuações mais veementes, e, mesmo sem ter me dito uma única palavra, compreendi que me recusou porque não tinha certeza se o Senhor tomaria isso como insulto ou não. Sei porque li isso em sua alma.

— Mas há um porém.

— Sempre há a possibilidade de sermos aquilo que o outro deseja ver, não é mesmo? É possível apesar de pouco provável. Ele não poderia esconder muito tempo sua verdadeira personalidade.

— Tem alguma intenção ou expectativa quanto à *Aliança*?

— Sim. Justin tem a intenção de ficar até o fim, enquanto o Senhor, meu Lorde, o quiser, e espera que tudo dê certo, pois admira aqueles que detêm força para tentar, mesmo que seja um sonho impossível. Foi o que consegui desvendar de sua alma nos momentos em que estivemos juntos. Ah, e ele possui inteligência singular! Uma criatura extremamente... brilhante, eu diria!

"Inteligência pode ser um problema...", foi o comentário que Cedric lhe lançou à mente. "Assim com a ausência dela". Não pôde compreender o que aquele bárbaro quis dizer com um comentário tão fora de contexto, mas perguntaria mais tarde porque não desejava perder nem uma ínfima parte das explicações.

— Obrigado, minha dama! Como sempre, divina em sua atuação! — foi o gracejo, ausente de malícia. — Agora, diga-me, meu bom Dédalos. Quais referências me trás do nobre Néfer?

O ancião egípcio sorriu, como se aquilo lhe fosse extremamente familiar, e mirou-o com seu jeito sereno e manso.

— Acredito que não possa lhe dizer o que espera ouvir, meu Lorde. Afinal, Néfer é habilidoso no que diz respeito ao seu próprio *Dom* — e, diante da expressão desapontada de Cedric, alargou ainda mais o sorriso. — Por esse motivo, cuidei para estar a sós com ele sem que ninguém mais soubesse.

— Isso é excelente! Conte-me!

— Sinceramente? Nada que denegrisse sua imagem. Não pude presenciar nem uma única falha em sua personalidade. Ele é aquilo que mostra, meu Lorde: perfeito, gentil, solidário, imaculado... Demais. Toda essa aparente perfeição já seria motivo suficiente para que desconfiasse do que carrega dentro de si, porém, como não detenho o *Dom* de sua *Casta*, limitei-me a trazer o que consegui ver. Meus anos de vivência alertam-me para a possibilidade de Néfer ser uma ilusão. Ele não é o que conhecemos aqui, de modo algum. Resta-nos descobrir se está sendo manipulado ou se, ou contrário, se utiliza dessa aparente amabilidade para manipular. Contudo, para descobrir isso, necessitaria de mais tempo, noutra ocasião, de preferência num local onde ele se sinta seguro para não ter o ímpeto de se camuflar... — e o egípcio olhou em volta. — Acredito que todos concordem comigo nesse sentido: ninguém que esteve aqui para a reunião agiu como é. Por instinto, tentaram se proteger, quer tenham fingindo ser algo que não são, quer tenham se isolado dentro de si mesmos.

Vários assentimentos foram a resposta. Reinou então relativo silêncio enquanto Cedric avaliava o que Dédalos lhe dizia. Perfeito demais. Sim, Néfer mostrara-se acima de equívocos, um ardil flagrado e facilmente desmascarado. Então, sendo um *Dominador*, por que motivos agiria assim? Com certeza para que pensassem ser o oposto do que era, como que de propósito para levantar suspeitas. Mas a troco de quê? Por que razão alguém desejaria ser alvo da desconfiança, principalmente no tempo em que viviam? Teria de conversar com Lythos sobre isso mais tarde.

— Obrigado, Dédalos.

— Sinto não tê-los ajudado tanto quanto esperavam, meu Lorde.

— Você fez muito mais do que imagina. Por que não me diz o que achou das demais dependências do castelo... Hermes? — convidou, encerrando o assunto com um sorriso satisfeito e virando-se para o *Andarilho*, que, de onde estava, fez uma mesura respeitosa aos Lordes, sorrindo abertamente para ambos.

— Malik tem razão. Foi por demais divertido! Há anos não era tão prazeroso utilizar meu *Dom*. Gostei de todos, tão tolos e tão crédulos, cada um à sua maneira, daquela credulidade infantil que amo! Dos lordes nada pude resgatar porque, uma vez assistidos por um "criado" do castelo, não falariam nada de útil a não ser que fossem estúpidos, o que não é verdade, em absoluto. A criadagem, ao contrário, pareceu-me quase tão clara quanto os mapas que Lorde Lythos costuma desenhar: detalhados, retos e úteis. Caso soubessem de meu *Dom* e desconfiassem de minha presença, tenho certeza de que ainda assim tentariam me esconder os reais motivos de estarem ali. Não descobri nada de específico, porém posso dizer, com toda a certeza que há em mim, que fazer companhia e cuidar dos líderes era tão-somente uma desculpa. Com exceção dos Capitães da Guarda — e mirou Dimitri e Demétrius — todos os demais criados vieram para olhar, observar, recolher informações sobre tudo o que pudessem e, tão logo quanto possível, reportar o resultado a seus amos! Nada além disso.

— Era esperado... — declarou Cedric, pensativo. — Não há realmente nada de específico?

— Não nesse primeiro encontro, meu Lorde. Acredito que estavam atentos demais, focados demais e muito preocupados em se defender, caso a Reunião se mostrasse uma ameaça.

— E Richard, Hermes? — foi a voz de Lythos que ecoou pelo recinto, atraindo todos os olhares. — Ele chegou junto com...

— A comitiva dos Thelinê, é verdade... Valete do filhote Philipe — concluiu o *Andarilho*, agora com gravidade, o semblante sério. — Criatura sinistra e cruel, eu julgaria. Talvez um larápio como eu, quem pode saber? Mas não se mostrou, permaneceu nas sombras e mesmo sua voz foi difícil de se ouvir. Seria um indivíduo a quem eu olharia com atenção, num próximo encontro.

— Perfeito, Hermes — tornou, Cedric, sorrindo. — Você será... O que ele desejar que você seja da próxima vez. E agora...

Cedric desviou o olhar de Hermes para fixá-lo nas figuras dos gêmeos, parados lado a lado, quase que escondidos nas sombras da parede. Olhou de relance para Malik, sua voz soando alta e firme, num tom que não admitia protesto.

— Quero aproveitar a ocasião e deixar algo bem claro para vocês três e os demais. As diferenças devem ser resolvidas lá fora, entenderam? Do contrário, caso optem por discutir em minha presença ou dentro da minha casa, serei obrigado a participar e tomar a minha posição — silêncio. — Algum comentário? — nada. — Ótimo. Espero que agressões como a que presenciei aqui não voltem a acontecer, principalmente por tão pouco. Então, meus caros Capitães da Guarda... Existe algo que queiram me contar?

Dimitri e Demétrius se entreolharam, como que decidindo quem falaria. Ninguém se surpreendeu quando Demétrius avançou, tomando a frente da dupla e encurvando-se numa discreta reverência, seguido imediatamente por seu irmão.

— Antes, perdoem-nos. Não permitiremos que desavenças pessoais interfiram no nosso trabalho e devoção para com os Senhores.

— Acredito em vocês. Não há o que perdoar... Por hora. Podem falar.

— Acompanhamos de perto cada um dos Capitães da Guarda, como nosso Lorde nos ordenou. Não encontramos nada de diferente além de espíritos combativos e tendência a decidir qualquer pequena divergência pela espada.

— Algo que é pouco inteligente se partirmos do princípio de que guerreiros não devem desembainhar suas espadas, a não ser que tenham por intenção exterminar o alvo — foi o comentário suave de Cedric, que pesou sobre os presentes e estendeu o silêncio um pouco além do desejado. — Mas prossiga, meu bom Demétrius. Nada lhe saltou aos olhos?

— Em verdade, sim, meu Lorde... A mim e Dimitri, igualmente — e lançou um olhar repleto de paixão para o outro, voltando em seguida ao governante. — Falarei a respeito de Louis e Nathanael porque... Bem, porque foi impossível não notá-los! Eles destoam de tudo o que já pudemos ver quanto às suas *Castas*. Comentei com Dimitri sobre isso e, apesar de parecerem inofensivos num primeiro momento, meu instinto me diz que podem nos trazer problemas. E não estou falando apenas do ímpeto quase infantil de tomar a espada por qualquer bobagem...

Cedric mirou Lythos de soslaio, pedindo mentalmente que o companheiro guardasse cada detalhe do relato para que, posteriormente, pudessem analisá-los com mais calma. Alguns instantes foram suficientes para a comunicação silenciosa, de maneira que o governante voltou os olhos gentis para seus dois Capitães.

— Fale-me.

— Louis, Capitão da Guarda de Néfer DeNicaia, *Dominador de Almas* por excelência, é um guerreiro hábil de instinto apurado. Soube pela forma como porta sua arma e a maneira com a qual firma o corpo, como se estivesse sempre em aguardo. Poucas vezes vi coisa semelhante, principalmente num *Dominador*, com o seu perdão, meu Lorde.

— Não se desculpe — apressou-se a dizer, apoiando o queixo nas mãos e mirando Demétrius com insistência. — O que há de errado em ser um bom guerreiro?

— Nada, meu Lorde. O que me inquietou foi a postura que assumiu, o tempo todo, sem trégua ou descanso! Falou muito pouco por toda a estada, limitando-se a sussurros curtos sem nos encarar. Observa muito mais do que age e a impressão que tive é a de que nada lhe passa despercebido, compreende? É comedido demais. De todos os Capitães dos Feudos que aqui estiveram, nenhum deles é tão controlado quanto Louis e isso, por si só, merece atenção, pois ou está escondendo sua verdadeira natureza, o que é um mau sinal... ou essa é sua verdadeira personalidade, o que requer ainda mais atenção.

— Louis DeNicaia... — murmurou Cedric, o olhar perdido para a imagem do imortal que recebera junto com Néfer. — Não me esquecerei deste nome.

— O outro é Nathanael, Capitão da Guarda de Ewan Thelinê, um *Sussurro do Silêncio* — continuou Demétrius assim que Cedric voltou a mirá-lo. — O motivo de minha desconfiança é o mesmo, porém oposto. Nathanael mostrou-se espalhafatoso demais para a *Casta* à qual pertence. Primeiro, julgamos que fosse influência de seus Senhores, o que seria natural. Contudo, apesar de não termos certeza de que é perigoso, tivemos uma mostra do que pode fazer em ocasião de apaziguar uma possível desavença com outro Capitão presente. A discussão em si foi de pouca importância, porém a postura de Nathanael caiu por terra. É dissimulado, controlado e, ao meu ver, cada um de seus gestos é calculado como ardil para desviar nossa atenção.

— Por isso estivemos muito mais atentos a ele, meu Lorde — completou Dimitri com sua voz rouca. Nada mais disse antes de calar-se outra vez.

— Sim, é verdade. Uma pena que ele, astutamente, tenha percebido que cometeu um possível erro. Refugiou-se de vez em sua fanfarronice até a partida dos Thelinê e não pudemos descobrir nada mais.

Silêncio enquanto Cedric os media, o semblante sério e olhar gélido.

— Mais alguma coisa? — indagou com palavras controladas, qualquer emoção oculta por detrás do discurso impecável.

Nenhum dos gêmeos disse nada de imediato, até que Dimitri avançou com graça felina, o olhar passional e vivo como Lythos nunca vira antes. Parou ao lado de Demétrius e pousou uma das mãos no ombro do irmão.

— Sim. Isso é corriqueiro. Todos nós dissimulamos e escondemos tudo, o tempo todo — ninguém ousou dizer nada diante das palavras duras e do olhar estreito que Cedric lançou ao gêmeo sombrio. — Podemos contornar um *Sussurro* extravagante e um *Dominador* discreto sem qualquer dificuldade, meu Lorde. Já vimos muita coisa, presenciamos e destruímos muitos, e, acredite, se for necessário, eles morrerão antes mesmo de pronunciarem seus próprios nomes — nada, nenhuma palavra e o silêncio a comprimir-lhes em sentença, lançando aquele ar pesado ao ambiente. — O que me preocupa... é Hanna.

—Dimitri!— foi o chamado repleto de censura que Demétrius lhe lançou. Porém, diante do olhar do irmão, apavorado, o outro se calou.

Dimitri voltou a olhar para Cedric e deu mais um passo na direção do governante, seu semblante carregado de terror.

— O que tem Hanna, Dimitri? Ela é uma *Filha da Terra*, como vocês o são!

— Sim...

— Que mal pode nos causar diante dessa verdade? Explique-me. Quero entender você.

— Ela é uma guerreira incrível. Uma das melhores que já vi, mesmo dentre os nossos. E já vimos muitos, tantos que os Senhores não podem sequer imaginar... — e fitou Lythos por uma fração de segundo, o suficiente para que o jovem cretense mergulhasse no desespero incontido de seus olhos e sufocasse de um desgosto novo e inexplicável. Sem dar-se conta, o jovem cretense avançou e pousou a mão sobre o ombro de Cedric.

Ciente do toque incomum, o guerreiro soube que algo estava muito errado ali, algo realmente sério que Lythos captara no ar, quer pelo olhar de Dimitri no dele, quer pelas palavras não ditas que pareciam ribombar pelas paredes de pedra, apesar de ininteligíveis.

— Ela atacou alguém? Mostrou-se mais agressiva que o normal?

— Não existe normal, meu Lorde, não para os de nossa *Casta*. Mas não é a isso que ele se refere. Ser uma guerreira destemida e detentora de excelente técnica apenas nos daria um pouco mais de trabalho... Ou divertimento— disse Demétrius num sussurro, baixando o olhar ao chão.

— Então o que é?

— Há paixão demais nela...

A declaração de Dimitri, dura e sem qualquer preparação, vibrou dentro de Lythos. A dor dele parecia tão terrível que quis estar perto de ambos, ampará-los, consolá-los como, sabia, eles precisavam, por tudo o que vinham fazendo e pela *Família* que integravam. Foi assim que mergulhou na alma de Dimitri, sem barreiras ou intenção, exatamente no instante em que ele a abria para o desespero velado de seu olhar. A paixão destrutiva que unia o que não deve ser unido... O rosto de Demétrius sorrindo para, em

191

seguida, surgir desfigurado em sangue e dor... Os gritos incontidos que se confundiam com uivos sofridos... A lâmina da espada que atravessara o corpo alheio em traição... Uma espada manchada de sangue que jamais poderia ser empunhada com honra... A sucessão de imagens deixou Lythos tonto e, num átimo, mirou a cintura de Dimitri para pousar os olhos na arma que trazia junto ao seu corpo... Traição.

— Pelos deuses... Por que tanta dor? O que foi isso, Dimitri? — perguntou, sem perceber que o Capitão nada dissera, ao contrário, permanecia mudo desde a última colocação.

Dimitri baixou o olhar castanho ao chão e ajoelhou-se, sem motivo, trêmulo.

— Amo e sou devoto aos Senhores... Tudo o que estou dizendo é que Hanna ama alguém, mais do que deveria, apesar de não sabermos quem é o alvo de seu afeto. Soubemos disso devido a uma discussão dela com Theodore, antes das comemorações de Beltane. Ela ama demais. E, por esse amor, será capaz de nos trair a todos.

— Isso é impossível, Dimitri! — tornou, Cedric, dividido entre a confusão e o peso que a situação lhe exigia, sem motivo ainda palpável. — Para trair a nós, como está dizendo, teria que trair Justin também.

E foi quando o Capitão ergueu para Cedric seus olhos tristes e marejados, o rosto duro e impassível daqueles que lideram e sabem exatamente as conseqüências de seus atos.

— Ela será capaz de nos trair a todos, meu Lorde... Cada um de nós, inclusive Justin. Eu sei porque aconteceu comigo — e ele se ergueu outra vez, voltando ao seu lugar original, meio que escondido numa das sombras da parede, acompanhado de perto por Demétrius.

O peso da declaração dele balançou cada um dos presentes. Estavam todos unidos, como Tristan lhe dissera. E, mesmo o mago, que jazia indiferente e à parte dos relatos, pareceu sentir a tensão do momento num lampejo fugaz de dúvida em seus olhos pálidos. Sereno, Cedric agradeceu a cada um em profusão, celebrou o sucesso de terem trabalhado em conjunto pela primeira vez e pediu que se retirassem... Com exceção de Dimitri e Demétrius.

"Vai matá-los, Cedric?!", foi a pergunta involuntária que lhe lançou, intimamente ansioso que ele lhe respondesse com uma negativa, não muito certo de onde brotava aquele sentimento de proteção que o assaltava por criaturas que não lhe diziam respeito.

"Não, Micênio... Não quero matá-los, porém, se for necessário para proteger nossa *Família*, eu o farei. É justamente isso o que pretendo fazer agora: medir a extensão do dano e cuidar para que as providências sejam tomadas o mais rápido possível, visando o bem geral".

Lythos pensou em sair dali. Não queria presenciar aquilo por receio de que se tornasse testemunha da morte de ambos. Não queria ter de abrir mão deles! E a voz de Cedric ecoou novamente, afável, pedindo que ambos se aproximassem mais, até que estivessem ao alcance de seu toque.

Tão logo Dimitri parou perto do governante, seus joelhos fraquejaram e ele caiu aos pés de Cedric, apesar de manter-se ereto, o olhar rubro fixo no do líder, o semblante duro e repleto de aceitação.

— Diga-me, Dimitri... Diga para que eu possa ouvir, certo? — murmurou, tocando-o no rosto, o afagar suave e terno a acalentar a alma do outro. — Traiu o seu líder por amor a Demétrius?

— Sim... Meu Lorde... — disse com firmeza, as lágrimas escorrendo pelo rosto sem que nada fizesse para impedi-las, os soluços de Demétrius soando mais atrás, como um prenúncio do que viria.

Lythos invadiu a alma dele e viu amor por Cedric, pela *Família* e um amor desesperado pelo irmão e companheiro. Ele seria capaz de dar sua vida por qualquer um deles. E, sem Demétrius, Dimitri estaria perdido e só, abandonado à loucura ou à solidão, exatamente como se sentira abandonado tantas e tantas vezes ao longo do caminho.

— Cedric... — foi o sussurro rouco que Lythos lançou a ele, num apelo que ninguém mais conseguiu ouvir.

— Eu sei o que te acomete, Dimitri... — Cedric disse, ainda baixo e suave, como a embalá-lo. — Vi semelhante tormento na alma da criatura que mais amo em minha existência. Nós precisamos de você. Eu, Lythos, a *Família* e Demétrius... Todos nós precisamos de você. Está me entendendo?

Uma negativa muda foi a resposta, o olhar castanho no de Cedric, urgente e receoso.

— Você me jurou sua lealdade, criança... E eu conheço a necessidade de sua alma porque fazemos parte um do outro agora. Então, preciso que volte ao seu centro para que me seja útil, para que não ponha em risco a nossa *Família*.

— Sim, meu Lorde... Não quero sentir tanto medo...

Cedric sorriu e tomou-lhe o rosto entre as mãos.

— Precisa confiar em mim. Você confia?

— Sim...

— Nunca, jamais, exigirei de você que escolha entre mim e seu irmão. Você está me ouvindo? Nunca vou pedir que deixe Demétrius por mim, pois amo aos dois e, por amá-los, desejo que estejam juntos. Quero a ambos, Dimitri, precisa crer e deixar passar. Você agora é um DeLacea. Todo o resto se foi. Enquanto vivermos, essa é a certeza que precisam ter: estarão juntos para cuidar de nós, da mesma forma que cuidaremos de vocês.

E Dimitri deitou a cabeça no colo do governante, abandonando-se a um pranto triste e rubro, que contaminou Lythos até que sentisse seu próprio olhar turvo. Demétrius encolheu-se ao encontro do irmão, sem abraçá-lo, mas a dizer que estava ali e que não o deixaria. Ficaram assim por algum tempo, Cedric acalentando a ambos de maneiras distintas e diversas, afagando os cabelos brancos de Dimitri, a dor banida, pouco a pouco, para a confiança cega e absoluta.

Durante muito tempo, mesmo depois das vitórias e derrotas, aquela cena ficou-lhe gravada na memória: um momento de glória sem espadas, de ternura sem palavras, de aceitação sem cobrança... Apenas eles e a esperança de que o amor seria, de fato, eterno.

Passaram algum tempo ali, o suficiente para que os gêmeos tivessem recuperado seu lugar e suas existências. Tão logo deixaram a sala, agradecidos e felizes, Cedric se ergueu em direção à porta para fechá-la a segunda vez naquela noite.

Cumprida a tarefa, voltou-se para o irmão. Lythos permanecia no mesmo lugar, dividido entre o reconhecimento sentido ao presenciar a dor de Dimitri e a curiosidade de ouvir o que falaria. Conhecia aquele bárbaro melhor que a si mesmo. Sabia que ele tinha algo a dizer. Viu-o caminhar lentamente até a cadeira mais próxima, tomar assento como o Senhor que era e erguer os olhos de esmeralda para fitá-lo, sereno.

— Não me olhe assim, Micênio. Sei que desaprovou minha idéia no começo, mas depois concordou comigo.

— Concordei, embora continue acreditando que é um bárbaro louco, ainda que genial — declarou, cruzando os braços para mirá-lo com intimidade. — Mas, apesar de tudo, tenho que admitir que foi uma excelente oportunidade de identificar aqueles que merecem a nossa confiança ou não.

Cedric piscou um par de vezes e sorriu, sardônico.

— A meu ver... Ainda não os conhecemos o suficiente para confiarmos.

— Nós confiamos em Justin, não é? — foi a pergunta involuntária que lhe escapou, tão logo os olhos verdes voltaram aos seus. E Cedric nada respondeu. — Responda-me! Confiamos ou não?

— Tanto quanto confiamos em qualquer outro. Ou estou enganado?

Não soube o que dizer a ele. Era verdade que Justin dera mostras de confiança como qualquer outro, que não havia nada de especial ou diferente na forma como se dirigia e ainda o conheciam muito pouco para determinar opinião mais precisa. Por outro lado, confiara em Justin no momento em que estiveram diante um do outro.

— Não há sentimento, se é o que insinua, seu bárbaro arrogante e grosseiro! E não tenho nenhuma razão para confiar nele, assim como você não tem nenhuma para confiar em Néfer!

— Isso é uma partição de opinião? Está tomando partido de um *Filho da Terra* em detrimento de mim? — e, dessa vez, o escárnio foi substituído por receio e estupefação.

Lythos não podia acreditar no que ouvia. Pareceu-lhe tão absurdo que, sem dar-se conta, sorriu, incrédulo.

— Está variando criatura! Para onde foi seu discernimento? Óbvio que estamos juntos. Não tenho mostras de lealdade de nenhum deles ao passo que você faz parte de mim. Como poderia trair a mim mesmo? Seria estupidez.

Cedric remexeu-se na cadeira, ainda mirando-o com insistência. Ficaram um tempo em silêncio até que ele falou, sua voz rouca ecoando, agora suave.

— Não dizia que perdi a confiança em Justin por algo sem fundamento. Queria apenas lhe mostrar que, apesar de descabido, Néfer tem razão num ponto: Justin nunca será como nós e, caso julgue necessário, não hesitará em nos apunhalar.

— Concordo. Só que apunhalará pela frente, numa luta aberta, não pelas costas.

— Acredita mesmo nisso? — indagou, pedindo num gesto que o irmão se sentasse.

— Acredito não, eu sei disso, Cedric. Você entende de batalhas melhor do que eu. Que tipo de guerreiro se dignaria a encontrar pessoalmente com um forasteiro, arriscaria os seus para, depois, dar o golpe fatal pelas costas?

— Um guerreiro que não tivesse alternativa.

— Não é o caso. Para onde iria a dignidade de uma criatura dessas? Justin pode ser diferente, pode até ser um traidor, mas é digno, o que não sabemos de Néfer.

O guerreiro apenas fitou-o por longo tempo, como que pensativo. Buscou-o mentalmente e vieram-lhe imagens confusas de si mesmo e de outros, em situações diversas. Ergueu-se da cadeira e avançou para ele, o assunto esquecido para a necessidade de tocá-lo.

— Está bem, bárbaro? — porém a alcunha soou carregada de ternura.

— Não. Mas ficarei bem, não se preocupe. Quanto a Justin e Néfer, confio em ambos, sempre cuidando das nossas costas, pois qualquer um deles pode erguer a mão contra nós. Tudo o que desejava com essa conversa era mostrar meu ponto de vista e, quem sabe, convencê-lo de que ainda é muito cedo, minha Pérola. Muito cedo para apostarmos tudo em qualquer um deles. Muito cedo para nós dois...

Lythos baixou o olhar para que ele não lhe flagrasse a tristeza.

— Entendo — perdeu-se nele outra vez, o semblante entristecido. — Mas estou cansado, Cedric. Estou cansado de desconfiar. Muito cansado de esperar, o que quer que seja.

E, com isso, o jovem saiu da sala, deixando-o só com suas dúvidas e com sua cruel realidade: talvez, quando finalmente estivesse pronto, quando tudo aquilo fizesse sentido, fosse tarde demais.

⊲ XI ⊳

> *Cada um de nós era pleno e só quando, ao mesmo tempo, tornávamo-nos parte de um todo que não poderia, jamais, se diluir outra vez. Essa foi uma das muitas certezas que me acometeram àquela noite, a primeira em toda a minha existência imortal na qual eu sentira o real prazer de viver.*
> *Como poderia traduzir em palavras? Como poderia fazer-te compreender o que me aconteceu? Talvez eu não deva sequer tentar, porém acredito que seria interessante para que possas medir a extensão do que é viver a partir da tua própria experiência.*
> *A verdade é que havia algo no ar, nas palavras, nos sorrisos; algo que eu julgara morto com o Enlace e que continua a ecoar entre as árvores quando nos despimos do que não importa para nos abandonar à essência. Eu compreendera. Mais do que isso! Finalmente, estivera diante da minha própria essência. E, ao contrário do que supões, apaixonei-me pelo que vi, ainda mais do que já estivera apaixonado até então...*

Beltane mudara a sua visão helênica das coisas, tinha de admitir, apesar de a constatação ser muito mais sensorial que concreta. Ouvira relatos bárbaros, principalmente durante as viagens. Contudo, nada o preparara para vivenciar a barbárie, não daquela forma plena e irresistível.

Como era de costume, passava horas inteiras junto aos demais escribas, principalmente depois da Reunião. Tinham muito que registrar e ele, em especial, cuidava de transcrever os termos da *Aliança* e fazer cópias de próprio punho para entregar a cada um dos representantes que estiveram em Marselha. Trabalho para vários dias. Poderia ter designado um dos rapazes para realizar as cópias, mas desejava ocupar-se um pouco mais da simplicidade que a tarefa encerrava antes de partir outra vez. Avisara a Cedric que tudo estaria pronto antes da próxima lua, ocasião na qual partiria com a comitiva e com Hermes, visto que o bárbaro não lhe arranjara ninguém qualificado para figurar de Guarda Pessoal.

Decerto, Cedric encontrava-se mais contrariado que de costume, com certeza porque não conseguira cumprir o que se propusera. Enfim, era problema dele! Não viajaria sem proteção, ainda mais agora que havia líderes contrários à *Aliança*, e, por conta disso, territórios considerados hostis. Não estava em seus planos morrer, pelo menos não por hora, enquanto não dobrasse um certo bárbaro arrogante, grosseiro e...

Baniu os pensamentos, fixando a visão nas linhas por escrever. Os últimos escribas despediram-se e rumaram para seus aposentos. A madrugada caía-lhe sobre os ombros com responsabilidades. Avisara Hermes da iminente viagem, indo até sua casa, nos arredores da propriedade, e instruindo-o adequadamente sobre que tipo de missão teriam. O *Andarilho* ficara satisfeito com a agitação. Não havia nada tão emocionante desde a última reunião oficial da *Aliança*, em Thelinê.

Esse fora o primeiro encontro desde que firmaram a *Aliança*, trinta anos antes, ali mesmo em Marselha. Na ocasião, não pudera ir com Cedric por motivos óbvios: alguém teria de permanecer e cuidar da *Família*. Então, o bárbaro solicitara Malik, Hermes, Demétrius e Dédalos — pobre ancião que, apesar de não gostar muito de viagens, via-se impelido a se lançar nessas empreitadas junto com o seu Senhor, e o fazia de boa vontade... Celeste, Tristan e Dimitri ficaram para proteger a *Casa Ancestral* e dar continuidade aos trabalhos, além de guardar Lythos de qualquer perigo.

Aguardara pelo retorno dele, os dias sucedendo em meses naquela espera detestável e carregada de ansiedade. Nem mesmo um único mensageiro viera lhe trazer notícias, pois essa atitude poderia ser tomada como afronta pelos Senhores de Thelinê. A última coisa que desejavam era causar motivo para que os apontassem como traidores ou com desconfiança logo no início. O pacto começava a tomar força e, nesse frágil ponto, qualquer coisa poderia abalar a proposta de união que Cedric ofertara. Não era interessante.

Desta feita, a reunião tivera por objetivo propiciar que se encontrassem, reafirmassem os laços de camaradagem e as regras que concordaram em cumprir de livre vontade. Três meses depois, o bárbaro voltava para casa com os demais *Membros* e sua comitiva. Dimitri e Demétrius desapareceram no meio da floresta tão logo cumpridas suas obrigações e invejou profundamente a intimidade que dividiam; Dédalos passou tempo com Tristan, e o mago não se opôs à presença de seu criador, apesar de permanecer em seu silêncio desprovido de emoção; Malik se rendera aos cuidados de Celeste enquanto que Hermes fora se esbaldar na vila, sozinho. Restaram os dois e Cedric lhe contou que Ewan e Ellora eram criaturas bastante pegajosas, apesar de terem um Feudo bem organizado. Estiveram juntos sob o mesmo teto, como deveria ser, conversaram com todos os integrantes da *Aliança* e, ao partirem, o fizeram com a sensação de dever cumprido. Não havia novidades urgentes ou preocupantes, apenas a necessidade de fazer valer o que ele próprio determinara e exigira dos demais. Alguém sempre deveria estar presente... Fora o que o guerreiro lhe sussurrara antes do amanhecer, quando desceram juntos para seus sarcófagos, a saudade ainda a massacrar o peito do jovem sem que nada pudesse fazer para amenizá-la.

Seus pensamentos iam por aí, recordando o passado não muito distante, quando Lythos se surpreendeu com o avançar do tempo e percebeu que faria vinte e nove anos desde a reunião em Thelinê, o que significava que teriam outra muito em breve. Nesse intervalo de tempo, os *Membros* concluíram as lições básicas sobre seus respectivos *Dons*, cabendo aos alunos aprimorar aquilo que desejassem. Não se espantara ao ouvir que o bárbaro se dedicaria a aperfeiçoar seu talento para manipular sombras e que continuaria treinando com Dimitri e Demétrius, bem como avançando na prática do controle sobre a natureza. De sua parte, escolhera Magia e Ocultismo, com Tristan; e a arte da invisibilidade, com Dédalos. Enquanto permanecesse no Feudo, continuariam a estudar com os mestres nos momentos em que não estivessem voltados a seus afazeres, obviamente.

Cedric dera permissão para que todos os *Membros* arranjassem refúgio particular, contanto que dentro dos limites das terras DeLacea e que retornassem à *Casa Ancestral* de tempos em tempos. Quer dizer, de pouco em pouco tempo, pois, independente de terem ou não outro refúgio, o lugar de cada um era garantido dentro do castelo, intransferível e reservado, oferecendo assim opção de escolha.

Os únicos que não tiveram interesse em construir ou procurar por outra moradia foram Tristan, Celeste e Dédalos. O primeiro porque montara seu canto, bem antes de qualquer um dos outros surgir; a segunda porque apreciava o conforto, o luxo e as regalias que o Feudo oferecia; o terceiro porque vivera ali por quase toda a sua existência. Dimitri e Demétrius não procuraram por um local em específico, porém, uma vez que a permissão para estar noutro lugar fosse generalizada, aproveitaram para residir em todo o lugar, ou seja, ao ar livre, como gostavam e mereciam. Malik e Hermes construíram suas casas, fosse a partir de antigas ruínas de pedra, fosse do nada. Fizeram tudo como desejavam, sem interferência ou ressalva, de modo que, ao final daquele período, a distância, ao invés de afastá-los, uniu-os ainda mais, pois detinham autonomia para existir quando não estavam de fato a serviço do governante. Um estratagema bastante eficaz, Lythos admitiu. E jamais pensaria numa coisa dessas. Deveria ter imaginado que Cedric o faria, pois pensava em cada detalhe e cuidara para que os *Membros* fossem cada vez mais dependentes dele. Foi o que sucedera uma vez que, apesar de terem suas respectivas casas, permaneciam no castelo por semanas inteiras porque assim desejavam.

O encontro seguinte da *Aliança* seria em Nicaia, um pouco mais distante que Thelinê, apesar de não acarretar muitas noites de viagem. Dessa vez o bárbaro lhe dissera que ambos iriam ao evento. Coisas de bárbaros tolos, pois estava mais do que claro que isso seria impossível. A idéia de deixar DeLacea só, de seguirem ambos para o encontro, atormentava o jovem cretense. Tentara expor o caso ao irmão, porém este se tornara irredutível, dizendo que não havia como não ir em pessoa e que Lythos iria igualmente, pois não viajaria sozinho outra vez por tanto tempo. Ficara feliz por ele desejar sua companhia e profundamente irritado por ter decidido sem consultá-lo. Detestável hábito que não conseguia abandonar!

Suspirou, sem necessidade, para controlar a fúria. Não conseguia ficar muito tempo chateado com ele. Até porque a movimentação pelas fronteiras estava mais delicada, as pessoas pareciam mais receosas e o contingente de centuriões aumentara, o que sugeria... Guerra?! Não ouvira nada a respeito, mesmo quando enviara os espiões. Há alguns anos, Roma subjugara a Grécia, porém o conflito figurara longe o suficiente para não atingir as negociações comerciais e políticas da Bretanha e da Céltica. Contudo, agora, Roma parecia avançar lentamente por sobre o continente e, mesmo que ninguém lhe oferecesse provas concretas de que partiriam para a dominação, algo dentro de si o arrastava para essa conclusão.

No mundo real, mortal e fugaz, intuição não era suficiente para impor-se a outro povo, não sem acarretar um conflito armado. Falara a Cedric sobre isso, o próprio irmão tivera oportunidade de conferir o que lhe dizia, mas nada poderiam fazer. Dessa vez, a conversa fora longa, séria e carregada de respeito. Concordaram em aguardar por mais um ano, quando seriam obrigados a transpor as fronteiras para ir a Nicaia. Caso a situação estivesse mais ameaçadora e o contingente de centuriões aumentasse, garantiriam que as terras DeLacea estivessem seguras. Do contrário, não arriscariam a *Aliança* por nada.

Seu pensamento ia por aí quando os arautos soaram as trombetas, anunciando uma comitiva. Soube pelo toque: um longo, dois curtos, um longo, médio, curto outra vez e o silêncio abateu-se sobre o castelo como um aviso funesto. Cedric saíra logo ao entardecer para sua visita ao povoado em companhia de Liam Ridley, filho e sucessor de Bayard, e de Hermes. Avançou rápido para o corredor principal, atendendo ao chamado e procurando abreviar o caminho o quanto pôde. Dédalos juntou-se a ele no salão principal, acompanhado de Tristan, calados.

A porta de madeira cedeu, dando passagem à brisa fria da noite. Deparou-se com um grupo de homens, entre mortais e *Predadores*, aparentemente calmos. Encobertas pelas sombras noturnas, as duas flâmulas tremulavam do alto de seus pedestais: o Escudo púrpura e prateado do leão da *Casa* DeNicaia ao lado do estandarte marrom e branco da pena sobre o pergaminho, prova de que a comitiva portava mensagem oficial.

Ainda perdido nas imagens, Lythos ouviu uma voz bradar por asilo, muito ao longe, e a mão de Dédalos pousou-lhe ao ombro trazendo-o de volta à realidade. Só então, encarou o mensageiro diante de si. Néfer lhes enviara informações a respeito da longínqua Tessália, provavelmente conseguidas por espiões e banhadas a sangue. Ao menos, esse foi o pensamento que lhe ocorreu naquela fração de segundo, no qual fitava o rapaz, uma criatura tão ou mais morta que ele mesmo. Esvaziou a mente outra vez, pois, sabia, era um erro pensar qualquer coisa diante de um *Dominador*, característica que se mostrava sem qualquer receio.

Agradeceu de imediato a boa vontade de Néfer e o empenho em manter o pacto da *Aliança*. Em seguida, garantiu que não desejava ouvir-lhe a mensagem pelo único e exclusivo motivo de que Cedric não se encontrava no castelo e sim no povoado, razão pela qual convidou o mensageiro e toda a comitiva a permanecerem sob o teto da *Casa Ancestral* até a noite seguinte. O sol anunciava-se ainda lento para além da terra, contudo, podia senti-lo cada vez mais forte e próximo. Logo seria manhã e todos precisariam de um lugar seguro para se abrigar.

— Quando poderemos ver Lorde Cedric? — indagou o jovem imortal com ânsia. — A mensagem é por demais importante, meu Lorde, e precisamos retornar a Nicaia o quanto antes.

— Não poderão ir a lugar algum ainda hoje, meu caro — foi o comentário, suave e desprovido de emoção. — Lorde Cedric o receberá em pessoa amanhã, tão logo deitar a noite. Agora, recolha os seus ou estarão mortos para o dia — disse, chamando os dois capitães mentalmente. —Dimitri, Demétrius... —murmurou, voltando-se para ambos, que surgiram ao seu lado quase que instantaneamente. —Cuidem da escolta, por favor.

Um assentimento acompanhado de respeitosa reverência foi a resposta antes que os dois "cães" seguissem seu caminho em direção aos vassalos. Decerto que teriam hospedagem descente, o luxo que cabia à posição que ocupavam e as necessidades sanadas pelos serviçais, fossem quais fossem.

Despediu-se de Dédalos e Tristan com aquela incômoda sensação a invadir-lhe a alma, um funesto pressentimento dominando-o. Pensou em Cedric e onde ele deveria estar, com quem, fazendo o que para demorar-se mais que nos outros dias. Sim, porque o "reconhecimento do povoado" acontecia diariamente por mais de um ano, se a memória não lhe faltava. A ausência daquele bárbaro o exasperava, ainda mais quando tinham visitas ou em ocasiões como aquela, na qual detinham uma missiva urgente e toda uma comitiva sob o mesmo teto.

Sem dar-se conta, rumou para a câmara e para os dois sarcófagos, postos lado a lado, meio que azulados pelo reflexo incomum da luz dos archotes contra as paredes de pedra. Avançou, lento, até parar diante da urna que pertencia a ele, mas foi apenas quando seus dedos pequenos e pálidos redesenharam as letras desiguais, talhadas pelo outro, que se deu conta: tudo aquilo não passava de saudade. Uma saudade imensa, que não deveria sentir, e o secreto desejo de que ele retornasse.

"Aquele que só conheceu o Mar de Felicidade no instante em que se entregou ao destino e tomou para si uma Pérola."

A alma clamou por sua presença e nada mais. Deitou a face contra as letras talhadas como se assim pudesse roçar-lhe o rosto com o seu e sonhar os mesmos sonhos que ele, tão bravamente, defendia. Uma lágrima pingou sobre a inscrição. Amargura rubra contra o destino.

—Cedric... Volte para casa.

*   *   *

O povoado jazia mergulhado no meio da noite, poucos vassalos circulavam pelas vielas de barro batido, algumas tavernas enchiam o ar daquele murmúrio vazio e triste de solidão.

Liam Ridley ia mais à frente, como o verdadeiro Senhor daquelas terras. Hermes avançava ao lado do jovem mortal, sempre atento como era habitual. Quanto a si, valendo-se de que ambos desempenhavam com maestria o papel que lhes conferira, dava-se ao luxo de figurar na retaguarda, não apenas atento aos transeuntes, como nos próprios acompanhantes. Avaliou as construções iminentes ao redor do castelo, o amontoar quase desordenado de casebres por todo o caminho até ali, nas condições de cultivo e sobrevivência de seu próprio povo, dentre outros detalhes igualmente importantes. Apesar de o jovem Liam mantê-lo a par de tudo o que acontecia, da evolução e vivência de sua gente, aquela era oportunidade mais que perfeita para ver com seus próprios olhos e avaliar o trabalho do garoto, o único mortal em quem confiava. Não se surpreendera ao ter certeza de que Liam exercia sua tarefa com perfeição e devoção, exatamente como o pai fizera no passado, não tão distante. E assim seria sempre...

A noite passou rápida, cansativa para Ridley, emocionante para Hermes e reveladora para si próprio. Algumas horas antes do amanhecer, impregnados da intenção de retornar ao castelo, decidiram por tomar outro caminho, passando como que sem propósito pela praça principal da região, a maior de toda a vila. O ar encheu-se de uma melodia suave, lírica, quase angelical. O delicado dedilhar de cordas lembraram-no das noites em festa pelos bosques da Céltica, de fogueiras vibrantes rodeadas de cedros, do brilho intenso de olhos alheios que, àquela altura, poderiam muito bem ser os olhos escuros de Lythos.

—Meu Lorde? —foi o chamado de Liam, e a certeza de que se desviara do caminho de retorno para seguir a música.

— Quero ir até a praça.

Sem contestação, acompanharam-no até a pequena aglomeração de gente, pouco usual àquela hora, dado que o dia iniciava para eles. Algumas pessoas cercavam o que parecia um grupo de músicos, itinerantes, e aplaudiam a apresentação com entusiasmo.

Terminado o dedilhar da Lira, irrompeu pelo ar uma canção doce, criada a partir da harmonia de duas vozes distintas, de uma jovem menina e um rapaz. Não se lembrava de ter ouvido algo tão lindo e tão carregado de pureza em toda a sua vida, de forma que se deixou ficar ali, atento à desenvoltura deles diante do público, das posturas que assumiam quando observados, da maneira humana com a qual se movimentavam, respiravam, cantavam ou encantavam.

O grupo era formado por três rapazes e a moça, quatro ao todo. O mais velho deles, parado ao lado no círculo, tinha cabelos loiro-escuros, feições marcantes e um físico avantajado, que indicava muito mais aptidão para a espada do que para a Lira. Todavia, ele a tomava para si como um amante atencioso que se apodera da mais bela mulher em que seus olhos pousaram: segurança, satisfação e desejo coexistindo em eqüidade onde deveria haver dissonância. Invadiu-lhe a mente por mera curiosidade, apenas porque se sentiu intrigado. Viu-o diante de um regimento de soldados. Centuriões romanos, o que explicava a aparência forte, pouco usual para um mambembe; em seguida, soube que tomara a Lira por amor, um amor único e incondicional que o fizera romper com seu passado, quebrar suas promessas, trair sua gente. Era um desertor, e, depois disso tudo, o que viu foi uma imagem, nítida e quase real, que ocupava todo e qualquer espaço dentro dele, fosse em pensamento, fosse em alma. E o rosto pertencia ao jovem esguio que jazia de pé ao seu lado.

Deixou o primeiro para perder-se na segunda figura. Pele excessivamente clara, pálida demais mesmo para criaturas tão frágeis; cabelos castanho-escuros que lhe caíam ao redor do rosto delicado, lisos e fartos, atribuindo-lhe um ar angelical que poderia muito bem ser o mais convincente dos ardis; ossatura estreita e formas esguias davam a ele um ar quase tão irreal quanto o do mais bem dissimulado *Dominador*. E ele não passava de um mortal, perecível e fugaz como qualquer outro. Empunhava um Rebec, instrumento em forma de pêra com três cordas de aço para serem friccionadas por um arco, feito de crina de cavalo ou algo do tipo. Vira um instrumento como aquele, uma única vez, em ocasião de Arkus receber visitantes do oriente. Não imaginava que fosse encontrar outro tão perto de si. E o jovem tocava divinamente, as notas alongando-se com perfeição. A impressão que teve ao olhar para ele e ouvi-lo era a de que o Rebec chorava, ou era o músico quem chorava em silêncio, através das notas que criava? Para obter a resposta, Cedric entrou em sua mente. Escuridão plena e absoluta, como a morte. Vagou mais algum tempo e foi a primeira vez que esteve na mente de um mortal e não havia pensamento algum. Sem esperança, sem desejos ou objetivos. Ele estava ali de pé e era apenas isso. Tocava como um anjo e não havia qualquer motivação dentro de sua alma. Foi quando um fragmento de lembrança lhe chegou rápido, vindo daquele jovem. Deixou-o só porque, mesmo sem conhecê-lo, mesmo que não soubesse quem era, não suportou a tristeza que trazia. Estava doente. Sua vida se esvaía, rápida e sofrida. Em breve não sobraria nada dele ou de sua música. A morte haveria de varrer qualquer recordação de sua existência, mesmo que permanecesse para si próprio, observador eterno da vida que se extingue.

Desviou o olhar para a menina que cantava, uma jovem mulher de não mais que treze anos. Pequena, miúda, o corpo em amadurecimento coberto pela roupa velha. Todos eles, em verdade, trajavam roupas gastas, apesar de terem um dia sido vistosas. Seus cabelos castanho-claros caíam em caracóis ao redor do rosto redondo, realçando os olhos azuis como pedras raras. Era bonita e movia-se com graça intencional, sua voz limpa e serena encantando os presentes. Trazia à mão uma flauta, apesar de o instrumento permanecer mudo. Uma lástima, em sua opinião leiga sobre o assunto. Invadiu-lhe a mente para que não passasse despercebida e descobriu que se juntara ao grupo porque nada mais lhe restara desde que a mãe falecera.

O centurião desertor tomara-a sob sua proteção, e, como não tivesse nenhuma outra intenção para com a menina, esta lhe era extremamente grata e com eles decidira viajar desde então.

O quarto e último homem era, sem dúvida, o mais belo de todos. Apesar dos andrajos, detinha um porte digno que dava à roupa um ar mais respeitoso. Era moreno de pele, cabelos castanhos e viçosos que emolduravam o rosto fino, atribuindo-lhe uma aparência harmônica e naturalmente atraente. Os olhos eram de um castanho esverdeado, incomuns e brilhantes; o corpo era bem proporcionado, dedos longos e aparentemente limpos — o que, por si só, dizia muito acerca do jovem. Também ele tocava uma espécie de Rebec, um pouco maior e com uma corda a mais. Estranho e de som menos agradável. Todavia, o tocava com paixão e empenho, transformando a estranheza em deleite. Seus pensamentos lhe disseram que era um filho bastardo, criado à sombra, porém com algumas regalias. Contudo, fora acusado de matar o meio-irmão por inveja e fugira, lançando-se à estrada, sem rumo. Encontrou os outros dois rapazes e, quando lhes disse que sabia tocar, fora acolhido no grupo de bom grado. E assim era desde então, fugindo, de cidade em cidade, de povoado em povoado, até que chegaram a Marselha. História comovente que passaria, idêntica à de qualquer outro mortal.

O riso sem contexto de Hermes desviou-lhe a atenção para fixar-se na figura que emparelhara o cavalo ao seu. Liam fez o mesmo, do lado oposto, soube sem a necessidade de mirá-lo.

— O que foi?

— Perdão, meu Lorde. É que... — olhos escuros mergulharam nos seus. Ele parecia estar se divertindo como há muito não acontecia. — Bem, se eles são músicos de verdade, eu também sou!

Cedric piscou um par de vezes, desviando o olhar para o grupo mais uma vez e reparando na maneira graciosa com a qual se movimentavam, dedilhavam e criavam música.

— Creio que não alcancei sua dedução, meu caro — tornou com uma ponta de ironia que Hermes não chegou a perceber. — Parecem músicos para mim.

— Concordo, meu Lorde. Mas músicos astutos. Vê? Enquanto distraem a multidão, aproveitam para pungar qualquer coisa de valor. Muito hábil, admito. Nunca tive uma idéia assim. Também nunca agi em conjunto.

Desvencilhou-se da fala monótona dele para olhar de fato, ver aquilo que não vira antes, quando detinha a atenção voltada para outro tipo de informação e avaliação. Era fato. Procedia o que Hermes notara, talvez porque lhe fosse familiar. Não eram músicos, mas ladrões, e de primeira linha! Quem desconfiaria? Quem daria por falta daquilo que pungavam? A resposta estava diante de seus olhos argutos uma vez que ninguém se apercebera. Ousado, infame e útil ao seu propósito. Avaliou cada um deles outra vez, agora focado no potencial que poderiam desenvolver caso fosse dada a oportunidade. A inclinação nata para o disfarce e a atuação; a tendência a andar em surdina e fazê-los crer no que os olhos viam; a agilidade e a habilidade com as quais se movimentavam e se apoderavam do que é alheio; e sem excluir, obviamente, o fato de que roubavam o que era seu, debaixo de seu nariz, dentro de sua própria terra! Que petulância admirável!

— Liam, vá buscar os homens de guarda próximo ao portão. Volte o mais rápido possível sem chamar a atenção. Hermes, posicione-se discretamente do outro lado do círculo, sem que eles o notem. Aguardaremos Liam retornar.

— Mas... Meu Lorde... — balbuciou o jovem, meio que perdido. — Não entendo...

— Apenas vá, Liam! Isso é uma ordem — o rapaz retirou-se de imediato, sem nada mais perguntar, cuidando para fazer todas as vontades de seu amo, como o recomendado. Uma vez a sós, Hermes tocou o cavalo casualmente, afastando-se sem pressa.

— Por que, de repente, resolveu chamar a guarda? Vai puni-los por terem roubado o que é seu?

— Talvez sim, meu caro Hermes. Talvez não.

Nada mais disseram, pois o *Andarilho* rumou para o local que lhe fora determinado e lá permaneceu pelo curto período de tempo, até que Liam surgiu com os guardas, causando pequeno alvoroço e dispersão. Cedric avançou para Hermes, cuidando para que os quatro músicos não se evadissem com os vassalos. Não foi difícil em absoluto, visto que Liam fora espetacularmente ágil e que tornara os movimentos dos quatro mais lentos que o habitual por intermédio de um comando mental simples.

Ridley tocou o cavalo por entre os curiosos e, munido da autoridade que cabia ao Senhor de Marselha, decretou a prisão dos quatro músicos por roubo e má-fé . Cada um deles foi firmemente seguro pela guarda e, então, revistado. Tudo o que pungaram foi jogado ao chão, e os vassalos, enraivecidos, clamaram por justiça, pedindo ao Senhor que os enforcasse na manhã seguinte.

Já era quase dia quando a confusão se desfez, Hermes pediu para partir, pois em breve não permaneceria acordado. Foi nesse instante que o chamado doce de Lythos o alcançou, pedindo que voltasse para casa.

— O que faço com eles, meu Lorde? — indagou Liam, tão logo os quatro estivessem devidamente presos no carro de boi e a guarda já avançasse silenciosa de volta ao castelo.

— Não haverá tempo para que eu vá até eles ainda hoje. Leve-os para os calabouços, mantenha-os juntos na mesma cela, sem qualquer regalia, a pão e água duas vezes antes do anoitecer. Quando a noite deitar, irei até eles e decidirei o que fazer.

— O povo pediu a execução para hoje de manhã, meu Lorde. O que devo fazer uma vez que pretende mantê-los cativos até a próxima noite?

— Arranje quatro moribundos e os enforque para o povo, Liam. Não será difícil encontrar quatro pobres almas que anseiam pelo alívio. Mova os homens, cubra-lhes os rostos para que ninguém se aperceba de que não são eles e figure diante dos vassalos como o Senhor das terras, alegando que estão... Doentes e que podem trazer algum tipo de... Peste para o povoado... Invente alguma coisa! Você é melhor para a vida do que eu, meu caro, acredite!

O jovem assentiu e comandou os homens a fim de realizarem as ordens de Cedric. Tão logo os muros da *Casa Ancestral* tenham surgido diante de seus olhos, deixou o cavalo aos cuidados de um serviçal e, pela sombra, rumou direto para a câmara. O sol apontava já no céu e Lythos jazia deitado em seu sarcófago, semiconsciente. Aproximou-se para presenciar o instante em que seria levado pelo sono irresistível da morte, momento em que o lacraria em seu túmulo, como todas as noites.

Acariciou-o. Os olhos negros, semicerrados, como que lhe indagavam pela ausência. Desenhou-lhe as feições, pálidas e perfeitas, murmurando a antiga canção que vez ou outra lhe voltava à lembrança. "Não chora mais, doce criança perdida..."

Lythos sorriu em derradeiro esforço quando, mergulhado em seus olhos, confessou que também sentira saudades e que tinha um presente para ele, aguardando, até a noite seguinte. O sorriso morreu no rosto jovem e o corpo dele como que se abandonou ao estranho rigor dos membros. Soube que adormecera e que poderia lacrar o sarcófago sem judiar da fobia que o atormentava.

Arrastou a tampa de pedra para o lugar original e rumou para seu próprio leito. Foi quando percebeu, antes de abrir a tampa, que havia uma pequena gota de sangue sobre a inscrição incerta que fizera, uma marca que, apesar da tentativa de removê-la, permanecia lá, não em aparência, mas em fragrância e sentido. O sangue dele, o gosto dele...

Desistiu de imaginar o motivo que levara Lythos a verter aquela lágrima. Não queria mais ser motivo de sofrimento. Desejava ser a alegria dele, nada além disso. Foi assim, abandonado a essa idéia difusa de algo que poderia ser bom, mas que permanecia perdido no vazio de seu próprio ser, que Cedric deixou o mundo para a escuridão.

* * *

A primeira coisa que vislumbrou ao abrir os olhos foi o semblante dele, carregado daquela expressão vitoriosa que tanto amava e conhecia. Cedric acariciou-lhe os rosto enquanto o corpo se fortalecia gradativamente, até que pudesse se mexer outra vez.

— Boa noite, minha Pérola.

Sorriu, as palavras ainda presas à garganta pela incapacidade de articulá-las. O sol ainda não se deitara de todo, podia senti-lo vivo por detrás das paredes.

— Tenho uma surpresa para você — murmurou o guerreiro, próximo ao seu rosto, como na intenção de um beijo. Cerrou os olhos e nada disse, apenas para ter certeza de que ele não prosseguiria no intento. — Quero levá-lo aos calabouços para que possa ver...

Silenciou-o com um gesto de mão, tocando-o de leve nos lábios.

— Néfer enviou-nos um mensageiro oficial, Cedric. Qualquer outra coisa pode esperar um pouco mais, não concorda?

As esmeraldas assumiram aquele tom mais claro e perturbador, prova de que a notícia o surpreendera mais do que gostaria de admitir. Estudaram-se por algum tempo, em silêncio. Só então, Lythos ergueu-se, aceitando-lhe a mão como amparo.

— Você está ciente da missiva?

— Ainda não. Pareceu-me de bom tom aguardar o seu retorno. Cuidei para que a comitiva se instalasse e assegurei ao mensageiro que voltaríamos a nos reunir hoje, tão logo o sol deitasse.

Ambos voltaram-se ao mesmo tempo para o ponto na parede através do qual poderiam ver o sol, caso estivessem ao ar livre.

— Resta-nos algum tempo para nos arrumarmos adequadamente — comentou, voltando a fitar o irmão em seguida. — Foi por isso que me chamou daquela maneira angustiada?

Lythos corou e baixou o olhar, ligeiramente encabulado por ele ter captado a intensidade de seu sentimento.

— Não. Sabia que voltaria para casa tão logo terminasse com sua obrigação. Chamei-o porque... Senti a sua falta.

Cedric apenas mirou-o, a expressão indecifrável. Passados alguns instantes de silêncio, convidou-os a se retirarem aos seus devidos aposentos e se prepararem para o encontro com o mensageiro. Deveriam dar à situação a solenidade merecida.

Lythos não impôs resistência, muito ao contrário, parecia ansioso para liquidar de uma vez com a obrigação, como se não fosse algo familiar ter um mensageiro sob o mesmo teto. Indagou-lhe se havia algo mais a ser dito, se detinha outro tipo de informação que ignorava. Nada. Tudo o que o jovem escriba lhe dissera fora que, desde que a comitiva chegara aos portões da *Casa Ancestral*, um pressentimento funesto o invadiu, não como das outras vezes, quando era mera suposição. Dessa vez, o Micênio parecia certo de que algo ruim aconteceria, mais cedo ou mais tarde. Apenas não conseguia definir o quê.

Resolveu mudar o rumo da conversa, não porque desconfiasse dele ou desacreditasse de suas intuições. Lythos fora, noutra época, dotado de dons sobrenaturais que aprendera a respeitar em meio aos próprios celtas. Era fato que nenhum desses dons se revelara depois do *Enlace*, o que não significava que a sensibilidade não permanecesse, latente, aguardando o momento certo de mostrar-se outra vez. Ao menos, era nisso em que acreditava. Para poupá-lo da ansiedade e do receio, adentrou pelo assunto que, mais tarde, deveria resolver ao lado dele: a questão dos músicos.

— Demorei ontem em virtude de um acontecimento inusitado na praça principal de Marselha... — começou, como que casual, enquanto retornavam á superfície pela escadaria oculta. — Um grupo de músicos itinerante se apresentava.

— Faz tempo que não ouço música decente — comentou o outro, com um sorriso. — Nossos músicos são razoáveis, mas nada se compara à verdadeira música, ou, talvez, eu tenha mudado a minha maneira de ouvir e, agora, já não me cause tanto deleite.

— Não gostou da música em Beltane?!

— Amei Beltane, Cedric. A música celta consegue ser a mais linda que já ouvi... Ou a de que me lembro, não tenho certeza — foi o comentário baixo, impregnado de confusão. Mas durou apenas um instante, pois logo ele falava outra vez, entusiasmado. — Aquela melodia mágica tocada por mãos verdadeiramente hábeis seria uma dádiva.

— Talvez tenha razão. Nunca parei para pensar nisso até ontem. Eles tocam muito bem. Precisa ouvi-los.

Lythos parou à porta de seu aposento, rindo com doçura.

— Adoraria, bárbaro. Porém, a essa altura, devem estar bem longe daqui. Assim são os itinerantes, não?

Breve silêncio no qual as esmeraldas o capturavam, repletas de energia e entusiasmo.

— Eu os trouxe para cá.

— Vão se apresentar para nós, é isso? Interessante. Gostei da idéia — nenhum comentário. — O que aconteceu, bárbaro? Por que está me olhando desse jeito?

— Enquanto tocavam e encantavam o público, aproveitavam da distração geral para pungar. São ladrões, essa é a verdade. Foram trazidos aqui com ordem de prisão e, se Liam agiu com a eficiência de sempre, foram enforcados em praça pública esta manhã, para fazer justiça aos que por eles foram lesados.

Encarou-o mudo, sem compreender ao certo aonde queria chegar.

— Disse que os trouxe para cá, porém não estão mais aqui porque foram enforcados. Entendi bem?

— Ordenei que Liam enforcasse outros quatro no lugar deles. Agora, estão mortos para o mundo.

Não. Aquilo não fazia o menor sentido ou, ao menos, era no que desejava acreditar. Cedric fora até o povoado, encontrara um grupo de ladrões, trouxera-os para casa e, ao que tudo indicava, detinha planos suspeitos para eles! Era completamente despropositado, irreal, absurdo demais para cogitar que...

— O que pretende? — e a pergunta soou cautelosa, como se temesse a resposta.

— Encontrei o que me pediu, Micênio! — tornou, triunfante, empurrando o irmão para dentro e invadindo-lhe o quarto sem cerimônia. — Você terá a sua Guarda Pessoal, poderá viajar para onde quiser com segurança e não precisará carregar Hermes contigo! Não é fantástico? Não está feliz?

Lythos sentiu o sangue ferver. Será que seria sempre aquele inferno, por toda a eternidade? Será que, quando menos esperasse, Cedric apareceria com um novo *Membro*, ladrão ou criatura para pôr debaixo do teto que eles administravam juntos? Soube que ele percebera-lhe a ira pelo tom claro de verde que seus olhos assumiram, quase tão evidentes quanto a indiferença crescente em seu próprio semblante.

— Vai transformar um bando de ladrões ordinários na minha Guarda Pessoal?! Está maluco, seu bárbaro grosseiro?!

— Você não entende. É o disfarce perfeito, Lythos! Tocam com habilidade e, se bem treinados e instruídos, podem se tornar assassinos de primeira linha, absolutamente obedientes, fiéis e precisos. Soube disso no momento em que olhei para eles e os avaliei! São uma raridade e tenho certeza de que apreciará muito...

O discurso inflamado, o olhar vibrante, a lógica inconcebível, tudo isso contribuiu para a ira que explodiu em seu peito e transbordou de seus lábios em palavras ásperas.

— Não quero Guarda Pessoal nenhuma, Cedric! Não quero viajar para longe, estar em território hostil e desconhecido com mais essa preocupação, a de guardar as minhas costas de meus próprios homens! Pode enforcá-los como era de direito. Não desejo nem tomar conhecimento do que anda planejando por trás de mim! Como pôde fazer isso novamente? Como pôde trazer outros para a nossa casa outra vez, bárbaro?! Como?! Nunca pensei que...

Não permitiu que ele continuasse, a consciência perdida para a injustiça de seu julgamento, para o ultraje daquelas palavras. Deveria ter permanecido calado, ter mantido a calma e a frieza, como tantas vezes acontecera nas ocasiões em que Lythos perdia o controle e o feria com sua própria dor. Todavia, daquela vez, não foi capaz de mirá-lo e afogar na alma o turbilhão que lhe massacrava o coração. Tanta dedicação e nenhum reconhecimento. Vivia, cada segundo das sucessivas noites, procurando uma maneira de corresponder-lhe o sentimento, de agradá-lo e fazê-lo feliz quando roubara dele a inocência da mortalidade. E era assim que Lythos lhe retribuía. Perdido em sua incapacidade de compreensão, magoado com a sensação de desprezo que ele lhe dirigia, atirou-lhe à cara exatamente aquilo que o feria, rude, grotesco. Algo que não desejara dizer, em toda a sua existência.

— Não quer uma Guarda Pessoal?! Enlouqueceu, cretense medíocre e caprichoso?! Eu que pergunto como tem coragem de virar para mim e dizer tudo isso depois do trato que fizemos a respeito de Hermes e de suas viagens! Como, Lythos? Como pode olhar nos meus olhos e dizer que não o respeito, que não o considero, quando foi você quem me pediu isso?! Prometi que encontraria alguém para cuidar de você... Passei noites, incontáveis, tentando encontrar o que me pediu... tentando encontrar-me para, então, entregar-me a você... — os olhos dele marejaram. — Que tipo de monstro é você, criatura vil e ingrata, que não pode ao menos calar quando tudo o que faço é para agradá-lo... que não pode pelo menos ignorar, quando tenho vivido para e por você?!

Assustado, Lythos sentou-se à cama, fitando o irmão em desespero crescente, a real noção de seus atos golpeando-o sem misericórdia.

— Cedric, perdão! Você está certo! E eu... Eu não quis magoar...

— Cale-se! — berrou, fora de si, os punhos cerrados. — Já não agüento mais! Quer ir embora? Pois vá. Quer viajar com Hermes? Não me importa. Que se dane o seu sofrimento ou melindre, tanto faz para mim! Faça o que quiser, mas me deixe em paz! Não entro mais no seu jogo de vítima comiserada, já não me importa você e sua tendência a vagar sem rumo e perder-se na *Fronteira*. Chega...

E deu-lhe as costas, rumando para a saída outra vez. Foi apenas quando as lágrimas pingaram-lhe sobre as mãos que Lythos percebeu que chorava. Mas a dor por sabê-lo magoado era muito maior. Fitá-lo pelas costas, certo de que partiria e levaria consigo tudo o que haviam construído, o martirizou. Porém, Cedric parou ao batente uma última vez.

— Caso opte por permanecer aqui e continuar liderando ao meu lado, esteja na sala de reuniões em dez minutos. Quero ouvir a missiva de uma vez e resolver a questão dos músicos. Se você não quer uma Guarda Pessoal, eu quero.

E saiu. Ainda entorpecido pela veracidade e rudeza das palavras dele, Lythos arrumou-se o mais rápido que conseguiu, cuidando para chorar tudo o que podia ali, entre quatro paredes, e então exercer seu papel de governante ao lado dele, sem ameaçar a imagem do irmão e do Feudo. Representar não seria problema. Vinha representando há milênios, e assim continuaria.

Vestiu-se com esmero, escolhendo com cuidado a túnica que melhor lhe assentava e cujo olhar orgulhoso provocava. Vestira-se para ele não para compensá-lo, mas porque fora assim desde o começo. Só então, reuniu coragem para deixar o aposento e ir ao encontro dele outra vez.

Quando entrou na sala de reuniões, Cedric jazia sentado à cabeceira enquanto o mensageiro, com mais duas testemunhas, posicionara-se na outra extremidade da mesa, de pé. Indagou em pensamento o porquê de tamanha distância, apenas para fazer-se notar. A resposta foi fria e impessoal, apesar de educada. Determinado a ignorá-lo, Cedric nem ao menos erguera o olhar para recebê-lo. Sentiu-se um miserável. Contudo parou firme ao lado direito dele, de pé e austero, como a gritar que ninguém lhe tomaria o lugar. Ninguém...

Seguiu-se o de costume para ocasiões solenes. A missiva datava de meses atrás e fora enviada com objetivo de alertar os dois Senhores de possíveis avanços romanos naquela região. Segundo Néfer, o exército de Roma avançava inabalável por todo o continente, dominando a cultura local e varrendo aqueles que se pusessem eu seu caminho. De fato, o número de centuriões aumentara consideravelmente nos últimos anos, porém não havia qualquer sinal ou intenção de conflitos armados, quer na fronteira com Marselha, quer mais adentro no território.

No entanto, o governante de Nicaia parecia convicto da expansão romana, motivo pelo qual Cedric indagara a respeito das fontes e dos meios que possibilitaram aquele tipo de informação, quando seus próprios espiões nada lhe trouxeram de novidade. Obviamente, esta última parte foi omitida do mensageiro, mas conhecia-o bem o suficiente para ter certeza de que pensara assim, principalmente depois de ter enviado, não fazia muito, Celeste e Malik para averiguar as fronteiras.

O mensageiro respondeu a contento. A fonte viera do Oriente, para além da Trácia. Por esse motivo nenhum deles ouvira qualquer comentário belicoso. Tanto melhor. De posse dessas informações, poderiam estruturar uma possível resistência e, quem sabe, elaborar um método de negociação. O primeiro passo seria enviar alguém a Roma. Precisavam descobrir qual *Predador* estava por trás daquilo, isso se houvesse algum, o que era provável. Mortais nunca atingiam o sucesso esperado por si só.

O outro ponto importante da missiva falada era o pedido de desculpas por parte de Néfer em adiar a Reunião em Nicaia por motivos de segurança, tanto do próprio Feudo quando das demais famílias, que acabariam por se expor ao viajarem sem que as fronteiras estivessem seguras e as intenções da expansão romana o mínimo claras. Em verdade, Néfer pedia que Cedric concordasse com adiar os encontros por tempo indeterminando apesar de continuarem mantendo contato regularmente.

Preocupado, o governante chegou mesmo a pensar em negar o pedido e afirmar que a Reunião era fundamental. Mas foi nesse momento que pensou em Lythos... E o semblante suave dele invadiu cada uma de suas recordações. Caso acontecesse algo com o Micênio atrevido e petulante, morreria de desgosto. Então, partilhando da dúvida e das intenções de proteger sua gente, Cedric concordou em suspender as Reuniões pelos próximos anos, até que a situação se estabilizasse outra vez.

A reunião encerrou-se um pouco depois, uma vez sanadas as dúvidas e ditado o conteúdo da missiva até o fim. O mensageiro saiu com seus dois acompanhantes, agradecendo a hospitalidade e informando que retornaria a Nicaia, sem demora, ainda àquela noite. Despediram-se formalmente e, então, ficaram a sós... Apenas os dois, em silêncio carregado.

Lythos quis falar, dar sua opinião sobre o que ouvira, mas não teve coragem, não de imediato. Temia e não sabia o quê. Baixou o olhar às próprias sapatilhas, ainda parado ao lado direito dele, trêmulo e infeliz.

— Sugiro que enviemos alguém a Roma... — balbuciou, sem firmeza. — Seria interessante conhecer o *Predador* por trás disso tudo.

— Concordo — a voz grossa e limpa dele ecoou, forte, pelo recinto, sem expressão além da trivial. —Tomei a liberdade de chamar Dédalos aqui para este fim, se não se importa, claro — e não havia real intenção de dividir, apenas em comunicar que estava decidido.

— Por que Dédalos? — foi o que lhe ocorreu.

— Por que não ele?

Silêncio.

"Porque é o meu esteio, a única coisa que me resta além de você para manter-me são, e, mesmo assim, não será suficiente por muito tempo, meu querido. Eu sei, eu sinto. Sem Dédalos, estarei de fato só."

— Por que existem outros, talvez mais qualificados para a espionagem, além de que Dédalos não gosta de deixar o castelo. Você bem o sabe — e a resposta soou-lhe diversa daquilo que o coração lhe gritava.

— Pois Dédalos é o mais qualificado para esse tipo de operação. Fora isso, precisarei dos outros aqui. Agora, mais do que nunca, creio que seja fundamental incorporar outros à minha guarda.

Era a deixa para falar! Caso a oportunidade passasse, não teria outro momento como aquele para desculpar-se e explicar. Antes que ele prosseguisse, Lythos interrompeu-o, sua voz trêmula quebrando o tênue vestígio de confiança que lhes restava.

— Não pensei que tivesse levado a sério. Não imaginei que fosse realmente procurar uma Guarda Pessoal para mim.

— Se for verdade, vejo que não me conhece absolutamente nada, Lythos. Ao contrário de mim, que o conheço mais do que a mim mesmo.

As palavras estalaram em sua face como bofetadas. Seria verdade? Talvez... Caso percebesse que não acreditara que ele procuraria incansável até que encontrasse exatamente o que lhe pedira. Fora assim com Tristan e era assim com cada coisa que lhe dava, cada presente e desejo realizado. Cedric era assim. Fora um estúpido por não ter entendido o que os olhos verdes lhe diziam, como naquele instante.

— Meu Lorde... — murmurou, ajoelhando-se diante dele, ansioso de que o ouvisse sem a barreira de indiferença triste que os separava. — Esteve certo desde o princípio. Fui estúpido por não lhe perceber as intenções uma vez que o conheço bem; fui arrogante e mesquinho quando o questionei a respeito de algo que eu mesmo lhe pedi; fui detestável por não ter lhe ofertado o reconhecimento que merece, depois de tudo o que tem feito por mim; sou medíocre e caprichoso... — os olhos negros marejaram dentro dos dele e Cedric sentiu-se sufocar. Varreu-lhe a mente e o que encontrou foi devoção, sinceridade, dor. — Sou uma criatura vil e ingrata, mas peço o seu perdão, meu Lorde. Por todos os deuses que conhece, por tudo o que acredita, perdoe-me e nunca mais terá de passar por isso novamente. Eu juro... Eu juro...

E Lythos entregou-se a um pranto silencioso que o dilacerou por dentro. Não queria vê-lo daquele jeito, não poderia senti-lo assim, tão perto do fim, preste a perder-se de vez, pois foi o que lhe pareceu ao mirá-lo: que Lythos estaria perdido, louco e insano caso o destino os separasse. E, de repente, lembrou-se de tudo o que atravessara com ele até ali, a inocência de um menino perdida para a atrocidade da loucura, o sorriso doce e confiante da única criatura que aceitara estar ao seu lado por amor real e inegável, sem esperança além da sua própria, sem sonhos além daqueles que ele mesmo criara. Lythos abrira mão de sua vida e de sua paixão para estar ali e apenas existir. Então, também não fora mesquinho e egoísta? Também não o fazia sofrer por caprichos tolos que só faziam sentido em sua própria mente doentia?

Os pensamentos giravam dentro de si, inundavam-lhe a alma com aquela sensação de morte e terror, algo que não se permitia sentir há muito tempo. E foram os olhos negros que lhe ofereceram o refúgio do qual precisava naquele instante, mesmo que ele sentisse semelhante morte. Tomado pela necessidade de reencontrar seu lugar no mundo, perdido para a dúvida, Cedric tomou-o nos braços e afundou o rosto em seu pescoço perfumado, murmurando-lhe palavras de conforto e perdão.

Lythos agarrou-se a ele, a paixão momentaneamente apagada para a necessidade de retomar seu próprio sentido.

— Pelos deuses, minha Pérola! De onde tirou palavras tão duras? — indagou, enterrando os dedos nos cabelos negros e sedosos ao mesmo tempo em que recebia o rosto dele em seu peito.

— Foi você quem as disse para mim, Cedric. E tem razão por cada uma delas.

Cedric apertou os lábios com força. Sim, pensara isso naquele instante, tomado pela raiva e pela decepção. Todavia, conhecia Lythos e sabia que o irmão jamais o feriria por maldade ou intenção. Fora precipitado e não se orgulhava.

— Não posso resgatar o que disse. Ninguém pode voltar atrás com as palavras. Peço perdão por ter dito tudo isso. Estava com raiva e não medi o que dizia. Ambos erramos. Contudo, acertamos muitas vezes. Quero que deixe passar, da mesma forma que eu deixarei... passar.

O jovem assentiu, afastando-se e aceitando o colo que ele oferecia. Aninhou-se contra o peito forte, os pensamentos leves e serenos. Fazia tempo que não se sentava no colo de Cedric, e era tão bom! Sem dar-se conta, suspirou, permitindo que ele acariciasse seus cabelos, terno.

— Vamos começar de novo, está bem? — mais um assentimento. — "Encontrei o que me pediu, Micênio..." — e o tom agora era aveludado. — "Você terá a sua Guarda

Pessoal, poderá viajar para onde quiser com segurança e não precisará carregar Hermes contigo. Não é fantástico? Não está feliz?"

Lythos sorriu, dividido entre a surpresa e a emoção de sabê-lo perto outra vez.

— Passou os últimos anos indo à vila, quase que diariamente, apenas para encontrar uma Guarda Pessoal para mim?

— Claro que não! — Lythos afastou-se para fitá-lo, o semblante flagradamente duvidoso. — Bem, estava cuidando do nosso povo, foi uma grande coincidência.

— Cedric... — insistiu.

— Certo, Micênio. Eu confesso. A princípio avaliava o povoado, depois passei a ir para encontrar o que me pediu. Eu sempre procuro pelo que me pede até que encontro, não importa quanto tempo leve... E eu tinha pressa.

— Por quê? — perguntou, aconchegando-se mais uma vez e perdendo-se no perfume amadeirado que a pele dele emanava.

— Porque... Não me agrada a idéia de você viajar com Hermes. Sabe, desde a primeira vez que o vi, pude observar a paixão que queima dentro dele, uma paixão natural que jamais terei... E que encantou você. Eu vi, não adianta negar.

Lythos riu com vontade, emudecendo o outro por breves instantes.

— Encantei-me por você, seu bárbaro tonto. E não se conhece tão bem quanto pensa, do contrário saberia que há paixão em você, meu Cedric. E ela queima ainda mais forte do que aquilo que você pensou ver em Hermes. Eu vejo, não adianta negar...

Apertou-o forte entre seus braços, selando a posse sobre um território que ainda lhe pertencia. Uma vez esclarecido o terrível embate, rumaram para o ponto que importava: quem eram os músicos, o que poderiam oferecer e quem os *enlaçaria*, visto que Cedric não o faria, muito menos ele próprio.

O guerreiro contou-lhe o que captara e vira naquela primeira avaliação, na noite anterior, cada detalhe que lhe passara pela mente. Talvez não chegassem a ser uma boa Guarda Pessoal, mas não poderia negar que seriam músicos incomparáveis e que aquilo era por demais interessante. Deixou-se levar pela lógica incontestável do pensamento dele, confortado pelo corpo junto ao seu, e por ter recuperado a razão para existir depois de não ser ninguém.

Dédalos bateu à porta em seguida, e deixou o colo dele antes que fossem flagrados em intimidade, interrompendo a conversa para falar ao ancião. Com a objetividade que lhe era peculiar, Cedric colocou-o a par da missiva e dos acontecimentos na fronteira. Só então, pediu que o egípcio fosse a Roma buscar informações... Sozinho.

Quando ouviu isso, Lythos teve de lutar para conter a surpresa. "Por que sozinho?", foi a pergunta que se formulou, involuntária. "Porque dessa forma ele terá de se preocupar apenas consigo mesmo, o que poupará dor de cabeça, inconvenientes, além de garantir a eficácia e agilidade da missão. Dédalos sabe se cuidar, Lythos! Ele caminhava por este mundo muito antes de nós.", foi o que lhe respondeu.

E ele estava certo, pois Dédalos não apenas aceitou como agradeceu a oportunidade de ir só para uma empreitada perigosa e importante como aquela. Combinaram os pormenores, determinaram um prazo de retorno, o suficiente para que as informações fossem obtidas e o ancião voltasse para casa em segurança. Finda a conversa, despediram-se, pois, para poupar tempo, resolveram que o egípcio partiria dali a uma hora, se tanto. A noite ia pela metade.

Um vazio imenso dominou Lythos ao ter certeza de que Dédalos partiria. Pediu a Cedric para acompanhá-lo até os portões, ao que o guerreiro consentiu, feliz, alegando que iria até os calabouços para dar boa noite aos futuros músicos do Feudo.

— Vai chamá-los "Músicos"? — indagou ao batente, antes de sair para ir ter com o ancião.

— Sim. Acho a alcunha pertinente uma vez que este será o disfarce deles dentro do castelo. Não acha genial?

— Sim, meu Lorde... Só que, alguma coisa me diz que eles não vão achar tão genial assim — declarou, sorrindo para o irmão. — Preciso ir. Quero estar com Dédalos um pouco mais.

Cedric acenou-lhe e, tão logo Lythos saiu da sala, tratou de erguer-se da cadeira e tomar o rumo da escada que o conduziria ao nível mais baixo do castelo. Enveredou pela passagem sozinho. Não desejava testemunha para o que diria a eles a fim de convencê-los de que o melhor a fazer era continuar existindo, independente do modo ou dos meios para tal.

Cumprimentou o carcereiro, meio que adormecido num canto, e rumou para a cela pretendida. Fora bastante claro ao dizer a Liam que desejava todos num mesmo compartimento. O motivo era muito simples: caso não conseguisse convencê-los pelos argumentos, o faria pela ausência, privando-os uns dos outros até que a sanidade não mais existisse. Nunca ninguém visitava o calabouço.

No mesmo instante em que seus passos soaram pelo piso de pedra e seus sentidos foram envolvidos pela umidade viscosa e viciante do ar parado, um chamado repleto de ira irrompeu pelo silêncio mórbido que os cercava.

— Alguém! Um pouco de água, por favor!

Não se deu ao trabalho de responder. Apenas avançou com calma, imaginando o quão frio não deveria estar ali debaixo e ciente de que a pouca roupa que possuíam não era o bastante para aquecer-lhes o corpo. Nada o seria naquelas condições subumanas. Mas não fazia diferença. Mais um berro encolerizado vindo da única cela ocupada e sorriu de prazer. Seriam de Lythos, cada um deles.

— Seu bastardo miserável! Quer nos matar antes do tempo? Precisamos de um pouco de água aqui! — e aquela era a voz do moreno bonito e empertigado. Seria delicioso acabar com os pensamentos e com a esperança deles, se é que existia alguma.

Parou de frente para a grade, permitindo uma visão completa de si mesmo, a imundície e decadência ao redor contrastando com o branco luminescente de suas feições antinaturais e com a riqueza exuberante de seus trajes. Nada disse enquanto apreciava o assombro tomar as expressões, cada uma à sua maneira.

Como se pressentisse o perigo iminente, o rapaz loiro adiantou-se e pôs-se à frente do grupo na tentativa de poupá-los do que não compreendia. Estava assustado e, ainda assim, não se afastou um único centímetro, disposto a protegê-los, mesmo que lhe custasse a vida. Seria um comandante esplêndido. Decerto que o colocaria à frente do grupo, era um líder nato e detinha excelentes técnicas de combate pelo que pudera observar na noite anterior.

— Preciso de água — foi tudo o quanto disse, a voz trêmula pelo pavor e os olhos amarelados presos aos seus, receosos, porém sem rendição.

— Por que acredita que lhe daria alguma coisa depois de serem pegos roubando o que é meu?

Os olhos dele faiscaram e lançou um olhar rápido para o amigo enfermo. O rapaz jazia meio encostado à parede, o semblante ainda mais pálido, os lábios meio que azulados. Não tinham muito tempo, era verdade.

— Por que não ordenou que nos enforcassem hoje pela manhã, como seu povo clamou? — e em nenhum momento ele duvidou de que estivesse frente a frente com o verdadeiro Senhor daquelas terras. Invadiu-lhe a mente e, além do desespero de imaginar a morte de seu único amor, viu que ele sabia. Soubera desde o instante em que fora preso e, acidentalmente, seus olhares se encontraram. Algum *Dom*? Absolutamente nada além da experiência e da vivência que trazia dentro de si. Admirou-o ainda mais por isso e resolveu que não mais judiaria de seus sentimentos. De nenhum deles, em verdade.

— Tenho uma proposta para você, centurião — e o assombro foi evidente. Dessa vez, ele deu um passo para trás, apesar de o olhar não ceder. — Aliás, para o grupo do qual você é, sem dúvida, a voz ativa. Mas não vamos discutir esse tipo de banalidade. Estou lhe dizendo que é o líder e, se for tão inteligente quanto parece, aceitará o fato — silêncio. — Ordenei que os trouxessem aqui porque preciso de uma Guarda Pessoal, não para mim, e sim para meu companheiro. Vocês são perfeitos para desempenhar este papel, isso é tudo.

O jovem sorriu, escarnecendo. Era audacioso e impertinente, porém, quando estivessem *enlaçados*, seria diferente.

— Quer me fazer crer que confiará a sua vida ou a de seu companheiro a pessoas que roubaram você bem debaixo do seu nariz? Perdão a insolência. Agradeço o elogio, mas inteligência é algo que o Senhor não possui. Eu o esfaquearia pelas costas na primeira oportunidade. O que me diz disso?

Cedric riu, doce, como se falasse a uma criança estúpida, o que exasperou o jovem centurião, obrigando-o a avançar outra vez, destemido.

— Digo que não adiantaria nada, meu caro. Esse tipo de coisa não poderia matar-me. Minha raça é eterna.

A fúria morreu para a consciência. Ao fundo, o jovem enfermo tossiu muito, por longo tempo, até que o espasmo explodisse numa poça de sangue viscoso contra o chão escuro. A menina amparou-o um segundo antes de ele desabar sobre a própria sujeira. Apesar do sofrimento que sentia, o jovem centurião agiu como um verdadeiro líder defendendo os seus, e, mesmo quando o rapaz moreno aproximou-se para perguntar o que tudo aquilo significava, não obteve resposta apesar de o outro saber exatamente do que se tratava.

— Você sabe o que sou. Você viu, pelas suas andanças, o que os de minha espécie são capazes de fazer — disse Cedric, capturando-lhe da mente imagens confusas de um passado próximo.

— Lúcius! — chamou o moreno às suas costas, mais uma vez. — O que ele quer dizer?! — estava apavorado.

— Que vamos morrer... Da pior maneira que sua mente pode conceber — tornou, lentamente, como que ausente. Foi a tosse contínua do outro que o chamou de volta à realidade.

— Não precisa ser assim, Lúcius. Estou lhes concedendo a oportunidade de serem como eu e de pertencerem à minha *Família*. Seremos iguais e seguiremos por um mesmo objetivo.

— Acredita mesmo nisso? Não se pode comprar lealdade nem mesmo com a vida — cuspiu-lhe, os olhos marejados.

— Não precisarei comprar sua lealdade. Ela será minha, pois você a dará a mim de livre vontade. Ainda não percebeu? São mortais agora. Depois de se tornarem como eu, tudo em que acreditam será modificado na sua nova existência. É o que acontece a todos nós. Não precisam ter medo. Basta que você decida, Lúcius, e todos eles aceitarão. A decisão está nas suas mãos.

Silêncio, que se estendeu por uma eternidade.

— O que nos acontecerá se, por um acaso, eu não aceitar?

— Serão enforcados, como deveria ser. Nada além disso. Mas estou lhe oferecendo a oportunidade de viver para sempre, de pertencer a uma *Família*, de ter um lugar para o qual voltar, de estar entre os seus sem a vergonha da deserção.

Lúcius sorriu, dessa vez triste.

— Parece-me tentador. Mas não desejo me tornar algo semelhante a você, que mata e bebe sangue de outras pessoas. Minha resposta é não. Morreremos todos juntos, como o destino determinou.

E deu-lhe as costas para acudir o jovem enfermo. Fitou-os todos ali, unidos. Os demais também haviam escutado a discussão, sabiam agora do que se tratava e, mesmo diante da possibilidade de salvarem suas vidas, não contestaram a decisão do mais velho, resignados e felizes por não sofrerem por mais tempo.

Lúcius agachou-se ao lado de seu amor, tomou-o nos braços e, com suavidade, contou-lhe o que aconteceria, que morreriam enforcados e que, finalmente, ele não sofreria mais daquela doença terrível que lhe corroía as entranhas e o fazia agonizar por noites inteiras, sem piedade.

— Ele será curado.

As palavras ecoaram pelas paredes por segundos eternos antes de os olhos amarelos erguerem-se para os seus novamente, com um brilho de esperança completamente novo.

— Acredite em mim, Lúcius. Caso optem por tornarem-se como nós, a doença desaparecerá, toda e qualquer doença. Não haverá dor ou sofrimento, nunca mais... Pois estamos acima das mazelas mortais.

Lúcius passou o amigo para os braços do rapaz moreno e, com movimentos felinos, avançou até a barreira da cela, o receio substituído, rapidamente, por desespero. O jovem centurião agarrou as grades com ambas as mãos, aproximando o rosto em seguida, o temor abandonado para algo maior... Que há muito não via, senão nos olhos ardentes de Lythos quando lhe confessava seu lugar e sua vontade. Havia paixão... Uma paixão tão intensa e plena que lhe baniu da consciência o alerta de perigo que, com certeza, seus instintos guerreiros lhe gritavam.

Entretanto, os olhos amarelos fixaram-se nos seus. Nenhuma dúvida ou temor, apenas o brilho de esperança a colorir de tons dourados as íris incomuns. Mergulhou em sua alma por um instante e soube que ele faria qualquer coisa para salvar a vida daquele a quem dedicara seus anos, sua saúde e seus sonhos. Quando o focou outra vez, foi com respeito que lhe ouviu a voz, não trêmula como antes, mas carregada de urgência.

— Curado? Como?

— Quando aceitarem ser como nós, deixarão de ser mortais para tornarem-se o que somos. Não haverá culpa, dúvidas, não terão os mesmos conceitos morais nem estarão sob as mesmas leis. Serão muito mais fortes, seus sentidos se aguçarão, aprenderão coisas fascinantes que apenas um de nós é capaz de fazer e não ficarão doentes, nunca. E isso não é uma promessa, centurião. Isso é a realidade que eu vivo. Apenas a estou oferecendo a você e aos seus. Em troca, terão apenas de estar comigo. Eu os amarei como minha *Família*, cuidarei de vocês como cuido dos outros, e tudo o que exigirei é que sejam leais até o fim, se ele chegar algum dia.

A respiração dele tornou-se ofegante, não por medo, mas por excitação. Nova crise de tosse soou atrás dele junto ao lamento sofrido da moça, agora abraçada ao enfermo.

— Ele está morrendo, Lúcius! Por quê? Por que o deixará morrer assim quando eu lhe ofereço o fim de todas as dores? Por quê?! — e havia real incredulidade na voz rouca e macia, verdadeira compaixão em seu olhar verde.

— Como posso ter certeza? Por que devo acreditar em você?!

— Porque, se eu desejasse, já estariam mortos. Tem noção de que eu poderia arrancar essa grade com as mãos e quebrar o seu pescoço sem que você nem ao menos percebesse que me movimentei em sua direção?

Um brilho de reconhecimento passou pelos olhos amarelos. Sim, ele sabia. Não haveria necessidade de ir além. O jovem balançou a cabeça, o olhar baixo, o semblante carregado de desespero. Em sua mente frágil berravam todas as perguntas sem resposta que poderiam passar pela cabeça de um mortal num momento como aquele: "Seria justo? Seria leal com os outros? Deveria decidir por todos ou não? O que aconteceria depois? Será que a vida eterna existia? E, se existisse, será que era algo bom como lhe prometera? E se não suportasse? E se os demais não agüentassem ou o odiassem? E se... E se o perdesse quando tudo aquilo estivesse terminado, ou começando, já não sabia?"

— Seu tempo se esvai, Lúcius. Mesmo para alguém como nós, existe o limite... E o limite é exatamente a tênue linha que divide a vida e a morte. Não o deixe morrer sem que algo seja feito ou não haverá nada mais a fazer.

— Dê-me sua palavra! — tornou em pânico, a voz alta o suficiente para atrair a atenção dos demais. — Dê-me sua palavra de que cuidará de nós, que nos fará dignos novamente, que o passado não importará!

— Dou-lhe a minha palavra.

Ele ofegou e voltou o olhar atormentado novamente para o doente. A moça chorava, o moreno abraçara mais o enfermo, cujo corpo não mais se mexia. Encarou Cedric novamente, os olhos úmidos.

— Dê-me a sua palavra... — balbuciou, as lágrimas escorrendo — de que ele não sofrerá mais.

Tomou a mão dele com a sua, ainda agarrada à grade, olhos nos olhos. As peles de ambos jaziam frias. Soube que seus destinos estariam interligados pela eternidade e quis dar ao outro a mesma certeza.

— Nenhuma dor, dou-lhe a minha palavra — sussurrou de volta e o pior foi ter de perder-se naquele olhar de esmeralda e acreditar.

— Serviremos ao Senhor, meu Lorde — disse, pondo-se de joelhos diante dos olhares assombrados dos outros dois.

Cedric não esperou um segundo além para arrebentar a porta de metal como prometera, passando por Lúcius, que permanecia sentado sobre os calcanhares, chorando mansa e silenciosamente. Quis confortá-lo, pois lhe reconhecera a dor, uma dor que não era a sua, mas que poderia destruir vidas, mesmo a daqueles a quem amamos. O jovem centurião só esboçou movimento quando, atônito, viu aquela criatura monstruosa deslocar-se até os demais e tomar o jovem doente.

O guerreiro afastou os outros sem cerimônia e pegou o jovem moribundo nos braços enquanto enviava uma mensagem mental a cada um dos *Membros* para que se encontrassem imediatamente na sala de reuniões. De posse do corpo enfraquecido pela doença, girou sobre os calcanhares e rumou para o corredor.

— Para onde o levará?!

— Vocês três, venham comigo. Infelizmente, teremos de decidir isso agora! Seu amigo não tem muito mais tempo de vida e algo precisa ser feito — mirou Lúcius com firmeza. — Antes que ele morra.

*   *   *

Dédalos tornara-se algo pequeno contra a vegetação da floresta quando deixou o braço cair ao longo do corpo novamente. Acenara para ele desde o instante em que subira no cavalo, partindo para a missão. Sentia-se meio que sem firmeza diante da ausência dele. Desde que chegara ali, Dédalos estivera presente, fosse para dividir com ele a alegria das descobertas, fosse para enxugar-lhe as lágrimas de tristeza. E, então, se fora. A sensação era semelhante à de abandono, mas não deixou que se exteriorizasse em sua face jovem e antinatural. Apenas voltou-se e tomou o caminho de casa, disposto a ir ter com o bárbaro e saber o que sucedera a respeito dos músicos. Se bem o conhecia, deveria ter descido às profundezas dos calabouços para dar um fim àquele assunto. Fim ou começo.

As árvores tornaram-se íntimas novamente, as mesmas que apreciava do alto de seu quarto enquanto pausava a escrita e perdia-se em questionamentos sem sentido. Sorriu, por fatalismo. Ainda restava muito tempo para a madrugada.

"Boa noite a todos...", a voz dele ecoou-lhe na mente como que num prenúncio de tudo o que vinha pensando desde que Dédalos desaparecera no caminho. "Estejam na sala de reuniões em, no máximo, dez minutos. Esta é uma convocação oficial".

Fim da mensagem. Estivera com ele uma hora antes, se tanto, o suficiente para que Dédalos preparasse algumas roupas e um cavalo. E Cedric nunca convocava reunião oficial em vão. Tomado pela ânsia típica da ignorância, Lythos lançou-se entre as árvores, correndo o máximo que suas pernas lhe permitiam. Quando alcançava o portão da *Casa Ancestral*, **Dimitri** e **Demétrius** o esperavam na soleira.

— Estão aqui há muito? — indagou, sem olhar para eles, passando-lhes à frente e entrando em casa

— Não, meu Lorde. Acabamos de chegar — responderam em uníssono.

Lythos assentiu e nada mais foi dito até que cruzaram as portas da sala de reuniões. Com exceção de Dédalos e Malik, todos os demais *Membros* encontravam-se no próprio castelo, o que não dificultou o deslocamento ao local determinado. Varreu os presentes. Cedric não se encontrava entre eles. O *Atravessador de Sombras* irrompeu pelo recinto numa entrada triunfal, saindo da sombra próxima à janela e cumprimentando a todos os demais com um sorriso cordato, sem deixar de lado o cinismo.

— Desculpem a demora. Estava em casa relaxando e tive de me arrumar antes de vir para cá, encontrar com meus Lordes — e fez uma exagerada reverência a Lythos.

Pensou em algo "simpático" para dizer, pois Malik, por vezes, extinguia-lhe a paciência, apesar de Cedric se divertir bastante com ele. Seu intento foi interrompido pelo som de passos rápidos no corredor, vários pares de pés, mais pesados que o normal. Identificou Cedric entre eles, porém, mesmo o bárbaro parecia se movimentar de modo mais lento e pesado que o habitual. Não chegou a perguntar nada, pois, no segundo seguinte, ele entrou pelo recinto trazendo um jovem pelo braço, como que arrastado, e tendo mais três mortais em seu encalço, apreensivos.

Havia algo muito errado ali, e não era com o irmão, mas com o rapaz que ele trazia junto a si. Teve certeza de que, caso Cedric não o estivesse segurando tão forte, teria desabado ao chão. Será que o haviam torturado? Que o maltrataram quando preso? Impossível, pois Cedric, apesar de partidário das prisões, não o era em relação à violência gratuita. Até porque não precisavam de violência para saber o que desejavam. Pareceu-lhe então algo muito maior e mais triste, que o fez lembrar-se de um passado terrível, de fome e doença. Algo que desejava esquecer e, ao mesmo tempo, não conseguia lembrar-se com clareza. Ficara para trás. Não havia meios de recuperar essas lembranças, não sem perguntar e expor-se. Limitou-se então a observar a cena que acabara de iniciar: os seis *Membros* parados lado a lado num semicírculo; Cedric a carregar o rapaz moribundo; e os outros três mortais colocados à apreciação.

— Minha cara *Família*... — iniciou em tom firme e baixo, largando o jovem que caiu de imediato, quase sem sentidos. — Todos vocês sabem dos termos da *Aliança*, estabelecidos anos atrás. Todos vocês estavam presentes, representando a *Família* DeLacea, da qual fazem parte desde que aceitaram estar ao nosso lado e sob nossa proteção. Pois bem, os tempos estão difíceis e, apesar de serem meus homens de maior confiança, não estão disponíveis para preencher o vazio que as nossas novas alianças nos causaram.

Cedric ergueu a mão e chamou Lythos para perto de si. O jovem cretense avançou para ele sem hesitação, seguro, mesmo quando foi obrigado a contornar os mortais, que se agruparam no meio da roda como se pudessem assim se proteger do desconhecido. Pobres tolos que ainda não haviam descoberto que não há saída, não existe meio de se proteger do inevitável.

Parou ao lado de Cedric e encarou cada um dos demais como o Senhor que era, governante ao lado do irmão, tão responsável quanto o outro pelas vidas que ali se abrigavam.

— Lythos precisa de uma Guarda Pessoal para a comunicação com os demais Feudos. Não posso designar um de vocês, destinados a outras missões, para este fim. Todavia, é inegável a necessidade de imortais que sejam fiéis à *Família* e o acompanhem nas viagens — ele caminhou lentamente pelo círculo, fitando cada rosto atento, analisando-lhes as reações. — Estes são mortais especiais. Eu os encontrei no povoado e, além de exímios músicos — mirou Celeste, que lhe sorriu em aprovação, —, possuem outras habilidades, como o manuseio da espada e defesa pessoal, e pungam como ninguém, não é, meu caro Hermes?

O *Andarilho* riu com gosto e confirmou o julgamento, atestando que estivera com o Lorde em ocasião de tê-los escolhido. Lythos varreu a mente de cada um dos *Membros* naquele exato instante, terminando em Tristan, parado no extremo oposto da sala, a mente vazia e sem pretensão. Antes que Cedric lhes dissesse suas intenções, eles já sabiam o que os aguardava e olhavam atentamente cada um dos jovens.

— Eles são quatro, enquanto vocês são seis. Precisamos deles e este é o momento perfeito para que se tornem como nós, uma vez que o avanço romano faz inviável ou imprudente qualquer viagem... — silêncio, e ninguém mais olhava para o líder e sim para o grupo largado sobre o chão de pedra. — Quero que decidam quem de vocês os enlaçará e que, feito isso, escolham aqueles que serão seus filhos, suas crias, seus discípulos. Deve ser feito e tem de ser agora. Não tenho muito tempo e nem vocês, uma vez que eles deverão estar prontos para serem e defenderem a *Família* antes da próxima viagem oficial.

Todos os olhares se desviaram para o jovem cretense.

— Não posso estipular uma data precisa. Por necessidade, deveríamos partir ainda esta noite, porém, como Cedric mesmo salientou, é preciso cautela nas estradas. Façam o mais rápido que puderem sem prejudicar o trabalho de vocês. Isso é tudo.

Os *Membros* voltaram a fitar os rapazes e a mocinha, tão linda. Aproveitando-se de que as atenções se desviaram para a decisão e o silêncio reinava implacável, Lythos viu-se dividido entre observar e conhecer um pouco dos quatro mortais que seriam sua Guarda, ou invadir os pensamentos alheios para conhecer as intenções e as escolhas de cada um deles. Antes que pudesse tomar uma decisão, Malik adiantou-se e soube que falaria, não sem antes saber o que se passava dentro dele.

Os instantes em que se invade a alma de uma criatura qualquer podem se estender pela eternidade. E foi o que aconteceu. Em apenas um segundo, Lythos roubou-lhe os pensamentos, irrompeu por sua mente e viu a imagem do jovem pelos olhos sarcásticos e doces de Malik. Sim, ele estivera observando o rapaz que Cedric amparava ao entrar na sala. Queria descobrir o porquê de ele, e justamente ele, ser carregado. Queria adivinhar o que aquele gesto significava. Decerto, não chegou a nenhuma conclusão concreta pelo simples motivo de que não tinha meios para tal.

Porém o *Atravessador* se encantara pelo rapaz, não daquele encanto pecaminoso e febril, mas de uma ternura inexplicável mesmo para ele, que se conhecia tão bem. Algo no jovem o atraía e não era apenas a certeza de sua aptidão para as sombras. Era algo mais, que ia além de sua vontade, algo indescritível e sem propósito.

Lythos fitou Cedric de soslaio e soube que a escolha fora feita, muito antes de entrarem naquela sala. Tudo o que o irmão fazia era dar tempo para que os demais se habituassem com a idéia e que firmassem laços com suas futuras crias, nada além disso. Então, o mensageiro voltou o olhar para o jovem, alvo do interesse de Malik, o tempo voltara a correr.

— Já fiz minha escolha. Quero o rapaz que o Senhor trouxe consigo, meu Lorde. Tenho certeza de que ele será o discípulo perfeito para mim pelo tom sombrio de seus olhos — e ele tinha razão, foi obrigado a admitir. Em verdade, Malik perdera o ar de escárnio sempre presente para assumir aquela expressão séria de quem cuida de algo precioso.

— Dê-lhe um novo nome e leve-o consigo, Malik. Não lhe resta muito tempo, você sabe — murmurou Cedric, satisfeito.

Malik abriu caminho entre os outros três mortais e, sem cerimônia, tomou o jovem, tirando-o deliberadamente dos braços de Lúcius. O desespero do centurião foi evidente, porém qualquer atitude foi impedida pelo olhar sombrio do outro e não havia alternativa. Foi o que o silêncio lhe gritou, um segundo antes de baixar os olhos amarelados ao chão na intenção de esconder o impulso assassino.

O *Atravessador* cumprimentou os Senhores com um leve gesto de cabeça e, em seguida, sem aguardar mais um instante, desapareceu nas sombras da parede, carregando o jovem em seus braços e causando um terror quase palpável nas pobres e inocentes criaturas mortais que ficaram para trás. Cada um deles temeu, apesar de maneiras distintas: Lúcius empalideceu, os olhos turvos como se aguardasse uma tragédia; a menina estava prestes a desmaiar enquanto o rapaz moreno mirava a sombra pela qual sumiram com incredulidade quase insana. Porém, havia tanto amor e tanta ternura no gesto de Malik, que Lythos agradeceu em silêncio que o tivesse levado dali, mesmo que sob a sinistra expectativa dos demais.

Então, Dimitri e Demétrius adiantaram-se reivindicando o centurião loiro para cria. Não precisou varrer-lhes a alma para compreender o motivo da escolha. Estava claro, tanto em seus gestos quanto nas palavras que lançaram no ar: o jovem emanava força e detinha o espírito indomado, ideal para compreender o *Dom* e *Casta* e para tornar-se o melhor entre os melhores.

Os gêmeos avançaram para o centurião com cautela e confiança, misturados. O rapaz jazia ainda de joelhos, encurvado agora, como se sustentasse terrível fardo. Então, Demétrius tomou-lhe o rosto, gentil, obrigando que o jovem mortal o encarasse com seus olhos amarelados, ao mesmo tempo em que Dimitri se aproximava por trás e enlaçava-o com ternura incomum. A cena era, de fato, linda... E harmônica... Lúcius seria um legado estimado além de perfeito para o papel que representaria.

— Vamos... — foi a voz de Dimitri que rompeu o silêncio, surpreendendo a todos os demais. — A esperança morre apenas quando deixamos de existir... Querido...

Demétrius aproximou-se mais, enlaçando-o também, pela frente, e recebendo-o nos braços num pranto sofrido.

— Cuidaremos de você porque, quando o reencontrar... — disse o mais sociável dos capitães.

— Sim, quando o reencontrar...

— Precisará estar forte... Lecabel.

E, sem mais, ergueram-se numa sincronia perfeita, trazendo o rapaz junto, amparando-o por todo o trajeto até a porta e mais além. Deixou que se fossem, aceitando de bom grado o discreto cumprimento de Dimitri e ciente de que o jovem necessitaria de toda a atenção para se tornar o *Predador* forte que prometia ser.

Celeste foi a próxima a manifestar interesse no jovem de cabelos castanhos e pele morena que, segundo ela, detinha inclinação única para compreender a alma alheia e apoderar-se dela quando necessário. Além disso, era o mais belo dentre os quatro e, quando lapidado por mãos hábeis, tornar-se-ia a mais rara jóia. Ninguém sequer imaginaria o quão perigoso ele não viria a ser. E piscou para ambos os Lordes, estendendo a mão para o rapaz que, trêmulo, foi ao seu encontro, não muito certo do que fazia. Celeste abraçou-o e murmurou-lhe palavras doces enquanto se retiravam do recinto.

Ao notar-se só, a menina, ensaiou um choro que se prendeu na garganta. Hermes mirou Tristan por um segundo e o mago, com um pedido de licença, retirou-se sem nada dizer. O *Andarilho* sorriu e avançou para ela, aproveitando de sua imensa habilidade para iludir e acalmando-a com um truque corriqueiro ao desaparecer com um anel nas mãos.

A moça riu nervosa e disse que conhecia aquele truque. Hermes deixou que ela procurasse o anel em todos os lugares, pelo tempo que desejou. Nada. Cansada, ela ergueu-lhe seus lindos olhos azuis e perguntou onde estava a peça.

— Não percebeu ainda, minha doce Christina? — a moça negou, ainda não muito à vontade com os demais, porém mais tranqüila na presença dele. — Não encontrou o anel porque não há anel algum. E é isso o que vou lhe ensinar: a fazer com que acreditem naquilo que não existe. Não lhe parece interessante? Não quer vir comigo?

Ela afastou-se um pouco, dividida entre a afeição e o receio.

— O que vai fazer comigo? Vai me obrigar a... — e não teve coragem de completar o raciocínio, contaminada por lembranças que não eram as suas. Lythos varreu-lhe a alma e descobriu que um deles, não sabia ainda qual, fora obrigado a vender sua inocência para continuar vivo. E aquilo o machucou sem saber o porquê.

— Não vou te obrigar a nada, pequena. De agora em diante, serei seu pai, lhe darei o que há de melhor em mim, todo o sentimento que possuo. Mas não assim, eu prometo — ele aproximou-se do ouvido dela, como em confissão, sempre sorrindo. — Vou lhe contar um segredo: eu já amo outra pessoa, mas ela não me corresponde.

Christina mirou-o, triste.

— Precisamos conversar sobre isso...

— Pode me chamar de Hermes ou de pai, como preferir.

— Precisamos conversar sobre isso, pai — repetiu ela, e havia felicidade em seus olhos outra vez.

—Teremos todo o tempo do mundo, querida, acredite em mim—Hermes cumprimentou Lythos e Cedric, discretamente, e estendeu a mão para a moça, conduzindo-a à saída. — E quanto ao seu nome? Gostou de Christina?
— Sim, mas tenho outro nome.
— Não tem mais, meu amor. A partir de agora você é Christina, será outra pessoa e deve deixar o seu passado para trás. Não vai precisar dele, confie em mim! O mundo se abrirá para você como nunca na sua vida e estaremos juntos para descobri-lo, noite após noite.

* * *

O número cada vez maior de guerras, devido à influência romana na região, dificultava não apenas a troca de mensagens e notícias entre os membros da *Aliança*, como ocupava cada hora da noite ou do dia, fosse de Cedric ou Bertrand Ridley, filho de Liam, o mais novo mortal à frente das terras DeLacea. Há anos que o bárbaro não mais ficava no castelo ou visitava o Feudo, como deveria ser. Há muito Bertrand era obrigado a conter os conflitos crescentes para proteger o povoado.

Quanto a si, estava inquieto desde o retorno de Dédalos há quase cinqüenta e seis anos. Como era de se esperar, o ancião cumprira a missão e trouxera de Roma a notícia de que não havia *Predadores* por detrás da expansão romana, um evento inédito que não poderiam ignorar, de jeito nenhum.

"Sabe o que isso significa, bárbaro? Significa que os mortais são muito mais organizados do que pensamos e que, se não há um de nós por trás disso tudo, temos por obrigação cuidar para que assim permaneça", ao que Cedric respondeu com um sorriso franco. "Meu caro Micênio atrevido... Sabe o que isso significa? Que, seja lá o que for, não durará muito, pois não é possível manter sob um único legado tamanha extensão de terras, e não tomaremos providência alguma porque, para estarmos à frente de qualquer coisa, precisarei enviar você numa viagem oficial. Não farei isso Lythos, não enquanto houver instabilidade política e tantas guerras perto das fronteiras. Está decidido."

E assim foi. Sem argumento possível, rendeu-se àquele silêncio irritadiço e à ausência daquele bárbaro detestável, que permanecia noites inteiras com Dimitri, Demétrius e sua nova cria, a elaborar estratégias de guerra, ou longe de casa aparentemente "defendendo território". Pois sim...

Suaves batidas na porta fizeram-no sair do devaneio raivoso e fixar o olhar na figura bondosa de Dédalos, a única companhia imortal que possuía, enquanto os demais *Membros* permaneciam afastados da *Casa Ancestral*, concluindo o treinamento de suas respectivas crias. Quando retornassem, Cedric não mais poderia impedi-lo de partir! Por isso também resolvera marcar uma data, para dali a alguns dias, visto que sessenta anos eram mais do que suficientes em sua concepção. O resto se aprende na prática.

— Seja bem-vindo, meu caro — cumprimentou o mais velho, deixando de lado o azedume no qual mergulhara para sorrir-lhe afetuoso. Dédalos também sorriu e aproximou-se, tomando assento na cadeira em frente.

— Vim ver como está, pequeno amigo. Acredito que se ressinta da ausência de Cedric e, como não restam outras companhias mais interessantes, resolvi oferecer meus préstimos. Pois então, o que se passa nessa mente brilhante?

Lythos riu, mais confortável, e perdeu-se nos olhos experientes dele.

— Pergunto-me o que Cedric pode estar fazendo há tanto tempo na fronteira da propriedade. Apenas isso.

— Está cuidando daquilo que lhe é caro — foi a resposta firme e imediata, como se não duvidasse nem por um instante.

— Pois vou lhe dizer: está, no mínimo, se engraçando com alguma mulher da vida... Ou pior! Com algum garoto fácil, um centurião jovem e permissivo a quem pode usar e, depois, descartar — e nem mesmo ele acreditou no que dizia.

— Ora, vamos, Lythos! Não seja assim. A infância o abandonou há séculos, querido! Olhe para mim — Lythos obedeceu. — Diga que realmente o julga dessa forma e eu lhe direi que não conhece o seu companheiro, mesmo depois de todos esses anos de convivência.

— Por que ele não me deixa ir, Dédalos? Por quê?! — indagou, cansado. — Seria tão mais fácil para todos nós.

— Ainda me pergunta? Ele o prende aqui por amor, porque não pode garantir que você voltará vivo, porque não concebe a própria existência sem que você dê sentido a ela. Compreende agora? — o jovem baixou os olhos, um sorriso suave a transformar-lhe o rosto numa obra de arte. — Acredita em mim?

— Acredito. Mas isso não altera em nada a situação: estamos presos aqui e tenho um pressentimento terrível sobre tudo isso! Algo que nunca me acometeu antes e que não consigo explicar, mas toma minha alma e sobe pelas minhas costas até a nuca quando meu corpo inteiro fica ainda mais gelado — ele buscou refúgio nas copas escuras das árvores. — Tentei fazer magia para saber... Convocar espíritos, foi o que Tristan sugeriu. Porém, parece que nem todos podem fazer isso.

— De fato. Aqueles que já puderam ver, ouvir e falar a espíritos, quando abrem mão disso, não podem conjurar um por seu próprio interesse.

As íris negras fixaram-se nas suas, arregaladas e injetadas de sangue.

— O que quer dizer, Dédalos?

— Que deve atentar para as suas intuições, pequeno amigo, pois elas sempre disseram muita coisa a todos os que o rodeavam. Digo que deve falar a Cedric sobre isso porque, se ele não lhe deu ouvidos ainda, é porque não lhe contou como deveria, não da maneira como está me contando, pois o seu companheiro crê no oculto tanto quanto Tristan ou mesmo eu.

Dédalos tocou-lhe a mão e saiu, silencioso como de costume. Passou o restante da noite mergulhado em perguntas sem resposta. Não sabia ao certo se algum deles poderia extinguir suas dúvidas, porém decidiu que falaria com Cedric a respeito, que pensariam juntos numa solução. Todavia, quando ele retornou para casa, já quase manhã, não pôde lhe perguntar nada. Tudo o que fez foi perder-se naquele mar de esmeralda, ouvir-lhe um "te amo" muito longe e escorregar para a inconsciência.

* * *

Imagens etéreas de um lugar lindíssimo com árvores e flores sem ter fim, com o colorido exuberante que anunciava vida, paz e plenitude. Sua alma estava, contudo, amargurada e ultrajada. A paisagem esmaecida, como que fora de foco, foi se aproximando enquanto caminhava para o que poderia ser uma sacada. Chegou ao parapeito frio e tocou-o de leve, sem real sensação. Diante de si, a cidade branca se estendia colina abaixo em promessa de nevoeiro, sol e marfim.

Maravilhoso. Tão lindo e tão triste. Amara tanto aquele lugar. Amara a si mesmo com tamanha intensidade, e, agora, nada mais lhe restava além da promiscuidade de se corromper, da ânsia por se entregar. A quem, não sabia.

"Imperador ou seu Senhor, tanto faz. Você se vendeu pela vida. Agora continua a se vender, só que pela morte. Eu avisei... Eu avisei..."

Virou-se para saber quem lhe falava, entretanto, não havia ninguém ali, nenhuma viva alma em todo o átrio. Estava só com a paisagem a chamá-lo tal qual um amante apaixonado.

Amante.

Com o peito oprimido, subiu no parapeito. A cidade pareceu muito mais bonita, as árvores como tufos de folhagens verdejantes, o sol a brilhar sobre o mundo que desejara conhecer. Sim, era aquilo. A oportunidade de abrir as asas e voar, sair dali, buscar seus sonhos e acabar com a dor. Um instante de êxtase e abandonou seu corpo à rigidez etérea do ar. Fim da paisagem, das árvores e da cidade; fim da inocência e da esperança. Fim da linha. Morte.

O corpo despencou vertiginoso numa queda sem fim. Aguardou pelo baque surdo junto à encosta, porém tudo à sua volta jazia em breu, escuridão! Gritou desesperado, a viscosidade gélida a envolvê-lo naquela agonia terrível quando não podia ver ou sentir coisa alguma. Berrou em pânico. Seus braços se oprimiram como se alguém os estivesse apertando com toda a força. Não havia ninguém.

"Não existe qualquer possibilidade de nos negarmos, meu Lorde... Não depois de nos tornarmos íntimos da escuridão".

"Quem é você? Por que está fazendo isso comigo?!".

"Acredite em mim! Será um inferno demasiado terrível para ser suportado! E, depois que estiver feito... A noite já começou e logo ele o tirará de meus braços".

O grito de dor que lhe escapou da garganta por um instante pareceu-lhe de outro alguém, distante e irremediavelmente perdido. Lágrimas lhe escorreram, apesar de não ter coragem para tocar o próprio rosto e senti-las contra os dedos.

De súbito, o despencar se extinguiu para um campo de batalha arrasado, completamente deserto ou, ao menos, essa foi sua impressão. Contudo, os sentidos estavam voltados para o objeto que lhe amortecera a queda. Baixou os olhos e a terra estava banhada em sangue. Jazia sob um corpo morto, sem cabeça. O que antes deveria ter sido vigoroso estava inerte, meio que escondido pelas roupas bordadas, agora enlameadas e manchadas de púrpura. Quis afastar-se dali, quis sair de cima dele e rolou para o lado, sua mão fina tocando acidentalmente a dele, onde um anel familiar brilhava contra a luz da lua, o anel com o brasão da Família DeLacea.

"CEDRIC! NÃO!"

Correu o olhar em torno de si, pelas copas altas das árvores, procurando por alguém quando, sabia, nada poderia ser feito, o terror tão forte em seu íntimo que o privava mesmo das lágrimas. Foi quando, ao longe, divisou uma imagem conhecida: um homem moreno parara há metros de distância e, talvez devido ao espesso umedecer de seus olhos, não pôde ver-lhe as feições com clareza. Mas ele passou a mão pelo tronco de uma das árvores para, em seguida, mostrá-las ao jovem cretense. E sua mão estava igualmente rubra.

"Vê? É esse o inferno! É assim que você perderá sua alma e sua consciência! Eu o avisei... É aqui que jazem os sonhos, Lythos. Sangue sobre cedro. E o sangue sempre fala mais alto".

"NÃO! SOCORRO, ALGUÉM ME AJUDE! Por favor..."

"Lythos!"

* * *

Agarrado a si, segurando-o por ambos os braços estava Cedric, o rosto consternado. Seu primeiro impulso foi olhar em volta para saber onde estava. A luz azulada e confortável da câmara recebeu-o. Permanecia em seu sarcófago, agora aberto, com o irmão a sacudi-lo daquela forma urgente enquanto sua voz rouca e forte ribombava pelas paredes de pedra.

— Com quem estava falando, Lythos?! O quê você viu?! — indagou.

O jovem tentou falar, porém as palavras pareciam travadas na garganta, sufocando-o com seu significado. Grunhiu alto, as lágrimas vertendo incansáveis para o pânico de suas feições. Cedric percebeu e ergueu-lhe o rosto. Precisava ter certeza de que Lythos ainda jazia entre eles ou se sua consciência se perdera, como da vez em que...

Baniu de si os pensamentos daquela noite pérfida em que quase o perdera e o condenara à dor por um dia inteiro. Um dia de inferno, pesadelo e súplicas. Lembrou-lhe da inocência, tão linda; recordou-lhe a confiança e a entrega, apaixonantes. E ali, ao mirá-lo e sentir-lhe as mãos pequenas como que o buscando, ao receber o olhar negro vivo e tão seu, apesar de desesperado, soube que a inocência, a confiança e a entrega permaneciam em sua alma frágil; que a doçura, de alguma forma incompreensível, sobrevivera à morte. Abraçou-o, dividido entre o alívio por sabê-lo presente e a necessidade de senti-lo seu outra vez.

Lythos entregou-se àquele abraço, balbuciando murmúrios sem sentido, enlaçando-o com força desmedida. Acolheu-o em seus braços e, carinhoso, embalou-o como a uma criança, sem pressa, sem intenção além de acalmá-lo, os corpos unidos pendendo suavemente para frente e para trás. Doce, sua voz encheu a câmara, desta vez tranqüila.

"Por favor, não chora mais.
Eu te embalarei, minha doce criança, nas asas de teus sonhos mais belos.
Eu te guiarei à luz que ilumina a alma do mundo, através da escuridão.
Murmura comigo ao vento, doce criança perdida..."

A melodia pelos lábios dele fez com que Lythos se acalmasse, até que jazia largado em seus braços fortes, o rosto abandonado ao peito largo que o recebera, os membros inertes pela fadiga. Cedric cantou por muito tempo, aguardando o instante em que ele o fitaria outra vez, a mesma determinação no olhar, o sorriso sincero ou o rosnar em fúria. Lythos, contudo, não dava mostras de segurança, ao menos não o suficiente para deixar a familiaridade de seu corpo e encarar o mundo.

— Minha Pérola, não tenha medo. Estou aqui — sussurrou ao ouvido dele.

O jovem apenas ergueu os olhos para os seus, sua expressão delicada ainda marcada pelo pavor, e sem qualquer aviso tomou-lhe os lábios num beijo pleno, porém amargo. Não havia desejo, só o medo concreto que contaminou Cedric, marejando-lhe os olhos de sangue. Então, o guerreiro retribuiu como pôde, sentindo as lágrimas lhe escorrerem também. Pensou em invadir a mente do irmão para saber o que se passava, mas sabia que seria como uma violação e não o desejava assim. Queria que Lythos lhe dissesse.

— Conte-me, meu querido, por favor. Não me exclua da sua existência dessa forma triste. Seja o que for, posso suportar! Quero dividir com você.

— Não sei o que aconteceu comigo, Cedric! — confessou, rompendo num choro sentido, porém livre de pânico, o que era muito melhor. — Um pesadelo... Mas parecia tão real! Tudo parecia real demais, entende?

— Sim, meu querido, eu sei — disse em tom terno, abraçando-o de leve.

Lythos apoiou o rosto contra seu ombro e deixou que os soluços levassem aquela sensação de desespero, pânico e morte. Morte de Cedric, morte de si mesmo, morte de uma parte de sua alma que já não poderia ter outra vez. Longos instantes se passaram assim, até que o jovem se acalmou, dessa vez conscientemente, e se recompôs. Permitiu que ele se fosse ainda atento a cada gesto e cada olhar, pronto a ampará-lo se necessário.

— Está bem? — indagou por fim, sereno e próximo como Lythos nunca o vira.

— Sim. Obrigado por você existir e estar aqui comigo.

O jovem sorriu e, por todos os deuses, por um ínfimo instante poderia jurar que fora Thálassa quem lhe sorrira, toda a paixão e vida que residia em sua alma crédula. O momento se foi, porém Lythos permaneceu muito mais próximo da exuberante enxurrada de sentimentos que a mortalidade lhe conferira no passado. Com certeza, ele próprio não se lembrava mais disso, da mesma forma que ele, Cedric, não fazia idéia do que fora. Mas não importava. Quis estar com ele e, quando o irmão fez menção de erguer-se para deixar o sarcófago, impediu-o.

Lythos indagou-lhe o porquê com o olhar. Sorriu e pediu que ficassem juntos um pouco mais, a fim de que ele lhe contasse detalhes do pesadelo.

— Não sei se desejo me lembrar. Foi horrível... — silêncio no qual o outro apenas aguardou. Para variar, não haveria como se esquivar dele. — Estava num lugar muito bonito, lindo mesmo, como um jardim, só que dentro de uma construção. Nunca vi nada parecido e talvez você não consiga visualizar como é. Mas havia uma sacada e um parapeito, no qual subi para ver melhor a paisagem. Então, tive vontade de voar e havia tanta dor dentro de mim, uma amargura tão profunda que, não sei, pareceu-me lógico saltar dali para que tudo fosse embora.

Cedric apenas o mirava, certo de que aquilo pertencia à parte de Lythos que morrera na noite em que renascera. Eram memórias de Thálassa, e, infelizmente, a única criatura que poderia lhes falar sobre aquilo depois de tanto tempo, a única que estivera lá também, silenciara para sempre. Limitou-se a observá-lo enquanto parecia refletir, e a dor tingia seus olhos outra vez, agora mais experientes.

— Despenquei no escuro absoluto. Sabe o quanto odeio a escuridão, então... Tive tanto medo! Mas não era só isso. Havia uma outra voz, que falava coisas sem sentido e que, ao mesmo tempo, significavam algo dentro de mim, como lembranças.

— Quem lhe falava? — perguntou de chofre, sem aguardar que o irmão prosseguisse.

— Não pude ver. Não havia ninguém em volta, ou, pelo menos, foi a sensação que tive. Mas, quando finalmente cheguei ao chão, depois de uma eternidade caindo sem parar, preferi não ter me jogado daquela sacada.

— O que viu?

— A princípio, um campo de batalha... Uma clareira... — tornava-se difícil para ele falar e não chorar. Foi obrigado a calar para extinguir o pranto. Disse-lhe que chorasse o quanto quisesse, ninguém saberia além deles dois. Mas Lythos era forte demais para se render a esse tipo de desculpa, de forma que negou lentamente e só continuou quando sua voz soou firme. — Uma clareira na floresta. Havia sinais claros de luta ferrenha, uma batalha de verdade. E havia sangue. Então, baixei o olhar para saber o que amortecera a minha queda.

Silêncio.

— O que era?

— Você, Cedric. Morto, decapitado, banhado em sangue e lama — pausa para mirá-lo. — Chamei por socorro, mas ninguém me acudiu. Não havia ninguém por perto. De repente, lá longe, vi uma pessoa, mas minha visão estava embaçada. Era um homem, pois sua voz ecoou na minha mente, tinha pele morena e cabelos escuros. Na hora, senti como se o conhecesse, mas não sei de onde. Bem, se fosse verdade, eu me lembraria, não?

A declaração dele soou-lhe como um soco no peito e, ao encará-lo daquela forma aberta e sincera, não pôde esconder a apreensão.

— Eu me lembraria, não, Cedric? Eu me lembraria...

Temeroso, o guerreiro desviou o olhar, o suficiente para se recompor sem que lhe notasse o transtorno. Em seguida, encarou-o novamente, o rosto sereno.

— O que ele disse?

— Não me lembro bem. Algo como "É o inferno... Você perderá sua alma... Eu avisei...", coisas desse tipo. Não fizeram muito sentido. Mas no fim ele me disse uma coisa que ficou e permanece aqui, até agora — um segundo e olharam-se sem nada dizer. — Ele tocou uma das árvores ao fim da clareira, estendeu as mãos sujas de sangue para mim e disse: "É aqui que jazem os sonhos, Lythos... Sangue sobre cedro. E o sangue sempre fala mais alto".

A voz de Lythos desapareceu por completo dentro da câmara e nenhum dos dois ousou falar nada. Cedric tinha os olhos mais claros que o normal, daquele tom colérico que aprendera a identificar. Algo estava muito errado. Uma pergunta formulou-se involuntária em seu íntimo, mas temia ser inoportuno. Todavia, a conversa não evoluía! Nenhum comentário fora feito e teria que manter a dúvida dentro de si, talvez, para sempre!

— Dédalos conversou comigo ontem à noite, enquanto você estava fora — começou, capturando as esmeraldas em seu próprio olhar. — Ele me disse coisas estranhas a meu respeito, principalmente quando comentei que Tristan tentara ensinar-me a conjurar espíritos e que eu não conseguira, mesmo depois de toda a aplicação e dedicação. Dédalos me disse que aqueles que já puderam ver, ouvir e falar a espíritos, quando abrem mão disso, não podem conjurar um por seu próprio interesse. E ele falava isso de mim, sobre mim.

Nada. Cedric o fitava, plácido e silencioso, sem pretensão de comentar a situação. Ficou um tanto sem jeito e murmurou que o ancião recomendara aquela conversa e que decidira por seguir-lhe a indicação, pois havia mais a ser dito.

— Estou com um péssimo pressentimento, querido... — murmurou, tão baixo que Cedric foi obrigado a aproximar-se para ouvir melhor. — Um terrível pressentimento sobre tudo isso: a *Aliança*, essa expansão romana, as guerras na fronteira, as viagens oficiais, tudo! E não é ciúme, como está pensando.

— Não estou pensando nada, Pérola. Vamos, olhe para mim — pediu, gentil.

Lythos obedeceu e enamorou-se de seus olhos doces, de seu rosto lindo, de seu significado pleno.

— Não imagina o quanto eu te amo, Cedric. Não imagina o que seria de mim sem você...

O silêncio dele nada lhe disse, de forma que Cedric retomou a conversa do mesmo ponto sério em que havia parado, apesar de seu semblante ser amoroso.

— O que contou a Dédalos que omitiu de mim?

— Não omiti. Apenas, não julguei importante. Não julguei que você acharia importante, entende?

— Tudo o que você sente ou pensa é importante para mim, Lythos. E vou repetir isso até que entre nessa sua adorável cabeça dura — brincou, abraçando-o.

Lythos riu, agora calmo, descontraído. Abraçou o corpo maior e mais maduro que o seu com semelhante ternura.

— Apenas disse a ele que não é ciúme, mas uma sensação muito ruim que me gela as costas e sobe até a nuca. Como um mau agouro que não sei ou consigo explicar. Não faz sentido! Mas é inegável que sinto um prenúncio de tragédia.

Cedric afastou-se para fitá-lo, sério dessa vez. Perderam-se no olhar um do outro e, antes que ele tomasse a palavra, armou-se de coragem para fazer a pergunta que quisera externar desde que a noite começara.

— Quem era ele, Cedric? Quem era aquele homem que ergueu as mãos para mim e disse coisas que me feriram tanto? Sei que você sabe quem é. Sei que pertence a uma parte de mim que não existe mais. Por favor, me deixe saber.

O guerreiro tomou-lhe o rosto entre as mãos e aproximou-se até que pudesse ver-se nas íris negras dele, os lábios quase se roçando na promessa de um beijo.

— Não sei muito sobre ele. Foi uma criatura que esteve a seu lado, um amigo creio, alguém a quem deixou para estar comigo. Não foi algo de que pudesse fugir, Lythos. Não havia saída. Foi obrigado a escolher entre nós dois e você escolheu a mim. Desde então, esforço-me para fazer valer a sua escolha. Sinto muito que tudo isso o magoe e acredito que seja melhor deixar como está para não sofrer ainda mais. Perdão...

E ele sorriu. Não daqueles sorrisos que acostumara a receber nos últimos séculos, mas da maneira plena com a qual Thálassa costumava sorrir, com aquele amor desesperado e sem fim. Sentiu os olhos turvos.

— Não preciso saber mais nada. Seja quem for, jamais poderia superar o que sinto por você. Foi a melhor escolha que eu poderia ter feito.

Beijou-o, então. Não conseguiu resistir por mais tempo! Tomou-lhe os lábios doces e carnudos com os seus, puxando o corpo menor e esguio para seus braços, dominado pelo que ele despertava. Luxúria? Talvez. Todavia, o coração, antes morto, ameaçava pulsar num amor desenfreado e incontido. Lembrou-se de que prometera não magoá-lo mais, não tocá-lo até que pudessem estar juntos, até que tivesse libertado a sua alma da dúvida e do receio. Por isso, e apenas por isso, deixou que o contato se encerrasse, levemente, mas com a promessa de algo mais que estava por vir.

Lythos pareceu não se importar, contente demais por ter finalmente se livrado daquela dúvida. Estava satisfeito. Decidiu passar o restante da noite com ele. Levou-o ao quarto onde o despiu com carinho e lentidão para banhá-lo em seguida, um hábito delicioso que abolira tão logo o desejo por ele se mostrou insuportável. Continuava a desejar Lythos, cada vez com mais ânsia e desespero. Porém, a luxúria arrefeceu para a necessidade de ternura.

Desde que fora despido, o jovem demonstrara de diversas formas que desejava estar perto dele. Permitiu-se sentir a textura da pele molhada e macia sob a palma de sua mão, tudo muito lento.

Então, Lythos convidou-o a tomar banho também e, preso ao olhar dominador dele, não conseguiu resistir. Despiu-se e juntou-se a ele na água morna e perfumada, deslizando suave para os braços que lhe eram abertos. Deixou que o jovem o banhasse, receoso e ao mesmo tempo tentado. Abandonou-se à sensação de estar ali e de receber aquele toque, tão seu, tão esperado. Lythos encaixou-se por trás, trazendo-o de encontro a si e tocando-o.

A sanidade esvaiu-se, o prazer cresceu em seu íntimo de forma irracional. Teve medo de machucá-lo, de machucar-se, de que se afastassem e que tudo aquilo se perdesse porque já não poderia viver sem ele.

Lythos murmurou-lhe palavras ternas e juras de amor. Diante disso, restou-lhe cerrar os olhos, relaxar de encontro a ele e deixar que o prazer dominasse cada canto de suas veias, trazendo paixão e fome.

Passado o auge, não conseguiu se mover, não por impossibilidade, mas porque temia mirá-lo sem saber o que aconteceria depois de tamanha intimidade. Duvidou de si mesmo, de sua capacidade para amá-lo e cuidar de todos que dependiam de si para existir. Odiou-se por ser tão fraco quando Lythos se mostrava tão forte e tão determinado a amar, sem se importar com as conseqüências. Sentiu-se indigno dele. O que dizer àquela criatura linda e maravilhosa? O que ser para que pudesse dar a ele a entrega e entregar-se ao sentimento?

Sufocado, Cedric sentiu os olhos marejarem e, mesmo quando Lythos o abraçou por trás, apoiando o queixo em seu ombro, não pôde se voltar para ele apesar de desejar perder-se, mais do que já desejara qualquer outra coisa em sua existência.

— Por que fez isso, minha Pérola? Por quê?

— Perdão, meu Lorde — murmurou o jovem cretense, sem dar-se conta de que o outro chorava. — Perdão se o magoei... Mas você estava aqui comigo, estou com tanto medo de perder você e veio para junto de mim.

Cedric compreendeu e não estava triste com ele. Ao contrário. Fora um momento único, algo que, sabia, só poderia dividir com Lythos. Mas por que era tão difícil? Por que não o amava até que nada mais importasse ou fizesse sentido?

Sem dar-se conta, soluçou alto, atraindo a atenção do companheiro.

— Cedric?! O que foi?!

— Nada, meu querido... Eu... Apenas...

Lythos agarrou-se a ele, desgostoso, suas lágrimas misturando-se às dele na água.

— Por favor, não se afaste de mim, eu imploro...

Cedric virou-se para ele finalmente, seu rosto marcado por... vergonha?

— Você é lindo, minha Pérola. E é só meu. Compreende? Não me peça perdão porque me sentirei ainda mais indigno de você.

— I-indigno?! — balbuciou, trêmulo, afastando-se para vê-lo melhor. — Do que está falando?

— Que eu... Quero muito viver isso contigo — e a voz dele soou sem firmeza, apenas uma sombra do que era. — Entretanto, acho que... Não vou conseguir. Não vou porque sou fraco e...

Lythos sorriu e tocou-o nos lábios para silenciá-lo. Havia doçura em seu semblante e terrível desgosto em seu olhar. Calou enquanto ele lhe desenhava a linha dos lábios firmes e, então, o jovem afastou-se, suave, deixando para trás a tina e todos os sonhos prestes a se realizar.

Não soube o que fazer. Estava tão perdido e Lythos deixou-o só. O rapaz avançou até a cama e deitou-se contra o tecido fino da colcha, encolhendo-se contra os travesseiros. Algo morreu dentro de si ao vê-lo daquele jeito. Não poderiam sair daquele quarto e deixar as coisas como estavam, não mais! Precisava tomar coragem e ir até ele, explicar de seu temor. Lythos compreenderia e talvez pudesse ajudá-lo! Nunca cogitara essa hipótese com receio de magoá-lo ainda mais. Porém, agora, evitar a mágoa parecia impossível.

Saiu de dentro da tina e caminhou na direção dele sem se importar em molhar o chão. Lythos jazia de costas, de frente para a parede, o corpo miúdo estremecendo de tempos em tempos como em soluços sentidos. Sentou-se na beira da cama observando-o de longe, como se houvesse um abismo intransponível entre ambos, o coração partido dentro do peito.

O jovem cretense chorava. Toda a sabedoria e experiência adquiridas em milênios momentaneamente esquecidas pela dor, escondida por detrás da tristeza e das almofadas macias. Tão jovem ele fora, tão seu ele era, e acabaria ali por sua própria incapacidade.

— Sim, minha doce criança perdida... Você me odeia.

— Não... — foi o murmúrio que o alcançou, mesmo que não pudesse mergulhar nos olhos negros. — Não o odeio. Seria muito mais fácil se pudesse odiá-lo, Cedric, com todas as minhas forças. Seria muito mais fácil esquecer, não me importar. Muito mais fácil desistir.

Desolado, o guerreiro viu-o erguer-se e voltar naquela direção. E, pelos deuses, desejou ardentemente que ele houvesse permanecido onde estava, longe de sua vista, pois o rosto jazia banhado em lágrimas e sua expressão era tão triste, tão assustadoramente infeliz que desejou nunca o ter conhecido para não ser o motivo de semelhante amargura.

— Não posso, não consigo odiar você. Já tentei. Não consegui porque o amo tanto, Cedric, que não posso viver ao seu lado — e ergueu-lhe os olhos ausentes, estendeu-lhe as mãos trêmulas, como se clamasse por piedade. — Já não posso sofrer tanto assim... Sem desejar morrer.

Cedric sentiu os próprios olhos turvos e um desespero profundo abateu-se sobre sua alma ao recordar-se do *Enlace* de Lythos, das palavras de Arkus e Dédalos sobre a *Fronteira da Aceitação* e cogitar a possibilidade de o estar perdendo. Quis tocá-lo para que voltasse a si e o mirasse outra vez com os olhos profundos e apaixonados. Porém, o jovem pousou a testa contra seu peito e entregou-se a um pranto sofrido e desesperado. Abraçou-o, a quentura do sangue escorrendo-lhe pelo rosto até pingar sobre a farta massa de cabelos negros. Nada mais disse.

— Não tinha a intenção... — balbuciou. — Não planejei nada disso. Mas não agüento mais. Ajude-me, Cedric! Ajude-me a destruir o amor que sinto por você, destrua os laços que nos unem e me deixe ir. Por favor...

— Caso o deixasse partir, o que você faria? — indagou, com dificuldade, lutando para não soluçar.

— Isso não importa...

— Importa porque sei que não pode continuar sem mim, minha Pérola! Eu sei da responsabilidade que carrego.

— Não queria ser sua responsabilidade. Queria ser o seu motivo para continuar. Por favor, deixe-me ir e acabar com essa dor.

Silêncio, rompido apenas pelo suave soluçar de Lythos de encontro a seu peito.

— Não.

Fraco da luta constante e de manter viva a esperança, o jovem abandonou-se ao desespero, largando-se contra ele em deplorável agonia. Tentou erguê-lo novamente, porém o rapaz parecia sem forças para sustentar o próprio corpo, como se estivesse, finalmente, certo do fracasso. Não agüentava vê-lo daquele jeito! Já não suportava torturar o próprio coração. Lythos era a parte de si que mais amava! Não podia afastá-lo e fazê-lo sofrer daquela forma estúpida sem perder a razão para continuar!

Deitou-o então na cama, aproximando-se por cima e obrigando o jovem a mirá-lo, mesmo que por detrás das lágrimas.

— Perdão pela dor que eu te causo! Mas vê estas mãos? Pode senti-las? — indagou num afago, acariciando-o de leve pelo rosto delicado e recebendo o olhar negro presente outra vez. — São mãos calejadas pela espada, habituadas a matar e não a acariciar — correu, então, a ponta dos dedos pelo peito alvo e estreito, que arfava debaixo de si. — E você... Tão raro e tão meu, Lythos... Você...

— Cedric... — murmurou num lamento. — Preciso entender por quê. Por que nos condena assim?

— Não lhe parece óbvio? — perguntou num sorriso trêmulo, os olhos úmidos novamente. — Não posso viver sem você. Porém... Eu não sei, Pérola. Não sei viver assim. Preciso aprender...

Esmeraldas temerosas o buscaram em súbito silêncio, como se não soubesse continuar. O jovem ergueu a mão para ele, tocando-o no rosto num gesto carinhoso que não precisava de qualquer explicação para existir, que não necessitava de razão alguma para ser.

— Meu Cedric... — disse o rapaz num soluço. — Existem certas coisas que, simplesmente, não podemos ensinar! Tudo o que posso fazer é dividir contigo essa dúvida... E pedir aos deuses que você encontre o caminho certo para o seu coração.

— Eu sei — murmurou. — Mas é possível, porque amar eu já aprendi! Preciso que me ensine a viver esse amor sem me esquecer de todo o resto, sem me esquecer de quem sou e do que devo ser. Porque não luto contra você, Lythos, nunca lutei. Luto, por todos esses anos, pelo controle que você me toma e pela certeza de que não posso conter o que sinto por você.

Lythos tocou-o no rosto, trêmulo e soluçante. Cedric cobriu-lhe a mão pequena para sentir a pele acetinada de encontro à sua, áspera. Desceu o rosto para o dele por instinto, febril.

— Cedric... — balbuciou, erguendo os lábios e cerrando os olhos negros para o mundo.

— Pérola, quero beijar você! Preciso... Beijar...

Os lábios se uniram em suave roçar, passando a um beijo voraz e carregado de luxúria. Cedric tomou-o para si num abraço urgente enquanto Lythos o enlaçava pelo pescoço em abandono. O mundo deixou de existir, o universo inteiro pareceu-lhe pequeno diante da grandeza da paixão que os unia.

Vencido pelo amor que nutria por ele, Cedric pressionou a colcha com seu próprio corpo, maduro e ávido por ele.

— Quero-o meu... Agora... — rosnou baixo, como que em confissão.

Trêmulo, o rapaz aceitou-o em seus braços, intimamente amedrontado pela possibilidade de ele voltar atrás, como tantas vezes antes sucedera. Não teria forças para suportar, não outra vez! Não agüentaria uma nova rejeição.

Cedric tentou afastar todo e qualquer pensamento. Desejava-o seu e nada mais. Ao perder-se no rosto jovem e perfeito, ao ser capturado pelos olhos escuros e febris, soube que não haveria outro lugar a ir, nenhum outro a estar que não ali. Ergueu-se para admirar Lythos. Correu os olhos por seu corpo, desde os cabelos de ébano espalhados ao redor do rosto até a cintura fina, a consciência retornando para o significado do que acontecia ali, dentro daquele quarto. O outro mais parecia um anjo em sua pura luminescência, as curvas delicadas do corpo ainda em formação, mas que jamais amadureceria, seu amor inocente e sua inocência repleta do amor entregue e sem barreiras. Prendeu um soluço ao apoderar-se da imagem dele e do que significava em sua existência. Que criatura no mundo poderia ser mais bela do que Lythos?

Aproximou-se dele novamente, agora senhor de si, ainda que receoso de ser repelido ou de repeli-lo pela simples necessidade de se proteger.

— O que você fez, Pérola? — indagou, os olhos assombreados pela incerteza. — O que fez comigo para eu me sentir assim? Como conseguiu me enfeitiçar dessa maneira?!

Lythos sorriu e Cedric buscou-o na semipenumbra, pousando-lhe a mão sobre o peito em novo contato, sentindo a razão abandoná-lo.

— Não ria. O que será de mim agora? O que será de mim, minha Pérola, se o seu perfume me domina dessa maneira? Não sei como levar isso até o fim.

Confuso, o jovem cretense encarou-o, flagrando-lhe o olhar conturbado e adivinhando-lhe a batalha interior entre o amor e a razão. Algo se oprimiu em seu peito quando soube que, mais uma vez, perderia o embate.

— Você não compreende, não é? — continuou o guerreiro, desenhando-lhe o rosto delicado com ternura, agarrando-se a um tênue resquício de lucidez. — Não pode compreender que não entendo o que é isso, que sentimento é esse que nos une e contra o qual não posso lutar, não posso resistir, apenas me entregar. Não entendo e tenho medo, minha Pérola. Tenho muito medo de nos destruir.

Lythos sentiu a visão turvar-se. Não poderia ser verdade! Não era justo, ou certo, ou possível que Cedric o fosse afagar com carinho e deixá-lo só, não outra vez! Num ímpeto regado a desespero, enlaçou o guerreiro pelo pescoço e o trouxe para si, abraçando-o com toda a ternura de que era capaz. Cedric permitiu a aproximação, os pensamentos cedendo ao desvario que o amor lhe causava. Sentiu quando Lythos o acariciou pelas costas, tão íntimo e gostoso. Foi quando a voz do outro, entrecortada, rompeu o silêncio em pânico velado.

— Você... Quer que eu me afaste?

Viu-o tomar nova distância de si, para fitá-lo das sombras dos archotes, todo ele exalando incredulidade.

— Não!

Seguiu-se um breve silêncio, no qual ambos se estudaram mutuamente. Todavia, nenhum dos dois teve coragem para invadir a alma alheia, receosos de serem rejeitados.

— Vai sair... — continuou o rapaz, sustentando o olhar indagativo do outro a lhe exigir uma continuação. — Vai sair e me deixar sozinho?

— É o que lhe parece? — devolveu a pergunta, procurando desvendar onde o companheiro queria chegar.

Não houve tempo para descobrir nem necessidade para tal, pois Lythos agarrou-se a ele com urgência, descontrolado, os olhos marejados de sangue e repletos de infelicidade. Por um instante, pensou que mal fazia àquela criatura, tão linda e tão meiga, para deixá-lo naquele estado quando tudo o que desejava era amá-lo.

— Meu Lorde... Eu imploro, meu Lorde, não me deixe só nesse quarto, não outra vez! Tudo o que peço é uma noite. Uma única noite e jamais terá de tocar nesse assunto! Uma noite e não precisará sequer lembrar do que aconteceu entre nós, dou-lhe a minha palavra.

A súplica quase humilhante, a dor em seu semblante, o peso de suas palavras, aturdiram Cedric a ponto de perder qualquer senso de direção, qualquer parâmetro de atitude.

— Pare, Lythos! — ordenou de chofre, sentando-lhe sobre as coxas e sacudindo-o pelos ombros, sem intenção de machucá-lo, mas de trazê-lo a si. — Sabe que não posso negar-lhe coisa alguma, não mais! Por que diabos implora por mim?!

— Por que o amo, Cedric! Com tamanho desespero que poderia continuar existindo mesmo que não aconteça uma segunda vez! Posso existir, mas preciso que me ame.

— E acredita mesmo que eu possa existir sem fazer você meu?

— Meu querido... — balbuciou, tocando-o de leve no rosto, as lágrimas escorrendo como se abrissem feridas sobre sua face.

Desejou banir o sofrimento que via em seu rosto. Não podia condenar-se igualmente à solidão e ao desalento que a ausência dele lhe causava. Sem esperar, Cedric tomou-lhe os lábios num beijo profundo e exigente, tocando-o e recebendo seu toque, feliz por ter-se entregue a ele finalmente.

Foi nesse instante, com os sentidos voltados para o carinho dele, preocupado apenas em senti-lo, que outra presença chegou-lhe vinda do salão de reuniões. Nenhuma voz chamou-o mentalmente, talvez porque não importasse, talvez porque não pudessem.

— Cedric! — chamou em desespero, enquanto a certeza de que todos os outros haviam regressado com suas crias se instalava em seu íntimo, ao mesmo tempo em que a atenção do companheiro esvaia-lhe a razão.

— Sim, minha Pérola... — respondeu, apaixonado pela visão dele, entregue.

— Cedric... Os outros... Eles...

Sentiu-o atento e próximo, mesmo diante dessas palavras, balbuciadas como que sem sentido.

— O que... Está tentando me dizer...?

— Perdão, Cedric... Eu... Pedi que... Voltassem o quanto antes... Pelos deuses!

— Mande-os embora, Lythos — disse, erguendo-o da cama e trazendo-o para si. — Hoje, você não sai desse quarto. Nem você, nem eu.

Soube, imediatamente após a sugestão, que Lythos não teria condições de falar a ninguém. Por isso, incumbiu-se de avisar a todos os *Membros* que não poderiam se reunir àquela noite, pois tratavam de um assunto importante e urgente, que fora protelado por milênios. Não esperou para ouvir-lhes a resposta, em seguida fechou sua mente, voltando toda a atenção para o companheiro. Amaram-se com abandono e sofreguidão, acalentados por ternura e paixão.

Tomado pela felicidade de estar inteiro depois de tanto tempo, Cedric sentiu a razão esvair ao roçar os lábios contra o pescoço alvo, onde as veias pulsavam vivas, doces.

Uma nova fome dominou-lhe o sentidos, algo muito maior do que o desejo puro e simples, algo que nem mesmo sua consciência poderia impedir, pois esta se aliara ao instinto de predador. Tendo Lythos ainda entregue em seus braços, o pescoço exposto ao arranhar de seus caninos, não pôde mais. O jovem gemeu, como se o contato rude lhe desse prazer ao invés de lhe causar dor. Suas próprias veias reagiram à proximidade dele, em puro instinto.

E então, o rapaz desabou exausto contra o travesseiro, rompendo de vez com o magnetismo irresistível que o sangue dele lhe causava. Julgou melhor assim. Ainda não sabia quais as implicações que um ato como aquele poderia acarretar, mas trataria de procurar respostas, pois o desejava também daquela maneira. Desejava Lythos seu, de todas as formas existentes.

Abraçados ficaram por uma eternidade, em precioso silêncio. Suave, Cedric desenhou-lhe o contorno da face, escorregando os dedos para a parte inferior do pescoço, acariciando-lhe os cabelos com imensa ternura. O jovem retribuiu o gesto de carinho, as mãos macias ergueram-se para tocá-lo no ombro, até onde podia alcançar, como a dizer que não desejava ir a nenhum outro lugar.

— Também amo você, minha Pérola.

* * *

Tristan avançou rápido pelo corredor na intenção de procurar mais algumas raízes para o encantamento que precisava terminar, algo útil e que poderia responder às perguntas freqüentes que Cedric lhe lançava a cada aula. A noite ia pela metade... Teria muito tempo para providenciar o necessário.

Passou pela porta do salão. Não fora informado de nenhuma reunião oficial e, por conta disso, teria seguido seu caminho sem perguntar nada a ninguém, primeiro porque não lhe dizia respeito, segundo porque não o interessava. Todavia, seu curso fora interrompido pela saída bufante de Malik, seguido de perto pelo tal músico que o *Atravessador* se dispusera a *enlaçar*.

Parou e aguardou que ambos desaparecessem numa das sombras da parede. Em seguida, Hermes também deixara a sala, cumprimentando-o e seguido igualmente pela jovem que se transformara em sua cria. Muito interessante.

— Tristan... — a voz inconfundível de Celeste atraiu-lhe a atenção e mirou-a com sua costumeira indiferença.

— Sim.

— Não haverá reunião hoje.

— Não fui informado de reunião alguma, porém, pelo visto, de fato haveria algo do qual me excluíram — tornou, sem sentimento algum nas palavras ou na alma.

— Não seja tolo, meu querido! Você nunca é excluído... Bem, Lorde Cedric comunicou que não descerá esta noite, pois está em reunião particular com Lorde Lythos.

Aquilo sim era estranho, principalmente porque teriam lições de magia dali a algumas horas. Vasculhou o castelo rapidamente, valendo-se da magia de reconhecimento, e percebera-os num dos quartos, numa reunião para lá de particular, dados os gemidos.

— De fato. Creio que não descerão hoje. Bem, tenho que ir.

E, sem mais nada dizer, o mago retirou-se, rumando dessa vez para a porta de saída, como deveria ter feito desde o começo, e deixando para trás o sorriso malicioso da bela dama e o olhar confuso de seu filhote, a fitá-lo pelas costas.

* * *

— Será que eles ainda estão lá em baixo, nos esperando? — perguntou o jovem, tomando uma mecha dos cabelos castanhos para si e enrolando-a nos dedos finos.

Não resistiu e beijou-o no alto da testa. Inacreditável como Lythos mostrava-se carinhoso, daquela ternura apaixonante da qual não desejava mais abrir mão. Talvez não fosse o companheiro, mas parte si que se abrira para receber o que ele lhe dedicava.

— Não se preocupe com isso, meu querido. Essa noite, seremos apenas um do outro. Não quero dividi-lo com ninguém, não mais. No entanto, sei que, tão logo sua Guarda esteja pronta, terá de sair em missão, não é assim?

Um instante de silêncio e Lythos abraçou-o, o rosto contra o peito forte que o acolhia.

— Sim.

Cedric assentiu.

— Tenho tanto orgulho de você! Tanto orgulho. Entende agora por que estive com medo? Não teria forças para partir. Porém, você não apenas a tem como fará o que é preciso, mesmo que sofra com a minha ausência.

— E sofrerei, Cedric. E você também teria essa força da qual falou. Só que agora é diferente porque, ao voltar para casa, poderei me atirar em seus braços e você poderá me amar até que nada mais importe. Será sempre único e isso não nos impedirá de cuidar do que construímos e das pessoas que confiam em nós. Eu o ajudarei, acredite.

— Acredito — confessou.

Lythos riu.

— Ah, Micênio... Você acaba com a minha sanidade — disse, em tom de zombaria.

— E você acaba com a minha firmeza de propósito — devolveu, afastando-se um pouco. — Ainda há os outros, lá em baixo. O que faremos com eles?

— A essa altura devem ter se dispersado. Dimitri e Demétrius nem ao menos entraram na casa! Receberam minha mensagem a caminho e se pouparam do deslocamento desnecessário, então... Bem... Avisei que não sairíamos daqui hoje porque estávamos em reunião particular — diante da estupefação do outro, continuou. — O que foi? Tem alguma objeção, Micênio libertino?

— Não, bárbaro devasso... Meu bárbaro, devasso apenas comigo e ninguém mais. Parece-me esplêndida a idéia de passar o resto da noite nos seus braços.

— O resto da noite não, Pérola. O resto da eternidade.

⊗ XII ⊗

Mil trezentos e trinta e um anos, treze dias e oito horas: o tempo exato que separou meu maior sonho da realidade. Não haveria maneira de explicar-te, meu querido. Como mestre das palavras digo que nenhuma delas seria suficiente para expressar a imensidão do amor que sinto. É algo único, pleno e, por vezes, aterrorizante, porque trás consigo uma infinidade de outros significados e responsabilidades que tu, por inocência e preservação, não podes compreender.

Contudo, isso não te impede de ler e de conhecer a minha alma. E cada canto dela, cada obscuro aspecto do meu ser ama aquele bárbaro, mais que qualquer outra coisa sobre a face deste mundo. Seria capaz de morrer por Cedric. Seria, inclusive, natural abrir mão do que tenho e do que sou por ele. Porém, o destino não nos permite esse tipo de escolha.

Mesmo assim, na escuridão do sarcófago dele, onde me refugiei todas as noites, minha mente vagava de encontro àquele sonho terrível e, em meu íntimo, temia por ele, por nós três e pela ausência, caso tivéssemos de fato que suplantá-la.

O despertar deu-se num suave estremecer, junto do corpo maior e maduro contra o seu. A consciência sempre retornava antes da possibilidade de se movimentar, então, foi com genuíno prazer que se abandonou nos braços fortes, permitindo que lhe acariciasse as costas e os cabelos negros. Quando pôde mover-se outra vez, abraçou-o, como algo seu, o que de fato ele era agora, da mesma forma que pertencia a ele.

Cedric beijou-o pelo rosto. Retribuiu da maneira que conseguiu, com urgência e ternura misturadas. Em pouco tempo, jaziam entregues um ao outro como se nada mais lhes restasse além daquele instante, depois de todos os séculos separados, até o momento em que, exaustos pela fome, já não podiam mais estar juntos sem o perigo de se devorarem pelo instinto.

Entraram pela passagem em breu até o quarto do jovem cretense. Seguiu-se o mesmo ritual que aprendera a amar no passado, no qual ele solicitava um banho perfumado, a ser divido, com certeza. "Sei que partirá em breve, mas não quero que vá sem que eu o banhe, minha Pérola...", foi o que lhe sussurrou, enquanto os empregados entravam arrastando a tina e presenteando o ambiente com aquela fragrância cálida.

Deixou-se guiar para a água, permitiu que ele o conduzisse ao banho.

— Precisamos sair daqui, Cedric... Ou não poderei conter o desvario da fome — murmurou, aconchegando-se ao belo homem que descansava contra a borda da tina. — Sinto muito...

— Também preciso de alimento, meu querido. Talvez, possamos caçar juntos esta noite. Pelos deuses... — balbuciou, abraçando o jovem com força contra si e afundando o rosto em seu pescoço úmido. — Nem saiu daqui e já sinto a sua falta! Lythos, por favor... Não demore mais que o necessário.

— Cedric... — murmurou, afastando-se antes que perdesse novamente o controle. — Precisamos parar. Temos os *Membros* a encontrar, tanta coisa a resolver. Lembra-se? Ainda é o Senhor dessas terras e a mim cabe o papel de guiá-lo e recordá-lo de seu caminho.

O guerreiro assentiu e abraçou-o mais uma vez, puxando-o para si e pousando a face em seu ombro. Assim ficaram por algum tempo, sentindo a frieza mórbida de suas peles uma contra a outra e a fome aumentar, mesmo que não desejassem. Só então, depois de parecer satisfeito com a proximidade e intimidade que dividiam, Cedric afrouxou o abraço deixando o jovem livre para ir. Lythos contudo não se afastou muito, apenas o suficiente para vê-lo e desenhar-lhe as feições maduras e perfeitas.

— Como eu quis estar largado nos seus braços e poder olhar você, meu Cedric, com toda a devoção que há em mim.

Ele sorriu, sincero e pleno. Nada lhe pareceu mais belo que aquele sorriso. Haveria de trazê-lo sempre dentro de si, para os raros momentos em que não pudesse estar ao seu lado.

— Queria que não tivesse de partir tão cedo. Ainda sinto a necessidade por você queimar minhas veias como fogo, Micênio! Você me enfeitiçou — tornou com um sorriso mal-intencionado que encantou o rapaz.

— Foi você, meu bárbaro gentil. Foi você quem me enfeitiçou quando, moribundo, ouvi sua voz em meus ouvidos.

De imediato, imagens do jovem mortal, atado pelos pulsos num carro de boi, chegou-lhe aos sentidos. Não imaginava que Lythos pudesse recordar-se de algo tão antigo, principalmente de sua vida mortal, sepultada pelos anos e pela morte. Contudo, essa impressão se desvaneceu quando o jovem prosseguiu em seu profano sussurrar, dizendo que fora a sua voz grave que o chamara de volta do sono em que mergulhara, atraindo-o para a noite. Sim, ele se referia ao instante seguinte ao *Enlace* que Arkus lhe impingira e, mesmo assim, não podia se lembrar com clareza do sofrimento que atravessara por um dia inteiro. Deixou como estava. Não queria que ele se lembrasse. Já era sofrido demais em certos momentos e ele não merecera toda a dor que lhe causara. Se o tivesse tomado para si desde o começo, teria sido diferente. E, apesar de o silêncio levar conforto ao jovem, a certeza de que ele apagara da lembrança o primeiro olhar e o primeiro instante o magoou.

Ergueu-se, trazendo-o consigo, porém distante em espírito. Diante de súbita mudança, Lythos temeu que algo tivesse se perdido. Seu impulso foi se calar, enclausurado nas próprias dúvidas e receios. Contudo, agora era diferente, não era? Partilhavam a existência e, finalmente, Cedric era seu companheiro. Não desejava iniciar algo assim, sem a possibilidade de ser inteiro e expor a ele tudo o que lhe passava pela mente.

— O que aconteceu? Por que está tão distante de mim e tão de repente?

Cedric mirou-o, apaixonado pelos olhos negros e sinceros, agora cativos de uma tranqüilidade que nunca vira antes. Era tão fácil fazê-lo feliz, tão simples entregar-se e dar a ele o que desejara desde sempre. Perderam preciosos anos por sombras sem sentido, tinha que admitir. E Lythos fora um forte, sem temer expor seus próprios sentimentos, crendo até o último instante... ou o primeiro.

— Não imagina o quanto eu te admiro, minha Pérola. Nem o quanto eu te amo.

Lythos sorriu e desenhou-lhe o contorno dos lábios, aconchegando-se em seguida, enquanto sentia que Cedric o tomava nos braços para levá-lo até a cama e, assim, deixá-lo livre para se vestir.

— Eu sinto o mesmo... E sinto que algo o entristeceu. Gostaria que me contasse o que é porque quero que entenda e saiba que pode falar qualquer coisa para mim, Cedric! Qualquer coisa, mesmo que seja sobre nós e que seja triste. Estou ao seu lado, sempre estarei.

Viu aquele homem enorme e poderoso sentar-se na cama, completamente nu, sem se importar em estar assim. Cedric apenas lhe ergueu as esmeraldas e, sem que precisasse pedir coisa alguma, Lythos aproximou-se para acariciar-lhe os cabelos sedosos, meio úmidos por causa do banho. Um perfume suave envolveu-o, remetendo aos cedros da floresta. Aquele era o seu lugar.

— Há coisas do seu passado que você não pode lembrar, Lythos. Coisas boas e ruins — sussurrou, muito sério, tomando uma toalha de linho branco para enxugar o jovem, ainda parado à sua frente. — A parte ruim é tão terrível que tenho protegido você dessas lembranças desde que nasceu para a noite. No entanto...

Silêncio enquanto Lythos sentia que ele se aproveitava do ato de enxugar-lhe a pele para acariciar seu corpo. Persistiu no carinho, afagando-lhe a cabeça, embrenhando os dedos finos em seu cabelo castanho, apenas para que soubesse que estava ali e que se importava. Nada disse. Não precisavam de palavras.

— No entanto, existe uma parte, mágica e importante, que você não se lembra, mas que marcou nossas vidas, minha Pérola. Existe um instante único no qual mergulhei nos seus olhos, ainda mortais, e me encantei por você. Daquele momento em diante, eu soube que estaríamos juntos, que eu desejava dividir minha existência contigo e que não haveria ninguém como você, jamais.

O jovem tentou mergulhar dentro de si mesmo, com tamanha força e vontade que apagou de seus olhos todo o resto, mesmo o rosto bonito dele. Tudo o que conseguiu ver foi breu, algumas imagens sem definição, uma terrível sensação de dor e nada mais.

— Mas isso não faz diferença agora porque estamos juntos, não é? — continuou o outro, trazendo-o de volta à realidade. — Basta que eu me lembre porque você... Você me amou desde a primeira vez que me viu, Lythos, e nunca teve receio disso. Eu sei — murmurou com um sorriso terno.

— Não... Eu quero saber. Quero que me conte, Cedric, porque... Não consigo ver! Eu não me lembro... — e seus olhos marejaram de sangue.

Cedric sorriu e, puxando-o para o seu colo, abriu o baú de roupas. Revirou o seu conteúdo por algum tempo, sempre sorrindo, próximo como nunca estivera. Aquilo era algo tão seu que, agora, não se imaginava longe dele, não concebia uma única noite em que não acordasse em seus braços e o banhasse, vestisse, amasse, até que o desespero suplantasse qualquer outra necessidade além de tomá-lo para si e entregar-se a ele. Finalmente, escolheu aquilo que gostaria de ver sobre o corpo macio do companheiro e começou e vesti-lo, cuidadoso.

— Você chegou até mim como escravo. Estavam numa missão oficial, creio, e meus homens atacaram seu acampamento. Trouxeram sobreviventes, que utilizamos como... alimento — essa última parte sussurrada, quase que com vergonha.

— Escravo... Missão oficial... Não me recordo — tornou, aceitando que o outro atasse os laços de sua túnica, de um tom viçoso de azul que lhe realçava o negro dos olhos.

— Sei que não lembra, mas foi assim que aconteceu.

— Como sabe que era uma missão oficial?

— Porque descobri, assim que meus homens retornaram, que havia um escriba entre os sobreviventes. Entregaram-me o material encontrado e, apesar de eu não saber ler, identifiquei quatro idiomas diferentes, um mapa perfeito da região, um tesouro para o império que eu desejava construir. Então, perguntei quem era o autor dos escritos e você me respondeu... Faminto, moribundo, amarrado como um animal, o corpo exposto por andrajos que mal o cobriam. Ainda tinha forças para me olhar nos olhos, me desafiar por lealdade aos seus e falou comigo no meu próprio idioma, mesmo que precário. De alguma maneira, você conseguiu aprender a minha língua na viagem e sua arrogância me inflamou, sabe? — declarou, sorrindo.

— É... Isso se parece bastante comigo — respondeu gentil, pondo-se de pé para que Cedric lhe vestisse a calça escura.

— Era uma noite fria na qual a lua lançava uma luz fantasmagórica sobre a floresta. Os homens odiavam andar nessas condições porque atribuíam esse período aos maus espíritos. Eu fiquei um pouco irritado com a sua petulância, mas resolvi procurar pelo dono da voz, mesmo que isso significasse ir até os escravos. Foi quando o vi pela primeira vez, Micênio. E seu olhar me dizia que morreria, mas não trairia aqueles que depositaram em você sua confiança. E havia tamanha paixão eu seu olhar, tamanha vontade de viver e de morrer que... Quis você para mim.

Cedric terminou de vesti-lo e Lythos parou diante dele, sua pele fluorescente e seu rosto jovem a enfeitiçá-lo novamente. Entregara-se ao rapaz e, ao mesmo tempo, terminara por estar à mercê dele, sem qualquer possibilidade ou desejo de lutar contra o fascínio.

O companheiro correu os dedos por seu maxilar forte. Não poderiam estar juntos novamente, não sem o perigo de destruírem um ao outro pelo desvario da fome.

— Por que não me *enlaçou*, se me desejava tanto? — a pergunta soou carregada de curiosidade, nada além disso.

Cedric pegou as roupas que ele lhe estendia, as mesmas que colocara na noite anterior. Apesar de não o terem visto com a indumentária, detestava não ter oportunidade de trocar-se, principalmente depois de se banhar. Contudo, daquela vez, em virtude do avançado da hora e das incumbências que teria, preferiu ficar um pouco mais com Lythos a ir a seu aposento apenas para trocar-se.

— Não consegui — sussurrou, pondo-se de pé para vestir a calça e valendo-se disso para baixar o olhar, fugindo da inocente avaliação do companheiro. — Acovardei-me diante da possibilidade de matar em você aquilo que possuía de mais precioso e belo: a sua paixão pela vida.

Seguiu-se um silêncio pesado, no qual Cedric fugia-lhe ao olhar, e Lythos, ao contrário, o mirava com paciência, estendendo peça a peça para que ele as tomasse e cobrisse seu corpo perfumado. Amava-o com tamanha loucura e estava tão feliz que nada, absolutamente nada, poderia apagar aquilo de dentro de si. Sentia-se capaz de realizar qualquer coisa, de ser aquilo que desejasse. Não seriam lembranças perdidas no passado que mudariam isso dentro de sua alma. Então, aguardou que ele prosseguisse, sem qualquer intenção de atropelá-lo com uma insegurança que já não existia.

Ciente de que ele terminava de vestir-se e de que, fatalmente, não continuaria, o rapaz tomou a palavra, ao mesmo tempo em que lhe tomava as amarras da túnica com seus dedos longos e finos.

— E ela morreu, Cedric? Minha paixão morreu com o *Enlace*? — tornou, suave, aproveitando a proximidade para acariciá-lo, da maneira que tinha vontade.

— Por muito tempo, tive medo que sim, Pérola. Hoje sei que fui um tolo, porque você é assim. A paixão existe e existirá em você pelo resto de sua existência, enquanto...

— Enquanto você estiver ao meu lado — completou com tranqüilidade, recebendo o olhar de esmeralda no seu.

— Sim. Finalmente, eu entendi. Vou cuidar de você, meu querido. De você e da sua paixão, eu prometo.

Lythos sorriu, terno e afetuoso. Nunca o vira tão feliz. Nunca se sentira tão inteiro. E foi com essa nova e fantástica sensação de ser que o jovem enlaçou seus dedos com os dele e juntos rumaram para o corredor. Não apenas a noite iniciava para ambos, mas a realidade de uma existência plena que antes se escondia sob a dúvida da promessa.

* * *

Dédalos se encontrava na sala de reuniões quando os dois Senhores passaram no corredor. Não se espantou ao receber instruções para que permanecesse onde estava, a fim de recepcionar os *Membros*, caso estes chegassem antes de retornarem. Não perguntou aonde iriam — jamais faria semelhante coisa — porém, pelo tempo que passaram trancados e sozinhos, podia imaginar o quão famintos se encontravam. Seus anos de experiência lhe diziam que a caçada, apesar de breve, precisava ser cumprida.

O primeiro a adentrar a sala de reuniões fora Malik, seguido de perto por sua sorumbática cria. Apesar de saber, por intermédio do jovem cretense, que Cedric havia lhe conseguido uma Guarda Pessoal e que cada um dos *Membros* escolhera aquele que seria a cria mais indicada para a *Casta* ao qual pertenceriam, nunca imaginou que Malik

fizesse escolha tão acertada! Guardou seu pensamento sarcástico, frustrado por não ter o reconhecimento de Tristan naquele sentido.
— Onde estão os seus Senhores, Dédalos? — indagou com costumeira ironia.
— Logo estarão aqui, Malik. E não se esqueça de que são também os seus Senhores... Ou pode transmitir equivocada impressão ao seu filhote — tornou, a alfinetada calando o outro de imediato.
Reinou silêncio até que Hermes surgiu com sua princesinha. Sim, pois a menina não só parecia uma jóia rara e delicada, como o *Andarilho* incumbira-se de vesti-la como tal. Onde Hermes encontrara aquele traje, não fazia questão de o saber. Cumprimentaram-se polidamente enquanto Malik murmurava um "pelo menos não foram aqueles animais". Na opinião do *Atravessador* nada seria tão desagradável quanto ter de suportar a presença de "cães" a rosnar em seu ouvido.
Apesar de os pais manterem um diálogo polido, Dédalos atentava-se para as crias, mudas e impassíveis. A moça, por não ter opção e julgar que não havia nada de útil que pudesse dizer. O rapaz, mergulhado num silêncio triste, sombrio como sua própria existência. Nem mesmo Malik parecia-lhe um *Atravessador* tão puro. Os boatos eram verdadeiros, então: o *Enlace* também escurecia suas almas e gelavam-lhe o coração, ainda mais que a morte.
Nesse instante, Lythos e Cedric adentraram o recinto, Senhores como eram, uma nova e fantástica sintonia unindo-os. Era flagrado e, ainda assim, nenhum deles comentou coisa alguma. Apenas o olhar de Hermes turvou num brilho triste que jamais encontraria espaço para se mostrar, não enquanto existisse e fosse fiel a Cedric, o que significava uma eternidade em silêncio.
Mantiveram a conversa informal e entusiasmada. Ambos os mestres optaram por apresentar suas crias quando todos estivessem reunidos e não cabiam em si de orgulho pelos objetos de sua criação. Tanto melhor. Os acontecimentos caminhavam como planejara desde o princípio. Fitou Lythos de soslaio. O companheiro permanecia ao lado de Dédalos, ambos mergulhados numa conversa calma e repleta de códigos. Sorriu de leve, orgulhoso também por tê-lo escolhido seu, e sua atenção desviou-se para a porta.
Dimitri e Demétrius cruzaram o batente com firmeza, trajados com elegância além da costumeira. Entre ambos, o antigo centurião romano, agora mais um *Predador* sob o véu da noite. Como que unidos por uma força misteriosa, buscou o olhar de Lythos e não se surpreendeu ao recebê-lo no seu, como se agissem por uma única mente, um único coração.
"O sangue de ambos corre nas veias desse filhote, minha Pérola", afirmou em pensamento, na fração de segundo em que seus olhares se cruzaram para, então, voltarem a um só tempo para a imagem dos três, lado a lado, a alguns metros de distância.
"Foi o que imaginei. Ele será perfeito, Cedric! Uma combinação única da força de seus criadores com as perícias que já detinha como mortal. Quero-o sob minhas ordens", pediu.
"Todos eles serão seus, meu querido. Foi o que lhe prometi, por isso estão aqui: para que você volte, são e vivo, para os meus braços".
Os três *Filhos da Terra* curvaram-se numa reverência respeitosa sob o olhar surpreso de Hermes e o desdenhoso de Malik. Dédalos guardou para si apenas a agonia que invadia cada uma daquelas jovens criaturas que, ao olharem umas para as outras, não podiam reconhecer absolutamente nada do que foram até então.
Celeste foi a última a chegar, linda e radiante, trazendo seu filhote pela mão como o tesouro mais precioso. Ele era, sem sombra de dúvidas, o mais lindo dentre os novos *Membros*, a Guarda Pessoal de Lythos. E, após o *Enlace*, tendo como instrutora a bela Celeste, estava fadado a brilhar como ela, estrela viva e permanente no céu negro da existência.
Cumprimentaram-se todos, as crias foram treinadas para servirem como os pais, tudo perfeito. Porém, em meio à euforia da novidade, algo ficou evidente para Lythos.

Teria aqueles quatro seres sob suas ordens e a eles confiaria sua existência. Todavia, o que antes era um grupo coeso transformara-se em algo dissonante como notas distorcidas de uma lira enferrujada. Nenhum dos quatro parecia disposto a romper com a incerteza, nenhum deles detinha coragem suficiente para tentar e encarar os demais, como se receassem não mais reconhecer aquilo que os norteara até então.

Como isso lhe foi familiar! Podia sentir a dor deles, sua confusão e desespero lembraram-lhe do terror de atravessar a vida imortal sem saber o que se é, sem encontrar no outro o refúgio esperado. E, mesmo que sem querer, Lythos amou-os naquele instante e dali para adiante, como partes de sua própria alma, das quais deveria cuidar para ser cuidado. Apenas isso.

Cedric comandou o ritual. Não tinham tempo a perder e os demais estavam ansiosos por apresentar os filhotes. Tristan surgiu com a taça — a mesma de sempre, na qual seus olhos se prendiam maravilhados — pronto a iniciar a cerimônia. Todos sabiam o que sucederia dali por diante, talvez apenas os jovens não o soubessem, o que facilitaria e muito as coisas. Quantas vezes não presenciara o mesmo ritual desde o dia em que Hermes e os outros haviam se unido à *Família*? Não poderia precisar.

Negara-se a participar, exatamente como da primeira vez. Não se sentia capaz de conviver com a dor alheia além da sua própria. Apesar de a quantidade de sangue ser ínfima para que se anulasse a personalidade de qualquer um deles, era uma responsabilidade muito grande: cuidar da alma e da vida de outrem com tamanha intensidade; ser alvo de semelhante adoração e dependência além daquela que já possuíam por estarem ali e jurarem lealdade eterna.

E, mesmo assim, quando Tristan avançou para o centro do círculo que formavam, Lythos soube que seria diferente. Os mais velhos não estenderam seus braços para o cálice, como deveria ser. Foi o sangue dos filhotes que o Mago recolheu; primeiro o da cria loira de Dimitri e Demétrius, apresentada como Lecabel, da maneira que imaginavam; seguiu-se o belíssimo jovem de Celeste, renomeado Gerrárd; a doce menina de Hermes, de nome Christina; para o círculo se fechar com o sombrio legado de Malik, Kernack. Silêncio absoluto enquanto eles despejavam sua vida, seu sangue e sua essência naquela taça, nenhuma pergunta ou mesmo um olhar indagativo. Nada. Buscou Cedric para tentar descobrir se ele os manipulava, como parecia acontecer. Assustou-se ainda mais ao ter certeza de que o irmão e amante não fazia uso de seu *Dom* e sim observava a cena em postura austera e respeitosa, como um ser à parte de tudo o que se desenrolava, da mesma forma que cada mestre ou criador.

Não precisou voltar o olhar para Tristan para ter certeza de que o mago parara diante de si, a taça em punho. Contudo, voltou-se para ele e perdeu-se no mar sem sentimento de seus olhos claros, vítreos, vazios. Por um segundo pensou no real significado de juntar sua própria essência à deles, sorver a poção e ter acesso a tudo o que eram, ser o Senhor de sua devoção extrema.

"Faça, Lythos. Era isso o que você queria. Foi o que me pediu quando exigiu criaturas fiéis o bastante para protegerem suas costas. Faça o que deve ser feito, pois eles esperam isso de você, da mesma forma que seus criadores, Dédalos, Tristan... E eu", foi a sentença que lhe ecoou na mente.

"Sei das minhas responsabilidades, Cedric", tornou, o olhar fixo no cálice que Tristan lhe estendia. "Mas será da minha maneira, Bárbaro. Será como eu desejo e como acredito que seja melhor para cada um deles".

"Que assim seja".

Lythos ofereceu a mão ao mago e, após ter sua pele cortada, seu sangue derramado dentro da taça, pegou-a com cuidado, o líquido vermelho e espesso dentro dela misturado à magia que, sabia, o mago preparara antes de tudo aquilo começar. Ergueu o olhar para os filhotes, atento a eles e a ninguém mais. Admirou-os por breves instantes, procurando absorver tudo o que significavam, muito pouco perto do que a magia de Tristan lhe prometia.

— Lecabel, Gerrárd, Christina, Kernack... — chamou-os à meia voz, como num sussurro apaixonado e reconfortante, um estratagema para aplacar-lhes o pânico. Não houve vontade grande o bastante para resistir ao chamado, de maneira que os quatro ergueram o olhar para encarar o jovem cretense. — Sou Lythos DeLacea e, a partir de agora, vocês estarão comigo — silêncio. — Sabem o que isso significa?

Nenhuma palavra, e, ao perceber que Malik se adiantava para responder, impediu-o com o olhar, voltando a atenção para os filhotes em seguida, gentil.

— Imagino que estejam confusos com tudo isso. Não desejo que se unam a nós sem saber o que poderei oferecer a vocês, o que exigirei em troca de minha oferta e o que poderão exigir de mim...

Caminhou na direção deles, atraindo-os para o centro do círculo, afastados de seus criadores, a taça ainda pesando em sua mão fina.

— Cedric DeLacea, o Senhor dessas terras, oferece nosso nome, nossa casa e a proteção de toda a nossa *Família*. Quanto a mim... Vocês terão o meu sentimento, cuidado e lealdade. Isso é tudo o que posso lhes oferecer em troca do seu sentimento, cuidado e lealdade. É justo, porém precisam me dizer se aceitam porque... A partir do momento em que tomar para mim sua essência, nossos destinos estarão entrelaçados. Não haverá como voltar atrás...

Quatro pares de olhos o fitavam assombrados e ninguém ousou interromper.

— Vocês estarão ligados a mim, obedecerão às minhas ordens sem hesitar e sua devoção será plena, absoluta, real como nada mais lhes parecerá. Porém eu os amarei, tanto e com tamanha força, que não terei alternativa além de zelar e cuidar de cada pensamento, recordação ou desejo que, porventura, vocês demonstrem. Então, será um pacto, uma aliança mútua. Não existe vencedor ou vencido, apenas nós, unidos para que possamos regressar para casa, noite após noite, para junto daqueles que nos amam — silêncio breve em mútuo observar. — Vocês aceitam?

O som afirmativo de suas vozes, tão distintas, uniram-se em harmonia, ressoando pela sala fechada como uma oração rara aos sentidos. Por um tempo, Lythos não pôde dizer nada, pois os quatro o miravam em adoração e confiança, sem nem ao menos lhes ter tomado o sangue. Amou-os ali, antes de qualquer outra coisa, pois, mesmo que a magia de Tristan ainda não tivesse encontrado efeito em seu próprio ser, permitiu-se cuidar de algo, sentiu-se capaz de zelar por eles pelo simples fato de que o amor que Cedric lhe dedicava tornava-o mais forte do que jamais fora.

Cedric, por sua vez, desviou a atenção para os "pais", que assistiam mudos o desenrolar da cena. Todos pareciam emocionados, mesmo que de maneiras particulares. Estavam orgulhosos de seus crias, felizes por terem atingido as expectativas e gratos pela certeza de que Lythos cuidaria com a mesma atenção que seria cuidado, pois amavam seus filhotes desesperadamente e ansiavam que voltassem para casa sãos e intocados.

Então, o jovem cretense ergueu a taça num gesto suave, como num brinde, e sorriu.

— Com o sangue de vocês ofertado a nós, não haverá traição possível ou desejada. Sejam bem-vindos à Casa DeLacea.

Com essas palavras, emborcou a taça, onde o sangue deles permanecia quente, e sentiu a doçura invadir-lhe os sentidos junto às vidas que não eram a sua, porém, agora, lhe pertenciam. Imagens desconexas tomaram-lhe a mente numa torrente insuportável que não deve ter durado mais que um segundo, mas pareceu-lhe a eternidade em conflito, tristeza, alegria, promessas e esperança. Só então, passou a taça a Cedric, que, como líder maior, esvaziou seu conteúdo. Qualquer outra imagem esmaeceu-se com a reação que o sangue deles lhe causou a partir de então.

Sentiu-se violado ao mesmo tempo em que, sabia, violava, apesar de ter o consentimento deles. Pensou que perderia os sentidos, tamanha a força da vida e da morte que eles possuíam. Contudo, logo voltou ao recinto, no mesmo lugar, mirando-os como antes de tomar-lhes a alma e a essência. E, ao olhar para cada um, viu que era diferente porque, de maneira plena e absoluta, conhecia-os tanto quanto a si mesmo. Amou-os por tamanha confiança, força e devoção que, agora, podia ouvir claramente seus pensamentos, como se fossem seus. A plenitude do amor que eles lhe dedicavam levou-lhe lágrimas aos olhos e jurou em silêncio que cuidaria daquelas criaturas, sempre, enquanto lhe fosse permitido.

— Por favor, esperem lá fora — e seu olhar fixou-se em cada um dos *Membros*, mesmo em Dédalos, que permanecia à porta e foi o primeiro a sair. — Apesar de serem seus filhotes eles são a minha Guarda Pessoal e, como tal, preciso instruí-los.

Hermes lançou um beijo para Christina, piscou para a moça e, despreocupado, retirou-se. Dimitri e Demétrius saíram a seguir, junto com Celeste. Malik relutou em deixar seu filhote sozinho, porém, diante da ordem silenciosa de Cedric, não ousou contestar e, junto a Tristan, partiu. Foi quando o jovem cretense viu Cedric caminhar para a porta.

— Aonde vai?

— Não quer ficar a sós com eles? São sua Guarda Pessoal.

— Você fica, Bárbaro. Não quero perdê-lo de vista — e era um flerte, mesmo que inconsciente, ao qual Cedric apreciou. Contudo, tratou de sentar-se à mesa, o mais distante que conseguiu, e fazer-se ausente para não intimidar os filhotes.

Lythos se moveu sem receio entre eles, senhor de uma segurança recém-adquirida e que nunca vira antes, a não ser em missões oficiais e em determinados momentos nos quais o beijava sem pudor. Tratou de afastar os pensamentos impuros para não prejudicar o trabalho. Teriam tempo para aquilo mais tarde. Teriam mesmo? Não sabia, mas a conversa que se desenrolava diante de si poderia sanar suas dúvidas.

— Pois então... — começou o jovem Senhor, tomando o assento que originalmente seria de Cedric e chamando os quatro para sentarem-se a seus pés, em torno da cadeira. — Quero que fiquem bem perto de mim...

De imediato os filhotes se sentaram; Kernack mantendo certa distância do grupo, não por arrogância, mas porque... Os olhos negros de Lythos buscaram a figura triste de Lecabel, que mirava o antigo companheiro disfarçadamente, como se não o reconhecesse por detrás da frieza típica dos *Atravessadores*.

— Sei que precisam de um tempo para se acostumar com a idéia de estarmos juntos, cuidando uns dos outros dessa forma — quatro pares de olhos o fitaram, indagativos. — Quer dizer... No caso de vocês, eu sou o intruso, não? — perguntou, sorrindo gentil.

— Não, meu Lorde. O Senhor nunca será um intruso, pelo menos, não para mim — disse Lecabel, daquele jeito direto e sincero que Cedric conhecia muito bem e que agradou Lythos imensamente.

— Para mim também não, meu Lorde — afirmou Gerrárd.

— Acredito que para nenhum de nós... — foi o murmúrio de Kernack, ao qual Christina uniu-se.

— Isso me deixa muito feliz. Quero que confiemos uns nos outros, que vocês me digam tudo o que desejarem, que estejam certos de que estarei sempre à disposição para conversar, independente do assunto, o que não os eximirá de suas responsabilidades e do fato de que são soldados a meu serviço.

— Isso parece ótimo, meu Lorde! — exclamou a moça, empolgada com a idéia de fazer algo realmente importante com tudo o que aprendera por mais de cinqüenta anos de treinamento com Hermes.

— Quais são as nossas responsabilidades, meu Lorde? — indagou Kernack, direto e sem expressão, apesar de seu olhar conter respeito infinito.

— Era a pergunta que eu estava esperando — e a felicidade de Lythos era evidente.

— Todos vocês sabem que continuarão tocando, como músicos do castelo. Porém, deverão viajar comigo quando estiver em missão oficial como mensageiro da *Família* — o assentimento deles foi prova de que seus pais os haviam preparado para o papel que desempenhariam. — Isso é excelente.

Ao longe, sentado à outra cabeceira, Cedric viu seu companheiro ajoelhar-se no chão, entre os quatro, agora ainda mais perto uns dos outros. Parecia uma criança feliz. Não. Lythos assemelhava-se mais a um líder zeloso do que a uma criança, pois, com certeza, não apenas aceitara sua responsabilidade como procurava um método para lidar com ela, bem diferente do seu próprio, mas ainda assim um método. Observaria para ver até aonde aquilo tudo chegaria.

— Você, Lecabel... — começou, tocando o *Filho da Terra* no rosto marcante e liso, numa carícia protetora. — Para o mundo você é aquele que toma a Lira. Para mim, e apenas para mim, será aquele que me guarda as costas, meu general e líder do grupo que acabam de formar — Lecabel sorriu, dividido entre a alegria de estar ali e a tristeza por saber Kernack tão estranho, tão distante. Esse pensamento levou-lhe sangue aos olhos. — Falaremos sobre isso mais tarde, se você desejar.

O centurião loiro assentiu, murmurando um agradecimento pela honra de ter sido o escolhido para proteger seu Senhor.

Contaminado pelo desalento dele, Lythos virou-se, como que por instinto, para Kernack, olhando então para Gerrárd, os olhos negros passando de um a outro como se escolhesse o mais apropriado para a nova incumbência.

— Kernack — o chamando fez o pálido *Atravessador* mirá-lo, sem receio, porém com submissão evidente daqueles que sabem servir. Sorriu para ele, amoroso. — Tocará o Rebec junto aos outros, como quando Lorde Cedric o encontrou. Contudo, para mim, será aquele que guardará a minha frente, ou seja, utilizará o seu *Dom* para ser o meu Batedor e informante.

O jovem baixou a cabeça numa reverência velada, repleta de significado, e agradeceu a oportunidade de utilizar tudo o que aprendera. Apesar da tristeza dele, não ousou interferir, não ainda. Colocou-se à disposição para qualquer dúvida ou assunto diverso, passando em seguida a Christina.

— A adorável dama será, sem dúvida, a minha acompanhante, sempre que eu precisar de uma. Claro que, com sua habilidade para se esconder, será uma espiã perfeita, não é? Mas tudo a seu tempo, minha jovem... — garantiu, afagando o cabelo cacheado dela como um pai zeloso, a fim de acalmar-lhe o entusiasmo. — Tudo a seu tempo. Por enquanto tocará sua flauta, como sei que faz tão bem.

E então, virou-se para o último, cria perfeita e bela da adorável Celeste. Gerrárd mirava-o em expectativa, tão ansioso quanto a jovem menina, que apoiara a cabeça no colo de Lythos para receber mais um afago.

— Gerrárd continuará com o Rebec também. Para mim, será o responsável pelos contatos, mas, acima de tudo, quero a sua habilidade de conhecer o ponto fraco dos nossos inimigos. Será o meu assassino, sempre que eu precisar eliminar alguém. Trabalhará com Christina para isso, mas a seu tempo, como falei a ela, não é querida? — indagou, baixando o olhar para a moça, que assentiu, sorridente.

— Quando saímos em missão, meu Lorde? — indagou Lecabel, dirigente.

— Amanhã, assim que deitar a noite. Dessa vez será uma viagem com destino certo, até Roma. Será longa e, como mandam as Leis, levaremos uma comitiva comum. Tudo deve estar pronto o mais rápido possível.

— Entendo, meu Lorde... — adiantou-se Lecabel, sereno. — Providenciarei comitiva, provisões, armas e o que mais for necessário para vencermos a distância sem qualquer contratempo, fique tranqüilo.

— Meu instinto me dizia que poderia contar com o seu empenho, meu jovem general. Quanto aos demais, tenho missões para cada um de vocês. Kernack irá comigo e Lecabel; Gerrárd e Christina, vocês terão em suas mãos a missão mais importante, portanto, ouçam com muito cuidado... — os filhotes de aproximaram, sérios, enquanto Lythos entreabria os lábios para continuar. — Estão vendo aquele nobre Senhor, sentado à cabeceira oposta, olhando-nos fixamente? — indagou, buscando a figura adorada do outro lado do recinto.

Ambos imitaram Lythos e viraram-se para Cedric, que, tal qual uma estátua, assistia ao desenrolar da cena, dividido entre o ciúme doentio pelo único amor e o orgulho que a conduta dele causava. Assentiram em concordância.

— Este é seu Lorde Cedric, o soberano de tudo aquilo em que seus olhos pousam e, muito além, a criatura que tornou possível a existência de cada um de vocês. Ele é lindo, não concordam? — Lythos desviou o olhar para Christina e Gerrárd novamente, aguardando que os dois assentissem e voltassem a mergulhar em seus olhos negros. — Eu daria minha vida e minha eternidade por este homem. Faria qualquer coisa que ele me pedisse, realizaria cada um de seus pensamentos se pudesse. Estão entendendo o que quero lhes dizer?

A pergunta era séria, apesar de conter serenidade. Christina sorriu alegre e Gerrárd engoliu em seco. Com certeza era o único da dupla que compreendia a extensão do que seu Senhor lhes dizia.

— Sua missão é cuidar para que ele esteja vivo, são e intocado deste momento até o instante em que eu regressar de minha jornada — silêncio pesado e olhares perplexos nos seus. — Compreendem?

— Acreditamos que sim, meu Lorde... — balbuciou Gerrárd, ligeiramente trêmulo.

— Confio em vocês e sei que darão o seu melhor. Apesar de não termos tempo agora para conviver e nos conhecer, teremos muito tempo mais tarde, a eternidade, se nos for concedido semelhante presente. Contudo, até lá, posso lhes adiantar que meu amor por vocês não me impede de tomar as atitudes necessárias para que se façam cumprir minhas ordens. Serão poucas perto do que outros exigem, porém serão responsáveis por elas e não admito equívocos, principalmente quando estiver em jogo aquilo que me é caro.

— Compreendemos, meu Lorde — garantiu, Christina. — Lorde Cedric estará bem, vivo e inteiro. Caso contrário, encontrará nossos restos com os dele.

Lythos tocou-a no rosto, sorrindo com imensa ternura.

— Boa menina... — e mirou Cedric, feliz. — Eles são perfeitos!

— Concordo. Apenas acho que não há necessidade de deixar dois dos seus comigo, Lythos. Serão mais úteis na sua jornada.

— Por que está dizendo isso? — indagou, erguendo-se e caminhando para o companheiro, que permanecia sentado como que tomado pela paixão desesperada que Lythos lhe despertava e aterrorizado pela súbita possibilidade de ele partir, mesmo que com destino e intenções concretas.

— É uma terra distante, estará em contato com gente desconhecida, não podemos prever a reação de criaturas tão empenhadas em dominar e destruir — era um ardil, pois seus olhos verdes lhe gritavam que estava apavorado por deixá-lo só com filhotes quando a viagem anunciava-se tão longa.

— Você estará sozinho. Talvez precise de companhia para cuidar das terras — e os olhos negros lhe diziam que, se algo acontecesse e os *Membros* não pudessem atuar, não teria ninguém mais a quem recorrer.

— Todos os outros estarão aqui. São mais experientes e fortes. Você precisará de todo o cuidado que sua Guarda pode oferecer.

Lythos parou diante dele, tendo Cedric sentado à sua frente. A diferença de altura não era tão evidente.

— Eles ficam, Cedric. Porque, ao menos assim, posso garantir que alguém estará ao seu lado caso precise de apoio ou necessite que entrem em contato comigo.

O guerreiro ergueu-lhe os olhos de jóia e assim ficaram, mudos, admirando-se em veneração por uma eternidade até que Lythos deu-se conta de que deveria deixar sua Guarda livre para os preparativos da viagem. Só então se afastou na direção da porta.

— Acompanhem-me — disse num tom baixo e firme, sendo obedecido de imediato pelos outros quatro e deixando Cedric ainda sentado à cabeceira. "Não me demorarei, meu querido. Pode me esperar no quarto", foi a súplica que Lythos lhe lançou à mente enquanto abria a porta para encarar cada um dos *Membros* mais velhos.

"No meu quarto, Micênio... E, por favor, não me faça esperar muito".

Quando Lythos buscou-o por sobre os ombros, a cadeira jazia só. Cedric se fora nas sombras, deixando apenas o seu perfume pairando no ar. Contaminado pela saudade que a ausência dele lhe causava, encarou os demais, agora com o semblante inexpressivo que lhe era peculiar.

— Partirei em comitiva oficial amanhã ao anoitecer. Lecabel e Kernack irão comigo; Gerrárd e Christina ficarão para cuidar de seu Lorde Cedric. Portanto, apreciem suas crias esta noite antes que cada uma delas tenha missão distinta.

Sua intenção era dar-lhes as costas e ir atrás de Cedric o mais rápido possível. E o teria feito se Malik não tivesse sido mais rápido e, com um gesto de cabeça, impelisse Kernack a passar por si na direção do corredor. O jovem *Atravessador* ergueu o rosto indiferente e, sem olhar para ninguém, seguiu seu pai, como se aquele fosse o único caminho correto a seguir.

— Kernack! — foi o lamento sentido que ecoou pelas paredes frias saído dos lábios tristes de Lecabel.

Lythos virou-se para vê-los, bem a tempo de presenciar o jovem *Atravessador* interromper as passadas, um segundo apenas antes de recomeçar a andar atrás de Malik, sem nem ao menos olhar para trás, deixando o antigo companheiro e amor como se nada mais os unisse — e talvez nada restasse de um antigo sentimento, preso na mortalidade, sepultado pela morte do *Enlace*.

Não pôde evitar olhar para Lecabel. Dimitri e Demétrius o abraçaram numa combinação terna de movimentos, como pais que eram, consolando sua cria. Sentiu por ambos. Familiarizou-se com a dor do General e, quando os olhos felinos, de um dourado ainda mais claro, pousaram nos seus rubros de dor, disse-lhe em silêncio que estariam juntos, que haveria uma chance enquanto vivessem, porque fora essa certeza que o movera até ali.

Lecabel nada disse. Provavelmente nem ao menos ouvira suas palavras silenciosas. Mas não importava. Estariam juntos numa viagem longa e entediante — ao menos essa era sua esperança. Numa situação dessas, nada melhor do que cuidar dos seus para aplacar um pouco a carência e a saudade que sentiria de um certo lorde adorável, que o aguardava na semipenumbra dos archotes.

* * *

Alguns meses haviam se passado desde a partida dele. As últimas notícias, que lhe chegaram pelos punhos de um dos escribas de Lythos, eram tranqüilizadoras. Porém, agora, por estar tão longe, não haveria como contatá-lo, não em tempo hábil de a missiva chegar.

As descrições que recebera sobre o exército em constante e ininterrupto avanço pelo continente, sobre as vilas, feudos e comunidades ao longo do caminho, dentre outras preciosidades, além de conterem minúcia sem igual, prepararam-no para o que os aguardava ali, na longínqua Marselha. Não tão longínqua assim para a gana e o poder de um povo que, aparentemente, não via limites para sua conquista.

Contudo, impérios surgiam e ruíam com a rapidez de algumas eras. Existia consciente entre os homens há tempo suficiente para saber que a dominação da humanidade era quase tão fugaz quanto sua própria vida. Lythos preocupava-se com toda a dominação e violência que os romanos utilizavam, mesmo quando não impunham armas; uma violência cruel que entranhava as mentes mais fracas e minava qualquer resquício de cultura, hábitos ou desejos que detivessem antes de sua chegada soberana. Temia porque estava, precisamente, em meio a essa brutalidade, registrando com seus olhos antigos tudo o que enviava por escrito, meras palavras que tomavam um significado imenso pela imaginação do companheiro.

Queria-o de volta o mais rápido possível. Por suas contas, levando em consideração o último mensageiro enviado e o local em que a comitiva se encontrava, deveriam estar chegando em seu destino naquela noite e, se Lythos fosse tão esperto quanto o demonstrava ser desde o começo, não tentaria se impor ou exigir qualquer coisa antes que detivesse todas as informações sobre os romanos.

Quanto a si, há algumas luas que sentia as conseqüências do que acontecia para além do continente. Tropas romanas, alguns salteadores e assassinos rondavam a propriedade. Os servos vieram em busca de seu Senhor — Brian Ridley, decerto — clamando por misericórdia e ajuda. Enviara Dédalos, Malik e Hermes para pontos estratégicos ao longo das fronteiras. Celeste guardava a cidade como uma sombra e reunira Dimitri, Demétrius e a Guarda Pessoal que Lythos lhe deixara para varrer os focos de ataque na companhia de Ridley e do exército que dispunham.

Fora um completo transtorno. Na verdade, o ataque se dera para além da fronteira, porém tão próximo que mal podia se distinguir. Eles levaram tudo o que podiam carregar, dizimaram tudo aquilo que podia se mexer e incendiaram a vila, deixando para trás crianças carbonizadas e aquele cheiro de morte no ar.

Brian vagou por entre os destroços, tentando procurar alguém vivo sob os escombros. Mesmo que não fossem sua gente, mereciam amparo, fora o que ele dissera!

— Pare, Brian! — ordenou, contaminado por uma estranha sensação de... fim. — Não há o que procurar. Estou lhe dizendo: não há ninguém aqui... Eu sei — e não precisou falar que aguçara todos os seus sentidos para detectar o menor sinal de vida. Absolutamente nada...

O figurante Senhor DeLacea trincou o maxilar, o corpo tencionado como se sofresse terrível dor e, então, virou-se em sua direção, os olhos carregados de um ódio tão passional e humano que não pôde se aborrecer.

— Vai esperar que esses bárbaros nojentos invadam a cidadela próxima ao castelo para fazer alguma coisa em prol da sua própria gente, meu Lorde? Vai aguardar que eles nos destruam sem ter tomado nenhuma atitude... digna de um governante?!

— O que está dizendo, Ridley? — foi o sussurro, acompanhado de flagrado estreitar de olhos e dos sentidos, todos voltados para ele e a necessidade quase insana de matá-lo.

Contudo, o olhar de Brian turvou-se e ele implorou por perdão, enquanto voltava à procura de algo perdido na torrente dos acontecimentos. Poderia tê-lo punido, porém sabia que Brian ainda lhe era temente, ainda o amava... Fora a proximidade da morte que o abalara.

— Não posso tomar nenhuma atitude porque ainda não tenho certeza de quem é o responsável por essa barbaridade. Você, melhor do que eu, sabe... Iniciar uma chacina é a maneira mais rápida de assinar a sentença dos nossos.

O jovem assentiu, sem mirá-lo, o rosto úmido.
— Sim, meu Lorde... E espero que DeLacea esteja erguida para vê-los cair. Realmente espero... Pois sou devoto ao Senhor, mas acredito que algo deva ser feito agora.

Ridley foi acalmar os homens deixando-o só com seus pensamentos. Dimitri e Demétrius vieram em sua direção, completamente mudos.
— O que acham disso tudo?
— O cheiro deles ainda está no ar, meu Lorde — garantiu Demétrius, com olhar estreito em gana assassina.
— Sim... E podemos ir em busca da informação que procura: quem são — completou Dimitri, com um sorriso irônico.
— Façam isso. Vocês têm uma noite porque, amanhã, quero ir atrás de cada um deles e degolá-los por terem matado inocentes e pela promessa de destruírem aquilo que eu amo. Vão.

Na noite fechada, dois vultos correram pelo descampado, como lenços de seda ao vento, rumo a um destino certo e inabalável.

Pensou em Lythos e no perigo que corria ao caminhar sozinho com dois filhotes e uma comitiva humana, direto ao covil predador daqueles que destruíam tudo por onde passavam. Como se lessem seus pensamentos, Gerrárd e Christina surgiram-lhe às costas. Eram como sombras suas e sabia: morreriam antes de permitir que algo lhe acontecesse, se não por sua própria autoridade, pelas ordens de Lythos, a quem eram devotos sem reservas.

O jovem mirou-o com confiança, entendendo-lhe o silêncio de modo diverso.
— Lecabel e Kernack sempre foram os melhores, meu Lorde! E agora, depois de *Enlaçados*, tenho certeza de que cuidaram para aperfeiçoar tudo o que podiam no curto espaço de tempo que lhes foi permitido. Lorde Lythos está muito bem protegido.
— Eu sei, meu caro. Confio no desempenho de vocês porque ele o fez, antes mesmo de partir. Contudo, a única verdade que consigo ver ao olhar para esses corpos mutilados e o fogo que ainda arde nos escombros é que o lugar de Lythos é ao meu lado, onde eu e apenas eu posso cuidar dele. Isso, ninguém poderá mudar nunca. Vamos para casa. Não há nada a ser feito aqui, não hoje. Deixarei as providências para amanhã, quando Dimitri e Demétrius terão retornado com o que lhes pedi.

Numa ordem mental, fez com que Ridley recolhesse o exército, e assim, encobertos pelo escuro manto da noite, tomados por um silêncio triste e vazio, voltaram para casa e para a realidade sofrida que era sua existência sem ele.

* * *

Era difícil descrever o horror que aumentava à medida que avançavam mais na direção de Roma. A paisagem, há algumas noites, deixara de ser movediça e imunda, como a de uma boa terra não cultivada. Ali, ao contrário, havia sinais claros de ocupação e de constante movimento. Isso, ao invés de tranqüilizá-lo, deixava-o ainda mais preocupado.
— Algo errado, meu Lorde? — era a voz suave de Lecabel que lhe surgia às costas, de propósito para fazer-se notar sem que o Senhor se ofendesse com a aproximação. — Ordene e eu realizarei.

Diante de sua sinceridade e da disposição em "atuar", Lythos sorriu, fitando-o de lado. Já viajavam há vários meses, tempo suficiente para tê-los conhecido e se afeiçoado ainda mais aos imortais que, por graça, estavam consigo. Lecabel era de muita firmeza e segurança, um homem de armas legítimo e fiel, apesar de gostar de conversar e daquela natureza passional típica dos *Filhos da Terra*. Kernack era seu oposto nesse sentido. Reservado, quase sempre calado e à espera, parecia não ter pressa para ver as coisas acontecerem. Olhos gélidos e sombrios, que marcavam muito bem a *Casta* à qual pertencia, não incomodavam Lythos em absoluto, mas pareciam perturbar Lecabel, tanto e com tamanha força que o General, por vezes, não conseguia esconder a dor em seu olhar amarelo. Uma lástima...

— Estou preocupado, Lecabel. Pelas informações que Kernack nos trouxe ontem, estamos bem perto do centro da cidade agora.

— Com certeza, meu Lorde. Está evidente devido à mudança de paisagem, não concorda?

— Sim... — balbuciou Lythos, o olhar perdido para a imagem de seu Cedric, e a saudade louca que o dominava. — É exatamente isso que me espanta porque, ao longo do caminho, pudemos ver claramente do que eles são capazes, não? Como pessoas tão ruins e agressivas podem ser tão bem organizadas? — e buscou o olhar do General com o seu. — Responda-me você, Lecabel, que já foi um deles. Como isso é possível?

— A verdade é que muitos dos centuriões, meu Lorde, não são romanos, nunca estiveram em Roma, e nem sabem como é esta cidade. Para manter o Império em expansão, recrutamos camponeses pelo caminho, que se aliavam ao exército apenas para ter o prestígio de serem cidadãos romanos.

— Camponeses?! Do que está falando?! — tornou, assustado.

— Exatamente o que ouviu, meu Lorde. Nos dias de hoje, creio eu, depois de tanto tempo desde que desertei, acredito que os verdadeiros romanos tenham voltado para Roma e deixado o trabalho sujo para os outros. Sem habilidade, instrução ou técnica apropriada, usam de sua brutalidade para impor a vontade de Roma, quando na verdade isso nem ao menos seria necessário. É como vejo, porém minha visão já está alterada pelo que sou, não é assim? — perguntou, sorrindo.

— Sim... Fale-me sobre sua deserção, Lecabel. Por que deixou para trás tudo em que acreditava dessa maneira? Vejo por seus gestos que não era um soldado qualquer. Além de ter a perícia, gostava do que fazia, tinha verdadeiro amor por sua espada. Guerreiros assim são cada vez mais raros.

O jovem baixou o rosto, ainda montado, os cavalos emparelhados. Não disse nada por longo tempo até que sua voz chegou aos ouvidos de Lythos em meio ao uivo do vento, muito mais baixo que o normal.

— Desertei por amor — sua voz não continha qualquer firmeza. — Numa das paradas de minha campanha, conheci Kernack e... Bem, ficamos juntos por três ou quatro dias; passei todo o tempo livre que tinha em sua companhia. No momento de partir novamente, não pude. Eu o havia deixado poucas horas atrás, sozinho numa taverna. Não quis estar sem ele. Não me arrependo de minha decisão, pois, se não fosse ela, não teria vivido os melhores anos de minha vida, e Kernack, fatalmente, estaria morto agora.

As palavras dele, carregadas daquela emoção genuína, encontraram eco nos séculos de sofrimento em que se dedicara a Cedric sem poder estar com ele. A lembrança da frieza com a qual Kernack tratava a todos — o que incluía Lecabel — emocionaram-no. E foi nesse instante que o General ergueu-lhe o olhar, rubro.

— Não tenha piedade, meu Lorde, por favor. Basta-me saber que ele viverá e que estaremos juntos, mesmo que distantes.

— Não se contente com tão pouco, rapaz! — tornou, revoltado com seu próprio sofrimento. — Eu jamais sentiria pena de você! Eu o amo demais para me apiedar, mas, pelos deuses, não vai deixar as coisas como estão, não é? Quer dizer... Kernack não o ama também?

— Houve uma época em que eu acreditava que sim. Houve um tempo em que, apesar de manter-me afastado, mesmo que nunca tenha me dito o porquê, eu acreditava que ele sentia por mim o mesmo amor que tenho por ele. Agora.... Já não o sei mais! Sempre que olho para Kernack e vejo a frieza de seus olhos, lembro-me do que meus pais me disseram sobre os *Atravessadores*: que as sombras podem gelar mesmo a alma

mais vibrante — lágrimas lhe escorreram, marcando o rosto bonito num rastro púrpura.
— Não quero pensar sobre isso, meu Lorde. Perdão. Sinto como se meu peito fosse se partir em dois, tamanha a dor.

Antes que pudesse dizer qualquer coisa, um chamado baixo e rouco ecoou por entre as árvores em sua direção na familiar voz que aprendera a reconhecer durante as longas noites de viagem.

— Batedor! — foi o silvo que apenas eles ouviram, e Kernack rompeu a clareira, a pé, o rosto sereno e inexpressivo de sempre.

— Aproximamo-nos dos portões principais da cidade, meu Lorde.

Os olhos escuros dele pousaram em Lecabel por acidente, justo a tempo de vê-lo enxugar as marcas vermelhas que lhe abriam a pele como feridas. Apesar de nada comentar, Lythos percebeu o olhar gélido estreitar-se e um brilho de cólera contida a tingir-lhe as íris. Sorriu por dentro, não haveria melhor momento para abordá-lo, principalmente porque soube que o motivo da raiva não era o fato de Lecabel estar chorando, mas da dor que a fragilidade dele lhe causava.

— Já lhe disse que não admitirei qualquer falha, Lecabel! — disse incisivo, atraindo o olhar estupefato do General para si.

— M-meu Lorde... Eu...

— Caso isso se repita, infelizmente, terei que matá-lo, compreendeu? Kernack assumirá o seu lugar — declarou com desdém que estava longe de sentir enquanto apeava e, ágil, tomava as rédeas do cavalo.

Lecabel sentiu o corpo estremecer, porém o olhar de Lythos, dirigido apenas para si, era pleno de carinho. Algo estava muito errado e, com certeza, não tinha nada a ver consigo. A voz dele chegou-lhe à mente, tão clara quanto as palavras duras que proferia.

— Vá cuidar de seus afazeres. AGORA! Não vou ordenar duas vezes... — foi o que os lábios finos e sérios dele gritaram enquanto lhe estendia as rédeas de sua própria montaria para que o General se encarregasse dela. Contudo, o pensamento que o invadiu foi repleto de cuidado. "Não se preocupe, Lecabel. Apenas saia e eu farei o que for possível para arrancar de você essa dor. Foi o que lhes prometi quando disse que cuidaria de cada um, o que inclui Kernack. Não tenha receio. Apenas vá e confie em mim".

Sem mais nada dizer, lançando-lhe um pensamento em gratidão, Lecabel girou seu cavalo na direção da comitiva que os seguia, levando a montaria de seu Lorde consigo, e deixou-os para trás. Sozinho com Kernack, Lythos pensou por um instante qual seria a melhor abordagem, aquela que o faria falar. Para tal, empenhou-se em senti-lo e foi com satisfação que lhe percebeu a alma tomada por fúria ao ser testemunha da dor de seu amigo. Mal sabia ele que Lecabel chorava por amor e não por seu destino. Mas isso carecia de tempo.

Alguns instantes se passaram até que o *Atravessador* o mirasse outra vez, controlado e inexpressivo, nem sombra da fúria que brilhara em seu olhar minutos atrás.

— Posso voltar ao meu trabalho, meu Lorde?

— Em breve. Antes, preciso de mais uma informação, Kernack... — silêncio. — E tem a ver com Lecabel.

A expressão de Kernack transformou-se, num segundo apenas, deixando transparecer o seu temor. Soube que Lecabel era especial, que temia por sua vida, principalmente depois da repreenda. Nada disse, aguardando que o jovem *Atravessador* manifestasse seu interesse e, assim, determinasse o caminho a seguir para desvendar-lhe os sentimentos.

— Não tenho queixas dele, meu Lorde, se é o que está me perguntando! Lecabel é um guerreiro exemplar, com certeza não encontrarão outro General digno como ele, e nunca, em toda a minha existência, poderia assumir-lhe o posto com tamanha eficiência e devoção.

— Está me dizendo que não é devoto a nós? — indagou num murmúrio, avançando para o filhote com passos suaves e semblante impassível.

— Não, meu Lorde! E-Eu... Apenas queria lhe dizer que...

Silêncio breve no qual Kernack jazia visivelmente abalado, seu rosto demonstrava sinais de pânico, os olhos pareciam maiores que o normal, mais escuros, inumanos. Apreciou-o com atenção. O momento de abordá-lo se aproximava e não poderia deixá-lo passar ou perderia sua única oportunidade de fazê-lo confiar.

— Diga-me, Kernack... Você...

— Eu... Eu... — e então o filhote baixou o olhar em submissão, como se implorasse. — Quero lhe pedir, meu Lorde... Por toda a devoção que lhe tenho e pelo sentimento que meu Lorde nutre por mim... Perdoe Lecabel. Ele não cometerá um mesmo erro duas vezes, eu lhe juro! E, caso aconteça... Entrego minha vida pela arrogância de ter interferido. Mas... Por favor... Não o condene já...

— Nem ao menos sabe o que ele me fez, meu caro — sussurrou Lythos com ternura, erguendo Kernack pelo queixo para flagrar-lhe o rosto marcado por lágrimas, os olhos tumultuados e infelizes. — Essa não é uma postura típica de quem não se importa.

Tudo o que o filhote fez foi fitá-lo em desalento. Nem um único som denunciava-lhe o desespero, mas Lythos não precisava ouvir para sentir que ele estava à beira de um colapso, seu instinto lutando bravamente contra o sentimento.

— Você se importa com Lecabel — era uma afirmação que Kernack não pôde ou desejou contestar. E, quando Lythos o soltou, suave, ainda assim não se moveu, perdido no olhar escuro do outro, implorando por um melhor destino para ambos. — Apesar de tudo, não estou surpreso. É fácil amar alguém como Lecabel, não é mesmo? — indagou gentil, ao que Kernack não respondeu, apenas baixou o olhar. — Podemos chegar a uma solução satisfatória, principalmente agora que sei o quão importante é o assunto para você. Eu os amo, Kernack, jamais os feriria deliberadamente.

Nada disseram por longo tempo.

— Qual solução, meu Lorde?

Lythos tocou-o no ombro. Kernack era um pouco mais alto, contudo não foi difícil fazê-lo sentar-se e ajoelhar diante dele, olhos nos olhos, um silêncio mórbido envolvendo-os.

— Pouparei Lecabel caso você se comprometa a resolver o problema que ele trás consigo — diante do olhar assombrado do filhote, Lythos tocou-o no rosto, carinhoso, e sorriu. — É algo ruim e que muito me incomoda, Kernack... Algo que pode destruí-lo, se me compreende.

— Sim, meu Lorde. Mas... O que o leva a crer que eu possa resolver semelhante transtorno se mesmo Lecabel não o pôde? Eu lhe disse: ele é o melhor dentre nós e...

Lythos tocou-o nos lábios, sereno.

— E você é o único que pode resolver tudo isso, Kernack. Porém, não o responsabilizarei ainda pelo que não tem culpa. Caso se recuse, serei obrigado a...

— Tem a minha palavra, meu Lorde! — tornou, ansioso. — Meu Lorde diz que posso resolver a questão, então sei que de fato poderei.

— Diga que se compromete. Dê-me a sua palavra de que resolverá tudo para a felicidade de Lecabel e eu lhe darei a minha palavra de que cuidarei para que a existência dele permaneça intacta.

Kernack soluçou em seco e assentiu.

— Eu me comprometo, meu Lorde... Juro que resolverei o que quer que seja, que cuidarei dos anseios de Lecabel em troca de sua proteção. Diga-me apenas o que preciso fazer.

— É muito simples, meu caro... Lecabel está sofrendo por amor. Ele ama você, Kernack, tanto e com tamanha loucura que poria sua própria vida a perder. E isso é tudo

o que eu não desejo. Por conta disso, acredito que é o único que pode aplacar o sofrimento dele e passo para as suas mãos e sua consciência o destino que a alma dele terá. Sei que você também se importa, do contrário, não estaríamos aqui, falando sobre isso há tanto tempo.
Silêncio.
— Apenas vá até ele. Nada pode destruir a existência de alguém com tamanha força quanto a rejeição. Isso eu sei bem. Não importa quanto tempo leve, apenas deixe-o saber que se importa e que resolverá a questão no tempo certo. Isso bastará para que ele deseje viver e continuar vivendo, eu lhe garanto.

Com um sorriso sereno, Lythos deixou-o para trás, rumo ao movimento ininterrupto do acampamento. O dia começava a raiar e teriam algumas horas para descansar até a noite, instante em que poderiam entrar pelos portões monumentais de Roma. Seguiu seu caminho até um lugar reservado, no qual haviam cuidado para abrigá-lo da luz durante o dia. Às suas costas, soube que Kernack chorava, não pelas palavras em si ou mesmo por receio. Não foi preciso invadir sua alma nova para saber que o *Atravessador* chorava pelas oportunidades perdidas, pelas palavras silenciadas ou os toques que lhes foram negados. Chorava por tudo o que ainda não fora e pelo desejo que ainda ardia em sua alma, oposto ao que se tornara.

Porém, Kernack teria muito tempo para descobrir que a inviabilidade de todas as coisas existe apenas em nossa incapacidade de olhar e ver aquilo que existe, sem sombras ou máscaras, apenas o que se é.

"Será um lindo dia, este..."

* * *

"Será uma linda noite, esta...", foi o único pensamento que o acometeu ao acordar dentro de seu túmulo e saber-se distante do corpo de Lythos. A saudade o isentava de razão em vários momentos. Se não fosse pela presença firme de Dédalos a ampará-lo, fatalmente teria se deixado levar pelo desespero. Contudo, o ancião lhe garantira que seria apenas no começo, que logo se acostumariam, tanto com a presença um do outro, quanto com a ausência.

Enviara Celeste e Malik para os feudos vizinhos na intenção de averiguar a extensão dos danos causados nas demais propriedades e o que de fato deveria esperar para Marselha. A fim de proteger o território, confiara a fronteira a Dimitri e Demétrius, porém os gêmeos não haviam retornado ainda da missão que lhes incumbira na noite anterior. Hermes se infiltrara no exército romano, cada noite com uma aparência diferente, para descobrir o que pretendiam. Tristan estava em seu mundo particular, cuidando daquilo que nenhum deles via ou sequer suspeitava, ocupado em desvendar o véu místico dos acontecimentos e criar uma maneira para protegê-los, caso a situação saísse de controle. Restara-lhe a companhia de Dédalos, a proteção de dois filhotes inquietos, apesar de eficientes, e a ausência de seu Micênio libertino e atrevido.

Com essa sensação de vazio, cumpriu o trajeto até seu aposento, vestiu-se com esmero, mas sem capricho, rumando para o escritório em seguida. O sol mal se punha no horizonte com seu rastro púrpura quando Brian Ridley o interceptou ainda no corredor com expressão transtornada!

— Meu Lorde... Fico tão feliz em vê-lo, meu Lorde! Tão feliz...

Não esperou que o homem lhe dissesse o motivo da comoção para invadir-lhe a alma sem cerimônia e tomar para si todo e qualquer vestígio de suas lembranças. Ridley não se importava, muito ao contrário. Desde o começo fora ensinado a permitir e entregar-se.

As imagens de chamas, desespero e lutas invadiram-lhe os sentidos junto ao cheiro inconfundível de carne queimada, aos gritos desesperados e choro sentidos de crianças, silenciados pelo bramir de espadas. Ódio terrível e devastador dominou-o a ponto de esquecer-se de tudo, inclusive de Lythos, para mirar Ridley com olhar estreito.

— Onde e quando? — sibilou, passando pelo dirigente na direção da saída.

— Há poucas horas, meu Lorde, junto à fronteira oeste, na direção de Thelinê.

— São nossos aliados. Quero dois mensageiros, Brian... — e seus olhos vítreos mergulharam nos do mortal diante de si. — Agora — murmurou.

Com uma reverência apressada, o dirigente retirou-se a fim de providenciar o que lhe fora intimado. Enquanto aguardava pelo retorno de ambos, Cedric chamou por Hermes. As informações foram vagas. A Campanha movia-se lentamente na direção norte, afastando-se de Marselha, e ninguém, absolutamente ninguém, comentara intenções de uma invasão armada a qualquer das propriedades.

"Parece-me que não detêm intenções de lutas, apesar de serem bastante inclinados a agredir antes de averiguar os motivos ou possibilidades. Pensam de menos, batem demais, essa é a minha opinião", silêncio. "Precisa de mim, meu Lorde? Posso me deslocar em pouco mais de uma noite..."

"Não. Permaneça com eles. Na direção que estão tomando, podem chegar até Nicaia e não deixarei que ataquem Néfer sem que eu faça alguma coisa. Mantenha-me informado."

Finda a comunicação, Cedric cuidou de avisar Malik e Celeste, que rumaram imediatamente para Nicaia na intenção de informar Néfer dos possíveis ataques. Decerto que, mesmo com o *Dom* de Malik, levariam duas noites para cumprir o trajeto, o que era excelente visto que poderia, nesse espaço de tempo, coletar mais informações e passá-las aos aliados através de seus informantes.

Ridley regressou com o mensageiro e ditou-lhe duas cartas, uma a ser entregue em Thelinê, outra para ser levada a Nicaia. Queria documentar cada palavra sua e foi com essa intenção que prensou seu anel, com o brasão da *Família*, contra a cera derretida que lacraria as missivas. Despachou os dois de imediato. Não tinham tempo a perder. Chamou por Gerrárd e Christina tão logo ambos estivessem de pé, intimados a comparecer perante sua pessoa.

A prova de que obedeceram às suas ordens é que jaziam com os mesmos trajes da noite anterior, o que, mesmo para Christina, era fora do padrão. Ainda assim, chegaram-lhe dóceis e preocupados.

— Vocês vêm comigo à fronteira — virou-se para Ridley, que aguardava por uma ordem qualquer. — Leve a guarda ao local. Já movimentei Dimitri e Demétrius, porém é você que deve estar lá e consolar os aldeões. Nós vamos na frente.

E foi assim que Ridley viu Cedric desaparecer com os dois filhotes, um de cada lado, pela sombra bruxuleante da mesa contra o piso frio de pedra.

* * *

Naturalmente a presença de centuriões os impedia de prosseguir muito além dos limites da cidade. Lythos esperava por isso: a oportunidade perfeita para apresentar-se como mensageiro oficial e pedir que o levassem ao governante. "Imperador", corrigiram. Questão de vocabulário, se é que se prezava a tanto. Lythos sentiu que os rumores das peripécias humanas em conquistar o mundo não eram de todo falsas, contudo estavam bem longe da verdade.

Mas, o que de fato o surpreendeu foi quando lhe negaram o pedido de falar ao Imperador, coisa que nunca sucedera antes. Então, resolveu ignorar o orgulho ferido e retirar-se com a comitiva para fora dos limites da cidade, exatamente no mesmo ponto em que se encontravam na noite anterior. Ninguém ousou perguntar coisa alguma até que Lecabel, munido da coragem típica daqueles que são leais, abordou o Senhor debaixo do olhar quente, porém distante de um Kernack ainda mais silencioso que o normal.

— Vamos regressar a Marselha, meu Lorde?
— É a sugestão que me dá, General? Que eu retorne à minha casa sem ter descoberto o que fede por detrás de todo esse gesso e mármore? — e a pergunta soou sem emoção.
— Não. Muito ao contrário. Caso meu Lorde detivesse intenção de regressar, tentaria argumentar e dizer-lhe que... — e baixou o olhar amarelo, como se não tivesse direito de argumentar coisa alguma. Mas Lythos estava muito mais interessado em sua visão das coisas do que em protocolos estúpidos.
— Dizer o quê?
— Que fui romano, meu Lorde. Nasci nesta cidade, cresci entre essa gente. Posso lhe assegurar que algo acontecia e acontece, nesse exato segundo, sem que as pessoas se apercebam. Algo que me escapava antes, mas não me escapa agora.
— Sabe o que é?
— Não, meu Lorde. Perdão.
— Não se desculpe! Teremos tempo para descobrir. Em nenhum instante pensei em bater em retirada, Lecabel, muito ao contrário. Agora tenho certeza de que há alguém por detrás da conquista e o fato de não saber o que nos acontece pelas costas só reafirma a minha posição — e virou-se para a comitiva, que aguardava por um destino ou uma ordem. — Firmar acampamento. Passaremos alguns dias aqui.
De imediato, os encarregados iniciaram suas tarefas, cuidando para que as barracas fossem armadas e o acampamento montado. Lythos apeou, seguido por Lecabel. Kernack aproximou-se dos outros dois em silêncio astuto.
— Não tenho dom de disfarce. Vocês são ainda muito jovens, mas acredito que, juntos, trabalharemos bem. A questão é: precisamos descobrir quem está por trás disso, o que sabe a nosso respeito e quais as intenções para com a dominação. Vão. Estejam de volta antes do amanhecer. Ninguém dorme afastado do acampamento. Ninguém, vocês entenderam?
— Sim, meu Lorde — respondeu Kernack, num fio de voz.
— Antes do amanhecer.
— Levem isso... — estendeu-lhes um saco de couro, repleto de moedas de ouro. — Pode ser útil.
Separaram-se, Lythos para um lado, os outros dois para o oposto. A noite ia pela metade.

* * *

A noite ia pela metade quando Cedric, seguido de perto por Gerrárd e Christina, se deparou com a vila atacada, a primeira a sofrer junto às fronteiras. Resquícios de chamas e brasas vivas ardiam em focos isolados enquanto todo o resto jazia mergulhado em carvão, cinzas, restos. O que quer que houvera ali, já não existia, fosse a luta armada da qual Ridley falara, fosse o vilarejo em si.
Girou sobre os calcanhares, aguçando sua visão e buscando por algo vivo, pulsante, ou, simplesmente, pelo calor de um corpo humano. Nada. O local estava morto. Não havia o que salvar ou a quem socorrer.
Um gemido abafado de mulher trouxe-o de volta: a ameaça era real e medidas drásticas precisavam ser tomadas ou, fatalmente, seus colonos seriam as próximas vítimas. Hoje, fora apenas mais uma vila qualquer, amanhã poderia ser a *Casa Ancestral* e todos aqueles a quem amava. Ridley estava certo e algo estava muito errado naquele quadro, riscado em borrões negros e sem vida. Alguma coisa lhe escapara, tinha essa sensação, apenas não sabia o quê.
Talvez... Talvez fazer uma *Aliança* fosse loucura. Talvez, confiar fosse errado. Talvez aquilo não passasse de uma demonstração bárbara do quão inumana a humanidade

poderia ser, uma vez tomada pelo poder, e isso, decerto, não lhe dizia respeito. Porém, por outro lado, poderia ser um impresso, uma evidência de que havia algo a ser visto, cuidado para que os seus pudessem continuar pela eternidade. Precisava olhar e ler, cada linha e cada objeto. Aquilo era de fato um recado?

Dimitri e Demétrius chegaram um pouco depois com a informação de que os autores do ataque não eram centuriões, mas *Predadores*, mais precisamente, *Filhos da Terra*. Como prova, entregaram a Cedric seus pensamentos e a visão de dois desgarrados do bando, a quem assassinaram para poupar suas vidas. Diante dessa nova abordagem, certo que a tal expansão mais parecia um ardil para confundir-lhes o raciocínio, Cedric ordenou que vasculhassem a região em busca de alguém vivo que pudesse, ao menos, relatar o ocorrido. Precisava encontrar mais indícios, ter certeza de que não eram os romanos, mas sua própria espécie que tramava contra os feudos próximos, talvez insatisfeitos com a *Aliança*.

Os filhotes não saíam de suas costas, atentos a cada movimento das árvores, aguardando por um perigo perdido no arrastar do momento. Nada. Ridley só chegaria de manhã. Instruiria para que falasse algo de efeito e cuidasse dos restos mortais dos aldeões, isso se encontrasse alguma coisa para cuidar. O fogo consumira tudo e era em chamas que suas entranhas se consumiam cada vez que se lembrava do ocorrido, das tantas formas que poderia ter evitado aquele episódio.

"Servirá para nos prevenir, meu Lorde", foi o comentário atrás de si na inconfundível voz de Christina. Quem tivera coragem de fazer algo assim? Por que o fariam senão para provocar? Não era praxe dos romanos queimarem vilas, não àquela distância de Roma, Lecabel já o dissera. Sim... Precisava ler o recado.

— Pelos deuses... — murmurou. — Como eu precisava de Lythos aqui, comigo.

E ninguém disse coisa alguma. Cedric memorizou a cena, cada detalhe, por horas até o amanhecer. Precisaria de toda a informação que pudesse reunir para expor a situação ao companheiro, quando este voltasse de viagem. Caminhou por entre os destroços, revirou pedaços de madeira semipreservados pelo fogo, recolheu pequenos objetos que não pertenciam às suas tradições, mas que poderiam ser do exército inimigo ou daquele que causara tudo aquilo. Caso Lythos não soubesse nada a respeito, Tristan poderia trazer de volta as recordações que estavam impressas, como marcas. Pegou um fragmento de metal que não lhe pareceu familiar junto a mais dois ou três pedaços de objetos relevantes para levar ao mago e tentarem descobrir quem estivera ali, ao menos.

E então, quando já regressava aos seus e pedia a Dimitri e Demétrius que voltassem a seus postos para a vigília da fronteira, um som chegou-lhe aos sentidos, completamente novo, porém carregado de familiaridade. Em *flashes*, surgiu-lhe a imagem de um rosto muito jovem... Uma mulher... E o som ecoava-lhe sobre os ombros e fazia brilhar seu sorriso raro, como a nota perfeita de um instrumento divino.

Lançou-se à busca daquilo, o ruído aumentando à medida que avançava em sua direção, imbuído pela necessidade de ter, possuir, retomar algo que ficara para trás, tão distante quanto o sorriso que jamais teria ou o brilho incontido de olhos... Humanos e alegres como as cantigas de Beltane. Seus dedos calejados sacaram a espada e, com ela, ergueu os destroços do que parecia uma cesta.

Toda e qualquer outra certeza que já tivera até então desapareceu diante dos pequeninos olhos claros que pousaram nos seus; nada sobre aquelas terras pareceu-lhe tão precioso, tão importante quanto o choro manso daquela criança. E o pranto dele se foi lentamente à medida que a tomava nos braços, ainda envolto em trapos escurecidos pelo chamuscar das brasas.

Abstraiu tudo ao redor para perder-se no rosto redondo e delicado, nas bochechas salientes e avermelhadas pelo frio, no tremular curioso de seus braços pequenos ou no toque confiante dos dedos minúsculos por rosto inumano. A criança sorriu, não mais que meses deveria ter. Viu toda a extensão cinzenta de seu olhar infantil e todas as promessas que lhe ofertavam em troca de uma oportunidade para viver. Em seguida, aquietou contra seu peito gelado. Nenhum calor, porém ela parecia não se importar. Apenas confiou com a cega inocência e lealdade que apenas as crianças possuem.

Tomou-a para si, naquele exato instante, sem tentar desvendar a necessidade indômita de cuidar daquela alma, vê-la crescer e fazer dela o seu legado para o mundo, algo bom, intocado, puro e leal como nada mais poderia ser. Segurou a vida que pulsava naquele corpo pequeno e indefeso contra si para, só então, virar-se aos companheiros. Não lhe passou pela cabeça olhar e verificar se era um menino ou uma menina. Não importava, pois, independente de qualquer coisa, seria sua cria, aquela que caminharia ao seu lado e de Lythos pelo resto da eternidade e, consigo, construiria um lugar melhor, em que vilas não precisassem ser queimadas para que o poder se mostrasse pleno. Um vento frio, vindo do sudoeste, soprou por entre seus cabelos castanhos, levando-lhe um sorriso aos lábios e sangue aos olhos.

— Não haverá morte para você, nunca — sussurrou, enternecido pelos dedos pequenos entrelaçados nos seus, gelados e grosseiros. — Tudo isso, você deixará para trás aqui. A partir de agora, estaremos juntos... Mistral, o meu Vento de Primavera.

*   *   *

Lythos retornara ao acampamento há pouco mais de três horas para o amanhecer, a frustração grande demais para ser ignorada, quando uma outra presença se fez sentir, logo atrás de si. Decerto que os fragmentos de informação que conseguira reunir nada lhe diziam de concreto, contudo, confrontar-se com outro *Predador* em território inimigo estava muito distante de seus planos!

Apressou o passo na intenção de descobrir qual o seu alvo. Não se surpreendeu quando a criatura seguiu-o, no mesmo ritmo, aumentando as passadas para alcançá-lo. Um rápido olhar em volta e deu-se conta de que não havia como escapar.

"Lecabel! Kernack!", chamou-os em pensamento, certo de que ouviram, mas não convencido de que atenderiam a tempo. Precisava defender-se. Então, antes que a ameaça o tocasse pelas costas, girou sobre os calcanhares e firmou o corpo, mirando a criatura dentro dos olhos.

— Não se aproxime... — sussurrou, tão baixo que os poucos transeuntes nem ao menos se aperceberam, alto o suficiente para que ela estancasse à distância em que se encontrava. Dez passos os separavam, não mais do que isso.

— É uma ameaça? — retorquiu, sorrindo num gracejo insinuante que não surtiu o efeito desejado pelo brilho de desagrado que tingiram suas íris castanhas.

Lythos não se moveu um único milímetro, o semblante inexpressivo, o olhar gélido que lhe era peculiar lançado sem cerimônia, oscilando do rosto dela para a tocha que trazia nas mãos.

— Não seria cortez ameaçar um estranho em terras alheias. Encare como um conselho. Nenhum de nós gostará de ver sua cabeça rolar pelo chão, não é mesmo?

— Acredita que poderia cortar minha cabeça, Senhor? — e havia desdém em sua pergunta.

Lythos varreu-lhe a alma com cautela, procurando entre milhares de informações aquela que lhe indicaria a idade imortal da bela mulher diante de si. Surpreendeu-se ao perceber que era uma *Dominadora de Almas* e tão jovem que mal se apercebera da invasão.

— Não apenas acredito como sei... Augusta — o assombro dela foi evidente e, trêmula, deu um passo para trás. — Venho em paz, não desejo fazer nenhum mal a você. Queria apenas a oportunidade de encontrar-me com o líder da cidade.

— O Imperador não recebe ninguém.

— Seu Imperador caminha durante o dia? — silêncio enquanto a mente dela lhe gritava que sim. — Ele não me serve, Augusta. Mortais são fugazes como o dia e a noite. Quero falar com o seu líder, o *Predador* que organizou o grande império do qual você faz parte.

O pavor dela era evidente e aumentou quando a moça sentiu que as informações lhe eram arrancadas, sem piedade, com quase violência. Grossas lágrimas escorreram por seu rosto, mas já estava feito.

Lythos não queria feri-la, contudo sabia que ela não falaria de livre vontade, como todo aquele que é fiel. A presença dela e seu silêncio eram provas suficientes para ter certeza de que havia um *Predador* por detrás de todo aquele "circo", alguém sagaz que fora capaz de enganar seus maiores aliados além de sua própria *Família*. Precisava saber tudo o que ela pudesse lhe dizer. Queria a identidade dele e, então, retornaria para a Céltica com algo de concreto para Cedric. Só então poderiam formular uma estratégia e agir. Mais um pouco e...

Foi quando Kernack surgiu das sombras junto com Lecabel, atraindo-lhe a atenção por uma fração de segundo, o suficiente para que ela se libertasse de seu domínio e recuasse, trôpega.

— Diga-me quem é ele e nada te acontecerá, eu juro.

Em pânico, entregue a um pranto sentido e desesperado, ela negou num gesto de cabeça e mostrou-lhe a tocha acesa, como se assim pudesse ameaçá-lo.

— Você entrou em mim! Não há saída.

Atônitos, os três presenciaram a mulher atear fogo às próprias vestes, atraindo a atenção das poucas almas que vagavam àquela hora. As chamas se espelharam rápidas, devorando o tecido delicado que a cobria, arrancando-lhes gemidos que mais pareciam uivos, carbonizando e reduzindo a pó seu corpo imortal. Antes que as atenções se voltassem para eles, Lythos abraçou os dois comandados e, numa ordem velada, cerrou os olhos para que Kernack os conduzisse ao acampamento através do frio viscoso das sombras.

Apenas um segundo, que mais pareceu durar a eternidade. Não havia tempo a perder. Para tanto, levou Lecabel e Kernack para sua própria tenda, sem se importar com o que poderiam pensar. Ambos os subordinados pareceram desconfortáveis e ordenou que se acomodassem sobre as almofadas. Assim o fizeram e, sentados os três num círculo pequeno, iniciaram a reunião que mudaria para sempre o destino de um Império.

— O que descobriram? — indagou Lythos sem rodeio.

— Consegui muito pouco perto do que esperava, visto que vaguei pelas tavernas, hospedarias e casas. Mortais ficam sempre à periferia, porém, junto à guarda, descobri que eles não apenas possuem informações detalhadas sobre os principais feudos desde a Céltica até aqui, como pretendem eliminar os focos de resistência e se estabelecer em pontos estratégicos valendo-se do discurso antimilitarista. Dominarão por influência, destruindo as civilizações de dentro para fora.

Lythos assentiu, tocando-o de leve na perna, o pensamento longe na tentativa de unir aquela informação ao pouco que conseguira sozinho. Era um indício importante, primordial. Todavia, faltava uma parte do quebra-cabeça, algo que ligasse o *Predador* em questão aos demais. Até agora, tinha acesso a estratégias militares, mas não era suficiente para um levante.

— Muito bom, Lecabel. Excelente... Kernack, tem algo para mim?

— Sim, meu Lorde. Como percebi que ficou desapontado ontem, decidi ir ter com o Imperador — silêncio, e dois pares de olhos o fitaram em assombro. — Não foi difícil entrar no palácio com o meu *Dom*.

— Poderia ter morrido, Kernack! O fato de nossas fontes assegurarem que não existem *Predadores* por detrás da conquista romana não significa que... que...

— Sim, meu Lorde, eu sei. Mas acreditei que valeria o risco e não me enganei. Trouxe-lhe exatamente o que esteve procurando... — Kernack aproximou-se, passando o olhar de Lythos para Lecabel, evidentemente satisfeito com seu próprio trabalho. — O Imperador discutia freneticamente com uma outra criatura, um *Predador*, sem sombra de dúvidas. Não pude vê-lo porque também permanecia nas sombras, apesar de não ser um *Atravessador*, porém tenho certeza de que nossos Lordes o conhecem.

— Por que diz isso?

Kernack mirou Lythos, o olhar escuro e frio brilhando com uma ponta de receio.

— Por que, independente de quem seja, é também um membro da *Aliança*, meu Lorde. Infelizmente, nunca estivemos presentes numa reunião como essa. Tudo o que sabemos foi o que nossos pais nos contaram, porém apenas alguém que faça parte da *Aliança* teria tamanha quantidade de informações sobre seus membros.

Um segundo de espera enquanto o desespero avançava dentro de si para a possibilidade de Cedric estar só em ocasião de uma emboscada. Não. Aquilo não era possível! Tentou encontrá-lo, chamou-o em pensamento, contudo, algo o impediu de ouvir o bárbaro. Talvez a distância enfraquecesse a ligação de ambos. Talvez... Talvez Cedric estivesse ocupado com algo de suma importância.

— E há mais, meu Lorde! — Lythos focou novamente. — O traidor entregou a Roma todas as informações que detém para integrar outro grupo, formado pelos líderes que rejeitaram a proposta da *Aliança* e que, agora, estão se organizando. Não sei o nome dessa organização, porém seu objetivo é o de eleger um governante único para todas as terras e os demais líderes de cada feudo ou cidadela jurarão lealdade a ele, seguindo regras rígidas que têm por objetivo limitar os *Dons* e a influência.

— Pelos deuses... Um único governante para tudo o que existe? Isso é loucura! — balbuciou Lythos.

— Pode ler minha mente se desejar, meu Lorde. Eu estive lá. Ouvi cada palavra que disseram. Decerto que aqueles que jurarem lealdade ganharão algo com isso, mas não faço idéia do que poderia ser tão vantajoso a ponto de entregarem a outrem suas terras, sua gente, suas famílias. Porém assim é, e essa organização se tornará cada vez mais poderosa, até aniquilar por completo todos aqueles que se opuserem a ela.

— Não acredito que haja um traidor entre nós! Por outro lado, tudo é possível. Mas quem? Qual deles seria? — indagou, mais para si do que para os outros. — Não importa agora. Precisamos retornar a DeLacea imediatamente. Kernack... — chamou, olhando novamente para o *Atravessador*. — Iremos pela sombra; eu, você e Lecabel. É possível?

— Não em uma noite, meu Lorde. Mas decerto que posso levá-los comigo se fizermos pausas para que eu me alimente.

— Não haverá problemas quanto a isso. Poderemos fazer as mesmas pausas que fizemos na vinda, pousando nos locais de acampamento para que se alimente e seguindo viagem em seguida para o próximo ponto.

— Perfeito, meu Lorde. Sairei para caçar imediatamente. Podemos cumprir um ou dois "pousos" antes do amanhecer.

— Vá... — Kernack ergueu-se e saiu sem nada mais dizer. — Lecabel, avise aos soldados que deverão regressar a DeLacea sem nós, pelo mesmo caminho, parando quando for necessário. Apesar de não haver pressa, deixe-os saber que o tempo é precioso para sua própria segurança.

— Sim, meu Lorde. Com licença.

Só na tenda, Lythos chamou por um de seus mensageiros. Sempre levava vários deles para o caso de ter de enviar missivas a Marselha. Contudo, daquela vez, não enviaria nada. Não havia tempo e precisava estar são, junto a Cedric, para narrar-lhe o ocorrido.

Tão logo o rapaz entrou, disse-lhe que precisaria ir na frente por emergência e que, daquele momento em diante, ele estaria responsável pela comitiva, portador oficial das missivas, apenas para não levantar suspeitas caso fossem interceptados por alguém. Instruiu-o para que voltassem direto a Marselha e que falassem com o menor número de pessoas possível. Visto que os pobres rapazes não detinham nenhum conhecimento que pudesse pôr em risco a *Família* ou expô-la, deixou-o ir e pôs-se atrás dos filhotes, sem qualquer bem, apenas seu material de escriba e a flâmula oficial da Casa DeLacea, a qual não deixaria com ninguém.

Em pouco mais de meia hora, estavam reunidos outra vez. Cerrou os olhos para resistir à ânsia que o breu lhe causava, todavia não poderia se dar ao luxo de viajar com uma comitiva quando a parte de si que mais amava poderia estar em perigo, junto a tudo aquilo que construíram. A viscosidade gélida das sombras o envolveu seguida da sensação de vazio.

Temeu não se conter e agarrou-se a Kernack, com mais força do que o pretendido, sentindo contra a sua a mão de Lecabel. Além disso, apenas escuridão... E, de repente, em meio ao negrume de seus olhos cerrados, pôde ver claramente a imagem de uma árvore manchada de sangue.

"Aqui jazem todos os sonhos... Sangue Sobre Cedro, Lythos! E o sangue sempre fala mais alto".

A SAGA DA FAMÍLIA DELACEA E SUA LUTA PELA SOBREVIVÊNCIA CONTINUARÃO NO SEGUNDO E ÚLTIMO VOLUME DE SANGUE SOBRE CEDRO, A SER PUBLICADO EM BREVE.

ൕ Notas da Autora ൖ

O Início

Sempre que termino uma obra, sento para pensar sobre os motivos que me levaram a escrevê-la. Muitos podem pensar que esse é o caminho "inverso", que eu deveria pensar nisso logo ao começo da caminhada. No entanto, acredito piamente que, durante o processo de escrever, aprendemos muito sobre a obra, os personagens e, principalmente, sobre nós mesmos; coisas fascinantes e intensas que não conhecíamos no início. Foi por causa disso que resolvi fazer a reflexão depois. Parece muito mais... Autêntico.

Noite Eterna nasceu da necessidade incontrolável de tentar compreender o que significa "Eternidade". Acho que todo mundo já se perguntou isso, de uma forma ou de outra: "Como seria viver para sempre?"

Por outro lado, adoro literatura gótica e li tudo o que podia sobre os tão falados "vampiros", tanto as obras mais conhecidas quanto algumas de menor divulgação. Foi muito interessante... Contudo, quando me dispus a criar o pequeno universo que comporia a minha obra, percebi que a minha concepção de eternidade e dessas criaturas, condenadas a existir e vagar pelo mundo sem tempo para terminarem, era muito diferente da concepção adotada pela maioria.

Então, sedimentando alicerces no grande clássico da literatura universal de Bram Stocker, *Drácula*, (como ponto de partida para o sobrenatural) e tendo me apoiado historicamente em enciclopédias e livros históricos, além de algumas obras voltadas para o ocultismo (foi muito difícil encontrar boas fontes de pesquisa que me dessem detalhes sobre os celtas e os povos nômades da Antigüidade), criei um universo fantástico e particular, que mescla a bênção da eternidade com o terror que ela pode acarretar para criaturas que rejeitam parte do que são — cada uma à sua maneira — e são obrigadas a ver passar diante de seus olhos tudo em que acreditam e conhecem.

Sou uma pessoa espiritualizada e acredito que haja um lugar melhor, depois de cumpridas as missões neste mundo. Isso, em muitos momentos, me conforta, como acontece com a maioria das pessoas que têm fé, independente de crença ou credo. Porém, o que seria de uma criatura que não a tem? Como prosseguir numa existência eterna se não existe nada que nos motive a continuar, dia após dia ou noite após noite? Essa é uma questão muito importante: as motivações que nos levam a ser o que somos para aprender e crescer como seres humanos. Quando não se tem motivação para evoluir, o que resta de nós e nossa humanidade?

Mergulhei o mais profundamente que pude na psique dos personagens que criei. Cada um deles detêm opinião diversa sobre existir, cada um encontrou sua própria motivação (ou não) para continuar. Apesar de eu não existir para sempre e, por conta disso, não poder levar até as pessoas o real significado desse dilema, a única conclusão a qual consegui chegar, depois de muito transitar de uma mente para outra, é que a felicidade é um estado de espírito e não uma condição estática.

E assim *Noite Eterna* foi se construindo, sob os sonhos perdidos de cada um deles, as esperanças que os impulsionavam e os sentimentos, agora mais semelhantes aos que tiveram em seu passado, porém intensos como apenas os de sua espécie são capazes de os ter. Essa nova "raça" assiste ao desenrolar da humanidade sem determinar um lugar realmente seu no mundo, manipulando os seres humanos sem que estes percebam. Para alguns, é mais que o suficiente. Para outros, não ter o reconhecimento pelas descobertas, pela evolução e pelos feitos é como se lhes roubassem a existência. Como essa história irá terminar? Nenhum deles chegou a pensar nisso. Afinal, eles têm a eternidade pela frente, porém não se aperceberam de que o preço se paga agora. Todos nós respondemos pelos nossos atos, sejamos eternos ou não.

Concepções e Referências

É importante abordar essa questão da concepção de "vampiro" e "vampirismo" que adotei para escrever *Noite Eterna* (no caso, a coleção). Como já mencionei antes, não me baseei no mito puro e simples, nem tampouco me apoiei naquilo que a Literatura vem adotando nos últimos anos. Para criar os meus *seres da noite*, li e pesquisei muito, refleti sobre vários aspectos da vida e da morte, e foi daí que surgiu a necessidade de abordar o tema. Também por conta disso, para que vocês, leitores, não retomem outras referências, decidi por renomear as criaturas que povoam as páginas dessa obra, recriando seus hábitos, mesmo que alguns traços tenham se mantido fiéis ao mito original. Para elucidar um pouco mais a minha concepção dos *Predadores*, acredito que seja interessante contar, tecnicamente, o que são e qual seu papel neste mundo.

Em *Noite Eterna*, *Predadores* são tão-somente uma outra raça que convive, em quase harmonia, com os seres humanos (excluindo o fato de que se alimentam destes). Eles não são exatamente uma evolução da raça humana. Apesar de isso ter sido mencionado e até mesmo tomado como verdade em alguns momentos da narrativa, quero deixar bem claro que é o ponto de vista deles e não um fato consumado. Na minha concepção, quando uma determinada espécie está no topo da cadeia alimentar, é essa a postura que toma perante os demais: "somos o que existe de melhor e mais evoluído." Claro que os *Predadores* não se utilizam dessa nomenclatura, mas é assim que se prostram diante da humanidade, como os senhores absolutos do destino, aqueles que determinam e decidem todas as coisas.

Muitos de vocês podem pensar que os vários *Dons* que possuem, além dos sentidos aguçados e sobre-humanos, acentuam esse sentimento de superioridade. Em parte é verdade. Porém, a idéia que desejo passar com cada uma dessas personagens e suas personalidades singulares é que, independente da força e sentido sobrenaturais, os *Predadores* demarcam sua supremacia pela inteligência e pelas criações/descobertas que fazem.

Precisamente nesse ponto abordarei a questão das referências históricas.

A linha cronológica e histórica adotada para esse romance coincide com a linha cronológica e histórica da humanidade, ou seja, vocês encontrarão, mesmo que nas entrelinhas, cada uma das grandes passagens e marcos da humanidade. Isso é bastante razoável visto que, apesar de serem outra raça, terem seus rituais e costumes particulares e de existirem à sombra, os *Predadores* habitam o mesmo território e, conseqüentemente, presenciaram cada passo da evolução humana.

Contudo, preciso deixar bem claro, para que não haja qualquer confusão ou dúvida, que essa é uma obra de ficção e que muitas das datas, principalmente no que se refere às invenções e grandes descobertas científicas e culturais, obedecem a outra linha temporal.

Certo, Hariel... O que isso significa? Posso dar dois exemplos, dentre tantos outros, que são encontrados na obra que acabaram de ler. O primeiro diz respeito à utilização de pergaminhos na Antigüidade. Em *Noite Eterna*, os *Predadores* detêm esse conhecimento alguns séculos antes de o registrado na História. O mesmo acontece em relação aos Brasões, que são feitos e utilizados como símbolos das Famílias, que aparecem cronologicamente numa época em que o único tecido conhecido era o couro e que não havia bordados ou coisa do gênero. Na própria narrativa fica claro que essa "tecnologia" não é de conhecimento comum e que a humanidade está ainda bem longe de descobrir isso por si só.

Como esses exemplos, vários outros podem ser notados e isso foi feito propositalmente, com cuidado e intenção de levar a vocês a sensação concreta de que tudo o que a humanidade descobriu ao longo da História, na verdade, foi uma concessão dessas criaturas antinaturais. Dessa forma, cada conquista e descoberta dos homens, não apenas já era de conhecimento e utilização dos *Predadores*, como foi algo que eles permitiram que a humanidade soubesse. Presunção? Talvez sim. Mas a questão é que eles já estavam aqui muito antes de nós (ou é nisso que acreditam), possuem uma visão totalmente diferente e uma capacidade de raciocínio e sagacidade que nunca chagaremos a ter. É natural para mim que tenham realizado as grandes descobertas e, ao tempo que julgaram pertinente, permitiram que esse conhecimento se tornassem real através de mãos e pensamentos humanos, manipulados por seus *Dons*. Essa é a maneira mais eficaz de manter a humanidade sob controle e de garantir a perpetuação de sua espécie, mesmo com a desvantagem de existir por apenas metade do dia.

Imagino que, narrada dessa forma crua e direta, a minha linha de raciocínio e minha concepção de "vampirismo" pareçam um pouco inverossímil e até meio "loucas". Mas sou constante na minha "loucura" e não há nada mais prazeroso do que tomar para si algo já tão comum, se apropriar de conceitos tão arraigados e tentar, da melhor forma, desconstruir tudo isso com fantasia, romance e outros conceitos, novos pontos de partida e, conseqüentemente, de chegada. Isso é privilégio de quem lida com criação. O ato de criar não concebe barreiras.

Muito ainda resta por vir... Muitas oportunidades de reescrever a História e de mergulhar num novo mundo, com uma raça fascinante e, por vezes, perigosa — tanto para os demais, quanto para os seus. O limiar entre razão e desvario é tênue nesse universo, porém o caos tenta sempre se ordenar... Da mesma forma que a ordem tende a mergulhar em caos. Tudo o que pretendo é conduzir cada um de nós por esse bailado, sem pressa porém com tempo demarcado para terminar: aquilo que chamamos de "fim".

Os Brasões

A simbologia dos brasões, utilizados pelos líderes de cada um dos feudos como identificação pessoal, têm significados distintos e particulares, muitas vezes diversos daqueles encontrados em livros mitológicos ou mesmo em dicionários de símbolos, muito embora, em alguns casos específicos, eu tenha me baseado nessa simbologia como ponto de partida.

Cada uma das *Famílias* têm seus costumes e seu código moral, mesmo depois de tentarem uma Aliança. Por conta disso, os animais escolhidos como representação de cada região assumem, na obra, um significado particular que é descrito mais abaixo. Ou seja, as próximas linhas tratam do simbolismo de cada animal sob a ótica das Famílias que os adotaram como representação. Espero que gostem.

1) Família DeLacea

Força e sabedoria divinas para concretizar a riqueza e movimentar o destino através da eternidade.

Seu símbolo é composto pela figura mitológica do Grifo (ou Griffon) bordado em dourado sobre um tecido de cor púrpura.

O Grifo é um animal fabuloso, que tem cabeça e asas de águia e corpo de leão. Ele participa da terra e do céu, o que faz dele um símbolo das duas naturezas – humana e divina. Evoca, igualmente, a dupla qualidade divina de força e de sabedoria.

O dourado remete à riqueza, tanto terrena quanto celestial, e também está ligado à concretização e fortuna — nesse caso, soma-se o sentido de destino. O tom púrpura do tecido remete à energia da construção e à capacidade de movimentar, além de ser uma alusão clara ao Sangue, fonte de vida eterna para os *Predadores* — como já mencionado na história.

2) Linhagem DeNicaia

Soberanos por Natureza, honestos e confiáveis por Ideal.

Simbolizada pela figura do Leão, bordado em prata sobre tecido de cor azul.

Poderoso e soberano, o Leão está imbuído das qualidades e defeitos inerentes à sua categoria. Se ele é a própria encarnação do Poder, da Sabedoria e da Justiça, por outro lado, o excesso de orgulho e confiança em si mesmo faz dele o símbolo do Pai, Mestre e Soberano que, ofuscado pelo próprio poder, cego pela própria luz, se torna um tirano, crendo-se protetor. Pode ser, portanto, admirável, bem como insuportável.

A cor prata remete a espelho, transparência e honestidade, enquanto que o azul, adotado para o

fundo simboliza seriedade e confiabilidade.
3) Clã Zaydrish

> *Mesmo diante dos horrores do oculto,*
> *permaneço ao lado dos meus até o fim, em lealdade.*

Tem como símbolo um Lobo gravado — ou costurado — sobre couro, o que dá ao brasão uma coloração próxima ao marrom.
O Lobo é sinônimo de selvageria, instinto e lealdade, pois caminha em bando e é fiel aos seus até a morte. Ele vê o oculto, tudo o que permanece sob o véu da noite e, por isso, não pode ser enganado com facilidade. Seu instinto não permite tal coisa.
A cor marrom remete à Natureza que os abriga em sua forma mais pura: a terra. São criaturas extremamente voltadas à terra e seus elementos devido à *Casta* ao qual pertencem.

4) Casa Thelinê

> *Observar e refletir são sempre o melhor meio para*
> *se conquistar um objetivo.*

O símbolo que a identifica é o da Torre com um Corvo sobreposto, respectivamente bordados em branco e preto sobre um tecido verde.
A imagem da Torre simboliza a construção física que abriga esses *Predadores*, no caso, seu refúgio. Pode ser interpretada também como o ato de construir, colocar pedra sobre pedra, um trabalho árduo que requer dedicação, empenho e tranqüilidade para seguir seu curso.
Por outro lado, nas lendas celtas, o Corvo assume papel profético, símbolo da perspicácia — representado por sua visão noturna —, da sagacidade — por sua extrema velocidade e desenvoltura, mesmo em terrenos hostis —, e da sabedoria — por sua natureza contemplativa, que precede o momento do ataque. Por conta disso, a presença do Corvo no brasão dos Thelinê é motivo da desconfiança de alguns e da familiaridade de outros, pois mescla equilíbrio e sabedoria com a macabra frieza de observar antes de abater o alvo.
A cor verde, neste caso, simboliza a perseverança em conquistar e a inteligência por descobrir o melhor caminho.

೧೩ Bibliografia ೫೦

1) BAGGOTT, Andy. Rituais celtas: A roda céltica da vida – Os poderes sagrados da natureza. São Paulo: Madras, 2002.

2) CONWAY, D. J. Livro mágico da lua: Magias, encantamentos e dias mágicos. Trad. Cláudio Quintino. São Paulo: Gaia, 1997.

3) CUNNINGHAM, Scott. Magia natural: Rituais e encantamentos da tradição mágica. Trad. Cláudio Quintino. São Paulo: Gaia, 1997.

4) ENCICLOPÉDIA Barsa. 15ed. Rio de Janeiro: Encyclopaedia Britannica do Brasil, 1975.

5) ENCICLOPÉDIA Trópico. São Paulo: Ep-Maltese, 1983.

6) ENCICLOPÉDIA Conhecer. São Paulo: Abril, 1983.

7) GRIMASSE, Raven. Os mistérios wiccanos: Antigas origens e ensinamentos. Trad. Cláudio Crow Quintino. 2ed. São Paulo: Gaia, 2001.

8) HOMERO. A ilíada. Trad. Fernando C. de Araújo Gomes. 6ed. Rio de Janeiro: Ediouro, 1996.

9) LEROUX, J. Gabriel. As Primeiras civilizações do mediterrâneo. São Paulo: Martins Fontes, 1989.

10) MELTON, J. Gordon. O livro dos vampiros: A enciclopédia dos mortos-vivos. Trad. James F. Sunderlank Cook. São Paulo: Makron Books, 1996.

11) ROBERT, Fernand. A religião grega. São Paulo: Martins Fontes, 1988.

12) STOKER, Bram. Drácula. Trad. Maria Luísa Lago Bittencourt. São Paulo: Martin Claret, 2002.

Este livro foi impresso em 2005
nas oficinas da ParkGraf Editora Ltda.
Rua General Rondon, 1500 (Térreo) - Petrópolis - RJ - Tel.: (24) 2249-2500